Robert McCammon

Durchgedreht

Thriller

Aus dem Amerikanischen
von Ute Thiemann

Knaur

Für meine Familie

1 Der gute Sohn

Es war die Jahreszeit der Hölle, und die Luft roch nach verbrennenden Kindern.

Dieser Geruch hatte Dan Lambert auf alle Zeiten jeglichen Geschmack an gegrilltem Schweinefleisch auf Sandwiches genommen. Vor dem August des Jahres 1969, dem Jahr, in dem er neunzehn wurde, war sein Lieblingsgericht gegrilltes Fleisch gewesen, kroß an den Rändern und ertränkt in viel roter Sauce. Nach dem elften jenes Monats reichte schon allein der Geruch, daß ihm speiübel wurde.

Er fuhr in östlicher Richtung auf der 70th Street durch Shreveport, mitten hinein in die gleißende Morgensonne. Die Sonnenstrahlen wurden von der Motorhaube seines grauen Pickups reflektiert und stachen ihm in die Augen und entzündeten einen trägen Schmerz in seinem Schädel. Er kannte diesen Schmerz und seine Launen. Manchmal überfiel er Dan wie ein brutaler Schläger mit einem Hammer, manchmal wie ein Chirurg mit einem scharfen Skalpell. Während der schlimmsten Phasen überfuhr der Schmerz ihn wie ein Sattelschlepper, und Dan konnte nichts weiter tun, als sich in seinen Zorn zu verbeißen und liegenzubleiben, bis sein Körper zu ihm zurückkehrte.

Sterben war etwas sehr Schweres.

In diesem August des Jahres 1991, einem Sommer, der einer der heißesten in Louisianas langer Geschichte höllischer Jahreszeiten war, war Dan zweiundvierzig Jahre alt. Er sah zehn Jahre älter aus. Sein knochiges, eingefallenes Gesicht war Zeugnis seines immerwährenden Kampfes mit dem Schmerz. Es war ein Kampf, den er, das war ihm klar, nicht gewinnen konnte. Wenn er mit Bestimmtheit wüßte, daß er noch drei weitere Jahre leben würde, war er nicht sicher, ob er darüber glücklich wäre. Im Moment lebte er von einem Tag zum anderen. Manche Tage waren ganz in Ordnung, manche waren nicht einen Eimer warmer Spucke wert. Doch es war nicht seine Natur, aufzugeben, egal, wie hart es war. Er fuhr weiter die pfeilgerade Spur der 70th Street entlang, vorbei an Ladenzeilen und Parkplätzen und Schnellimbissen. Er fuhr in die gnadenlose Sonne und den Geruch von ermordeten Unschuldigen.

Zu beiden Seiten des Konsumjahrmarkts der 70th Street reihten sich Grillrestaurants aneinander, und aus ihren Küchenschornsteinen stieg jener Gestank von verbranntem Fleisch in den versengten Himmel. Es war kurz nach neun, und schon zeigte das Thermometer vor der Friendship Bank of Louisiana dreißig Grad an. Der Himmel war wolkenlos, doch er war mehr weiß als blau, so als wäre alle Farbe aus ihm herausgebleicht worden. Die Sonne war eine polierte Zinnkugel, das Versprechen eines weiteren Tags des Elends für die Bundesstaaten am Golf von Mexiko. Gestern hatte die Temperatur neununddreißig Grad erreicht, und Dan vermutete, daß es heute heiß genug werden würde, um Tauben im Flug zu braten. Alle paar Tage gab es nachmittägliche Schauer, doch sie reichten gerade, um die Straßen dampfen zu lassen. Der Red River strömte schlammig durch Shreveport ins Bayou-Land, und die Luft schimmerte über den höheren Gebäuden, die sich eisengrau gegen den Horizont erhoben.

Dan hielt an einer roten Ampel. Die Bremsen des Pickups quietschten ein bißchen, da sie dringend neue Beläge brauchten. Letzte Woche hatte Dan sich mit dem Ersetzen verrotteter Holzplanken auf einer Veranda genug Geld für die Monatsmiete und Strom und Gas verdient, und er hatte noch ein paar Dollar für Lebensmittel übrig. Dennoch waren einige Dinge einfach noch nicht an der Reihe. Er hatte zwei Raten für seinen Pickup nicht bezahlt, und er mußte Mr. Jarrett aufsuchen und mit ihm zusammen überlegen, wie es weitergehen sollte. Mr. Jarrett, der Leiter der Kreditabteilung der First Commercial Bank, verstand, daß Dan im Moment eine harte Zeit durchmachte, und hatte ihm einige Zahlungen gestundet.

Der Schmerz saß hinter Dans Augen. Er lebte dort wie ein Einsiedlerkrebs. Dan griff neben sich nach der weißen Tablettenflasche mit Excedrin und öffnete sie mit dem Daumen. Er schüttelte zwei Tabletten auf seine Zunge und zerkaute sie. Die Ampel sprang auf Grün um, und Dan fuhr weiter, auf Death Valley zu.

Dan trug ein rostfarbenes, kurzärmliges Hemd und Bluejeans mit Flicken auf den Knien. Unter einer ausgeblichenen blauen Baseballmütze war sein ausdünnendes braunes Haar aus der Stirn nach hinten gekämmt und fiel über seine Schultern; ein Haarschnitt stand nicht sonderlich hoch auf Dans Prioritätenliste. Dan hatte hellbraune Augen und einen gestutzten Bart, der schon beinahe grau war. An seinem linken Handgelenk trug er eine Timex und an seinen Füßen ein Paar feste braune, abgewetzte Arbeitsstiefel. Auf seinem rechten Unterarm schimmerte der bläulich-grüne Geist einer Schlangentätowierung, ein Andenken an einen stämmigen Knaben, der in einer Nacht auf Urlaub in Saigon einen der billigen und starken Zombies zuviel getrunken hatte. Diesen Knaben gab es längst nicht mehr, und Dan war die Tätowierung geblieben. Die Schlangenbeschwörer, das waren sie gewesen, hatten furchtlos ihre Hände in Dschungellöcher gesteckt und herausgeholt, was für Schrecken sie darin auch immer zusammengerollt erwartet hatten. Sie hatten nicht gewußt, daß die gesamte Welt ein Schlangenloch war und daß die Schlangen nur immer größer und bösartiger wurden. Sie hatten in ihrem übermütigen Sturmlauf in die Zukunft nicht gewußt, daß die Schlangen nicht nur in den Löchern warteten, sondern auch im gemähten Gras des amerikanischen Traums. Zuerst griffen sie sich deine Beine, schlängelten sich um deine Knöchel und ließen dich langsamer werden. Danach glitten sie in deine Gedärme, so daß dir übel wurde und du Angst bekamst, und dann warst du eine leichte Beute zum Töten.

In den Jahren seit jener Day-Glo-Erinnerung an eine Nacht in Saigon war Dan Lambert geschrumpft. Auf seinem brustschlagenden, Charlie-abknallenden Höhepunkt war er einsdreiundachtzig groß gewesen und hatte sechsundneunzig Kilo Parris Island-trainierter Muskeln mit sich herumgeschleppt. Damals hatte er geglaubt, er könne Kugeln schlucken und Eisen scheißen. Jetzt wog er etwa siebenundsiebzig Kilo, und er glaubte nicht, daß er viel über einsachtzig groß war. Es war etwas Ausgezehrtes an seinem Gesicht, das ihn an einige der alten Vietnamesen erinnerte, die in ihren Hütten gekauert und ihn mit verängstigten Augen angestarrt hatten, wie Straßenköter, die den Tritt eines Stiefels erwarteten. Dans Wangenknochen standen vor, und sein Kinn unter dem Bart war scharf wie ein Dosenöffner. Er aß nur selten drei Mahlzeiten am Tag, und natürlich ging auch einiges dieser Schrumpfung auf das Konto der Krankheit.

Schwerkraft und Zeit waren Riesentöter, dachte er, während er mit schweißnaß am Sitz klebendem Hemd den sonnenüberfluteten Highway entlangfuhr. Die Schwerkraft ließ dich schrumpfen, und die Zeit zog dich ins Grab, und nicht

einmal die Schlangenbeschwörer konnten solch schreckliche Gegner wie diese beiden schlagen.
Er fuhr durch den bleichen Rauch, der aus dem Schornstein von Hungry Bob's Barbecue Shack aufstieg, während der Koch all das Fleisch schmackhaft und schwarz für die Mittagessensgäste briet. Ein Reifen versank in einem Schlagloch, und Dans Werkzeugkasten auf der Ladefläche schepperte. Seine Werkzeuge waren die Hämmer, Nägel, Wasserwaagen und Sägen eines Schreiners.
An der nächsten Kreuzung bog er nach rechts ab und fuhr in südlicher Richtung in einen Lagerhausbezirk. Es war eine Welt aus Maschendrahtzäunen, Laderampen und Backsteinwänden. Zwischen den Gebäuden lauerte die Hitze rachlustig wie ein gefangenes Tier. Vor ihm waren ein halbes Dutzend Pickups und ein paar andere Autos auf einem freien Platz geparkt. Dan konnte einige der Männer herumstehen und sich unterhalten sehen. Ein weiterer Mann saß auf einem Klappstuhl und las eine Zeitung. Seine CAT-Mütze warf einen schmalen Schatten über sein Gesicht. In der Nähe eines der Autos stand ein Mann, um dessen Hals ein Schild hing, und auf dieses Schild hatte er mit der Hand geschrieben: ARBEITE FÜR ESSEN.
Das war Death Valley.
Dan parkte seinen Pickup auf dem Platz und stellte den Motor ab. Er zog sein nasses Hemd von der Rückenlehne, steckte die Flasche mit Excedrin in seine Tasche und stieg aus. »Da ist Dan!« rief Steve Lynam, der sich ein Stück weiter weg mit Darryl Glennon und Curtis Nowell unterhielt, und Dan hob grüßend die Hand.
»Morgen, Dan«, sagte Joe Yates und legte die Zeitung in seinen Schoß. »Wie steht's?«
»Ist noch immer da«, erwiderte Dan. »Denke ich zumindest.«

»Hab Eistee hier.« Ein Plastikkrug und eine Tasche mit Dixie-Bechern stand auf dem Boden neben Joes Klappstuhl. »Komm her.«

Dan gesellte sich zu ihm. Er goß sich etwas Eistee in einen Becher und ließ sich neben Joes Schatten auf den Boden sinken.

»Terry hat ein Ticket gekriegt«, sagte Joe, während er Dan einen Teil seiner Zeitung anbot. »Vor etwa zehn Minuten is 'n Typ hergekommen, der nach einem Mann suchte, der ihm 'n paar Steinplatten verlegen kann. Hat sich Terry rausgepickt, und sie sind auf und davon.«

»Das ist gut.« Terry Palmeter hatte eine Frau und zwei Kinder zu ernähren. »Hat der Typ gesagt, ob er vielleicht später noch mehr Hilfe braucht?«

»Nur den einen für die Steinplatten.« Joe schaute mit zusammengekniffenen Augen zur Sonne hinauf. Er war ein schlanker Mann mit einem harten Gesicht und einer Nase, die irgendwann in der Vergangenheit einmal von einer brutalen Faust gebrochen worden war. Er kam nun schon seit über einem Jahr nach Death Valley, ungefähr so lange wie Dan selbst. An den meisten Tagen war Joe ein freundlicher Bursche, doch manchmal saß er finster dreinblickend und übellaunig da, und man ließ ihn besser in Ruhe. Wie die anderen Männer, die nach Death Valley kamen, hatte Joe nie viel über sich erzählt, doch Dan hatte herausgefunden, daß er wie er selbst verheiratet gewesen und geschieden war. Die meisten Männer kamen nicht aus Shreveport. Sie waren Streuner, die dem Versprechen von Arbeit folgten, und für sie führten die Straßen auf der Landkarte nicht von Stadt zu Stadt, sondern von geteerten Dächern über verputzte Mauern zum Rohbau neuer Häuser, mit Kiefernholz, das so frisch war, daß die Balken gelbe Tränen weinten. »O Gott, heute wird es wieder eine Schweinehitze werden«, bemerkte

Joe, senkte seinen Kopf und kehrte zu seiner Zeitung und zum Warten zurück.

Dan trank den Eistee und spürte, wie Schweißtropfen seinen Nacken hinunterliefen. Er wollte nicht starren, doch seine Augen kehrten immer wieder zu dem Mann mit dem handgeschriebenen Schild zurück. Er hatte hellblondes Haar, war vermutlich Ende Zwanzig und trug ein Hemd mit Karomuster und eine schmutzige Latzhose. Sein Gesicht war noch immer jungenhaft, obgleich es die Ausgezehrtheit wahren Hungers anzunehmen begann. Es erinnerte Dan an jemanden, den er vor langer Zeit einmal gekannt hatte. Ein Name kam ihm in den Sinn: *Farrow*. Er ließ ihn wieder treiben, und die Erinnerung schwebte davon wie der stechende Rauch eines Grills.

»Sieh mal, Dan.« Joe tippte mit dem Zeigefinger auf einen Artikel in der Zeitung. »Der Wirtschaftsfutzi des Präsidenten sagt, daß die Rezession endlich vorbei ist und daß es allen bis Weihnachten wieder gutgehen sollte. Sagt, die Zahl der Neubauten wäre schon um dreißig Prozent gestiegen.«

»Na toll«, erwiderte Dan.

»Hier sind jede Menge Graphiken, die darlegen, wie glücklich wir sein sollten.« Er zeigte sie Dan, der einen Blick auf die bedeutungslosen Türmchen und Pfeile warf und dann wieder den Mann mit dem Schild beobachtete. »Ja, bald wird alles besser, stimmt's?« Joe nickte als Antwort auf seine eigene zynische Frage. »Ja, Sir. Schade nur, daß sie vergessen haben, es dem einfachen Arbeiter zu sagen.«

»Joe, wer ist der Bursche da drüben?« fragte Dan. »Der Typ mit dem Schild.«

»Ich weiß nicht.« Er hob seinen Blick nicht von der Zeitung. »War schon hier, als ich kam. Junger Bursche, wie's aussieht. Zum Teufel, jeder hier würde für Essen arbeiten, wenn es darum geht, aber wir tragen keine Schilder, um damit zu werben, oder?«

»Vielleicht sind wir noch nicht hungrig genug.«

»Vielleicht nicht«, pflichtete Joe bei, und dann sagte er nichts mehr.

Weitere Männer kamen in ihren Pickups und Personenwagen, einige mit Ehefrauen, die sie aussteigen ließen und dann wieder davonfuhren. Dan entdeckte ein paar, die er kannte, wie Andy Slane und Jim Neilds. Sie waren eine Art Gemeinschaft, Gelehrte auf dem College der Tiefschläge. Vor vierzehn Monaten hatte Dan noch auf der Lohnliste der A&A Construction Company gestanden. Ihr Motto hatte gelautet: WIR BAUEN DAS BESTE FÜR WENIGER. Trotzdem war die Firma nicht stark genug gewesen, um die Talfahrt des Baugewerbes zu überstehen. Dan hatte nach fünf Jahren die Arbeit verloren und schnell gemerkt, daß niemand mehr Vollzeitschreiner einstellte. Als erstes hatte er sein Haus für eine billigere Wohnung hergeben müssen. Seine Ersparnisse waren erstaunlich – und beängstigend – schnell geschwunden. Seit seiner Scheidung 1984 hatte er Susan Unterhalt gezahlt, und so hat der Stand seines Kontos nie gut ausgesehen. Doch er war kein Mann, der Luxus brauchte oder erwartete. Sein schönster Besitz war sein Chevy-Pickup – »nebel-metallic« war der korrekte Name der Farbe nach Aussage des Verkäufers –, den er drei Monate vor der Pleite von A&A Construction gekauft hatte. Es machte ihm Sorgen, daß er mit zwei Raten im Rückstand war. Mr. Jarrett war ein fairer Mann, und Dan wollte diese Fairness nicht ausnutzen. Er würde einen Weg finden müssen, etwas Geld zusammenzukratzen.

Er mochte den Mann mit dem handgeschriebenen Schild nicht anschauen, aber er konnte sich nicht dagegen wehren. Er wußte, wie es war zu versuchen, eine feste Anstellung zu finden. Mit all der Kurzarbeit und den Firmenpleiten waren die Stellenangebote versiegt. Gelernte Arbeiter wie Dan und die anderen, die nach Death Valley kamen, waren die ersten, die es zu spüren bekamen. Er mochte den Mann mit dem Schild nicht anschauen, weil er fürchtete, er könnte seine eigene Zukunft sehen.

Death Valley war der Ort, an den Männer, die Arbeit suchten, kamen, um auf ein »Ticket« zu warten. Ein Ticket zu bekommen, bedeutete, von irgend jemandem ausgewählt worden zu sein, der eine Arbeit erledigt haben wollte. Die Bauunternehmer, die noch immer im Geschäft waren, kannten Death Valley und kamen hierher, um sich eine Aushilfe zu holen, wenn ein angestellter Arbeiter ihres Bautrupps krank war oder sie für ein, zwei Tage zusätzliche Arbeiter brauchten. Manchmal kamen auch Hausbesitzer vorbei, um jemanden für das Reparieren eines Dachs oder das Bauen eines Zauns anzuheuern. Die Leute von Death Valley waren billige Arbeitskräfte.

Und das Schlimmste daran war, daß es, wie Dan aus den Gesprächen mit den anderen erfahren hatte, Orte wie Death Valley in jeder Stadt gab. Es war ihm klargeworden, daß Tausende von Männern und Frauen an der Armutsgrenze lebten, durch niemand anderes Schuld als die der Zeit und des Zufalls. Die Rezession war ein grausames Tier gewesen, und es hatte mit derselben Gleichgültigkeit junge wie alte Familien aus ihren Heimen gerissen und ihre Leben zerstört.

»He, Dan! Wie viele hast du umgelegt?«

Zwei Schatten waren über ihn gefallen. Er blickte auf und erkannte Steve Lynam und Curtis Nowell, die mit der Sonne im Rücken neben ihm standen. »Was?«

»Wie viele hast du umgelegt?« Curtis hatte die Frage gestellt. Er war Anfang Dreißig, hatte lockiges dunkelbraunes Haar und trug ein gelbes T-Shirt mit dem Aufdruck: BOMBT DIE WALE IN DEN ORBIT.

»Wie viele Schlitzaugen? Mehr als zwanzig oder weniger als zwanzig?«

»Schlitzaugen?« wiederholte Dan, der noch immer nicht ganz verstand.

»Ja.« Curtis zog eine Schachtel Winstons und ein Feuerzeug aus seiner Jeanstasche. »Charlies. Gelbe Hunde. Wie immer ihr Kerle die damals genannt habt. Hast du mehr als zwanzig umgelegt?«

Joe schob den Schirm seiner Mütze hoch. »Habt ihr Typen nichts Besseres zu tun, als einen Mann in seiner Privatsphäre zu stören?«

»Nein«, gab Curtis zurück, während er sich eine Zigarette anzündete. »Tut doch keinem weh, mal zu fragen, oder, Dan? Ich mein, du bist doch stolz darauf, ein Veteran zu sein, oder?«

»Ja, das bin ich.« Dan trank einen weiteren Schluck von seinem Tee. Die meisten Stammgäste des Death Valley wußten darüber Bescheid, daß er in Vietnam gedient hatte – nicht, weil er besonders damit prahlte, sondern weil Curtis ihn gefragt hatte, woher die Tätowierung stammte. Curtis hatte ein großes Maul, und er war ziemlich beschränkt – eine schlechte Kombination. »Ich bin stolz darauf, meinem Land gedient zu haben«, erklärte Dan.

»Ja, du bist nicht rauf nach Kanada wie diese beschissenen Wehrdienstverweigerer, stimmt's?« fragte Steve. Er war ein paar Jahre älter als Curtis, hatte stechende blaue Augen und einen Brustkorb, größer als ein Bierfaß.

»Nein«, antwortete Dan. »Ich tat, was man mir befohlen hat.«

»Also, wie viele?« drängte Curtis. »Mehr als zwanzig?«

Dan atmete langsam und müde aus. Die Sonne brannte auf

seinen Schädel, selbst durch die Baseballmütze hindurch. »Spielt das wirklich eine Rolle?«

»Wir wollen es wissen«, sagte Curtis. Er hatte die Zigarette zwischen den Zähnen eingeklemmt, und aus seinem Mund kam Rauch. »Du hast sie doch gezählt, oder?«

Dan starrte geradeaus. Er schaute auf einen Maschendrahtzaun. Dahinter war eine braune Ziegelsteinmauer. Sonne und Schatten lagen Welten getrennt voneinander auf dieser Mauer. In der Luft konnte Dan das Verbrennen riechen.

»Hab mich mal mit diesem Vet in Mobile unterhalten«, fuhr Curtis gnadenlos fort. »Der Typ hatte nur noch ein Bein. Er sagte, er habe 'ne Strichliste geführt, er wisse, wie viele Schlitzaugen er umgelegt habe, bis auf den letzten Mann.«

»Herrgott noch mal!« entfuhr es Joe. »Warum zieht ihr beiden nicht ab und geht jemand anderem auf die Nerven? Könnt ihr denn nicht sehen, daß Dan nicht darüber reden will?«

»Er hat einen Mund«, entgegnete Steve. »Er kann sagen, ob er darüber reden will oder nicht.«

Dan spürte, daß Joe kurz davor war, von seinem Stuhl aufzustehen. Wenn Joe aufstand, dann entweder deswegen, weil er ein Ticket bekommen hatte, oder weil er jemandem die Scheiße aus dem Leib prügeln wollte. »Ich habe sie nicht gezählt«, sagte Dan, bevor Joe sich von seinem Klappstuhl erheben konnte. »Ich habe nur meine Pflicht erfüllt.«

»Aber du weißt doch wenigstens so ungefähr, wie viele es waren, oder?« Curtis gedachte offenbar nicht, aufzugeben, bis er den letzten Fetzen Fleisch von diesem speziellen Knochen abgenagt hatte. »Waren es denn nun mehr oder weniger als zwanzig?«

Ein Windrad von Erinnerungen setzte sich langsam und träge in Dans Kopf in Bewegung. Diese Erinnerungen waren nie weit entfernt, selbst an Dans besten Tagen nicht. In jenem trägen Windrad waren Bruchstücke von Szenen und Geschehnissen: Mörsergranaten, die Erdfontänen explodieren ließen, in einem Dschungel, in dem das Sonnenlicht nur noch ein schummriges Zwielicht war; Reisfelder, die in der Mittagshitze schimmerten; Hubschrauber, die am Himmel kreisten, während Soldaten über ihre Funkgeräte um Hilfe schrien und die Kugeln von Scharfschützen die Luft zerrissen; die falschen Neonfreuden der Saigoner Straßen und Bars; dunkle Gestalten, unsichtbar, doch zu spüren, und menschliche Exkremente innerhalb der Perimeterumzäunung, um die Verachtung auszudrücken, die der Vietcong für Onkel Sams junge Männer empfand; Raketen, die weiß und rot über den Abendhimmel krochen; Ann-Margret in Schaftstiefeln und rosa Hot pants, die bei einer USO-Show herausfordernd tanzte; die Leiche eines Vietcong-Soldaten, ein Junge von vielleicht fünfzehn Jahren, der auf eine Mine getreten und in Stücke gerissen worden war und auf dessen blutigem Gesicht Fliegen nun eine schwarze Maske bildeten; ein Feuergefecht auf einer sumpfigen Lichtung und eine völlig verängstigte Stimme, die *Motherfucker, Motherfukker, Motherfucker* schrie, wie ein fremdartiges Mantra; der silberne Regen, der die Bäume und Schlingpflanzen und das Gras, das Haar und die Augen tränkte, und kein Tropfen davon sauber; und das Dorf.

O ja. Das Dorf.

Dans Mund war sehr trocken. Er trank noch einen Schluck Tee. Das Eis war fast geschmolzen. Er konnte spüren, daß die Männer darauf warteten, daß er sprach, und er wußte, daß sie ihn nicht in Ruhe lassen würden, bis er es tat. »Mehr als zwanzig.«

»Verfluchte Scheiße, ich hab's gewußt!« Grinsend bohrte Curtis Steve den Ellbogen in die Rippen und streckte seine Handfläche aus. »Her damit!«

»Schon gut, schon gut.« Steve holte eine abgewetzte Brieftasche heraus, öffnete sie und klatschte eine Fünfdollarnote in Curtis Nowells Hand. »Ich hole sie mir früher oder später zurück.«
»Habt ihr Jungs denn nicht schon Ärger genug, daß ihr jetzt auch noch euer Geld verspielen müßt?« knurrte Joe verächtlich.
Dan stellte seinen Becher ab. Ein heißer Puls begann in seinen Schläfen zu pochen. »Ihr habt gewettet«, sagte er, während er mit einem eisigen Blick zu den beiden Männern aufsah, »wie viele Leichen ich in 'Nam zurückgelassen habe?«
»Ja, ich habe gewettet, daß es mehr als zwanzig waren«, antwortete Curtis, »und Steve hat gesagt, es seien ...«
»Ich habe schon verstanden.« Dan erhob sich. Es war eine langsame, fließende Bewegung, obgleich sie in seinen Knien schmerzte. »Du hast mich und das, was ich getan habe, benutzt, um damit ein paar Kröten zu gewinnen, Curtis?«
»Klar doch.« Er sagte das mit Stolz in der Stimme und machte Anstalten, den Fünfer in seine Tasche zu stecken.
»Laß mich das Geld sehen.«
Noch immer grinsend hielt ihm Curtis den Geldschein hin. Dan lächelte nicht. Seine Hand schnellte vor, griff nach dem Geld und schloß sich darum, bevor Curtis' Grinsen in sich zusammenfallen konnte. »He!« rief Curtis. »Gib's wieder her, Mann!«
»Du hast mich und das, was ich getan habe, benutzt? Das, was ich durchgemacht habe? Ich denke, ich verdiene die Hälfte davon, meinst du nicht auch?« Und ohne zu zögern, zerriß Dan den Geldschein in zwei Hälften.
»He, Mann! Es ist gegen das verdammte Gesetz, Geld zu zerreißen!«
»Dann verklag mich doch. Hier ist deine Hälfte.«

Curtis' Gesicht war rot angelaufen. »Ich sollte dir deinen verdammten Schädel einschlagen!«

»Vielleicht solltest du das. Zumindest versuchen.«

Ein paar der anderen Männer hatten gemerkt, daß Ärger in der Luft lag, und kamen nun langsam heran. Curtis' Grinsen kehrte zurück, nur diesmal war es gemein. »Dich könnte ich mit einer Hand schaffen, du magerer alter Bastard.«

»Damit magst du recht haben.« Dan beobachtete die Augen des jüngeren Mannes, denn er wußte, daß er in ihnen den Schlag kommen sehen würde, bevor Curtis' Arm zum Haken ausholte. »Könnte sein. Aber bevor du es versuchst, möchte ich, daß du weißt, daß ich meine Hand nicht mehr im Zorn gegen einen Mann erhoben habe, seit ich 'Nam verlassen habe. Ich war nicht der beste Soldat, aber ich habe meine Pflicht erfüllt, und niemand konnte je sagen, daß ich nach Süden abgegangen wäre.« Dan sah einen Nerv in Curtis' linkem Augenlid zucken. Curtis stand kurz vor dem Zuschlagen. »Wenn du nach mir ausholst«, erklärte Dan ruhig, »wirst du mich töten müssen, um mich zu Boden zu bringen. Ich lasse mich nicht benutzen oder zum Narren halten, und ich werde nicht dulden, daß du eine Wette gewinnst, die darum geht, wie viele Leichen ich hinter mir zurückgelassen habe. Hast du das verstanden, Curtis?«

»Ich finde, du redest Scheiße«, entgegnete Curtis, doch sein Grinsen war schwächer geworden. Schweißtropfen glänzten auf seinen Wangen und seiner Stirn. Er blickte nach rechts und links, musterte das etwa halbe Dutzend Schaulustige und sah dann wieder zu Dan. »Du hältst dich für was *Besonderes,* weil du ein Vet bist?«

»An mir ist nichts Besonderes«, antwortete Dan. »Ich will nur, daß du weißt, daß ich da drüben das Töten gelernt habe. Ich wurde besser darin, als ich wollte. Ich habe nicht alle diese Vietcong mit einem Gewehr oder einem Messer getötet. Bei einigen mußte ich meine Hände benutzen. Curtis, ich liebe den Frieden mehr als jeder andere Mann auf der Welt, aber ich lasse mir keine Respektlosigkeit gefallen. Also mach nur weiter und schlag zu, wenn du willst, ich gehe nicht weg.«

»Mann, ich könnte dir mit einem einzigen Hieb deinen verdammten Hals brechen«, sagte Curtis, doch die Art, wie er es sagte, zeigte Dan, daß er zu entscheiden versuchte, ob er diese Sache auf die Spitze treiben wollte oder nicht.

Dan wartete. Es war nicht an ihm, diese Entscheidung zu treffen.

Einige Sekunden verstrichen. Dan und Curtis starrten einander an.

»Verflucht heiß zum Kämpfen«, bemerkte Joe. »Und das sind nun erwachsene Männer!«

»Zum Teufel, es sind doch nur fünf Dollar«, fügte Steve hinzu.

Curtis zog an seiner Zigarette und stieß den Rauch durch seine Nasenlöcher aus. Dan ließ ihn nicht aus den Augen, sein Blick ruhig und sein Gesicht beherrscht, obwohl der Schmerz in seinem Schädel noch einen Gang zugelegt hatte.

»Scheiße«, sagte Curtis schließlich. Er spuckte einen Tabakkrümel aus. »Gib's her.« Er nahm die Hälfte, die Dan ihm hinhielt. »Dann kannst du sie wenigstens nicht zusammenkleben und ausgeben.«

»Na also. Und jetzt küßt euch, und vertragt euch wieder«, schlug Joe vor.

Curtis lachte, und Dan erlaubte sich ein Lächeln. Die Männer, die sich um sie geschart hatten, zerstreuten sich langsam wieder. Dan wußte, daß Curtis kein schlechter Kerl war; Curtis hatte nur manchmal eine miese Tour drauf, und dann mußte man ihm etwas Verstand einprügeln. Aber heute, mit der gnadenlos sengenden Sonne und ohne den geringsten Luftzug, der durch die Gräser von Death Valley strich, war Dan sehr froh, daß es nicht hart auf hart gekommen war.

»Tut mir leid«, sagte Steve zu ihm. »Ich vermute, wir haben gar nicht darüber nachgedacht, daß es dir was ausmachen könnte. Die Wette, meine ich.«

»Jetzt wißt ihr es. Laßt es uns vergessen, in Ordnung?«

Curtis und Steve verzogen sich. Dan holte die Flasche mit dem Excedrin aus seiner Tasche und schluckte eine weitere Tablette. Seine Handflächen waren feucht – nicht aus Angst vor Curtis, sondern aus Angst vor dem, was er selbst hätte tun können, wenn dieser spezielle Dämon losgelassen worden wäre.

»Bist du in Ordnung?« Joe musterte ihn eindringlich.

»Ja. Nur Kopfschmerzen.«

»Die hast du ziemlich oft, stimmt's?«

»Gelegentlich.«

»Hast du mal einen Arzt aufgesucht?«

»Ja.« Dan steckte die Flasche wieder weg. »Der meint, es sei Migräne.«

»Ach ja?«

»Ja.« Er weiß, daß ich lüge, dachte Dan. Es bestand kein Grund, irgendeinem der Männer hier von seiner Krankheit zu erzählen. Er zerbiß das Excedrin und spülte es mit dem letzten Schluck Eistee hinunter.

»Curtis wird eines Tages noch mal an den Falschen geraten«, sagte Joe. »Der Kerl hat keinen Verstand.«

»Er hat noch nicht lang genug gelebt. Das ist sein Problem.«

»Stimmt. Nicht wie wir alten Relikte, was?« Joe blickte zum Himmel hinauf und maß den Reiseweg zur Sonne ab. »Hast du da drüben Schreckliches gesehen, Dan?«

Dan setzte sich wieder neben den Stuhl seines Freundes auf den Boden. Er ließ die Frage einen Moment lang in der Luft

hängen, dann antwortete er: »Das habe ich. Wir alle haben das.«
»Ich selbst bin nicht mehr eingezogen worden, aber ich habe hinter euch Jungs gestanden. Ich habe nicht auf den Straßen demonstriert oder so was.«
»Wär vielleicht besser gewesen, wenn du es getan hättest. Wir waren viel zu lange dort drüben.«
»Wir hätten gewinnen können«, sagte Joe. »Ja, Sir. Wir hätten mit diesen Schweinehunden den Boden wischen können, wenn wir nur ...«
»Das habe ich früher auch gedacht«, fiel Dan ihm leise ins Wort. »Ich habe gedacht, wenn es die Demonstranten nicht gegeben hätte, hätten wir das ganze verdammte Land in einen großen asphaltierten Parkplatz verwandeln können.« Er zog die Knie an die Brust. Das Excedrin fing nun an zu wirken und dämpfte den Schmerz. »Dann bin ich rauf nach Washington gefahren, und ich bin an dieser Mauer langgegangen. Du weißt schon, wo die ganzen Namen stehen. Da sind 'ne Menge Namen. Typen, die ich kannte. Junge Burschen, achtzehn und neunzehn, und was von ihnen übrig ist, füllt nicht mal einen Eimer. Ich habe wieder und wieder darüber nachgedacht, aber ich komme einfach nicht dahinter, was es uns gebracht hätte, wenn wir gewonnen hätten. Wenn wir jeden Vietcong bis auf den letzten Mann getötet hätten, wenn wir geradewegs nach Hanoi hineinmarschiert wären und es bis auf die Grundmauern niedergebrannt hätten, wenn wir als Helden nach Hause zurückgekehrt wären wie diese Jungs von der Operation Wüstensturm ... Was hätten wir gewonnen?«
»Respekt, vermute ich«, sagte Joe.
»Nein, nicht einmal das. Es war längst überfällig, daß wir da abhauten. Ich wußte es, als ich all diese Namen auf jener schwarzen Mauer sah. Als ich die Mütter und Väter sah, die

die Namen ihrer toten Söhne auf Papier durchpausten, um sie mit nach Hause zu nehmen, weil das alles war, was ihnen noch geblieben war, da wußte ich, daß die Demonstranten recht hatten. Wir hätten den Krieg nie gewinnen können. Niemals.«

»Nach Süden abgegangen«, sagte Joe.

»Was?«

»Nach Süden abgegangen. Du hast Curtis gegenüber erklärt, daß niemand je sagen konnte, du wärst nach Süden abgegangen. Was bedeutet das?«

Dan wurde bewußt, daß er den Ausdruck benutzt hatte, doch ihn aus dem Mund eines anderen Mannes zu hören, überraschte ihn. »Das ist etwas, was wir in 'Nam gesagt haben«, antwortete er. »Wenn jemand Mist gebaut hat oder zusammengebrochen ist, dann haben wir gesagt, er sei nach Süden abgegangen.«

»Und du hast nie Mist gebaut?«

»Nicht genug, daß ich oder ein anderer dadurch getötet worden wäre. Mehr wollten wir nicht, nur lebend dort herauskommen.«

»Tolles Leben, zu dem du da zurückgekehrt bist, was?«

»Ja«, erwiderte Dan, »tolles Leben.«

Joe verfiel in Schweigen, und Dan sagte nichts weiter. Vietnam war kein Thema, über das Dan gerne sprach. Wenn irgend jemand es wissen wollte und ihn drängte, dann mochte er ihm zögernd von den Schlangenbeschwörern und ihren Ruhmestaten, den kindlichen Barmädchen von Saigon und den Scharfschützen im Dschungel erzählen, die zu jagen und zu töten er ausgebildet worden war, doch über zwei Dinge verlor er nie auch nur ein Wort: das Dorf und den verseuchten silbernen Regen.

Die Sonne stieg höher, und der Morgen wurde alt. Es war kein guter Tag für Tickets. Gegen halb elf hielt ein Typ in einem weißen Lieferwagen im Death Valley. Er suchte zwei Männer, die Erfahrung mit dem Anstreichen von Häusern hatten. Jimmy Staggs und Curtis Nowell bekamen ein Tikket, und nachdem sie in dem Lieferwagen davongefahren waren, kehrten alle anderen wieder zum Warten zurück.

Dan fühlte, wie die brutale Hitze ihn auslaugte. Er mußte sich eine Weile in den Pickup setzen, um aus der Sonne zu entfliehen. Zwei der jüngeren Kerle hatten Baseballhandschuhe und einen Ball mitgebracht, und sie zogen ihre nassen Hemden aus und warfen sich Bälle zu, während Dan und die älteren Männer zuschauten. Der Typ mit dem handgeschriebenen Schild um den Hals saß auf dem Bordstein und schaute erwartungsvoll in die Richtung, aus der die Ticketgeber kommen würden wie Gottes Gesandte. Dan wollte zu ihm hinübergehen, ihn auffordern, das Schild abzunehmen, und ihm sagen, daß er nicht betteln solle, entschied sich aber dann doch dagegen. Man tat, was man tun mußte, um durchzukommen.

Abermals erinnerte der junge Mann Dan an jemand anders, an diesen Farrow. Es ist die Farbe seines Haars und das jungenhafte Gesicht, dachte Dan. Farrow, der Junge aus Boston. Nun, in jenen Tagen waren sie alle Jungen gewesen, oder nicht? Doch die Erinnerung an Farrow rüttelte einen alten, tiefsitzenden Schmerz wach, und Dan verscheuchte die quälenden Bilder.

Dan war am 5. Mai 1950 in Shreveport geboren worden. Sein Vater, der Sergeant im Marine Corps gewesen war, sich jedoch von seinen Kollegen in der Pepsi-Abfüllungsfabrik gerne »Major« nennen ließ, hatte dieses Leben 1973 mit Hilfe einer Revolverkugel, die er sich in den Mund gejagt hatte, verlassen. Dans Mutter, die sich niemals der allerbesten Gesundheit erfreut hatte, war zu einer älteren Schwester nach Florida gezogen. Soweit Dan gehört hatte, war sie

Mitbesitzerin eines Blumenladens und kam gut zurecht. Seine drei Jahre ältere Schwester Kathy lebte in Taos, New Mexico, wo sie Schmuck aus Kupfer und Türkisen fertigte. Von ihnen beiden war Kathy der wahre Rebell gegen den Liebe-es-oder-hau-ab-Patriotismus des Majors gewesen. Sie war kurz nach ihrem siebzehnten Geburtstag geflohen, als sie in einen Transporter mit einer Band von Folksängern gesprungen war – »Abschaum« hatte der Major sie genannt – und sich in den goldenen Westen aufgemacht hatte. Dan, der gute Sohn, hatte die High-School beendet, hatte sein Haar immer kurz getragen, war Schreinerlehrling geworden und war von seinem Vater zum Rekrutierungszentrum der Marines gefahren worden, um seine Pflicht als »guter Amerikaner« zu erfüllen.

Und nun wartete Dan in seiner Geburtsstadt in der heißen Stille von Death Valley auf ein Ticket.

Gegen halb zwölf fuhr ein weiterer Lieferwagen vor. Dan war immer wieder erstaunt darüber, wie schnell sich alle bewegen konnten, wenn der Tag verstrich und die Tickets Mangelware waren. Wie hungrige Tiere drängelten die Männer um einen Platz um den Lieferwagen herum. Dan war mitten unter ihnen. Diesmal wurden vier Arbeiter gesucht, um ein Lagerhausdach zu flicken und zu teeren. Joe Yates bekam ein Ticket, doch Dan blieb zurück, als der Lieferwagen davonfuhr.

Kurz nach zwölf Uhr verließen einige der Männer Death Valley. Die Erfahrung lehrte, daß man nichts mehr bekommen würde, wenn man um zwölf noch kein Ticket hatte. Es gab immer ein Morgen. Regen oder Sonnenschein, Death Valley und seine Bewohner würden da sein. Als es auf ein Uhr zuging, stieg Dan in seinen Pickup, ließ den Motor an und fuhr durch den Rauch von verbranntem Fleisch nach Hause.

Er lebte in einem kleinen Mietshaus etwa sechs Meilen von Death Valley entfernt, doch auf derselben Seite der Stadt. In der Nähe seiner Wohnung gab es eine Kombination aus Tankstelle und Lebensmittelladen, und Dan hielt an, um hineinzugehen und einen Blick auf das Schwarze Brett des Geschäfts zu werfen. Dort hatte er eine Anzeige mit dem Text »Schreiner sucht Arbeit, vernünftige Preise« angepinnt, und darunter stand auf kleinen Abschnitten seine Telefonnummer, damit potentielle Kunden sie einfach abreißen und mitnehmen konnten. Er wollte sich vergewissern, daß noch nicht alle weg waren; sie waren es nicht. Dan unterhielt sich ein paar Minuten mit Leon, dem Mann hinter der Ladenkasse, und fragte, ob Mr. Khasab, der saudiarabische Besitzer des Ladens, irgendwelche Hilfe gebrauchen könne. Wie gewöhnlich entgegnete Leon, daß Mr. Khasab Dans Bewerbung in seinen Unterlagen habe.

Das Wohnhaus war aus gelbbraunen Backsteinen gebaut, und an diesen sengend heißen Tagen hielten die kleinen Zimmer die Hitze wie geballte Fäuste fest. Dan stieg mit klatschnassem Rücken aus seinem Pickup aus und schloß seinen Briefkasten auf. Er hatte diese Woche eine Anzeige mit seiner Telefonnummer und seiner Adresse in der »Stellengesuche«-Rubrik der Kleinanzeigen laufen, und er hoffte auf irgendeine Antwort. Im Briefkasten lagen zwei Umschläge. Der erste, adressiert an den »Mieter«, kam von einem Stadtrat, der sich zur Wiederwahl stellte. Auf dem zweiten stand Dans voller Name – Mr. Daniel Lewis Lambert –, und der Absender lautete First Commercial Bank of Shreveport. »Vertraulich« stand getippt auf der linken unteren Ecke des Umschlags. Dan gefiel das gar nicht. Er riß ihn auf, entfaltete das knisternde weiße Blatt Papier und las es.

Der Brief war von der Kreditabteilung der Bank. Das hatte Dan schon vermutet, obgleich die steife Formalität des

Schreibens nicht Mr. Jarretts Stil war. Dan brauchte nur wenige Sekunden, um den Absatz unter *Sehr geehrter Mr. Lambert* zu lesen, und als er damit fertig war, fühlte er sich, als hätte ihm gerade jemand einen Schlag direkt in den Magen versetzt.

... geschätzter Kreditkunde, dennoch ... die von uns im Moment als notwendig erachteten Maßnahmen ... aufgrund Ihrer unregelmäßigen Zahlungen in der Vergangenheit und der momentanen Zahlungsrückstände ... übergeben Sie die Schlüssel, den Fahrzeugbrief und den Fahrzeugschein ... 1990er Chevrolet-Pickup, Farbe nebel-metallic, Fahrgestellnummer ...

»O mein Gott«, flüsterte Dan.

... sofortige Pfändung ...

Dan blinzelte benommen im gleißenden Schein der sengenden Sonne.

Sie nahmen ihm seinen Pickup weg.

2 Ticken

Als Dan sich um zehn Minuten vor zwei durch die Drehtür der First Commercial Bank schob, trug er seine beste Kleidung: ein kurzärmliges weißes Hemd, einen Schlips mit blaßblauen Streifen und dunkelgraue Hosen. Er hatte seine Baseballmütze abgenommen und sein Haar gekämmt, und seine Füße steckten in schwarzen Schuhen statt in den Arbeitsstiefeln. Er erwartete den üblichen kalten Schock einer voll aufgedrehten Klimaanlage, doch das Innere der Bank war nicht viel kühler als die Straße. Die Klimaanlage war kaputt, und die Kassierer schwitzten hinter ihren Schaltern. Dan ging zum Fahrstuhl hinüber, sein frisches Hemd schon schweißnaß. In seiner rechten Hand hielt er den Umschlag, und in dem Umschlag steckte der Pfändungsbrief.

Er hatte schreckliche Angst.

Die Kreditabteilung befand sich im zweiten Stock. Bevor er durch die hehre Eichentür ging, blieb Dan an einem Wasserspender stehen, um noch eine Kopfschmerztablette zu nehmen. Seine Hände hatten zu zittern begonnen. Die Zeit der Abrechnung war gekommen.

Die Unterschrift auf dem Brief lautete nicht Robert »Bud« Jarrett. Ein Mann namens Emory Blanchard hatte ihn unterzeichnet. Und darunter stand: *Leiter der Kreditabteilung.* Vor zwei Monaten war Bud Jarrett der Leiter der Kreditabteilung gewesen. Soweit es ihm möglich war, wappnete Dan sich gegen das, was vor ihm lag, und er öffnete die Tür und ging hindurch.

Im Vorzimmer stand ein Sofa, eine Gruppe von Stühlen und ein Zeitschriftenständer. Die Sekretärin, deren Name Mrs. Faye Duvall lautete, saß telefonierend hinter ihrem Schreibtisch, während vor ihr ein Computermonitor blau leuchtete. Sie war neunundvierzig, grauhaarig, gut in Form und braungebrannt, und Dan hatte sich oft genug mit ihr unterhalten, um zu wissen, daß sie jeden Samstag in Lakeside Park Tennis spielte. Sie hatte die Jacke ihres pfirsichfarbenen Kostüms ausgezogen und über die Rücklehne ihres Schreibtischstuhls gehängt, und auf einem Aktenschrank surrte ein Ventilator, der direkt auf sie gerichtet war.

Dan sah, daß die geschlossene Tür nicht mehr Mr. Jarretts Namen trug. Auf der Tür prangte nun MR. E. BLANCHARD.

»Einen Moment, bitte«, sagte Mrs. Duvall zu Dan und wandte sich wieder ihrem Telefongespräch zu. Es hatte etwas mit Refinanzierung zu tun. Dan blieb vor ihrem Schreibtisch stehen und wartete. Endlich verabschiedete Mrs. Duvall sich und legte den Hörer auf, und sie lächelte Dan an, doch er konnte die Nervosität in ihrem Gesicht erkennen. Sie wußte natürlich Bescheid; sie hatte den Brief getippt.

»Guten Tag«, sagte sie. »Heiß genug für Sie?«

»Ich hab's schon schlimmer erlebt.«

»Wir brauchen einen ordentlichen Regen. Regen würde diesen Himmel von seiner Qual erlösen.«

»Mr. Jarrett«, sagte Dan. »Was ist mit ihm passiert?«

Sie lehnte sich auf ihrem Stuhl zurück und runzelte die Stirn. Ihre Mundwinkel verzogen sich. »Nun, es kam sehr plötzlich, soviel steht mal fest. Sie haben ihn Montag vor einer Woche nach oben gerufen, am Dienstag hat er seinen Schreibtisch ausgeräumt, und schon war er fort. Sie haben diesen neuen Typen eingesetzt, ein wirklich scharfer

Hund.« Sie deutete mit dem Kopf auf Blanchards Tür. »Ich konnte es einfach nicht glauben. Bud war acht Jahre hier, und ich dachte immer, er würde bis zu seiner Pensionierung bleiben.«

»Warum haben sie ihn entlassen?«

»Kann ich nicht sagen.« Ihr Tonfall jedoch verriet Dan, daß ihr die Gründe sehr wohl bekannt waren. »Ich habe nur gehört, daß Mr. Blanchard in einer Bank in Baton Rouge ein echter Feuerball gewesen sein soll. Hat deren Kreditabteilung innerhalb eines Jahres auf den Kopf gestellt.« Sie zuckte mit den Schultern. »Bud war der netteste Mensch, den man sich vorstellen konnte. Aber vielleicht war er zu nett.«

»Er hat mir auf alle Fälle sehr oft geholfen.« Dan hielt den Brief hoch. »Heute habe ich das hier bekommen.«

»Ja.« Ihre Augen nahmen einen harten Ausdruck an, und sie setzte sich gerader hin. Die Zeit der persönlichen Unterhaltungen war vorüber. »Haben Sie die Anweisungen befolgt?«

»Ich möchte mit Mr. Blanchard sprechen«, erklärte Dan. »Vielleicht kann ich etwas aushandeln.«

»Nun, im Moment ist er nicht hier.« Sie blickte auf die kleine Uhr auf ihrem Schreibtisch. »Ich denke nicht, daß er vor einer Stunde zurück sein wird.«

»Ich warte.«

»Dann setzen Sie sich dort hin. Es herrscht ja im Moment nicht gerade viel Betrieb hier.« Dan nahm Platz, und Mrs. Duvall wandte sich wieder ihrer Arbeit am Computerbildschirm zu. Nach einigen Augenblicken, in denen Dan gedankenverloren darüber nachdachte, wie er seinen Fall darlegen sollte, räusperte sich Mrs. Duvall und sagte: »Das tut mir sehr leid. Haben Sie genug Geld, um wenigstens eine Rate zu zahlen?«

»Nein.« Wie ein Wirbelsturm hatte er in der Suche nach Bargeld seine Wohnung durchforstet, aber er hatte nicht mehr als achtunddreißig Dollar und zweiundsechzig Cent zusammenkratzen können.

»Irgendwelche Freunde, von denen Sie es sich leihen könnten?«

Er schüttelte den Kopf. Das war ganz allein sein Problem.

»Haben Sie noch immer keine feste Anstellung gefunden?«

»Nein. Das auch nicht.«

Mrs. Duvall schwieg und tippte weiter in die Tastatur. Dan steckte den Brief in seine Tasche, verschränkte seine Finger und wartete. Man mußte ihm nicht erst sagen, daß er bis zum Hals in der Scheiße saß und sich jetzt auch noch der Boden unter seinen Füßen auftat. Die Hitze lastete schwer auf ihm. Mrs. Duvall stand von ihrem Stuhl auf und drehte den Ventilator so, daß etwas vom Luftzug auch in Dans Richtung wehte. Sie fragte, ob er was Kaltes zu trinken aus dem Automaten im Flur wolle, doch er lehnte höflich ab.

»Ich sage Ihnen, diese verdammte Hitze hier ist schrecklich!« jammerte sie, während sie den Cursor nach oben führte, um einen Fehler zu korrigieren. »Gleich heute morgen ist die Klimaanlage ausgefallen, können Sie sich das vorstellen?«

»Es ist schon schlimm.«

»Hören Sie, Mr. Lambert.« Sie schaute ihn an, und er zuckte innerlich zusammen, weil er das Mitleid in ihrem Gesichtsausdruck sehen konnte. »Ich muß Ihnen sagen, daß Mr. Blanchard kein großes Verständnis für traurige Geschichten aufbringt. Wenn Sie wenigstens in der Lage wären, eine Rate zusammenzubekommen, könnte das eine sehr große Hilfe sein.«

»Das schaffe ich nicht«, erwiderte Dan. »Ich finde keine Arbeit. Aber wenn ich meinen Pickup verliere, ist es mir unmöglich, einen Auftrag anzunehmen, wenn jemand anruft. Dieser Pickup … er ist das einzige, was mir noch geblieben ist.«

»Verstehen Sie etwas von Waffen?«

»Wie bitte?«

»Waffen«, wiederholte sie. »Mr. Blanchard geht liebend gern auf die Jagd, und er sammelt Waffen. Wenn Sie etwas von Waffen verstehen, dann könnten Sie sich vielleicht darüber mit ihm unterhalten, bevor Sie zum Angriff übergehen.«

Dan lächelte matt. Die letzte Waffe, mit der er etwas zu tun hatte, war ein M16 gewesen. »Vielen Dank«, sagte er. »Ich werde daran denken.«

Eine Stunde kroch schleppend dahin. Dan blätterte alle Zeitschriften durch und blickte jedesmal auf, wenn sich die Tür zum Gang öffnete, doch es waren immer nur andere Kreditkunden, die kamen und gingen. Er war sich des Tickens der Uhr auf Mrs. Duvalls Schreibtisch bewußt. Seine Nerven lagen langsam blank. Um Viertel nach drei stand er auf, um noch einmal am Wasserspender etwas zu trinken, und in diesem Moment öffnete sich die Tür, und zwei Männer betraten das Büro.

»Hallo, Mr. Blanchard!« sagte Mrs. Duvall fröhlich und gab damit Dan das Stichwort, daß der Chef gekommen war.

»Faye, stellen Sie mich bitte zu Perry Griffin durch.« Emory Blanchard trug das Jackett seines hellblauen Leinenanzugs über dem rechten Arm. Er hatte ein weißes Hemd und eine gelbe Krawatte mit kleinen blauen Punkten darauf an. Unter seinen Achselhöhlen waren Schweißflecken. Er war ein stämmiger, massiger Mann mit einem von Schweiß glänzenden roten Gesicht. Dan schätzte ihn auf Mitte Dreißig, wenigstens zehn Jahre jünger als Bud Jarrett. Blanchard hatte kurzgeschorenes braunes Haar, das am Stirnansatz

zurückging, und sein viereckiges, fleischiges Gesicht und die kräftigen Schultern erinnerten Dan an einen Typen, der College-Football gespielt haben könnte, bevor er von seinem Bauch übermannt worden war. Er trug eine silberne Drahtgestellbrille, und er kaute Kaugummi. Der zweite Mann hatte sich auf die gleiche Weise des Jacketts seines hellbraunen Anzugs entledigt, und er hatte lockiges blondes Haar, das an den Seiten ergraute. »Komm mit rein, Jerome«, sagte Blanchard, während er auf sein Büro zuging. »Dann wollen wir mal ein bißchen übers Geschäftliche plaudern.«
»Äh ... Mr. Blanchard?« Mrs. Duvall hatte den Telefonhörer am Ohr. Sie blickte zu Dan und dann gleich wieder zu Blanchard, der mit der Hand am Türknauf innegehalten hatte. »Mr. Lambert hat gewartet, um mit Ihnen zu sprechen.«
»Wer?«
Dan trat vor. »Dan Lambert. Ich muß mit Ihnen sprechen, bitte.«
Die Wucht von Blanchards direktem Blick war beeindrukkend. Seine Augen waren stahlblau, und sie bescherten Dan das erste Frösteln, das er an diesem Tag verspürt hatte. Innerhalb von drei Sekunden hatte Blanchard Dan von den Schuhspitzen bis zum Scheitel gemustert. »Und worum geht's?« Seine Augenbrauen hoben sich.
»Pfändung«, erklärte Mrs. Duvall. »Ein Chevrolet-Pickup.«
»Genau!« Blanchard schnippte mit den Fingern. »Jetzt hab ich's wieder. Ihr Brief ist gestern rausgegangen, ich erinnere mich.«
»Ja, Sir, ich habe ihn hier bei mir. Deshalb wollte ich mit Ihnen sprechen.«
Blanchard runzelte die Stirn, als hätten seine Zähne eine Fliege in seinem Kaugummi gefunden. »Ich denke, die Anweisungen in dem Brief waren deutlich, oder nicht?«

»Das waren sie, ja. Aber könnte ich zwei Minuten Ihrer Zeit in Anspruch nehmen?«
»Mr. Griffin ist in der Leitung«, verkündete die Sekretärin.
»Zwei Minuten«, sagte Dan. Bettel nicht, dachte er bei sich, doch er konnte nicht anders. Der Pickup war seine Freiheit, und wenn er ihm genommen würde, hätte Dan nichts mehr. »Dann bin ich wieder verschwunden, ich schwöre es.«
»Ich bin ein vielbeschäftigter Mann.«
»Ja, Sir, das weiß ich. Aber könnten Sie mich bitte anhören?«
Die eisigen blauen Augen verrieten keine Regung, und Dan fürchtete, daß nun alles vorbei wäre. Doch dann seufzte Blanchard und sagte resignierend: »Also gut, nehmen Sie Platz, ich werde mich dann um Sie kümmern. Faye, würden Sie bitte den alten Perry in mein Büro pfeifen?«
»Ja, Sir.«
Dan setzte sich wieder auf seinen Stuhl, während Blanchard und der andere Mann im hinteren Büro verschwanden. Nachdem sich die Tür fest geschlossen hatte, sagte Mrs. Duvall leise: »Er hat gute Laune. Sie könnten vielleicht was bei ihm erreichen.«
»Wir werden ja sehen.« Dans Herz fühlte sich an wie ein Sack voller sich windender Würmer. Er holte sehr tief Luft. In seinem Schädel pochte der Schmerz, doch er würde schon damit fertig werden. Nachdem ein paar Minuten verstrichen waren, hörte Dan Blanchard hinter der Tür lachen; es war ein herzliches, tiefsitzendes Lachen, ein Lachen, das ein Mann ausstößt, wenn er Geld in der Tasche und ein Steak im Bauch hat. Dan wartete, die Hände fest zusammengedrückt, und Schweiß strömte aus seinen Poren.
Eine halbe Stunde später öffnete sich die Tür abermals. Jerome kam heraus. Er sah fröhlich aus, und Dan nahm an, daß ihre geschäftliche Unterhaltung wohl erfolgreich verlaufen war. Jerome schloß die Tür hinter sich. »Bis nachher,

Faye«, rief er Mrs. Duvall zu, und sie erwiderte: »Passen Sie auf sich auf.« Jerome ging, und Dan wartete weiter, während die Anspannung an seinen Nerven zerrte.

Ein Summer an Mrs. Duvalls Schreibtisch ertönte, und Dan wäre vor Schreck beinahe von seinem Stuhl aufgesprungen. Mrs. Duvall drückte einen Knopf. »Ja, Sir?«

»Schicken Sie Mr. Lambert rein«, dröhnte die Stimme aus der Sprechanlage.

»Viel Glück«, wünschte Mrs. Duvall Dan, während er zur Tür hinüberging, und er nickte.

Emory Blanchards Büro nahm eine Ecke des Gebäudes ein und hatte zwei hohe Fenster. Die Jalousien waren heruntergezogen, doch Sonnenstrahlen schossen weiß und scharf wie Pfeile zwischen den Lamellen hindurch. Blanchard saß hinter seinem Schreibtisch, wie ein Löwe in seiner Höhle, gebieterisch und distanziert. »Schließen Sie die Tür, und nehmen Sie Platz«, sagte er. Dan tat, wie ihm geheißen, und setzte sich in einen der beiden schwarzen Ledersessel, die vor dem Schreibtisch standen. Blanchard nahm seine Brille ab und wischte die runden Gläser mit einem Taschentuch sauber. Er kaute noch immer Kaugummi. Die Schweißflekken unter seinen Achseln waren gewachsen, und seine Wangen und seine Stirn glänzten naß. »Sommer.« Er sprach das Wort wie ein Grunzen aus. »Ganz sicher nicht meine Lieblingsjahreszeit.«

»Es ist ganz schön heiß.« Dan schaute sich im Büro um und bemerkte, daß so gut wie nichts mehr von der gemütlichen Schlichtheit zu Bud Jarretts Zeit übrig war. Der Teppich war ein rot-goldener Orientteppich, und hinter Blanchard standen auf Eichenregalen, die noch immer nach Sägewerk rochen, dicke ledergebundene Bücher, die Art von sorgsam arrangierten Bänden, die mehr zur Zurschaustellung denn zum Lesen gedacht waren. Ein Hirschkopf mit einem Vierendergeweih hing an der Wand, und darunter war ein Messingschild angebracht, auf dem stand *The Buck Stops Here.* Drucke von Fuchsjagden hingen zu beiden Seiten des geschossenen Bocks. Auf der weiten, glatten Fläche von Blanchards Schreibtisch standen gerahmte Fotografien von einer attraktiven, doch stark geschminkten blonden Frau und zwei Kindern, ein Mädchen von etwa acht Jahren und ein Junge um die zehn. Der Junge hatte die kalten blauen Augen und die gebieterische Haltung seines Vaters; das Mädchen bestand nur aus Schleifen und weißer Spitze.

»Meine Kinder«, sagte Blanchard.

»Nette Familie.«

Blanchard setzte seine Brille wieder auf. Er nahm das Bild des Jungen zur Hand und betrachtete ihn voller Bewunderung. »Yance ist im letzten Jahr bester Spieler seines Teams geworden. Hat einen Arm wie Joe Montana. Hat ein ganz schönes Geschrei gegeben, als wir Baton Rouge verließen, aber er wird es schon schaffen.«

»Ich habe auch einen Sohn«, sagte Dan.

»Ja, Sir.« Blanchard stellte das Foto zurück an seinen Platz neben einem Kunstharzwürfel mit einer kleinen amerikanischen Flagge aus Plastik darin. Auf dem Würfel standen in Rot, Weiß und Blau die Worte: Ich habe die Operation Wüstensturm unterstützt. »Warten Sie nur etwa neun Jahre, und Sie werden sehen, wie Yance Blanchard einige Rekorde in LSU bricht, das garantiere ich Ihnen, jawohl.« Er drehte seinen Sessel mit Schwung herum, so daß er vor einem Computermonitor, einem Telefon und einer Sprechanlage saß. Er schaltete den Computer an, drückte einige Tasten, und schwarze Zeilen mit Informationen erschienen. »Okay, da wäre Ihre Akte«, verkündete er. »Sie sind ein Cajun, Mr. Lambert?«

»Nein.«

»Kam mir nur gerade so in den Sinn. Manchmal kann man nicht erkennen, wer ein Cajun ist und wer nicht. Also gut, lassen Sie uns mal sehen, was wir hier haben. Sie sind Schreiner, stimmt's? Angestellt bei A&A Construc … oh, Sie *waren* bei A&A Construction angestellt, bis November letzten Jahres.«

»Die Firma hat bankrott gemacht.« Er hatte natürlich Mr. Jarrett davon erzählt, und es war in seine Akte gewandert.

»Das Baugeschäft ist den Bach runtergegangen, das ist mal sicher. Sie arbeiten jetzt freiberuflich, stimmt das?«

»Ja, Sir.«

»Ich sehe, daß Mr. Jarrett Ihnen erlaubt hat, ein paar Monate schleifen zu lassen. Zwei ausstehende Raten. Sehen Sie, das ist nicht gut. Wir können mal ein Auge zudrücken, wenn jemand eine Rate im Rückstand ist, aber zwei Raten, das ist eine ganz andere Geschichte.«

»Ja, Sir, das weiß ich, aber ich … hatte eine Art Abmachung mit Mr. Jarrett.«

Noch während er es sagte, wußte Dan, daß es das Falsche war. Blanchards breite Schultern zogen sich kaum wahrnehmbar hoch, und er drehte langsam seinen Schreibtischsessel wieder vom Computermonitor zu Dan um. Blanchard hatte ein angespanntes, verkniffenes Lächeln auf dem Gesicht. »Sehen Sie, das ist das Problem«, erklärte er. »Es gibt in dieser Bank keinen Mr. Jarrett mehr. Also ist jede Abmachung, die Sie mit ihm gehabt haben mögen, hinfällig, soweit es mich betrifft.«

Dans Wangen brannten. »Ich wollte nicht …«

»Ihre Unterlagen sprechen für sich selbst«, unterbrach ihn Blanchard. »Können Sie heute wenigstens eine Rate begleichen?«

»Nein, Sir. Das kann ich nicht. Aber darüber wollte ich ja

mit Ihnen sprechen. Wenn ich Ihnen ... vielleicht ... fünfzehn Dollar die Woche zahlen dürfte, bis ich erneut Arbeit habe. Dann könnte ich wieder mit den regelmäßigen Zahlungen anfangen. Ich habe noch nie so viel Leerlauf zwischen zwei Aufträgen gehabt. Aber ich denke, daß es sofort besser laufen wird, wenn das Wetter kühler wird.«

»Aha«, sagte Blanchard. »Mr. Lambert, als Sie Ihre Anstellung verloren haben, haben Sie sich da nach einer anderen Arbeit umgesehen?«

»Ich habe mich nach anderer Arbeit umgesehen, ja. Aber ich bin Schreiner. Das habe ich immer gemacht.«

»Haben Sie eine Zeitung abonniert?«

»Nein.« Sein Abonnement war eins der ersten Dinge, die er aus Geldmangel gestrichen hatte.

»Die führen jeden Tag Stellenangebote. Eine Seite nach der anderen. Alle möglichen Jobs. Sie betteln förmlich.«

»Nicht für Schreiner. Ich habe die Stellenangebote oft durchgeschaut.« Dan sah, wie Blanchard einige Sekunden lang auf seine Schlangentätowierung blickte und sich dann offenkundig angewidert abwandte.

»Wenn es hart auf hart kommt«, sagte Blanchard, »dann zeigt sich, wer Mumm in den Knochen hat. Haben Sie diesen Spruch je gehört? Wenn mehr Menschen danach lebten, würden wir nicht immer mehr zu einem Wohlfahrtsstaat verkommen.«

»Ich habe nie Geld von der Wohlfahrt erhalten.« Der Schmerz flammte auf wie ein gerade angelassener Motor, tief in Dans Schädel. Hitze pulsierte in seinem Gesicht. »Nicht auch nur für einen Tag in meinem Leben.«

Blanchard drehte sich abermals mit Schwung zum Computer herum. »Vietnam-Veteran, was? Nun, das ist ein Punkt zu Ihren Gunsten. Ich wünschte, ihr Typen hättet da drüben aufgeräumt, wie es die Jungs im Irak getan haben.«

»Das war eine andere Art von Krieg.« Dan schluckte schwer. Er vermeinte, Asche schmecken zu können. »Eine andere Zeit.«

»Zum Teufel, Kampf ist Kampf. Dschungel oder Wüste, welchen Unterschied macht das schon?«

Der Schmerz wurde nun unerträglich. Dans Gedärme zogen sich zusammen. »Einen großen«, erwiderte er. »In der Wüste kann man sehen, wer auf einen schießt.« Sein Blick wanderte zu dem Kunstharzwürfel mit der Plastikflagge. Etwas Kleines war in der unteren linken Ecke aufgedruckt. Drei Worte. Er beugte sich vor, um sie zu lesen. *Made in China.*

»Gesundheitliche Probleme?« fragte Blanchard.

»Was?«

»Gesundheitliche Probleme. Steht hier so. Was für gesundheitliche Probleme haben Sie, Mr. Lambert?«

Dan schwieg.

Blanchard drehte sich herum. »Sind Sie nun krank oder nicht?«

Dan legte eine Hand auf die Stirn. O Himmel, dachte er, sich so vor einem Fremden zu entblößen war beinahe zuviel für ihn.

»Sie nehmen doch keine Drogen, oder?« fragte Blanchard. Seine Stimme klang scharf. »Wir hätten da drüben aufräumen können, wenn nicht so viele von euch Typen Drogen genommen hätten.«

Dan blickte in Blanchards schwitzendes, von der Hitze aufgedunsenes Gesicht. Eine Welle blanken Zorns durchflutete ihn, doch Dan drängte ihn wieder dorthin zurück, wo er so lange geschlummert hatte. In diesem Moment erkannte Dan, daß Blanchard zu den Menschen gehörte, denen es Spaß machte, auf jemanden einzutreten, der schon am Boden lag. Er beugte sich zu Blanchards Schreibtisch vor und erhob sich ganz langsam aus dem schwarzen Ledersessel. »Nein, Sir«, antwortete er verkniffen, »ich nehme keine Drogen. Aber, ja, ich bin *krank*. Wenn Sie es wirklich wissen wollen, dann werde ich es Ihnen erzählen.«

»Ich höre.«

»Ich habe Leukämie«, sagte Dan. »An manchen Tagen geht es mir gut, an anderen Tagen kann ich kaum aus dem Bett kommen. Und ich habe einen Tumor von der Größe einer Walnuß, genau hier.« Er tippte sich gegen die linke Stirnseite. »Der Arzt sagt, er könne operieren, aber aufgrund der Lage des Tumors bestehe die Gefahr, daß ich jegliches Gefühl in meiner rechten Seite verliere. Und was für einen Schreiner würde ich wohl abgeben, wenn ich meine rechte Hand oder mein rechtes Bein nicht mehr benutzen könnte?«

»Tut mir leid, das zu hören, aber ...«

»Ich bin noch nicht fertig«, knurrte Dan, und Blanchard war still. »Sie wollten wissen, was mit mir nicht in Ordnung ist, dann sollten Sie auch den Anstand besitzen, sich die ganze Geschichte anzuhören.« Blanchard wählte diesen Moment, um auf die goldene Rolex an seinem Handgelenk zu schauen, und Dan war kurz davor, über den Schreibtisch zu greifen und ihn bei seiner gelben Krawatte zu packen. »Ich möchte Ihnen von einem Soldaten erzählen.« Dans Stimme war aufgerauht vom Sandpapier nackter Emotionen. »Er war kaum mehr als ein Kind. Die Art von Kind, die immer tat, was man ihm befahl. Das Glück wollte es, daß dieser Soldat Dienst in einem Teil des Dschungels tat, der von einer Versorgungsroute des Feindes durchschnitten wurde. Und es regnete immer in diesem Dschungel. Es war stets tropfnaß, und der Boden blieb matschig. Es war ein silberner Regen. Manchmal regnete er direkt aus dem klaren blauen Himmel herab, und hinterher roch der Dschungel nach vermoderten Blumen. Der silberne Regen fiel in Sturzbächen, und dieser junge Soldat wurde Tag für Tag davon durchnäßt. Der Regen war glitschig und ölig wie das Fett am Boden einer Bratpfanne. Es war unmöglich, ihn wieder von der Haut abzubekommen, und die Hitze und der Dampf ließen ihn nur noch tiefer in die Haut einkochen.« Auf Dans Gesicht breitete sich ein verkniffenes, schreckliches Grinsen aus. »Der junge Soldat fragte seinen Zugführer deswegen. Sein Zugführer sagte, es sei harmlos, solange man kein Baum oder eine Kletterranke sei. Sagte, man könne darin baden, und es passiere einem nichts, aber wenn man einen Grashalm hineintauche, färbe dieser sich augenblicklich braun und werde ganz trocken und bröslig. Der Zugführer sagte, es sei dazu da, den Dschungel zu entlauben, damit wir die Versorgungsroute finden konnten. Und dieser junge Soldat … wissen Sie, was der getan hat?«

»Nein«, sagte Blanchard.

»Er ist wieder raus in diesen Dschungel gegangen. Zurück in diesen verseuchten Regen, wann immer sie es ihm befahlen. Er konnte sehen, wie der Dschungel starb. Alles verschrumpelte, verbrannte ohne Feuer. Er hatte kein gutes Gefühl dabei, weil er wußte, daß eine so starke Chemikalie auch schlecht für die Haut und die Knochen sein mußte. Er wußte es. Aber er war ein guter Soldat, und er war stolz darauf, für sein Land zu kämpfen. Verstehen Sie?«

»Ich denke schon. Agent Orange?«

»Es vermochte einen Dschungel innerhalb einer Woche abzutöten«, sagte Dan. »Was es mit einem Menschen machen konnte, zeigte sich erst viel später. Das ist es, was es mir eingebracht hat, ein guter Soldat zu sein, Mr. Blanchard. Ich bin voller Gift nach Hause gekommen, und niemand hat eine Trompete geblasen oder eine Parade abgehalten. Es gefällt mir nicht, arbeitslos zu sein. Es gefällt mir nicht, manchmal das Gefühl zu haben, nicht einen Dreck wert zu sein. Aber so ist mein Leben im Moment.«

Blanchard nickte. Er wich Dans Blick aus. »Es tut mir wirklich schrecklich leid. Das schwöre ich. Ich weiß, wie schwer es da draußen ist.«

»Ja, Sir, es ist schwer. Deshalb muß ich Sie bitten, mir noch eine Woche zu geben, bevor Sie meinen Pickup pfänden. Ohne meinen Pickup habe ich keine Möglichkeit mehr, einen Auftrag anzunehmen, wenn ich einen bekomme. Können Sie mir bitte helfen.«

Blanchard stützte die Ellbogen auf den Schreibtisch und verschränkte seine Finger. Er trug einen großen LSU-Ring an seiner rechten Hand. Seine Augenbrauen zogen sich zusammen, und er stieß einen langen, schweren Seufzer aus. »Ich fühle mit Ihnen, Mr. Lambert. Gott weiß, daß ich das tue. Aber ich kann Ihnen einfach keinen Zahlungsaufschub einräumen.«

Dans Herz hörte auf zu schlagen. Er wußte, daß er einer Katastrophe düstersten Ausmaßes gegenüberstand.

»Betrachten Sie meine Position.« Blanchards Kaugummi machte neunzig Meilen pro Minute. »Meine Vorgesetzten haben Mr. Jarrett gefeuert, weil er so schlechte Kredite abgeschlossen hat. Sie haben mich eingestellt, weil ich keine schlechten Kredite abschließe, und ein Teil meines Jobs ist es, wieder ins Lot zu bringen, was Jarrett verbockt hat. Eine Woche oder ein Monat – ich denke nicht, daß es eine solch große Rolle spielen würde, oder wie sehen Sie das?«

»Ich brauche meinen Wagen«, krächzte Dan.

»Sie brauchen einen Sozialarbeiter, keinen Kreditsachbearbeiter. Sie könnten sich in ein Veteranenhospital einweisen lassen.«

»Da bin ich gewesen. Ich bin noch nicht bereit, mich auf den Rücken zu rollen und zu sterben.«

»So sehr ich es bedaure, ich kann nichts für Sie tun. Sie bringen mir morgen früh die Schlüssel und die Papiere. Ich bin ab zehn in meinem Büro.« Er drehte sich mit Schwung herum und schaltete den Computermonitor ab, um Dan damit zu verstehen zu geben, daß ihre Unterhaltung beendet war.

»Ich werde es nicht tun«, erklärte Dan. »Ich kann nicht.«

»Sie werden es tun, Mr. Lambert, oder Sie werden ernsthafte Schwierigkeiten bekommen.«

»Herrgott noch mal, Mann! Denken Sie, ich würde nicht schon längst in ernsthaften Schwierigkeiten stecken? Ich habe nicht einmal genug Geld, anständige Lebensmittel zu kaufen! Wie soll ich denn ohne meinen Wagen weitermachen?«

»Wir haben alles besprochen. Ich möchte Sie bitten, jetzt zu gehen.«

Vielleicht war es der wachsende Schmerz in Dans Schädel, vielleicht war es dieser endgültige, tonlose Befehl von dem Mann, der das letzte Quentchen Würde aus Dans Leben herausquetschte. Was immer es war, es stieß Dan über den Rand.

Er wußte, daß er es nicht tun sollte. Er wußte es. Doch plötzlich griff er nach den Fotografien und der amerikanischen Flagge, Made in China, und während er die Zähne zusammenbiß, flog die Wut aus ihm heraus wie ein dunkler Vogel, und er fegte in einem immer lauter werdenden Krachen und Scheppern alles von Blanchards Schreibtisch.

»He! He!« rief Blanchard. »Was machen Sie denn da?«

»Ernsthafte Schwierigkeiten«, gab Dan zurück. »Wollen Sie mal ernsthafte Schwierigkeiten sehen, Mister?« Er nahm den Sessel, in dem er gesessen hatte, und schleuderte ihn gegen die Wand. Das Schild, auf dem *The Buck Stops Here* stand, fiel zu Boden, und die Bücher auf den perfekten

Regalen wackelten. Während Tränen der Frustration und der Scham in seinen Augen brannten, packte Dan den Papierkorb und kippte den Inhalt über Blanchard aus. Dann warf er den Papierkorb gegen den Hirschkopf. Eine kleine Stimme in Dans Ohr schrie ihn an, aufzuhören, daß das hier kindisch und dumm sei und ihm nichts einbringe, doch sein Körper bewegte sich aus der Kraft blanker Wut heraus. Wenn ihm dieser Mann seine Freiheit wegnehmen wollte, dann würde er Blanchards Büro zertrümmern.

Blanchard nahm den Telefonhörer hoch. »Wachdienst!« brüllte er. »Schnell!«

Dan packte das Telefon und riß es Blanchard aus der Hand, dann segelte es ebenfalls gegen die Regale. Während sich Dan auf die Fuchsjagddrucke stürzte, war er sich in einem kalten, weit entfernten Winkel seines Verstandes bewußt, daß es hierbei nicht allein um den Pickup ging. Es ging um den Krebs in seinen Knochen und die Wucherung in seinem Gehirn, die brutale Hitze von Death Valley, das Drängeln um Tickets, den verseuchten silbernen Regen, den Major, das Dorf, seine kaputte Ehe, den Sohn, der sich mit dem Gift seines Vaters infiziert hatte. Es ging um all diese Dinge und mehr, und Dan riß mit verzerrtem Gesicht die Bilder von der Wand, während Blanchard ihn weiter anschrie, aufzuhören. *Ein guter Soldat*, schoß es Dan durch den Sinn, während er begann, Bücher aus den Regalen zu zerren und ziellos durch das Büro zu schleudern. *Ein guter Soldat guter Soldat Ich war immer ein gu …*

Jemand packte ihn von hinten.

»Schaffen Sie ihn hier raus!« donnerte Blanchard. »Er hat durchgedreht!«

Zwei massige Arme hatten sich um Dans Brustkorb gelegt und hielten seine eigenen Arme an den Seiten fest. Dan warf sich hin und her, um sich zu befreien, doch der Wachmann war stark. Sein Griff wurde fester und drückte die Luft aus Dans Lunge. »Schaffen Sie ihn hier raus!« Blanchard hatte sich in eine Ecke gezwängt. Sein Gesicht war von roten Flecken übersät. »Faye, rufen Sie die Polizei!«

»Ja, Sir!« Sie hatte in der offenen Tür gestanden, und nun eilte sie zum Telefon auf ihrem Schreibtisch.

Dan wehrte sich weiter. Er konnte es nicht ertragen, festgehalten zu werden, und der Druck auf seinen Brustkorb trieb ihn zu weiteren Höhenflügen seines Zorns. »Halten Sie still, verdammt noch mal!« knurrte der Wachmann, und er begann Dan zur Tür zu zerren. »Sie kommen mit ...«

In Panik riß Dan den Kopf nach hinten, und die Nase des Wachmanns brach, als Knochen auf Knorpel traf. Der Mann stieß einen Schmerzensschrei aus, und plötzlich war Dan frei. Als Dan sich zu ihm umdrehte, sah er, daß der Wachmann – ein Kerl so groß wie ein Footballverteidiger in einer grauen Uniform – auf den Knien auf dem Teppich hockte. Seine Mütze war ihm von seinem kurzgeschorenen Schopf gefallen, die Hände hatte er auf seine Nase gepreßt, und Blut strömte zwischen den würstchendicken Fingern hindurch. »Du hast mir die Nase gebrochen!« keuchte er, und seine Augen waren zusammengekniffen und feucht vor Schmerz. »Du Mistkerl, du hast mir die Nase gebrochen!«

Der Anblick des Bluts riß Dan in die Realität zurück. Er hatte niemanden verletzen wollen, und er hatte auch nicht das Büro dieses Mannes verwüsten wollen. Es war alles ein schlechter Traum, und Dan würde sicher bald aufwachen.

Der schlechte Traum nahm eine weitere, noch grausamere Wendung.

»Du Mistkerl«, knurrte der Wachmann abermals, und er griff mit blutigen Fingern nach der Pistole im Halfter an seinem Gürtel. Er zog die Waffe heraus und löste die Sicherung.

Er wird mich erschießen, ging es Dan durch den Kopf. Er sah den Finger des Mannes am Abzug. Einen Augenblick lang stieg ihm der Geruch von Ozon in die Nase – eine Erinnerung an Gefahr im silbern tropfenden Dschungel –, und Gänsehaut lief seinen Nacken hinauf.
Er stürzte sich auf den Wachmann, packte dessen Handgelenk und drehte die Waffe zur Seite. Der Mann griff mit seiner freien Hand nach Dans Augen, erreichte sie jedoch nicht. Dan hörte Mrs. Duvall schreien: »Die Polizei ist gleich hier!« Der Wachmann versuchte wieder auf die Füße zu kommen. Ein Faustschlag traf Dan in die Rippen und hätte ihn beinahe umgehauen, aber er klammerte sich weiter am Handgelenk des Wachmanns fest. Noch ein Schlag kam, und Dan riß seine linke Hand mit der Handfläche nach außen hoch und ließ sie auf die blutende Nase des anderen schnellen.
Während der Wachmann brüllte und nach hinten taumelte, entriß Dan ihm die Pistole. Er bekam den Griff zu fassen und fingerte hektisch an dem kleinen Hebel, um die Waffe wieder zu sichern.
Er hörte ein *Klick* hinter sich.
Er kannte dieses Geräusch.
Der Tod hatte ihn gefunden. Er war aus seinem Loch hier in diesem brütendheißen Büro gekrochen, und er war kurz davor, seine Fänge in Dan zu schlagen.
Dan wirbelte herum. Blanchard hatte eine Schreibtischschublade geöffnet und zielte mit einer Pistole auf Dan, den Hahn gespannt und einen Finger am Abzug. Blanchards Gesicht war angsterfüllt, und Dan wußte, daß der Mann ihn töten wollte.
Es dauerte nur eine Sekunde.
Eine Sekunde.
Etwas so alt wie der Überlebenstrieb ergriff von Dan Besitz.

Etwas Uraltes, ohne jegliche Überlegung, und es übermannte Dans Sinne in einem fiebrigen Impuls.
Er feuerte, ohne zu zielen. Der Knall der Pistole vibrierte durch seine Hand, seinen Unterarm mit der Schlangentätowierung hinauf und bis in seine Schulter.
»Ah«, stieß Blanchard hervor.
Blut pulsierte spritzend aus einem Loch in seiner Kehle.
Blanchard taumelte nach hinten, während sich sein gelber Schlips scharlachrot verfärbte. Ein Schuß löste sich aus seiner Waffe, und Dan zuckte zusammen, als er eine Kugel an seinem Kopf vorbeizischen und in den Türpfosten einschlagen hörte. Dann krachte Blanchard inmitten der Familienfotos, Fuchsjagddrucke und ledergebundenen Bücher zu Boden.
Mrs. Duvall schrie.
Dan hörte jemanden stöhnen. Es war nicht Blanchard und auch nicht der Wachmann. Er blickte auf die Pistole in seiner Hand und dann auf die rote Lache auf Blanchards Schreibtisch. »O Gott«, entfuhr es Dan, als das Grauen dessen, was er gerade getan hatte, ihn mit ganzer Wucht traf. »O mein Gott ... nein ...«
Die Getriebe des Universums schienen sich zu verschieben. Alles mutete nur noch wie eine verschwommene Zeitlupenaufnahme an. Dan war sich des Wachmanns bewußt, der an einer Wand kauerte. Mrs. Duvall flüchtete noch immer kreischend in den Korridor. Dann spürte Dan, wie er sich selbst so schnell er konnte bewegte, doch es war mehr wie ein seltsames körperloses Schweben. Leuchtend rotes Arterienblut pulsierte im Rhythmus seines Herzschlags aus Blanchards Hals. Dan ließ die Pistole fallen, sackte auf die Knie und preßte seine Hände auf die Wunde. »Nein!« sagte Dan, so als würde er zu einem ungehorsamen Kind sprechen. »Nein!« Blanchard starrte zu ihm herauf, seine kalten blau-

en Augen glasig und sein Mund halb geöffnet. Das Blut pulsierte weiter und strömte zwischen Dans Fingern hindurch. Blanchard erschauderte. Seine Beine bewegten sich kraftlos. Er hustete einmal. Ein roter Klumpen Kaugummi rollte aus seinem Mund, gefolgt von Rinnsalen von Blut, die über seine Unterlippe liefen.

»Nein, o Gott, nein, bitte, stirb nicht«, begann Dan zu flehen. Etwas in seinem Innern gab nach, und Tränen schossen in seine Augen. Er versuchte die Blutung zu stoppen, versuchte das Blut zurückzuhalten, doch es war wie eine Flutwelle, die sich nicht dämmen ließ. »Rufen Sie einen Krankenwagen!« schrie er. Der Wachmann rührte sich nicht; ohne seine Waffe war der Mut des Mannes in sich zusammengefallen wie billiges Blech. »Jemand muß einen Krankenwagen rufen!« flehte Dan. »Halten Sie durch«, befahl er Blanchard. »Haben Sie gehört? Halten Sie durch!« Ein scharfes, angestrengtes Geräusch kam tief aus Blanchards Brust. Es erfüllte Dan mit neuerlichem Schrecken. Er wußte, was das für ein Geräusch war. Er hatte es schon früher gehört, in 'Nam: das Ticken der Todesuhr.

»Die Polizei«, hatte Mrs. Duvall gesagt. »Die Polizei ist gleich hier!«

Blanchards Gesicht war weiß und wächsern, sein Schlips und sein Hemd durchnäßt von Blut. Es pulsierte noch immer, doch Blanchards Augen starrten ins Leere.

Mord, traf die Erkenntnis Dan wie ein Schlag. *O Gott, ich habe ihn ermordet.*

Kein Krankenwagen konnte es noch rechtzeitig schaffen. Dan wußte das. Die Kugel hatte zu großen Schaden angerichtet. »Es tut mir leid, es tut mir leid«, sagte Dan mit brechender Stimme. Seine Augen schwammen. »Es tut mir leid, lieber Gott, es tut mir leid.«

Die Polizei ist gleich hier!

Handschellen und Eisengitterstäbe tauchten vor seinem geistigen Auge auf. Er sah seine Zukunft, eingesperrt hinter steinernen Mauern mit Stacheldraht darauf.
Es gab nichts weiter, was er tun konnte.
Dan stand auf. Der Raum drehte sich langsam um ihn herum. Er blickte auf seine blutigen Hände und roch den Gestank eines Schlachthauses.
Er lief an dem Wachmann vorbei aus dem Büro. Im Korridor standen Leute, die aus ihren eigenen Büros gekommen waren, doch als sie Dans blutiges Hemd und sein aschfahles Gesicht sahen, gingen sie ihm eilig aus dem Weg. Er ließ den Fahrstuhl links liegen und steuerte die Treppe an.
Am Fuß des Treppenhauses waren zwei Türen, eine, die zurück in die Schalterhalle führte, und eine mit einem Schild, auf dem stand: NUR NOTAUSGANG! BEIM ÖFFNEN ERTÖNT ALARMGLOCKE! Als Dan die Ausgangstür aufdrückte, schrillte ein hohes Alarmläuten in sein Ohr. Stechendes Sonnenlicht schlug ihm entgegen. Er stand auf dem Parkplatz der Bank. Sein Pickup parkte zwanzig Meter entfernt, jenseits des Geldautomaten und der Drive-in-Schalter. Bis jetzt gab es noch kein Anzeichen eines Streifenwagens. Er lief zu seinem Pickup, schloß hektisch die Tür auf und setzte sich hinter das Lenkrad. Zwei Männer, keiner von ihnen ein Polizist, kamen aus dem Notausgang und blieben wie erstarrt stehen und gafften, während Dan den Motor anließ, den Rückwärtsgang einlegte und aus der Parklücke fuhr. Die Bremsen quietschten, als Dan das Pedal durchtrat, um nicht in den Wagen hinter ihm zu krachen. Dann riß er das Lenkrad herum, brauste vom Parkplatz und bog ohne ein weiteres Quietschen der Bremsen links auf die Straße. Ein Blick in den Rückspiegel zeigte einen Streifenwagen mit blinkendem Blaulicht, der am Bordstein vor dem Gebäude hielt. Dan hatte gerade wieder seine Aufmerksamkeit der

Straße vor ihm zugewandt, als ein zweiter Streifenwagen mit Blaulicht und heulendem Martinshorn in Richtung Bank an ihm vorbeisauste.
Dan wußte nicht, wieviel Zeit ihm blieb. Seine Wohnung lag fünf Meilen weiter nach Westen. Schweißperlen standen auf seiner Stirn, und das ganze Lenkrad war blutverschmiert.
Ein Schluchzen stieg in ihm hoch und verkeilte sich in seiner Kehle.
Er weinte stumm.
Er hatte immer versucht, richtig zu leben. Gerecht zu sein. Befehle zu befolgen und ein guter Soldat zu sein, egal, was aus dieser Welt voller Schlangenlöcher herausgekrochen kam.
Während er den fast unbezwingbaren Drang niederkämpfte, Vollgas zu geben, und in gemäßigtem Tempo zu seiner Wohnung fuhr, erkannte er, was eine einzige dumme, sinnlose Sekunde getan hatte.
Ich bin nach Süden abgegangen, dachte er. Er wischte sich mit seinem schlangenbewehrten Unterarm über die Augen. Bei dem metallischen Geruch von Blut in der höllischen Augusthitze wurde ihm übel. Nach Süden abgegangen, nach all diesen Jahren.
Und ebenso wußte er, daß er gerade den ersten Schritt einer Reise gemacht hatte, von der es keine Wiederkehr gab.

3 Das Kainsmal

Beeil dich! befahl Dan sich selbst, während er Kleidungsstücke aus einer Kommodenschublade riß und sie in einen Matchbeutel stopfte. Du bist zu langsam beeil dich sie werden jede Minute hier sein ...

Das Heulen entfernter Sirenen wirkte wie ein Elektroschock. Er blieb wie gelähmt stehen und lauschte, während sein Herz flatterte. Einige wertvolle Sekunden verstrichen, bevor ihm bewußt wurde, daß die Geräusche durch die Wand aus Mr. Wycoffs Wohnung kamen. Der Fernseher. Mr. Wycoff, ein pensionierter Stahlarbeiter, schaute sich immer die *Starsky und Hutch*-Wiederholungen an, die jeden Tag um halb vier liefen. Dan verdrängte das Geräusch aus seinem Verstand und packte weiter, während der Schmerz sich wie ein eiserner Speer in seinen Schädel bohrte.

Er hatte sich das blutige Hemd vom Leib gerissen, sich hastig die Hände im Badezimmerwaschbecken abgeschrubbt und ein sauberes weißes T-Shirt übergestreift. Seine Hosen oder seine Schuhe zu wechseln, hatte er keine Zeit gehabt. Jede verlorene Sekunde zerrte an seinen Nerven. Er stopfte ein Paar Blue jeans in den Matchbeutel, dann nahm er seine dunkelblaue Baseballmütze von der Kommodenablage und setzte sie auf. Sein Blick fiel auf ein gerahmtes Foto seines Sohns Chad, aufgenommen vor zehn Jahren, als der Junge sieben war, und das Bild wanderte ebenfalls in den Beutel. Dan ging zum Kleiderschrank, griff auf das oberste Bord und holte eine Schuhschachtel mit achtunddreißig Dollar darin herunter, sein gesamtes Vermögen auf dieser Welt. Während er das Geld in seine Tasche stopfte, klingelte das Telefon.

Der Anrufbeantworter – ein Radio Shack-Sonderangebot – schaltete sich nach dem dritten Läuten klickend ein. Dan hörte seine eigene Stimme, die den Anrufer bat, eine Nachricht zu hinterlassen.

»Ich rufe wegen Ihrer Anzeige in der Zeitung an«, sagte eine Männerstimme. »Ich brauche einen Zaun hinter dem Haus, und da habe ich mich gefragt …«

Dan hätte laut loslachen mögen, wenn er nicht das Gefühl gehabt hätte, daß sich jeden Moment die Gesetzeshüter auf ihn stürzen würden.

»… ob Sie das übernehmen könnten und wieviel Sie dafür berechnen würden. Ich würde mich sehr freuen, wenn Sie mich noch im Laufe des Tages zurückrufen könnten. Meine Nummer ist …«

Zu spät. Viel, viel zu spät.

Er zog den Reißverschluß des Beutels zu, nahm ihn hoch und verließ die Wohnung.

Noch zerriß kein Sirenengeheul die Luft. Dan warf den Beutel auf die Ladefläche des Pickups, neben den Werkzeugkasten, dann setzte er sich hinter das Lenkrad und brauste vom Parkplatz. Er überquerte die Gleise, fuhr sechs Blocks in östlicher Richtung und sah vor sich die Schilder für den Interstate 49. Er schwenkte den Pickup auf die Auffahrt mit dem Schild I-49 RICHTUNG SÜDEN. Dann gab er immer mehr Gas und verschmolz mit dem Nachmittagsverkehr, der den industriellen Dunst von Shreveport hinter sich zurückließ.

Mörder, dachte er. Das Bild von Blut, das aus Blanchards Kehle spritzte, und dem wächsernen Gesicht des Mannes tauchte vor seinem geistigen Auge auf, unerschütterlich wie Gottes Worte. Es war alles so schnell gegangen, daß er noch immer das Gefühl hatte, sich in einer seltsamen traumgleichen Trance zu befinden. Sie konnten ihn für dieses Verbrechen bis an sein Lebensende hinter Gitter stecken; er würde hinter Gefängnismauern sterben.

Aber zuerst einmal mußten sie ihn schnappen, denn er würde sich ganz sicher nicht freiwillig stellen.

Er schaltete das Autoradio ein und drehte die Skala, auf der Suche nach einem Shreveport-Sender mit Nachrichten. Da war Country-Music, Rock 'n' Roll, Rap und Werbung, aber noch keine Meldung über die Schießerei in der First Commercial Bank. Doch ihm war klar, daß es bestimmt nicht mehr lange dauern würde; schon bald würde seine Beschreibung und die Beschreibung seines Pickups über den gesamten Äther gehen. Nicht viele Männer trugen die Tätowierung einer Schlange auf ihrem rechten Unterarm. Ihm wurde bewußt, daß das, was er in Vietnam als Zeichen des Stolzes und des Muts getragen hatte, nun einem Kainsmal gleichkam.

Abermals schossen ihm Tränen in die Augen. Er blinzelte sie fort. Die Zeit der Tränen war vorüber. Er hatte das Dümmste, Irrsinnigste seines Lebens getan; er war auf eine Art nach Süden abgegangen, die er selbst in seinen finstersten Alpträumen nicht für möglich gehalten hätte. Sein Blick huschte immer wieder zum Rückspiegel, und er erwartete, dicht auf seinen Fersen blinkende Blaulichter zu sehen. Da waren noch keine, doch mittlerweile waren sie schon auf der Jagd nach ihm. Zuerst würden sie zu seiner Wohnung fahren. Sie würden alle nötigen Informationen über ihn aus seiner Akte bei der Bank bekommen haben. Wie lange würde es dauern, bis die State Troopers sein Autokennzeichen durchgesagt bekamen und nach einem nebel-metallic-

farbenen Chevrolet-Pickup mit einem Mörder am Lenkrad Ausschau hielten?
Ein verzweifelter Gedanke schoß ihm durch den Kopf: Vielleicht war Blanchard nicht gestorben.
Vielleicht war der Krankenwagen noch rechtzeitig gekommen. Vielleicht war es den Sanitätern irgendwie gelungen, die Blutung zu dämmen und Blanchard ins Krankenhaus zu schaffen. Dann würde die Anklage nicht auf Mord lauten, oder? In ein paar Wochen würde Blanchard das Krankenhaus wieder verlassen und zu seiner Frau und seinen Kindern heimkehren. Dan konnte auf zeitweilige Unzurechnungsfähigkeit plädieren, denn das war es ganz sicher gewesen. Er würde in den Knast gehen müssen, ja, doch es würde ein Licht am Ende des Tunnels geben. Vielleicht. Viell …
Eine Hupe ertönte und riß ihn in die Realität zurück. Er war geistesabwesend auf die andere Fahrbahn geschwenkt, und ein cremefarbener Buick zischte mit einem wütenden *Wruumm* an ihm vorbei.
Er ließ die Kreuzung zum Industrial Loop Expressway hinter sich und fuhr durch die Randgebiete von Shreveport. Kastenförmige Betonklötze, Ladenzeilen und Mietskasernen standen neben Lagerhäusern und Fabriken mit riesigen Parkplätzen. Das Gelände war flach, sein Sommergrün von der gnadenlosen Sonne zu einem fahlen Grau gebleicht. Vor Dan schimmerte der lange, gerade Highway, und Krähen kreisten über kleinen Tieren, die von schweren Reifen zermalmt worden waren.
Es kam Dan in den Sinn, daß er keine Ahnung hatte, wohin er eigentlich fuhr.
Er kannte die Richtung, ja, doch nicht das Ziel. Spielte es eine Rolle? fragte er sich. Er wußte nur, daß er so weit wie möglich weg von Shreveport kommen mußte. Ein Blick auf

die Benzinanzeige sagte ihm, daß der Tank noch etwas über ein Viertel voll war. Der Chevy hatte einen niedrigen Verbrauch für einen Pickup; das war einer der Gründe, weshalb Dan ihn gekauft hatte. Doch wie weit würde er mit achtunddreißig Dollar und etwas Kleingeld in der Tasche kommen? Sein Herz setzte einen Schlag aus. Der Streifenwagen eines State Troopers näherte sich in nördlicher Richtung auf der anderen Seite des Mittelstreifens. Der Wagen fuhr mit stetem Tempo von fünfundfünfzig Meilen an ihm vorbei. Hatte der Trooper hinter dem Lenkrad ihn angeschaut? Dan starrte in den Rückspiegel, doch die Bremslichter des Streifenwagens leuchteten nicht auf. Aber was war, wenn der State Trooper den Pickup erkannt und über Funk einen anderen Highway Patrol-Wagen gerufen hatte, der weiter südlich wartete? Auf diesem Interstate konnten die State Troopers hinter jeder hitzeflimmernden Senke mit einer Straßensperre lauern. Er mußte von I-49 runter und eine weniger befahrene Landstraße nehmen. Weitere vier Meilen rollten unter den Reifen dahin, bevor er die Abfahrt zum Highway 175 erspähte, der durch die Kleinstadt Mansfield Richtung Süden führte. Dan verlangsamte sein Tempo und bog auf die Ausfahrt, die zu einer von Kiefern- und Zwergpalmenwäldchen gesäumten zweispurigen Straße wurde. Wie Dan sich schon gedacht hatte, war diese Straße so gut wie verlassen – nur vor sich konnte er gerade noch einige Wagen ausmachen, hinter ihm war alles frei. Dennoch achtete er genau auf die Geschwindigkeitsbegrenzung und hielt wachsam nach Highway Patrol-Wagen Ausschau.
Nun würde er sich entscheiden müssen, wohin er fahren wollte. Die Route nach Texas lag etwa zwanzig Meilen nach Westen. In ungefähr fünfzehn Stunden konnte er in Mexiko sein. Wenn er weiter dieser Straße folgte, würde er in etwas mehr als drei Stunden die Bayous und das Sumpfland am

Rand des Golfs erreichen. Er konnte zum Golf fahren und dann entweder weiter Richtung Westen nach Port Arthur oder Richtung Osten nach New Orleans. Und was dann? Untertauchen? Einen Job suchen? Sich eine neue Identität schaffen, seinen Bart abrasieren, die Tätowierung bleichen? Er könnte auch nach Alexandria fahren, dachte er. Alexandria lag weniger als hundert Meilen entfernt, gerade unterhalb des Herzens von Louisiana. Er hatte neun Jahre lang dort gelebt, als er bei der Fordham Construction gearbeitet hatte. Seine Exfrau und sein Sohn lebten noch immer dort, in dem Haus an der Jackson Avenue.

Stimmt. Sein Mund wurde zu einem grimmigen Strich. Die Polizei würde auch diese Adresse aus den Bankunterlagen haben. Dan hatte treu und brav jeden Monat seine Alimente gezahlt. Wenn er zu jenem Haus fuhr, hätte die Polizei ihn im nächsten Augenblick geschnappt. Und außerdem hatte Susan so viel Angst vor ihm, daß sie ihn nicht zur Tür hereinlassen würde, selbst wenn er ein Chorknabe und kein Mörder wäre. Er hatte seine Exfrau und seinen siebzehnjährigen Sohn seit über sechs Jahren nicht mehr gesehen, und zwar deswegen, weil seine Scheidung noch immer eine offene Wunde war.

Er fragte sich, was wohl die anderen Schlangenbeschwörer von einem Vater halten würden, der mitten in der Nacht seinen eigenen Sohn angegriffen hatte. Spielte es eine Rolle, daß Dan in jenen Tagen halb verrückt gewesen und von alptraumgleichen Erinnerungen gepeinigt worden war? Spielte es eine Rolle, daß er glaubte, im von silbernen Pfützen durchzogenen Matsch einen Vietcong-Scharfschützen zu erdrosseln, als er seine Hände um den Hals des Jungen legte?

Nein, es spielte keine Rolle. Er erinnerte sich, von Susans Schrei aus der Vergangenheit in die Wirklichkeit zurückgerissen worden zu sein; er erinnerte sich an die nackte Angst in Chads tränenüberströmtem Gesicht. Zehn Sekunden mehr – nur zehn Sekunden –, und er hätte vielleicht seinen eigenen Sohn getötet. Wie konnte er es Susan übelnehmen, daß sie ihn los sein wollte? Er hatte die Scheidung nicht angefochten. In jenen Tagen, als die Erinnerung an Vietnam noch so frisch und schmerzlich war, hatte Dan Angst davor gehabt, was er selbst denen antun könnte, die er liebte.

Er riß sich zusammen; der Pickup trieb wieder langsam zur Mittellinie hinüber, während Dans Gedanken umherwanderten. Er entdeckte etwas getrocknetes Blut zwischen seinen Fingern, das er mit Seife und Waschlappen übersehen hatte, und abermals tauchte Blanchards kreidebleiches Gesicht vor ihm auf.

Ein Blick in den Rückspiegel hätte sein Herz beinahe zum Stillstand gebracht. Von hinten näherte sich mit hoher Geschwindigkeit ein Fahrzeug mit blinkender Lichthupe. Dan schwankte zwischen dem Durchtreten des Gaspedals und dem Durchtreten der Bremse, doch bevor er sich noch für eins von beidem entscheiden konnte, donnerte ein kirschroter Pickup mit zwei grinsenden Teenagern auf der Sitzbank an ihm vorbei, und der Junge auf der Beifahrerseite streckte die Hand aus dem Fenster, den Mittelfinger himmelwärts gereckt.

Dan begann zu zittern. Er konnte nicht damit aufhören. Übelkeit brodelte in seinem Magen, während ein wahnsinniges dumpfes Pochen in seinem Schädel gefangen war. Einige Momente lang glaubte er, er würde die Besinnung verlieren, und dunkle Punkte tanzten vor seinen Augen wie Ascheflöckchen. Hinter der nächsten Kurve sah er einen schmalen Feldweg, der zu seiner Rechten in den Wald führte. Dan bog in ihn hinein und folgte ihm fünfzig Meter weit, wobei seine Hinterreifen gelbe Staubwolken aufwirbelten.

Dann hielt er den Pickup an, stellte den Motor ab, saß unter den Kiefern da, und Perlen kalten Schweißes liefen über sein Gesicht.

Sein Magen krampfte sich zusammen. Während das Feuer seine Kehle hinaufstieg, kletterte Dan eilig aus dem Pickup und erreichte noch gerade rechtzeitig die Grasbüschel, bevor er sich übergeben mußte. Er würgte und würgte, bis nichts mehr kommen wollte, und dann kauerte er sich hin und atmete sauren Dampf, während über ihm in den Bäumen Vögel sangen.

Er zog sein T-Shirt aus der Hose und wischte sich damit den Schweiß von den Wangen und der Stirn. Staub hing in der Luft, und das Sonnenlicht lag in Scherben zwischen den Bäumen. Er versuchte seinen Verstand genug zu klären, um sich dem Problem zuzuwenden, wohin er nun gehen sollte. Nach Texas und Mexiko? Zum Golf und nach New Orleans? Oder sollte er den Pickup wenden, nach Shreveport zurückkehren und sich stellen?

Das war das vernünftigste, oder? Nach Shreveport zurückzukehren und zu versuchen, der Polizei zu erklären, daß er geglaubt habe, Blanchard wolle ihn töten, daß er nicht so hatte in Wut geraten wollen, daß es ihm alles sehr, sehr leid tue.

Steinerne Mauern, dachte er. Steinerne Mauern, die auf ihn warteten.

Schließlich stand er auf und ging auf wackligen Beinen zum Pickup zurück. Er stieg ein, ließ den Motor an und schaltete das Radio ein. Er drehte den Skalenknopf hin und her. Die Sender waren nun durch die Entfernung schwächer. Sieben oder acht Minuten verstrichen, dann fand Dan schließlich eine kühle, abgeklärte Frauenstimme.

»… kurz nach halb vier heute nachmittag eine Schießerei in der First Commercial Bank von Shreveport …«

Dan stellte den Sender lauter.

»… nach Angaben der Polizei betrat ein geistig verwirrter Vietnam-Veteran die Bank mit einer Waffe und erschoß Emory Blanchard, den Leiter der Kreditabteilung. Blanchard wurde ins All Saints Hospital gebracht, wo die Ärzte bei Ankunft nur noch seinen Tod feststellen konnten. Wir werden Sie über die weiteren Entwicklungen in diesem Fall auf dem laufenden halten. Weitere Meldungen: Der Stadtrat und der Aufsichtsrat der Wasserwerke zeigten heute abermals Uneinigkeit, als …«

Dan starrte ins Leere, während sich sein Mund öffnete und einen leisen, gequälten Laut ausstieß.

Wo die Ärzte bei Ankunft nur noch seinen Tod feststellen konnten.

Nun war es offiziell. Er war ein Mörder.

Aber was war das, daß er die Bank mit einer Waffe betreten hätte? »Das stimmt nicht«, sagte er mit belegter Stimme. »Das stimmt nicht.« So wie es sich anhörte, war er schon mit der Absicht, jemanden zu töten, zur Bank gegangen. Natürlich mußten sie auch einen »geistig verwirrten Vietnam-Veteran« mit ins Spiel bringen. Konnten ihn ja gleich zu einem Psychopathen erklären, wenn sie schon mal dabei waren.

Doch er wußte, was die Bank tat. Was würden ihre Kunden denken, wenn sie erführen, daß Blanchard mit der Waffe eines Wachmanns getötet worden war? War es da nicht besser zu sagen, daß ein verrückter Vietnam-Veteran mit 'ner Knarre in der Hand hereingestürmt war? Dan suchte erneut die Sender ab, und ein paar Minuten später fing er ein weiteres Bruchstück einer Meldung auf: »… wurde umgehend ins All Saints Hospital gebracht, wo die Ärzte seinen Tod feststellten. Die Polizei warnt, daß Lambert wahrscheinlich bewaffnet ist und als gefährlich gelten muß …«

»Schwachsinn!« rief Dan aus. »Ich bin nicht dorthin gegangen, um jemanden zu töten!«
Er sah nun, was geschehen würde, wenn er sich stellte. Sie würden ihm nicht zuhören. Sie würden ihn in ein Loch stecken und das Loch für den Rest seines Lebens unter einem Felsblock begraben. Vielleicht hatte er nur noch drei Jahre zu leben, aber er hatte nicht vor, im Gefängnis zu sterben und in einem Armengrab beerdigt zu werden.
Er legte einen Gang ein. Auf in die Bayous, entschied er. Von dort aus konnte er entweder nach New Orleans oder nach Port Arthur fahren. Vielleicht würde er einen Frachterkapitän finden, der eine billige Arbeitskraft brauchte und nicht zu viele Fragen stellte. Er wendete den Pickup und kehrte dann zurück zum Highway 175. Er bog nach rechts ein und fuhr abermals gen Süden.
Der Innenraum des Pickups war eine Sauna, obgleich sämtliche Fenster heruntergekurbelt waren. Die Hitze lastete auf Dan und raubte ihm alle Kraft. Er dachte an Susan und Chad. Wenn die Meldung schon im Radio gebracht wurde, würde es nicht lange dauern, bis auch die örtlichen Fernsehsender sie aufgriffen. Susan könnte schon einen Anruf von der Polizei erhalten haben. Es kümmerte ihn nicht sonderlich, was sie über ihn dachte, aber Chads Meinung war ihm wichtig. Der Junge würde glauben, sein Vater wäre ein kaltblütiger Mörder, und diese Tatsache schmerzte Dan sehr.
Die Frage war: Was konnte Dan dagegen tun?
Er hörte hinter sich einen Motor aufheulen.
Er blickte in den Rückspiegel.
Und da war ein State Trooper-Streifenwagen, direkt an seiner Stoßstange. Das Blaulicht blinkte.
Dan hatte schon früher wahres Grauen kennengelernt, in den Dschungeln von Vietnam und als er sah, wie Blanchard

mit der Waffe auf ihn zielte. Dieser Augenblick jedoch ließ sein Blut gefrieren und ihn erstarren wie eine Schaufensterpuppe.

Die Sirene heulte.

Man hatte ihn erwischt.

Er riß das Lenkrad nach rechts, während Panik durch seine Nerven strömte.

Der Trooper zog seinen Wagen an ihm vorbei und war binnen Sekunden hinter der nächsten Kurve verschwunden.

Bevor Dan noch darüber nachdenken konnte, anzuhalten und den Wagen zu wenden, war er selbst in der Kurve und sah, wie der State Trooper auf dem Seitenstreifen hielt. Ein kirschroter Pickup lag unten in einem Böschungsgraben, und einer der Teenager stand auf den schwarzen Bremsspuren, die die Reifen hinterlassen hatten, als er die Kontrolle über das Lenkrad verloren hatte. Der andere Junge hockte im Gras, den Kopf gesenkt und den linken Arm fest an die Brust gedrückt. Als Dan an der Unfallstelle vorbeifuhr, stieg der Trooper aus dem Streifenwagen aus und schüttelte den Kopf, so als hätten die Jungen Glück gehabt, daß sie nun nicht in blutigen Fetzen zwischen den Kiefern hingen.

Nachdem er den Streifenwagen ein gutes Stück hinter sich gelassen hatte, gab Dan wieder mehr Gas. Noch immer trieben dunkle Flecken vor seinem Blickfeld hin und her, noch immer war das Sonnenlicht stechend, obgleich die Nachmittagsschatten schon länger wurden. Er hatte seit den Cornflakes zum Frühstück heute morgen noch keinen Bissen gegessen, und selbst diesen spärlichen Mageninhalt hatte er inzwischen wieder ausgebrochen. Er überlegte, an einer Tankstelle stehenzubleiben und sich einen Schokoriegel und eine Limonade zu kaufen, doch der Gedanke daran, anzuhalten, während ein State Trooper so dicht hinter ihm

war, ließ ihn die Idee verwerfen. Er folgte weiter der sonnenverbrannten Straße, die sich wie die Schlange auf seinem Unterarm wand.
Meile um Meile verging. Der Verkehr war schwach, sowohl vor als auch hinter ihm, doch die Anstrengung, beide Richtungen im Auge zu behalten, begann ihren Tribut zu fordern. Die Schießerei spielte sich immer und immer wieder in seinem Kopf ab. Er dachte an Blanchards Frau – nunmehr Witwe – und an die beiden Kinder und was sie im Moment wohl durchmachen mußten. Er begann zu fürchten, was hinter der nächsten Kurve auf ihn lauern mochte. Seine Kopfschmerzen kehrten doppelt so stark zurück wie auch sein Zittern. Die Hitze saugte seine letzten Kraftreserven aus, und schon bald wurde Dan klar, daß er irgendwo anhalten und sich ausruhen mußte. Einige weitere Meilen zogen vorbei, während der Highway durch einen Kiefernwald führte, welcher gelegentlich von einem staubigen Feld unterbrochen war, und dann bemerkte Dan einen Kiesweg zu seiner Rechten. Als er abbremste, um in den Wald einzubiegen, sah er, daß sich der Weg zu einem Parkplatz verbreiterte. Da stand eine kleine weißgetünchte Kirche unter zwei riesigen, mit Spanischem Moos behangenen Bäumen. Auf einem kleinen Holzschild, das dringend einen Neuanstrich benötigte, stand: BAPTISTENGEMEINDE DES SIEGES IM BLUTE.
Dieser Ort war ebenso gut wie alle anderen. Dan fuhr auf den verlassenen Kiesplatz und lenkte den Pickup zur Rückseite der Kirche. Als er von der Straße aus nicht mehr zu sehen war, stellte er den Motor ab und zog den Zündschlüssel heraus. Er löste sein nasses T-Shirt von der Rückenlehne und legte sich auf die Sitzbank, und er schloß die Augen, doch Blanchards Tod überfiel ihn immer wieder, so daß er keinen Schlaf finden konnte.

Er hatte sich erst wenige Minuten hingelegt, als jemand zweimal gegen die Seite des Pickups klopfte. Dan schoß hoch und blinzelte benommen. Neben seinem geöffneten Fenster stand ein schlanker Schwarzer mit einem langgezogenen Gesicht und kurzgeschnittenem weißem Haar. Die weißen Brauen waren über den tiefliegenden braunen Augen des Mannes zusammengewachsen.
»Fehlt Ihnen etwas? Sind Sie in Ordnung, Mister?« fragte er.
»Ja.« Dan nickte, noch immer ein wenig orientierungslos. »Ich mußte mich nur mal ausruhen.«
»Hab gehört, wie Sie vorgefahren sind. Hab aus dem Fenster geschaut, und da waren Sie.«
»Ich wußte nicht, daß jemand hier war.«
»Nun«, sagte der Mann, und als er lächelte, entblößte er Alabasterzähne, die so lang wie Klaviertasten waren, »nur Gott und ich haben da drin gehockt und geplaudert.«
Dan machte Anstalten, den Schlüssel wieder ins Zündschloß zu stecken. »Ich fahre besser weiter.«
»Nicht so schnell, ich jage Sie nicht fort. Ich hoffe, ich trete Ihnen nicht zu nahe, wenn ich sage, daß Sie nicht gerade wie das sprühende Leben aussehen. Haben Sie ’ne weite Reise?«
»Ja.«
»Ich denke, wenn ein Mann sich ausruhen will, dann soll er sich ausruhen. Wenn Sie hereinkommen möchten, können Sie das gern tun.«
»Ich bin … kein religiöser Mensch«, erwiderte Dan.
»Nun, ich sagte nicht, daß ich Ihnen eine *Predigt* zu halten gedenke. Natürlich lästern einige, daß es kein besseres Schlafmittel gibt, als meinen Predigten zuzuhören. Ich bin Nathan Gwinn.« Er streckte Dan seine Hand hin, und Dan ergriff sie.

»Dan …« Sein Verstand suchte einige Augenblicke ziellos umher. Ein Name fiel ihm ein. »Farrow«, sagte er.
»Nett, Sie kennenzulernen. Kommen Sie herein. Da ist Platz, sich auf den Kirchenbänken auszustrecken, wenn Sie wollen.«
Dan blickte zur Kirche. Es war Jahre her, seit er seinen Fuß in eine gesetzt hatte. Einige der Dinge, die er gesehen hatte, sowohl in Vietnam als auch hinterher, hatten ihn überzeugt, daß jegliche übernatürliche Macht, die vielleicht Herrscher dieser Welt sein mochte, nach Schwefel stank und als ihr Sakrament unschuldiges Fleisch verschlang.
»Drinnen ist es kühler«, erklärte Gwinn. »Diese Woche funktionieren die Ventilatoren.«
Dan überlegte einen Moment lang, dann öffnete er die Tür und stieg aus. »Vielen Dank«, sagte er und folgte Gwinn – der schwarze Hosen und ein schlichtes hellblaues kurzärmliges Hemd trug – durch die Hintertür der Kirche. Das Innere der Kirche war spartanisch, mit einem unversiegelten Holzfußboden, der die Sonntagsschuhe etlicher Generationen auf sich gespürt hatte. »Ich habe gerade an meiner Predigt geschrieben, als ich Sie hörte«, sagte Gwinn, und er deutete auf ein Arbeitszimmer, kaum größer als eine Nische, dessen geöffnetes Fenster den Blick auf den Platz hinter der Kirche freigab. Zwei Stühle, ein Schreibtisch mit Lampe, ein Aktenschrank und zwei Pfirsichkisten voller religiöser Bücher waren in den kleinen Raum gestopft worden. Auf dem Schreibtisch befanden sich ein Schreibblock und ein Becher mit mehreren Kugelschreibern. »Ich fürchte, ich hatte nicht viel Glück«, gestand er. »Manchmal gräbt man ganz tief und scharrt doch nur auf dem Grund, ohne was zu finden. Aber ich mache mir keine Sorgen, irgendwas wird mir schon einfallen. Das tut es immer. Wenn Sie etwas Wasser wollen, hier runter ist ein Wasserspender.«

Gwinn führte Dan durch einen Korridor, von dem weitere kleine Räume abgingen und dessen Fußboden unter ihren Schritten knarrte. Ein Deckenventilator rührte die Hitze um. Da war ein Wasserspender, und Dan machte sich daran, seinen Durst zu löschen. »Sie sind wohl ein richtiges Kamel, was?« bemerkte Gwinn. »Kommen Sie hier herein, hier können Sie sich ausstrecken.« Dan folgte ihm durch eine weitere Tür in die Kapelle. Ein Dutzend Bankreihen standen vor dem Predigerpult, und das Sonnenlicht, das hereinströmte, wurde von dem blaßgrünen Glas eines Bleiglasfensters in ein halb transparentes Unterwasserschimmern verwandelt. An der Decke murmelten zwei Ventilatoren beim Drehen wie ältliche Damen, die sich über Nichtigkeiten stritten. Dan setzte sich in eine Bankreihe zur Mitte der Kirche hin und preßte seine Handballen gegen seine Augen, um den Schmerz zu lindern, der in seinem Schädel pochte.

»Hübsche Tätowierung«, meinte Gwinn. »Haben Sie die hier in der Gegend machen lassen?«

»Nein. Woanders.«

»Darf ich Sie fragen, wo Sie herkommen und wo Sie hinwollen?«

»Aus Shreveport«, antwortete Dan. »Ich fahre nach …« Er hielt inne. »Ich fahre einfach.«

»Sie sind in Shreveport zu Hause, ja?«

»Früher mal.« Dan nahm die Hände von den Augen. »Ich bin mir nicht ganz sicher, wo ich jetzt eigentlich hingehöre.« Ein Gedanke kam ihm in den Sinn. »Ich habe draußen gar nicht Ihren Wagen gesehen.«

»Oh, ich bin zu Fuß von meinem Haus hierhergekommen. Ich lebe nur etwa eine halbe Meile die Straße hinauf. Haben Sie Hunger, Mr. Farrow?«

»Ein kleiner Happen wäre prima, ja.« Es war seltsam, nach

all der Zeit diesen Namen zu hören. Er wußte nicht, warum er gerade den ausgesucht hatte; vermutlich, weil er diesen jungen Mann gesehen hatte, der in Death Valley um Arbeit gebettelt hatte.

»Mögen Sie denn Krapfen? Ich habe noch welche in meinem Arbeitszimmer, meine Frau hat sie erst heute morgen gebacken.«

Dan erwiderte ihm, daß sich das gut anhöre, und Gwinn ging in sein Arbeitszimmer und kehrte mit drei mit Zuckerguß überzogenen Krapfen in einer braunen Papiertüte zurück. Dan brauchte etwa vier Sekunden, um einen davon zu verschlingen. »Nehmen Sie noch einen«, bot Gwinn ihm an, während er sich in die Bankreihe vor Dan setzte. »Ich glaube, Sie haben 'ne Weile nichts zwischen die Zähne bekommen.«

Ein zweites Gebäckstück verschwand in Dans Mund. Gwinn kratzte sich sein langes Kinn und sagte: »Nehmen Sie auch noch das letzte. Meine Frau wäre glücklich zu sehen, daß jemandem ihre Kuchen so schmecken.« Nachdem der dritte ebenfalls Vergangenheit war, leckte Dan sich den Zucker von den Fingern. Gwinn lachte, ein Geräusch wie das Schaben eines rostigen Sägeblatts. »Teils Kamel, teils Ziegenbock«, meinte er. »Aber machen Sie sich jetzt nicht auch noch über die Tüte her.«

»Sie können Ihrer Frau sagen, daß ihre Krapfen hervorragend sind.«

Gwinn griff in seine Hosentasche, holte eine silberne Uhr heraus und schaute nach, wie spät es war. »Gegen Viertel vor fünf. Sie können es Lavinia selbst sagen, wenn Sie wollen.«

»Wie bitte?«

»Um sechs gibt's Abendbrot. Wenn Sie mit Lavinia und mir essen wollen, dann sind Sie herzlich eingeladen.« Er steckte die Uhr zurück in seine Tasche. »Ist kein großes Festmahl, aber es wird Ihnen den Bauch wärmen. Ich kann sie anrufen und ihr sagen, daß sie ein Gedeck mehr auflegen soll.«

»Vielen Dank, aber ich mache mich besser wieder auf den Weg, nachdem ich mich etwas ausgeruht habe.«

»Oh.« Gwinn zog seine zottigen weißen Augenbrauen hoch. »Sie haben sich also entschieden, wo Sie hinwollen?«

Dan schwieg, die Hände fest verschränkt.

»Die Straße wird auch später noch da sein, Mr. Farrow«, sagte Gwinn leise. »Meinen Sie nicht auch?«

Dan blickte in die Augen des Predigers. »Sie kennen mich nicht. Ich könnte ... jemand sein, den Sie nicht in Ihrem Haus haben wollen.«

»Wohl wahr. Aber mein Herr Jesus Christus sagt, wir sollen dem umherziehenden Fremden zu essen geben.« Gwinns Stimme hatte etwas von der Singsang-Intonation seines Berufs angenommen. »Scheint mir so, daß Sie genau das sind. Also, wenn Sie sich ein gebratenes Hähnchen schmecken lassen wollen, bei dem Sie die Englein singen hören, dann sagen Sie einfach ja, und schon bekommen Sie es.«

Dan mußte nicht lange überlegen, bis er zu einer Entscheidung gelangte. »Also gut. Ich nehme die Einladung dankbar an.«

»Seien Sie nur hungrig! Lavinia kocht donnerstags sowieso immer genug, um eine ganze Kompanie satt zu machen.« Gwinn stand auf. »Lassen Sie mich kurz nach hinten gehen und sie anrufen. Warum ruhen Sie sich nicht aus, und ich hole Sie dann, wenn ich mich auf den Weg nach Hause mache.«

»Vielen Dank«, sagte Dan. »Ich weiß das wirklich zu schätzen.« Er legte sich auf die Bank, während Gwinn in sein Arbeitszimmer zurückging. Die Bank war keine Matratze, aber es war schon wunderbar, sich nur für eine Weile ausruhen zu können. Dan schloß die Augen, während der

Schweiß auf seinem Körper abkühlte, und er suchte nach ein paar Minuten Schlaf, die ihn vielleicht vor dem Bild des verblutenden Emory Blanchard schützen konnten.

In seinem Arbeitszimmer telefonierte Reverend Gwinn mit seiner Frau. Sie nahm stoisch die Nachricht auf, daß ein weißer Fremder namens Dan Farrow bei ihnen zu Abend essen würde, obgleich donnerstags immer ihr Sohn und ihre Schwiegertochter aus Mansfield zu Besuch kamen. Aber es würde schon alles gehen, erklärte Lavinia ihrem Mann, denn Terrence hatte vor ein paar Minuten angerufen, um ihr zu sagen, daß er und Amelia erst nach sieben kommen würden. Es würde eine Razzia in einem Haus geben, in dem Drogen verkauft wurden, berichtete sie Nathan, und Terrence hatte im Gefängnis noch einigen Papierkram zu erledigen.

»Das ist unser Junge«, sagte Gwinn. »Der wird noch mal zum Sheriff gewählt werden.«

Nachdem er den Hörer aufgelegt hatte, wandte der Reverend seine Aufmerksamkeit wieder seiner ungeschriebenen Predigt zu. Eine Eingebung kam ihm. Freundlichkeit gegenüber umherziehenden Fremden. Ja, Sir, das ist ein hübsches Thema!

Sie erstaunten ihn immer wieder, die seltsamen Wege des Herrn. Man wußte nie, wann die Lösung eines Problems einfach so aus dem Blauen herauskam; oder aus einem grauen Chevy-Pickup.

Er griff nach seinem Kugelschreiber, schlug die Bibel auf und begann einen Abriß der Botschaft für den Sonntag morgen zu schreiben.

4 Clints Hand

Zwei Karten.«
»Ich nehme drei.«
»Zwei für mich.«
»Eine Karte.«
»Oh, oh! Das gefällt mir gar nicht, Männer. Nun, der Geber nimmt drei, und dann wollen wir mal sehen, was wir haben.«
Das Pokerspiel im Hinterzimmer von Leopolds Billardsalon, am heruntergekommenen westlichen Ende der Caddo Street in Shreveport gelegen, hatte gegen zwei Uhr angefangen. Nun war es Viertel vor sechs, nach der Regulator-Uhr, die an der aufgeplatzten meergrünen Wand hing. Unter einem grauen Nebel aus Zigaretten- und Stumpenrauch betrachtete ein Quintett von Männern um den filzbezogenen Tisch herum schweigend die Karten. Draußen an den Billardtischen schlugen Kugeln zusammen wie Pistolenschüsse, und aus der altersschwachen Wurlitzer-Jukebox grölte Cleveland Crochet, begleitet von einem jaulenden Cajun-Akkordeon, »Sugar Bee«.
In dem Raum war es brütendheiß. Drei der Männer saßen in Hemdsärmeln da, der vierte in einem feuchten T-Shirt. Der fünfte Mann jedoch hatte noch nicht einmal das ziemlich schwere Jackett seines irisierenden lila-blauen Kammgarnanzugs ausgezogen. Als Zugeständnis an die Hitze hatte er allerdings den Knoten seiner Krawatte gelockert und den gestärkten Kragen seines weißen Hemds aufgeknöpft. Ein

Glas mit schmelzendem Eis und einer blassen, trüben Flüssigkeit stand neben seiner rechten Hand. Ebenfalls innerhalb seiner Reichweite war ein Stapel aus Chips in einem Wert von dreihundertneunzehn Dollar. Sein Gewinn war im Verlauf des Spiels gewachsen und gesunken und wieder gewachsen, und im Moment hatte er eine klare Glückssträhne. Er war der Mann, der um eine Karte gebeten hatte, so sicher war er, daß er ein Blatt hatte, an das niemand herankommen konnte.

Der Geber, ein glatzköpfiger Schwarzer namens Ambrose, räusperte sich schließlich. »Du bist dran, Royce.«

»Ich setze fünf.« Royce, ein dickbäuchiger Mann mit einem feuerroten Bart und einer Stimme wie ein Rattenquieken, warf einen roten Chip auf den Haufen.

»Ich bin draußen.« Der nächste Mann, dessen Name Vincent war, klatschte seine Karten mit einem nachdrücklichen *Patsch* des Ekels zugedeckt auf den Tisch.

Es folgte eine Pause. »Komm schon, Junior«, drängte Ambrose.

»Ich denke nach.« Mit seinen achtundzwanzig Jahren war Junior der jüngste unter den Spielern. Er hatte ein gelbliches, kantiges Gesicht und zottliges rötlichbraunes Haar. Schweiß glänzte auf seinen Wangen und machte Flecken auf seinem T-Shirt. Er blickte auf seine Karten, während eine Zigarette zwischen seinen zusammengebissenen Zähnen steckte. Seine glanzlosen Augen huschten zu dem Spieler neben ihm. »Ich denke, diesmal habe ich Sie, Mr. Lucky.«

Der Mann in dem Kammgarnanzug war in seine eigenen Karten vertieft. Seine Augen waren blaßblau, sein Gesicht so bleich, daß an den Schläfen die purpurnen Adern sichtbar waren. Er schien Mitte Dreißig zu sein, sein Körper so schlank wie eine gezogene Klinge. Sein schwarzes Haar war makellos gekämmt, der Scheitel kerzengerade. In der Mitte

seines Haaransatzes war eine weiße Strähne, so als hätte dort ein Blitz eingeschlagen.
»Geh mit, oder du bist draußen«, sagte Ambrose.
»Ich setze die fünf und erhöhe um zehn.« Die Chips fielen klappernd auf den Tisch.
»Fünfzehn Dollar«, sagte der Mann in dem Kammgarnanzug, und seine Stimme war so leise, daß sie beinahe einem Flüstern glich, »und noch mal fünfzehn.« Er warf die Chips mit einem lockeren Schwung seines rechten Handgelenks auf den Tisch.
»Oh, oh, oh!« Ambrose studierte mit wachsendem Interesse seine Karten. »Sprecht zu mir, meine Kindlein, sprecht zu mir!« Er nahm seinen Zigarrenstummel vom Aschenbecher und paffte daran, so als wollte er die Zukunft aus den Rauchringen ablesen.
Nick, der Barkeeper des Billardsalons, kam herein, während Ambrose grübelte, und fragte, ob jemand noch einen Drink wolle. Junior bestellte sich ein weiteres Budweiser und Vincent einen neuen Eistee. Der Mann in dem Kammgarnanzug trank in zwei langen Zügen seinen trüben Drink aus und sagte: »Noch einmal dasselbe.«
»Äh ... sind Sie sicher, daß Sie keinen Zucker rein haben wollen?« fragte Nick.
»Keinen Zucker. Nur puren Zitronensaft.«
Nick kehrte an die Bar zurück. Ambrose paffte ein letztes Fragezeichen und legte seine Karten mit der Bildseite nach unten auf den Tisch. »Nee. Meine Frau wird mir sowieso schon den Arsch aufreißen.«
Royce blieb im Spiel und erhöhte noch mal um fünf. Junior kaute an seiner Unterlippe. »Verdammt noch mal, ich *muß* drinbleiben!« entschied er. »Zum Teufel, ich erhöhe um weitere fünf!«
»Und noch mal fünfzehn«, kam die Erwiderung.

»Scheeeeiße!« Ambrose grinste. »Da haben wir wohl einen Showdown!«

»Ich bin draußen.« Royces Karten wanderten auf den Tisch. Junior lehnte sich auf seinem Stuhl zurück. Er hielt die Karten dicht an die Brust gepreßt, und auf seinem Gesicht glänzte frischer Schweiß. Er starrte lange und durchdringend auf den Mann neben ihm, den er in den letzten zwei Stunden hassen gelernt hatte. »Du bluffst, du Mistkerl«, fauchte er. »Das letztemal, als Sie mich bluffen wollten, habe ich es Ihnen gezeigt, stimmt's?«

»Du bist dran mit fünfzehn Dollar, Junior«, sagte Ambrose. »Was willst du tun?«

»Dräng mich nicht, Mann!« Junior hatte zwei rote Chips vor sich liegen. Er war mit über hundert Dollar in das Spiel eingestiegen. »Sie versuchen mich auszutricksen, stimmt's, Mr. Lucky?«

Der Mann wandte den Kopf um. Die blaßblauen Augen fixierten Junior, und die flüsternde Stimme sagte: »Mein Name ist Flint.«

»Ist mir scheißegal! Wenn Sie versuchen, mich übers Ohr zu hauen, dann habe ich wohl das Recht, Sie zu nennen, wie es mir paßt!«

»He, Junior!« warnte Royce. »Halt deine Zunge im Zaum!«

»Nun, wer kennt diesen Kerl denn überhaupt? Er kommt hier herein, steigt in unser Spiel ein und nimmt uns aus wie Weihnachtsgänse! Woher wissen wir, daß er kein Profi ist?«

»Ich habe für meinen Platz bezahlt«, sagte Flint. »Sie haben sich nicht beschwert, als Sie mein Geld nahmen.«

»Vielleicht beschwere ich mich *jetzt!*« fauchte Junior verächtlich. »Kennt ihn hier jemand?« fragte er die anderen. Nick kam mit einem Tablett mit den Drinks herein. »He, Nick! Hast du diesen Typen hier schon mal gesehen?«

»Kann mich nicht erinnern.«

»Also, wieso ist er einfach von der Straße hier hereinmarschiert? Nur weil er mal 'ne Partie Poker spielen wollte? Wieso sitzt er da mit unserem ganzen verdammten Geld?«

Flint schob die Karten in seiner linken Hand mit einem Ruck zusammen, trank einen Schluck frischen Zitronensaft und rieb sich mit dem kalten Glas über die Stirn. »Gehen Sie mit«, sagte er, »oder gehen Sie nach Hause, und weinen Sie sich bei Ihrer Mommy aus.«

Junior blies wütend Rauchwolken in die Luft. Scharlachrot war auf seine Wangen gekrochen. »Vielleicht sollten Sie und ich mal draußen ein Tänzchen wagen, was halten Sie davon?«

»Komm schon, Junior!« mischte Ambrose sich beschwichtigend ein. »Spiel oder steig aus!«

»Nick, leih mir fünf Dollar.«

»Kommt gar nicht in Frage!« Nick wich Richtung Tür zurück. »Das hier ist keine Bank, Mann!«

»Jemand muß mir fünf Dollar leihen«, sagte Junior zu den anderen. Die Forderung wurde mit einem Schweigen beantwortet, das Steine zum Weinen hätte bringen können. »Fünf Dollar! Was ist denn mit euch Jungs los?«

»In diesem Haus verleihen wir kein Geld«, erinnerte ihn Ambrose. »Das haben wir nie getan, und das werden wir auch nie tun. Du kennst die Hausregeln.«

»Ich würde es dir leihen, wenn du klamm wärst!«

»Nein, das würdest du nicht. Und ich würde nicht darum bitten. Die Regel lautet: Du spielst mit deinem eigenen Geld.«

»Nun, es ist wirklich nett zu wissen, wer deine Freunde sind!« Junior riß sich seine billige Armbanduhr vom Handgelenk und warf sie Flint über den Tisch zu. »Hier, verdammt noch mal! Die ist mindestens fünfzehn oder zwanzig Mäuse wert!«

Flint nahm die Uhr und betrachtete sie. Dann legte er sie

wieder auf den Tisch und lehnte sich zurück, seine Karten abermals vor der Brust aufgefächert. »Waren sind kein Geld, aber da Sie so begierig darauf sind, hier als Verlierer rauszugehen, tue ich Ihnen den Gefallen.«

»*Gefallen.*« Junior spuckte das Wort beinahe aus. »Ja, genau! Kommen Sie schon, lassen Sie uns mal sehen, was Sie haben!«

»Legen Sie Ihre zuerst hin«, sagte Flint.

»Gerne doch!« Mit einem *Klatsch* landeten die Karten auf dem Tisch. »Drei Damen! Ich hatte immer Glück mit Frauen!« Junior grinste, während er mit einer Hand schon nach dem Haufen Chips und seiner Uhr griff.

Bevor seine Hand dort ankam, versperrten ihr drei Asse den Weg.

»Ich war immer ein kluger Pokerspieler«, erklärte Flint. »Und Klugheit schlägt Glück noch jedesmal.«

Juniors Grinsen löste sich in nichts auf. Er starrte auf das Asse-Trio, und sein Mund mit der Zigarette darin bekam einen verkniffenen Ausdruck.

Flint sammelte die Chips ein und steckte die Armbanduhr in seine Jackettasche. Wenn Nick auch kein Geld verlieh, so verkaufte er doch Pokerchips. Flint wußte, daß es an der Zeit war, die Chips gegen Bargeld zu tauschen und sich auf den Weg zu machen. »Ich hab' genug.« Er deutete auf den Rest seiner Gewinne und stand auf. »Vielen Dank für das Spiel, meine Herren.«

»*Betrüger.*«

»Junior!« knurrte Ambrose. »Halt den Mund!«

»*Betrüger!*« Junior schob scharrend seinen Stuhl nach hinten und erhob sich. Sein verschwitztes Gesicht war blutrot angelaufen. »Bei Gott, Sie haben mich betrogen!«

»Habe ich das?« Flints Augen waren halb verborgen unter den schweren Lidern. »Wie?«

»Ich weiß nicht, wie! Ich weiß nur, daß Sie heute ein paar Blätter zuviel gewonnen haben! O ja, vielleicht haben Sie ein paar verloren, aber Sie haben nie genug verloren, um den Anschluß zu verlieren, oder? Nein, Sir! Sie haben nur verloren, um uns im Spiel zu halten, damit Sie mich mit dieser Scheiße aufs Kreuz legen konnten!«

»Setz dich hin, Junior«, wies Vincent ihn an. »Einige gewinnen, andere verlieren. Deshalb nennt man es ja Glücksspiel.«

»Zum Teufel, seht ihr es denn nicht? Er ist ein Profi, das ist er! Er ist von der Straße hier hereingekommen, ist in unser Spiel eingestiegen und hat jeden einzelnen von uns zum Narren gehalten!«

»Ich sehe«, sagte Ambrose müde, »daß es beinahe sechs Uhr ist. Ich kriege zu Hause mit dem Nudelholz eins übergebraten, wenn ich nicht bald erscheine.«

»Deine Frau wird dir sowieso mit dem Nudelholz eins überbraten, weil du deinen Lohnscheck verspielt hast«, bemerkte Royce mit einem schrillen Kichern.

»Geld verdirbt nur den Charakter, meine Freunde.« Ambrose stand auf und reckte sich. »Junior, bei dem Ausdruck auf deinem Gesicht kann eine Katze ja vor Schreck acht ihrer Leben verlieren. Vergiß es jetzt, verstanden? Du kannst nicht immer gewinnen, oder zumindest würde es keinen Spaß machen, wenn du es tätest.«

Junior beobachtete Flint, der sein Jackett zuknöpfte. Unter Flints Armen breiteten sich dunkle Schweißhalbmonde aus.

»Ich sage, der Mistkerl hat *betrogen*! Das ist ein falscher Fuffziger!«

Unvermittelt drehte Flint sich um, machte zwei Schritte nach vorn, und seine und Juniors Augen waren nur noch Zentimeter voneinander entfernt. »Ich frage dich noch einmal: Sag mir, wie ich betrogen habe, Kleiner.«

»Du weißt, daß du es getan hast! Vielleicht bist du glatter als ’n Aal, aber ich bin sicher, daß du irgendwie betrogen hast!«

»Dann beweis es«, entgegnete Flint, und nur Junior sah das Grinsen, das sich über seinen schmallippigen Mund zog.

»Du dreckiger Schweine ...« Junior holte mit dem Arm zum Schlag aus, doch Ambrose und Royce packten ihn und zogen ihn fort. »Laßt mich!« brüllte Junior, während er in hilflosem Zorn um sich schlug. »Ich reiße ihn in Stücke, das schwöre ich bei Gott!«

»Mister«, sagte Ambrose, »es ist vielleicht besser, wenn Sie sich hier nicht mehr blicken lassen.«

»Das hatte ich auch nicht vor.« Flint trank mit ausdruckslosem Gesicht seinen Zitronensaft aus. Dann kehrte er den anderen Männern den Rücken zu und ging hinaus zur Theke, um seine Chips einzutauschen. Seine Schritte waren langsam und gemessen wie dahintreibender Rauch. Während Nick das Geld zählte, wurde Junior von Ambrose, Vincent und Royce auf die Straße eskortiert. »Du wirst noch dein Fett wegbekommen, Mr. Lucky!« war Juniors Abschiedsgruß, bevor sich die Tür schloß.

»Manchmal gehen die Pferde mit ihm durch, aber er ist ganz in Ordnung.« Nick legte den knisternden grünen Gewinn in Flints blasse Handfläche. »In dieser Gegend sollten Sie besser nicht mit so viel Bargeld umherspazieren.«

»Vielen Dank.« Er gab Nick einen Zwanziger. »Für den Rat.« Dann setzte er sich Richtung Tür in Bewegung und fischte dabei seine Autoschlüssel aus seiner Tasche, als er über die Musik aus der Jukebox das Telefon klingeln hörte.

»Okay, bleiben Sie einen Moment dran. He, heißen Sie Murtaugh?« rief Nick.

Flint blieb an der Tür stehen. Ersterbendes Sonnenlicht loderte durch die mit Fliegenkot übersäten Fenster. »Ja.«

»Es ist für Sie.«

»Murtaugh«, sagte Flint in die Muschel.
»Hast du in der letzten halben Stunde Fernsehen geschaut?« Es war die rauhe Sägeblattstimme von Smoates, der vom Laden anrief.
»Nein. Ich bin beschäftigt gewesen.«
»Nun, pack zusammen und komm her. Zehn Minuten.« *Klick,* und Smoates war wieder weg.
Selbst als es schon sechs Uhr vorüber war und die blauen Schatten länger wurden, war die Hitze erdrückend. Flint konnte den Zitronensaft in seinem Schweiß riechen, während er den Bürgersteig entlangging. Wenn Smoates zehn Minuten sagte, dann meinte er acht. Es mußte natürlich um einen neuen Auftrag gehen. Flint hatte gerade heute morgen eine Haut für Smoates zurückgebracht und seine Kommission – vierzig Prozent – von viertausend Dollar eingesammelt. Smoates, der zu den Männern gehörte, die an jeder Ecke und in jedem Hinterzimmer ein Ohr hatten, hatte ihm von dem Donnerstagnachmittag-Pokerspiel im Leopold's erzählt, und da Flint noch etwas Zeit totschlagen konnte, bevor er in sein Motel zurückkehrte, hatte er mal vorbeigeschaut – bei diesem Kinderspiel, wie sich herausstellte. Wenn er eine Leidenschaft hatte, dann galt sie dem Rascheln und Knacken von Karten beim Mischen, dem Klakken sich drehender Rouletteschüsseln, dem leisen Pochen von Würfeln, die über lieblichen grünen Filz purzelten; sie galt dem Geruch verrauchter Räume, in denen Stapel von Chips wuchsen und sanken, wo sich kalter Schweiß unter den Kragen sammelte und ein As das Herz schneller schlagen ließ. Der heutige Gewinn war nur ein Taschengeld, aber ein Spiel war ein Spiel, und Flints Durst nach Risiko war zumindest zeitweilig gestillt worden.
Er erreichte sein Transportmittel, einen schwarzen 1978er Cadillac Eldorado, der schon drei oder vier Gebrauchtwa-

genhändlerplätze gesehen hatte. Der Wagen hatte vorne rechts einen kaputten Scheinwerfer, die hintere Stoßstange war mit einem Hanfseil befestigt, die Beifahrertür war eingedrückt und die Südstaatensonne hatte den alten schwarzen Lack aufplatzen lassen, daß es wie Puzzleteile aussah. Das Wageninnere roch nach Schimmel, und das Chassis stöhnte bei jedem Schlagloch wie eine Totenglocke. Flints Appetit aufs Glücksspiel ließ ihn nicht immer als Gewinner zurück; die Pferde, Windhunde und die Kasinos von Vegas nahmen ihm mit einer Häufigkeit sein Geld ab, die gewöhnliche Männer mit Angst erfüllt hätte. Flint Murtaugh jedoch konnte in keiner Beziehung als gewöhnlich bezeichnet werden.

Er steckte seinen Schlüssel in das Türschloß. Als es sich mit einem Klicken öffnete, hörte er noch ein anderes Geräusch – ein metallisches Schnappen – sehr dicht hinter sich, und ihm wurde ganz plötzlich bewußt, daß er für seine Unaufmerksamkeit würde bezahlen müssen.

»Ganz ruhig, Mr. Lucky.«

Flint spürte, wie sich die Spitze der Schnappmesserklinge gegen seine rechte Niere drückte. Er stieß zischend den Atem zwischen den Zähnen hindurch aus. »Du machst einen großen Fehler«, sagte er.

»Ach ja. Gehen wir ein Stück. Bieg in die Gasse da ein.«

Flint gehorchte. Es waren nicht viele Leute auf dem Bürgersteig, und Junior hielt sich dicht neben ihm. »Geh weiter«, wies Junior ihn an, als Flint die Gasse betrat. Vor ihnen, in den Schatten zwischen den Gebäuden, war ein Maschendrahtzaun und dahinter eine Parkgarage. »Halt«, sagte Junior. »Dreh dich um, und sieh mich an.«

Flint tat es und stand nun mit dem Rücken zum Zaun. Junior befand sich zwischen ihm und der Straße. Er hatte das Messer tief neben seinem Körper. Es war ein gemein ausse-

hendes Schnappmesser, und Junior hielt es, als würde er es nicht zum erstenmal benutzen. »Ich denke, deine Glückssträhne ist zu Ende.« In Juniors Augen loderte noch immer der Zorn. »Gib mir mein Geld.«
Flint lächelte kühl. Er knöpfte sein Kammgarnjackett auf, und während er das tat, tippte er mit einem Finger zweimal gegen seine Gürtelschnalle, die in geschwungenen Lettern seine Initialen trug. Er hob seine Hände. »Es ist in meinem Jackett. Komm, und hol es dir, Kleiner.«
»Ich schlitze dich auf, verdammt noch mal! Ich werde dir Scheiße zu fressen geben, wie du es noch nie erlebt hast, Mann!«
»Ach ja? Kleiner, ich werde dir drei weise Ratschläge erteilen. Erstens«, er hob einen Finger seiner linken Hand, »spiel nie mit einem Fremden Poker. Zweitens«, zwei Finger seiner rechten Hand reckten sich hoch, »erhöhe nie gegen einen Mann, der nur eine einzige Karte genommen hat. Und drittens ...«
Etwas bewegte sich auf Flints Brust unter dem weißen Leinenhemd.
Flints Krawatte wurde zur Seite gestoßen. Durch den Schlitz eines geöffneten Knopfes schob sich eine zwergengroße Hand und ein schlanker, haarloser weißer Arm. Die Hand hielt einen kleinen, doppelläufigen Derringer umfaßt, der auf Juniors Bauch zielte.
»Wenn du einen Mann in der Mangel hast«, fuhr Flint fort, »dann laß ihn sich niemals zu dir umdrehen.«
Juniors Kinnlade klappte herunter. »*Himmel*«, flüsterte er. »Sie ... haben ... drei ...«
»*Clint. Ganz ruhig.*« Flints Stimme war scharf; der Derringer war ein paar Zentimeter nach rechts gewackelt. »Laß das Messer fallen, Kleiner.« Doch Junior war zu erschüttert, um sich zu rühren. »Clint! Runter, runter, runter!« Der Arm

gehorchte, und nun zielte der Derringer auf Juniors Knie.
»In drei Sekunden bist du ein Krüppel«, versprach Flint.
Das Messer fiel klappernd auf das schmierige Pflaster.
Flint runzelte die Stirn und schob seine beiden Hände in die Hosentaschen. Die dritte Hand hielt ganz ruhig den Derringer. »Das hätte ich mir denken sollen«, sagte Flint vor allem zu sich selbst. »Clint. Halfter.«
Der sehnige Arm zog sich in Flints Hemd zurück. Flint spürte, wie die Waffe in das kleine Halfter unterhalb seiner rechten Schulter glitt. Der Arm zuckte einmal, ein Muskelkrampf, dann lag er wieder gegen Flints Brustkorb gedrückt, mit einem Finger unter die Gürtelschnalle geklemmt. »Guter Clint«, lobte Flint, und er ging mit schnellen Schritten zu Junior, der noch immer entsetzt und mit offenem Mund dastand. Flint zog seine rechte Hand aus der Tasche, auf der er nun einen Schlagring aus Messing trug. Der folgende Schlag war schnell und entschlossen und traf Junior am Kinn, so daß sein Kopf nach hinten geworfen wurde. Junior stieß einen erstickten Schrei aus und taumelte rückwärts in einige Mülltonnen, und dann holte Flint abermals aus – eine anmutige, beinahe balletthafte Geste –, und der Schlagring bohrte sich knirschend in den Wangenknochen auf Juniors linker Gesichtshälfte.
Junior ging keuchend in die Knie. Dort blieb er auch, während sein Kopf hin und her wackelte und der Zorn von heißen Tränen des Schmerzes aus seinen Augen gespült wurde.
»Weißt du«, sagte Flint, »es war wirklich komisch, als du drohtest, du würdest mir Scheiße zu fressen geben. Wirklich sehr komisch.« Flint berührte die Knöchel an Juniors rechter Hand mit der Spitze seines polierten schwarzen Schuhs. Die billige Armbanduhr fiel neben Juniors Fingern auf das Pflaster. »Niemand auf dieser Welt kann mir mehr Scheiße

zu fressen geben, als ich schon ertragen mußte. Hast du das verstanden?«
»Biiidde«, brachte Junior mühsam heraus.
»Ich war da, wo du bist«, fuhr Flint fort. »Es hat mich härter und gemeiner gemacht. Aber es hat mich auch klüger gemacht. Was dich nicht umbringt, macht dich klüger. Glaubst du das?«
»Hmmhmmmhm.«
»Nimm deine Uhr«, befahl Flint ihm. »Auf, nimm sie.«
Ganz langsam schloß sich Juniors Hand um die Uhr.
»Gut.« Das kalte Lächeln hatte Flints Gesicht nicht für einen Augenblick verlassen. »Nun werde ich dir eine Lektion erteilen.«
Er nahm all seine Wut zusammen.
Es war nicht schwer, sie zu finden. Es waren grinsende Gesichter darin und schrilles hämisches Gelächter. Sie trug die Erinnerung an eine schlimme Nacht am Black Jack-Tisch in sich und an die seidigen Drohungen eines Kredithais. Sie trug Smoates' Stimme in sich, die *Zehn Minuten* befahl. Sie trug ein Leben der Qual und der Verbitterung in sich, und als sie aus Flint herausbrach, war es wie eine Explosion. Clints Hand fühlte diese Wut und ballte sich zu einer knochigen Faust. Flint holte tief Luft, hob seinen Fuß, entließ den Atem mit einem *Whuusch* aus seiner Lunge und zerstampfte Juniors Finger unter seinem Schuh.
Die Uhr zerbrach. Ebenso wie Zeige- und Mittelfinger und der Daumen. Junior stieß ein Heulen aus, das zu einem Quaken wurde, während er sich vor Schmerz wälzend am Boden lag, die Hand an die Brust gepreßt und mit kleinen Scherben des Uhrenglases in seiner Handfläche.
Flint trat einen Schritt zurück. Schweiß stand auf seiner Stirn, und in seinen Wangen pochte das Blut. Er brauchte ein paar Sekunden, um seine Stimme zu finden, und als sie

ertönte, klang sie belegt und rauh. »Du kannst es der Polizei erzählen, wenn du willst.« Flint steckte den Schlagring wieder in die Tasche. »Sag ihnen, ein Freak mit drei Armen hätte es getan, und dann kannst du ihrem Gelächter zuhören.«

Junior wälzte sich weiter auf dem Boden. Seine Aufmerksamkeit galt anderen Dingen.

»Leb wohl«, sagte Flint, wandte sich um, verließ die Gasse und stieg in seinen Wagen. Einen Augenblick später hatte er den spuckenden, polternden Motor angelassen und fuhr in Richtung Twilight Zone-Pfandleihhaus an der Stoner Avenue.

Plötzlich wurde Flint von Übelkeit befallen. Die Wut war verflogen, und an ihre Stelle war Scham getreten. Die Finger des Jungen zu brechen war grausam und niederträchtig gewesen. Er hatte die Kontrolle über sich verloren, er hatte sich von seinen niederen Instinkten beherrschen lassen. Kontrolle war wichtig für Flint. Ohne Kontrolle fielen Menschen auf das Niveau von Tieren zurück.

Er schob eine Kassette in den Recorder und lauschte dem kühlen, klaren Klang von Chopins Préludes, die zu seiner Lieblingsmusik gehörten. Sie erinnerten ihn an seinen Traum. In dem Traum stand er auf einem leicht hügeligen wunderschönen smaragdgrünen Rasen und schaute auf ein weißes Herrenhaus mit vier Schornsteinen und einem riesigen Buntglasfenster an der Vorderfront.

Er glaubte, daß es sein Zuhause war, doch er wußte nicht, wo es lag.

»Ich bin kein Tier.« Seine Stimme war noch immer heiser von all der Emotion. »Das bin ich nicht.«

Plötzlich hob sich eine zwergengroße linke Hand vor sein Gesicht und schlug ihn mit einem Pik-As auf die Wange.

»Hör auf damit, du Mistkerl«, knurrte Flint, und er schob Clints Arm wieder dorthin zurück, wohin er gehörte.
Das Twilight Zone-Pfandleihhaus stand zwischen Uncle Joe's Loans und dem Little Saigon Take-out Restaurant. Flint fuhr zur Rückfront des Gebäudes und parkte neben Eddie Smoates' neuem Mercedes Benz. Die Hintertür des Pfandhauses trug ein Schild, das es als DIXIE KAUTIONSBÜRGSCHAFTEN UND RÜCKÜBERFÜHRUNGEN auswies. Clint wurde langsam hungrig und bewegte sich unter Flints Hemd, also nahm Flint noch eine Schachtel Ritz-Cracker vom Rücksitz, bevor er aus dem Wagen stieg. Er drückte einen Knopf auf der Backsteinwand neben der Tür, und einige Augenblicke später knurrte Smoates' Stimme aus der dort angebrachten Sprechanlage: »Du bist spät dran.«
»Ich bin gekommen, so schnell ich ...«
Ein Summen schnitt ihm das Wort ab und verkündete, daß die Tür elektronisch entriegelt worden war. Flint schob sich durch sie hindurch in das klimatisierte Innere. Die Tür verriegelte sich wieder hinter seinem Rücken. Smoates hatte viel Wertvolles hier, und er war ein vorsichtiger Mann. Da war eine kleine Empfangsdiele mit einigen Plastikstühlen, doch das Büro hatte schon vor einer Stunde für den üblichen Geschäftsverkehr geschlossen. Flint wußte, in welche Richtung er sich wenden mußte; dieser Ort war ihm so vertraut wie der Arm seines Bruders. Er ging am Empfangstisch vorbei und klopfte an die Tür dahinter.
»Herein!« sagte Smoates, und Flint trat ein.
Wie gewöhnlich saß Eddie Smoates inmitten eines Rattennests aus aufgetürmten Papieren und Aktenordnern. Das Büro roch nach Knoblauch, Zwiebeln und Fett. Die hauptsächlichen Zutaten des Little Saigon-Essens lagen in Styroporschüsseln und -bechern auf Smoates' unordentlichem Schreibtisch. Der Mann stopfte den Mund in seinem Mond-

gesicht mit Hähnchenstreifen voll. Smoates hatte die flinken dunklen Augen eines Frettchens, sein breiter Schädel war zur Glatze rasiert, und ein grauer Ziegenbart zierte sein Kinn. Er hatte massige Unterarme und Schultern, die sein limonengrünes Polohemd anschwellen ließen, obgleich auch sein Bauch mittlerweile beachtliche Ausmaße annahm. Vor zwanzig Jahren war Smoates ein professioneller Catcher gewesen, mit einer Maske und bekannt unter dem Namen »X the Unknown«. Er sagte: »Setz dich«, während er Streifen des Knoblauchhähnchens von den Knochen saugte, und Flint nahm in einem der beiden Sessel Platz, die dem Schreibtisch gegenüberstanden. Hinter Smoates befand sich eine Metalltür, die in die Pfandleihe führte, welche ihm ebenfalls gehörte. Auf einem Regal, das recht wacklig aussehend an einer Wand lehnte, standen ein halbes Dutzend Fernseher, zehn Videorecorder und etwa ein Dutzend Stereoverstärker. Die Fernseher waren eingeschaltet und alle auf verschiedene Sender eingestellt, obgleich sie zu leise waren, um verständlich zu sein.

Smoates, ein lautstarker Esser, mampfte weiter. Fett glänzte auf seinem Kinn und in seinem Ziegenbart. Flint ekelte Smoates' Mangel an Manieren an. Er schaute starr auf Smoates' heißgeliebte Sammlung seiner »Schätze«, wie sein Arbeitgeber es nannte. Aufbewahrt in einer Glasvitrine, fanden sich solche Dinge wie eine mumifizierte Katze mit zwei Köpfen, eine abgetrennte menschliche Hand mit sieben Fingern, die in einem Glas mit trüber Flüssigkeit schwamm, der Schädel eines Babys mit einer zusätzlichen Augenhöhle mitten auf der Stirn, und – der grausamste Streich der Natur, wie es Flint schien – ein einbalsamierter Affe, aus dessen Hals ein dritter Arm ragte. Auf einem Regal über den »Schätzen« standen acht Fotoalben, die die Bilder enthielten, welche Smoates in seiner scheinbar größten

Leidenschaft neben dem Geldverdienen und dem Essen gesammelt hatte. Smoates war ein Connaisseur von Freaks. Während andere Männer sich an erlesenen Weinen, meisterhaften Gemälden oder Skulpturen erfreuten, gierte Smoates nach grotesken Absurditäten aus Fleisch und Knochen. Flint, der in einer Wohnung in Monroe, hundert Meilen östlich von Shreveport, lebte, hatte niemals das Heim seines Arbeitgebers besucht, nicht in all den sechs Jahren, die er nun schon für Dixie tätig war, doch er hatte von einem seiner Kumpel gehört, daß Smoates' gesamter Keller vollgestopft war mit Freak-Memorabilien aus Monstrositätenschauen aus fünf Dekaden. Was immer es war, das einen Mann dazu brachte, sich die bizarrsten und abscheulichsten mißgestalteten Geschöpfe anzuschauen, es fand sich dunkel und verwachsen bis in die Wurzeln von Smoates' Seele hinein.

Solche Faszination ekelte Flint an, der sich selbst als einen kultivierten Gentleman betrachtete. Allerdings wäre Flint vielleicht noch immer das Objekt ekelerregender Faszination, hätte Smoates nicht jenes Schaustellerzelt besucht, das neben anderen Attraktionen auch »FLINT UND CLINT, DIE ZWEI IN EINEM« anpries. Smoates hatte Flint dafür bezahlt, mit ihm zu einem Fotostudio zu gehen und ohne Hemd für eine Reihe von Bildern zu posieren, die vermutlich bei den anderen in den Fotoalben gelandet waren. Flint hatte nie das Verlangen verspürt, die Alben durchzublättern; er hatte genug Freaks in Fleisch und Blut gesehen, daß es ihm sein Leben lang reichte.

»Hast du gewonnen oder verloren?« fragte Smoates, ohne von seinem Knoblauchhähnchen aufzublicken.

»Ich habe gewonnen.«

»Wieviel?«

»Um die dreihundertfünfzig.«

»Das ist schön. Ich mag es, wenn du gewinnst, Flint. Wenn du glücklich bist, bin ich glücklich. Du *bist* glücklich, stimmt's?«
»Das bin ich«, erwiderte Flint ernst.
»Ich mag es, wenn meine Jungs glücklich sind.« Smoates hielt inne und suchte seinen Teller mit Knochen nach einem letzten Fleischbröckchen ab. »Aber ich mag es nicht, wenn sie zu spät kommen. Zehn Minuten bedeutet nicht fünfzehn. Brauchst du eine neue Uhr?«
»Nein.« Unvermittelt schob sich Clints Arm aus Flints Hemd und begann ihn am Kinn zu kratzen und zu kitzeln. Flint nahm einen Ritz-Cracker aus der Schachtel und legte ihn in die Finger. Augenblicklich zog sich der Arm zurück, und unter Flints Hemd ertönten schmatzende Geräusche.
Smoates schob mit fettglänzenden Fingern seinen Teller beiseite. In seinen Augen blitzte ein fiebriges Feuer. »Knöpf dein Hemd auf«, sagte er heiser. »Ich schaue ihm so gern beim Essen zu.«
Sosehr er es auch verabscheute, Flint gehorchte. Smoates war der Mann mit der Brieftasche, und er duldete keinen Ungehorsam von seinen »Jungs«. Flints Finger öffneten die Knöpfe und gaben Smoates freies Blickfeld auf den schlanken weißen Zwergenarm, der am Ellbogen mit einer Stelle gerade unterhalb von Flints Solarplexus verbunden war. »Fütter ihn«, sagte Smoates. Flint nahm einen weiteren Cracker aus der Schachtel. Er fühlte, wie sich die weichen Knochen seines Bruders in seinem Innern bewegten, ein langsames Verschieben, das gegen seine eigenen Organe drückte. Clint konnte den Cracker riechen, und seine Hand suchte die Luft danach ab, doch Flint führte ihn zu der faustgroßen Geschwulst, die aus seiner rechten Seite herausragte. Smoates beugte sich vor und schaute gebannt zu. Die Geschwulst war so bleich wie der Arm, haarlos und augenlos,

hatte jedoch zwei geblähte Nasenlöcher, Ohren wie winzige Muscheln und ein Paar schmaler Lippen. Als sich der Crakker näherte, teilten sich die Lippen mit einem leisen, nassen Geräusch und entblößten kleine scharfe Zähne und eine Zunge, die zu einem Kätzchen hätten gehören können. Der Mund nahm den Cracker an, die Zähne bissen zu, und Flint zog seine Finger zurück, um keine Schramme davonzutragen. Manchmal war Clint beim Essen etwas übereifrig.

»Erstaunlich.« Auf Smoates' Gesicht lag ein verträumtes Lächeln. »Ich schwöre, ich weiß nicht, wie deine Drähte verkreuzt wurden, aber das wurden sie, was?«

Flint knöpfte sein Hemd wieder zu, bis auf den einzelnen Knopf in der Mitte, den er für gewöhnlich offenließ. Sein Gesicht verriet keine Regung, sein Blick war hart. »Weshalb wolltest du mich sehen?«

»Schau dir das mal an.« Smoates nahm eine Fernbedienung von seinem Schreibtisch, drückte mit einem seiner großen fettigen Finger darauf, und einer der Videorecorder schaltete klickend auf PLAY. Einige Sekunden schneite es auf einem der Fernsehbildschirme, dann erschien das attraktive Gesicht einer dunkelhaarigen Reporterin. Sie sprach in ein Mikrofon, während hinter ihr ein Streifenwagen stand und eine Menschentraube, die sich um die Drehtür eines Gebäudes versammelt hatte. Smoates benutzte eine zweite Fernbedienung, um die Lautstärke höher zu stellen.

»... heute nachmittag. Es war die Tat eines verzweifelten und geistig verwirrten Mannes, wie die Polizei erklärt«, sagte die Reporterin. »Emory Blanchard, der Leiter der Kreditabteilung der First Commercial Bank, wurde ins All Saints Hospital gebracht, wo man seinen Tod feststellte. So sah es vor wenigen Minuten am Schauplatz des Verbrechens aus, als Clifton Lyles, der Präsident der Bank, eine öffentliche Erklärung abgab.«

Umschnitt. Ein grimmig aussehender Mann mit weißem Haar stand vor dem Gebäude, während Reporter ihm einen Wald aus Mikrofonen entgegenstreckten. »Ich möchte Ihnen sagen, daß wir diese Schandtat nicht stillschweigend hinnehmen werden«, erklärte Lyles. »Ich gebe hiermit bekannt, daß für die Ergreifung Lamberts eine Belohnung von fünfzehntausend Dollar ausgesetzt worden ist.« Er hielt eine Hand hoch, um die Rufe abzuwehren. »Nein, ich beantworte keine Fragen. Es wird nachher eine ausführliche Pressemitteilung geben. Ich hoffe und bete nur, daß dieser Mann gefaßt wird, bevor er noch jemanden umbringt. Vielen Dank.«

Erneut erschien die Reporterin. »Das war Clifton Lyles, Präsident der First Commercial Bank. Wie Sie hinter mir sehen können, herrscht hier immer noch reges Treiben, während die Polizei fortfährt ...«

Das aufgezeichnete Bild erlosch. Smoates drehte die Lautstärke runter. »So 'n verrückter Scheißer ist da reingegangen und hat Blanchard erschossen. Der Typ hat durchgedreht, als er erfahren hat, daß sein Pickup gepfändet werden sollte. Bist du bereit, den Kerl zu verfolgen?«

Flint hatte Clint während der Videoaufzeichnung gefüttert. Nun kaute er selbst an einem Cracker, und die Finger seines Bruders suchten nach Nahrung. »Bin ich doch immer«, antwortete er.

»Dachte ich mir. Hab schon mal vorsorglich angerufen.« Smoates hatte einen Informanten bei der Polizei, der ihm gegen Entlohnung alle Informationen gab, die Smoates brauchte. »Bei dieser Sache müssen wir schnell sein. Um die Wahrheit zu sagen, ich denke nicht, daß eine große Chance besteht, ihn zu kriegen. Jede Polizeimarke im Bundesstaat wird es auf ihn abgesehen haben. Aber was anderes liegt gerade nicht an, also können wir ja mal einen Versuch wagen.« Er riß ein Streichholz an und zündete einen schwarzen Stumpen an, den er zwischen seinen Zähnen eingeklemmt hatte. Dann lehnte er sich in seinem Sessel zurück und blies Rauch zur Decke. »Gibt dir 'ne Gelegenheit, den neuen Mann für 'nen Probelauf mitzunehmen.«

»Den neuen Mann? Welchen neuen Mann?«

»Den neuen Mann, den ich vielleicht anheuern werde. Sein Name ist Eisley. Hat mich heute nachmittag besucht. Er hat gute Anlagen, aber er ist noch grün hinter den Ohren. Ich muß sehen, aus welchem Holz er geschnitzt ist.«

»Wir arbeiten allein«, sagte Flint leise.

»Eisley wohnt im Old Plantation Motel draußen beim Flughafen.« Smoates fischte auf dem überfüllten Schreibtisch nach seinem Notizblock. »Zimmer Nummer dreiundzwanzig«, sagte er, als er ihn gefunden hatte.

»Wir arbeiten allein«, wiederholte Flint, ein wenig nachdrücklicher.

»Hm. Das mag sein, aber diesmal möchte ich, daß du Eisley mitnimmst.«

Flint rutschte unbehaglich auf seinem Stuhl hin und her. Ein mulmiges Gefühl regte sich in ihm. »Ich dulde … ich dulde niemand anders in meinem Wagen.«

»Willst du mich auf den Arm nehmen?« Smoates stierte über den Schreibtisch, und sein Stieren war nicht hübsch. »Ich habe diese Rostlaube gesehen. Da ist nichts Besonderes dran.«

»Ich weiß, aber … ich bin wählerisch, mit wem ich fahre.«

»Nun, Eisley ist kein Nigger, wenn dir das Sorgen macht.«

»Nein, das ist es nicht. Ich mag nur … Clint und ich … wir würden lieber allein arbeiten.«

»Ja, das hast du schon gesagt. Aber die Wahl ist auf dich gefallen. Billy Lee ist mit 'nem Auftrag in Arkansas, Dwayne hat noch immer Grippe, und von Tiny Boy habe ich seit zwei

Wochen nichts mehr gehört. Ich nehme an, er ist wieder zu der Monstrositätenschau zurückgegangen, also brauchen wir frisches Blut. Eisley könnte da zupaß kommen.«
Flint hatte das Gefühl, als würde er ersticken. Er lebte allein – wenn ein Mann, dessen Bruder durch einen gemeinen Streich der Genetik in seinem Körper gefangen war, jemals wirklich allein sein konnte –, und so gefiel es ihm auch. Mit jemand anderem auf engstem Raum auskommen zu müssen, könnte ihn die Wände hochtreiben. »Was stimmt mit ihm nicht?«
»Mit wem?«
»Eisley.« Er sprach sehr langsam und bedächtig. »Etwas kann mit ihm nicht stimmen, sonst würdest du ihn nicht anheuern wollen.«
Smoates zog an seinem Stumpen und schnippte die Asche auf den Boden. »Ich mag seinen Charakter«, sagte er schließlich. »Er erinnert mich an einen Typen, auf den ich hohe Stücke gehalten habe.«
»Aber er ist ein Freak, nicht wahr? Du heuerst doch ausschließlich Freaks an.«
»Nun, das entspricht nicht ganz der Wahrheit. Ich suche ...« Er hielt inne und dachte darüber nach. »Spezielle Talente«, entschied er. »Leute, die mir imponieren, aus dem einen oder anderen Grund. Nimm zum Beispiel Billy Lee. Er muß kein Wort sagen, er muß nur dastehen und seine Dinger zeigen, und schon hat er den Auftrag erledigt. Habe ich recht?«
Flint antwortete nicht. Billy Lee Klaggens war ein zwei Meter zehn großer Schwarzer, der seine Zeit bei den Monstrositätenschauen unter dem Namen »Popeye« abgedient hatte. Klaggens, ein furchteinflößender Anblick, konnte dastehen und dich anstarren, und das einzige, was sich an ihm bewegte, waren seine Augäpfel, während der Blutdruck sie beina-

he aus seinem Schädel preßte. Mit einem solchen Anblick konfrontiert, verwandelten sich die Häute, die Klaggens jagte, in verängstigte Kaninchen, die von einer kampfbereiten Kobra hypnotisiert worden waren – und dann sprühte Klaggens ihnen etwas von seiner chemischen Keule in die Augen, legte ihnen Handschellen an, und das war das Ende der Geschichte. Klaggens arbeitete seit über zehn Jahren für Smoates, und er war es auch gewesen, der Flint alle Kniffe beigebracht hatte.

»Eisley besitzt ein spezielles Talent, wenn du darauf hinauswillst.« Eine kleine Rauchwolke entwich durch die Lücke zwischen seinen Vorderzähnen. »Er ist ein geborener Kommunikator. Ich glaube, der könnte die beschissene Sphinx zum Reden bringen. Er weiß, wie man Leute bearbeiten muß. War früher im Showgeschäft.«

»Waren wir das nicht alle?« bemerkte Flint.

»Ja, aber Eisley besitzt die Gabe zu reden. Du und er, ihr werdet ein gutes Team abgeben.«

»Ich nehme ihn mit auf einen Probelauf, aber ich mache ihn *nicht* zu meinem Partner. Nicht ihn und nicht irgendeinen anderen.«

»Schon gut, schon gut.« Smoates grinste, doch auf seinem Gesicht sah das eher verächtlich aus. »Flint, du mußt lockerer werden, Junge! Du mußt dieses unsoziale Verhalten ablegen, dann wirst du viel glück ...« Das halb unter Aktenordnern begrabene Telefon klingelte, und Smoates riß den Hörer von der Gabel. »Dixie Kautionsbürgschaften und Rücküberführungen ... Nun, du hast dir aber auch verdammt Zeit gelassen, was? Also, schieß los.« Er warf Flint den Notizblock und einen Kugelschreiber hin. »Daniel Lewis Lambert ... Vietnam-Veteran ... arbeitsloser Schreiner ...« Er stieß Rauch durch seine Nasenlöcher aus. »Scheiße, Mann, gib mir was, was ich *brauchen* kann!« Er lauschte, während der Stumpen in einem lässigen Winkel zwischen seinen Lippen hing. »Die Bullen denken, er hat die Stadt verlassen. Bewaffnet und gefährlich. Exfrau und Sohn in Alexandria. Wie ist die Adresse?« Er gab sie an Flint weiter, der sie aufschrieb. »Keine anderen Verwandten im Bundesstaat? Die Mistböcke werden also in Alexandria auf ihn warten, stimmt's? Zum Teufel, die werden ihn schnappen, bevor ich noch meine Jungs losgeschickt habe. Aber gib mir trotzdem das Kennzeichen und eine Beschreibung des Pickups, wir könnten ja Glück haben.« Flint schrieb auch das auf. »Wie sieht Lambert aus?« lautete die nächste Frage, und Lamberts Beschreibung wurde auf dem Notizblock festgehalten. »Sonst noch was? Also gut. Ja, ja, du bekommst dein Geld noch diese Woche. Wenn du hörst, daß sie Lambert aufgegriffen haben, dann läßt du es mich pronto wissen. Ich bin zu Hause. Ja, dir auch.« Er legte auf. »Die Bullen denken, er könnte auf dem Weg nach Alexandria sein. Sie werden zweifellos das Haus überwachen.«

»Klingt für mich nicht so, als hätte ich mehr Chancen, ihn zu erwischen, als ein Schneeball in der Hölle.« Er riß die Seite vom Notizblock und faltete sie. »Da mischen zu viele Bullen mit.«

»Es ist einen Versuch wert. Fünfzehntausend bar auf die Kralle sind nicht zu verachten. Wenn du Glück hast, könntest du ihn erwischen, bevor er das Haus erreicht.«

»Ich würde dir zustimmen, wenn ich nicht diesen Ballast mitschleppen müßte.«

Smoates zog an seinem Stumpen und blies einen Rauchring aus, der an die Decke schwebte. »Flint«, sagte er, »du bist jetzt seit ... seit sechs Jahren bei mir, beinahe schon sieben. Du bist einer der besten Spürhunde, die ich je hatte. Du bist schlau, du kannst vorausdenken. Aber du hast ein Problem mit deiner Einstellung, Junge. Du vergißt, wer dich aus dieser Monstrositätenschau herausgeholt hat und wer deine Rechnungen bezahlt.«

»Nein, das tue ich nicht«, gab Flint schroff zurück. »Du läßt es mich nicht vergessen.«

Smoates schwieg einige Augenblicke, und während der ganzen Zeit schaute er ohne zu blinzeln Flint durch einen Nebel aus Rauch an. »Bist du diesen Job leid?« fragte er. »Wenn dem so ist, kannst du damit aufhören, wann immer es dir paßt. Such dir doch 'ne andere Arbeit. Ich halte dich nicht auf.«

Flints Mund war ausgetrocknet. Er hielt Smoates' arrogantem Blick stand, solang er konnte, dann schaute er weg.

»Wenn du für mich arbeitest, hast du auch meine Befehle zu befolgen«, fuhr Smoates fort. »Du tust, was ich sage, dann bekommst du deinen Lohnscheck. Ergibt das für dich Sinn?«

»Ja«, brachte Flint heraus.

»Vielleicht erwischst du Lambert, vielleicht auch nicht. Ich denke, Eisley hat gute Anlagen, und ich möchte sehen, aus welchem Holz er geschnitzt ist. Die einzige Möglichkeit, das herauszufinden, ist, ihn mit jemandem für einen Auftrag rauszuschicken, und ich sage, dieser jemand bist *du*. Also hol ihn ab, und mach dich auf die Socken. Du vergeudest meine Zeit und mein Geld.«

Flint nahm die Cracker-Schachtel und stand auf. Er schob den Arm seines Bruders unter sein Hemd und hielt ihn dort fest. Nun, da er gefüttert worden war, würde Clint eine Weile schlafen; wenn er nicht gebraucht wurde, tat er im Grunde nichts anderes als zu essen und zu schlafen. Flints Blick fiel auf den dreiarmigen Affen in der Vitrine, und dieselbe Wut, die ihn Juniors Finger hatte zermalmen lassen, stieg in ihm hoch und wäre beinahe herausgebrochen.

»Ich werde Eisley anrufen und ihm Bescheid geben, daß du

auf dem Weg bist«, sagte Smoates. »Melde dich vom Motel aus bei mir.«
Ich bin kein Tier, dachte Flint. Blut pulsierte in seinem Gesicht. Er spürte, wie Clints Knochen in seinem Innern zuckten wie die Bewegungen von jemandem, der in einem sehr schlimmen Traum gefangen war.
»Da rumzustehen, bringt dich nirgendwohin«, knurrte Smoates ihn an.
Flint wandte sich von dem dreiarmigen Affen und dem glatzköpfigen Mann hinter dem Schreibtisch ab. Als sich die Tür hinter Flints Rücken geschlossen hatte, stieß Smoates einen kehligen Schluckauf von einem Lachen aus. Sein Bauch wackelte. Er drückte seinen Stumpen auf dem Teller mit dem Fett und den Knochen aus, und die Glut erlosch mit einem blubbernden Zischen. Sein Gelächter gurgelte und schwoll an.
Flint Murtaugh war auf dem Weg, den Pelvis zu treffen.

5 Ein weiter Weg

Drei Stunden nachdem er einen Mann erschossen hatte, saß Dan Lambert auf einer windgeschützten Veranda. Über ihm an der Decke quietschte ein Ventilator, in seiner Hand hielt er ein Glas mit Geißblattee, und eine schwarze Frau bot an, ihm aus einem purpurnen Krug nachzuschenken.

»Nein, Ma'am, vielen Dank«, sagte er.

»Dann gehe ich wieder in die Küche.« Lavinia Gwinn stellte den Krug auf dem Korbtisch zwischen Dan und Reverend Gwinn ab. »Terrence und Amelia sollten in etwa einer halben Stunde hier sein.«

»Ich hoffe, es macht Ihnen nichts aus, wenn ich bleibe. Als Ihr Mann mich einlud, wußte ich nicht, daß Sie Ihren Sohn erwarten.«

»Ach, machen Sie sich keine Sorgen, wir haben genug zu essen. Donnerstags koche ich immer genug für eine ganze Kompanie.« Sie verließ die Veranda, und Dan trank einen Schluck Tee und lauschte den Zikaden, die in dem grünen Wald um das weiße Schindelhaus des Reverends herum zirpten. Die Sonne sank immer tiefer, und die Schatten zwischen den Bäumen wurden länger. Reverend Gwinn saß in einem Schaukelstuhl aus Korbgeflecht. Er hatte die Finger um sein Teeglas verschränkt, und sein Gesicht trug den Ausdruck eines Mannes, der ruhig und zufrieden mit seinem Leben ist.

»Sie haben ein hübsches Haus«, sagte Dan.

»Uns gefällt es. Wir hatten mal was in der Stadt, aber das ist so, als würde man in einem Wecker leben. Lavinia und ich brauchen nicht viel.«

»Ich hatte auch mal ein Haus. In Alexandria. Meine Exfrau und mein Sohn leben noch dort.«

»Dann fahren Sie also dahin, ja?«

Dan dachte einen Moment lang über seine Antwort nach. Es schien ihm nun, als hätte er die ganze Zeit über gewußt, daß das Haus an der Jackson Avenue sein Ziel war. Natürlich würde dort die Polizei auf ihn warten. Aber er mußte Chad sehen, mußte seinem Sohn sagen, daß es ein Unfall gewesen und er nicht der kaltblütige Mörder war, als den die Zeitungen ihn darstellen würden. »Ja«, erwiderte er. »Ich denke schon.«

»Es ist gut für einen Mann, wenn er weiß, wohin er unterwegs ist. Hilft einem, herauszufinden, wo man herkommt.«

»Das ist verdammt wahr.« Dan biß sich auf die Zunge. »Äh ... tut mir leid.«

»Ach, ich denke nicht, daß sich Gott daran stört, wenn man hin und wieder mal einen kleinen Fluch ausspricht, solange man sich an seine Gebote hält.«

Dan erwiderte nichts. Du sollst nicht töten, ging es ihm durch den Kopf.

»Erzählen Sie mir von Ihrem Sohn«, sagte Gwinn. »Wie alt ist er?«

»Siebzehn. Sein Name ist Chad. Er ist ... ein wirklich guter Junge.«

»Sehen Sie ihn oft?«

»Nein, das tue ich nicht. Seine Mutter hielt es so für besser.«

Gwinn runzelte nachdenklich die Stirn. »Ein Junge braucht einen Vater, finde ich.«

»Vielleicht. Aber ich bin nicht der Vater, den Chad braucht.«
»Wieso das, Mr. Farrow?«
»Ich habe einiges verbockt«, antwortete Dan, doch er vertiefte das Thema nicht. Ein Augenblick verstrich, in dem das Aroma von bratendem Hähnchen auf die Veranda hinaustrieb und das Hungergefühl in Dans Magen drängender werden ließ. Dann sagte Reverend Gwinn: »Sie scheinen ein Mann zu sein, der viel Kummer gesehen hat.«
»Ja, Sir.« Dan nickte. »Das stimmt wohl.«
»Möchten Sie Ihre Seele erleichtern?«
Dan blickte in das Gesicht des Reverends. »Ich wünschte, ich könnte es. Ich wünschte, ich könnte Ihnen alles erzählen, was ich durchgemacht habe, in Vietnam und nachdem ich jenes verfluchte Land verlassen habe, aber das ist keine Entschuldigung für das, was ich heute getan habe.« Er wandte den Blick ab, beschämt durch Gwinns Mitgefühl.
»Was immer Sie getan haben, es kann Ihnen vergeben werden.«
»Nicht von mir. Und auch nicht vom Gesetz.« Er hob das kühle Glas und preßte es sich einige Momente mit geschlossenen Augen gegen die Stirn. »Ich wünschte, ich könnte zurückgehen und alles wieder ins Lot bringen. Ich wünschte, ich könnte aufwachen, und es wäre wieder Morgen, und ich hätte eine neue Chance.« Er öffnete die Augen. »Aber so geht es im Leben nicht, nicht wahr?«
»Nein«, erwiderte Gwinn. »Nicht in *diesem* Leben jedenfalls.«
»Ich bin kein sonderlich religiöser Mensch. Vielleicht habe ich zu oft gesehen, wie Jungen, halbe Kinder, in Stücke gerissen wurden, die man nicht mehr als Teile irgendeines menschlichen Wesens erkennen konnte. Vielleicht habe ich

zu viele Schreie nach Gott gehört, die nicht beantwortet wurden.« Dan trank den Rest seines Tees in einem Schluck und stellte das Glas beiseite. »Das mag für Sie zynisch klingen, Reverend, aber für mich ist es eine Tatsache.«

»Scheint mir so, als ob niemandes Leben einfach ist«, sagte Gwinn, und seine Gesichtszüge nahmen einen nachdenklichen Ausdruck an, »weder das der Reichsten noch das der Ärmsten.« Er schaukelte sanft hin und her, und die Kufen des Schaukelstuhls knarrten. »Sie sagten, sie haben das Gesetz gebrochen, Mr. Farrow?«

»Ja.«

»Können Sie mir erzählen, was Sie getan haben?«

Dan holte tief Luft und entließ den Atem dann langsam wieder aus der Lunge. Die Zikaden zirpten im Wald, zwei von ihnen ganz nah in einem Duett. »Ich habe heute einen Mann getötet«, sagte er, und er bemerkte, daß Gwinn mit dem Schaukeln aufgehört hatte. »Einen Mann in einer Bank in Shreveport. Es war nicht meine Absicht. Es ist alles so schnell gegangen. Es war ... wie ein böser Traum, und ich wollte daraus erwachen, aber ich konnte nicht. Zum Teufel, ich war nie ein guter Schütze. Doch heute – nur eine Kugel, und er war tot. Ich wußte es, sobald ich sah, wo ich ihn getroffen hatte.«

»Was hatte dieser Mann Ihnen getan?«

Plötzlich erkannte Dan, daß er einem Fremden beichtete, doch Gwinns gelassener Tonfall drängte ihn, weiterzusprechen. »Nichts, wirklich. Ich meine ... die Bank hat meinen Pickup gepfändet. Ich habe durchgedreht. Einfach so. Ich habe angefangen, sein Büro zu zertrümmern. Dann war da plötzlich ein Wachmann, und als er seine Waffe zog, habe ich sie ihm entrissen. Blanchard – der Mann, den ich erschossen habe – holte eine Pistole aus seinem Schreibtisch und zielte auf mich. Ich habe den Hahn seiner Waffe klicken hören. Dann habe ich den Abzug gedrückt.« Dans Finger umklammerten die Stuhllehnen. Seine Fingerknöchel waren weiß. »Ich habe versucht, die Blutung zu stoppen, aber ich konnte nicht viel tun. Ich hatte seine Halsschlagader getroffen. Ich habe im Radio gehört, daß man im Krankenhaus nur noch seinen Tod feststellen konnte. Ich denke, die Polizei wird mich früher oder später schnappen, aber zuerst muß ich meinen Sohn sehen. Es gibt da einiges, was ich ihm erklären muß.«

»Gott habe Erbarmen«, sagte Gwinn ganz leise.

»Oh, ich verdiene kein Erbarmen«, entgegnete Dan. »Ich möchte nur etwas Zeit haben, das ist alles.«

»Zeit«, wiederholte der Reverend. Er zog die silberne Uhr aus seiner Tasche, ließ sie aufschnappen und schaute auf das Ziffernblatt.

»Wenn Sie mich nicht an Ihrem Tisch sitzen haben wollen«, sagte Dan, »dann kann ich das verstehen.«

Gwinns Uhr verschwand wieder in der Tasche. »Mein Sohn«, erklärte er, »wird jeden Augenblick hier sein. Sie haben nicht gefragt, welchen Beruf Terrence hat.«

»Nein.«

»Mein Sohn ist Deputy Sheriff in Mansfield«, sagte Gwinn, und bei diesen Worten verkrampften sich die Muskeln in Dans Nacken schmerzhaft. »War Ihre Beschreibung im Radio?«

»Ja.«

»Terrence mag sie noch nicht gehört haben. Vielleicht aber doch.« Gwinn hielt Dans Blick mit seinen dunklen, durchdringenden Augen fest. »Ist das, was Sie mir erzählt haben, die Wahrheit, Mr. Farrow?«

»Ja. Nur daß mein Name nicht Farrow ist. Ich heiße Lambert.«

»Gut. Ich glaube Ihnen.« Gwinn stand auf und versetzte den

Schaukelstuhl dabei in Bewegung. Er ging ins Haus und rief nach seiner Frau. Dan erhob sich ebenfalls. Sein Herz raste. Er hörte den Reverend sagen: »Ja, Mr. Farrow hat noch einen weiten Weg vor sich, und er wird doch nicht zum Abendessen bleiben können.«

»Ach, das ist schade«, erwiderte Lavinia. »Das Hähnchen ist fertig!«

»Mr. Farrow?« Es klang nur eine Spur von Anspannung in Gwinns Stimme durch. »Möchten Sie etwas von dem Hähnchen für unterwegs mitnehmen?«

»Ja, Sir«, sagte Dan von der Haustür aus. »Sehr gern.«

Der Reverend kehrte mit einer Papiertüte zurück, an deren Boden sich Fettflecke abzeichneten. Seine Frau folgte ihm.

»Warum die Eile, Mr. Farrow? Unser Junge muß jeden Moment hier sein!«

»Mr. Farrow kann nicht bleiben.« Gwinn reichte Dan die Papiertüte. »Er muß nach ... New Orleans, sagten Sie das nicht, Mr. Farrow?«

»Das könnte wohl sein«, erwiderte Dan, während er die Tüte entgegennahm.

»Nun, es tut uns sehr leid, daß Sie uns nicht bei Tisch Gesellschaft leisten«, meinte Lavinia. »Wartet Ihre Familie auf Sie?«

»Ja«, sagte Gwinn. »Kommen Sie, Dan, ich bringe Sie zu Ihrem Wagen.«

»Sehen Sie sich auf der Straße vor«, riet Lavinia ihm, doch sie verließ die Veranda nicht. »Da draußen können verrückte Dinge geschehen.«

»Ja, Ma'am, das werde ich. Vielen Dank.« Als er und der Reverend den Pickup erreicht hatten und Lavinia wieder ins Haus gegangen war, fragte Dan: »Warum helfen Sie mir?«

»Sie wollten etwas Zeit haben, oder nicht? Ich gebe sie Ihnen. Sie sollten jetzt besser fahren.«

Dan stieg ein und ließ den Motor an. Er bemerkte, daß noch immer etwas von Blanchards Blut am Lenkrad klebte. »Sie hätten warten können. Mich einfach der Polizei übergeben können, wenn Ihr Sohn kommt.«

»Was? Und Lavinia halb zu Tode erschrecken? Das Risiko eingehen, daß mein Junge verletzt wird? Nein, Sir. Außerdem scheint es so, als hätten Sie heute schon genug Ärger gehabt, ohne daß ich Ihnen noch mehr bereite. Aber hören Sie mir gut zu: Das klügste wäre es, Sie würden sich stellen, nachdem Sie Ihren Sohn gesehen haben. Polizisten sind doch keine Barbaren; sie werden sich Ihre Geschichte anhören. Weglaufen macht die Sache nur schlimmer.«

»Das weiß ich.«

»Noch eins«, fuhr Gwinn fort, die Hand am Rahmen des Fahrerfensters. »Vielleicht sind Sie kein religiöser Mann, aber ich sage Ihnen etwas Wahres: Gott kann einen Mann über viele Straßen und durch viele Häuser führen. Es ist nicht wichtig, wo Sie sind, es zählt nur, wohin Sie gehen. Verstehen Sie, was ich meine?«

»Ich denke schon.«

»Nun, nehmen Sie es sich zu Herzen. Gehen Sie jetzt, und viel Glück.«

»Danke.« Ich werde es brauchen, dachte Dan. Er legte den Rückwärtsgang ein.

»Leben Sie wohl.« Gwinn ließ den Pickup los, der auf der Kiesauffahrt stand, die vom Haus des Reverends zum rissigen Straßenbelag des Highways 175 führte. Gwinn schaute Dan hinterher, als dieser auf die Straße zurücksetzte und dann den ersten Gang einlegte. Der Reverend hob die Hand zum Abschied, und Dan fuhr davon, abermals in Richtung Süden, doch diesmal ausgeruht, mit klarem Kopf und für den Moment frei von Schmerz und mit einer Tüte voller Brathähnchenteile neben sich auf dem Sitz. Er hatte vielleicht eine Meile zurückgelegt, als ein Wagen um die Kurve kam und in nördlicher Richtung an ihm vorbeifuhr, und er sah einen jungen Schwarzen am Lenkrad und eine schwarze Frau auf dem Beifahrersitz. Dann war er selbst um die Kurve herum, und er gab etwas mehr Gas. *Gott sei mit dir*, dachte er. Aber wo war Gott um drei Uhr heute nachmittag gewesen?

Er griff in die Tüte, fand einen Schenkel und kaute daran, der gewundenen Landstraße tiefer in das Herzland von Louisiana folgend. Während die Sonne langsam im Westen unterging und die Meilen dahinzogen, konzentrierte Dan seine Gedanken auf das, was vor ihm lag. Wenn er sich Richtung Osten hielt und wieder auf den Freeway fuhr, würde er Alexandria in etwa einer Stunde erreichen. Wenn er weiter auf dieser langsameren Route blieb, würde es doppelt so lange dauern. Die Sonne war in etwa einer halben Stunde untergegangen sein. Die Polizei überwachte zweifellos das Haus an der Jackson Avenue, und diese Überwachungsautos besaßen mächtig starke Suchscheinwerfer. Er konnte es nicht einmal riskieren, an dem Haus vorbeizufahren. Wie lange würde es dauern, bis die Polizei ihre Überwachung einstellte? Vielleicht dachte er darüber nach, sich selbst zu stellen, nachdem er mit Chad gesprochen hatte, aber er würde nicht zulassen, daß der Junge ihn in Handschellen sah. Also lautete die Frage: Wie konnte er zu Chad gelangen, ohne daß sich vorher die Polizei auf ihn stürzte?

Südlich eines kleinen Dorfes namens Belmont fuhr Dan zu einer Texaco-Tankstelle, kaufte für fünf Dollar Benzin, ein Ginger-Ale, um das ausgezeichnete Hähnchen hinunterzuspülen, und eine Straßenkarte von Louisiana. Die grauhaarige Frau an der Kasse war zu sehr an ihrem *Soap Opera Digest* interessiert, um ihm große Aufmerksamkeit zu schenken.

Im dampfenden blauen Abendlicht schaltete Dan die Scheinwerfer des Pickups ein und folgte dem Highway 175, während sich dieser mit Highway 171 verband und ein wenig gerader wurde. In Leesville, wo Dan an einer roten Ampel direkt vor einem Polizeirevier anhalten mußte, bog er nach links auf den Highway 28 Richtung Osten, der pfeilgerade nach Alexandria führte. Er hatte noch ungefähr dreißig Meilen vor sich.
Erneut nagte die Angst an ihm. Das dumpfe Pochen in seinem Kopf kehrte zurück. Mittlerweile war es stockdunkel geworden, und die Mondsichel ging über den Bäumen auf. Der Verkehr auf der Straße war schwach, doch jedes Scheinwerferpaar in seinem Rückspiegel zerrte an Dans Nerven. Je näher er Alexandria kam, desto mehr zweifelte er daran, seine Mission erfüllen zu können. Doch er mußte es versuchen; wenn er es nicht wenigstens versuchte, wäre er nicht den letzten Dreck wert.
Er kam an einem Schild mit der Aufschrift ALEXANDRIA 18 MEILEN vorbei.
Die Polizei wird dort sein, sagte er sich zum x-tenmal. Sie werden mich schnappen, bevor ich noch die Stufen vor dem Haus hinaufgegangen bin. Ob sie auch das Telefon angezapft hatten? Wenn ich Susan anrufe, würde sie dann Chad an den Hörer lassen oder einfach auflegen, sobald sie meine Stimme hört?
Er kam zu dem Schluß, daß er nicht direkt zum Haus fahren durfte. Es mußte einen anderen Weg geben. Aber er konnte auch nicht ziellos im Kreis herumfahren.
ALEXANDRIA 10 MEILEN besagte das nächste Schild.
Er wußte nicht, was er tun sollte. Er konnte den Schimmer von Alexandrias Lichtern am Horizont ausmachen. Zwei weitere Meilen tickten durch den Kilometerzähler. Und dann sah er ein blinkendes Schild durch die Bäume zu

seiner Rechten – HIDEAWAY M TOR CO RT –, und Dan nahm den Fuß vom Gas. Er bremste ab, als sich die Auffahrt zum Motel näherte. Noch einmal übermannte ihn Unentschlossenheit, doch dann bog er vom Highway 28 runter und lenkte den Pickup einen von dürren Kiefern und Zwergpalmen gesäumten Feldweg entlang. Die Scheinwerfer beleuchteten schwach einige grün gestrichene Hütten, die verdeckt zwischen den Bäumen standen. Ein roter hölzerner Pfeil mit der Aufschrift BÜRO zeigte in die Richtung, in die Dan fuhr.

Dan sah in keiner der Hütten Licht brennen, und zwei oder drei von ihnen schauten sogar so aus, als wären ihre Dächer nur einen Sturm vom Einstürzen entfernt. Der Boden war von Unkraut überwuchert und verödet, und neben einem Platz mit verrottenden Picknicktischen rostete eine heruntergesackte Kinderschaukel vor sich hin. Dann endete die Auffahrt an einem Haus, das in demselben Grün wie die Hütten gestrichen war und neben dem ein vom Rost zerfressener Kombi parkte. Anscheinend hatte das Hideaway geöffnet.

Als Dan den Motor abstellte, sah er eine Gestalt durch ein Fenster zu ihm herüberspähen und sich dann wieder zurückziehen. Er war gerade ausgestiegen, als er die Scharniere einer Fliegentür quietschen hörte.

»Tag«, sagte ein Mann. »Wie geht's?«

»Gut«, log Dan. Er stand einem schlanken Mann mit Pferdegebiß gegenüber, der etwa einsfünfundneunzig war. Sein dunkles Haar war geschnitten, als hätte man ihm als Führungshilfe für die schartige Schere einen Kochtopf über den Kopf gestülpt. »Haben Sie ein freies Zimmer?«

Der Mann, der Blue jeans und ein schwarzes Hawaiihemd mit orangefarbenem Blumenaufdruck trug, stieß ein schnaubendes Lachen aus. »Wir haben nichts anderes«, erwiderte er. »Kommen Sie rein, und wir suchen Ihnen ein schönes Plätzchen.«

Dan ging hinter dem Mann zwei knarrende Stufen zur Veranda hinauf. Er vernahm ein tiefes, träges Knurren. Das müssen Frösche sein, dachte er. Es klang, als wären es Hunderte von ihnen, ganz in der Nähe. Dan folgte dem Mann ins Haus. Der Mann trat zu einem Schreibtisch in der schäbigen kleinen Rezeption und holte ein Nifty-Notizheft und einen Kugelschreiber hervor. »Na schön«, sagte er und schenkte Dan ein Grinsen, mit dem man Eier hätte abschrecken können. »Dann kümmern wir uns mal ums Geschäftliche.«

Er schlug das Notizheft auf, das Dan jetzt als ein Gästebuch erkannte, in dem nur wenige hingekritzelte Namen standen. »Ich bin Harmon DeCayne, und ich freue mich sehr, daß Sie sich entschlossen haben, bei uns haltzumachen.«

»Dan Farrow.« Sie schüttelten sich die Hände. DeCaynes Handflächen fühlten sich schmierig an.

»Wie viele Nächte, Mr. Farrow?«

»Nur eine.«

»Wo kommen Sie her?«

»Baton Rouge«, entschied Dan sich zu sagen.

»Nun, dann sind Sie heute abend aber 'n ganzes Stück weg von zu Hause, was?« DeCayne schrieb die falsche Information auf. Er schien so aufgeregt, daß seine Hand zitterte. »Wir haben hier ein paar nette Häuschen, wirklich nett und gemütlich.«

»Das ist gut.« Dan hoffte, daß die Hütten kühler als das Haus waren, das sehr wohl als Dampfbad hätte dienen können. Auf einem zerkratzten Couchtisch ratterte, offensichtlich überfordert, ein kleiner Ventilator. »Wieviel?« Er griff nach seiner Brieftasche.

»Äh ...« DeCayne hielt inne, und er runzelte die Stirn. »Wie wär's mit sechs Dollar?«

»*Sieben* Dollar. Im voraus, wenn's Ihnen recht ist.«

DeCayne zuckte zusammen. Die Stimme der Frau war wie ein schriller, gemeiner Peitschenschlag gewesen. Sie war durch den Korridor gekommen, der zum hinteren Teil des Hauses führte, und nun stand sie da und musterte Dan mit kleinen dunklen Augen.

»Sieben Dollar«, wiederholte sie. »Wir nehmen weder Schecks noch Kreditkarten.«

»Meine Frau Hannah«, sagte DeCayne, und sein Grinsen war entflohen.

Sie hatte rotes Haar, das in einer Kaskade aus wirren Locken über ihre massigen Schultern fiel. Ihr Gesicht war etwa so attraktiv wie ein Brocken Kalkstein und schien nur aus scharfen Kanten und einschüchternden Winkeln zu bestehen. Sie trug ein formloses lavendelfarbenes Kleid und Gummilatschen, und sie mochte knapp über einsfünfzig sein. Ihr Körper war stämmig, breit an den Hüften, und ihre Beine muteten wie weiße Baumstämme an. Sie hielt ein Fleischerbeil in der Hand, und an ihren Fingern glitzerte Blut.

»Also sieben Dollar«, stimmte Dan zu und zahlte. Das Geld verschwand in einer kleinen Metallkassette, die augenblicklich mit einem der Schlüssel aus dem an DeCaynes Gürtel hängenden Schlüsselring abgeschlossen wurde. Hannah DeCayne sagte: »Gib ihm Nummer vier. Das ist das sauberste.«

»Ja, Schatz.« DeCayne nahm den passenden Schlüssel von einem Brett an der Wand, an dem noch sechs weitere hingen.

»Besorg ihm 'nen Ventilator«, wies sie ihren Mann an. Er öffnete einen Schrank und holte einen Ventilator heraus, ähnlich dem, der gegen die dampfende Hitze des Hauses ankämpfte. »Und auch 'n Kissen.«

»Ja, Schatz.« Er beugte sich abermals in den Schrank, tauchte mit einem unbezogenen Kissen auf und schenkte Dan ein nervöses Lächeln, das nicht den Schmerz zu verhehlen vermochte, der in seinen Augen schimmerte. »Nummer vier ist ein hübsches und gemütliches Häuschen.«

»Hat es Telefon?« fragte Dan.

»Das Telefon ist hier«, erklärte die Frau und deutete mit dem Fleischerbeil auf ein Telefon auf einem Tisch in der Ecke. »Ortsgespräche kosten fünfzig Cent.«

»Sind Gespräche nach Alexandria Ferngespräche?«

»Wir sind nicht in Alexandria. Das kostet Sie einen Dollar pro Minute.«

Und sie würde ihm jede Sekunde berechnen, dachte Dan. Er konnte Susan nicht anrufen, wenn ihn dabei diese Harpyie über die Schulter belauschte. »Gibt es hier irgendwo eine Telefonzelle?«

»Da ist eine an der Tankstelle ein paar Meilen die Straße rauf«, antwortete sie. »Wenn sie funktioniert.«

Dan nickte. Er starrte auf das Fleischerbeil in der Hand der Frau. »Haben Sie Fleisch gehackt?«

»Froschschenkel.«

»Oh.« Er nickte abermals, als wäre diese Aussage nicht im geringsten merkwürdig.

»Davon leben wir«, fuhr sie fort, und ihre Unterlippe verzog sich. »Mit diesem verdammten Motel ist ja kein Geld zu machen. Wir verkaufen Froschschenkel an ein Restaurant in der Stadt. Kommen aus dem Teich da hinten.« Sie zeigte wieder mit dem Fleischerbeil, diesmal zum hinteren Teil des Hauses. Dan sah Edelsteine aus Blut an der Klinge. »Wie war Ihr Name noch mal?«

»Farrow. Dan Farrow.«

»Hm. Nun, Mr. Farrow, haben Sie je einen blöden Narren gesehen?« Sie wartete nicht auf seine Antwort. »Da steht einer direkt neben Ihnen. Haben Sie je von einem blöden Narren gehört, der ein verdammtes Hotel am Rand eines Sumpfteichs kauft und der dann jeden verdammten Penny in ein verdammtes Märchenland steckt?«

»Schatz!« Harmons Stimme war leise, aber eindringlich. »Bitte!«

»Bitte, mein Arsch«, zischte sie. »Ich dachte, wir würden mittlerweile etwas Geld machen, aber nein, ich habe einen verdammten Narren zum Mann, und ich stecke bis zu den Ellbogen in Froschschenkeln!«

»Ich bringe Sie zu Ihrem Häuschen.« Harmon setzte sich Richtung Tür in Bewegung.

»Passen Sie auf, wo Sie hintreten!« warnte Hannah DeCayne Dan. »Die verdammten Frösche brüten dort hinten im Teich. Es gibt Hunderte von ihnen hier. Zeig unserem Gast doch das Märchenland, wenn du schon mal dabei bist.« Diese letzte Bemerkung schleuderte sie ihrem Mann entgegen wie einen Eimer voll Schwefelsäure. Er ließ die Schultern hängen und ging aus dem Haus, und Dan warf einen weiteren Blick auf das Fleischerbeil der Frau, bevor er ihm folgte.

»Genießen Sie Ihren Aufenthalt«, sagte sie, als er durch die Tür hinaustrat.

Mit dem Ventilator und dem Kissen in der Hand, stieg Harmon in den Pickup, und Dan setzte sich hinter das Lenkrad. Harmon machte ein leises näselndes Geräusch beim Atmen, ähnlich einem Dampfkessel, der auf niedriger Stufe vor sich hin brodelte. »Nummer vier ist diese Straße hoch«, sagte er und reckte sein Kinn, um die Richtung anzuzeigen. »Biegen Sie nach rechts.«

Dan tat es. »Die Frau sitzt mir immer im Nacken«, erklärte

Harmon verbittert. »Dann habe ich eben Mist gebaut, was soll's? Bin ja nicht der erste Mann auf der Welt, der Mist baut, und ich werde auch nicht der letzte sein.«

»Das stimmt«, pflichtete Dan bei.

»Es ist da entlang.« Harmon deutete auf einen mit Unkraut überwucherten Pfad, der sich in den Wald schlängelte.

»Was ist da entlang? Die Hütte?«

»Nein. Das Märchenland. Das da vorn ist Ihr Häuschen.«

Die Scheinwerfer beleuchteten eine schäbig aussehende grün gestrichene Laube vor ihnen, doch zumindest schien das Dach stabil. Die Scheinwerfer beleuchteten ebenfalls ein kleines Heer von Fröschen, vielleicht zwei Dutzend oder mehr, auf dem Sandweg zwischen Dans Pickup und der Hütte. Dan trat auf die Bremse, doch Harmon sagte: »Zum Teufel, überfahren Sie sie, das kümmert mich einen Dreck.«

Dan lenkte den Wagen langsam zwischen ihnen hindurch. Einige quakten und sprangen in Sicherheit, doch andere schienen vom Licht hypnotisiert und traten platt gewalzt ihrem Schöpfer gegenüber. Dan parkte vor der Hütte und folgte DeCayne ins Innere. Das Gequake der Frösche war ein tiefes, pulsierendes Dröhnen.

Dan hatte nicht viel erwartet, also war er nicht enttäuscht. Die Hütte roch nach Schimmel und Lysol, und die angestaute Hitze im Innern raubte Dan den Atem. DeCayne schaltete das Licht an und stöpselte den Ventilator ein, der ein scheppperndes Geräusch machte, so als würden sich jeden Moment seine Rotorblätter lösen und durch die Gegend fliegen. Die Matratze des Betts hatte kein Laken, und es wurde auch keins angeboten. Dan überprüfte das Badezimmer und fand zwei faustgroße Frösche, die auf den Fliesen der Dusche quakten. DeCayne nahm sie und warf sie zur Hintertür hinaus. Dann überreichte er Dan den Schlüssel. »Das Häuschen muß bis zwölf Uhr Mittags geräumt sein. Natürlich erwarten wir keinen Ansturm, also können Sie sich Zeit lassen.«

»Ich werde sowieso schon früh wieder abfahren.«

»In Ordnung.« Er hatte einen Bezug über das Kissen gezogen und die träge Brise des Ventilators auf das Bett ausgerichtet. »Brauchen Sie sonst noch was?«

»Im Moment fällt mir nichts ein.« Dan hatte nicht vor, hier zu schlafen; er würde einige Stunden abwarten und dann von der Telefonzelle der Tankstelle aus Susan anrufen. Er ging mit DeCayne hinaus und holte seinen Matchbeutel aus dem Pickup.

»Hannah hat recht, daß Sie hier überall aufpassen müssen, wo Sie hintreten«, sagte der Mann. »Die können einen ganz schönen Dreck machen. Und wenn Sie noch mehr im Häuschen finden sollten, werfen Sie sie einfach raus.« DeCayne blickte zu seinem eigenen Haus hinüber, das etwa fünfzig Meter entfernt war, so daß die Lichter gerade noch durch den Wald hindurch auszumachen waren. »Nun, ich gehe jetzt besser wieder zurück. Sind Sie verheiratet, Mr. Farrow?«

»Früher mal.«

»Ich wußte, daß Sie ein freier Mann sind. Sie strahlen Freiheit aus. Ich schwöre, manchmal würde ich alles dafür geben, frei zu sein.«

»Dafür bedarf es nur eines Richters.«

»Und mich von ihr bis aufs letzte Hemd ausrauben lassen? Oh, sie lacht mich aus und nennt mich einen Narren, aber eines schönen Tages werde ich es ihr zeigen. Ja, Sir. Ich werde das Märchenland so herrichten, wie es sein sollte, und die Touristen werden meilenweit aus der Umgebung herkommen. Wissen Sie, ich habe das ganze Zeug für einen Apfel und ein Ei gekauft.«

»Welches Zeug?«

»Im Märchenland. Die Statuen und das Zeug. Es ist alles da: Aschenputtels Schloß, Hänsel und Gretel, der Wal, der Jona verschluckt hat. Ich muß nur ein bißchen Arbeit und Farbe hineinstecken, dann sind sie wieder wie neu.«
Dan nickte. Es war offensichtlich, daß der Mann entlang jenes überwucherten Pfades irgendeine halb ausgegorene Touristenattraktion aufgestellt hatte, und ebenso offensichtlich war, daß die Touristen in Scharen zu Hause geblieben waren.
»Eines schönen Tages werde ich ihr zeigen, wer ein Narr ist und wer klug ist«, murmelte DeCayne mehr zu sich selbst. Er seufzte resigniert. »Nun, ich hoffe, Sie haben eine angenehme Nacht.« Er machte sich auf den Rückweg zu seinem Haus, während Frösche um seine Schuhe herumhüpften.
Dan ging mit seinem Matchbeutel in die Hütte zurück. Im Badezimmer fand er ein winziges Stück Seife auf dem Waschbecken, und er nahm seine Baseballmütze ab und zog sein durchgeschwitztes Hemd aus und wusch sich das Gesicht und die Hände mit kaltem Wasser. Sehr sorgfältig entfernte er die letzten Reste von Blut unter seinen Fingernägeln. Dann machte er etwas Toilettenpapier naß und begab sich erneut nach draußen, um das Lenkrad des Pickups zu säubern. Als er in die Hütte zurückkehrte, entdeckte er in der Schublade des Nachttischchens eine sechs Monate alte Ausgabe der *Newsweek*, mit einem Bild von Saddam Hussein auf dem Titelblatt. Unter der Zeitschrift wartete die nützlichere Entdeckung eines Kartenspiels. Er setzte sich aufs Bett und lehnte sich gegen die Kopfstütze aus Plastik. Es war zwölf Minuten nach neun; er beschloß, daß er um elf Uhr losgehen und den Anruf machen würde.
Dan legte eine Patience, die erste von vielen, und er versuchte mit wenig Erfolg, Blanchards sterbendes Gesicht aus

seinen Gedanken zu verbannen. In ein paar Stunden würde er vielleicht Chad sehen oder auf dem Rücksitz eines Streifenwagens Richtung Gefängnis fahren. War es das Risiko wert? Er dachte schon. Für den Moment jedoch blieb ihm nichts anderes übrig, als zu warten und Karten zu spielen. Der Sekundenzeiger seiner Armbanduhr bewegte sich, und die Zukunft ließ sich nicht aufhalten.

6 Pelvis

Während Dan von Reverend Gwinns Haus wegfuhr, bog ein schwarzer 1978er Cadillac Eldorado mit einem kaputten rechten Scheinwerfer und einer eingedellten Beifahrertür auf den Parkplatz des Old Plantation Motels nahe des Regionalflughafens von Shreveport.

Im schwülen Dämmerlicht sah der Laden aus, als wäre Sherman schon hiergewesen. Flint Murtaugh lenkte seinen Wagen an einer verrosteten Kanone vorbei, die trotzig gen Norden gerichtet war. Eine ausgefranste Konföderiertenflagge hing schlaff an ihrem abgeblätterten Fahnenmast. Das Büro des Motels war so gebaut, daß es der Miniaturausgabe eines Plantagenherrenhauses glich, doch der Rest der Gebäude war zweifellos für die Sklaven bestimmt. Abfälle trieben auf der braunen Wasseroberfläche des Swimmingpools, und zwei Männer saßen neben einem auf Holzblökken aufgebockten alten Lincoln und teilten sich eine Flasche.

Flint hielt vor der Tür mit der Nummer dreiundzwanzig an und stieg aus. Unter Flints Hemd zuckte Clint in unruhigem Schlaf. Flint hörte eine Männer- und eine Frauenstimme, die sich in einem Streit durch eine offene Tür vermengten und einander die Pest an den Hals fluchten. Bierdosen und Müll pflasterten das ausgedörrte Gras. Flint dachte bei sich, daß der Süden auch nicht mehr das war, was er einmal war.

Er klopfte an der Tür der Nummer dreiundzwanzig. Ein Hund begann im Zimmer dahinter zu bellen.
»Ist schon gut, Mama«, hörte er einen Mann sagen.
Diese Stimme. Sie klang vertraut, oder nicht?
Ein Riegel klickte. Die Tür öffnete sich einen Spalt, bevor eine Kette sie stoppte.
Flint blickte auf einen Streifen eines schwammigen Gesichts und ein saphirblaues Auge. Ein fettiges Komma aus dunkelbraunem Haar hing in die Stirn des Mannes. »Ja, Sir?« fragte diese tiefe, leicht rauhe, irgendwie vertraute Stimme, während der Hund weiterhin im Hintergrund kläffte.
»Ich bin Flint Murtaugh. Smoates schickt mich.«
»O ja, Sir! Kommen Sie herein!« Der Mann nahm die Kette ab, öffnete die Tür weiter, und Flint hielt erschrocken die Luft an.
Vor ihm stand in einem Paar schwarzer Hosen und einem roten Hemd mit einem breiten, hohen Kragen und silbernen Pailletten an den Schultern ein Mann, der vor vierzehn Jahren gestorben war.
»Kümmern Sie sich nicht um Mama«, sagte Elvis Presley mit einem nervösen Grinsen. »Sie bellt, aber sie beißt nicht.«
»Sie sind ...« Nein, natürlich war er das nicht! »Wer, zum Teufel, sind Sie?«
»Pelvis Eisley ist mein Name.« Er bot eine fleischige Hand an, deren Finger mit funkelnden falschen Brillantringen überladen waren. Flint schaute sie nur an, und Pelvis zog sie nach einigen Augenblicken wieder zurück, so als fürchtete er, beleidigend gewesen zu sein. »Mama, reg dich wieder ab! Laß ihn in Frieden! Kommen Sie herein, und entschuldigen Sie die Unordnung!«
Flint überschritt die Schwelle wie in Trance. Pelvis Eisley – der dickbäuchige, schwabblige Zwilling von Elvis Presley,

wie er im Jahre seines Todes auf Graceland ausgesehen hatte – schloß die Tür, verriegelte sie wieder und nahm eine Lebensmitteltüte vom Sessel neben ihm. Flint sah, daß die Tüte mit Kartoffelchipsbeuteln, Schachteln mit Doughnuts und anderen Kalorienbomben gefüllt war. »Bitte, Mr. Murtaugh, hier können Sie sich hinsetzen.«

»Das ist ein Scherz, oder?« fragte Flint.

»Sir?«

Eine Feder piekste ihn in den Hintern, und erst da wurde Flint bewußt, daß er sich in den Sessel gesetzt hatte. »Das muß doch ein ...« Bevor er den Satz beenden konnte, sprang ein kleines bellendes, mit braunen und weißen Flecken bedecktes Etwas auf seinen Schoß. Die feuchte Stupsnase war platt gedrückt, und die Augen traten vor. Sofort begann das Etwas, Flints Gesicht zu lecken.

»Mama!« tadelte Pelvis. »Benimm dich doch!« Er hob die Bulldogge von Flints Schoß und setzte sie auf den Boden, doch schon im nächsten Moment saß das Tier wieder auf Flint.

»Ich denke, sie mag Sie«, sagte Pelvis und lächelte ein schiefes Elvis-Lächeln.

»Ich ... hasse ... Hunde«, erwiderte Flint in seinem eiskalten Flüstern. »Geh von mir runter. *Sofort.*«

»Aber, aber, Mama!« Pelvis nahm die Hündin hoch und hielt sie gegen seinen wabbelnden Bauch, während das Tier weiter bellte und strampelte. »Nicht jeder auf der Welt mag deine Streiche, hast du gehört? Halt still!« Das Strampeln der Hündin erinnerte Flint an einen Slinky. Die wässrigen Augen des Tiers starrten ihn unverwandt an, während er sich mit seinem Taschentuch die Hundehaare von den Knien seiner Hosen wischte.

»Wollen Sie etwas zu trinken, Mr. Murtaugh? Wie wär's mit einem Glas Buttermilch?«

»*Nein.*« Ihm wurde schon vom Geruch von Buttermilch speiübel.
»Ich hab auch eingelegte Schweinspfoten, wenn Sie einen Happen zu …«
»Eisley«, unterbrach ihn Flint, »wieviel hat Ihnen der Mistkerl bezahlt?«
»Sir?«
»Smoates. Wieviel hat er Ihnen für diesen Scherz bezahlt?«
Pelvis runzelte die Stirn. Er und der strampelnde Hund hatten den gleichen Gesichtsausdruck. »Ich glaube, ich verstehe nicht, was Sie meinen, Sir.«
»In Ordnung, es war ein guter Scherz! Sehen Sie, ich lache!« Flint stand mit grimmigem Gesicht auf. Er schaute sich in dem vollgestopften kleinen Zimmer um und sah, daß Eisleys Lebensstil das Äquivalent zu Buttermilch und eingelegten Schweinspfoten war. An einer Wand hing ein mit Heftzwecken befestigtes großes Plakat von Elvis Presley. Es war das gefährliche, boshaft grinsende Gesicht des jungen Elvis, bevor Las Vegas ihm das Memphis aus der Seele gestohlen hatte. Auf einem Tisch war ein Sammelsurium aus billigen Gipsstatuen und -büsten von Elvis, eine Pappnachbildung von Graceland, eine gerahmte Fotografie von Elvis mit seiner finster dreinblickenden, hohläugigen Mutter, und ein Dutzend andere Elvis-Nippesstücke und Schnickschnack, die Flint zutiefst abstoßend fand. An einer anderen Wand hing ein schwarzes Samtporträt von Elvis und Jesus, die anscheinend auf den Himmelsstufen hockten und Gitarre spielten. Flint wurde übel. »Wie können Sie bloß inmitten all dieses Mistes leben?«
Pelvis sah ihn einige Augenblicke wie vom Donner gerührt an. Dann kehrte sein Grinsen zurück. »Oh, jetzt nehmen Sie mich auf den Arm!« Die Hündin entwand sich seinem Griff

und rutschte zu Boden, dann sprang sie auf das mit leeren Oreo- und Chips Ahoy-Kekstüten bedeckte Bett und begann abermals zu kläffen.

»Hören Sie, ich habe einen Auftrag zu erledigen, also sage ich einfach nur Lebewohl und verschwinde von hier.« Flint setzte sich Richtung Tür in Bewegung.

»Mr. Smoates hat mir mitgeteilt, daß Sie und ich Partner seien«, erklärte Pelvis, und es klang wie ein verletztes Winseln. »Er hat gesagt, Sie würden mir alles beibringen, Sie wissen schon.«

Flint blieb mit seiner Hand am Riegel stehen.

»Er hat gesagt, Sie und ich würden gemeinsam eine Haut aufspüren«, fuhr Pelvis fort. »Still, Mama!«

Flint wirbelte herum, sein Gesicht so bleich wie die weiße Strähne in seinem Haar. »Sie meinen ... Sie wollen sagen, daß ... dies ist *kein* Scherz?«

»Nein, Sir. Ich meine, ja, Sir. Smoates hat angerufen. Ein Typ ist von der Rezeption gekommen und hat mich geholt, weil da das Telefon ist. Mr. Smoates hat gesagt, Sie seien auf dem Weg, und wir werden zusammen eine Haut aufspüren. Äh ... ist das dasselbe, wie Kopfgeldjäger sein?« Pelvis nahm das schockierte Schweigen des anderen als Zustimmung. »Sehen Sie, das will ich werden. Ich habe einen Fernkurs für Detektive gemacht, den sie in einer dieser Zeitschriften angeboten haben. Ich habe damals in Vicksburg gelebt. Der Typ, dem das Detektivbüro in Vicksburg gehört, hat gesagt, daß er keinen Job für mich hat, aber er hat mir von Mr. Smoates erzählt. Davon, daß Mr. Smoates immer auf der Suche ist nach ... wie hat er sich doch gleich ausgedrückt? ... nach speziellen Talenten, hat er, glaube ich, gesagt. Jedenfalls bin ich von Vicksburg hierhergekommen, um Mr. Smoates zu sehen, und wir haben heute nachmittag ein bißchen miteinander geplaudert. Er hat gesagt, ich solle ein paar Tage in der Stadt rumhängen, vielleicht versuche er es mal mit mir. Also denke ich, daß es wohl das hier ist, oder?«

»Sie müssen verrückt sein«, krächzte Flint.

Pelvis grinste noch immer. »Man hat mich schon Schlimmeres genannt, vermute ich.«

Flint schüttelte den Kopf. Die Wände schienen ständig näher zu rücken, und auf allen Seiten war Elvis. Die Hündin kläffte, und das Geräusch ließ Flint fast den Schädel platzen. Der widerliche Gestank von Buttermilch hing in der Luft. Etwas an Panik Grenzendes packte Flint an der Kehle. Er wirbelte zur Tür herum, riß den Riegel zurück und stürzte aus dem grauenhaften Raum. Während er den Laubengang in Richtung Büro entlanglief und Clint unter seinem Hemd zuckte, hörte er ein alptraumgleiches Rufen hinter sich: »Mr. Murtaugh, Sir? Geht es Ihnen gut?«

Im Büro, wo neben einem Ölporträt eine Konföderiertenflagge an die Wand genagelt war, fiel Flint förmlich über den Münzfernsprecher her. »He, sehen Sie sich vor!« warnte der Geschäftsführer. Er trug Blue jeans, ein Monster Truck-T-Shirt und eine Konföderiertenmütze. »Das ist Eigentum des Motels!«

Flint steckte einen Quarter in den Schlitz und tippte Smoates' Privatnummer. Nach viermaligem Läuten meldete sich Smoates: »Ja?«

»Ich werde nicht mit diesem Sack Scheiße auf Tour gehen!« sprudelte es aus Flint heraus. »Auf gar keinen Fall!«

»Ha«, erwiderte Smoates.

»Versuchst du komisch zu sein, oder was?«

»Reg dich ab, Flint. Welche Laus ist dir denn über die Leber gelaufen?«

»Du weißt genau, was los ist, verdammt noch mal! Dieser Eisley! Zum Teufel, er hält sich für *Elvis*! Ich bin ein Profi!

Ich gehe nicht mit jemandem auf Achse, der in die Klapsmühle gehört!«

»Eisley ist so normal wie du und ich. Er ist einer dieser Elvis-Imitatoren.« Smoates stieß ein Lachen aus, das Flint so wütend machte, daß er beinahe das Telefon aus der Wand gerissen hätte. »Sieht genau wie er aus, stimmt's?«

»Ja, er sieht wie ein großer Sack Scheiße aus!«

»He!« Smoates Stimme war eisig geworden. »Ich war ein Fan von Elvis. Hab meine erste Muschi aufgespießt, während ›Jailhouse Rock‹ im Radio spielte, also paß auf, was du sagst!«

»Ich kann nicht glauben, daß du auch nur *überlegst*, ihn anzuheuern! Er ist noch grasgrün hinter den Ohren! Wußtest du, daß er einen *Fernkurs* für Detektive belegt hat?«

»Hm. Damit steht er einige Stufen höher als *du* damals, als du angefangen hast. Und wenn ich mich recht entsinne, warst du auch ziemlich grün hinter den Ohren. Billy Lee hat einen tierischen Aufstand gemacht, als er dich das erstemal mitnehmen sollte.«

»Vielleicht, aber ich habe wenigstens nicht wie ein verdammter Idiot ausgesehen!«

»Flint«, sagte Smoates, »mir gefällt sein Aussehen. Deshalb will ich ihm ja eine Chance geben.«

»Bist du verrückt, oder bin ich es?«

»Ich heuere Leute an, von denen ich glaube, daß sie den Job erledigen können. Ich habe dich angeheuert, weil ich dich für einen Mann hielt, der eine Haut aufspüren kann und nicht wieder verliert, egal was kommt. Ich dachte mir, ein Mann mit drei Armen würde hart sein, und er muß auch etwas beweisen. Und ich hatte recht, oder nicht? Nun, dasselbe Gefühl habe ich bei Eisley. Ein Mann, der geht und redet und aussieht wie Elvis Presley, muß ganz schön Mumm haben, und er hat schon harte Zeiten hinter sich. Also spiel du dich nicht als Richter auf über ihn und das, was er kann oder nicht kann. Verstanden?«

»Ich ertrage ihn nicht in meiner Nähe! Er macht mich so nervös, daß ich nicht klar zu denken vermag.«

»Ach ja? Nun, genau das hat Billy Lee über dich gesagt, wie ich mich erinnere. Jetzt hör mit dem Gesülze auf, und greif dir Eisley, und dann macht ihr beide euch auf den Weg. Ruft mich an, wenn ihr in Alexandria seid.«

Flint öffnete den Mund, um erneut zu protestieren, aber er erkannte, daß seine Worte auf taube Ohren treffen würden, denn Smoates hatte schon aufgelegt. »*Scheiße!*« Flint kochte vor Wut, als er den Hörer wieder auf die Gabel knallte.

»Achten Sie auf Ihre Ausdrücke!« rief der Geschäftsführer. »Das hier ist ein anständiges Motel!« Flint warf ihm einen Blick zu, der die Mauern von Fort Sumter hätte einstürzen lassen können, und der Geschäftsführer entschied sich weise, lieber nichts mehr zu sagen.

Vor Nummer dreiundzwanzig mußte Flint warten, bis Eisley abermals die Tür entriegelt hatte. Die Hitze hing an ihm wie ein schwerer Mantel, und Zorn brodelte in seinem beengten Bauch. Er verstand die Unpäßlichkeiten der Schwangerschaft, nur daß er dieses spezielle Kind jeden Tag seiner dreiunddreißig Jahre mit sich umhertrug. Im Zimmer sprang die kleine Hündin kläffend um Flints Schuhe herum, doch sie war klug genug, nicht in Trittweite zu kommen.

»Sind Sie in Ordnung, Mr. Murtaugh?« fragte Eisley, und die naive Unschuld seiner Elvis-Stimme war das Streichholz, das Flints Pulverfaß entzündete.

Er packte Eisleys Kragen mit beiden Händen und rammte seinen massigen Leib gegen das Elvis-Plakat. »Autsch!« rief Pelvis und zeigte ein verängstigtes Grinsen. »Das hat weh getan.«

»Ich mag Sie nicht«, erklärte Flint mit eisiger Stimme. »Ich mag weder Sie noch Ihr Haar, noch Ihre Kleidung, noch Ihren toten fetten Hillbilly, noch Ihren verdammten häßlichen Hund.« Er hörte den Köter knurren und spürte, wie er an seinem Hosenbein zerrte, doch seine Wut konzentrierte sich ganz auf Eisley. »Ich glaube, ich habe noch nie jemanden getroffen, den ich mehr verabscheue. Und Clint gibt ebenfalls keinen Pfifferling auf Sie.« Er ließ Pelvis' Kragen los, um einen Knopf zu öffnen. »Clint! Komm raus!« Die Hand und der Arm seines Bruders glitten wie eine schlanke weiße Schlange aus dem Hemd. Die Finger fanden Pelvis' Gesicht und begannen seine Züge zu betasten. Pelvis gab einen Laut wie ein zermatschter Frosch von sich. »Wissen Sie, was Sie für mich sind?« fragte Flint. »Dreck. Wenn Sie unter meine Füße kommen, werde ich auf Ihnen herumtreten. Verstanden?«

»Himmel, Himmel, Himmel!« Pelvis starrte gebannt auf Clints tastende Hand.

»Haben Sie einen Wagen?«

»Sir?«

»Einen *Wagen*? Haben Sie einen?«

»Ja, Sir. Ich meine, ich hatte einen. Die alte Priscilla hat den Geist aufgegeben, als ich von meinem Besuch bei Mr. Smoates zurückgekommen bin. Mußte sie in die Werkstatt abschleppen lassen.« Seine Augen folgten den suchenden Fingern. »Ist das ... so ein ... ein Zaubertrick oder so was?«

Flint hatte gehofft, daß Eisley wenigstens in seinem eigenen Wagen fahren könnte, wenn er ihn schon mitnehmen mußte. Dann tat Eisley ohne Vorwarnung das Undenkbare.

»Mr. Murtaugh«, sagte er, »das ist der verflucht beste Trick, den ich je gesehen habe!« Und er streckte die Hand aus, ergriff damit Clints Hand und schüttelte sie. »Wie geht's denn so, Partner!«

Flint hätte von dem Schock beinahe die Besinnung verloren. Er konnte sich nicht erinnern, daß jemals jemand Clint berührt hätte. Das Gefühl einer fremden Hand in Clints war so, als würde man sein Rückgrat mit einer Kettensäge aufreißen.

»Ich schwöre, Sie könnten mit einem so guten Trick im Fernsehen auftreten!« Eisley schüttelte unverwandt den Arm, ohne auch nur zu ahnen, welche Gefahr dort vor ihm lauerte.

Flint rang nach Luft und taumelte nach hinten, wobei er den Kontakt zwischen Eisley und seinem Bruder unterbrach. Clints Arm schwenkte weiter auf und ab, die kleine Hand noch immer zum Handschlag zusammengezogen.

»Sie ... Sie ...« Flints Entrüstung ließ sich nicht in Worte fassen. Mama hatte diese neue Entwicklung beobachtet und eilig Flints Bein losgelassen, um aufs Bett zu springen und von dort ein Maschinengewehrfeuer von Gebell auf den rauf und runter schwenkenden Auswuchs loszulassen. »Sie ... fassen Sie mich nicht an!« brachte Flint heraus. »Fassen Sie mich ja nie wieder an!« Eisley grinste immer noch. Flint erkannte, daß dieser Mann die Kraft besaß, ihn in den Wahnsinn zu treiben. »Packen Sie!« befahl er mit erstickter Stimme. »Wir fahren in fünf Minuten ab. Und der Köter bleibt hier.«

»Oh ... Mr. Murtaugh, Sir.« Zumindest zeigte sich auf Eisleys Gesicht echte Sorge. »Mama und ich gehen überall zusammen hin.«

»Nicht in meinem Wagen.« Er stopfte Clints Arm zurück unter sein Hemd, doch Clint kam wieder heraus und suchte weiter umher, so als wollte er das Handschütteln fortsetzen.

»Ich fahre diesen verdammten Köter nicht in meinem Wagen spazieren!«

»Nun, dann kann ich auch nicht mitkommen.« Pelvis setzte

sich schmollend aufs Bett, und augenblicklich war Mama auf seinem Schoß und leckte sein Doppelkinn. »Ohne Mama kriegen Sie mich nirgendwohin.«

»In Ordnung, gut! Vergessen Sie's! Ich gehe!«

Flint hatte seine Hand am Türknauf, als Pelvis in aller Unschuld fragte: »Soll ich Mr. Smoates anrufen und ihm sagen, daß es nicht geklappt hat?«

Flint hielt inne. Er kniff einen Moment lang die Augen fest zusammen. Abermals züngelte die Wut von dort, wo sie lebte und eiterte, in ihm hoch, und sie schlug wie eine dunkle Faust hinter der Tür seines Gesichts.

»Ich werde ihn anrufen«, sagte Pelvis. »Hat doch keinen Sinn, daß Sie einen Quarter verschwenden.«

Laß den Hillbilly-Idioten zurück, dachte Flint. Und zum Teufel mit Smoates. Ich brauche weder ihn noch seinen lausigen Job. Ich brauche *niemanden.*

Doch seine Wut zog sich zurück wie die Ebbe in einem Bayou, und darunter kam die verdrehte, zerschundene Wahrheit zum Vorschein: Er konnte nicht zu der Monstrositätenschau zurückkehren. Und was sollte er ohne Smoates machen?

Flint drehte sich zu Pelvis um. Mama saß auf Pelvis' Schoß und beobachtete Flint wachsam. »Haben Sie überhaupt irgendeine Ahnung, *worum* es bei diesem Job geht?« fragte Flint. »Haben Sie die geringste Ahnung?«

»Meinen Sie die Kopfgeldjägerei? Ja, Sir. Es ist wie im Fernsehen, wo sie ...«

»*Falsch!*« Flint hätte es beinahe hinausgeschrien, und Mamas Rücken wurde steif, und sie begann leise zu knurren. Pelvis streichelte sie einige Male, und sie beruhigte sich wieder. »Es ist nicht wie im Fernsehen. Es ist dreckig und gefährlich, und du bist auf dich allein gestellt, ohne irgend jemanden, der dir hilft, wenn die Sache schiefläuft. Du kannst die Bullen nicht einmal um einen Tritt in den Arsch bitten, denn für die bist du Abschaum. Du mußt durch Höllenlöcher gehen – oder kriechen –, die du dir nicht einmal im Traum vorstellen kannst. Die meiste Zeit über machst du nichts anderes, als in deinem Wagen zu sitzen und zu warten. Du mußt versuchen, Informationen von Kotzbrocken zu kriegen, die dir jeden Moment die Kehle durchschneiden könnten, nur um dein Blut fließen zu sehen.«

»Oh, ich passe schon auf mich auf«, versicherte Pelvis. »Ich habe keine Pistole, aber ich weiß, wie man eine benutzt. Das steht in Kapitel sechs des Handbuchs.«

»Kapitel sechs im Handbuch.« Flints Stimme troff vor Sarkasmus. »Aha. Nun, in diesem Geschäft bringt es einen entweder um oder hinter Gitter, wenn man ein Revolverheld ist. Man kann gegen niemanden mit einer Schußwaffe vorgehen, wenn es nicht in Notwehr geschieht und man Zeugen dafür hat, sonst wandert man selbst in den Knast. Und lassen Sie mich Ihnen eins sagen, ein Kopfgeldjäger im Gefängnis ist wie ein T-bone-Steak in einem Hundezwinger.«

»Sie meinen, wenn einem ein Typ wegläuft, dann darf man nicht auf ihn schießen?«

»Genau. Sie verpassen ihm eine Kugel in den Rücken und er stirbt, dann ist Ihr Hals in der Schlinge. Also müssen Sie Ihren Verstand gebrauchen und ein guter Pokerspieler sein.«

»Sir?«

»Sie müssen wissen, wie Sie die Karten zu Ihren Gunsten mischen«, erklärte Flint. »Ich habe meine eigenen Tricks. Auf kurze Distanz benutze ich Mace. Wissen Sie, was das ist?«

»Ja, Sir. Das ist dieses Spray-Zeugs, das auf der Haut brennt.«

»Die Art, die ich benutze, kann einen Mann für etwa dreißig

Sekunden blind machen. In der Zeit sollte man ihm die Handschellen angelegt haben, und er sollte friedlich wie ein Lamm auf dem Boden liegen.«

»Mr. Smoates hat mir gesagt, daß Sie ein echt guter Lehrer seien.«

Flint mußte eine weitere Welle der Wut über sich ergehen lassen. Er senkte seinen Kopf und wartete, bis der Wutanfall vorbei war. »Eisley, wissen Sie, was ein Kredithai ist?«

»Ja, Sir, das weiß ich.«

»Genau das ist Smoates. Ihm gehören fünf oder sechs Kreditfirmen in Louisiana und Arkansas, und neunzig Prozent der Arbeit, die er von Ihnen erwartet, ist, sein Geld einzutreiben. Und das ist keine schöne Arbeit, das verspreche ich Ihnen, denn Sie müssen Ihre Augen gegen das Elend der Leute verschließen und Ihnen entweder so viel Angst machen, daß sie das Geld rausrücken, oder Gewalt anwenden, wenn es nötig ist. Die Kopfgeldjagd ist nur eine Art Nebenbeschäftigung. Man kann gutes Geld damit machen, wenn die Belohnung hoch genug ist, aber es ist kein Spiel. Jedesmal, wenn man hinter einer Haut her ist, riskiert man sein Leben. Man hat auf mich geschossen, ist mit Messern und Knüppeln auf mich losgegangen, hat einen Dobermann auf mich gehetzt, und eine Haut hat sogar versucht, mir mit einem Samurai-Schwert den Kopf abzuschlagen. In diesem Geschäft bekommt man nicht viele zweite Chancen, Eisley. Und es ist mir egal, wie viele Detektiv-Fernkurse Sie gemacht haben, wenn Sie nicht kaltblütig genug sind, werden Sie niemals Ihre erste Hautjagd überleben.« Flint beobachtete die Augen des Mannes, um zu sehen, ob er die Botschaft verstand, aber er erblickte in ihnen nur kindliche Bewunderung. »Wissen Sie irgend etwas über die Haut, die wir einfangen sollen?«

»Nein, Sir.«

»Sein Name ist Lambert. Er ist ein Vietnam-Veteran. Hat heute nachmittag einen Mann in einer Bank umgelegt. Er ist vermutlich halb verrückt und bis an die Zähne bewaffnet. Ich würde ihm nicht begegnen wollen, wenn es da nicht die Aussicht auf großes Geld gäbe. Und wenn ich Sie wäre, würde ich Smoates anrufen und ihm sagen, daß Sie es sich noch einmal überlegt und beschlossen haben, auszusteigen.«

Pelvis nickte. Das Glitzern in seinen Augen sagte Flint, daß sich ein Funke im Gehirn des Mannes entzündet hatte, wie ein Blitz über der Straße der Einsamen.

»Werden Sie das tun?«

»Nun, ich habe gerade noch mal darüber nachgedacht«, antwortete Pelvis. »Das war kein Trick, oder? Sie haben *wirklich* drei Arme, stimmt's?«

Damit ich dich besser erwürgen kann, ging es Flint durch den Kopf. »Stimmt genau.«

»Ich habe so was schon mal gesehen! Ich schwöre, zuerst habe ich es für einen Trick gehalten, aber dann habe ich es mir genau angeschaut, und da habe ich erkannt, daß es echt war! Was sagt Ihre Frau dazu?«

»Ich war nie verheiratet.« Warum habe ich ihm das erzählt? fragte sich Flint. Es bestand kein Grund, ihm etwas über mich zu erzählen! »Hören Sie mir zu, Eisley. Sie wollen gar nicht mit mir auf die Jagd nach dieser Haut gehen. Glauben Sie mir, das wollen Sie nicht.«

»Doch, Sir, ich will«, erwiderte Pelvis mit fester Stimme. »Ich will alles lernen, was ich kann. Mr. Smoates hat gesagt, Sie seien der beste Kopfgeldjäger, den es gebe, und daß ich Ihnen zuhören solle, als wären Sie Gott persönlich. Sie sagen ›spring‹, und ich frage ›wie hoch‹. Und machen Sie sich keine Sorgen wegen Mama, sie hat keine kleinen Unfälle im Auto. Wenn sie Pipi oder was Großes machen muß, dann

jault sie.« Er schüttelte voller Ehrfurcht den Kopf. »Drei Arme. Jetzt habe ich alles gesehen … Stimmt's, Mama? Haben wir jetzt nicht alles gesehen?«
Flint holte tief Luft und entließ den Atem langsam wieder aus der Lunge. Sie vergeudeten Zeit. »Stehen Sie auf«, sagte er, und das waren die drei schwersten Worte, die er je ausgesprochen hatte. »Packen Sie genug für zwei Nächte ein.«
»Ja, Sir, ja, Sir!« Pelvis sprang förmlich vom Bett auf. Er machte sich daran, Kleidungsstücke in einen braunen Koffer zu werfen, der mit Graceland-, Memphis- und Las Vegas-Aufklebern übersät war. Mama spürte Pelvis' Aufregung, und sie rannte in kleinen Kreisen durchs Zimmer. Zum erstenmal bemerkte Flint, daß Pelvis doch tatsächlich ein Paar blauer Wildlederschuhe trug, die an den Absätzen abgelaufen waren.
»Ich kann nicht glauben, daß ich das wirklich tue«, murmelte er. »Ich muß den Verstand verloren haben.«
»Sorgen Sie sich nicht, ich mache alles, was Sie mir sagen«, versprach Pelvis. Unterwäsche, Socken und grellbunte Hemden flogen in den Koffer. »Ich werde so still sein, daß Sie kaum merken werden, daß ich überhaupt da bin!«
»Darauf wette ich.«
»Was immer Sie sagen, ist mir Befehl. Äh … macht es Ihnen was aus, wenn ich ein paar Lebensmittel einpacke? Ich bekomme immer Hunger, wenn ich auf Reisen bin.«
»Nein, aber beeilen Sie sich.«
Pelvis stopfte eine weitere Lebensmitteltüte mit Doughnuts mit Zuckerglasur, Erdnußbuttercrackern, Oreos und Hundekuchen voll. Er lächelte breit, während sein Idol Flint über seine Schulter hinweg angrinste. »Wir sind soweit!«
»Noch eine sehr, sehr wichtige Regel.« Flint trat zu Pelvis und sah ihm direkt ins Gesicht. »Sie dürfen mich nicht

anfassen. Klar? Und wenn mich der Hund berührt, werfe ich ihn aus dem Fenster. Verstanden?«

»Ja, Sir. Klar und deutlich.« Pelvis' Atem ließ Flint zusammenzucken; er roch nach Buttermilch.

Flint wandte sich ab, schob Clints Arm unter sein Hemd und ging mit steifen Schritten aus dem entsetzlichen Zimmer. Pelvis nahm den Koffer und die Lebensmittel, und Mama folgte stummelschwanzwedelnd ihrem King.

7 Ein großer alter Frosch

Dan steckte einen Quarter in den Schlitz des Münzfernsprechers draußen vor einer Amoco-Tankstelle am Highway 28, weniger als sieben Meilen westlich von Alexandria. Es war zwanzig Minuten nach elf, und die Tankstelle war geschlossen. Er drückte die 0 und sagte der Dame von der Vermittlung, daß sein Name Daniel Lewis sei und daß er ein R-Gespräch mit Susan Lambert in 1219 Jackson Avenue in Alexandria führen wolle.

Er wartete, während die Nummer klickte. Schmerz pochte in seinem Schädel, und als er sich über die Lippen leckte kratzte seine Zunge wie Sandpapier. Ein Läuten – zwei, drei, vier.

Sie sind nicht zu Hause, schoß es ihm durch den Kopf. Sie sind fortgegangen, weil Susan weiß, daß ich Chad …

Ein fünftes Läuten. Sechs.

»Hallo?« Ihre Stimme war angespannt wie Stacheldraht.

»Ich habe ein R-Gespräch für Susan Lambert von Daniel Lewis«, sagte die Dame von der Vermittlung. »Nehmen Sie das Gespräch an?«

Stille.

»Ma'am?« drängte die Dame.

Die Stille zog sich dahin. Dan hörte sein Herz hämmern. Dann: »Ja, ich nehme das Gespräch an.«

»Vielen Dank«, sagte Dan, als in der Vermittlung aufgelegt wurde.

»Die Polizei ist hier. Sie nehmen an, daß du dich hier zeigst.«
»Ich wußte, daß sie da sein würden. Hören sie mit?«
»Nein. Sie haben mich gefragt, ob du anrufen würdest, und ich habe nein gesagt, wir hätten seit Jahren nicht mehr miteinander gesprochen. Es *ist* schon Jahre her, wie du weißt.«
»Ja.« Er hielt inne und lauschte auf ein Klicken in der Leitung. Wenn er keins hörte, mußte er das Risiko eingehen, daß die Polizei sich nicht die Mühe gemacht hatte, die Leitung anzuzapfen. »Wie geht's Chad?«
»Wie soll es ihm wohl gehen, nachdem er herausgefunden hat, daß sein Vater einen Mann erschossen hat?«
Das tat weh. Dan sagte: »Ich weiß nicht, was man alles erzählt, aber willst du vielleicht auch meine Seite der Geschichte hören?«
Abermals schwieg sie. Susan hatte es immer verstanden, ein Schweigen in einen Granitblock zu verwandeln, der auf deinen Schädel drückte. Wenigstens hatte sie noch nicht aufgelegt. »Die Bank hat Mr. Jarrett, den Leiter ihrer Kreditabteilung, gefeuert«, begann er. »Sie haben einen neuen Mann eingestellt, und er wollte meinen Pickup pfänden. Er hat einige schlimme Dinge zu mir gesagt, Susan. Ich weiß, daß das keine Entschuldigung ist, aber …«
»Da hast du recht«, fiel sie ihm ins Wort.
»Ich habe einfach für eine Minute den Verstand verloren. Ich habe angefangen, sein Büro zu zertrümmern. Ich konnte immer nur daran denken, daß ich ohne meinen Pickup einen weiteren Schritt in das Loch hinabsteigen würde. Ein Wachmann kam herein und zog seine Waffe. Ich habe sie ihm entrissen, und dann hatte plötzlich auch Blanchard eine Pistole, und ich wußte, daß er mich erschießen würde. Ich schwöre, ich wollte ihn nicht töten. Alles ist so schnell gegangen, es war, als würde man von einem fahrenden Zug

herunterfallen. Egal, was die im Fernsehen oder im Radio sagen, ich bin nicht in die Bank gegangen, um jemanden umzubringen. Glaubst du mir das?«

Keine Antwort.

»Wir hatten unsere Probleme«, sagte Dan. Seine Fingerknöchel schmerzten, so fest umklammerte er den Hörer. »Ich weiß ... du hast Angst vor mir bekommen, und ich kann es dir nicht übelnehmen. Ich hätte mir schon vor langer Zeit Hilfe holen sollen, aber ich hatte ebenfalls Angst. Ich wußte nicht, was mit mir nicht stimmte, ich dachte, ich würde den Verstand verlieren. Ich mußte mir über vieles klar werden. Vielleicht glaubst du mir das nicht, aber ich habe dich nie belogen, oder?«

»Nein«, erwiderte sie. »Du hast mich nie belogen.«

»Jetzt lüge ich auch nicht. Als ich die Waffe in Blanchards Hand sah, blieb mir keine Zeit zu denken. Entweder er oder ich. Nachdem es passiert war, bin ich davongelaufen, weil ich wußte, daß ich ihn getötet hatte. Ich schwöre bei Gott, genauso ist es passiert.«

»O Gott«, entfuhr es Susan mit gequälter Stimme. »Wo bist du?«

Das war die Frage, die Dan von ihr erwartet hatte. Vertraute er ihr, daß die Polizei nicht mithörte? Hätte sie nicht Formulare oder so was unterschreiben müssen, um ihnen zu erlauben, das Telefon anzuzapfen? Sie waren nicht mehr Mann und Frau und hatten eine bewegte Vergangenheit, also warum sollte die Polizei annehmen, daß sie es ihnen nicht sagen würde, wenn er anrief? »Wirst du es ihnen verraten?« fragte er.

»Sie sagten, wenn ich von dir höre, solle ich es sie wissen lassen.«

»Und tust du es?«

»Sie behaupteten, du seist bewaffnet und gefährlich, du

könntest durchgedreht haben, und du würdest wahrscheinlich Geld von mir verlangen.«

»Das ist doch alles Scheiße. Ich trage keine Waffe, und ich habe dich nicht des Geldes wegen angerufen.«

»Warum *hast* du mich angerufen, Dan?«

»Ich ... ich möchte Chad sehen.«

»Nein«, erklärte sie sofort. »Auf gar keinen Fall.«

»Ich weiß, daß du mich nicht sonderlich leiden kannst. Ich nehme es dir nicht übel. Aber bitte glaube mir, Susan, ich will niemandem weh tun. Ich bin nicht gefährlich. Ich habe einen Fehler gemacht. Zum Teufel, ich habe eine *Menge* Fehler gemacht.«

»Diesen kannst du in Ordnung bringen«, erwiderte sie. »Du kannst dich stellen und auf Notwehr plädieren.«

»Wer wird *mir* denn zuhören? Zum Teufel, der Wachmann wird behaupten, ich hatte die Waffe unter meiner Kleidung versteckt. Die Bank wird hinter ihm stehen, weil sie ganz sicher nicht zugeben würden, daß ein kranker alter Veteran die Waffe von einem ...«

»Krank?« unterbrach sie ihn. »Was meinst du mit ›krank‹?«

Er gedachte nicht dieses Thema anzuschneiden, weil er kein Mitleid wollte. »Ich habe Leukämie«, sagte er. »Von dem Agent Orange, glaube ich. Die Ärzte meinen, ich mache es vielleicht noch zwei Jahre. Höchstens drei.«

Susan erwiderte nichts, doch er konnte sie atmen hören.

»Wenn die Polizei mich schnappt, werde ich im Gefängnis sterben«, fuhr er fort. »Ich kann nicht die beiden letzten Jahre meines Lebens damit verbringen, hinter Gitterstäben zu verdorren. Ich kann es einfach nicht.«

»Du ... du verdammter *Idiot*!« Sie explodierte plötzlich. »Mein Gott! Warum hast du es mich nicht wissen lassen?«

»Es geht dich nichts an.«

»Ich hätte dir Geld geben können! Wir hätten eine Lösung

finden können, wenn du in Schwierigkeiten steckst! Warum hast du jeden Monat das Geld für Chad geschickt?«

»Weil er mein Sohn ist. Weil ich es dir schulde. Weil ich es *ihm* schulde.«

»Du warst immer zu stur, um um Hilfe zu bitten! Das war schon früher dein Problem! Warum, verdammt noch mal, konntest du nicht ...« Ihre Stimme brach, ein gefühlvoller Laut, der Dan überraschte. »... konntest du nicht ein klein wenig von deinem Stolz schlucken und mich anrufen?«

»Ich rufe dich jetzt an«, entgegnete Dan. »Ist es zu spät?«

Sie schwieg. Dan wartete. Erst als er ihr Schniefen und Räuspern hörte, wurde ihm bewußt, daß sie weinte.

»Ich hole Chad ans Telefon.«

»Bitte«, sagte er schnell, bevor sie den Hörer hinlegte, »kann ich ihn nicht sehen? Nur für fünf Minuten? Bevor ich angerufen habe, dachte ich, es würde reichen, seine Stimme zu hören, aber ich muß ihn sehen, Susan. Gibt es nicht irgendeine Möglichkeit?«

»Nein. Die Polizei hat mir gesagt, daß die Beamten das Haus die ganze Nacht über bewachen würden.«

»Stehen sie vor dem Haus? Könnte ich durch die Hintertür reinschlüpfen?«

»Ich weiß nicht, wo sie sind oder wie viele es sind. Ich habe nur diese Telefonnummer, die sie mir gegeben haben. Ich denke, es ist ein Funktelefon, und sie sitzen irgendwo in der Straße in ihrem Wagen.«

»Die Sache ist die«, erklärte Dan, »daß ich euch beide sehen möchte. Morgen werde ich weiterfahren. Vielleicht schaffe ich es aus dem Land heraus, wenn ich Glück habe.«

»Überall in den Nachrichten bringen sie deinen Namen und dein Bild. Was denkst du, wie lange es dauern wird, bis dich jemand erkennt und die Polizei dich festnimmt oder *niederknallt*? Du weißt von der Belohnung, oder?«

»Welcher Belohnung?«
»Der Bankpräsident hat fünfzehntausend Dollar auf deinen Kopf ausgesetzt.«
Dan konnte ein nervöses Lachen nicht unterdrücken. »Zum Teufel, ich habe nur um eine Stundung von einer Woche gebeten, und jetzt sind sie bereit, fünfzehntausend Dollar auf mich auszusetzen? Kein Wunder, daß die Wirtschaft den Bach runtergeht.«
»Du findest das komisch?« fauchte Susan, und abermals war ihre Stimme belegt von Emotion. »Es ist überhaupt nicht komisch! Dein Sohn wird immer wissen, daß sein Vater ein Mörder ist! Findest du das auch komisch?«
»Nein, das tue ich nicht. Aber deshalb will ich ihn ja sehen. Ich will ihm alles erklären. Ich will sein Gesicht sehen, und ich will, daß er meins sieht.«
»Es gibt keine Möglichkeit, es sei denn, du stellst dich zuerst freiwillig.«
»Hör zu ... vielleicht gibt es doch eine Möglichkeit«, sagte er, seine Schulter gegen eine grobe Backsteinmauer gedrückt. »Wenn du dich darauf einläßt, meine ich. Es hängt von dir ab.«
Einige Augenblicke verstrichen, in denen Susan nichts erwiderte.
»Soll ich dir erzählen, was ich für eine Idee habe?« fragte Dan.
»Ich kann nichts versprechen.«
»Hör mir einfach nur zu. Wenn ich aufgelegt habe, rufst du diese Nummer an und sagst ihnen, daß ich mich gemeldet habe.«
»*Was?*«
»Sag ihnen, daß sie recht hatten. Ich habe zwei oder drei Schußwaffen bei mir, und ich klinge, als ob ich durchgedreht hätte. Erzähl ihnen, ich habe vor, vorbeizukommen,

sobald ich in Alexandria sei. Dann sagst du ihnen, du habest Angst, im Haus zu bleiben, und möchtest die Nacht in einem Motel verbringen.«

»Das funktioniert doch nie. Sie werden sofort wissen, daß ich lüge.«

»Woher? Sie beobachten nicht dich, sie beobachten das Haus. Sie sind doch schon überzeugt davon, daß ich ein Waffenarsenal mit mir herumschleppe und völlig wahnsinnig bin, also werden sie wollen, daß du verschwindest. Sie werden vermutlich den gesamten Block räumen.«

»Sie werden mich nicht aus den Augen lassen, Dan. Nein, das würde nie funktionieren.«

»Es ist einen Versuch wert. Sie schicken möglicherweise einen Mann hinter dir her, der dir zum Motel folgt und sicherstellt, daß du dir ein Zimmer nimmst, aber höchstwahrscheinlich wird er nicht lange dort bleiben. Du mußt sie nur davon überzeugen, daß du Angst vor mir hast. Hast du das?«

»Nein, jetzt nicht mehr.«

»Ich bitte doch nur um fünf Minuten«, sagte Dan. »Dann bin ich verschwunden.«

Sie machte eine Pause, und Dan wußte, daß er alles gesagt hatte, was zu sagen war. Schließlich seufzte sie schwer. »Ich brauche etwas Zeit, um einen Koffer zu packen. Soll ich dich anrufen, sobald wir im Motel sind?«

»Nein, ich bleibe nicht hier, und in meinem Zimmer habe ich kein Telefon. Können wir uns irgendwo treffen?«

»Also gut. Wie wär's mit Basile Park? Am Amphitheater?«

Basile Park war etwa drei Meilen vom Haus entfernt. »Das würde gehen. Wann?«

»In einer Stunde oder so, denke ich. Aber wenn mich ein Polizist begleitet oder sie mich nicht meinen eigenen Wagen benutzen lassen, werde ich nicht kommen. Und sie könnten mir folgen, ohne daß ich es merke. Bist du bereit, das Risiko einzugehen?«

»Ja.«

»Also gut. Ich muß verrückt sein, mich darauf einzulassen, aber gut. Ich werde versuchen zu kommen, aber wenn ich nicht dort bin …«

»Ich warte so lange, wie ich kann«, erklärte Dan. »Vielen Dank, Susan. Du weißt gar nicht, wieviel mir das bedeutet.«

»Ich werde es versuchen«, wiederholte sie, dann legte sie auf.

Dan fühlte sich, als wäre eine schwere Last von seiner Seele genommen. Er und Susan hatten zusammen mehrere Freilichtkonzerte in Basile Park besucht, und er wußte genau, wo das Amphitheater war. Er schaute auf seine Uhr – in einer Stunde, hatte sie gesagt –, dann stieg er wieder in seinen Pickup ein und fuhr zum Hideaway zurück. Er dachte an die fünfzehntausend Dollar, und er wünschte, er hätte so viel Geld in einem Jahr gesehen. Sie wollten ihn schnell fassen, das war sicher.

Bevor er die Auffahrt des Motels erreichte, schoß es Dan durch den Kopf, daß Susan ihm möglicherweise eine Falle stellte. Die Polizei könnte trotz aller Leugnungen mitgehört haben und würde schon im Park auf ihn warten. Das war nicht auszuschließen. Er und Susan hatten sich im Streit getrennt, ja, und ihre Ehe hatte schon auf der Kippe gestanden, bevor er nach Vietnam ging. Seine Dienstzeit dort und die Folgen hatten alles noch schlimmer gemacht. Aber es hatte auch gute Zeiten gegeben, oder nicht? Ein paar schöne Erinnerungen, an denen man sich festhalten konnte? Er fand welche und hoffte, daß es Susan ebenso ging. Er war Chads Vater, und das war eine Verbindung zu Susan, die niemals gebrochen werden konnte. Er würde ihr glauben müssen, daß sie nicht vorhatte, ihn auszuliefern. Wenn sie

es doch vorhatte ... nun, dann würde er über diese Brücke gehen, wenn er sie erreichte.
Auf dem Weg zu seiner Hütte kam er am Haus der DeCaynes vorbei. Er ahnte nicht, daß das Motorengeräusch Hannah aus ihrem unruhigen Schlaf weckte.
Sie war sich nicht sicher, wovon sie wach geworden war. Harmon schnarchte im anderen Bett, sein Mund eine unergründliche Höhle. Hannah schlug die schweißnasse Decke zurück und stand auf. Ihr rotes Haar – von der Beschaffenheit eines Pfannenreinigers – befand sich unter einer Duschhaube. Sie erinnerte sich an Bruchstücke eines Alptraums, den sie gehabt hatte; das Ungeheuer darin war ein mit Warzen übersäter Frosch mit dürren Menschenbeinen gewesen. Nur mit einem BH und einer Unterhose bekleidet, die kaum vermochten, ihre schwabbelnden Massen im Zaum zu halten, tappte sie in die Küche, öffnete das Gefrierfach des Kühlschranks und holte einen Eiswürfel heraus, um sich damit das Gesicht abzureiben. Die Küche roch noch immer nach Blut und Froscheingeweiden, und im Gefrierfach lagen Dutzende von Froschschenkeln, bereits in Schlachterpapier eingewickelt für die Auslieferung an das Restaurant. Da sie schon einmal dabei war, nahm Hannah auch noch eine Packung Vanilleeis, holte sich einen Löffel und ging damit ins Wohnzimmer, um sich den Bauch vollzuschlagen, bis sie wieder schläfrig wurde. Sie schaltete das Radio an, das auf den lokalen Country-Musik-Sender eingestellt war. Garth Brooks sang ein Lied über texanische Mädchen. Hannah trat zum Fenster und schob die Gardine zur Seite.
In Nummer vier brannte Licht. Etwas an diesem Mann gefiel ihr nicht. Natürlich gefielen ihr die meisten Leute nicht, aber der Mann in Nummer vier verursachte ihr eine Gänsehaut. Zum einen sah er krank aus, mager und bleich, als

hätte er AIDS oder so etwas. Zum anderen mochte sie auch seine Tätowierung nicht. Ihr erster Ehemann war bei der Handelsmarine gewesen und von den Handgelenken bis zu den Schultern bebildert, und sie konnte nichts leiden, was sie an diesen faulen Mistkerl erinnerte.

Nun, er würde bald wieder weg sein. Sie würden sieben Dollar reicher sein, und jeder Cent half. Hannah ließ sich auf das Sofa plumpsen, und ihr Löffel trug die Eiscreme Schicht für Schicht ab. Reba McEntire brachte ihr ein Ständchen, und Hannah sah den Boden der Packung. Die Nachrichten kamen. Der Nachrichtensprecher redete über ein Feuer letzte Nacht in Pineville. Der Stadtrat von Alexandria hielt eine Sitzung ab, um über die Verschmutzung des Red River zu diskutieren. Eine Frau aus Anandale war verhaftet worden, weil sie ihr Baby auf der Toilette des Busbahnhofs ausgesetzt hatte. Ein geistig verwirrter Vietnam-Veteran hatte einen leitenden Angestellten einer Bank in Shreveport erschossen, und …

»… es wurde eine Belohnung von fünfzehntausend Dollar ausgesetzt …«

Hannahs Löffel hielt im Graben inne.

»… von der First Commercial Bank für die Ergreifung von Daniel Lewis Lambert. Die Polizei hält Lambert für bewaffnet und sehr gefährlich. Lambert wurde zuletzt in einem grauen 1989er Chevrolet Pickup gesehen. Er ist zweiundvierzig Jahre alt, einsfünfundachtzig groß, von schlanker Statur, trägt einen Bart und …«

Hannah hatte den Mund voller Eiscreme. Sie starrte auf das Radio, und ihre Augen wurden immer größer.

»… hat eine tätowierte Schlange auf seinem rechten Unterarm. Die Polizei rät zu besonderer Vorsicht, sollte Lambert gesehen werden. Für Hinweise wählen Sie bitte die folgende Nummer …«

Sie konnte nicht schlucken. Ihre Kehle war wie zugeschnürt. Während sie aufsprang, spuckte sie den Inhalt ihres Mundes auf den Boden, und ein Schrei bahnte sich seinen Weg über ihre Lippen: »*Harrrrrmon*! Harmon, komm *auf der Stelle* hierher!«

Harmon war nicht schnell genug für sie. Er wurde an beiden Fußknöcheln gepackt und aus dem Bett gezerrt. »Bist du übergeschnappt?« japste er. »Was is denn los?«

»Er ist ein Mörder!« Hannahs Haar, das ein Eigenleben besaß, hatte sich aus der Duschhaube befreit. Sie hatte einen irren Blick und um ihren Mund war Eiscremeschaum. »Ich wußte, daß etwas mit ihm nicht stimmte ich wußte es als ich ihn sah er hat einen Mann in Shreveport umgebracht hat diese Tätowierung auf seinem Arm fünfzehntausend Dollar Belohnung hast du mich gehört?«

»Hä?«

Hannah packte Harmon am Kragen seines rot karierten Pyjamas. »Fünfzehntausend Dollar!« kreischte sie ihm ins Gesicht. »Bei Gott, wir werden uns dieses Geld holen! Und jetzt steh auf, und zieh dir was an!«

Während Harmon in seine Hosen stieg und Hannah sich in ihr formloses Kleid kämpfte, gelang es ihr, die Geschichte in seinen dicken Schädel zu hämmern. Harmons Gesicht erbleichte, und seine Finger steckten zitternd die Knöpfe seines Hemds in die falschen Löcher. Er machte Anstalten, zum Telefon zu laufen. »Ich rufe jetzt gleich die Poli …«

Eine schraubzwingengleiche Hand packte seine Schulter. »Du hörst *mir* zu!« donnerte sie. »Willst du dieses Geld aus dem Fenster werfen? Denkst du, die Bullen würden uns nicht um jeden verdammten Penny betrügen, du Volltrottel? Wir werden ihn fangen und *eigenhändig* zur Polizei bringen!«

»Aber … Hannah … er ist ein *Mörder!*«

»Er ist nichts weiter als ein großer alter Frosch!« wütete sie, die Hände in die breiten Hüften gestemmt. »Nur daß seine Schenkel fünfzehntausend Dollar wert sind, und du und ich werden ihn zum Markt bringen! Also halt den Mund und tu, was ich sage! Verstanden?«

Harmon hielt den Mund, und seine hageren Schultern beugten sich unter dem rothaarigen Druck. Hannah verließ das Schlafzimmer, und Harmon hörte, wie sie im Dielenschrank herumwühlte. Harmon holte seinen Schlüsselring aus dem Schreibtisch und hakte ihn mit zitternden Fingern an einer Gürtelschlaufe fest. Als er aufschaute, hielt Hannah die doppelläufige Schrotflinte in ihren Händen, die ihnen als Schutz gegen Einbrecher diente. »Das Gewehr ist so alt, ich weiß nicht einmal ob ...« Sie brachte ihn mit einem Blick zum Schweigen, mit dem man die Zeit hätte einfrieren können. Hannah hielt auch eine Schachtel mit Patronen in der Hand; es waren fünf Patronen darin, und sie lud die Schrotflinte und steckte dann die drei übriggebliebenen Patronen in eine Tasche.

»Wir müssen ihn ins Freie locken«, erklärte sie. »Wir müssen ihn rauslocken, damit er nicht an seine Waffen kommen kann.«

»Wir sollten die Polizei rufen, Hannah! Himmel, ich glaube, ich muß mich gleich übergeben!«

»Mach das *später!*« knurrte sie. »Er mag ein verrückter Mörder sein, aber ich kenne nicht viele Männer, die noch morden können, nachdem man ihnen die Beine weggeblasen hat! Und jetzt tust du genau, was ich sage, und wir werden reich wie Midas!« Sie ließ die Kammern der Schrotflinte zuschnappen, steckte ihre Füße in ihre Gummilatschen und marschierte zur Tür. »Komm schon, verdammt noch mal!« befahl sie, als sie bemerkte, daß Harmon ihr nicht folgte, und er schlich so bleich wie der Tod hinter ihr her.

8 Unergründliche Wege

In Nummer vier schaute Dan gerade auf seine Uhr und sah, daß es Zeit war, sich auf den Weg zu machen. Er hatte zwei Aspirin geschluckt und sich eine Weile hingelegt, dann hatte er saubere Unterwäsche, Socken und Blue jeans aus seinem Matchbeutel angezogen. Nun stand er vor dem fast blinden Badezimmerspiegel, machte seinen Kamm naß und kämmte sich das Haar nach hinten. Er setzte seine Baseballmütze auf und musterte sein Gesicht mit den tiefen Falten und den vorstehenden Wangenknochen.

Susan würde ihn nicht wiedererkennen. Abermals überkam ihn Angst, dieselbe Art von nagender Furcht, die er empfunden hatte, als er die Bank betrat. Sehr wahrscheinlich war dies das letztemal, daß er seinen Sohn sehen würde. Er hoffte, er würde die richtigen Worte finden.

Doch eins nach dem anderen. Erst einmal mußte er nach Basile Park kommen, ohne von der Polizei angehalten zu werden. Dan warf sich den Matchbeutel über die Schulter, nahm den Schlüssel zu seiner Hütte mit und öffnete die Vordertür in die feuchte Nacht. Die Frösche waren bis auf ein paar vereinzelte Quaker verstummt. Dan wollte gerade den Wandschalter drücken, um die Deckenlampe auszumachen, als er ein metallisches *Klink* aus der Richtung seines Pickups hörte, und er bemerkte, daß da jemand am Rand des Lichtkegels stand und ihn beobachtete.

Dan riß den Kopf in Richtung des Geräuschs herum. »He,

he!« sagte ein Mann mit nervöser Stimme. Es war Harmon DeCayne. Auf seinen Wangen glitzerte Schweiß. Er hob seine Hände, um seine Handflächen zu zeigen. »Tun Sie nichts Unüberlegtes!«
»Sie haben mich vielleicht zu Tode erschreckt! Was machen Sie denn hier?«
»Nichts! Ich wollte sagen ... ich habe das Licht gesehen.« Er hielt die Hände weiter hoch erhoben. »Dachte, Sie würden vielleicht was brauchen.«
»Ich fahre weiter«, sagte Dan. Seine Nerven waren zum Zerreißen gespannt. »Ich wollte an Ihrem Haus anhalten und den Schlüssel auf die Veranda legen.«
»Wo soll's denn hingehen? Es ist ziemlich spät, um noch unterwegs zu sein, finden Sie nicht auch?«
»Nein, ich hab noch was vor.« Er trat zur Ladefläche des Pickups, um dort seinen Matchbeutel zu verstauen, wobei er sich DeCayne näherte. Dieser wich zurück. Das metallische Geräusch kam von dem Schlüsselring, den Dan an einer von DeCaynes Gürtelschlaufen hängen sah. Dan blieb abrupt stehen. Sein Radar hatte sich eingeschaltet. Er roch eine Schlange, die zusammengerollt in ihrem Loch lauerte. »Ist mit Ihnen alles in Ordnung?«
»Sicher ist mit mir alles in Ordnung! Warum sollte mit mir was nicht stimmen?«
Dan beobachtete die Augen des Mannes; sie waren glasig vor Angst. *Er weiß es,* schoß es Dan durch den Kopf. *Irgendwoher weiß er es.* »Hier ist der Schlüssel«, sagte er und hielt ihn DeCayne hin.
»Okay, ja. Das ist ...«
Dan sah, wie DeCaynes Blick nervös zu etwas hinter ihm huschte.
Die Frau, dachte er plötzlich. Vor seinem geistigen Auge sah er ein Fleischerbeil auf sich herabsausen.

Er wappnete sich und wirbelte herum, wobei er mit dem Matchbeutel ausholte.
BUUMM! knallte ein Gewehr, scheinbar mitten in sein Gesicht. Er fühlte die Hitze und die Druckwelle, und dann wurden ihm die brennenden Überreste des Matchbeutels aus den Händen gerissen, und lodernde Stoffetzen flogen aus ihm heraus wie leuchtende Fledermäuse. Hannah DeCayne taumelte nach hinten. In den Händen hielt sie eine Schrotflinte, aus deren Verschluß es rauchte. Dan blieb ein Augenblick, um zu erkennen, daß der Matchbeutel einen direkten Schuß abgefangen hatte, und dann richtete sich die Frau wieder auf, und ein donnernder Schrei ertönte aus ihrem von Schweiß glänzenden Gesicht. Dan sah, wie sich die Schrotflinte auf seine Magengegend ausrichtete. Er brachte sich mit einem Sprung zur Seite vor ihren dunklen Doppelaugen in Sicherheit, gerade einen Herzschlag bevor die Flinte einen Feuerball ausspuckte, und er landete bäuchlings im Unkraut. Seine Ohren klingelten, doch über dieses Geklingel hinweg hörte er ein nasses Klatschen und das Prasseln von grobem Schrot, das gegen Metall schlug. Er hastete halb kriechend in den Wald, der sich an der Hütte entlangzog, während der Schock alle Gedanken in seinem Gehirn auslöschte bis auf den Zwang zu laufen, was das Zeug hielt.
Hinter Dan beobachtete Harmon DeCayne, wie sich sein Hemd rot verfärbte. Die Wucht des Treffers hatte ihn in die Luft gehoben und rücklings gegen den Pickup geschleudert, doch er stand noch immer auf den Beinen. Er preßte sich die Hände gegen den Bauch, und das Blut strömte zwischen seinen Fingern hindurch. Hektisch blinzelnd sah er durch die Rauchschwaden, die zwischen ihm und seiner Frau umherwirbelten.
»Jetzt hast du es geschafft«, sagte er, und es erstaunte ihn,

daß seine Stimme so ruhig klang. Er konnte noch keinen Schmerz spüren; von seinem Magen bis zu seinem Unterleib war es kalt wie Januar.

Hannah stieß einen entsetzten Laut aus. Sie hatte den ersten Schuß nicht abfeuern, sondern den Lauf gegen den Schädel des Mörders halten wollen, doch sein Beutel hatte die Flinte getroffen, und ihr Finger hatte gezuckt. Beim zweiten Schuß hatte sie so gezielt, daß sie ihn umnieten würde, bevor er sich auf sie stürzen konnte. Harmon starrte sie unverwandt an, während seine Knie unter ihm nachgaben. Und dann trat an die Stelle ihres Schocks Zorn, und Hannah brüllte: »Ich habe dir *gesagt*, du sollst aus dem Weg gehen! Hast du denn nicht *gehört*, was ich dir gesagt habe?«

Harmons Knie schlugen auf dem Boden auf. Er schluckte schwer und schmeckte das Blut in seinem Mund. »Hast auf mich geschossen«, krächzte er. »Du ... verdammte Kuh. Hast auf mich geschossen.«

»Es ist nicht *meine* Schuld! Ich habe dir gesagt, daß du da weggehen sollst! Du blöder Esel, ich habe dir gesagt, daß du da weggehen sollst!«

«Ahhhhhhhh«, stöhnte Harmon, als ihn der erste wirkliche Schmerz in seine Eingeweiden durchfuhr. Blut sammelte sich in einer Lache im Staub unter ihm.

Hannah drehte sich mit verzerrtem Gesicht zum Wald um. »Sie kommen mir nicht davon!« brüllte sie in die Dunkelheit. Sie ließ die Schrotflinte aufschnappen und lud beide Läufe nach. »Wenn Sie denken, ich würde fünfzehntausend Dollar in meinen Wald abhauen lassen, dann haben Sie sich geschnitten! Haben Sie mich gehört, Mr. Killer?«

Dan hörte sie. Er lag auf dem Bauch im Unterholz zwischen Zwergpalmen, knapp fünfzehn Meter von der Stelle entfernt, wo die Frau stand. Er hatte gesehen, wie Harmon auf die Knie gesunken war, und auch, wie die Frau ihre Schrotflinte nachlud. Nun beobachtete er, wie Hannah zu ihrem Mann hinüberging.

Sie schaute hinab in Harmons nasses, schmerzverzerrtes Gesicht. »Du machst auch alles falsch«, sagte sie kalt, und dann hob sie die Flinte und feuerte eine Ladung in den linken Vorderreifen des Pickups. Der Reifen explodierte in einem Zischen von Luft, und der Pickup ruckte wie ein Pferd, das vom Beil seines Schlachters getroffen worden war. Dan hätte beinahe aufgeschrien, doch er schlug die Hand vor den Mund, um den Schrei zurückzuhalten.

»Mit Ihrem Wagen fahren Sie nirgendwo mehr hin!« brüllte Hannah in Richtung Wald. »Sie können auch gleich herauskommen.«

Dan trug noch immer seine Baseballmütze. Sein Gesicht war von Schweißperlen bedeckt. All seine anderen Kleidungsstücke waren in Fetzen geschossen worden, sein nebel-metallic-farbener Pickup war lahmgelegt, und auch seine Hoffnungen, nach Basile Park zu kommen, waren dahin. Die rothaarige Hexe hielt die Schrotflinte auf Hüfthöhe, und der Lauf zielte in seine Richtung. »Kommen Sie raus, Mr. Killer!« brüllte sie. Neben ihr kauerte noch immer Harmon, die Hände gegen seinen blutigen Bauch gepreßt, den Kopf gesenkt. »Also gut!« sagte sie. »Ich kann Verstecken spielen, wenn Sie wollen, und bei der ersten Gelegenheit werde ich Ihnen Ihr verdammtes Gehirn wegblasen!« Unvermittelt begann sie sich in den Wald zu pirschen, fast direkt auf Dan zu, der ausgestreckt auf dem Waldboden lag. Panik durchflutete ihn; er konnte unmöglich gegen eine geladene Schrotflinte ankommen. Er sprang auf und rannte weiter, tiefer in das Dickicht hinein. Sein Rückgrat kribbelte in Erwartung der Salve. »Ich kann Sie hören!« kreischte Hannah. Und er hörte ihren fülligen Körper durch das Laub brechen. »Laufen Sie ja nicht weg, Sie Mistkerl!«

Sie stürmte wie ein Frachtzug aus der Hölle heran. Niedrig hängende Kiefernzweige peitschten Dan beim Laufen ins Gesicht, und Dornen zerrten an seinen Hosenbeinen. Unter seinen Füßen sprangen Frösche in alle Richtungen. Sein rechter Schuh verfing sich in einer Wurzel, und Dan stolperte, wobei er um Haaresbreite hingestürzt wäre. Das Unterholz war dicht, und für den Lärm, den er dabei veranstaltete, hätte ihn sein Zugführer in Vietnam platt gemacht wie einen Fünfzig-Pfund-Amboß. Er besaß weder die flinken Beine noch den Gleichgewichtssinn seiner Jugend. Im Moment zählte für ihn nur, soviel Abstand wie möglich zwischen sich und eine Schrotflintenpatrone zu bringen.

Und dann roch er ölige, ätzende Ablagerungen, und seine Schuhe platschten ins Wasser. Matsch saugte sich an seinen Füßen fest. Es war der Froschteich.

»Willst du schwimmen gehen?« brüllte Hannah hinter ihm.

Er konnte nicht sehen, wie groß der Teich war, doch er wußte, daß er nicht wagen würde, ihn zu durchqueren. Die Frau würde ihn erschießen, während er knietief im Schlamm steckte. Er wich aus dem Wasser auf festen Boden zurück und schlich durch die Gräser und das Gestrüpp, die den Teich säumten. Er konnte keine Geräusche mehr von der Frau hören, die ihn verfolgte, und es schoß ihm durch den Kopf, daß sie diesen Wald kannte und vielleicht irgendwo vor ihm auf der Lauer lag. Er schob sich durch ein Gewirr von Rankengewächsen. Über ihm, jenseits des Baldachins aus Kiefern und Spanischem Moos, sah er einige Sterne funkeln, so weit entfernt, wie Basile Park zu sein schien. Und dann trat er in ein Dickicht taillenhohen Schilfs und lief geradewegs in die Arme einer Gestalt, die plötzlich vor ihm stand.

In diesem Augenblick bekam er wahrscheinlich ein Dutzend

neuer weißer Haare. Beinahe hätte er sich vor Angst die Hosen naß gemacht. Doch er schlug nach dem Kopf der Gestalt, und Schmerz schoß durch seine Fingerknöchel, als er auf den Kiefer traf. Die Gestalt kippte um, und erst da erkannte Dan, daß es sich um eine Gipsfigur handelte.

Er stand über sie gebeugt da und hielt sich seine verletzte Hand. Er konnte noch zwei weitere Figuren in der Nähe ausmachen, scheinbar eingefroren in stummer Unterhaltung, ihre Kleider verwitterte Fetzen. Dunkle Gestalten lagen vor ihm, doch er bemerkte gleich, daß es sich um ein überwuchertes Karussell handelte. Er war offensichtlich in Harmon DeCaynes Märchenland gestolpert.

Er schlich weiter, vorbei an der verrottenden Fassade eines Miniaturschlosses. Da war ein kaputter Conestoga-Wagen und zwei verrostete Autochassis. Das Steinpflaster unter seinen Füßen ließ Dan vermuten, daß dies die Hauptstraße eines verzauberten Dorfes oder etwas Ähnlichem sein sollte. Andere Puppen, verkleidet als Cowboys und Indianer, standen herum, die Einwohner von DeCaynes Phantasie. Dan schlich an einem riesigen zerschlissenen Stoffkoloß mit morschen Rippen vorbei, der nach Dans Einschätzung wohl Jonas Wal darstellen sollte, und plötzlich blickte er auf einen hohen Maschendrahtzaun mit einem Abschluß aus Stacheldraht, der die Grenze von DeCaynes Besitz markierte.

Ich kann diesen Zaun überklettern, entschied Dan. Der Stacheldraht wird schwer werden, aber er ist immer noch angenehmer als diese verdammte Schrotflinte. Wenn ich den Zaun erst einmal überklettert habe, kann ich …

Kann ich *was*? fragte er sich selbst. Ohne meinen Pickup komme ich nicht sehr weit.

Aber da war noch ein anderes Gefährt ganz in der Nähe, oder?

Der Kombi, der neben dem Haus der DeCaynes geparkt war.

Er erinnerte sich an den Schlüsselring an Harmons Gürtelschnalle. Würde der Schlüssel des Kombis daran hängen? Würde der Wagen überhaupt anspringen? Er mußte es, denn wie sollten sie sonst ihre Froschschenkel ausliefern? Aber um an den Schlüsselring zu kommen, würde er wieder durch den Wald zurückschleichen und dabei der Frau aus dem Weg gehen müssen, und das war ein schwieriges und gefährliches Unterfangen.
Er stand einen Moment lang da, die Finger in den Maschendraht des Zauns verhakt. Jenseits des Zauns erstreckten sich nur weitere dunkle Wälder.
Wenn er irgendeine Hoffnung hatte, nach Basile Park zu gelangen, dann mußte er zurückgehen und sich den Schlüsselring besorgen.
Dan ließ den Zaun los. Er holte tief Luft und atmete ganz langsam wieder aus. Sein Kopf schmerzte von neuem, doch das Klingeln in seinen Ohren hatte aufgehört. Er wandte sich vom Zaun ab und schlich den Weg zurück, den er gekommen war, während seine Sinne die Umgebung wie ein Radar nach einem Laut oder einer Bewegung sondierten.
Eine einarmige Schaufensterpuppe mit einer Tiara oder etwas Ähnlichem auf dem Kopf – eine verkrüppelte Märchenprinzessin – stand zu seiner Rechten, als er sich Jonas Wal näherte. Und plötzlich bemerkte Dan aus dem Augenwinkel eine geschmeidige Bewegung, drüben neben einem eingestürzten, überwucherten Gebäude. Dan sprang schon in die hohen Gräser, als die Schrotflinte knallte, und den Bruchteil einer Sekunde später explodierten der Kopf und der Hals der Prinzessin in einem Regen aus Gips. Dan lag auf der Seite und rang keuchend nach Atem. »Ich hab Sie erwischt, was?« brüllte Hannah. »Ich weiß, daß ich Sie diesmal erwischt habe!«

Er hörte eine Schrotflinte auf- und dann wieder zuschnappen. Die Frau kam auf ihn zumarschiert, und ihre Gummilatschen machten klatschende Geräusche auf dem Steinpflaster. Dan fühlte etwas, das ein langes Rohr zu sein schien, neben seiner Schulter. Er streckte die Hand aus und berührte kalte Finger. Es war der fehlende Arm der Prinzessin.

Er nahm ihn hoch und erhob sich. Drei Meter vor ihm stand Hannah DeCayne. Die Schrotflinte zielte ein kleines Stück zu seiner Linken. Er schleuderte den Gipsarm auf sie, sah ihn sich in der Luft drehen und dann gegen ihr Schlüsselbein krachen, und sie stieß einen Schmerzensschrei aus und fiel auf ihren Hintern, und die Schrotflinte ging in die Luft los. Dann stürmte Dan mit der Geschwindigkeit der Verzweiflung durch das Schilf davon und ließ die fluchende Frau hinter sich zurück.

Abermals fand er den Teich und lief an seinem sumpfigen Ufer entlang. Ein paar Minuten später brach er etwa zwanzig Meter von seinem lahmen Pickup aus dem Unterholz. Harmon DeCayne kauerte noch immer in derselben Stellung, kniend, mit gesenktem Kopf und die Hände gegen seinen blutigen Bauch gepreßt.

Dan beugte sich über den Mann und griff nach dem Schlüsselring. DeCaynes Augen waren geschlossen, seine Atmung gespenstisch. Dan zog den Schlüsselring ab, und plötzlich schlug DeCayne die Augen auf und hob den Kopf. Blut rann aus seinen Mundwinkeln.

»Hannah?« hauchte DeCayne.

»Seien Sie still«, befahl Dan ihm. »Welcher Schlüssel gehört zum Kombi?«

»Tun Sie … tun Sie mir nichts.«

»Ich werde Ihnen nichts tun. Welcher Schlüssel gehört zum …«

DeCaynes riß plötzlich seinen Mund weit auf. Er kreischte mit einer Stimme, die die Nacht zerschnitt: »*Hannah! Er hat die Schlüssel!*«

Dan hätte ihm einen Schlag versetzt, wenn er nicht angeschossen gewesen wäre. Er stand auf, während DeCayne weiter rumschrie. In wenigen Minuten würde die Frau über ihn herfallen. Dan lief den Weg zum Haus der DeCaynes entlang. Harmons Geschrei erstarb allmählich. Dan erreichte den Kombi, riß die Tür mit ihren quietschenden Scharnieren auf und setzte sich hinters Lenkrad. Das Wageninnere stank wie der Froschteich. Er versuchte einen Schlüssel ins Zündschloß zu stecken, doch der Schlüssel paßte nicht. Der nächste Schlüssel weigerte sich ebenfalls. Dan bemerkte eine Bewegung, dann konnte er im Lichtkegel des Haues Hannah DeCayne über den Weg auf sich zulaufen sehen. Ihr Haar wehte nach hinten und ihr Gesicht war eine verzerrte Maske der Wut. Sie hielt die Schrotflinte wie einen Knüppel, und Dan erkannte, daß ihr die Patronen ausgegangen waren. Doch sie vermochte ihm noch immer das Gehirn aus den Ohren herauszuprügeln.

Der dritte Schlüssel paßte auch nicht.

»Sie kommen nicht davon!« brüllte sie. »Sie kommen nicht davon!«

Dans Finger waren glitschig vom Schweiß. Er nahm nicht den vierten, sondern den fünften Schlüssel.

Und der glitt ins Zündschloß.

Dan drehte ihn herum und drückte mit dem Fuß das Gaspedal bis zum Bodenblech durch.

Der Kombi gab ein paar krachende Töne von sich, und eine schwarze Rauchwolke schoß aus dem Auspuff. Dan riß den Schaltknüppel in den Rückwärtsgang, und der Wagen gehorchte. Und dann war Hannah DeCayne plötzlich direkt neben ihm, riß die Fahrertür auf und schwang mit dem

Schaft der Schrotflinte nach seinem Schädel. Dan hatte den Schlag kommen sehen, und er duckte sich tief in den Sitz, während die Schrotflinte gegen den Türrahmen donnerte. Hannah warf sich in den Wagen, Dan ließ ihn gleichzeitig nach hinten schießen, und sie versuchte ihm mit einer Hand die Augen auszukratzen und mit der anderen mit der Flinte auf ihn einzuschlagen. Dan trat nach ihr, traf sie an der rechten Hüfte, und sie taumelte nach hinten. Gleich darauf riß er den Wagen in einem Halbkreis herum, und Staub wirbelte zwischen ihm und der Frau auf. Er schob den Schaltknüppel mit Gewalt auf Drive, trat das Gaspedal durch, und der Kombi ruckelte scheppernd nach vorn. Eins der Seitenfenster zersplitterte plötzlich von einem weiteren Schlag des Schrotflintenschafts nach innen, und kleine Glasscherben stachen Dan wie Bienen in den Hals. Er schaute zurück, sah Hannah DeCayne hinter sich herlaufen, während der Kombi Fahrt aufnahm, und sie verfluchte seine Mutter und versuchte abermals die Tür aufzureißen. Dann hatte er sie endgültig abgehängt. Er fand den Schalter für die Scheinwerfer einen Augenblick bevor er in eine Trauerweide gekracht wäre. So jedoch riß er das Lenkrad herum, und es wurde nur eine Delle in der Beifahrerseite. Es gelang ihm, die Fahrertür zuzuziehen, dann blickte er in den Rückspiegel, aber er konnte bloß umherwirbelnden Staub sehen. Es hätte ihn jedoch nicht überrascht, wenn Hannah DeCayne noch am Wagen gehangen hätte, mit den Zähnen ins Auspuffrohr verbissen.
Schließlich erreichte er den Highway 28 und fuhr in Richtung Alexandria und Basile Park. Die Frau hatte ihm mit dem Schrotflintenschaft einen Schlag gegen die linke Schulter versetzt, doch obgleich es höllisch weh tat, war nichts gebrochen. Besser das als ein eingeschlagener Schädel. Er trug einen inneren Kampf aus, an der Amoco-Tankstelle zu

halten und einen Krankenwagen zu rufen, doch er vermutete, daß Hannah als erstes ins Haus laufen und es selbst tun würde. Der Tank des Kombis war etwas weniger als drei Viertel voll, ein wirklicher Segen. Dan hatte seine Brieftasche, die Kleider auf seinem Leib und seine Baseballmütze. Und er hatte auch noch immer seine Haut. Er hielt sich für ein Glückskind.

Hannah war mittlerweile stehengeblieben. Es hatte keinen Zweck, weiterzulaufen, und ihre Lunge brannte. Sie schaute den Rücklichtern des Kombis nach. Lange stand sie im Dunkeln da, während sich ihre Hände um die leere Schrotflinte ballten und wieder lockerten. Sie hörte Harmons Stimme – nun eine schwache Stimme –, die sie rief: »Hannah? Hannah?«

Endlich kehrte sie dem Highway den Rücken zu und humpelte, während ein blauschwarzer Fleck auf ihrer rechten Hüfte erblühte, hinüber zu Harmon, der noch immer auf dem Boden kniete.

»Hannah«, stöhnte er. »Es hat mich schlimm erwischt.«

Sie hatte ihre Gummilatschen verloren. Jetzt schaute sie auf die Sohle ihres linken Fußes, die von einer Glasscherbe aufgeschnitten worden war. Der Anblick der Wunde mit ihren blutigen Rändern ließ etwas in ihrem Gehirn anfangen zu ticken wie eine Bombe.

»Hol Hilfe«, sagte Harmon mit halbgeschlossenen Augen, die Hände auch weiter auf den blutigen Bauch gepreßt. »Du … mußt …«

»Du hast fünfzehntausend Dollar davonkommen lassen.« Hannahs Stimme klang hohl und erschöpft. »Du vermasselst auch alles.«

»Nein … hab ich nicht. Du … hast es vermasselt.«

Sie schüttelte den Kopf. »Er hat es an deinem Gesicht gesehen, Harmon. Da wußte er Bescheid. Ich habe dir ja gesagt, du sollst aus dem Weg gehen, oder etwa nicht? Und da waren fünfzehntausend Dollar zu holen. O mein Gott, was hätte ich nicht alles tun können mit diesem …« Sie hielt inne und starrte mit leeren Augen auf den Staub. Ihre Schläfe pulsierte.

»Ich habe Schmerzen«, sagte Harmon.

»Hm. Die Sache ist die, daß sie dich wahrscheinlich im Krankenhaus wieder zusammennähen werden.«

Er streckte eine blutige Hand nach ihr aus. »Hannah … ich brauche Hilfe.«

»Ja, die brauchst du«, erwiderte sie. »Aber von jetzt an, denke ich, werde ich mir selbst helfen.« Ihre Augen hatten das Glitzern kleiner harter Steine angenommen. »Zu dumm, daß der Mörder hier abgestiegen ist. Zu dumm, daß wir herausgefunden haben, wer er war. Zu dumm, daß er dir die Schrotflinte entrissen hat.«

»Was?« flüsterte Harmon.

»Ich habe versucht dir zu helfen, aber ich konnte es nicht. Ich bin in den Wald gelaufen und hab mich versteckt, und dann hab ich gesehen, was er mit dir gemacht hat.«

»Hast du … den Verstand verloren?«

»Meine Mama hat immer gesagt, die Wege des Herrn sind unergründlich«, fuhr Hannah fort. »Ich hab ihr nie geglaubt, bis jetzt.«

Harmon sah, wie seine Frau die Schrotflinte wie einen Knüppel über ihren Kopf hob.

Er stieß ein leises Winseln aus.

Angetrieben von der ganzen verbitterten Wut der Frau, sauste die Schrotflinte herab, und das wurde ein recht beachtlicher Schlag. Ein Geräusch ertönte, so als würde man eine überreife Melone zermalmen. Die Schrotflinte hob sich erneut. Irgendwann während der nächsten Schläge zersplitterte der Schaft und brach ab. Als alles getan war, war

Hannah DeCayne schweißgebadet und keuchte, und sie hatte sich in die Unterlippe gebissen. Sie blickte hinab auf die Überreste ihres Mannes und fragte sich, was sie je in ihm gesehen hatte. Sie wischte den Lauf der Schrotflinte mit dem Saum ihres Kleides ab, ließ sie neben der zusammengesunkenen Gestalt auf den Boden fallen und humpelte dann ins Haus, um zu telefonieren.

9 Zeit, die Diebin

Der von Rost fleckige Kombi kroch durch die Straßen von Alexandria, vorbei an den dunklen, stillen Häusern, vorbei an den tränenförmigen Straßenlaternen, vorbei an Rasensprengern, die in ausgedörrten braunen Vorgärten zischelten.

Dan fuhr langsam, auf der Hut vor der Polizei. Seine Schulter wurde steif, und sein Körper fühlte sich an, als hätte man ihn einige Male in einem Betonmischer herumgeschleudert. Er bog in eine Straße, die in den gepflegten Park führte, und folgte ihr an einem Areal mit Picknicktischen und Tennisplätzen vorbei. Ein Schild zeigte den Weg zum Amphitheater jenseits des öffentlichen Parkplatzes. Dans Hoffnungen erstarben – der Parkplatz war verlassen. Vielleicht war es ihr nicht gelungen, die Polizei abzuhängen. Oder vielleicht hatte sie sich auch entschieden, gar nicht zu kommen.

Er beschloß zu warten. Er hielt den Kombi an, schaltete die Scheinwerfer aus und den Motor ab und saß im Dunkeln da, während das Lied der Zikaden von einem Kiefernwäldchen in der Nähe herübertrieb.

Es schmerzte ihn noch immer, was mit seinem Pickup geschehen war. Dieser ganze Alptraum ging auf das Konto des Pickups, und diese rothaarige Hexe hatte nur fünf Sekunden gebraucht, um ihm seine Nützlichkeit zu rauben. Verdammt, er würde den Pickup vermissen. Der richtige Wagen für einen arbeitenden Mann, erinnerte sich Dan an die Worte des Verkäufers. Kleine Raten, gute Garantie, made in America.

Dan fragte sich, wie sich wohl Blanchards Frau und seine Kinder jetzt fühlen mochten, und er löste sich von den Gedanken an seinen Pickup.

Die Zeit kroch dahin. Nach einer halben Stunde beschloß Dan, ihr noch fünfzehn Minuten zu geben. Als auch die verstrichen waren, hörte er auf, auf seine Uhr zu schauen. Sie kam nicht.

Weitere fünf Minuten. Noch mal fünf, dann würde er es akzeptieren und wegfahren.

Dan lehnte sich zurück, schloß die Augen und lauschte auf die nächtlichen Geräusche.

Es dauerte nur wenige Herzschläge, nur wenige Atemzüge, und er war wieder in dem Dorf.

Der Name des Dorfes war Cho Yat. Es lag im flachen Land, wo die Reisfelder unter der Augustsonne dampften und der Dschungel Scharfschützennester und Schlangenlöcher verbarg. Dans Zug hatte in Cho Yat haltgemacht, während Captain Aubrey und der südvietnamesische Dolmetscher sich im Schatten hinhockten, um die Dorfältesten über Vietcong-Aktivitäten im Sektor zu befragen. Diese hatten zögernd und in Rätseln geantwortet. Es war nicht ihr Krieg. Während die Schlangenbeschwörer warteten, scharten sich acht oder neun Kinder um sie, um sich die fremden Riesen näher anzuschauen. Neben Dan saß ein neuer Mann – noch grün hinter den Ohren, gerade vor ein paar Tagen dazugestoßen –, und er machte seinen Rucksack auf und gab einem kleinen Jungen einen Schokoriegel. »Hershey«, sagte der Mann. Er kam aus Boston und hatte einen Yankee-Akzent. »Kannst du das sagen? Her...shey.«

»*Hishie*«, erwiderte das Kind.

»Gut. Warum gibst du nicht was ab an deine ...« Doch der kleine Junge lief schon davon, riß das Papier herunter und stopfte sich die Schokolade in den Mund, während ihn die anderen Kinder brüllend verfolgten. Der Mann aus Boston – seine Augen kornblumenblau in einem jungen, glatten Gesicht, sein Haar so gelb wie die Sonne – hatte Dan angeschaut und mit den Schultern gezuckt. »Ich nehme an, in dieser Gegend geben sie nicht viel aufs Teilen.«

»Nee«, hatte Dan entgegnet. »Wenn ich du wäre, würde ich das Handeln dem Captain überlassen. Das mit der Schokolade wird dir in ein paar Stunden noch leid tun.«

»Ich werd's schon überleben.«

»Hm. Nun, wenn ich du wäre, würde ich tun, was man mir befiehlt, und keinen Schlag mehr. Biete dich nicht an, melde dich nicht freiwillig, und gib nie dein Essen weg.«

»Es war nur ein Schokoriegel. Was soll's?«

»Das wirst du in ein, zwei Minuten herausfinden.«

In der Tat dauerte es weniger als eine Minute, bevor der grüne Junge aus Boston von schreienden Kindern mit ausgestreckten Händen umlagert war. Einige der anderen Dorfbewohner kamen herbei, um zu sehen, was sie vielleicht aus den prall gefüllten Rucksäcken der fremden Riesen abstauben konnten. Der Lärm störte Captain Aubreys Befragung der Dorfältesten, und er stürmte zu dem Mann aus Boston herüber wie eine Monsunwolke. Es wurde dem Soldaten erklärt, daß er kein Essen oder irgendein anderes Stück seines Besitzes weggeben durfte, daß die Dorfältesten keine Geschenke wollten, weil die Vietcong dafür bekannt waren, die Leute abzuschlachten, wenn sie Dosennahrung, Spiegel oder andere nichtige Tauschobjekte fanden. Während dieser ganzen Rede war Captain Aubreys Gesicht nur fünf Zentimeter von dem des Mannes aus Boston entfernt gewesen, und als der Captain schließlich fertig war, war dessen

Gesicht unter dem frischen Sonnenbrand kreidebleich geworden.

»Es war nur eine Süßigkeit«, hatte der junge Mann gesagt, als sich Captain Aubrey wieder seinen Aufgaben zugewandt hatte und die Kinder verscheucht worden waren. »Das ist doch keine große Sache.«

Dan hatte auf das schweißnasse Hemd des Mannes aus Boston geschaut und seinen Namen gesehen, der in schwarzen Buchstaben über der Tasche aufgedruckt war: *Farrow.*

»Hier draußen ist alles eine große Sache«, hatte Dan ihm erklärt. »Fall nicht auf, tu, was man von dir verlangt, und geh nicht nach Süden ab, dann überlebst du vielleicht ein oder zwei Wochen.«

Der Zug hatte Cho Yat verlassen und war über die flachen, schimmernden Reisfelder auf die dunkle Mauer des Dschungels zumarschiert, die jenseits der Felder aufragte. Ihre Patrouille hatte vier Stunden gedauert, und sie hatten nicht einmal den Abdruck einer Goodyear-besohlten Sandale entdeckt.

Auf dem Rückweg aus dem Dschungel meldete der Spähtrupp Captain Aubrey über Funk, daß irgendwas in Cho Yat brannte.

Als Dan mit den anderen aus dem Dschungel kam, hatte er dunkle Rauchfahnen in den häßlichen gelben Himmel aufsteigen sehen. Ein scharfer, heißer Wind war über ihn hinweggeweht, und darin hatte er einen widerlich süßen Gestank wie von gegrilltem Schwein gerochen.

Er hatte gewußt, was das für ein Gestank war. Er hatte ihn schon früher gerochen, nachdem ein Flammenwerfer seine Arbeit an einem Schlangenloch getan hatte. Captain Aubrey hatte ihnen befohlen, zu dem Dorf zu stürmen, und Dan hatte dem Befehl gehorcht, denn er war immer ein guter Soldat gewesen, während der Gestank von verbrennendem

Fleisch in der beißenden Luft um ihn herumwirbelte und seine Stiefel im Schlamm der Reisfelder versanken.
Seine Augen öffneten sich in der Dunkelheit.
Er blickte in den Rückspiegel.
Scheinwerfer näherten sich über den Parkweg.
Er hörte auf zu atmen. Wenn es ein Streifenwagen war ...
Seine Finger wanderten zum Zündschlüssel. Die Scheinwerfer kamen näher. Dan beobachtete sie, während Schweiß über sein Gesicht lief. Dann hielt der Wagen knapp zehn Meter entfernt an, und die Scheinwerfer gingen aus.
Dans Atmung setzte wieder ein, wenn auch keuchend. Es war ein dunkelfarbiger Toyota, kein Streifenwagen. Dan schaute noch einige Augenblicke in den Rückspiegel, doch er sah keine anderen Lichter. Er saß da und wartete, und das gleiche tat der Fahrer des Toyotas. Nun, Dan würde den ersten Schritt wagen müssen. Er stieg aus und stellte sich neben den Kombi. Die Fahrertür des Toyotas öffnete sich, und heraus kam eine Frau. Die Innenbeleuchtung erlaubte Dan einen kurzen Blick auf den jungen Mann, der auf dem Beifahrersitz saß.
»Dan?« Wäre der Klang ihrer Stimme Glas gewesen, hätte sie ihm die Kehle durchgeschnitten.
»Ja, ich bin's«, erwiderte er. Seine Handflächen waren naß. All seine Nerven schienen sich in seiner Magengrube zusammengezogen zu haben.
Sie kam zu ihm herüber und blieb unvermittelt stehen, als sie sein Gesicht ein wenig besser sehen konnte. »Du hast dich verändert«, sagte sie.
»Hab etwas Gewicht verloren, vermute ich.«
Susan war nie vor einer Herausforderung zurückgeschreckt. Sie kam weiter auf ihn zu, auf den Mann, der mitternächtliche Wutausbrüche und Wahnanfälle gehabt hatte, der ihren Sohn in seinem Bett angegriffen hatte, der etwas von der

Hölle jenes Krieges mit sich zurückgebracht hatte, als der letzte Hubschrauber Saigon verließ. Als sie auf Armeslänge entfernt war, blieb Susan erneut stehen.
»Du siehst gut aus«, sagte er, und es war die Wahrheit. Susan war eher dünn gewesen, als sie geschieden wurden, doch nun schaute sie fit und gesund aus. Er vermutete, daß ihre Nerven um einiges stärker geworden waren, seit er nicht mehr da war. Sie hatte ihr dunkelbraunes Haar knapp auf Schulterlänge geschnitten, und Dan konnte erkennen, daß es von vielen grauen Strähnen durchzogen war. Ihr Gesicht war straff und attraktiver, als er es in Erinnerung hatte. Auch selbstsicherer. Es lag etwas Schmerz in ihren graugrünen Augen. Sie trug Jeans und eine kurzärmlige blaßblaue Bluse. Susan war noch immer Susan – ein Minimum an Make-up, kein auffälliger Schmuck, nichts, das sie als etwas anderes ausgewiesen hätte als eine Frau, die keine Falschheit und keinen Schnickschnack duldete. »Es scheint dir gutzugehen«, sagte er.
»Das tut es. Uns beiden geht es gut.« Dan schaute nervös zum Parkweg. »Ich habe keine Polizei mitgebracht«, erklärte Susan.
»Ich glaube dir.«
»Ich habe ihnen gesagt, daß du angerufen hast und daß ich nun Angst habe, im Haus zu bleiben. Ich hätte nicht so lange gebraucht, aber einer ihrer Männer ist mir zum Holiday Inn gefolgt. Er hat gut eine Stunde auf dem Parkplatz gestanden. Dann ist er ganz plötzlich davongebraust, und ich dachte schon, sie hätten dich erwischt.«
Dan vermutete, daß der Mann einen Funkspruch erhalten hatte. Mittlerweile mußte die Polizei hektisch auf dem Gelände des Hideaway Motor Courts umherschwärmen.
»Ich dachte, du würdest einen Pickup fahren«, sagte Susan.

»Ich bin in einem Motel außerhalb der Stadt abgestiegen, und das Pärchen, dem der Laden gehört, hat herausgefunden, wer ich bin. Sie haben versucht, die Belohnung zu bekommen, indem sie mich mit einer Schrotflinte abknallen. Die Frau hat dabei aus Versehen ihren Mann niedergeschossen und dann einen der Reifen des Pickups durchlöchert. Ich konnte nur hierherkommen, indem ich mir ihren Wagen nahm.«

»Dan ….« Susans Stimme brach. »Dan, was willst du jetzt tun?«

»Ich weiß es nicht. Aufpassen, daß ich nicht geschnappt werde. Vielleicht irgendeinen Ort finden, wo ich mich 'ne Weile ausruhen und etwas nachdenken kann.« Er schenkte ihr ein grimmiges Lächeln. »Dies ist nicht einer meiner besten Tage gewesen.«

»Warum hast du mir nicht gesagt, daß du Geld brauchst? Warum hast du mir nicht gesagt, daß du krank bist? Ich hätte dir doch geholfen!«

»Wir sind nicht mehr Mann und Frau. Es ist nicht dein Problem.«

»Oh, das ist ja toll!« Zorn blitzte in ihren Augen auf. »Es ist nicht mein Problem, also läßt du dich in die Enge treiben und bringst jemanden um! Du hast dir nie von jemandem helfen lassen. Ich hätte dir einen Kredit geben können, wenn du mich darum gebeten hättest. Hast du auch nur einen Moment daran gedacht?«

»Ich habe daran gedacht«, gestand er. »Allerdings nicht sehr lange.«

»Dickköpfig und stur! Und wohin hat es dich gebracht?«

»Susan?« sagte er leise. »Findest du nicht, daß es etwas zu spät für uns ist, darüber zu streiten?«

»Der sturste Mann auf der ganzen Welt!« fuhr Susan fort, doch ihre Wut verrauchte langsam. Sie legte eine Hand an ihre Stirn. »O Himmel! O mein Gott! Ich … ich kann nicht glauben, daß das alles wirklich passiert.«

»Du solltest es einmal von meiner Warte aus sehen.«

»Die Leukämie. Wann hast du es herausgefunden?«

»Im Januar. Ich denke, es muß von dem Agent Orange kommen. Ich wußte, daß es sich früher oder später in mir zeigen würde.« Er wollte ihr auch von dem Tumor in seinem Gehirn erzählen – auch der rührte seinem Gefühl nach von der Chemikalie her –, doch dann ließ er es bleiben. »Im Veteranenhospital haben sie einige Tests mit mir gemacht. Die Ärzte wollten, daß ich dort bleibe, aber ich werde nicht im Bett liegen und auf den Tod warten. Wenigstens konnte ich noch arbeiten. Wenn ich einen Job hatte, meine ich.«

»Es tut mir leid«, sagte sie. »Ich schwöre bei Gott, daß es mir leid tut.«

»Nun, das ist das Blatt, das mir gegeben wurde. Was in der Bank geschehen ist, war meine eigene verdammte Schuld. Ich bin nach Süden abgegangen, Susan, wie wir es in 'Nam immer genannt haben. Ich habe Mist gebaut, der Augenblick ist vorbei, und es gibt kein Zurück mehr. Er runzelte die Stirn und starrte auf das Pflaster zwischen ihnen. »Ich will nicht den Rest der Zeit, die mir noch bleibt, im Gefängnis verbringen. Oder schlimmer noch, in einem Gefängniskrankenhaus. Also weiß ich nicht, wohin ich gehe, aber ich kann nicht zurück.« Er blickte ihr wieder in die Augen. »Hast du Chad meine Seite der Geschichte erzählt?«

Sie nickte.

»Du bist ein großes Risiko eingegangen, hierherzukommen, um mich zu treffen. Ich weiß, es ist nicht leicht für dich, so wie ich früher war und das alles. Aber ich konnte nicht einfach nur ein paar Worte über das Telefon zu ihm sagen und es dabei belassen. Daß er mich sehen darf, ist das Schönste, was du je für mich getan hast.«

»Er ist auch dein Sohn«, entgegnete sie. »Du hast das Recht.«

»Macht es dir etwas aus, wenn ich mich ein paar Minuten zu ihm in den Wagen setze? Nur wir beide?«

Sie deutete auf den Toyota. Dan ging mit pochendem Herzen an ihr vorbei. Er öffnete die Wagentür und schaute hinein zu dem Jungen.

Hallo, Chad, wollte er sagen, doch er konnte nicht sprechen. Mit siebzehn Jahren war Chad kaum noch ein Junge. Er war stämmig und breitschultrig, wie Dan selbst es einmal gewesen war. Er hatte sich so verändert im Vergleich zu dem letzten Foto, welches Dan von ihm hatte – dem Foto, das er im Hideaway Motel zurückgelassen hatte –, daß sein Anblick Dan wie ein Schlag vor die Brust traf. Chads Gesicht hatte jeglichen Babyspeck verloren und die Kanten und klaren Flächen der Männlichkeit angenommen. Sein blondes Haar war kurz geschnitten, und die Sonne hatte seine Haut gebräunt. Der Geruch von Aqua-Velva stieg Dan in die Nase. Chad mußte sich rasiert haben, bevor sie das Motel verlassen hatten. Er trug Khakihosen und ein blau-rotes Batik-T-Shirt, unter dessen Ärmeln sich seine Muskeln abzeichneten. Dan vermutete, daß er im Freien arbeitete, vielleicht auf dem Bau oder als Gärtner. Er sah gut aus, und Dan wurde bewußt, daß dies viel schwerer werden würde, als er geglaubt hatte.

»Erkennst du mich?« fragte er.

»Irgendwie ...« erwiderte Chad. Er hielt inne und überlegte. »Irgendwie nicht.«

Dan setzte sich neben ihn, doch er ließ die Tür offen, damit die Innenbeleuchtung angeschaltet blieb. »Es ist lange her.«

»Ja, Sir«, sagte Chad.

»Arbeitest du diesen Sommer?«

»Ja, Sir. Ich helfe Mr. McCullough.«

»Was für eine Arbeit ist das?«

»Er hat ein Gartenbaugeschäft. Baut auch Swimmingpools.«
»Das ist gut. Hilfst du deiner Mom im Haus?«
»Ja, Sir. Ich mähe den Rasen.«
Dan nickte. Chad sprach ein wenig zögernd, und es lag etwas Stumpfes in seinem Blick. Ansonsten gab es kein äußerliches Anzeichen für Chads geistige Behinderung. Ihr Sohn war mit einer »Lernbehinderung« geboren worden, wie der Schulberater es nannte, was bedeutete, daß seine Denkprozesse immer mühselig sein und ihn Aufgaben mit komplizierten Einzelheiten überfordern würden. Diese Tatsache des Lebens hatte Dans Zorn in jenen schlimmen Jahren weiteren Brennstoff geliefert, hatte ihn Gott verfluchen und Susan schlagen lassen. Nun, ruhiger geworden durch die Zeit, dachte er, daß das Agent Orange auch für Chads Leiden verantwortlich sein könnte. Das Gift, das in Dans Körper gesickert war, mochte jahrelang in seinem Sperma gehaust haben, wie ein Tier in einem Keller, um dann von Dan durch Susan an ihren Sohn weitergegeben zu werden. Nichts von dem, was er vermutete, konnte vor Gericht bewiesen werden, doch Dan glaubte daran mit derselben Unerschütterlichkeit, mit der er sich an das ölige Gefühl des dreckigen silbernen Regens auf seiner Haut erinnerte. Chad dabei zu beobachten, wie er seine Gedanken ordnete, war so, als würde man jemandem zuschauen, der sich mit einem verrosteten Schloß abmühte. Meistens fielen die Puzzelsteine an ihren Platz, doch Dan hatte noch klar vor Augen, wie sich das Gesicht des Jungen in eine gequälte Maske der Frustration verwandelte, wenn sie es nicht taten.
»Du bist wirklich erwachsen geworden«, sagte Dan. »Ich schwöre, die Zeit ist eine Diebin.«
»Sir?« Chad runzelte die Stirn. Der Sinn dieser abstrakten Bemerkung entging ihm.
Dan rieb sich die blau angelaufenen Knöchel seiner rechten

Hand. Der Moment war gekommen. »Deine Mutter hat dir erzählt, was ich getan habe, oder?«
»Ja, Sir. Sie hat gesagt, die Polizei ist hinter dir her. Deshalb sind sie zu unserem Haus gekommen.«
»Genau. Du wirst wahrscheinlich noch viele schlimme Dinge über mich hören. Du wirst Leute sagen hören, daß ich verrückt bin, daß ich mit einer Waffe in die Bank gegangen bin, um jemanden umzubringen.« Dan sprach sehr langsam und deutlich und hielt Blickkontakt mit seinem Sohn. »Aber ich wollte dir von Angesicht zu Angesicht sagen, daß das alles nicht wahr ist. Ich habe geschossen und einen Mann getötet, aber es war ein Unfall. Es ist alles so schnell passiert, es war wie ein böser Traum. Das ist keine Entschuldigung für das, was ich getan habe. Für so etwas gibt es keine Entschuldigung.« Er hielt inne, denn er wußte nicht, was er sonst noch sagen sollte. »Ich wollte nur, daß du es von mir selbst hörst«, fügte er hinzu.
Chad wandte den Blick von ihm ab und rang seine Hände. »Hat ... dieser Mann, den du getötet hast ... hat er dir was Böses angetan?«
»Ich wünschte, ich könnte sagen, daß er das getan hätte, aber er hat nur seine Arbeit gemacht.«
»Wirst du dich stellen?«
»Nein.«
Chads Blick kehrte zu Dan zurück. Seine Augen schienen konzentrierter und durchdringender. »Mom meint, du kannst nicht fliehen. Sie glaubt, sie werden dich früher oder später finden.«
»Nun«, erwiderte Dan, »ich werde mein Bestes tun, daß es später passiert.«
Sie saßen einen Moment lang schweigend da, wobei keiner den anderen anschaute. Dan mußte das nächste sagen. Er konnte sich nicht daran erinnern, daß sein Vater – der hehre

Major – es je zu ihm gesagt hätte, was es zweimal so schwer und zweimal so wichtig machte, es auszusprechen. »Ich war kein sonderlich guter Vater«, begann er. »Ich hatte einige Dinge in mir, die mich nicht losließen. Sie haben mich blind gemacht und verängstigt. Ich war auch nicht stark genug, mir Hilfe zu holen. Als deine Mutter mir erklärte, daß sie die Scheidung wolle, war es das Beste, was sie für uns alle tun konnte.« Plötzlich brannten Tränen in seinen Augen, und er hatte das Gefühl, ein Ziegelstein hätte sich in seiner Kehle verkeilt. »Aber es gibt keinen Tag, an dem ich nicht an dich denke und mich frage, wie es dir wohl geht. Ja, ich hätte anrufen oder dir einen Brief schreiben sollen, aber ... ich vermute, ich wußte nicht, was ich sagen sollte. Jetzt weiß ich es.« Er räusperte sich mühevoll. »Ich möchte nur, daß du weißt, daß ich dich sehr, sehr liebe, und ich hoffe, daß du nicht schlecht von mir denkst.«

Chad erwiderte nichts. Dan hatte alles gesagt, was es zu sagen gab. Es war Zeit zu gehen. »Wirst du gut auf deine Mom aufpassen?«

»Ja, Sir.« Chads Stimme klang rauh.

»In Ordnung.« Dan legte die Hand auf die Schulter seines Sohns, und es kam ihm in den Sinn, daß er das nie wieder tun würde. »Halt die Ohren steif, verstanden?«

»Ich habe ein Bild«, sagte Chad.

»Ein Bild? Wovon?«

»Von dir.« Chad griff in seine hintere Hosentasche, holte seine Brieftasche heraus und entnahm ihr eine zerknickte Fotografie. »Siehst du?«

Chad reichte ihm das Bild. Das Foto, das, wie er sich erinnerte, in einem Sears-Studio aufgenommen worden war, zeigte die drei Lamberts im Jahre 1978. Dan – stämmig und bartlos, sein Gesicht sonnenverbrannt von einem Schreinerauftrag an der freien Luft, doch seine Augen tiefliegend und gepeinigt – und Susan saßen vor dem Papierhintergrund von sommerlichen Bergen, und zwischen ihnen lächelte der vierjährige Chad. Chads Arme waren um ihre Schultern geklammert. Susan, die zerbrechlich und müde wirkte, trug ein tapferes Lächeln zur Schau. Während er so das Foto betrachtete, erkannte Dan, daß es das Abbild eines Mannes war, der noch nicht gelernt hatte, daß die Vergangenheit ein unnachgiebigerer Feind war als irgendein Vietcong in einem Schlangenloch. Er hatte seinen Alpträumen Macht über sich gegeben, hatte sich geweigert, Hilfe zu suchen, weil ein Mann – ein guter Soldat – niemals Schwäche eingestand. Und am Ende hatte ihm dieser Krieg, den er überlebt hatte, alles genommen, was ihm lieb und teuer war.

Es ist das Bild eines Mannes, der schon vor langer, langer Zeit nach Süden abgegangen ist, dachte Dan.

»Hast du ein Bild von mir?« fragte Chad. Dan schüttelte den Kopf, und Chad nahm ein gefaltetes Stück Papier aus seiner Brieftasche. »Du kannst das hier haben, wenn du möchtest.«

Dan entfaltete das Blatt Papier. Es war ein Bild von Chad in einer Footballuniform, mit der Nummer neunundfünfzig auf seiner Brust. Die Kamera hatte ihn in einem posenhaft gestellten Sprung eingefangen, die Zähne zusammengebissen und die Arme nach einem außerhalb des Bildrandes befindlichen Gegner ausgestreckt.

»Ich habe es aus dem letzten Jahrbuch herausgeschnitten«, erklärte Chad. »Das war der Tag, als sie Fotos von der ganzen Mannschaft gemacht haben. Coach Pierce hat gesagt, wir sollen böse aussehen, und das habe ich getan.«

»Das hast du sehr gut gemacht. Ich würde nicht gegen dich antreten wollen.« Er lächelte seinen Sohn an. »Ich würde das gern behalten. Vielen Dank.« Er faltete das Bild wieder zusammen und steckte es in seine eigene Tasche, dann gab er Chad das Sears-Studio-Foto zurück. Und nun war die Zeit gekommen zu gehen, so sehr er sich auch wünschte, daß es nicht so wäre.

Chad wußte es ebenfalls. »Kommst du irgendwann wieder?« fragte er.

»Nein«, sagte Dan. Ihm war nicht ganz klar, wie er das hier beenden sollte. Ungelenk bot er Chad seine Hand an. »Bis dann.«

Chad lehnte sich gegen ihn und legte seinen Arm um die Schulter seines Vaters.

Dan ging das Herz über. Er umarmte seinen Sohn, und er wünschte sich das Unmögliche – daß sich die Zeit zurückdrehen ließe. Er wünschte sich, daß der dreckige silberne Regen nie auf ihn herabgekommen wäre. Er wünschte sich, Chad wäre nie verseucht worden, daß sich die Sache mit Susan irgendwie hätte bereinigen lassen und daß er stark genug gewesen wäre, Hilfe für seine Alpträume und Erinnerungen zu suchen. Er vermutete, daß er sich ein Wunder wünschte.

Ganz dicht an seinem Ohr sagte Chad: »Bis dann, Dad.«

Dan ließ seinen Sohn los und stieg aus dem Wagen aus. Seine Augen waren feucht. Er wischte mit dem Unterarm darüber, während er zum Kombi zurückging, wo Susan auf ihn wartete. Er hatte sie beinahe erreicht, als er einen Hund bellen hörte.

Dan erstarrte. Das Geräusch war durch den Park getrieben, so daß die Richtung seines Ursprungs nur schwer festzustellen war. Es war jedoch nah genug, daß sich Dans Nerven bis zum Zerreißen spannten. Woher war das Geräusch gekommen? Ging jemand so spät noch mit seinem Hund in den Park? Wo immer das Geräusch hergekommen war, der Hund hatte mit dem Bellen aufgehört. Dan schaute sich um, doch er sah nichts weiter als die dunklen Umrisse der Kiefern, die in kleinen Gruppen den Parkplatz säumten.

»Bist du in Ordnung?« Susan sah aus, als wäre sie in den letzten Minuten um fünf Jahre gealtert.

»Ja.« Eine Träne war über seine Wange in seinen Bart gelaufen. »Danke, daß du ihn hergebracht hast.«

»Hattest du gedacht, ich würde es nicht tun?«

»Ich wußte es nicht. Du bist ein Risiko eingegangen, soviel ist sicher.«

»Chad mußte dich ebenso dringend sehen, wie du ihn sehen mußtest.« Susan griff in die Tasche ihrer Jeans. »Ich möchte, daß du das hier nimmst.« Ihre Hand tauchte mit einigen grünen Scheinen wieder auf. »Ich habe die Spardose geplündert, bevor wir das Haus verließen.«

»Steck's wieder weg«, sagte Dan. »Ich brauche keine Almosen.«

»Es ist jetzt nicht die Zeit dafür, stolz oder dumm zu sein.« Sie packte seine Hand und klatschte die Geldscheine hinein. »Ich weiß nicht, wieviel Geld du bei dir hast, aber du kannst sechzig zusätzliche Dollar brauchen.«

Er wollte protestieren, doch dann überlegte er es sich. Sechzig zusätzliche Dollar waren auf ihre eigene Weise ein kleines Wunder. »Ich betrachte es als Darlehen.«

»Betrachte es als was immer du willst. Wohin fährst du von hier aus?«

»Ich weiß es noch nicht. Vielleicht entschließe ich mich für New Orleans und heuere auf einem Frachter an. Ich kann immer noch ehrliche Arbeit leisten.«

Susans Gesicht hatte jetzt jenen ernsten Ausdruck, der, wie Dan sich erinnerte, bedeutete, daß sie etwas Wichtiges zu sagen hatte und allen Mut dafür zusammennahm. »Hör zu«, begann sie schließlich, »du hast erwähnt, daß du vielleicht einen Platz zum Ausruhen suchen würdest. Ich kenne da seit einem Jahr einen Mann. Er arbeitet für eine Ölgesellschaft, und wir haben darüber gesprochen ... vielleicht etwas Ernsthafteres daraus zu machen.«

»Du meinst, ernsthaft heiraten?« Er runzelte die Stirn, nicht ganz sicher, was er zu diesem Blitzschlag aus heiterem Himmel sagen sollte. »Nun, du hast dir einen schönen Zeitpunkt ausgesucht, mir das zu erzählen.«

»Hör mir einfach nur zu. Er hat eine Hütte in einem Anglercamp unten in den Bayous südlich von Houma. Das Camp nennt sich Vermilion. Gary ist in Houston, und er wird vor nächster Woche nicht zurückkommen.«

Es dauerte einige Augenblicke, bis Dan verstand, was Susan zu sagen versuchte. Bevor er etwas entgegnen konnte, fuhr Susan fort. »Gary hat Chad und mich ein paarmal fürs Wochenende dorthin mitgenommen. Er überprüft die Bohrinseln, und wir angeln ein bißchen. Es gibt keine Alarmanlage, und es ist nichts da, was das Stehlen lohnen würde. Der nächste Nachbar lebt eine Meile oder so entfernt.«

»Du hast schon genug getan, daß du Chad hergebracht hast«, erklärte Dan. »Du mußt nicht ...«

»Ich *will* aber«, unterbrach sie ihn. »Die Hütte steht zwei oder drei Meilen hinter der Brücke, eine Auffahrt auf der linken Seite. Sie befindet sich an der Straße, die schnurgerade aus Vermilion hinausführt. Grau gestrichen, mit einer von einem Fliegengitter geschützten Veranda. Dürfte nicht schwer sein, das Fliegengitter zu öffnen und eine Scheibe einzuschlagen.«

»Was würde Gary dazu sagen?«

»Ich werde ihm alles erklären. Da ist was zum Essen in der Speisekammer, also würdest du nicht zum Einkaufen gehen müssen.«

Dan umfaßte den Griff der Autotür, doch er war noch nicht bereit zu gehen. Dort draußen würde die Polizei sein und ihn in der Nacht jagen, und er würde sehr, sehr vorsichtig sein müssen. »Ich könnte ein, zwei Tage Ruhe gebrauchen, um zu überlegen, wie es weitergehen soll.« Er zögerte. »Ist dieser Mann … Gary … ist er gut zu dir?«

»Das ist er. Und er und Chad kommen auch bestens miteinander aus.«

Es würde einige Zeit dauern, bis er diese Neuigkeit verdaut hatte. »Chad braucht einen Vater«, sagte er dennoch, trotz des Schmerzes, den es ihm bereitete. »Jemand, der mit ihm angeln geht. All diese Sachen.«

»Es tut mir leid. Ich wünschte, ich könnte dir noch mehr helfen.«

»Du hast genug getan. Mehr als genug.« Er steckte das Geld in seine Tasche. »Das hier ist mein Problem, und ich werde es regeln.«

»Stur wie ein Maulesel.« Ihre Stimme war sanfter geworden. »Nun, ich nehme an, jetzt heißt es …«

Eine Taschenlampe leuchtete auf.

Ihr gleißender Lichtstrahl traf Dans Augen und blendete ihn.

»Keine Bewegung, Lambert!« befahl eine Männerstimme.

10 Schußlinie

Der Schock lähmte Dan. Susan sog erschrocken die Luft ein und wirbelte herum, um sich dem Eindringling zu stellen.

»Ganz ruhig«, warnte der Mann hinter der Taschenlampe. Er hatte einen flüsternden, vornehmen Südstaatenakzent. »Tun Sie nichts Unüberlegtes, Lambert. Ich bin bewaffnet.«

Er stand knapp sieben Meter entfernt. Dan erwartete, von einem zweiten Lichtstrahl getroffen zu werden, und dann würde der Polizist sich auf ihn stürzen, ihn gegen den Wagen werfen und durchsuchen. Dan hob seine Hände, um seine Augen vor dem stechenden weißen Lichtstrahl zu schützen. »Ich trage keine Waffe.«

»Das ist gut.« Das war eine Erleichterung für Flint Murtaugh, der vom Rand des Parkplatzes herangeschlichen war, indem er den Wagen der Frau zwischen sich und dem Flüchtigen gehalten hatte. Er hatte einige Minuten dort in der Dunkelheit gestanden und ihre Unterhaltung belauscht. In seiner linken Hand hielt er die Taschenlampe, in seiner rechten eine 45er Automatik, die direkt neben Lambert zielte. »Heben Sie die Hände über den Kopf, und verschränken Sie die Finger.«

Es ist vorbei, dachte Dan. Er konnte vielleicht weglaufen, aber er würde nicht sehr weit kommen. Doch wo war der andere Polizist? Da war doch sicher nicht nur dieser eine. Er gehorchte dem Befehl.

Susan blinzelte in das Licht. Sie hatte mit dem Polizisten gesprochen, der die Leitung über die Überwachung ihres Hauses hatte, und auch mit dem, der ihr zum Holiday Inn gefolgt war; die Stimme dieses Mannes hatte sie noch nie zuvor gehört. »Tun Sie ihm nichts«, sagte sie. »Es war Notwehr, er ist kein kaltblütiger Mörder.«

Flint ignorierte sie. »Lambert, kommen Sie zu mir herüber. Ganz langsam.«

Dan rührte sich nicht. Irgend etwas stimmte nicht; er konnte es an der Stille fühlen. Wo war die Rückendeckung des Polizisten? Wo waren die Streifenwagen, die blinkenden Blaulichter und die knisternden Funkgeräte? Die hätten sich mittlerweile um ihn versammeln müssen.

»Kommen Sie, Bewegung«, sagte Flint. »Lady, gehen Sie aus dem Weg.«

Lady, dachte Susan. Die anderen Polizisten hatten sie Mrs. Lambert genannt. »Wer sind Sie?«

»Flint Murtaugh. Erfreut, Sie kennenzulernen. Lambert, kommen Sie jetzt.«

»Warte, Dan.« Susan trat vor ihn, damit Dan nicht länger von dem gleißenden Lichtstrahl getroffen wurde. »Zeigen Sie mir Ihre Marke.«

Flint biß die Zähne zusammen. Sein Geduldsfaden war schon von der grauenhaften Fahrt mit Pelvis Eisley und Mama zum Zerreißen gespannt. Er war nicht in der Stimmung für Komplikationen. Flint hatte sich nie für all die Namen der Rollen interessiert, die Elvis Presley in seinen erbärmlichen Filmen gespielt hatte, ebensowenig wie für ihre Handlungen oder welche Lieder er in ihnen gesungen hatte. Zu versuchen, Eisley davon abzuhalten, unablässig über Presley zu plappern, war so fruchtlos wie zu versuchen, diesen verdammten Köter davon abzuhalten, seine Flöhe zu zerknacken. Flint war müde und sein Kammgarnanzug schweißnaß, Clint war gereizt von der Hitze und zuckte ständig, und eine kalte Dusche sowie ein Glas Zitronensaft waren längst überfällig.

»Ich würde gern Ihre Marke sehen«, wiederholte Susan. Das Zögern des Mannes bestärkte ihre Zweifel nur noch mehr. *Flint Murtaugh* hatte er gesagt. Warum hatte er nicht *Officer Murtaugh* gesagt?

»Hören Sie, ich habe keine lange Beziehung mit Ihnen beiden im Auge, also lassen wir das Gerede.« Flint war einen Schritt zur Seite getreten, so daß das Licht wieder Dans Gesicht traf. Susan bewegte sich, um ihren Exmann abermals abzuschirmen. »Lady, ich habe Ihnen gesagt, Sie sollen aus dem Weg gehen.«

»Haben Sie nun eine Marke oder nicht?«

Flint verlor langsam die Geduld. Er wollte, daß Lambert zu ihm kam, weil er nicht an der Frau vorbeigehen mochte. Wenn sie nach der Taschenlampe oder seiner Waffe griff, konnte die Sache unschön werden. Er wünschte, er hätte die andere Seite genommen und sich von hinten an Lambert herangeschlichen, so daß die Frau nicht zwischen ihnen gestanden hätte. Es war Eisleys Schuld, entschied er, weil der seine Konzentration gestört hatte. Flint hatte eine kleine Spraydose mit Mace in der Innentasche seines Jacketts, und er vermutete, daß er sie wohl herausholen und benutzen mußte. »Lady«, erwiderte er, »dieser Mann da ist für mich fünfzehntausend Dollar wert. Ich bin von Shreveport hierhergekommen, um ihn zu finden, und ich hatte eine schwere Nacht. Sie sollten sich besser aus der ganzen Sache raushalten.«

»Er ist kein Polizist«, sagte Dan zu Susan. »Er ist ein Kopfgeldjäger. Arbeiten Sie für die Bank?«

»Unabhängiger Auftrag. Und jetzt behalten Sie Ihre Finger verschränkt und machen keine weiteren Schwierigkeiten.«

»Darf ich Sie fragen, wie Sie mich gefunden haben?«
»Dafür ist nachher auf der Fahrt noch Zeit genug. Kommen Sie jetzt ganz langsam und ruhig.« Um ehrlich zu sein, war es ein reiner Glückstreffer gewesen. Flint war die Jackson Avenue entlanggefahren und hatte die Überwachungsteams der Polizei bemerkt, eines an jedem Ende des Blocks. Er hatte zwei Straßen weiter geparkt, sich neben die Hecke in irgend jemandes Garten gehockt und gewartet, um zu sehen, wie sich die Sache entwickelte. Dann war die Frau aus ihrer Garage gefahren, gefolgt von einem weiteren Polizisten in einem zivilen Streifenwagen, und Flint hatte beschlossen, sich in einiger Entfernung an sie dran zu hängen. Am Holiday Inn wollte er gerade aufstecken, als ihr Wachhund davonbrauste. Der offenbar einen Funkspruch erhalten hatte. Kurz darauf war die Frau wieder herausgekommen, und Flint hatte seine Chance gewittert.
»Tu es nicht«, sagte Susan, bevor Dan sich bewegen konnte. »Wenn er nicht für den Staat von Louisiana arbeitet, dann hat er kein Recht, dich festzunehmen.«
»Ich habe eine *Waffe*!« Flint war kurz davor, Feuer zu speien. »Haben Sie mich verstanden?«
»Ich weiß, daß eine Waffe keine Polizeimarke ist. Sie werden keinen unbewaffneten Mann erschießen.«
»Mom?« rief Chad vom Wagen aus. »Brauchst du Hilfe?«
»Nein! Bleib, wo du bist!« Susan wandte ihre Aufmerksamkeit wieder dem Kopfgeldjäger zu. Sie machte zwei Schritte in seine Richtung.
»Susan!« sagte Dan. »Du solltest besser ...«
»*Sei still.* Laß dir von jemandem helfen, Herrgott noch mal.« Sie machte einen weiteren Schritt auf Flint zu. »Sie sind ein Geier, stimmt's? Sie stürzen sich auf jedes Fleisch, das sich Ihnen bietet.«
»Lady, ich werde gleich meine guten Manieren vergessen.«

»Sind Sie bereit, auch eine Frau zu erschießen? Sie und Dan könnten sich dann eine Zelle teilen.« Sie machte zwei weitere Schritte nach vorn, und Flint wich einen Schritt zurück. »Er bringt dich nirgendwohin. Steig in deinen Wagen, und verschwinde.«

»*Nein*! Nein, verdammt noch mal!« brüllte Flint. »Lambert, rühren Sie sich nicht von der Stelle! Ich werde Sie nicht töten, aber ich garantiere Ihnen, daß ich Ihnen weh tun werde!«

»Das ist nur leeres Gerede, Dan.« Susan hatte entschieden, was getan werden mußte, und sie brachte sich in die nötige Position, es zu tun. Sie machte noch einen Schritt auf den Kopfgeldjäger zu. »Na los, steig in dein Auto, und fahr weg.«

Flint brüllte: »Wagen Sie das ja nicht!« Es war an der Zeit, Lambert dingfest zu machen. Flint steckte wütend die Automatik in seinen Hosenbund und zog die kleine rote Dose mit Mace aus seinem Jackett. Er schnippte den Deckel mit seinem Daumen ab und legte seinen Zeigefinger auf die Düse. Der konzentrierte Sprühstrahl hatte eine Reichweite von etwa drei Metern, und Flint erkannte, daß er die Frau aus dem Weg bringen mußte, um freies Schußfeld auf Lambert zu haben. Er war so wütend, daß er ihr beinahe eine Ladung in die Augen gesprüht hätte, doch er hatte noch nie eine Frau mit der chemischen Keule bearbeitet, und er würde auch jetzt nicht damit anfangen. Er ging auf die Frau zu und war überrascht, als sie ihren Platz behauptete. »Zur Hölle damit!« knurrte er und stieß ihr einen Ellbogen in die Schulter, um sie aus der Schußlinie zu schubsen.

Doch plötzlich bewegte sie sich.

Sie bewegte sich sehr, sehr schnell.

Sie packte sein rechtes Handgelenk mit ihrer sehnigen Hand, rammte ihn mit ihrer eigenen Schulter und wirbelte herum, wobei sie ihren Ellbogen von unten in Flints Kinn krachen ließ und sein Gehirn erschütterte. Seine schwarzen Schuhe verließen das Pflaster. Sein fest gepacktes Handgelenk verdrehte sich, und Schmerz schoß seinen Arm hinauf. Irgendwo mitten in der Luft verlor er sowohl seine Taschenlampe als auch das Mace. Als er über die Hüfte der Frau segelte, brannte ein Wort in Flints Bewußtsein: *Idiot.* Dann kam der Boden schnell und hart auf ihn zu, und er knallte mit solcher Wucht auf den Rücken, daß die Luft aus seiner Lunge gedrückt wurde und Sterne und Kometen in seinem Schädel Purzelbäume schlugen. Susan trat ein paar Schritte von dem auf der Erde liegenden Mann zurück und hob die Taschenlampe auf. »Klasse, Mom!« rief Chad, der sich aus dem Fenster des Toyotas gebeugt hatte.

»Verdammt!« war das einzige, was Dan herausbrachte. Es war alles so schnell geschehen, daß seine Hände noch immer über seinem Kopf verschränkt waren. »Wie hast du das …«

»Taekwondo«, sagte Susan. Sie atmete noch nicht einmal schneller. »Ich habe den braunen Gürtel.«

Nun wußte Dan, warum Susan keine Angst gehabt hatte, sich mit ihm zu treffen. Er nahm seine Arme herunter und stellte sich neben sie, von wo aus er das vom Lichtstrahl der Taschenlampe beleuchtete schmerzverzerrte und bleiche Gesicht des Kopfgeldjägers betrachtete. Das Haar hing Flint Murtaugh in Strähnen in die schweißnasse Stirn, und er hatte sich auf der Seite zusammengerollt und hielt sich das rechte Handgelenk.

Dan bemerkte die Automatik und zog sie aus dem Hosenbund des Mannes. »Brauner Gürtel oder nicht, das war etwas sehr Dummes, was du da getan hast. Du hättest getötet werden können.« Er entfernte das Magazin, warf es in eine Richtung weg und die Waffe in eine andere.

»Er hatte etwas in seiner rechten Hand.« Susan schwenkte

die Taschenlampe umher. »Ich habe keine Ahnung, was es war, aber ich habe gehört, wie er es fallen gelassen hat.« Sie richtete den Lichtstrahl wieder auf Murtaugh. »Ich weiß einfach nicht, wo er hergekommen ist. Ich dachte, ich hätte sichergestellt, daß mir niemand gefolgt ...« Sie hielt inne. »Dan, was war *das*?«

Er schaute sich um. Die Vorderseite des weißen Hemds des Mannes zuckte, so als wollte sein Herz aus seiner Brust herausbrechen. Dan starrte gebannt darauf, und dann streckte er die Hand aus, um es zu berühren.

»Mr. Murtaugh! Mr. Murtaugh, sind Sie in Ordnung?«

Dan richtete sich auf. Dort draußen in der Dunkelheit war noch ein zweiter Mann. Sowohl Dan als auch Susan hatten das unheimliche Gefühl, daß sie den tiefen, knurrenden Klang der Stimme kannten, doch keiner von ihnen konnte sie unterbringen. Wieder begann ein Hund zu kläffen, und auf dem Pflaster stieß Flint einen gedämpften Laut aus, halb Stöhnen, halb Fluch.

Susan knipste die Taschenlampe aus. »Du solltest besser verschwinden. Hier gibt es langsam ein Gedränge.«

Dan eilte zum Kombi hinüber, und Susan folgte ihm, und so sah keiner von beiden den schlanken bleichen Arm, der sich aus Flint Murtaughs Hemd schob und wütend in der Luft umherfuchtelte. Dan setzte sich hinter das Lenkrad, ließ den Motor an und schaltete die Scheinwerfer ein. Susan griff in den Wagen und umfaßte seine Schulter. »Viel Glück«, sagte sie über das Scheppern des Motors hinweg.

»Vielen Dank für alles.«

»Ich habe dich geliebt.«

»Das weiß ich.« Er legte seine Hand über die ihre und drückte sie. »Paß auf Chad auf.«

»Das werde ich. Und du, paß auf dich auf.«

»Bis dann«, sagte Dan, schaltete in den Rückwärtsgang und setzte den Kombi an dem Kopfgeldjäger vorbei zurück. Flint zog sich auf die Knie hoch. Schmerz schoß durch seinen Rücken, und sein Handgelenk war zweifelsohne verstaucht. Clints Arm schlug um sich, die Hand zur Faust geballt. Wie durch einen traumgleichen Nebel hindurch beobachtete Flint, wie seine Fünfzehntausend-Dollar-Haut den Kombi wendete und über den Parkplatz fuhr. Flint versuchte die Kraft für einen Schrei zusammenzubringen, doch es langte nur für ein heiseres Krächzen. »Eisley! Er kommt in Ihre Richtung!«

Einen Augenblick später mußte Dan auf die Bremse treten. Er fürchtete, daß er den Verstand verlor, denn direkt vor dem Kombi sah er einen dickbäuchigen pomadehaarigen Elvis Presley und dahinter einen verbeulten schwarzen Cadillac, der Dan den Weg versperrte. Pelvis – zweifellos ein guter Imitator – hielt eine sich windende kleine Bulldogge in seinen Armen. »Wo ist Mr. Murtaugh?« rief Pelvis in diesem kehligen Memphis-Knurren. »Was haben Sie mit ihm gemacht?«

Dan hatte jetzt alles gesehen. Er trat abermals das Gaspedal durch und ließ den Kombi über die Bordsteinkante auf den Rasen des Parks schießen. Die Hinterreifen kamen ins Schleudern und warfen Erdklumpen in die Luft. Elvis brachte sich eilig in Sicherheit, noch immer nach Mr. Murtaugh rufend.

Flint hatte sich mittlerweile auf die Füße hochgerappelt und humpelte in Richtung Cadillac. Sein linker Schuh stieß gegen etwas, das scheppernd davonrollte – die Dose mit Mace. »Eisley, halten Sie ihn auf!« schrie er und blieb stehen, um die Sprühdose aufzuheben, wobei sich die geschundenen Muskeln in seinem Rücken schmerzhaft verkrampften. »Lassen Sie ihn nicht ent … ohhhhhhh, *Schei-*

ße!« Er hatte gesehen, wie der Kombi um den Cadillac herum manövrierte, und nun mußte er hilflos zuschauen, wie der Kombi über eine weitere Bordsteinkante auf die Straße holperte, während etwas unter dem Boden des Fahrzeugs schepperte wie eine herunterfallende Zinkwanne. Dann beschleunigte die Haut und bog am Eingang des Parks mit quietschenden Reifen und schwarzen Schleuderspuren auf die Straße.

»Mr. Murtaugh!« rief Pelvis erleichtert aus, als Flint sich zu ihm gesellte. »Dem Herrn sei Dank! Ich war sicher, der Mörder hätte ...«

»Halten Sie den Mund, und steigen Sie in den Wagen!« brüllte Flint. »Bewegen Sie Ihren fetten Hintern!« Flint warf sich hinter das Lenkrad, ließ den Motor an, und als er das Gaspedal durchtrat, gelang es Pelvis, seinen massigen Leib und Mama auf den Beifahrersitz zu hieven. Flint wendete den Cadillac in einer halsbrecherischen Umdrehung, wobei der Lichtkegel der Scheinwerfer die Frau streifte, die neben ihrem Wagen stand. Für einen Augenblick sah Flint, daß ihr Sohn seine Hand nach ihr ausgestreckt hatte. Dann setzte Flint, dessen Gesicht ein perfektes Abbild höllischer Wut war, mit brüllendem Motor aus Basile Park heraus zur Verfolgung an.

»Ich war sicher, daß er Sie umgebracht hat!« brüllte Pelvis über den heißen Wind hinweg, der durch das Wageninnere fegte. Seine starre Tolle bewegte sich nicht ein bißchen. Mama hatte sich seinem Griff entwunden und hüpfte aufgeregt von der Rückbank auf den Vordersitz und wieder zurück, während sich ihr schrilles Kläffen wie Nägel in Flints Schädel bohrte. Clints Arm schlug noch immer um sich, wütend wie eine Kobra, auf die jemand getreten war. Pelvis brüllte: »Haben Sie gesehen, wie dieser Kerl versucht hat, mich zu überfahren? Wenn ich einen Schritt langsamer gewesen wäre, würde ich jetzt wie eine große alte Waffel aussehen! Aber ich habe ihn ausgetrickst, denn als ich zu der einen Seite gehüpft bin, hat er auf die andere geschwenkt, und ich bin einfach immer weiter hin und her gehüpft. Sie haben es doch gesehen, oder? Als der Kerl versucht hat, mich zu über ...«

Flint preßte seine rechte Faust gegen Pelvis' Lippen. Mama packte Flints Ärmel mit den Zähnen, die Augen weit aufgerissen und feucht, während ein tiefes Knurren in ihrer Kehle grollte. »Ich schwöre bei Jesus«, wütete Flint, »wenn Sie nicht endlich Ihr verdammtes Maul halten, werd ich Sie gleich hier raussetzen.«

»Ich bin mucksmäuschenstill.« Pelvis griff sich Mama und drückte sie an sich. Flint legte wieder beide Hände auf das Lenkrad, während die Tachonadel Richtung sechzig Meilen pro Stunde zitterte. Er sah die Rücklichter des Kombis eine Viertelmeile vor ihnen.

»Wenn Sie wollen, daß ich den Mund halte«, sagte Pelvis mit einem Ausdruck verletzter Würde, »dann hätten Sie mich nur nett darum bitten müssen. Es bestand kein Grund, mich so anzufahren, nur weil ich Ihnen erzählt habe, wie ich dem Tod mitten ins Gesicht geschaut habe und ...«

»*Eisley*!« Tränen der Frustration traten in Flints Augen, was ihn zutiefst verblüffte. Er konnte sich nicht erinnern, wann er das letztemal eine Träne vergossen hatte. Seine Nerven klingelten wie Alarmglocken, und er hatte das Gefühl, nur einen halben Schritt von der Gummizelle entfernt zu sein. Die Tachonadel kletterte an fünfundsechzig vorbei, und das altersschwache Chassis des Cadillacs begann zu zittern. Doch sie holten den Kombi langsam ein, und in ein paar Sekunden würden sie ihm direkt an der hinteren Stoßstange hängen.

Dan hatte das Gaspedal bis aufs Bodenblech durchgetreten,

doch er konnte dem Motor kein weiteres Quentchen Kraft entlocken. Das Ding gab ein überirdisches metallisches Brüllen von sich, so als würde jeden Moment ein Zylinder explodieren. In seinem Rückspiegel sah Dan den einäugigen Cadillac auf seine hintere Stoßstange zubrausen. Vor ihm zeigte ein blinkendes Warnlicht eine Kreuzung an. Dan hatte keine Zeit, darüber nachzudenken. Er riß das Lenkrad unvermittelt nach links. Während der Kombi träge und mit über das Pflaster rutschenden Reifen gehorchte, streifte ihn der Cadillac am hinteren Ende, und zwischen ihren eingedellten Kotflügeln sprühten Funken. Dann schoß der Cadillac über die Kreuzung, während Dan mit dem Lenkrad kämpfte, um nicht über den Bordstein in jemandes Vorgarten zu schleudern.

»Halten Sie sich fest!« rief Flint, und sein Fuß trat auf die Bremse. Der Cadillac war schwer und weigerte sich, ohne einen kreischenden, qualmenden Protest der Reifen abzubremsen. Pelvis klammerte sich an Mama, die ihr möglichstes versuchte, wieder auf den Rücksitz zu springen. Der stinkende Qualm von verbranntem Gummi waberte durch die Fenster herein, als Flint zur Kreuzung zurücksetzte und nach links in eine gewundene Straße bog, die von Einfamilienhäusern mit gepflegten Vorgärten und wahrhaftigen weißen Lattenzäunen gesäumt wurde. Er brauste hinter Lambert her, doch er konnte keine Spur von den Rücklichtern des Kombis entdecken. Zu beiden Seiten zweigten weitere Straßen ab, und nach einigen Augenblicken wurde deutlich, daß Lambert in eine von ihnen eingebogen sein mußte.

»Ich finde dich, du Mistkerl!« knurrte Flint mit zusammengebissenen Zähnen und riß den Wagen nach rechts in die nächste Seitenstraße. Auch diese lag im Dunkeln.

»Der ist weg«, meinte Pelvis.

»Halten Sie den Mund! Haben Sie verstanden? Halten Sie einfach den Mund!«

»Das war nur eine Tatsache«, entgegnete Pelvis.

Flint steuerte den Cadillac mit aufheulendem Motor zur nächsten Kreuzung und bog nach links ab. Seine Handflächen klebten feucht am Lenkrad, und Schweißperlen sammelten sich auf seinem Gesicht. Clints Hand kam hervor und streichelte sein Kinn, und Flint schubste seinen Bruder mit einem Klaps beiseite. An der nächsten Kreuzung bog Flint mit quietschenden Reifen nach rechts ab. Er befand sich in einem labyrinthartigen Wohngebiet, dessen Straßen in alle Richtungen führten. Zorn pochte wie Trommelschläge in seinen Schläfen, und Schmerz zog seinen Rücken hinauf. In seinem Mund hatte er den kalten Kupfergeschmack von Panik. Dann bog er nach rechts in eine weitere Straße, und sein Herz vollführte einen Sprung.

Drei Blocks vor ihnen leuchtete ein Paar roter Rücklichter. Flint trat das Gaspedal so hart durch, daß der Cadillac einen Satz machte wie ein verbrannter Hund. Mit aufheulendem Motor fuhr er hinter Lamberts Wagen, mit der Absicht, an ihm vorbeizuziehen und ihm den Weg abzuschneiden. Doch im nächsten Augenblick verwandelte sich Flints Triumph in Schrecken. Die Schweinwerfer des Cadillacs offenbarten, daß der Wagen kein rostiger Kombi, sondern ein neuer Chevrolet Caprice war. Über das schnell näher kommende hintere Ende zogen sich silberne Lettern, die sich zu ALEXANDRIA POLICE vereinigten.

Flint stand auf dem Bremspedal. Tausend Rufe nach Gott, Jesus und der Jungfrau Maria dröhnten wie wild gewordene Glocken durch sein Gehirn. Während die Reifen des Cadillacs einen Viertel Zoll breiten Streifen schwarzen Gummis auf dem Asphalt zurückließen, gab der Fahrer des Streifenwagens Gas, und der Caprice schoß nach vorn, um dem

Zusammenstoß auszuweichen. Der Cadillac schleuderte zur Seite, bevor er zum Stehen kam und der Motor stotternd absoff, und das kugelförmige Blaulicht des Streifenwagens begann blinkend zu rotieren. Der Wagen setzte zurück und hielt kaum einen Meter von Flints eingedellter Stoßstange. Ein Suchscheinwerfer auf der Fahrerseite schwenkte herum und starrte wie das wütende Auge eines Zyklopen in Flints Gesicht.

»Nun«, sagte Pelvis, »jetzt sitzen wir ganz schön in der Scheiße.«

Ein Stück weiter, näher an der Kreuzung mit dem blinkenden Warnlicht, ließ Dan den Motor des Kombis an und setzte aus der Auffahrt zurück, in die er eingebogen war. Er fuhr langsam auf die Straße, die Scheinwerfer noch immer ausgeschaltet. Der schwarze Cadillac war vor etwa zwei Minuten hier vorbeigebraust, und Dan hatte erwartet, daß er jeden Moment zurückgesaust kommen würde. Wie es immer so schön heißt, man sollte gehen, solange man noch gehen kann. Dan schaltete seine Scheinwerfer ein und bog am Warnlicht nach links, in Richtung auf den Highway 49 und die Route nach Süden. Es waren keine Wagen vor ihm, und auch im Rückspiegel konnte er keine sehen. Doch es würde eine lange Nacht werden und eine lange Fahrt, bevor er sich ausruhen konnte. Er hauchte Alexandria ein Lebewohl zu und den Kopfgeldjägern ein freudiges auf Nimmerwiedersehen.

Flint, noch immer benommen von der plötzlichen Wendung der Geschehnisse, beobachtete das rotierende blaue Licht. »Eisley, Sie sind ein Unglücksbringer«, sagte er heiser »Genau das sind Sie. Ein Unglücksbringer.« Zwei Polizisten stiegen aus dem Wagen. Flint schob die Dose mit Mace unter seinen Sitz. Clints Arm wehrte sich, doch Flint zwang ihn zurück unter sein Hemd und knöpfte sein Jackett zu. Die beiden Polizisten hatten junge, knochige Gesichter, und sie wirkten nicht glücklich. Bevor sie den Cadillac erreichten, holte Flint seine Brieftasche heraus und preßte seinen linken Arm über sein Brust, um Clint an seinem Platz zu halten. »Kein Wort von Ihnen«, wies er Pelvis an. »Ich übernehme das Reden.«

Der Polizist, der an Flints Seite des Wagens trat, hatte einen frisch geschorenen Kopf und einen Kiefer, der aussah, als könnte man damit Holz hacken. Er leuchtete Flint mit seiner Taschenlampe in die Augen. »Sie hätten uns beinahe das Genick gebrochen, wissen Sie das? Sehen Sie nur, was Sie mit meiner Mütze gemacht haben.« Er hielt ein zerknautschtes, formloses Ding hoch.

»Es tut mir schrecklich leid, Sir.« Flints Stimme war ein Meisterstück der einstudierten Reue. »Ich komme nicht aus dieser Gegend, und ich habe mich verfahren. Ich vermute, ich bin in Panik geraten, weil ich hier nicht wieder rausgefunden habe.«

»Hm. Sie müssen mindestens sechzig draufgehabt haben. Das Schild dort hinten besagt, daß das hier eine Fünfzehn-Meilen-Zone ist. Wir befinden uns in einem Wohngebiet.«

»Ich habe das Schild nicht gesehen.«

»Nun, aber Sie haben die *Häuser* gesehen, oder? Sie haben unseren Wagen vor sich gesehen. Schaut für mich so aus, als ob Sie entweder betrunken, verrückt oder ziemlich dumm wären.« Er schwenkte die Taschenlampe ein Stück weiter, und der Lichtstrahl traf Pelvis. »Meine Güte, Walt! Sieh mal, was wir hier haben!«

»Wie geht's, Officer?« fragte Pelvis grinsend. In seinen Armen hatte Mama mit einem kehligen, drohenden Knurren begonnen.

»Ich wette, das ist eine wirklich interessante Geschichte«, sagte der Polizist mit der Taschenlampe. »Dann lassen Sie

mal den Führerschein sehen. Und Ihren Ausweis auch, Mr. Presley, Sir.«
Flint zog seinen Führerschein aus seiner Brieftasche und hielt gleichzeitig Clint fest. Sein Handgelenk tat noch immer höllisch weh. Eisley holte eine abgewetzte Brieftasche hervor, auf die mit leuchtend bunten Glasperlen Elvis' Gesicht aufgestickt war. »Ich habe nie geglaubt, daß er wirklich tot ist. Hast du das etwa, Randy?« sagte Walt mit einem unverhohlenen hämischen Grinsen. Er war größer als sein Partner und nicht ganz so stämmig. »Ich habe immer gewußt, daß das in dem Sarg eine Wachspuppe ist!«
»Ja, vielleicht werden wir für das hier von Gerrado Riviera in seine Sendung eingeladen«, sagte Randy. »Das ist besser, als grüne Männchen vom Mars zu sehen, was? Gib mal das Kennzeichen durch.« Walt stellte sich hinter den Cadillac, um das Kennzeichen aufzuschreiben, und ging dann zum Streifenwagen zurück. Randy inspizierte im Licht der Taschenlampe die Führerscheine. »Flint Murtaugh. Aus Monroe, ja? Was machen Sie denn mitten in der Nacht hier?«
»Ah … nun, ich …« Flints Gehirn war wie leergefegt. Er versuchte sich etwas einfallen zu lassen, irgend etwas. »Ich … soll heißen …«
»Officer, Sir?« meldete sich Pelvis zu Wort, und Flint zuckte zusammen. »Wir suchen das Holiday Inn. Ich vermute, wir müssen eine falsche Abzweigung genommen haben.«
Der Lichtstrahl richtete sich auf Pelvis' Gesicht. »Das Holiday Inn ist drüben bei der Fernstraße. Das Schild ist beleuchtet, man kann es nur schwer übersehen.«
»Das müssen wir wohl trotzdem getan haben.«
Randy studierte eingehend Pelvis' Führerschein. Clint zuckte unter Flints Hemd, und Flint spürte, wie Schweiß aus seinen Achselhöhlen tropfte. »Pelvis Eisley«, sagte Randy. »Das kann doch nicht Ihr wirklicher Name sein.«

»Nein, Sir, aber es ist der Name, den ich legal trage.«
»Wie lautet Ihr Geburtsname?«
»Äh, nun, Sir, ich trage den Namen, der dort ...«
»Pelvis ist kein Name, das ist ein Knochen. Welchen Namen haben Ihnen Ihre Mama und Ihr Daddy gegeben? Oder sind Sie aus einem Ei geschlüpft?«
Flint gefiel der gemeine Unterton in der Stimme des Polizisten gar nicht. »He, ich denke nicht, daß Sie deshalb gleich ...«
»Seien Sie still. Zu Ihnen komme ich noch, machen Sie sich da mal keine Sorgen. Ich habe Sie nach Ihrem Geburtsnamen gefragt, Sir.«
»Cecil«, kam die leise Antwort. »Cecil Eisley.«
»Cecil.« Randy dehnte den Namen und ließ ihn klingen wie etwas, das unter einem Baumstamm im Sumpf hervorgekrochen war. »Laufen Sie immer in solchen Klamotten rum, Cecil?«
»Ja, Sir«, antwortete Pelvis in aller Ehrlichkeit. Auf seinem Schoß saß noch immer Mama und knurrte.
»Nun, Sie sind wohl der irrwitzigste Anblick, der mir je untergekommen ist. Macht es Ihnen etwas aus, mir zu sagen, warum Sie sich kostümiert haben?«
»Hören Sie, Officer«, mischte Flint sich ein. Er hatte Angst, Pelvis würde ausplaudern, daß er ein Kopfgeldjäger war oder daß Lambert hier ganz in der Nähe sein mußte. »Ich saß am Steuer, nicht er.«
»Mr. Murtaugh?« Randy beugte seinen Kopf dichter zu ihm herab, und Flint schoß der erschreckende Gedanke durch den Kopf, daß er das Gesicht des Polizisten schon einmal gesehen hatte, doch im selben Moment verzog sich der schmallippige Mund zu einem gemeinen Grinsen, und die strahlenden Straßenlaternen warfen Schatten in seine tiefliegenden Augenhöhlen. »Wenn ich mit

Ihnen sprechen will, stelle ich Ihnen eine Frage. Haben Sie verstanden?«

Sein Gesicht war eins von diesen Tausenden von Gesichtern, die in die Monstrositätenschau gekommen waren, um zu geifern und zu lachen, um ihre Freundinnen vor der Bühne zu betatschen und Tabak auf Flints polierte Schuhe zu spucken. Flint fühlte einen harten Kloß des Ekels in seiner Kehle. Clint bewegte sich unter seinem Hemd, doch glücklicherweise hatte Flint ihn fest im Griff, und der Polizist bemerkte nichts. »Es besteht kein Grund, grob zu werden«, sagte Flint.

Randy lachte, was vermutlich das Schlimmste war, was wer hatte tun können. Es war ein humorloses, schroffes Lachen, und es erfüllte Flint mit dem Wunsch, es dem Mann mit einem Schlag durch die Zähne in den Rachen zurückzustopfen.

»Wenn Sie mal kennenlernen wollen, was grob ist, dann machen Sie nur so weiter. Sie landen wie ein Tiefflieger an meiner hinteren Stoßstange und fahren mir beinahe den Wagen zu Schrott und erwarten wohl noch, daß ich Sie dafür küsse. Sie sind ganz, ganz nah dran an einer Nacht im Gefängnis, also sollten Sie besser einfach nur dasitzen und den Mund halten.«

Flint starrte ihn finster an, und der Polizist erwiderte seinen Blick. »Keine Fahndung für das Kennzeichen«, verkündete Walt, als er vom Funkgerät des Streifenwagens zurückkehrte.

»Ich wollte mir gerade Cecils Geschichte anhören«, sagte Randy zu ihm. »Na, dann mal los.«

»Nun, Sir …« Pelvis räusperte sich. Flint wartete mit gesenktem Kopf. »Wir sind auf dem Weg nach New Orleans. Wir nehmen da an einem Kongreß teil, im Hyatt Hotel. Der ist für Elvis-Imitatoren wie mich.«

»Nun kann ich glücklich sterben. Ich habe alles gehört«, meinte Randy, und Walt lachte.

»Ja, Sir.« Pelvis trug sein dümmliches Lächeln wie ein Ehrenzeichen im Gesicht. »Sehen Sie, der Kongreß geht morgen los.«

»Wenn das so ist, wieso waren Sie dann auf der Suche nach dem Holiday Inn?«

»Nun ... wir wollten uns mit anderen Jungs treffen, die ebenfalls zu dem Kongreß fahren. Wir wollen alle zusammen hinfahren. Ich vermute, wir haben einfach das Schild übersehen, und dann haben wir völlig die Orientierung verloren. Sie wissen ja, wie das ist, wenn man in einer fremden Stadt ist und sich nicht auskennt, und es ist spät und das alles. Wir konnten keine Telefonzelle finden, und ich sage Ihnen, wir hatten ganz schön Fracksausen, weil man heutzutage besser aufpassen sollte, wo man rumfährt, bei all diesen Morden, die man jeden Tag sieht, wenn man den Fern ...«

»Schon gut, schon gut.« Randy holte tief Luft, als wäre er gerade aus dem Wasser aufgetaucht. Er bohrte erneut den Lichtstrahl der Taschenlampe in Flints Augen. »Sind Sie auch ein Elvis-Imitator?«

»Nein, Sir, er ist mein Manager«, erklärte Pelvis. »Wir sind wie zwei Erbsen in einer Hülse.«

Flint war übel. Clints Arm zuckte hoch und wäre Flint beinahe entwischt.

»Walt? Hast du irgendeine Idee, was wir mit diesen beiden machen sollen? Sollen wir sie einbuchten?«

»Das scheint mir das richtige zu sein.«

»Ja.« Die Taschenlampe zielte noch immer auf Flints Gesicht. »Sich zu verfahren, ist keine Entschuldigung für Raserei in einem Wohngebiet. Sie hätten jemanden töten können.«

»Uns zum Beispiel«, bemerkte Walt.
»Stimmt. Sie müssen mal eine Nacht im Kittchen verbringen, damit Sie wieder klar denken können.«
Toll, dachte Flint grimmig. Wenn Sie ihn abtasteten, bevor sie ihn in die Zelle steckten, würden sie vor Schreck aus ihren Stiefeln springen.
»Allerdings« fuhr Randy fort, »wenn irgend jemand auf dem Revier herausfindet, daß uns beinahe Elvis Presley hinten drauf gefahren wäre, dann sind wir da die große Lachnummer. Also, Mr. Manager, Sie sollten besser sehr glücklich darüber sein, daß Sie den bei sich haben, denn mir gefällt Ihr Gesicht nicht, und wenn es nach mir ginge, würde ich Sie schnurstracks *unter* das Gefängnis verfrachten. Hier.« Der Polizist reichte ihm die Führerscheine. Einige Augenblicke lang war Flint zu verblüfft, um sie zu nehmen.
»Mr. Murtaugh, Sir?« sagte Pelvis. »Ich glaube, er läßt uns gehen.«
»Mit einer *ernsten* Warnung«, fügte Randy streng hinzu. »Schluß mit der Raserei. Nächstesmal landen Sie vielleicht auf dem Friedhof statt auf einem Kongreß.«
Flint nahm seinen Verstand zusammen und griff nach den Führerscheinen. »Vielen Dank«, preßte er heraus. »Es wird nicht wieder vorkommen.«
»Das wird es ganz sicher nicht. Wenn Sie uns folgen, bringen wir Sie zum Holiday Inn. Aber ich will, daß Cecil fährt.«
»*Sir*?«
»Ich will Cecil auf Ihrem Sitz sehen«, erklärte Randy. »Sie möchte ich nicht hinter meinem Wagen wissen. Kommen Sie schon, steigen Sie aus, und lassen Sie ihn ans Steuer.«
»Aber … es ist … *mein* Wagen«, stammelte Flint.
»Er hat einen gültigen Führerschein. Außerdem ist das Holiday Inn nicht weit weg. Kommen Sie schon, tun Sie, was ich sage.«

»Nein ... hören Sie ... ich lasse niemanden sonst an das Steuer mei ...«

Pelvis legte eine Hand auf Flints Schulter, und Flint zuckte zusammen, als ob er einen elektrischen Schlag bekommen hätte. »Mr. Murtaugh? Machen Sie sich keine Sorgen, ich werde sehr vorsichtig sein.«

»Bewegung«, befahl Randy. »Wir haben nicht ewig Zeit.«

Pelvis legte Mama auf den Rücksitz und kam auf die Fahrerseite herüber. Mit einer Anstrengung, die ans Übermenschliche grenzte, stieg Flint aus und setzte sich auf den Beifahrersitz, Clints Arm fest gegen seine Brust drückend. Einen Augenblick später folgten sie dem Streifenwagen aus dem Labyrinth der Wohnstraßen heraus, und Pelvis lächelte und sagte: »Ich habe noch nie zuvor einen Cadillac gefahren. Wissen Sie, Elvis liebte Cadillacs. Hat sie verschenkt, wann immer sich eine Gelegenheit bot. Er hat mal gesehen, wie Leute sich einen Cadillac bei einem Autohändler anschauten, und er hat ein dickes Bündel Geldscheine herausgeholt und ihn ihnen gleich auf der Stelle gekauft. Ja, Sir.« Er nickte energisch. »Ich denke, ich könnte mich an einen Cadillac gewöhnen.«

»Ach ja?« Flint war der kalte Schweiß auf die Stirn getreten, und er konnte nicht anders, als auf Eisleys fleischige Hände zu starren, wie sie den Wagen lenkten. »Dann sollten Sie es besser genießen, denn zehn Sekunden nachdem diese Dorfbullen weggefahren sind, haben Sie das letztemal hinter meinem Lenkrad gesessen! Haben Sie einen Betonblick als Gehirn? Ich habe Ihnen gesagt, Sie sollen den Mund halten und mir das Reden überlassen. Jetzt müssen wir zurück zu diesem verdammten Holiday Inn, statt uns Lamberts Hintern zu schnappen. Ich hätte mich schon aus dem Schlamassel rausreden können, wenn Sie nicht Ihre große Klappe aufgemacht hätten. Herrgott noch mal! All diese Scheiße über eine Elvis-Kongreß in New Orleans! Wir hatten Glück, daß sie nicht gleich die Herren mit den weißen Jacken gerufen haben!«

»Oh, ich bin letztes Jahr auf diesem Kongreß gewesen«, entgegnete Pelvis. »Im Hyatt Hotel, genau wie ich gesagt habe. Um die zweihundert Elvistypen sind da angetanzt, und wir haben uns mächtig amüsiert.«

»Das hier ist ein Alptraum.« Flint preßte die Finger gegen seine Stirn, so als wollte er fühlen, ob er Fieber hatte. Die Wirklichkeit hatte sich in ein verworrenes Delirium verwandelt, wie es schien. »Ich liege zu Hause in meinem Bett, und das hier sind nur die scharfen Peperoni, die ich auf meiner Pizza gegessen habe.«

Pelvis stieß ein pfeifendes Lachen aus. »Schön zu wissen, daß Sie sich noch Ihren Sinn für Humor bewahrt haben, nachdem wir Lambert verloren haben und das alles.«

»Wir haben ihn nicht verloren. Noch nicht.«

»Aber ... er ist weg. Wie sollen wir ihn nun wiederfinden?«

»Sie haben es hier mit einem *Profi* zu tun, Eisley!« erklärte Flint nachdrücklich. »Das erste, was man in diesem Geschäft lernt, ist, Augen und Ohren offenzuhalten. Ich bin nah genug herangekommen, um Lambert und seine Exfrau reden zu hören. Sie hat ihm von einer Hütte in einem Anglercamp südlich von Houma erzählt. Vermilion nennt sich das Camp. Sie sagte, er solle eine Fensterscheibe einschlagen, und daß da was zum Essen in der Speisekammer sei. Also ist er vielleicht dorthin unterwegs.«

»Bei meiner Seele!« sprudelte es aus Eisley hervor. »Mr. Smoates hat gesagt, daß Sie ein guter Partner seien.«

»Schlagen Sie sich diese Partner-Scheiße aus dem Kopf!« fauchte Flint. »Wir sind keine Partner! Ich habe Sie bei dieser einen Haut am Hals, und das ist alles! Sie haben heute schon einmal großen Mist gebaut, als ich Ihnen sagte, Sie sollten diesen Köter im Park ruhig halten! Das verdammte Gebell hätte mich beinahe aus den Latschen kippen lassen! Hat mich so nervös gemacht, daß er die Oberhand über mich bekommen hat, und so ist er entwischt!«

»Das wollte ich Sie schon fragen«, sagte Pelvis. »Was ist eigentlich passiert?«

»Diese verdammte Frau ...« Flint hielt inne. Nein, dachte er, von einer Frau aufs Kreuz gelegt worden zu sein war nicht etwas, was Smoates unbedingt zu Ohren kommen mußte. »Sie hat mich abgelenkt. Dann hat Lambert sich auf mich gestürzt, bevor ich das Mace einsetzen konnte. Er ist ein Vietnam-Veteran und hat mich mit so einem Judogriff zu Boden geworfen.«

»Was für ein Glück, daß er nicht Ihre Waffe genommen und Sie erschossen hat«, meinte Pelvis. »Wo er doch so ein verrückter Killer ist.«

»Ja.« Flint nickte. »Was für ein Glück.«

Und das brachte ihn auf eine Frage: Warum hatte Lambert ihn nicht erschossen, als er hilflos auf dem Boden lag? Vielleicht, weil er keinen weiteren Mord vor den Augen seiner Frau und seines Sohns begehen wollte, dachte Flint. Was immer auch der Grund gewesen sein mochte, Flint konnte sich in der Tat glücklich schätzen, noch am Leben zu sein.

Am Holiday Inn – demselben Hotel, auf dessen Parkplatz Flint und Pelvis gestanden und die Tür zu Susan Lamberts Zimmer beobachtet hatten – gaben ihnen die beiden Polizisten eine weitere Warnung mit auf den Weg, daß der kaputte Scheinwerfer schnellstens repariert werden müsse, und sobald der Streifenwagen davongefahren war, ergriff Flint das Lenkrad des Cadillacs und verbannte Pelvis zu Mama auf den Rücksitz. Fünf Minuten später war Flint wieder auf dem Highway 49 Richtung Süden unterwegs. Er hielt seine Geschwindigkeit unter fünfundsechzig Meilen. Es hatte keinen Zweck, sich auch noch mit der Highway Patrol anzulegen, und sofern Lambert zu der Hütte in dem Anglercamp fuhr, würde er auch noch dort sein, wenn Flint das Camp gefunden hatte. *Wenn* die State Trooper Lambert nicht zuerst anhielten, und *wenn* Lambert nicht in eine andere Richtung unterwegs war. Doch es war einen Versuch wert, ebenso wie Flint sich auf sein Glück verlassen hatte, als er Lamberts Exfrau gefolgt war.

Der Weg vor ihm lag im Dunkeln. Houma war unten im sumpfigen Cajun-Land. Flint hatte noch nie zuvor von Vermilion gehört, doch er würde es schon finden, wenn sie erst einmal dort waren. Allerdings war es keine Gegend, in die sich Flint ohne guten Grund gewagt hätte. Diese Sumpfbewohner waren eine rauhe Brut, die man besser in Frieden ließ. Wenigstens – Gott sei Dank – war Eisley still, und Flint konnte Ordnung in seine Gedanken bringen.

Etwas, das sich wie eine kaputte Kettensäge anhörte, fing auf dem Rücksitz an zu pfeifen.

Flint schaute in den Rückspiegel. Pelvis lag ausgestreckt da und schnarchte. Mama hatte ihren Kopf an seine Schulter gekuschelt. Die Bulldogge trug ihren Anteil zum Geräuschpegel bei, indem sie im Schlaf knurrte.

Ein ungewollter Gedanke kam Flint in den Sinn: Wenigstens hat er etwas, das ihn liebt.

Was mehr war, als er von sich selbst behaupten konnte.

Allerdings war da natürlich immer Clint. Der gute alte blinde und stumme Clint, der sein Leben mit derselben Zielsicherheit zerstörte, als wäre Flint mit Lepra geboren worden.

Flint war jetzt entschlossen, Lambert zu finden; es war eine Frage der Ehre. Er hatte vor nichts auf dieser Welt Angst, am wenigsten vor einem verrückten Mörder, der zu dumm war, einen Mann zu erschießen, der hilflos am Boden lag. Dies war ein Spiel, das bis zur letzten Karte gespielt wurde und bei dem der Gewinner alles bekam. Er würde diese Haut zu Smoates schleifen und diesem Mistkerl zeigen, was ein Profi war.

Flint dachte an das Herrenhaus seiner Träume, das weiße steinerne Herrenhaus mit vier Schornsteinen und einem riesigen Buntglasfenster an der Vorderfront. Sein Heim, wie er glaubte. Der Ort, an dem seine Mutter und sein Vater lebten. Die reichen, gebildeten Leute, die eine Masse zukkenden Fleisches aus der Brust ihres Babys hatten wachsen sehen und die dann voller Entsetzen jenes Baby den vier Winden der Adoption überantwortet hatten. Sein Heim. Das mußte es sein, denn er träumte so oft davon. Er würde es eines Tages finden, und er würde diesen Mann und diese Frau finden und ihnen zeigen, daß er ihr Sohn war, geboren aus vornehmen Verhältnissen in eine kalte, dreckige Welt. Vielleicht lag es im Süden. Vielleicht lag es irgendwo am Ende dieses Wegs, und wenn er weit genug nach Süden gegangen war, würde er es finden wie einen verborgenen Schatz, eine Antwort, eine leuchtende Lampe.

Vielleicht.

Doch im Moment lag der Weg vor ihm im Dunkeln.

11 Nächtliche Reise

Sechsundvierzig Meilen südlich von Alexandria fühlte Dan, während der schwüle Nachtwind durch den Kombi wehte, wie der Schlaf an ihm zerrte.

Er war auf dem Highway 167, der parallel zum I-49 verlief und sich durch Zuckerrohrfelder schlängelte. Dan hatte keinen Streifenwagen gesehen, seit er Basile Park verlassen hatte, und seit zwanzig Minuten waren keine Scheinwerfer mehr hinter ihm aufgetaucht. Houma lag noch immer gute siebzig Meilen entfernt, und Vermilion vielleicht noch zwölf oder fünfzehn Meilen jenseits davon. Er mußte sich eine neue Straßenkarte besorgen. Die, nach der er bisher gefahren war, hatte er in seinem Pickup zurückgelassen. Doch die Anglerhütte würde die zusätzlichen Meilen wert sein. Er konnte sich ein paar Tage dort verstecken, sich richtig ausruhen und entscheiden, wie seine nächsten Schritte aussahen.

Seine Augenlider waren schwer und das Surren der Reifen hypnotisch. Er hatte das Autoradio angeschaltet, aber es war tot. Der Schmerz in seinem Schädel wurde wieder stärker, und vielleicht war das das einzige, was ihn wach hielt. Er brauchte einen Kaffee, doch die wenigen Imbisse, an denen er auf dieser Straße vorbeigekommen war, waren seit den frühen Abendstunden geschlossen. Nach drei weiteren Meilen erreichte er eine Kreuzung, an der ein Schild nach Osten zum I-49 zeigte. Er saß da und wägte das Risiko ab, auf dem Interstate eine Raststätte zu suchen. Es gewann gegen die Chance, am Lenkrad einzunicken und in einem Graben zu landen.

Der Interstate war gefährlicher, weil dort die State Trooper auf der Lauer lagen. In diesen frühen Morgenstunden jedoch – es war gegen drei Uhr – waren die Lastfahrer in ihren großen, schnaubenden Zugmaschinen die Herren der vier Fahrspuren. Dan kam an einem Schild vorbei, das besagte, daß Lafayette, »das Herz von Acadiana«, dreißig Meilen entfernt war. Fünf Meilen weiter sah er ein grünes Neonschild, das verkündete: CAJUN COUNTRY-RASTSTÄTTE 24 STUNDEN GEÖFFNET, und er nahm die nächste Ausfahrt. Die Raststätte war ein grauen Betonklotz, der nicht sonderlich attraktiv aussah, doch Dan konnte durch die Spiegelglasfenster des Restaurants eine Kellnerin bei der Arbeit sehen. Eine Zugmaschine stand an der Dieselzapfsäule, und einer der Tankstellengehilfen tankte sie auf. Vor dem Restaurant parkte ein roter Camaro mit einem texanischen Nummernschild. Dan fuhr auf die Rückseite des Gebäudes und parkte neben zwei anderen Wagen, einem alten braunen Bonneville und einem dunkelblauen Mazda, beide mit Louisiana-Kennzeichen, die vermutlich den Angestellten gehörten. Die Erschöpfung machte ihn ganz schwindlig, als er in das Restaurant hineinschlurfte, das eine lange Theke und Stühle und eine Reihe roter Vinylnischen besaß.

»Wie geht's?« fragte die Kellnerin hinter der Theke in starkem Cajun-Dialekt. »Setzen Sie sich hin, wo Sie wollen.« Sie war eine mollige Blondine, vielleicht Mitte Vierzig, und sie trug eine rotkarierte Schürze über einer weißen Uniform. Sie wandte sich wieder ihrer Unterhaltung mit einem grauhaarigen Mann in einem Overall zu, der vor einem Becher Kaffee und einem Doughnut an der Theke saß.

Dan wählte die Nische am Fenster, damit er den ganzen

Parkplatz im Blick hatte. Drei Nischen weiter saßen ein junger Mann und eine junge Frau. Der junge Mann, den Dan auf siebenundzwanzig oder achtundzwanzig schätzte, trug sein dunkelbraunes Haar zu einem Pferdeschwanz gebunden, und er hatte ein gelbliches, längliches Gesicht mit tiefliegenden ebenholzschwarzen Augen, die Dan über die Schulter seiner Begleiterin hinweg fixierten. Dan nickte ihm zu, und der junge Mann blinzelte mürrisch und wandte den Blick ab.

Die Kellnerin brachte ihm eine Speisekarte. Auf ihrem Namensschild stand Donna Lee. »Nur einen Kaffee«, sagte Dan. »So stark, wie's geht.«

»Schätzchen, ich kann ihn aus der Tasse springen und für Sie tanzen lassen«, versprach sie, drehte sich um und verschwand durch eine Schwingtür in die Küche.

Dan nahm seine Baseballmütze ab und fuhr sich mit der Hand über die Stirn, um die Schweißperlen abzuwischen, die sich dort gesammelt hatten. An der Decke drehten sich Ventilatoren, und Dans Haut hieß ihre kühle Brise willkommen. Er lehnte sich gegen die Rückwand und schloß die Augen. Doch er konnte sie nicht geschlossen halten, weil sich Emory Blanchards Tod noch immer im Spukhaus seines Verstands wiederholte. Dan rieb sich seine verspannte Schulter und griff dann nach hinten, um sich den Nacken zu massieren. Er war heute nacht zweimal um Haaresbreite davongekommen, doch wenn in diesem Moment ein Streifenwagen auf dem Parkplatz vorfahren würde, wüßte er nicht, ob er die Kraft hätte, sich von seinem Sitz zu erheben.

»Weißt du, was ich denke? Ich denke, das ist alles eine große Scheiße!« Das war der junge Mann in der Nische, der mit der Frau sprach. Seine Stimme war pures Gift. »Ich dachte, du hättest gesagt, bei dieser Sache würde Kohle für mich rausspringen!«

»Ich habe gesagt, daß ich dich bezahlen würde.« Ihre Stimme klang rauchig und wachsam. »Sprich leiser, okay?«
»Nein, es ist nicht okay! Ich weiß nicht, warum, zum Teufel, ich mich auf das hier eingelassen habe! Das ist doch alles nur ein Haufen Lügen!«
»Es sind keine Lügen. Mach dir keine Sorgen, du bekommst dein Geld.«
Der junge Mann sah aus, als wollte er ihr eine wütende Antwort entgegenschleudern, doch plötzlich bewegten sich seine Augen, und sein Blick fiel auf Dan. »He! Was starrst du denn so?«
»Ich warte nur auf meinen Kaffee.«
»Nun, dann guck woandershin, während du wartest!«
»Geht in Ordnung.« Dan wandte seinen Blick ab, aber nicht, ohne zuvor bemerkt zu haben, daß der junge Mann ein schwarzes T-Shirt trug, auf dem ein gelber Schädel und die Aufschrift HANOI JANES aufgedruckt waren. Es gelang der Frau, ihn etwas zu beruhigen, doch er redete weiter über Geld. Seine Augen kehrten immer wieder zu Dan zurück. Der ist wohl auf der Suche nach Ärger, dachte Dan. Über irgend etwas sauer und bereit, einen Streit vom Zaun zu brechen.
Die Kellnerin brachte Dan seinen Kaffee. Donna Lee hatte wirklich recht gehabt, dieser Kaffee stand auf eigenen Beinen.
»Halten Sie die Kanne warm, ja?« bat Dan, nachdem er an dem Gebräu genippt hatte.
»Das werd ich tun«, erwiderte sie und ging hinter die Kasse, um den grauhaarigen Mann abzukassieren. »Ich sehe dich dann bei der nächsten Tour«, verabschiedete sie ihn, und Dan schaute ihm hinterher, als er zu der Zugmaschine an der Dieselzapfsäule hinüberging.
»Du hast mich zum Narren gehalten!« fing der junge Mann

wieder an. »Ich bin den ganzen Weg hergefahren für ein beschissenes Märchen!«

»Joey, komm schon. Beruhig dich, ja?«

»Denkst du, ich sollte *glücklich* sein? Ich fahre den ganzen Weg hierher, und dann erzählst du mir diesen Haufen Scheiße und sagst mir, ich solle mich beruhigen?« Seine Stimme wurde lauter und schroffer, und plötzlich langte er über den Tisch und packte das Handgelenk seiner Begleiterin. »Du hast mich zum Narren gehalten, stimmt's?«

»Beherrsch dich, Freundchen!« warnte Donna Lee von der Theke aus.

»Mit Ihnen rede ich nicht!« fauchte Joey. »Also halten Sie die Klappe!«

»He, jetzt ist aber mal gut!« Sie stampfte auf ihren massigen Beinen zur Nische der beiden hinüber. Auf ihre Wangen traten rote Flecken. »Du kannst deinen Hintern hier rausbefördern, ich werde dich garantiert nicht aufhalten.«

»Es ist schon in Ordnung«, sagte die junge Frau, und Dan sah ihr Profil mit der Stupsnase, als sie nach links zu Donna Lee blickte. »Wir unterhalten uns nur.«

»Hat 'ne ziemlich grobe Art zu reden, der Junge, was?«

»Warum geben Sie mir nicht einfach die verdammte Rechnung?« knurrte Joey.

»Gerne doch.« Donna Lee holte den Rechnungsblock und einen Bleistift aus ihrer Schürzentasche und rechnete alles, was sie bestellt hatten, zusammen. »Schätzchen, brauchen Sie Hilfe?«

»Nein.« Die junge Frau hatte ihr Handgelenk befreit und rieb es nun dort, wo die Finger es festgehalten hatten. »Aber trotzdem vielen Dank.«

Dans Blick traf abermals zufällig auf Joeys Augen, nur für den Bruchteil einer Sekunde, und der junge Mann sagte: »*Gottverdammt*!« und stand aus seiner Nische auf. Seine

Cowboystiefel klackten auf dem Linoleum, als er sich Dan näherte. »Joey, nicht!« rief die junge Frau, doch da rutschte Joey auch schon auf die Sitzbank Dan gegenüber.
Dan trank den Rest seines Kaffees aus, ohne sich um den jungen Mann zu kümmern. Innerlich wappnete er sich gegen die Konfrontation. »Ich habe dir doch gesagt, du sollst mich nicht so anstarren«, zischte Joey mit leiser, drohender Stimme.
Dan sah auf, um Joeys Blick zu begegnen. Die Augen des jungen Mannes waren rot gerändert, sein ausgezehrtes Gesicht angespannt von den Dämonen, die seine Seele quälten. Ein kleines angelaufenes silbernes Skelett baumelte am Ohrläppchen seines linken Ohrs. Dan war Typen wie ihm schon früher begegnet – eine wandelnde Bombe, immer nur einen Funken von der Explosion entfernt. »Ich will keinen Ärger«, erklärte Dan ruhig.
»Oh, ich denke, du bettelst förmlich darum, Alter.«
Dan war nicht in der Verfassung zu kämpfen, doch er wollte verdammt sein, wenn er eine derartige Respektlosigkeit hinnahm. Wenn er schon zu Boden gehen mußte, dann wenigstens mit erhobenen Fäusten. »Ich möchte in Ruhe gelassen werden.«
»Ich werde dich in Ruhe lassen, nachdem ich dich mit raus auf den Parkplatz genommen habe und dir die Scheiße aus dem Lei …« Joey beendete seine Drohung nicht, denn Dans rechte Hand schnellte vor, packte das silberne Skelett und riß es ihm aus dem Ohrläppchen. Während Joey vor Schmerz aufschrie, griff Dan nach seinem T-Shirt und knallte den Brustkorb des jungen Mannes gegen die Tischkante. Dan beugte sich vor, und ihre Gesichter berührten sich beinahe. »Dir muß man mal ein paar Manieren einprügeln, Junge. Und jetzt schlage ich vor, daß du aufstehst und hier rausgehst, in deinen Wagen steigst und hinfährst, wohin

immer du gerade unterwegs bist. Wenn du das nicht willst, werde ich dich gerne von deinen Zähnen befreien.«
Ein Blutstropfen quoll aus Joeys Ohrläppchen. Er verzog seinen Mund zu einem hämischen Grinsen und wollte Dan gerade eine weitere Beleidigung ins Gesicht fauchen, die dem jungen Rüpel vielleicht eine gebrochene Nase eingebracht hätte.
Batsch!
Etwas war auf die Tischplatte geknallt.
Dan wandte den Kopf um und schaute auf einen Baseballschläger, aus dem acht oder neun heimtückische Nägel ragten.
»Paß mal gut auf«, sagte Donna Lee. Sie sprach mit Joey, der sich urplötzlich in einen ausgezeichneten Zuhörer verwandelt hatte. »Du stehst jetzt auf, bezahlst deine Rechnung, gibst mir zwei Dollar Trinkgeld und verschwindest von hier. Mister, lassen Sie ihn los.«
Dan gehorchte. Joey stand auf, sein nervöser Blick auf den Totschläger gerichtet. Donna Lee trat zurück und folgte ihm dann zur Kasse. »Ich bringe Ihnen gleich noch 'nen Kaffee«, rief sie Dan zu.
»Tut mir leid. Manchmal geht es einfach mit ihm durch.«
Das war die junge Frau, die nun neben Dans Nische stand. Er blickte zu ihr auf und sagte: »Ist nichts pas ...« und hielt dann plötzlich inne, als er ihr Gesicht sah.
Die linke Seite, die Seite, die er im Profil gesehen hatte, war sehr hübsch. Der Rücken ihrer Stubsnase war mit Sommersprossen gesprenkelt, ihr Mund hatte die vollen Lippen, die Männer in ihren Träumen küßten, und ihr blondes Haar war dick und schön. Ihre Augen waren zartblau, das Blau eines kühlen Gebirgssees.
Doch die rechte Seite ihres Gesichts war eine gänzlich andere Geschichte, und es war keine schöne.

Die rechte Seite ihres Gesichts war von einem riesigen purpurroten Feuermal bedeckt, das an ihrem Haaransatz begann und sich bis hinab zu ihrem Hals zog. Das Mal hatte zackige Ränder, wie die Küste auf der Landkarte irgendeines fremden und unentdeckten Reiches. Da die linke Seite ihres Gesichts so vollkommen makellos war, war der Anblick der rechten Seite um so schwerer zu ertragen. »Passiert«, beendete Dan seinen Satz, während sein Blick den einsamen Fjorden und Buchten folgte. Dann sah er in ihre Augen, und er erkannte in ihnen denselben tiefen, in der Seele verankerten Schmerz, den er in seinen eigenen im Spiegel bemerkt hatte.

Die für einen Moment geöffnete Tür in ihr Inneres schloß sich. Sie schaute auf seinen leeren Kaffeebecher. »Sie sollten besser etwas essen, Mister«, sagte sie mit dieser Stimme, die wie Samt und Rauch klang. »Sie sehen nicht gut aus.«

»Es war ein harter Tag.« Dan bemerkte, daß sie kein Make-up trug und ihre Kleider schlicht waren: eine lilafarbene, geblümte kurzärmlige Bluse und Blue jeans, die schon einiges mitgemacht hatten. Über ihrer linken Schulter hing der Riemen einer kleinen kastanienbraunen Handtasche. Sie war ein schlankes Mädchen, an deren Knochen nicht sonderlich viel Fleisch hing, und sie hatte jenes sehnige, ärmliche texanische Aussehen. Sie mochte etwas über einsfünfundfünfzig sein. Dan versuchte sie sich ohne das Feuermal vorzustellen. Ohne den Makel könnte sie eines von diesen Mädchen sein, die man in Zeitschriftenanzeigen sah. Mit dem Makel jedoch reiste sie bei nacht in der Gesellschaft von Joey dem Rüpel.

»Arden!« Er hatte sein Geld neben die Kasse auf die Theke geklatscht. »Kommst du jetzt, oder nicht?«

»Ja doch.« Sie machte Anstalten, wegzugehen, aber Dan fragte: »He, meinen Sie, daß er das wiederhaben will?« und hielt ihr das silberne Skelett hin. »Ich denke schon«, antwortete sie und nahm es aus Dans Handfläche.

»Ach, Scheiß drauf, ich geh jetzt!« rief Joey und stürmte aus der Eingangstür.

»Der hat 'ne ganz schöne Klappe«, sagte Dan zu dem Mädchen.

»Ja, gelegentlich wird er ein bißchen ausfallend. Tut mir leid, daß Sie Ärger mit ihm hatten.«

»Sie brauchen sich nicht zu entschuldigen.«

Sie folgte Joey mit langen Schritten in ihren staubigen braunen Stiefeln, und Donna Lee rief ihr nach: »Schätzchen, lassen Sie sich nichts gefallen, hören Sie?« Nachdem das Mädchen gegangen war, brachte Donna Lee die Kaffeekanne zu Dan herüber und füllte seinen Becher auf. »Ich hasse es, wenn so ein Mistkerl denkt, er kann auf einer Frau rumtrampeln«, vertraute sie Dan an. »Erinnert mich an meinen Exmann. Hatte keinen Topf zum reinpissen, so wie er den ganzen Tag auf der faulen Haut gelegen hat, aber er hatte auch so 'ne Klappe. Haben Sie noch 'ne weite Fahrt vor sich?«

»Es geht«, antwortete Dan.

»Wohin?«

Dan beobachtete, wie sie die Kaffeekanne auf seinem Tisch abstellte, ein sicheres Zeichen dafür, daß sie noch dableiben und reden wollte. »Nach Süden«, entschied er sich schließlich zu sagen.

»Was für eine Schande, stimmt's?«

»Was?«

»Dieses Mädchen. Sie wissen schon. Ihr Gesicht. Hab noch nie zuvor ein so schlimmes Feuermal gesehen. Man kann nie sagen, was das aus einem Menschen macht.«

Dan nickte und trank einen Schluck von seinem frischen Kaffee.

»Hören Sie«, fuhr Donna Lee fort, »Sie nehmen es mir doch nicht übel, wenn ich so persönlich werde, aber Sie sehen nicht aus, als ob es Ihnen gutginge. Sind Sie noch in der Lage zu fahren?«

»Mit mir ist alles in Ordnung.« Doch er fühlte sich, als ob er die Kraft eines ausgewrungenen Wischlappens hätte.

»Wie wär's mit 'nem Stückchen Erdbeerkuchen? Geschenk des Hauses?«

Er wollte gerade erwidern, daß das sehr appetitlich klinge, als Donna Lees Blick sich plötzlich von ihm ab- und zum Fenster hinwandte. »Oh, oh, na klasse, er hat schon wieder angefangen!«

Dan drehte den Kopf um und sah, wie Joey der Rüpel und das Mädchen namens Arden sich neben dem roten Camaro stritten. Sie mußte etwas gesagt haben, was ihn zum Explodieren gebracht hatte, denn er hob seinen Arm, so als wollte er ihr mit dem Handrücken eine Ohrfeige versetzen, und sie wich einige Schritte zurück. Sein Gesicht war wutverzerrt, und nun konnten Dan und Donna Lee sein Geschrei durch das Glas hindurch hören.

»Ich schwöre bei Gumbo«, sagte Donna Lee, »schon als ich den Kerl hereinkommen sah, wußte ich, daß der Ärger machen würde. Ich hol meinen Knüppel.« Sie ging hinter die Theke, wo sie den nagelbewehrten Baseballschläger verstaut hatte.

Draußen hatte Joey sich gerade noch zurückgehalten, sich auf das Mädchen zu stürzen. Dan sah, wie er die Kofferraumhaube des Camaros aufriß und einen zerschlissenen braunen Koffer auf das Pflaster warf. Die Verschlüsse öffneten sich, und der Koffer verstreute in einer farbigen Fontäne Kleider auf dem Parkplatz. Ein kleiner rosafarbener Stoffbeutel, der mit einer Kordel zusammengebunden war, fiel heraus, und Joey versetzte ihm einen wütenden Tritt, und

Arden hob den Beutel auf, drückte ihn gegen die Brust und wich zurück, während sich ihr Mund voller Bitterkeit verzog.

»Verschwinde von hier!« brüllte Donna Lee von der Tür aus, den Totschläger einsatzbereit. Zwei Tankstellengehilfen kamen herüber, um zu sehen, was los war, und sie schauten aus wie Typen, die Joey mindestens so gut bearbeiten konnten wie der Totschläger. »Verschwinde, bevor ich die Bullen rufe!«

»Leck mich am Arsch, du alte Hexe!« grölte Joey zurück, doch er hatte die beiden Männer herankommen sehen und bewegte sich nun schneller. Er schlug die Kofferraumhaube zu und stieg in den Wagen. »Arden, ich habe die Schnauze voll von dir! Hast du mich verstanden?«

»Dann hau doch ab! Hier, nimm das, und hau ab!« Sie hatte etwas Geld in ihrer Hand, und schleuderte ihm die Scheine durch das Fenster des Camaros ins Gesicht. Der Motor heulte auf. Joey brüllte ihr noch etwas zu, doch es ging im Lärm des Motors unter. Dann warf er den Rückwärtsgang ein, riß den Camaro in einem Halbkreis herum, so daß er in Richtung Ausfahrt stand, und drückte auf die Hupe, während er gleichzeitig das Gaspedal durchtrat. Die breiten Hinterreifen quietschten und qualmten, und als sie sich ins Pflaster verbissen, hinterließen sie schwarze Abdrücke. Als der Camaro brüllend nach vorn schoß, mußten sich die beiden Tankstellengehilfen mit einem Sprung in Sicherheit bringen. Dan beobachtete durch das Fenster, wie der Wagen über den Parkplatz brauste, und drei Augenblicke später war er auf die Größe seiner roten Rückleuchten geschrumpft. Er fuhr auf die nördliche Rampe des I-49 zu, und schon bald war er nicht mehr zu sehen.

Dan trank einen Schluck von seinem Kaffee und beobachtete das Mädchen.

Sie weinte nicht, wie er es erwartet hatte. Ihr Gesichtsausdruck war grimmig, doch entschlossen, während sie ihre Handtasche öffnete und den rosa Beutel hineinsteckte. Dann machte sie sich daran, ihre Kleidungsstücke einzusammeln und wieder in den Koffer zu legen. Donna Lee sprach ein paar Worte mit den Tankstellengehilfen, in der Hand noch immer den nagelbewehrten Totschläger, der nun jedoch neben ihrem Körper baumelte. Arden schaute dem Camaro hinterher, während sie ihre Sachen zusammensuchte. Donna Lee half ihr, die letzten Stücke aufzuheben, und dann schloß Arden den Koffer und stand dort, ihr von einem Feuermal gezeichnetes Gesicht in die nördliche Dunkelheit gerichtet. Die beiden Tankstellengehilfen kehrten in ihr Kassenhäuschen zurück, und Donna Lee kam wieder ins Restaurant und verstaute den Totschläger hinter der Theke, doch Arden blieb allein auf dem Parkplatz stehen.

»Ist sie in Ordnung?« fragte Dan.

»Sie sagt, er wird zurückkommen«, erklärte Donna Lee. »Er sei jähzornig und drehe manchmal durch, aber nach ein paar Minuten gelange er immer wieder zur Besinnung.«

»Gottes Tierreich ist groß.«

»Ja, das kann man wohl sagen. Ich schwöre, ich hätte ihm einen Schlag auf den Schädel verpaßt, wenn ich nah genug herangekommen wäre. Hätte ihm was von seiner Gemeinheit aus den Ohren rausgeprügelt.« Donna Lee trat zu Dans Nische und deutete mit einer Bewegung ihres Kinns aus dem Fenster. »Sehen Sie sie sich nur mal da draußen an. Zum Teufel, wenn ein Mann mich so behandeln würde, würde ich ganz sicher nicht in der Gegend rumstehen und auf ihn warten. Würden Sie das?«

»Nein, das würde ich auch nicht.«

Donna Lee schenkte ihm ein zustimmendes Lächeln. »Ich bringe Ihnen ein Stück Erdbeerkuchen, auf Kosten des Hauses. Würde Ihnen das gefallen?«

»Hört sich gut an.«

»Dann steht er schon vor Ihnen!«

Der Kuchen bestand zum größten Teil aus zuckriger Creme, doch die Erdbeeren waren frisch. Dan hatte ihn halb aufgegessen, als Arden mit ihrem schweren Koffer wieder ins Restaurant kam. »Schrecklich warm da draußen«, sagte sie. »Kann ich hier drin warten?«

»Natürlich können Sie das, Schätzchen! Setzen Sie sich hin, und ruhen Sie sich aus!« Wie es schien, hatte Donna Lee einen Streuner zum Bemuttern gefunden, und sie schenkte eilig ein Glas Eistee ein und brachte es Arden, die sich eine Nische neben der Tür ausgesucht hatte. Donna Lee setzte sich ihr gegenüber hin, bereit, den Klagen des Mädchens ihr Ohr zu leihen, und Dan kam nicht umhin, mitzuhören, da er nur zwei Nischen weiter saß. Nein, Joey sei nicht ihr Ehemann, antwortete Arden auf Donna Lees Frage. Nicht mal wirklich ihr Freund, obwohl sie ein paarmal miteinander ausgegangen seien. Sie lebten im selben Mietshaus in Fort Worth, und sie seien auf dem Weg nach Lafayette gewesen. Joey spiele Baßgitarre in einer Band namens Hanoi Janes, und Arden habe am Wochenende das Mischpult und die Scheinwerfer für sie bedient; meistens auf Partys von Universitätsverbindungen und so was. Joey sei so überdreht, weil er ein künstlerisches Temperament besitze, sagte Arden. Hin und wieder bekomme er einen Anfall, um Dampf abzulassen, und das hier sei nicht das erstemal gewesen, daß er sie am Straßenrand zurückgelassen habe. Aber er komme zurück, er komme immer zurück.

Dan schaute aus dem Fenster. Dort draußen war nur Dunkelheit und nichts weiter.

»Schätzchen, ich persönlich würde nicht auf ihn warten«, sagte Donna Lee. »Ich würde mit dem Bus nach Hause fahren.«

»Er wird zurückkommen. Nach etwa zehn Meilen hat er sich wieder beruhigt.«
»Das ist ein ganz schön fieser Kerl, der ein Mädchen einfach aus dem Wagen wirft und es seinem Schicksal überläßt. Ich würde nach Hause fahren und diesem Mistbock sagen, daß er mich mal da kann, wo die Sonne nicht scheint. Haben Sie in Lafayette was zu erledigen?«
»Ja, das habe ich.«
»Lebt Ihre Familie da?«
»Nein«, antwortete Arden. »Ich treffe mich dort mit jemandem.«
»Dann würde ich an Ihrer Stelle auch dorthin fahren. Ich würde keinem Kerl trauen, der mich aus dem Wagen wirft. Nächstesmal schmeißt er Sie vielleicht an einer Stelle raus, wo Ihnen keine Menschenseele hilft.«
»Joey wird zurückkommen.« Arden hielt weiter durch das Fenster Ausschau. »Er kommt jeden Moment zurück.«
»Verdammt soll ich sein, wenn ich hier auf ihn warten würde. He, Sie!«
Dan wandte seinen Kopf um.
»Sie sind doch Richtung Süden unterwegs. Da fahren Sie ja durch Lafayette. Könnten Sie diese junge Dame nicht mitnehmen?«
»Tut mir leid«, antwortete Dan, »ich nehme niemanden im Auto mit.«
»Trotzdem vielen Dank«, sagte Arden zu Donna Lee, »aber ich würde auch nicht mit einem Fremden fahren.«
»Nun, ich werde Ihnen mal was über Donna Lee Boudreax erzählen. Ich arbeite hier nun schon seit fast neun Jahren, ich habe alle möglichen Menschen kommen und gehen sehen, und mittlerweile bin ich soweit, daß ich die Leute wirklich gut einschätzen kann. Mir war auf den ersten Blick klar, daß es mit Ihrem Freund Ärger geben würde, und wenn

ich sage, daß der Mann dort drüben ein Gentleman ist, dann können Sie sich darauf verlassen. Sie würden doch dieser jungen Dame nichts zuleide tun, oder?«

»Nein«, erwiderte Dan, »aber wenn ich ihr Vater wäre, würde ich auch nicht wollen, daß sie mitten in der Nacht zu einem Fremden in den Wagen steigt.«

»Sehen Sie?« Donna Lee zog ihre nachgezeichneten Augenbrauen hoch. »Er ist ein Gentleman. Wenn Sie nach Lafayette wollen, dann sind Sie bei ihm sicher.«

»Ich sollte besser hierbleiben und warten«, beharrte Arden. »Joey würde in die Luft gehen, wenn er zurückkommt und ich bin nicht mehr hier.«

»Zum Teufel, Mädchen, sind Sie etwa sein *Eigentum*? Ich würde ihm nicht die Genugtuung gönnen, mich hier warten zu sehen.«

Dan aß den letzten Bissen seines Kuchens. Es war Zeit, sich wieder auf den Weg zu machen, bevor diese Nische zu gemütlich wurde. Er setzte seine Baseballmütze auf und erhob sich. »Wieviel schulde ich Ihnen?«

»Nichts, wenn Sie dieser jungen Dame aus der Klemme helfen.«

Dan schaute aus dem Fenster. Da war noch immer nichts von den Scheinwerfer eines Camaros zu entdecken. »Hören Sie, ich würde gern behilflich sein, aber ich kann nicht. Ich muß sehen, daß ich weiterkomme.«

»Die Straße führt nach Süden«, erklärte Donna Lee. »Sie wollen beide in dieselbe Richtung. Das kostet Sie doch ein müdes Lächeln, oder?«

»Ich denke, sie ist alt genug, ihre eigenen Entscheidung zu treffen.« Dan sah, daß Arden noch immer hinaus auf den dunklen Highway starrte. Ihr Anblick erfüllte ihn mit Traurigkeit. Wenn die rechte Seite ihres Gesichts so hübsch wie die linke wäre, würde sie ganz sicher nicht auf einen Rüpel warten müssen, der sie beschimpft und ihrem eigenen Schicksal überlassen hatte. Doch Dan hatte schon genug Probleme, ohne sich auch noch ein weiteres aufzuhalsen. Er legte ihr zwei Dollar für den Kaffee auf den Tisch. »Danke für den Kuchen.« Dann setzte er sich Richtung Tür in Bewegung.

»Sagen Sie was, Schätzchen«, drängte Donna Lee. »Der Zug fährt ab.«

Doch Arden schwieg. Dan trat aus dem Restaurant in die Feuchtigkeit, die ihm den Schweiß aus den Poren trieb, bevor er noch den Kombi erreicht hatte. Er fuhr hinüber zu den Selbstbedienungszapfsäulen, wo er den Tank auffüllen wollte. Er brauchte auch eine neue Straßenkarte, und als das Benzin zu sprudeln aufhörte, ging er in das Kassenhäuschen, kaufte eine Straßenkarte von Louisiana und bezahlte, was er für die Tankfüllung schuldig war.

Er stand unter den Lampen und suchte die Karte südlich von Houma nach einem Ort namens Vermilion ab, als er hinter sich das Geräusch von Stiefeln herankommen hörte. Er drehte sich um, und da stand sie, in der Hand ihren Koffer, ihr Feuermal purpurn im Schein der Neonlampen.

»Ich glaube nicht, daß er diesmal zurückkommen wird«, sagte sie. »Haben Sie Platz für mich?«

»Ich dachte, Sie wollten nicht zu einem Fremden in den Wagen steigen?«

»Wenn man weit von zu Hause weg ist, ist jeder ein Fremder. Ich mag hier nicht länger warten. Wenn Sie mich mitnehmen, gebe ich Ihnen zehn Dollar.«

»Tut mir leid.« Dan faltete die Straßenkarte zusammen und setzte sich hinter das Lenkrad.

»Es ist ein Feuermal, keine Lepra«, sagte Arden bissig. »Sie können sich nicht anstecken.«

Dan hielt mit der Hand am Zündschlüssel inne. »Es sollte

bald ein Lastwagenfahrer vorbeikommen, der nach Süden unterwegs ist. Bei dem können Sie dann sicher mitfahren.«

»Wenn ich auf einen Lastwagenfahrer warte, kann alles mögliche passieren. Sie sehen zu verdammt müde aus, um irgendwelche Sachen zu versuchen, und selbst wenn Sie es täten, würde ich Ihnen wohl mühelos davonlaufen können.«

Er vermochte ihrer Logik nichts entgegenzuhalten. Selbst mit all dem Koffein in seinem Körper fühlte er sich noch immer so schwach wie ein geprügelter Welpe. Seine Gelenke schmerzten wie kaputte Zähne, und ein Blick in den Rückspiegel hatte ihm ein talgweißes Gesicht gezeigt, verunziert von dunklen Rändern unter den Augen, die wie blaue Flecken aussahen. Um der Wahrheit die Ehre zu geben, er war so gut wie fertig. Das Mädchen wartete auf seine Antwort. Lafayette war etwa fünfundzwanzig Meilen entfernt. Vielleicht wäre es gut, jemanden im Wagen zu haben, der ihn wach hielt, und dann würde er sich einen Platz suchen, wo er sich bis zum nächsten Sonnenuntergang ausruhen konnte.

»Steigen Sie ein«, sagte er.

Arden hievte ihren Koffer auf den Rücksitz. »Hier hinten liegt aber 'ne Menge Glas rum.«

»Ja. Das Fenster ist kaputtgegangen, und ich hatte noch keine Gelegenheit, sauberzumachen.«

Sie setzte sich auf den Beifahrersitz. Dan ließ den Motor an und folgte der südlichen Auffahrt des I-49. Die Raststätte fiel hinter ihnen zurück, und eine paar Minuten später war der grüne Neonschein nicht mehr zu sehen. Arden drehte sich nur einmal um, dann blickte sie starr nach vorn, als hätte sie entschieden, daß es wichtiger war, wohin sie fuhr, als wo sie gewesen war.

Dan stellte sich vor, daß ihr Feuermal kreideweiß werden

würde, wenn sie wüßte, mit wem sie da im Wagen saß. Donna Lee hätte ihn eher mit dem Totschläger bearbeitet, als dieses Mädchen in seine Obhut zu geben. Irgendwo auf dem Interstate lauerten State Troopers: Vielleicht warteten sie schon hinter der nächsten Kurve und hielten Ausschau nach einem Kombi, hinter dessen Steuer ein Mörder saß, der fünfzehntausend Dollar wert war.

Er hatte nie viel auf die Kraft des Gebets gegeben.

Doch im Moment, während die Dunkelheit von allen Seiten auf ihn eindrängte, seine Kräfte rapide schwanden und seine Zukunft nur ein Fragezeichen war, schien ein stummes Gebet das einzig greifbare Schutzschild zu sein.

12 Jupiter

Die ersten Lichter von Lafayette tauchten auf. Dan sagte: »Wir sind fast da. Wo müssen Sie hin?«
Arden hatte die Fahrt über geschwiegen und nur mit geschlossenen Augen und zur Seite geneigtem Kopf dagesessen. Jetzt schaute sie raus, öffnete dann ihre Handtasche, entfaltete ein Blatt Papier und versuchte angestrengt im Schein der Straßenlaternen zu lesen, was darauf geschrieben stand. »Biegen Sie an der Darcy Avenue ab. Dann fahren Sie zwei Meilen nach Osten und biegen nach rechts auf die Planters Road.«
»Was suchen Sie? Das Haus von jemandem?«
»Das Twin Oaks-Pflegeheim.«
Dan warf ihr einen kurzen Blick zu. »Ein *Pflegeheim*? Dafür sind Sie den ganzen Weg von Fort Worth hierher gekommen?«
»Stimmt genau.«
»Lebt dort einer Ihrer Verwandten?«
»Nein, nur jemand, den ich sehen muß.«
Dieser Jemand muß sehr wichtig sein, dachte Dan. Nun, das ging ihn nichts an. Er bog auf die Darcy Avenue und fuhr in östlicher Richtung eine breite Durchfahrtsstraße entlang, die von Schnellimbissen, Ladenzeilen und Restaurants mit Namen wie King Crawdaddy und Whistlin' Willie's Cajun Hut gesäumt wurde. Alles war geschlossen, ausgenommen hier und dort eine Tankstelle, und es begegneten ihnen nur

zwei andere Autos. Dan bog nach rechts auf die Planters Road, die an Wohnblocks und verschiedenen kleinen Geschäften vorbeiführte. »Wie weit ist es von hier?«

»Nicht weit.«

Seine Neugier bezüglich des Pflegeheims ließ ihm dann doch keine Ruhe. Wenn sie nicht eines Verwandten wegen den ganzen Weg von Fort Worth hierher gekommen war, wen mußte sie dann sehen? Sicher, Dan hatte seine eigenen Probleme, aber die Sache interessierte ihn. »Stört es Sie, wenn ich frage, wen Sie da besuchen wollen?«

»Jemanden, den ich mal gekannt habe, als ich aufwuchs.«

»Weiß diese Person, daß Sie kommen?«

»Nein.«

»Denken Sie, Viertel vor vier in der Früh ist eine gute Zeit, um jemanden in einem Pflegeheim zu besuchen?«

»Jupiter hat die frühen Morgenstunden immer besonders geliebt. Wenn er noch nicht aufgestanden ist, werde ich eben warten.«

»Jupiter?« fragte Dan.

»Das ist sein Name. Jupiter Krenshaw.« Arden sah ihn an. »Wie kommt es, daß Sie sich plötzlich so dafür interessieren?«

»Kein bestimmter Grund. Ich vermute, ich wollte es einfach wissen.«

»Na schön, ich denke, das ist nur fair. Ich kannte Jupiter, als ich fünfzehn, sechzehn Jahre alt war. Er arbeitete auf der Farm, auf der ich lebte. Hat sich um die Pferde gekümmert. Er hat mir immer Geschichten erzählt. Sachen über die Zeit, als er aufgewachsen ist, unten im Bayou. Einige davon waren ausgedachte Geschichten. Ich habe seinen nächsten Verwandten aufgespürt, und von dem habe ich erfahren, daß Jupiter in einem Pflegeheim ist.« Sie beobachtete, wie sich die Planters Road im Licht der Scheinwerfer entrollte. »Es gibt da etwas, über das ich mit ihm reden will. Etwas, das für mich sehr, sehr wichtig ist.«

»Das muß es schon sein«, meinte Dan. »Sie sind einen weiten Weg gekommen, um ihn zu sehen.«

Sie schwieg einen Moment lang, während der warme Wind durch die Fenster hereinwehte. »Haben Sie schon mal von jemandem namens Leuchtendes Mädchen gehört?«

Dan schüttelte den Kopf. »Nein, nicht daß ich wüßte. Wer ist das?«

»Ich glaube, das könnte es sein.« Arden hob das Kinn und deutete damit auf ein niedriges gemauertes Gebäude zu ihrer Rechten. Einen Augenblick später konnte Dan das kleine, geschmackvoll beleuchtete Schild sehen, welches ihm sagte, daß dies in der Tat das Twin Oaks-Pflegeheim war. Das Gebäude lag gegenüber einer Ladenzeile, doch es sah nicht allzu schäbig aus: Es hatte eine Menge Fenster, eine lange Veranda mit weißen Korbmöbeln, und zu beiden Seiten des Eingangs standen zwei riesige Eichen. Dan hielt vor dem Vordereingang, wo es eine Rollstuhlrampe und mit Astroturf bezogene Stufen gab. »Nun«, sagte er, »dies ist Ihre Haltestelle.«

Sie stieg nicht aus. »Darf ich Sie um einen Gefallen bitten?«

»Bitten dürfen Sie.«

»Sind Sie in großer Eile?«

»Ich bin nicht in Eile, aber ich trödle auch nicht.«

»Haben Sie Zeit, auf mich zu warten? Es sollte nicht sehr lange dauern, und ich wäre sehr froh, wenn Sie mich anschließend zu einem Motel fahren könnten.«

Dan dachte darüber nach, die Hände auf dem Lenkrad. Ein Zimmer in einem Motel war auch genau das, was er brauchte. Er war zu müde, um noch ganz bis nach Vermilion zu fahren. Er hatte das Anglercamp auf der Straßenkarte gefunden, ein Fleck am Highway 57, etwa fünfzehn Meilen südlich von Houma, nahe der Stelle, wo das Straßenpflaster im riesigen Bayou-Sumpf von Terrebonne Parish endete.

»Ich warte«, entschied er.

»Danke.« Sie blickte ihn an. »Ich lasse meinen Koffer hier. Sie werden doch nicht abhauen, sobald ich durch die Tür da gegangen bin, oder?«

»Nein, ich bleibe hier.« Und halte vielleicht ein kleines Nickerchen, während ich warte, dachte Dan.

»Also gut.« Er schien vertrauenswürdig, und sie war froh, daß sie ihn getroffen hatte. »Ich kenne nicht einmal Ihren Namen.«

»Dan«, sagte er.

»Ich bin Arden Halliday.« Sie gab ihm ihre Hand, und Dan schüttelte sie. »Ich weiß es wirklich zu schätzen, daß Sie mir helfen. Ich hoffe nur, daß es kein zu großer Umweg für Sie war.«

Dan zuckte mit den Schultern. »Ich will sowieso in die Gegend südlich von Houma.« Im selben Augenblick bereute er, ihr das erzählt zu haben, denn wenn sie zufällig dahinter kam, wer er war, würde diese Information auf direktem Weg bei der Polizei landen. Er war so müde, daß er vergaß, daß schon ein kleiner Versprecher ihn ins Gefängnis bringen konnte.

»Es wird nicht lange dauern«, sagte sie, dann stieg sie aus, ging die Stufen hinauf und betrat das Gebäude durch eine Tür mit Glaseinsätzen.

Es kam ihm in den Sinn, daß es vielleicht das klügste wäre, ihren Koffer auf die Stufen zu stellen und Gas zu geben, doch er verwarf den Gedanken. Müdigkeit kroch in seinen Knochen hoch, und seine Augenlider wurden schwer. Wenn sie wieder herauskam, würde er sie bitten, sich hinters Lenkrad zu setzen. Er stellte den Motor ab und verschränkte die Arme über der Brust. Seine Augen schlossen sich, und er

lauschte auf das leise Summen der Insekten in der schwülen Nacht.
»Mister?«
Dan schlug die Augen auf und schoß im Sitz hoch. Ein Mann stand neben seinem Fenster und spähte herein. Einen Augenblick lang verspürte Dan kaltes Grauen, da der Mann eine Mütze und eine Uniform mit einem Abzeichen auf der Brusttasche trug.
»Mister?« sagte der Polizist abermals. »Sie können hier nicht parken.«
»Sir?« Mehr bekam Dan nicht heraus.
»Sie können hier nicht parken, so direkt vor der Tür. Das verstößt gegen die Feuerschutzbestimmungen.«
Dan blinzelte, denn sein Blickfeld war verschwommen. Doch er konnte noch erkennen, daß das Gesicht jung genug war, um Akne zu haben, und daß auf dem Abzeichen TWIN OAKS-SICHERHEITSDIENST stand.
»Sie können sich dort auf der Seite hinstellen«, sagte der Wachmann. »Wenn es Ihnen nichts ausmacht, meine ich.«
»Nein, nein, es macht mir nichts aus.« Er hätte beinahe laut losgelacht; ein schlaksiger Knabe, der vermutlich gerade mal neunzehn Jahre alt war, hatte ihm einen solchen Schrecken eingejagt, daß sein Haar weiß geworden war. »Ich werde den Wagen wegfahren.« Er griff nach unten, um den Motor anzulassen, und in diesem Moment kam Arden aus dem Gebäude und die Stufen hinunter.
»Gibt es ein Problem?« fragte sie, als sie den Wachmann sah, und der Junge schaute sie an und wollte gerade etwas antworten, da fiel sein Blick auf das Feuermal, und seine Stimme versagte.
»Ich soll den Wagen von hier wegfahren«, erklärte Dan. »Feuerschutzbestimmungen. Sind Sie schon fertig?«
»Nein. Die Frau am Empfang sagt, Jupiter wache gewöhn-

lich gegen fünf auf. Ich habe ihr versichert, daß er mich sehen will, aber sie weigert sich, ihn früher aufzuwecken. Also dauert es noch eine Stunde.«

Dan rieb sich die Augen. Auf eine Stunde kommt es nun auch nicht mehr an, dachte er. »Na schön. Ich fahre den Wagen dort rüber und versuche etwas zu schlafen.«

»Drinnen gibt es einen Wartebereich. Da haben Sie ein Sofa, auf dem Sie sich vielleicht ausstrecken könnten, und es ist dort auch bedeutend kühler.« Arden blickte unvermittelt in das Gesicht des Wachmanns. »Können Sie mir sagen, was Sie da so anstarren?«

»Ah ... ah ...« stammelte der Junge.

Arden trat auf ihn zu, das Kinn trotzig erhoben. »Man nennt es einen Portweinfleck«, sagte sie. »Ich wurde damit geboren. Machen Sie schon, und schauen Sie es sich gut an, befriedigen Sie nur Ihre Neugier. Wollen Sie es auch mal anfassen?«

»Nein, Ma'am«, erwiderte er und trat eilig einen Schritt zurück. »Ich meine ... nein, vielen Dank, Ma'am.«

Arden blickte ihm weiter direkt in die Augen, doch sie entschied, daß er sie nicht hatte beleidigen wollen. Ihre Stimme war ruhiger, als sie wieder sprach. »Ich vermute, ich würde es auch nicht anfassen wollen, wenn ich nicht müßte.« Sie wandte ihre Aufmerksamkeit erneut Dan zu, der sehen konnte, wie die Wut in ihren Augen erlosch wie die letzte Glut eines vom Wind gepeitschten Feuers. »Drinnen ist es wahrscheinlich bequemer.«

»Ja, das nehme ich an.« Er vermutete, daß er auch in einem Zementmischer hätte schlafen können, doch ein Sofa würde freundlicher zu seinen Knochen sein. Er ließ den Motor an, der sich ebenso erledigt anhörte, wie Dan sich fühlte. »Ich parke auf der Seite und komme rein.« Der Wachmann ging davon, und Dan stellte den Kombi auf einem kleinen Parkstreifen neben dem Twin Oaks ab. Es war eine Qual, die Strecke zurück bis zur Eingangstür zu gehen. Drinnen jedoch war die Klimaanlage wie ein Atemhauch des Himmels. Eine dünne Frau mittleren Alters, mit einer Frisur, die wie zwei Kugeln Vanilleeis aussah, saß am Empfang, die Lippen geschürzt, während sie einen Liebesroman verschlang. Arden saß ganz in der Nähe im Wartebereich, der eine Anzahl von gepolsterten Sesseln, Leselampen aus Messing und einen Zeitschriftenständer bot. Außerdem gab es da noch ein langes Sofa, das so schön war wie eine Vision des Gelobten Landes.

Dan ließ sich auf das Sofa sinken, zog die Schuhe aus und legte sich hin. Arden hatte eine Ausgabe des *National Geographic* auf ihrem Schoß, doch sie sah aus, als ob sie auch Schlaf nötig hätte. Im ganzen Gebäude war es still, und die Korridore waren nur schummrig erleuchtet. Von irgendwoher trieb das Geräusch eines tiefen, gedämpften Hustens herüber. Dan schoß der Gedanke durch den Kopf, daß kein Polizist in Louisiana auf die Idee kommen würde, ihn in einem Pflegeheim in Lafayette zu suchen. Dann entspannte sich sein Körper, soweit dies möglich war, und er schlief einen traumlosen Schlaf.

Stimmen brachten in zurück in das Land der Lebenden.

»Ma'am? Ich denke, Mr. Krenshaw ist jetzt wach. Kann ich ihm sagen, wer Sie sind?«

»Sagen Sie ihm einfach, Arden sei hier. Er weiß dann schon Bescheid.«

»Ja, Ma'am.« Gummibesohlte Schuhe quietschten über das Linoleum.

Dan schlug die Augen auf und schaute aus dem Fenster gleich neben ihm. Lila kroch am Horizont hoch. Es muß so gegen sechs Uhr sein, dachte er. Sein Mund war trocken wie eine Wüste. Einige Schritte entfernt sah er einen Wasserspender, und er nahm all seine Kraft zusammen und setzte sich auf, seine Gelenke so steif wie rostige Scharniere. Arden saß noch immer in dem Sessel, ihr Gesicht in die Richtung eines Korridors gerichtet, der am Empfang vorbeiführte. Dan bemerkte, daß sie ihre Handtasche geöffnet und den kleinen rosafarbenen Beutel herausgeholt hatte. Der Beutel lag in ihrem Schoß, und sie umklammerte ihn in einer Art, die auf Dan wie Schutz oder ein Gebet wirkte. Als er aufstand, um zu dem Wasserspender zu gehen, sah er, wie sie die Kordel fest zuzog und den Beutel wieder in ihre Handtasche steckte. Dann erhob sie sich ebenfalls aus ihrem Sessel, weil jemand den Korridor herunterkam.

Es waren zwei Leute. Eine braunhaarige Frau in einer weißen Uniform schob einen Rollstuhl, wobei ihre Schuhe bei jedem Schritt quietschten. Im Rollstuhl saß ein gebrechlich aussehender Schwarzer in einem rotkarierten Bademantel und mit gelb-grünen Socken und Pantoffeln. Dan trank einen Schluck Wasser und beobachtete Arden, wie sie zu dem Mann hinüberging, den zu sehen sie einen so weiten Weg gemacht hatte.

Jupiter war mittlerweile achtundsiebzig Jahre alt. Sein Gesicht war ein aufgesprungenes Flußbett von Falten, und sein weißes Haar war bis auf ein paar spärliche Büschel zurückgegangen. Arden war sicher, daß sie sich ebenso stark verändert hatte, doch er würde schon blind sein müssen, um sie nicht zu erkennen, und der Schlaganfall, den er vor zwei Jahren erlitten hatte, hatte ihn nicht seines Augenlichts beraubt. Seine Augen strahlten, und ihre Aufregung sprang auf Arden über wie ein elektrischer Funke. Sein Neffe hatte Arden von dem Schlaganfall erzählt, den Jupiter nur fünf Monate nach dem Tod seiner Frau erlitten hatte, und so war Arden auf die Schüttellähmung seines Kopfs und seiner Hände und die stark herunterhängende rechte Seite seines

Mundes vorbereitet. Trotzdem war sein Anblick ein harter Schlag, denn sie erinnerte sich daran, wie er früher einmal gewesen war, und zehn Jahre konnten viel Schaden anrichten. Sie ging die letzten Schritte auf ihn zu, ergriff eine seiner zitternden Hände, während er sie zu ihr ausstreckte und mühevoll seinen Mund zum Sprechen öffnete.

»Miss Arden«, sagte er. Seine Stimme klang wie ein Keuchen, beinahe schmerzhaft anzuhören. »Bist groß geworden.«

Sie schenkte ihm das schönste Lächeln, das sie besaß. »Hallo, Jupiter. Wie behandelt man dich denn hier?«

»Als ob ich am Ende wäre. Was ich *nicht* bin. Werd wieder arbeiten, sobald ich wieder auf die Füße komme.« Er schüttelte verwundert den Kopf, und seine Hand hielt noch immer die von Arden fest. »Junge, Junge! Du bist eine richtige junge Dame geworden! Doreen wäre so stolz auf dich!«

»Ich habe gehört, was passiert ist. Es tut mir leid.«

»Zuerst war ich ganz schön am Boden. Ganz schön am Boden. Aber Doreen ist jetzt der Stolz der Engel, und ich freue mich für sie. Ich werd wieder auf die Füße kommen. Louis denkt, ich wär am Ende, daß ich nichts mehr selbst machen könnte.« Er schnaubte verächtlich. »Ich hab gesagt, gib mir das Geld, was sie dir hier abnehmen, und ich zeige dir, wie ein Mann wieder aus eigener Kraft auf die Beine kommen kann. Ich bin noch nicht erledigt, nein, Ma'am.« Jupiters Triefaugen wanderten zu Dan. »Wer ist das da? Ich kann nicht ...« Er hielt den Atem an. »Der Herr stehe mir bei! Ist das ... ist das Mr. Richards?«

»Das ist der Mann, der mich hierherge ...«

»Mr. *Richards*!« Jupiter ließ Ardens Hand los und rollte sich zu Dan hinüber, bevor die Krankenschwester ihn aufhalten konnte. Dan wich zurück, doch der Rollstuhl war plötzlich direkt vor ihm, und der verzogene Mund des alten Mannes öffnete sich zu einem ekstatischen Grinsen. »Sie sind auch gekommen, um mich zu besuchen?«

»Äh ... ich glaube, Sie verwechseln mich mit je ...«

»Machen Sie sich keine Sorgen, jetzt *weiß* ich, daß ich aus diesem Ding herauskommen werde! Junge, Junge, was für ein schöner Tag das heute doch ist! Mr. Richards, haben Sie noch immer das Pferd, das Orangenschalen frißt? Ich hab gerade vor ein paar Tagen noch an das Pferd gedacht. Der Name lag mir auf der Zunge, er lag mir auf der Zunge, aber ich brachte ihn einfach nicht raus. Wie war noch mal der Name von dem Pferd?«

»Jupiter?« sagte Arden leise und stellte sich hinter ihn. Sie legte ihre Hand auf eine seiner mageren Schultern. »Das ist nicht Mr. Richards.«

»Aber sicher ist er das! Da steht er, in Fleisch und Blut! Ich mag am Boden sein, aber ich bin noch nicht abgetreten! Mr. Richards, wie hieß noch mal das Pferd, das Orangenschalen gefressen hat?«

Dan blickte in Ardens Gesicht und flehte sie stumm um Hilfe an. Es war offensichtlich, daß der alte Mann beschlossen hatte, daß Dan jemand anderes war, und für ihn war der Fall damit abgeschlossen. Arden sagte: »Ich glaube, der Name des Pferdes war Fortune.«

»Fortune! Das ist es!« Jupiter nickte. Seine Augen waren noch immer starr auf Dan gerichtet. »Haben Sie diesen alten Gaul noch?«

»Ich bin nicht der, für den Sie ...« Doch Dan hielt inne, bevor er den Satz beendete. Es schien keinen Zweck zu haben. »Ja«, sagte er, »ich denke, ich hab ihn noch.«

»Ich werde ihm Manieren beibringen! Gott mag das Pferd erschaffen haben, aber ich bin es, der ihm die Flausen austreibt, stimmt's nicht, Miss Arden?«

»Stimmt genau«, erwiderte sie.
Jupiter murmelte vor sich hin, zufrieden mit der Antwort. Er wandte seine Aufmerksamkeit von Dan ab und blickte aus dem Fenster. »Die Sonne geht jetzt auf. Wird trocken und heiß werden. Pferde brauchen heute 'nen extra Eimer Wasser, und man darf sie nicht zu hart rannehmen.«
Arden winkte die Krankenschwester einen Moment zur Seite und sprach mit ihr, und die Krankenschwester nickte zustimmend und zog sich zurück, um sie allein zu lassen. Dan machte ebenfalls Anstalten zu gehen, doch der Mann griff mit stählernen Fingern nach ihm und hielt ihn am Handgelenk fest. »Louis denkt, daß ich nichts mehr wert bin«, vertraute er Dan an. »Haben Sie mit Louis gesprochen?«
»Nein, habe ich nicht.«
»Mein Neffe. Hat mich hier reingesteckt. Ich hab zu Louis gesagt, gib mir das Geld, was sie dir hier abnehmen, und ich zeige dir, wie ein Mann aus eigener Kraft wieder auf die Beine kommen kann.«
Arden stellte einen Stuhl neben den Rollstuhl und setzte sich. Durch das Fenster konnte man sehen, wie sich rosafarbene Streifen über den Himmel zogen. »Du hast dir immer gern den Sonnenaufgang angeschaut, stimmt's?«
»Man muß früh raus aus den Federn, wenn man was aus sich machen will. Mr. Richards kennt das. Geben Sie den Pferden heute viel Wasser, Sir.«
»Soll ich Sie allein lassen?« fragte Dan das Mädchen. Doch Jupiter lockerte seinen Griff nicht, und Arden schüttelte den Kopf. Dan runzelte die Stirn. Er fühlte sich, als wäre er mitten in einer Aufführung auf eine Bühne gestolpert, ohne den Titel des Stücks oder auch nur das Geringste von der Handlung zu kennen.
»Ich freue mich so«, sagte Jupiter, »daß Sie beide mich

besuchen gekommen sind. Ich denke viel an jene Tage zurück. Ich träume von ihnen. Ich schließe die Augen, und ich kann alles so sehen, wie es war. Es war eine glückliche Zeit, und daran glaube ich fest. Eine glückliche Zeit.« Er sog langsam und rasselnd die Luft ein. »Nun, ich bin noch nicht erledigt. Ich mag am Boden sein, aber ich bin noch nicht abgetreten!«

Arden ergriff Jupiters andere Hand. »Ich bin hierhergekommen«, sagte sie, »weil ich deine Hilfe brauche.«

Einen Moment lang erwiderte er nichts, und Arden dachte schon, daß er sie nicht gehört hätte. Doch dann wandte Jupiter seinen Kopf zu ihr um und blickte sie fragend an. »Meine Hilfe?«

Sie nickte. »Ich muß das Leuchtende Mädchen finden.«

Jupiters Mund öffnete sich langsam, so als wollte er sprechen, doch es kamen keine Worte heraus.

»Ich erinnere mich genau an die Geschichten, die du mir immer erzählt hast«, fuhr Arden fort. »Ich habe sie nicht vergessen, all die Jahre nicht. Besonders das, was du mir über das Leuchtende Mädchen erzählt hast. Jupiter, ich muß sie finden. Erinnerst du dich, du hast mir erzählt, was sie für mich tun könnte? Du hast immer gesagt, sie könnte mein Gesicht berühren, und das Mal würde auf ihre Hände übergehen. Dann würde sie sich die Hände in Wasser waschen, und das Mal wäre auf immer und ewig verschwunden.«

Das Feuermal, schoß es Dan durch den Kopf, und er verstand jetzt, wovon sie sprach. Er starrte Arden an, doch ihr ganzes Wesen schien auf den alten Mann fixiert.

»Wo ist sie?« drängte Arden.

»Wo sie immer war«, antwortete Jupiter. »Wo sie immer sein wird. Die Straße endet, trifft auf den Sumpf. Dort ist das Leuchtende Mädchen.«

»Ich erinnere mich, daß du mir oft von deiner Kindheit oben in LaPierre erzählt hast. Muß ich dort anfangen?«
»LaPierre«, wiederholte er und nickte. »Das stimmt. Fang in LaPierre an. Dort kennen sie das Leuchtende Mädchen, sie werden dir weiterhelfen.«
»Entschuldigen Sie bitte«, mischte Dan sich ein, »aber darf ich fragen, von wem Sie da sprechen?«
»Das Leuchtende Mädchen ist eine Wunderheilerin«, erklärte Arden ihm. »Sie lebt im Sumpf südlich von dem Ort, in dem Jupiter aufgewachsen ist.«
Mit einem Schlag wurde Dan alles klar. Arden suchte nach einer Wunderheilerin, die das Feuermal von ihrem Gesicht verschwinden lassen würde, und sie besuchte diesen alten Mann, damit er ihr den Weg zu der Frau wies. Dan war müde und reizbar, seine Gelenke schmerzten, und in seinem Kopf hämmerte es. Ganz ehrlich gesagt, kotzte es ihn an, daß er solchen Unsinns wegen einen Umweg gemacht und die Fahrt auf dem Interstate riskiert hatte. »Was ist sie, irgend'ne Art Voodoo-Frau, die Weihrauch verbrennt und Knochen auf den Boden wirft?«
»Mit Voodoo hat das nichts zu tun«, entgegnete Arden unwirsch. »Sie ist eine heilige Frau.«
»Heilig, ja, das ist sie. Sie trägt die Lampe Gottes«, sagte Jupiter, sich nicht direkt an einen von ihnen wendend.
»Ich habe Sie für eine vernünftige Person gehalten. Es gibt keine Wunderheiler.« Ein Gedanke traf Dan wie ein Axtschlag zwischen die Augen. »Hat Joey Sie deshalb verlassen? Weil er herausgefunden hat, daß Sie einem Märchen nachjagen?«
»Oh, Mr. Richards, Sir!« Jupiters Hand drückte Dans fester. »Das Leuchtende Mädchen ist kein Märchen! Sie ist so wirklich wie Sie und ich! Hat schon in dem Sumpf gelebt, lange bevor mein Daddy ein kleiner Junge war, und sie wird

noch dort sein, lange nachdem meine Knochen zu Staub geworden sind. Ich habe sie gesehen, als ich acht Jahre alt war. Da kam das Leuchtende Mädchen die Straße entlang!« Er lächelte bei der Erinnerung, während sich das warme rosafarbene Licht der frühen Morgensonne über die Falten seines Gesichts legte. »Junges weißes Mädchen, so schön wie der lichte Tag. Deshalb hat man sie leuchtend genannt. Aber sie trägt auch eine Lampe. Trägt eine Lampe von Gott, der in ihr brennt, und daher erhält sie ihre heilenden Kräfte. Ja, Sir, da kam das Leuchtende Mädchen die Straße entlang, und eine Menschenmenge folgte ihr. Sie war auf dem Weg zu Miss Wardells Haus. Miss Wardell war so krank vom Krebs, daß sie nur noch im Bett lag und auf den Tod wartete. Sie sah mich da stehen, und sie lächelte mich unter ihrem großen purpurnen Hut hervor an, und ich wußte, wer sie war, weil meine Mama sagte, das Leuchtende Mädchen komme. Ich rief: Leuchtendes Mädchen! Leuchtendes Mädchen! und sie berührte meine Hand, als ich sie nach ihr ausstreckte. Ich fühlte die Lampe, die sie in sich trug, die heilende Lampe Gottes.« Er blickte zu Dans Gesicht auf. »Ich habe nie zuvor solches Licht gefühlt, Mr. Richards. Und auch seither nie wieder. Sie haben erzählt, das Leuchtende Mädchen habe Miss Wardell ihre Hände aufgelegt und es sei schwarze Galle herausgekommen, der ganze Krebs sei herausgeströmt. Sie sagten, es habe zwei Tage und zwei Nächte gedauert, und als es zu Ende war, war das Leuchtende Mädchen so erschöpft, daß man sie zu ihrem Boot tragen mußte. Doch Miss Wardell hat zwei Ehemänner überlebt und tanzte noch, als sie neunzig war. Und das ist noch lange nicht alles, was das Leuchtende Mädchen für die Leute um LaPierre herum getan hat. Fragen Sie die dort unten, die werden Ihnen von all den Leuten erzählen, die sie vom Krebs, von Tumoren und Krankheiten geheilt hat. Also nein, Sir, bei allem Respekt, aber das Leuchtende Mädchen ist kein Märchen, weil ich sie mit meinen eigenen Augen gesehen hab.«

»Ich glaube dir«, sagte Arden. »Das habe ich immer getan.«

»Das ist der erste Schritt«, erwiderte er. »Geh nach LaPierre. Geh nach Süden, und du wirst sie finden. Sie wird dein Gesicht berühren und alles wieder ins Lot bringen, und du wirst das Mal nie wieder sehen.«

»Sie wird die Dinge ins Lot bringen. Das will ich mehr als alles andere auf der Welt.«

»Miss Arden«, sagte Jupiter, »ich erinnere mich, wie du dich immer über dich selbst geärgert hast und wie die anderen dich behandelt haben. Ich erinnere mich an die Namen, mit denen sie dich gerufen haben, jene Namen, die dich zum Weinen brachten. Dann hast du dir die Tränen getrocknet, das Kinn wieder hochgereckt und bist weitergegangen. Aber es scheint mir so, daß du noch immer weinst, innerlich.« Er blickte ganz ernst zu Dan auf. »Sie werden auf Miss Arden achtgeben?«

»Hören Sie«, sagte Dan, »ich bin nicht der, für den Sie mich halten.«

»Ich weiß, wer Sie sind«, erwiderte Jupiter. »Sie sind der Mann, den Gott Miss Arden geschickt hat.«

»Wie bitte?«

»Ja, genau. Sie sind der Mann, den Gott geschickt hat, um Miss Arden zum Leuchtenden Mädchen zu bringen. Sie sind Seine Hände, Sie müssen sie in die richtige Richtung lenken.«

Dan wußte nicht, was er sagen sollte, aber es reichte ihm jetzt. Er befreite seine Hand aus den spinnendürren Fingern des alten Mannes. »Ich warte draußen«, knurrte er Arden zu und wandte sich zur Tür um.

»Auf Wiedersehen!« rief Jupiter ihm nach. »Beherzigen Sie meine Worte, haben Sie gehört?«
Draußen hatte der Himmel im Osten die Farbe von poliertem Kupfer angenommen. Schon roch die Luft nach feuchter, drückender Hitze. Dan ging zum Kombi hinüber, stieg ein und saß da, während der Schweiß aus seinen Poren zu quellen begann. Wieder überlegte er, einfach den Koffer des Mädchens aus dem Wagen zu werfen und sich aus dem Staub zu machen, doch die Hitze vertrieb derartige Gedanken. In seinem momentanen Zustand würde er nicht mehr als ein paar Meilen weit kommen, bevor er am Lenkrad einschlief. Er nickte gerade ein, als das Mädchen die Beifahrertür öffnete. »Sie sehen ziemlich schlecht aus«, sagte sie. »Soll ich fahren?«
»Nein«, antwortete er. Sei doch nicht dumm, meldete sich eine innere Stimme. Über die Fahrbahn hin und her zu schleudern, ist ein sicherer Weg, von einem Streifenwagen angehalten zu werden. »Warten Sie«, sagte er, als sie Anstalten machte, einzusteigen. »Ja, ich denke, es ist besser, wenn Sie fahren.«
Arden nahm den Weg zurück, den sie gekommen waren. Für Dans schmerzende Knochen war das Ruckeln und Schaukeln des quietschenden Rahmens des Kombis die reinste Folter. »Wir müssen irgendwo anhalten«, meinte er, als sie die Darcy Avenue erreicht hatten. Auf der rechten Straßenseite erblickte Dan ein kleines Motel. Sein Schild wies es als Rest Well Inn aus, was sehr vielversprechend für Dan klang. »Biegen Sie dort ein.«
Sie gehorchte und hielt unter einem grünen Baldachin vor der Rezeption des Motels. Ein Schild im Fenster besagte, daß alle Zimmer zehn Dollar pro Nacht kosteten, daß es in allen Telefon gab und daß Kabelfernsehen umsonst war. »Soll ich uns anmelden?«

Dan musterte sie mit zusammengekniffenen Augen. »Was meinen Sie mit *uns* anmelden? Wir sind kein Pärchen.«

»Ich meinte getrennte Zimmer. Ich könnte auch etwas Schlaf vertragen.«

»Oh, ja, in Ordnung. Klingt gut.«

Sie stellte den Motor ab und stieg aus. »Wie heißen Sie mit Nachnamen?«

»Hä?«

»Ihr Nachname. Die brauchen ihn für das Gästebuch.«

»Farrow«, sagte Dan. »Aus Shreveport, wenn die das auch wissen müssen.«

»Ich bin in ein paar Minuten wieder da.«

Dan lehnte den Kopf zurück und wartete. Hier anzuhalten, schien das einzig Richtige zu sein. Er wäre nicht den Rest des Weges bis nach Vermilion im hellen Tageslicht gefahren, selbst wenn er sich dazu in der Lage gefühlt hätte. Seine Kräfte ließen rapide nach. Dieser verrückte alte Mann, dachte Dan. »Da kam das Leuchtende Mädchen die Straße entlang. Hat Miss Wardell ihre Hände aufgelegt. Der ganze Krebs ist herausgeströmt. Ich habe noch nie zuvor solches Licht gefühlt, Mr. ...«

»Hier ist Ihr Schlüssel.«

Dan öffnete mühsam die Augen und nahm den Schlüssel, den Arden ihm hinhielt. Die Sonne war strahlender geworden. Arden fuhr sie ein kurzes Stück, und dann streckte Dan irgendwie den Schlüssel in eine Tür und betrat ein kleines, doch sauberes Zimmer mit beigegetünchten Wänden. Er schloß die Tür hinter sich ab, ging direkt zum Bett und legte sich hinein, ohne seine Mütze abzunehmen oder seine Schuhe auszuziehen.

Wenn die Polizei plötzlich das Zimmer stürmen sollte, dann würden sie ihm keine Handschellen anlegen müssen.

Schmerz pochte durch seinen Körper. Er hatte sich über

seine Grenzen hinaus getrieben. Doch er hatte immer noch einen langen Weg vor sich, und er konnte nicht aufgeben. Sieben oder acht Stunden Schlaf, und er würde sich besser fühlen. Dann im Dunkeln weiterfahren, runter ins Sumpfland. Dort kennen sie das Leuchtende Mädchen. Geh nach Süden, und da wirst du sie finden. Sie sind Seine Hände, Sie müssen sie in die richtige Richtung lenken.

Verrückter alter Mann. Ich bin ein Mörder, das bin ich.

Dan rollte sich auf die Seite und zog die Knie an die Brust.

Sie sind Seine Hände.

Und mit diesem Gedanken glitt er hinab in eine gnädige, lautlose Dunkelheit.

13 Satans Paradies

Wissen Sie, Elvis hätte beinahe das Singen aufgegeben, als er noch ein kleiner Junge war. Hat sich als Lastwagenfahrer verdingt, und das wollte er auch sein Leben lang machen. Habe ich Ihnen schon erzählt, daß ich früher auch Lastwagenfahrer war?«

»Ja, Eisley«, sagte Flint müde. »Vor zwei Stunden.«

»Nun, was ich meinte, ist, daß man nie weiß, wohin es einen in diesem Leben verschlägt. Elvis dachte, er würde ein Lastwagenfahrer sein, und sehen Sie nur, was aus ihm geworden ist. Genauso ist es mit mir. Nur daß ich vermute, daß ich noch nicht am Ziel angekommen bin.«

»Hm«, erwiderte Flint und schloß erneut die Augen. Die Sonne war heiß genug, um einen Schatten schwitzen zu lassen. Alle Fenster des Cadillacs waren heruntergekurbelt, doch die Luft stand still, es gab nicht die Andeutung eines Luftzugs. Der Wagen parkte an einer Seitenstraße unter dem Schatten von Trauerweiden, sonst hätten sie nicht schon seit fast zwölf Stunden darin sitzen können. Dennoch war Flint gezwungen gewesen, sein Jackett auszuziehen und sein Hemd aufzuknöpfen, und Clints Arm baumelte von seinem Ansatz direkt unterhalb des letzten Rippenbogens von Flints Brustkorb herab, während sich seine Hand immer wieder ballte, wie in einem trägen Protest gegen die Hitze. Die Reflexe von Clints Hand hatten Mama eine Weile unterhalten, doch nun lag sie schlafend auf dem Rücksitz. Ihre rosa Zunge hing heraus, und eine kleine Sabberpfütze bildete sich auf dem schwarzen Vinyl.

Es ging ein aufgesprungener und mit Schlaglöchern übersäter Highway von Houma nach Vermilion, ansonsten gab es keine andere Straße rein oder raus. Der Highway hatte Flint und Pelvis in der Dämmerung des frühen Morgens über seinen gewundenen Rücken nach Süden durch das Bayouland geführt, und obgleich sie außer dem gelegentlichen Schein einer Anglerlampe auf dem Wasser nicht viel hatten sehen können, vermochten sie doch den Sumpf selbst zu riechen, ein schwerer beißender Gestank, eine Mischung aus süßen Blüten und ekelhafter nasser Verwesung. Sie hatten eine lange Betonbrücke überquert und waren durch den Ort Vermilion gekommen, der aus einer mit Fensterläden verschlossenen Ansammlung von baufälligen Läden und Schindelhäusern bestand. Drei Meilen hinter der Brücke, auf der linken Seite, war ein Sandweg, der durch einen Wald aus Krüppelkiefern und nadelspitzen Zwergpalmen zu einer grau gestrichenen Hütte mit einer von Fliegengittern geschützten Veranda führte.

In der Hütte hatte kein Licht gebrannt, und Lamberts Wagen war nirgends zu sehen. Während Pelvis und Mama im Wald pinkelten, war Flint zur Rückseite der Hütte gegangen und hatte dort einen Bootssteg entdeckt, der auf einen See hinausragte. Wegen der Dunkelheit vermochte Flint jedoch nicht zu sagen, wie groß oder klein der See war. In der Nähe stand ein Bootshaus, dessen Tor mit einem Vorhängeschloß gesichert war. Lambert mochte auf dem Weg hierher sein oder vielleicht auch nicht, doch es war ziemlich sicher, daß er noch nicht hier gewesen war. Was auch besser war, denn Pelvis stieß einen lauten Schrei aus, als eine Zwergpalme ihn an einer empfindlichen Stelle piekte, und dann ließ Mama ein Maschinengewehrfeuer dieser schrillen

Fiepser und Kläffer los, die Flint eine Gänsehaut über den Körper jagten.

Sie waren nach Vermilion zurückgefahren, und Flint hatte die Telefonzelle vor einem Anglerbedarfladen benutzt. Er hatte Smoates' Auftragsdienst angerufen und von der Auskunft erfahren, daß noch grünes Licht war, was bedeutete, daß Lambert noch nicht gefaßt worden war, soweit Smoates wußte. Flint hatte etwa fünfzig Meter südlich der Abzweigung zur Hütte einen Sandweg gefunden, in dem er den Cadillac rückwärts abstellen konnte und dann noch immer freies Blickfeld durch den Wald hatte. Hier hatten sie seit vier Uhr gesessen und abwechselnd Wache gehalten, geschlafen oder glasierte Doughnuts, Oreo-Kekse, Slim Jims und andere tödliche Leckereien aus Eisleys Lebensmitteltüte gegessen. Sie hatten an einer Tankstelle direkt hinter der Stadtgrenze von Lafayette gehalten, um zu tanken und etwas zu trinken zu holen, und dort hatte Flint eine Plastikflasche Wasser gekauft, während Pelvis seine Brieftasche für einen Sechserpack Yoo-Hoos in Dosen geöffnet hatte.

»Ich schwöre«, sagte Pelvis zwischen Schlucken aus seiner letzten Dose, »das ist schon eine erstaunliche Sache.«

Flint schwieg; mittlerweile hatte er Eisleys Methoden durchschaut, ihn in eine sinnlose Unterhaltung zu ziehen.

»Ich schwöre, das ist es«, versuchte Pelvis es abermals. »Dieser kleine Kerl in Ihnen drin, meine ich. Wissen Sie, ich bin einmal in eine Monstrositätenschau gegangen und habe einen Bullen mit zwei Köpfen gesehen, aber der kann Ihnen nicht das Wasser reichen.«

Flint preßte seine Lippen fest zusammen.

»Ja, Sir.« Mit einem *Schlllürff* verschwand der letzte Schluck Yoo-Hoo. »Leute würden dafür zahlen, Sie zu sehen, das würden sie sicher. Ich weiß, daß *ich* es täte. Ich meine, wenn ich nicht die Gelegenheit hätte, es umsonst zu sehen. Damit könnten Sie Geld machen. Wenn Sie je die Kopfgeldjagd aufgeben und ins Showgeschäft gehen wollen, dann sage ich Ihnen alles, was Sie wis ...«

»Halten – Sie – den – Mund.« Flint hatte die Worte geflüstert, und augenblicklich bereute er es, denn Eisley hatte ihn wieder einmal mürbe gemacht.

Pelvis' Hand tauchte bis auf den Grund der Tüte hinab und kam kurz darauf mit den letzten drei Oreos zum Vorschein. Drei Bissen, und sie waren Vergangenheit. Er wischte sich mit dem Handrücken über die Lippen. »Nein, ehrlich. Haben Sie jemals dran gedacht, ins Showgeschäft zu gehen? Mal im Ernst. Sie könnten berühmt werden.«

Flint öffnete die Augen und starrte in Pelvis' schweißnasses Gesicht. »Zu Ihrer Information«, sagte er kühl, »ich bin auf Jahrmärkten aufgewachsen. Ich hatte ›Showgeschäft‹ bis zum Abwinken, also lassen Sie mich in Ruhe damit, verstanden?«

»Sie haben zu einem Jahrmarkt gehört? Sie meinen eine Monstrositätenschau, stimmt's?«

Flint hob eine Hand zum Gesicht und preßte Zeigefinger und Daumen gegen seine Schläfen. »O Himmel, womit habe ich das verdient?«

»Es interessiert mich. Ehrlich. Ich habe noch nie zuvor einen echten Freak getroffen.«

»Benutzen Sie dieses Wort nicht.«

»Welches Wort?«

»*Freak*!« Flint spuckte es aus, und Mama sprang knurrend auf. »Benutzen Sie dieses Wort nicht!«

»Warum nicht? Ist doch nichts, dessen man sich schämen müßte, oder?« Pelvis schien ehrlich verwirrt. »Ich denke, es gibt schlimmere Wörter, meinen Sie nicht auch?«

»Eisley, Sie sind mein Tod, wissen Sie das?« Flint zwang ein verkniffenes Lächeln auf sein Gesicht, doch seine Augen blitzten wütend. »Ich habe in meinem ganzen Leben noch niemanden getroffen, der so ... so *begriffsstutzig* war.«

»Begriffsstutzig«, wiederholte Pelvis. Er nickte nachdenklich. »Wie meinen Sie das genau?«

»Einfältig! Dumm! Wie soll ich es wohl meinen?« Flints Lächeln war verschwunden. »Zum Teufel, was ist denn bloß mit Ihnen los? Sind Sie die letzten fünf, sechs Jahre in Einzelhaft gewesen? Können Sie nicht einfach den Mund halten und mal *zwei* Minuten nichts sagen?«

»Natürlich kann ich das«, erwiderte Pelvis schmollend. »Jeder kann das, wenn er will.«

»Dann tun Sie's! Zwei Minuten Stille!«

Pelvis kniff die Lippen zusammen und starrte beleidigt geradeaus nach vorn in den Wald auf der anderen Straßenseite. Mama gähnte und legte sich wieder zum Schlafen hin.

»Wessen Uhr nehmen wir denn, um die Zeit zu stoppen?« fragte Pelvis.

»Meine! Ich stoppe die Zeit mit meiner Uhr! Und die Zeit läuft ab jetzt!«

Pelvis murrte etwas und wühlte in der Tüte, doch es war nichts mehr darin außer Einwickelpapier. Er drehte die letzte Yoo-Hoo-Dose auf den Kopf und versuchte einen Tropfen mit der Zunge aufzufangen, dann zerdrückte er die Dose mit einer Hand. »Ich finde das ziemlich dumm.«

»Da haben Sie's!« krächzte Flint. »Sie haben es nicht einmal fünfzehn Sekunden lang ausgehalten!«

»Ich rede nicht mit *Ihnen*! Kann ein Mann denn nicht einmal laut aussprechen, was ihm im Kopf herumgeht? Ich schwöre, Mr. Murtaugh, Sie tun Ihr Bestes, daß man schwer mit Ihnen auskommt!«

»Ich will gar nicht, daß Sie mit mir auskommen, Eisley!« entgegnete Flint. »Ich will, daß Sie einfach nur dasitzen und die Klappe halten! Sie und dieser verdammte Köter haben

die Sache schon einmal vermasselt. Sie werden keine Gelegenheit haben, es noch einmal zu tun!«
»Jetzt schieben Sie nur nicht alles auf Mama und mich. Uns trifft keine Schuld!«
Flint umklammerte das Lenkrad mit beiden Händen, und auf seinen Wangen leuchteten rote Flecken. Clints Hand erhob sich und schnappte nach der Luft, bevor sie wieder nach unten fiel. »Seien Sie still, und lassen Sie mich in Ruhe. Können Sie das?«
»Natürlich kann ich das. Ich bin ja schließlich nicht begriffsstutzig oder so was.«
»Gut.« Flint schloß erneut die Augen und lehnte den Kopf zurück.
Vielleicht zehn Sekunden später sagte Pelvis: »Mr. Murtaugh?«
Flints Augen waren rot gerändert, als er sie auf Eisley richtete, und die Zähne hinter seinen Lippen waren zusammengebissen.
»Es kommt jemand«, verkündete Pelvis.
Flint spähte erwartungsvoll durch die Kiefern die Straße hinauf. Ein Fahrzeug – eins von nur etwa einem Dutzend, die sie den ganzen Tag über auf der Straße gesehen hatten – näherte sich aus Richtung Vermilion. Wenige Augenblicke später konnte Flint erkennen, daß es kein Kombi war, sondern ein Laster von der Größe eines Umzugswagens. Als der Laster näher herankam, las er laut, was auf dessen Seite stand: BRISCOE PROCESSING CO. BATON ROUGE, LA. Der Laster holperte an ihnen vorbei und fuhr in südlicher Richtung weiter, umrundete eine Kurve und war aus dem Blickfeld verschwunden.
»Ich glaube nicht, daß Lambert kommt«, meinte Pelvis. »Er hätte sonst schon längst da sein müssen.«
»Wir bleiben hier und warten. Ich habe Ihnen doch gesagt,

daß ein großer Teil des Jobs aus Warten besteht, oder etwa nicht?«
»Ja, Sir«, pflichtete Pelvis bei, »aber woher wissen wir, daß er nicht schon längst geschnappt worden ist? Wir könnten hier sitzen, bis die Krähen rückwärts fliegen, und die haben ihn geschnappt, und er kommt nicht mehr.«
Flint schaute auf seine Armbanduhr. Es war achtzehn Minuten vor vier. Eisley hatte recht, es war an der Zeit, nochmals Smoates anzurufen. Doch Flint wollte nicht nach Vermilion hineinfahren, um dort zu telefonieren, denn wenn Lambert kam, dann kam er über diese Brücke, und Flint hatte keine Lust, entdeckt zu werden. Es würde leichter sein, Lambert zu überwältigen, wenn er glaubte, in der Hütte sicher zu sein, als wenn man ihn auf dem Highway nach Norden jagte. Flint schaute in die Richtung, in die der Laster verschwunden war. Es mußte weiter südlich irgendeine Spur menschlicher Zivilisation geben. Er entfaltete die Straßenkarte, die er an der Tankstelle gekauft hatte, und fand den Punkt für Vermilion. Ungefähr vier oder fünf Meilen südlich davon war ein anderer Fleck namens Chandalac, und dann endete etwa drei Meilen weiter der Highway 57 an einem Ort namens LaPierre. Jenseits davon lag bis zum Golf von Mexiko nur noch Sumpfland.
Der Laster mußte irgendwo hinfahren, und dort unten gab es doch sicherlich einen Münzfernsprecher. Flint startete den Motor und ließ den Wagen langsam aus seinem Versteck rollen. Er ignorierte Pelvis' Frage: »Wo fahren wir denn hin?« und bog nach rechts, so daß die gleißende Sonne wie ein Feuerball auf der langgezogenen schwarzen Motorhaube saß.
Im brutalen Nachmittagssonnenschein konnten sie sehen, durch welche Art Landschaft sie im Dunkeln gefahren waren: Zu beiden Seiten der Straße wechselten sich auf dem

flachen Marschland gewundene Kanäle mit trübem Wasser und dichte Haine von Zwergpalmen und riesigen uralten, von Spanischem Moos überwucherten Bäumen ab. Hinter der nächsten Kurve wand sich eine braune Schlange, die wohl einen Meter lang sein mußte, auf Flints Seite auf dem Pflaster, und Flint vermutete, daß der Laster sie wenige Minuten zuvor zermalmt hatte. Flint lief eine Gänsehaut über den Rücken, als der Wagen über die Schlange hinwegfuhr, und als er in den Rückspiegel schaute, sah er zwei große Geier auf das sterbende Reptil herabsegeln, die augenblicklich begannen, es mit ihren Schnäbeln in Stücke zu reißen.

Flint glaubte nicht an Omen. Dennoch hoffte er, daß dies keins war.

Sie waren vielleicht zwei Meilen gefahren, als der stachlige Wald auf der rechten Straßenseite aufhörte und die Sonne auf einem blauen Wasserkanal glitzerte, der sich aus einem scheinbar urzeitlichen Sumpf herausschlängelte. Direkt vor ihnen war ein weißes Schindelgebäude mit einem Blechdach und einem Schild mit der Aufschrift VERMILION BOOTSHAFEN & GEMISCHTWAREN, und vom Ufer aus ragte ein Steg ins Wasser, an dem mehrere kleine Boote vertäut waren. Ein größeres Gefährt – ein Shrimpkutter, wie Flint wegen der Netze und der verschiedenen Flaschenzüge an Bord vermutete – hatte gerade angelegt, und die Besatzung machte die Taue am Pier fest. Und da war auch der Laster der Briscoe Processing Company. Er parkte so neben dem Schindelgebäude, daß seine Ladeluke zum Pier zeigte. Neben dem Bootshafen, nahe einem von der Sonne ausgeblichenen Schild, das für lebende Köder, Kautabak und frische Zwiebeln warb, stand eine Telefonzelle.

Flint brachte den Wagen auf einer Oberfläche aus zerdrückten Austernschalen zum Stehen. Er knöpfte sein Hemd zu und streifte sich sein locker sitzendes Jackett über. »Sie bleiben hier«, wies er Pelvis an, als er ausstieg. »Ich komme gleich zurück.« Er hatte gerade drei Schritte zur Telefonzelle gemacht, als er hörte, wie sich die Beifahrertür quietschend öffnete und Pelvis, mit Mama unter dem Arm, ausstieg. »Kümmern Sie sich gar nicht um mich«, sagte Pelvis, als Flint ihn mit einem wütenden Blick bedachte. »Ich gehe nur da rein und hole mir Vittles. Wollen Sie auch etwas?«

»Nein.« *Vittles*, dachte Flint, war das nicht das, was die Großmutter in *Beverly Hillbillies* immer zusammenbraute? »Warten Sie. Ja, ich will doch was«, entschied er. »Bringen Sie mir eine Flasche Zitronensaft mit, wenn die welchen haben. Und gehen Sie nicht da rein und reißen das Maul über Lambert auf, haben Sie mich verstanden? Wenn jemand fragt, dann sind Sie zum Angeln hier. Kapiert?«

»Sie glauben wohl, ich hätte überhaupt keinen Grips, was?«

»Bingo«, gab Flint zurück, dann wandte er Pelvis den Rükken zu und ging in die Telefonzelle. Er rief Smoates' Büro an. »Ich bin's, Flint«, sagte er, als Smoates antwortete. »Wie steht's mit Lambert?«

»Warte einen Moment.«

Flint wartete, während Schweißtropfen über sein Gesicht liefen. Es mußten über dreißig Grad sein, obgleich die Sonne langsam den Westen erreicht hatte. Die Hitze hatte Clint benommen gemacht, und er rührte sich nicht. In der Luft lag der dampfende, ekelhaft süßliche Gestank des Sumpfs, und Flints eigener Körpergeruch war ebenfalls nicht gerade appetitlich. Er war nicht daran gewöhnt, unsauber zu sein; ein Gentleman wußte um den Wert von Sauberkeit, von jungfräulichen weißen Hemden und frisch gewaschener Unterwäsche. Diese letzten vierundzwanzig Stunden waren ein kleines Stück Hölle auf Erden gewesen, und dieses Sumpfland schaute ebenfalls wie Satans Paradies aus. Von der Telefonzelle aus konnte Flint vier Männer sehen, die den Shrimpkutter entluden. Die Fracht war grünlichbraun und schuppig, mit langen Schnauzen, die mit Kupferdraht zugebunden waren, und vier Stummelbeinen, die ebenfalls mit Draht gefesselt waren. Alligatoren, erkannte er mit einem Schreck. Die Männer schleppten Alligatoren, jeder von ihnen gut einen Meter lang, vom Deck des Boots zu dem Laster der Briscoe Processing Company, wo sie sie auf die Ladefläche hievten. Das Arbeitszeug der Männer war naß und verschlammt, und auf dem Deck des Schiffs türmten sich noch etwa zwanzig weitere lebende und sich windende Alligatoren. Doch da war ein fünfter Mann – schlanker als die anderen, mit langem gräulich-blondem Haar und Blue jeans und einem Harvard-T-Shirt –, der etwas abseits von den Arbeitern stand und die Aufsicht zu führen schien. Während Flint zuschaute, blickte der Mann mit dem Harvard-T-Shirt zu ihm herüber, und die Sonne flammte in den runden Gläsern seiner dunklen Brille auf. Der Blick wurde zu einem verharrenden Starren.

»Flint?« Smoates kam wieder an den Hörer. »Nach den letzten Neuigkeiten ist Lambert noch immer auf der Flucht. Wo bist du?«

»Unten im Süden. Kleines Höllenloch namens Vermilion. Ich möchte, daß du weißt, daß ich hier stehe und einem Haufen Sumpfratten dabei zuschaue, wie sie doch tatsächlich lebende Alligatoren von einem Boot entladen.«

»Du solltest sie fragen, ob sie noch eine zusätzliche Hand gebrauchen können«, sagte Smoates mit einem Kichern.

Flint entschied sich, nicht auf diese Bemerkung einzugehen. »Letzte Nacht hätte ich Lambert beinahe erwischt.«

»Du nimmst mich auf den Arm! Er ist zum Haus seiner Exfrau gekommen?«

»Nein, dort nicht. Aber ich habe ihn gefunden. Ich glaube,

daß er auch auf dem Weg hierher ist. Vermutlich hat er sich irgendwo versteckt und fährt nach Einbruch der Dunkelheit weiter.« Flint sah, daß der Mann mit dem Harvard-T-Shirt ihn noch immer anstarrte; dann winkte der Kerl einem der Arbeiter – eine hemdlose, kahlrasierte Wand von einem Schwarzen, der über einsneunzig groß und an die hundertvierzig Kilo schwer sein mußte – zu sich herüber, und sie redeten miteinander, die Rücken zur Telefonzelle gekehrt, während die anderen weiter Alligatoren abluden und in den Laster warfen. »Smoates«, sagte Flint, »Eisley raubt mir den letzten Nerv. Selbst Gott könnte ihn nicht dazu bringen, seinen verdammten Mund zu halten. Ich weiß nicht, was du in ihm gesehen hast, aber für diesen Job ist er der absolut Falsche.«

»Okay, er redet viel, was soll's? Das ist vielleicht sogar ein Pluspunkt. Er hat die Fähigkeit, Leute mürbe zu machen.«

»Ja, das kann er gut, das stimmt. Aber im Oberstübchen ist er ein wenig langsam. Er hat das Reaktionsvermögen einer Wanderdüne. Ich würde ungern in der Klemme stecken und mich auf ihn verlassen müssen, das sage ich dir.«

»Vergiß Eisley mal für einen Moment. Du hast die Nachricht noch nicht gehört, oder?«

»Welche Nachricht?«

»Lambert ist jetzt ein Doppelmörder. Er hat gegen Mitternacht einen Typ in einem Motel außerhalb von Alexandria umgebracht. Hat ihn mit einer Schrotflinte umgeblasen, und als der Typ nicht schnell genug gestorben ist, hat Lambert ihn totgeprügelt. Hat seinen Kombi gestohlen. Das Kabelfernsehen hat die Story übernommen und bringt sie jede Stunde.«

»Er war in dem Kombi, als ich ihn gefunden habe. Ich hätte ihn auch gehabt, aber seine Exfrau hat ihm zur Flucht verholfen.«

»Nun, für mich klingt das so, als hätte Lambert sich in einen tollwütigen Hund verwandelt. Ein Mann, der zweimal getötet hat, denkt nicht lange darüber nach, ein drittes Mal zu töten, also paß auf deinen Arsch auf.«
»Er ist gerade im Lebensmittelladen«, gab Flint zurück.
»Hä? Oh, ja! Ha! Siehst du, Flint, durch Eisley bekommst du noch Sinn für Humor.«
»Es ist sein Mangel an Verstand, der mir Sorgen macht. Ich habe es bis jetzt immer ganz gut geschafft, am Leben zu bleiben, aber das war, bevor du mich an ihn gekettet hast.«
»Er muß irgendwie die Kniffe lernen«, erklärte Smoates. »Genau, wie du es getan hast.« Er machte eine Pause, dann stieß er einen schweren Seufzer aus. »Nun, ich denke, du hast recht. Lambert ist 'ne ziemlich gefährliche Haut, um Eisley dabei auszubilden. Keiner von euch beiden nützt mir was in einem Grab, also kannst du die Sache abblasen und wieder zurückkommen, wenn du willst.«
Das warf Flint völlig aus der Bahn. Er glaubte, daß jeden Moment die Erde zu beben anfangen und der Himmel sich auftun würde. Smoates bot ihm einen Ausweg aus diesem Alptraum an.
»Bist du noch dran, Flint?«
»Äh ... ja. Ja, ich bin noch dran.« Seine Freude war nur von kurzer Dauer. Er dachte das Undenkbare; er brauchte seinen Anteil der Belohnung, um seine Spielschulden zu bezahlen, und wenn Lambert nach Einbruch der Dunkelheit zur Hütte kam, wäre es dumm, jetzt aufzugeben und nach Shreveport zurückzukehren. Doch es konnte auch sein, daß Lambert nicht mal mehr in Louisiana war. Es war an Flint, den Einsatz zu machen. Er hatte eine Dose Mace und seinen Schlagring aus Messing im Handschuhfach des Wagens, und Clints Derringer steckte in seinem kleinen Halfter direkt auf der Haut unter seinem rechten Arm. Die Kugeln des Der-

ringers hatten keine sonderliche Durchschlagkraft, aber kein Mann – nicht einmal ein tollwütiger Vietnam-Veteran – würde noch einen großen Kampf liefern oder weit laufen können, wenn er ein Loch in der Kniescheibe hatte. »Wenn Lambert sich hier zeigt«, sagte Flint, »dann denke ich, daß ich ihn überwältigen kann. Ich bleibe noch bis morgen früh hier.«

»Du mußt nichts beweisen. Ich weiß, was du leisten kannst. Aber jemand, der so verrückt ist wie dieser Lambert, kann verdammt unberechenbar sein.«

»Smoates, wenn ich dich nicht besser kennen würde, würde ich denken, daß du dich um mich sorgst.«

»Du bist eine verdammt gute Investition gewesen. Eisley wird auch eine gute Investition werden, wenn er mal nicht mehr so grün hinter den Ohren ist.«

»Oh, ich kapiere. Nun, dann weiß ich wenigstens, wo ich stehe.« Er wischte sich mit dem Ärmel den Schweiß von den Augenbrauen. Der langhaarige Mann in dem Harvard-T-Shirt schaute wieder den anderen beim Arbeiten zu und schenkte Flint keine Beachtung mehr. »Ich werde noch eine Weile hierbleiben. Wenn Lambert bis sechs Uhr morgen früh nicht aufgetaucht ist, mache ich mich auf den Heimweg.«

»In Ordnung, ganz wie du willst.«

»Ich melde mich gegen Abend noch mal.« Flint hängte den Hörer ein. Unter seinem Jackett war er schweißnaß, und er fühlte sich hundeelend. Trotzdem mußte er das Spiel zu Ende spielen. Er stellte fest, daß Eisley noch nicht zum Wagen zurückgekehrt war, und als er durch ein Fenster in den Lebensmittelladen schaute, sah er Pelvis an der Kasse stehen und Eiscreme essen, während er sich mit einem dicken rothaarigen Mädchen hinter dem Tresen unterhielt. Auf dem pausbackigen Gesicht des Mädchens lag ein Ausdruck der Verzückung, und Flint vermutete, daß es nicht jeden Tag einen Kunden wie Eisley hatte. Flint entdeckte ein Schild mit der Aufschrift *Toiletten*, und der dazugehörige Pfeil zeigte um die Ecke des Gebäudes. Er folgte ihm und fand zwei Türen, eine mit der Aufschrift *Jungen*, die andere mit der Aufschrift *Mädchen*. Die *Jungen*-Tür hatte ein Loch, wo eigentlich der Türknauf hätte sein sollen. Als er sich durch die Tür schob, nahm er die gequälten Geräusche wahr, die die gefesselten Alligatoren von sich gaben, während sie in den Laster geworfen wurden – eine Mischung aus kehligen Rülpsern und schrillem Blöken. Flint vermutete, daß sie nach Baton Rouge verfrachtet wurden, um dort als Schuhe, Gürtel und Handtaschen zu enden. Was für eine beschissene Art das war, seinen Lebensunterhalt zu verdienen.

Flint stand in einem kleinen Toilettenraum, der stark nach Lysol roch, doch es lagen auch noch andere, weit unangenehmere Gerüche in der Luft. In einem der beiden Pinkelbecken schien Moos zu wachsen, und in dem anderen stand ein kleiner dunkelgelber Teich, verstopft von Zigarettenstummeln. Flint machte sich nicht die Mühe, in die Klokabine zu schauen. Er wählte das moosige Pinkelbecken, über dem an der Wand ein Tropical Nights-Kondomautomat hing, und er öffnete seinen Hosenschlitz.

Während er sich Erleichterung verschaffte, dachte er über das nach, was Smoates gesagt hatte: »Ein Mann, der zweimal getötet hat, denkt nicht lange darüber nach, ein drittes Mal zu töten.« Also warum bin ich noch am Leben? fragte sich Flint. Lambert war gerade von seinem zweiten Mord gekommen, und er hätte durch einen dritten nicht viel zu verlieren gehabt, besonders nicht, wenn es die Hinrichtung eines Kopfgeldjägers war, der ihn von Shreveport aus verfolgt hatte. Warum hatte Lambert nicht seine Waffe benutzt, als er die Gelegenheit dazu hatte? Vielleicht, weil er nicht wollte, daß seine Exfrau und sein Sohn Zeuge des Mordes wurden? dachte Flint wieder.

»Es war Notwehr«, hatte die Frau gesagt. »Er ist kein kaltblütiger Mörder.«

»Lambert hat sich in einen tollwütigen Hund verwandelt«, war Smoates' Meinung.

Was war die Wahrheit? Das lasse ich den Richter entscheiden, beschloß Flint, während er auf das in die Jahre gekommene Foto einer lächelnden, stark geschminkten Blondine auf dem Kondomautomaten starrte. Er blickte hinab, um abzuschütteln und seinen Hosenschlitz zu schließen.

Die Klinge eines Rasiermessers legte sich an die Eichel von Flints Penis, der urplötzlich in sich zusammenschrumpfte.

»Paß auf die Tür auf.«

Die Tür schlug zu.

»Ganz ruhig, Mann. Immer sachte. Pinkel mir nicht auf die Hand. Es würde mir nicht gefallen, wenn du mir auf die Hand pinkeln würdest, ich könnte die Fassung verlieren, und das Rasiermesser hier könnte zucken.« Neben Flint stand der langhaarige Mann mit der runden Sonnenbrille und dem Harvard-T-Shirt; er hatte eine weiche, beinahe feminine Stimme mit der leisen Andeutung eines kultivierten Südstaatenakzents, doch er quetschte, als ob er auf Speed wäre. »Das willst du doch nicht, Mann, oder? Wär 'n echter Hammer, wenn das ganze Blut aus deinem Stummel rausschießt. Eklig, eklig, eklig. Virgil, such seine Brieftasche.«

Eine ebenholzschwarze Hand von der Größe eines Bratens glitt in Flints Jackett und hätte dabei fast Clint gestreift.

»Schau geradeaus, Mann. Halt deinen Joystick fest, mit beiden Händen. So ist's richtig. Wagen 54, wo sind Sie?«

»Keine Polizeimarke«, sagte Virgil. Seine Stimme klang wie

ein sich drehender Zementmischer. »Führerschein aus Lou'sana. Name is Flint Murtaugh. Adresse in Monroe.«

»Unser Mann Flint!« Das Rasiermesser blieb, wo es war, eine Bedrohung für die acht zusammengeschrumpften Zentimeter von Flints Fleisch. »Stellen Sie Ihren Bildschirm nicht neu ein. Wir haben alles unter Kontrolle. Sprich zu mir.«

»Was soll das alles?« brachte Flint heraus, obgleich seine Kehle wie zugeschnürt war.

»Biiiep! Falsche Antwort! Ich stelle die Fragen, *kemo sabe*! Wer bist du, und was machst du hier?«

»Ich bin zum Angeln hier.«

»Oh, jaaaaaaa! Angeln, behauptet er, Virgil! Was sagt uns deine Nase?«

Flint hörte, wie der Schwarze ganz dicht an seinem Gesicht die Luft schnüffelte. »Riecht nicht wie 'n Fischer«, knurrte Virgil. »Riecht 'n bißchen wie 'n Bulle, aber ...« Er schnüffelte weiter. »Da is etwas echt Merkwürdiges an ihm.«

Flint drehte seinen Kopf nach links und blickte in die dunklen Brillengläser. Der Harvard-Mann, der etwa so groß wie Flint war, war vermutlich Ende Vierzig oder Anfang Fünfzig. Er war schlank und sonnenverbrannt, und graue Stoppeln bedeckten den Kiefer seines faltigen, verwitterten Gesichts. Sein Haar war einst sandfarben gewesen, doch das meiste davon tendierte nun eher Richtung Silber. Ein Teil seines rechten Ohrs sah aus, als wäre es entweder abgebissen oder abgeschossen worden. Sein T-Shirt mit dem Namen jener ehrwürdigen Universität war von Schweißflecken übersät, und seine Blue jeans schienen nur noch von verkrustetem Schmutz zusammengehalten zu werden. Flint schloß seine kurze Musterung damit ab, daß er bemerkte, daß der Mann Topsider ohne Socken trug. »Ich bin kein Bulle«, sagte Flint und hob seinen Blick abermals zu den undurchsichtigen Brillengläsern. »Ich bin für's Wochenende zum Angeln hergekommen, das ist alles.«

»Hast dir zum Angeln deinen besten Anzug angezogen, stimmt's? Bist den ganzen Weg von Monroe hergekommen, um einen großen Katzenwels an den Haken zu kriegen? Wenn du ein Angler bist, dann bin ich Dobie Gillis.«

»Das is kein Angler.« Virgil stand auf der anderen Seite von Flint, seine nackte Brust mit Alligatorendreck verschmiert. Seine Nase hatte breite, geblähte Flügel, und er trug purpurne Paisley-Shorts und Nikes, Größe sechsundvierzig, an seinen Füßen. »Die Fische beißen nicht, is zu heiß. Sind die ganze Woche keine Angler hergekommen.«

»Das stimmt«, sagte der Mann mit dem Rasiermesser. »Also, Flinty, was für eine Geschichte hast du auf Lager?«

»Hören Sie, ich weiß nicht, wer ihr Typen seid oder worum es hier geht, aber ich habe nichts weiter getan, als hierherzukommen, um die Toilette zu benutzen. Wenn Sie mich ausrauben wollen, nur zu, nehmen Sie mein Geld, aber ich wünschte, Sie würden das Rasiermesser wegtun.«

»Vielleicht bist es ja du, der *uns* ausrauben will.«

»Was?«

»Ich habe dich am Telefon gesehen, Flinty. Immer nach dem Motto: Ruf doch mal an. Bei wem? Es könnte nicht zufällig Victor Medina gewesen sein, oder? Bist du einer seiner Spione, Flinty?«

»Ich kenne keinen Victor Medina. Ich mußte mein Büro anrufen.«

»Was für einen Beruf hast du denn?«

»Ich verkaufe Versicherungen«, antwortete Flint.

»Riecht wie 'ne Lüge«, sagte Virgil schnüffelnd.

»Die Nase kennt sich aus. Virgil hat einen übersinnlichen Schnorchel, Flinty. Also laß es uns noch einmal versuchen: Welchen Beruf hast du?«

Flint konnte diesen beiden Sumpfratten nicht erzählen, warum er wirklich hier war; sie würden sich die Belohnung selbst holen wollen. Wut stieg in ihm auf. »Ich bin Astronaut«, sagte er, bevor er sich etwas Besseres ausdenken konnte. »Welchen Beruf haben Sie denn?«

»Ohhhhh, ein Astronaut, Virgil!« Der Mann grinste. Seine grünlichen Zähne mußten dringend mal geputzt werden. »Wir haben es hier mit einer Berühmtheit zu tun! Was sagst du dazu?«

»Ich sage, er will es auf die harte Tour haben, Doc.«

»Das stimmt.« Doc nickte, und sein Grinsen löste sich in Luft auf. »Dann eben auf die harte Tour.«

Virgil schaute in die Klokabine. Nun war es an ihm zu grinsen. »Hähä! Jemand hat vergessen zu ziehen!«

»O mi, o mi, o mei!« Doc nahm das Rasiermesser von Flints Penis fort und schloß die Klinge mit einem kurzen Ruck seines Handgelenks. Flint nutzte die Gelegenheit, um seinen wichtigsten Teil hinter dem Reißverschluß in Sicherheit zu bringen. »Ich finde, das ist eine Aufgabe für einen Astronauten, meinst du nicht auch?«

»Klar doch.« Virgil trat einen Schritt vor und packte Flints Nacken mit einer riesigen Hand, während die andere Flints rechtes Handgelenk umklammerte und ihm den Arm auf den Rücken drehte.

»He, he! Einen Moment mal!« rief Flint. Nackte Angst ließ sein Herz rasen, und Schmerz schoß seinen Arm hinauf. Clint war aufgewacht und schlug unter Flints Hemd um sich, doch Virgil manövrierte Flint wie einen Strohsack in die Klokabine. Flint hielt sich mit der linken Hand an der Kabinentür fest und versuchte sich zu befreien, doch Virgil bereitete diesem Versuch ein schnelles Ende, indem er Flint die Beine unter dem Körper wegzog und ihn auf dem dreckigen Boden auf die Knie zwang. Die Haare in Flints

Nacken richteten sich auf, als er die braune Masse in der schleimigen Kloschüssel sah und etwas, das wie faustgroße Krebse ausschaute, die unten in dem Dreck umherkrabbelten.

»Jam, jam!« sagte Doc. »Ein Candygram für Mongo!«

Virgil drückte Flints Gesicht zur Kloschüssel hinunter. Die Kraft des Mannes war erschreckend, und obwohl Flint sein möglichstes tat, sich zu wehren, konnte er nur das Unausweichliche verlangsamen. Er konnte nicht an den Derringer kommen, und ebensowenig konnte er den nötigen Atem finden, Clint zu befehlen, ihn zu greifen. Seine einzige Hoffnung bestand darin, daß er ohnmächtig werden würde, bevor sein Gesicht in die widerwärtige, verkrustete Masse eintauchte.

»*Sir?*«

Doc drehte seinen Kopf in Richtung der kehligen Stimme hinter sich um. Er schnappte erschrocken nach Luft. Dort stand Elivs Presley, eingerahmt von dem gleißenden Licht, das durch die geöffnete Tür hereindrang. Doc starrte ihn mit offenem Mund an, während Pelvis Eisley seine rechte Hand hob – die Hand, in der er die rote Dose mit Mace hielt, die er aus dem Handschuhfach des Cadillacs genommen hatte – und einen Strahl feinen Nebels direkt in Docs Gesicht sprühte.

Das Ergebnis zeigte sich augenblicklich. Doc stieß einen Schrei aus, der Pelvis' Tolle zum Aufrollen brachte, und er taumelte nach hinten, während er sich hektisch seine brennenden Augäpfel rieb. In der Klokabine war Flints Nase noch fünf Zentimeter vom Desaster entfernt, als der Schrei von den Kacheln widerhallte und Virgils Hand seinen Nakken losließ. Flint stieß seinen Ellbogen nach hinten und rammte ihn in die Brust des Mannes, doch Virgil schnaubte nur und drehte sich um, um Doc zu helfen.

»Der Herr erbarme sich«, sagte Pelvis, als er die Größe des Schwarzen sah, der gerade aus der Klokabine getreten war. Virgil warf einen Blick auf Doc, der auf dem Boden lag, beide Hände vors Gesicht geschlagen hatte und sich vor Schmerzen wand, dann starrte er auf Pelvis, als würde er einen Außerirdischen von einem anderen Planeten vor sich haben. Der Schock hielt nur drei Sekunden an, nach denen Virgil auf Pelvis zustürmte wie ein wütender Stier.
Pelvis wich keinen Zentimeter zurück, sondern versprühte eine zweite Dose Mace, doch Virgil sah es kommen, und er riß den Kopf zur Seite und warf seinen massigen Unterarm hoch, um sein Gesicht zu schützen. Das Spray benetzte seine Schulter und brannte wie alle Furien der Hölle, aber Virgil bewegte sich noch immer, und er versetzte Pelvis einen Tritt, der ihn beinahe aus seinen blauen Wildlederschuhen geschleudert hätte. Pelvis krachte gegen die Wand, so daß sein Schwabbelkinn und sein Bauch wackelten, und Virgil schlug ihm das Mace aus der Hand. Ein Aufstampfen eines Nikes zermalmte die Dose. Virgil packte Pelvis an der Kehle und hob ihn hoch. Pelvis' Augen traten vor, während ihm langsam die Luft abgedrückt wurde, und seine Finger versuchten verzweifelt, den Griff von Virgils fleischigen Händen zu lockern.
Flint war mittlerweile aus der Klokabine getaumelt. Er sah, wie Pelvis' Gesicht vom gestauten Blut anschwoll, und er wußte, daß er etwas – irgend etwas – tun mußte, und zwar schnell. Er riß sich das Hemd auf, zog den Derringer aus seinem Halfter und spannte den Hahn. »Laß ihn los!« brüllte Flint, doch Virgil kümmerte sich nicht um ihn. Es blieb keine Zeit für einen zweiten Versuch. Flint machte einen Schritt nach vorn, preßte den Doppellauf des Derringers gegen Virgils linke Kniekehle und drückte ab. Die kleine Waffe gab nur ein leises *Plop* von sich, doch durch die

Wucht der Kugel wurde dennoch die Kniescheibe des großen Mannes zersplittert. Virgil schrie auf und ließ Pelvis los, dann sank er zu Boden und hielt sich die Überreste seines Knies.

»Ich verliere die Besinnung!« keuchte Pelvis. »Himmel, ich kann mich nicht auf den Beinen halten!«

»Doch, das können Sie!« Flint entdeckte seine Brieftasche auf dem Boden, wo Virgil sie fallengelassen hatte, hob sie mit einer schnellen Bewegung auf und warf sich dann Pelvis über die Schulter. »Weg hier!« Er trat die Tür auf und schleppte Pelvis mit sich hinaus in das gleißende Licht. Das Entladen der Alligatoren ging weiter, was Flint vermuten ließ, daß die anderen drei Arbeiter Docs Schrei für seinen eigenen gehalten hatten. Das rothaarige Mädchen aus dem Lebensmittelladen war vermutlich zu verängstigt gewesen, um nachzuschauen, was los war – oder aber Schmerzensschreie waren in dieser Gegend etwas ganz Alltägliches. Doch dann erspähte einer der beiden Arbeiter, die einen sich windenden Alligator den Pier entlangtrugen, Flint und Pelvis, und er griff unter sein schlappriges gelbes Hemd und zog eine Pistole, bevor er über den Steg gelaufen kam.

Es war eindeutig an der Zeit, die Örtlichkeit zu verlassen. Pelvis, der sich in der einen Sekunde kaum auf den Beinen halten konnte, verwandelte sich in der nächsten Sekunde in einen imponierenden Sprinter. Der Mann mit der Waffe feuerte einen Schuß ab, der einen Brocken Rauhputz aus der Wand zwanzig Zentimeter über Flints Kopf riß, und Flint feuerte die zweite Kugel des Derringers, ohne zu zielen, obgleich er wußte, daß die Entfernung zu groß war. Alle Arbeiter warfen sich auf den Pier, und der Alligator landete mit dem Bauch nach oben auf dem Steg. Dann rannte auch Flint zum Cadillac, wo Mama aufgeregt auf dem Fahrersitz kläffte. Er hätte sie beinahe zerquetscht, als er hinter das

Lenkrad sprang, und Pelvis zerdrückte einen Beutel mit Twinkies, Kartoffelchips und Keksen, der auf seinem Sitz lag. Flint rammte den Zündschlüssel ins Zündschloß, startete den Motor und schoß im Rückwärtsgang vom Laden weg. Der Mann mit der Waffe war noch nicht um die Ecke gekommen. Flint trat das Gaspedal bis aufs Bodenblech durch, und der Motor heulte auf.

Und dann kam der Schütze in vollem Lauf um die Ecke des Gebäudes. Er hielt abrupt an, stellte sich in Position und zielte auf den davonbrausenden Wagen. Flint schrie: »Runter!«, und Pelvis duckte seinen Kopf und schlang beschützend beide Arme um Mama. Doch bevor der Mann den Abzug drücken konnte, war der Cadillac hinter einigen Bäumen in Deckung, und Flints Herz rutschte von seinem Hosenboden zurück in seine Brust. Er brauste noch weitere fünfzig Meter rückwärts, bevor er eine freie Stelle auf dem grasbestandenen Seitenstreifen fand, um dort den Wagen zu wenden, dann gab er wieder Gas.

Pelvis hatte zaghaft den Kopf gehoben. Die ersten zartblauen Prellungen zeichneten sich an seinem Hals ab. »Ich bin zur Toilette gekommen und habe sie da drinnen gehört!« krächzte er über das Jaulen des Windes und des Motors hinweg. »Hab durch das Loch in der Tür gespäht und gesehen, wie die versucht haben, Sie zu bestehlen! Da hab ich mich daran erinnert, was Sie mir darüber erzählt haben, wie man einen Mann mit Mace blind machen kann!«

»Die waren völlig übergeschnappt!« Flints Gesicht glänzte vom Schweiß, und seine Augen huschten zwischen dem Rückspiegel und der Straße hin und her. Der Laster folgte ihnen nicht. Flint drosselte die Geschwindigkeit, um nicht aus den gefährlichen Kurven ins Marschland geschleudert zu werden. Clint zuckte noch immer, so als würde er den Zorn seines Bruders teilen. »Die gottverdammten Sumpfratten haben versucht, mich zu ersäufen!« Noch immer war der Laster nicht zu sehen, und Flint ging noch etwas vom Gas runter. Pelvis schaute ebenfalls gebannt nach hinten, und sein Gesicht war von dunkelroten Flecken übersät. »Ich kann sie noch immer nicht entdecken.«

Schließlich glaubte – oder hoffte – Flint, daß der Laster sie überhaupt nicht verfolgen würde. Der Sandweg, in dem sie gestanden und nach Lambert Ausschau gehalten hatten, würde gleich zur Linken auftauchen. Es war an der Zeit, ein Spiel zu wagen. Wie standen die Chancen, daß der Laster ihnen folgte, im Vergleich zu den Chancen, daß er es nicht tat? Doc konnte wahrscheinlich noch immer nichts sehen, und Virgil brauchte eine Tragbahre. Flint trat auf die Bremse, als sie sich dem Sandweg näherten.

»Was machen Sie da? Sie halten doch wohl nicht etwa an?« quiekte Pelvis.

»Ich bin hier, um Lambert zu schnappen«, erklärte Flint, während er vom Highway in den Schatten der Trauerweiden zurücksetzte. »Ich lasse mich nicht von einem Rudel Sumpfratten verjagen.« Er fuhr weit genug in den Sandweg zurück, daß der Cadillac vom Highway aus nicht mehr gesehen werden konnte, dann öffnete er das Handschuhfach, holte eine Schachtel Patronen für den Derringer heraus und lud die beiden Kammern nach. Er stellte den Motor ab, und sie saßen da, alle vier gepreßt atmend.

Eine Minute verstrich. »Diese Spielzeugpistole mag ja ganz gut sein, wenn man mal in der Klemme steckt«, sagte Pelvis, »aber ich würde ihr nicht mein Leben anvertrauen.« Flint erwiderte nichts. Fünf Minuten vergingen, in denen Pelvis unverwandt vor sich hin und zu Mama murmelte. Nach fünfzehn Minuten hörten sie, wie sich ein Fahrzeug von Süden her näherte. »O Gott, da kommen sie!« stieß Pelvis aus, und er verkroch sich noch tiefer in seinen Sitz.

Der Laster fuhr mit mäßiger Geschwindigkeit an ihrem Versteck vorbei, ohne anzuhalten. Sie lauschten auf die sich entfernenden Geräusche, bis nichts mehr zu hören war.
»Da soll mich doch.« Pelvis setzte sich auf, wobei er ein Wimmern ausstieß, als Schmerz durch seine untere Wirbelsäule schoß. Wenn er nicht solche Rettungsringe aus Fett mit sich herumgeschleppt hätte, würde er jetzt vielleicht ausgestreckt auf dem Fußboden der Herrentoilette liegen. »Was halten Sie davon?«
Flint schüttelte den Kopf. In seiner Zeit als Kopfgeldjäger waren ihm schon viele seltsame Dinge untergekommen, doch dies hier mochte das seltsamste sein. Was hatte all das zu bedeuten gehabt? Doc und Virgil hatten nicht versucht, ihn auszurauben, sie hatten wissen wollen, wer er war, warum er hier war und mit wem er telefoniert hatte. »Verdammt soll ich sein, wenn ich da durchblicke.« Er steckte Clints Derringer zurück in den Halfter. »Sind Sie in Ordnung?«
»Es tut etwas weh, aber ich denke schon, daß ich in Ordnung bin.«
Flint horchte weiter mit gespitzten Ohren auf das Heulen einer Sirene, die einen Krankenwagen oder einen Streifenwagen ankündigen würde. Wenn die Bullen auftauchten, würden sie alles zunichte machen. Doch so langsam hatte Flint das Gefühl, daß die Sumpfratten auch nicht allzu heiß auf die Bullen waren. Gesetzestreue Bürger trugen für gewöhnlich keine Rasiermesser mit sich herum und bedrohten damit die Körperteile von Fremden. Und was sollte das mit diesem Kerl namens Victor Medina und daß die beiden Typen geglaubt hatten, Flint könnte dort sein, um *sie* auszurauben?
Was sollte er ihnen denn stehlen? Eine Ladung lebender Alligatoren?
Es ergab alles keinen Sinn, doch Flint war nicht den weiten

Weg hierhergekommen, um sich von ein paar verrückten Alligatorenmännern ins Bockshorn jagen zu lassen. Er wandte seine Aufmerksamkeit wieder der Aufgabe zu, Lambert in die Falle zu locken. Es war dumm von Eisley, das Mace zu verlieren. Er hätte es unter allen Umständen festhalten sollen. Ohne das Mace würde der Job um einiges schwerer werden.

»Mr. Murtaugh, Sir?«

Flint blickte Pelvis an und bemerkte, daß sein Gesicht käseweiß geworden war.

»Ich habe noch nie gesehen, wie ein Mann angeschossen wurde«, erklärte Pelvis mit offenkundiger Qual. »Und man hat auch noch nie *auf mich* geschossen. Ich habe darüber nachgedacht, und ... ich glaube, ich muß mich übergeben.«

»Nun, dann steigen Sie aus, und tun Sie's! Machen Sie mir nur nicht den Wagen dreckig!«

»Ja, Sir.« Pelvis öffnete die Tür, rutschte vom Sitz und stolperte in den Wald, und Mama sprang aus dem Wagen hinter ihm her.

Flint schüttelte angewidert den Kopf. Ein Mann, der nicht mal ein bißchen Gewalt und Blut ertragen konnte, war ganz sicher nicht aus dem richtigen Holz geschnitzt, um des Kopfgelds wegen Häute zu jagen. Seine eigenen Nerven hatten vor einigen Minuten aufgehört zu vibrieren, doch er würde diese Kloschüssel noch in seinen Träumen sehen.

Clint hatte sich wieder zur Ruhe begeben. Flint schaute in die zerdrückte Lebensmitteltüte und entdeckte zu seiner Freude eine kleine grüne Flasche. Er schraubte den Verschluß ab und trank einen großen, gierigen Schluck. Solange er sich erinnern konnte, hatte sein Körper nach Säure verlangt. Flint beschloß, in ein paar Minuten zur Hütte hinaufzugehen und sich davon zu überzeugen, daß Lambert nicht angekommen war, während sie fort gewesen waren.

Noch immer war keine Sirene zu hören. Es kam weder Polizei noch ein Krankenwagen.
Alligatoren, ging es ihm durch den Sinn. Was machte Alligatoren so wertvoll, daß man sie mit einer Pistole beschützte?
Nun, das war nicht seine Sache. Seine Sache war es, Lambert zu finden und zurück nach Shreveport zu bringen. Und genau das würde er auch tun. Er konnte hören, wie Eisley all die Süßigkeiten auswürgte, die er in sich hineingestopft hatte. Flint trank einen weiteren Schluck aus der grünen Flasche, und plötzlich kam ihm der Gedanke, was dies doch für ein beschissenes Leben für einen Gentleman war.

14 Die kleinen Schädel

Dan erreichte als einer der ersten das Dorf. Der Himmel war gelb verfärbt vom aufsteigenden Rauch und die Luft schwer vom Gestank verbrannten Fleisches.

Er hörte das Schreien wie das Geräusch gedämpfter Trompeten.

Im Zeitlupentempo bewegte er sich durch den Dunst, sein M16 fest umklammert vor sich. Schweiß hatte die Falten seiner Uniform steif werden lassen, und sein Herz hämmerte in seiner Brust wie entferntes Artilleriefeuer. Weiter vorn schrie jemand, der Schrei einer Frau, entsetzlich in seinem An- und Abschwellen. Der widerliche Rauch wirbelte um ihn herum, und sein Gestank raubte ihm den Atem. Dan drängte sich an zwei anderen Männern seines Zugs vorbei, von denen sich einer abwendete und sich auf die Erde übergab. In der Mitte des Dorfs war ein glimmender Haufen aus verdrehten grauen Gestalten. Dan ging näher heran. Er spürte, wie die Hitze die Haut seines Gesichts spannte. Einige der Dorfbewohner knieten auf dem Boden und kreischten. Er sah vier oder fünf Kinder, die sich an die Beine ihrer Mütter klammerten, ihre Gesichter ausdruckslos vom Schock. Kleine orangefarbene Flammen züngelten in dem verbrannten Scheiterhaufen; in der Nähe stand ein United States Marine-Benzinkanister, vermutlich aus einem Versorgungsdepot gestohlen, zurückgelassen als Verhöhnung.

Dan wußte, was dort in Brand gesteckt worden war. Er wußte es, noch bevor er die kleinen Schädel sah. Bevor er die verkohlte Hand sah, die aus der Masse der Körper herausragte. Bevor er sah, daß einige von ihnen nicht bis auf die Knochen verbrannt, sondern aufgedunsen und verformt und rosa wie angebratenes Schweinefleisch waren.

Jemand packte ihn am Arm. Er blickte in das runzlige, tränenüberströmte Gesicht eines alten Vietnamesen, der in einer Mischung aus Zorn und Entsetzen auf ihn einredete. Der alte Mann streckte Dan seine Hand hin, und auf der Handfläche lag ein winziges Flugzeug, gefaltet aus Alufolie.

Da verstand Dan. Die Alufolie stammte aus dem Einwickelpapier des Hershey-Riegels. Die Vietcong hatten nach ihrem Abrücken das Dorf umzingelt und dieses Alufolienspielzeug als Beweis der Kollaboration mit dem Feind gefunden. Es war schwer zu sagen, wie viele Kinder hingerichtet worden waren. Fleisch war geschmolzen und in glänzenden Lachen zusammengelaufen, Knochen waren verkohlt und ineinander eingebrannt, Gesichtszüge waren ausgelöscht worden. Der alte Vietnamese stolperte, noch immer vor sich hin redend, von Dan weg und streckte seine Hand anklagend einem anderen Marine hin. Dann ging er zum nächsten und zum nächsten, und seine Stimme brach und erstickte, doch seine Hände hoben sich noch immer, um ihnen den Grund für dieses Massaker an den Unschuldigen zu zeigen.

Dan wich von den verbrannten Leichen zurück, eine Hand über Mund und Nase gelegt, während ihm Übelkeit den Magen umdrehte. Captain Aubrey versuchte das Kommando zu übernehmen und brüllte, jemand solle Erde auf die Flammen schaufeln, doch sein Gesicht war bleich und seine Stimme schwach. Dan wandte seine Augen von dem Anblick ab, und er sah den jungen Mann aus Boston – Farrow –

neben sich stehen und gebannt auf das Feuer starren, während ihm der alte Vietnamese das Alufolienflugzeug vors Gesicht hielt. Dann mußte Dan aus dem Rauch entfliehen, bevor er ihn übermannte, mußte diesem Gestank entfliehen, doch der war überall, in Dans Uniform und seinen Haaren und in seiner Haut, es gab einfach kein Entkommen. Dan mußte diesem Krieg und diesem Tod entfliehen, diesem sinnlosen Töten und dem betäubenden Grauen, und während er in die Reisfelder rannte, kotzte er über seine Uniform, doch der Gestank hing ihm noch immer in der Nase, und Dan fürchtete, er würde ihn für den Rest seines Lebens riechen.

Er warf sich auf den Boden und vergrub sein Gesicht im Schlamm. Als er seinen Kopf wieder hob, konnte er noch immer das verbrannte Fleisch riechen. Rauch zog über ihn hinweg, eine dunkle Glocke, die die Sonne verfinsterte. Etwas in seinem Innern versuchte mit aller Macht, sich loszureißen, und Dan fürchtete sich davor. Wenn dieses Etwas zusammenbrach, so könnte das auch die Mauer aus Willenskraft und Kühnheit tun, hinter der er jeden Moment, jede Stunde, jeden Tag seiner Dienstzeit hier drüben gezittert hatte. Er war ein guter Soldat, er tat, was man ihm befahl, und er war nie nach Süden abgegangen, niemals. Doch mit dem braunen Schlamm in seinem Gesicht und der schwarzen Verzweiflung in seiner Seele kämpfte er gegen den entsetzlichen Drang an, aufzuspringen und in den Dschungel zu laufen, dorthin, von wo aus sie unter den Deckeln ihrer Schlangenlöcher heraus alles beobachteten, und wenn er einmal dort angekommen war, würde er den Abzug seines M16 drücken, bis er keine Munition mehr hatte, und dann würden sie lautlos aus den Schatten heraustreten und ihn in Stücke reißen.

Er war nie nach Süden abgegangen. Niemals. Doch er

konnte spüren, daß er am Rand des Abgrunds strauchelte, und er klammerte sich im Schlamm fest, um nicht zu fallen.
Das Gefühl ließ langsam nach. Er war wieder in Ordnung. Nein, nicht in Ordnung, aber er würde es schaffen. Tod und grausame Verschwendung waren keine Fremden in diesem Land. Er hatte genug gesehen, um um Blindheit zu flehen, doch er mußte aufstehen und weitermachen, denn er war ein Mann und ein Marine, und er war hier, um seine Arbeit zu tun. Er drehte sich auf den Rücken und beobachtete den Rauch, der über ihn hinwegtrieb, ein dunkles Zeichen sinnloser Unmenschlichkeit, ein ekelerregendes Symbol. Das Jammern und Heulen im Dorf hinter ihm schien schriller und lauter zu werden, ein Chor der Todesqual, obgleich Dan seine Hände fest über seine Ohren gepreßt hatte, *lauter, lauter,* obgleich er seine Augen fest zusammengekniffen hatte und versuchte, weder zu denken noch zu fühlen, *lauter, lauter,* obgleich er Gott anflehte, daß er ihn von diesem Ort erlösen möge, und es kam keine Antwort, nur das Heulen wurde lauter und lauter und lau …
»*Ah*!« entfuhr es ihm.
Er setzte sich auf. Sein Gesicht war verzerrt.
»Himmel!« sagte jemand. Eine Frauenstimme. »Sie haben mich fürchterlich erschreckt.«
Heulen. Er konnte es noch immer hören. Er wußte nicht, wo er war – sein Verstand war benebelt vom Rauch aus Vietnam. Einige Augenblicke später wurde ihm bewußt, daß er nicht mehr das Heulen aus dem Dorf in seiner Erinnerung hörte. Ein Streifenwagen! Schoß es ihm durch den Kopf, während Panik ihn durchflutete. Er sah ein Fenster, und er wollte aufstehen und zu ihm hinüberblicken, doch seine Gelenke hatten sich versteift, und der Schmerz in seinem Schädel war unerträglich. Er setzte sich auf die Kante

dessen, was er nun als ein Bett erkannte, und preßte die Hände gegen seine Schläfen.

»Ich versuche seit fünf Minuten, Sie aufzuwecken. Sie haben geschlafen wie ein Toter. Dann haben Sie sich auf einmal so plötzlich aufgesetzt, daß ich schon dachte, Sie würden glatt durch die Wand hindurchschießen.«

Er hörte sie kaum. Er lauschte auf das Martinshorn. Was immer es war – Streifenwagen, Feuerwehr oder Krankenwagen –, es bewegte sich mit hoher Geschwindigkeit von ihnen weg. Er rieb sich die Schläfen und versuchte sich zu besinnen, wo er war.

»Geht es Ihnen gut?«

Dan blickte zu dem Mädchen auf, das neben ihm stand. Die rechte Seite ihres Gesichts war dunkelviolett verfärbt. Ein Feuermal, ein entsetzlich großes Feuermal. Ihr Name war Arden, erinnerte er sich nun. Arden Holiday. Nein, Halliday. Er erinnerte sich an die Cajun-Raststätte, an einen jungen Mann in einem Hanoi Janes-T-Shirt und an einen nagelgespickten Baseballschläger, der auf den Tisch krachte.

»Ich habe Ihnen gegrilltes Fleisch mitgebracht«, sagte sie, und sie hielt ihm eine fettige weiße Papiertüte hin. »Direkt gegenüber ist ein Restaurant.«

Der Geruch von verbranntem Schwein drehte ihm den Magen um. Er senkte den Kopf und versuchte durch den Schmerz hindurch zu denken.

»Wollen Sie es nicht? Sie müssen hungrig sein. Sie haben den ganzen Tag geschlafen.«

»Nehmen Sie es weg.« Seine Stimme war ein heiseres Brummen. »Bitte.«

»Schon gut, schon gut. Ich dachte nur, Sie würden sich über etwas zu essen freuen.«

Sie verließ das Zimmer. Seine Erinnerung kehrte Stück für

Stück zurück, wie ein Puzzle, das sich langsam zusammenfügte. Ein Pistolenschuß. Das Gesicht des sterbenden Emory Blanchard. Reverend Gwinn und die Krapfen seiner Frau. Die DeCaynes und die Salve einer Schrotflinte, die den Reifen seines Pickups in Fetzen riß. Fünfzehntausend Dollar Belohnung. Susan und Chad in Basile Park, und wie sie ihm von der Hütte in Vermilion erzählte. Der Kopfgeldjäger mit der Taschenlampe, und Elvis Presley, der nach Mr. Murtaugh rief.

Und dann das Mädchen. Er hatte sie nach Lafayette mitgenommen, wo sie einen Mann in einem Pflegeheim besuchte. Mr. Richards hatte der Mann geheißen. Nein, nein er hatte Jupiter geheißen. Der alte Mann hatte von jemandem namens Leuchtendes Mädchen erzählt. Eine Wunderheilerin, unten im Sumpf. Wird das Feuermal von deinem Gesicht verschwinden lassen. Sie sind Seine Hände, Sie müssen sie in die richtige Richtung lenken.

Ein Motel in Lafayette. Dort befand er sich jetzt. Hatte den ganzen Tag geschlafen, wie Arden sagte. Doch die Sonne stand draußen noch immer hoch am Himmel. Er versuchte mühsam seinen Blick auf das verschwommene Ziffernblatt seiner Armbanduhr zu konzentrieren und las die Zeit schließlich als acht Minuten nach vier ab. Seine Mütze. Wo war seine Mütze? Er fand sie neben sich auf dem Bett. Sein Hemd war bretthart von getrocknetem Schweiß, doch er konnte kaum etwas dagegen tun. Er saß dort und sammelte seine Kräfte, um aufzustehen. Gestern hatte er sich bis an die Grenze der völligen Erschöpfung getrieben, und jetzt würde er den Preis dafür zahlen müssen. Seine Kopfschmerzen ließen etwas nach, doch seine Knochen pochten im Rhythmus mit seinem Puls. Schließlich stand er auf und taumelte ins Badezimmer, wo er im Spiegel eine bleiche Halloween-Maske mit eingesunkenen Augen und einem ergrauten Bart sah, die unmöglich sein Gesicht sein konnte. Es gab eine Duschkabine, diese hier Gott sei Dank ohne umherhüpfende Frösche. Dan griff hinein und drehte den Kaltwasserhahn auf und hielt dann seinen Kopf unter den Strahl.

»He!« Arden war zurückgekehrt. »Haben Sie was an?«

Er blieb einfach unter dem Wasserstrahl stehen und wünschte, er hätte genügend Verstand besessen, die Tür abzusperren.

»Ich muß Ihnen etwas zeigen. Dauert nur eine Minute.«

Je früher er sie wieder los wurde, desto besser. Er drehte das Wasser ab, griff nach einem Handtuch, um sich die Haare abzutrocknen, und ging zurück ins Zimmer. Arden saß in einem Sessel an einem runden Tisch neben dem Bett. Auf dem Tisch lag eine Straßenkarte ausgebreitet. Arden trug noch immer ihre Blue jeans, doch sie hatte sich eine frische beigefarbene kurzärmlige Bluse angezogen. »Mann«, sagte sie und starrte ihn an. »Sie sehen richtig kaputt aus.«

Dan massierte seine verkrampften Schultermuskeln. »Ich dachte, ich hätte die Tür abgeschlossen, bevor ich mich schlafen gelegt habe. Wie sind Sie hereingekommen?«

»Ich habe da draußen gestanden und geklopft, bis meine Fingerknöchel geblutet haben. Sie sind auch nicht ans Telefon gegangen. Also habe ich mir von der Dame an der Rezeption den Ersatzschlüssel besorgt. Ich habe ihr erzählt, wir seien zusammen unterwegs. Sehen Sie mal.«

Jetzt bemerkte er, daß sie seine eigene Straßenkarte, die sie wohl aus dem Wagen geholt hatte, auf dem Tisch ausgebreitet hatte.

»Hier ist LaPierre. Sehen Sie?« Sie legte ihren Finger auf einen Punkt, wo der Highway 57 am Sumpf endete. »Etwa fünfundzwanzig Meilen südlich von Houma. Sagten Sie nicht, daß Sie dorthin unterwegs seien?«

»Ich weiß nicht. Habe ich das?«

»Ja. Sie sagten, Sie wollten in die Gegend südlich von Houma. Da unten gibt es nicht viel, nach der Karte zu urteilen. Wohin wollen Sie?«

Er studierte die Straßenkarte etwas eingehender. LaPierre lag etwa drei Meilen hinter einer Ortschaft namens Chandalac, die wiederum vier oder fünf Meilen von Vermilion entfernt war. Südlich von LaPierre gab es auf der Karte nur noch den Terrebonne Parish-Sumpf. »Ich nehme Sie nicht weiter mit. Sie können von hier aus mit dem Bus fahren.«

»Ja, das könnte ich schon, aber ich dachte, wenn Sie denselben Weg haben, würden Sie mir hel …«

»*Nein*«, fiel er ihr ins Wort. »Das ist unmöglich.«

Sie runzelte die Stirn. »Unmöglich? Warum? Sie fahren doch da runter, oder?«

»Hören Sie, Sie kennen mich nicht. Ich könnte … jemand sein, mit dem Sie nicht in einem Wagen sitzen wollen würden.«

»Was soll das denn bedeuten? Sind Sie ein Bankräuber oder so was?«

Dan ließ sich wieder auf das Bett sinken. »Ich nehme Sie bis zum Busbahnhof mit. Mehr kann ich nicht tun.«

Arden saß da, kaute an ihrer Unterlippe und studierte die Karte. Dann betrachtete sie Dan einen Moment lang, während dieser sich ein Kissen unter seinen Kopf stopfte und die Augen schloß. »Darf ich Ihnen eine persönliche Frage stellen?«

»Kommt darauf an«, erwiderte Dan.

»Haben Sie irgendwas? Ich meine … sind Sie krank? Sie sehen nicht gerade sonderlich gesund aus, wenn ich das sagen darf.«

Dan schlug die Augen auf und blickte zu den Deckenplatten

hoch. Es hatte keinen Zweck zu versuchen, es zu verbergen.
»Ja, ich bin krank«, erklärte er.
»Dachte ich es mir doch. Was ist es? AIDS?«
»Leukämie. Gehirntumor. Ausgelaugt und am Ende meiner Kräfte. Suchen Sie sich was aus.«
Sie schwieg eine Weile. Er hörte, wie sie die Karte zusammenfaltete oder es zumindest versuchte, denn Straßenkarten, die einmal auseinandergefaltet wurden, verwandelten sich in sture Biester. Arden räusperte sich. »Das Leuchtende Mädchen ist eine Heilerin. Sie haben doch gehört, was Jupiter sagte, oder?«
»Ich habe gehört, daß mich ein alter Mann Mr. Richards nannte und Unsinn geredet hat.«
»Das ist kein Unsinn!« entgegnete sie. »Und Sie haben Ähnlichkeit mit Mr. Richards. Er hatte einen Bart und war etwa so groß wie Sie. Ich kann verstehen, daß Jupiter Sie verwechselt hat.«
Dan setzte sich auf und schaute sie an. Sein Nacken war schmerzhaft steif. »Hören Sie mir mal zu. So wie ich die Sache sehe, versuchen Sie, eine Wunderheilerin zu finden – von der ich nicht einmal glaube, daß es sie wirklich gibt –, um das Feuermal auf Ihrem Gesicht loszuwerden. Wenn Sie den Märchen irgendeines verrückten alten Mannes glauben, dann denke ich, daß Sie schwer enttäuscht werden.«
»Jupiter ist nicht verrückt, und es sind keine Märchen. Das Leuchtende Mädchen lebt dort unten. Nur weil Sie nicht daran glauben, ist es noch lange keine Lüge.«
»Und nur weil Sie es glauben *wollen*, ist es noch lange nicht wahr. Ich weiß nicht das geringste über Sie oder was Sie durchmachen mußten, aber meiner Meinung nach sollten Sie lieber zu einem Hautarzt gehen, statt nach einer Wunderheilerin zu suchen.«
»Ich bin bei Dermatologen gewesen«, erwiderte Arden eisig.

»Sie haben alle gesagt, daß ich den dunkelsten Portweinfleck hätte, den sie je gesehen haben. Sie können mir nicht versprechen, daß sie ihn ganz oder auch nur halb wegbekommen, ohne daß ich Narben zurückbehalten würde. Außerdem könnte ich mir die Operation sowieso nicht leisten. Und Sie haben recht damit, daß Sie nichts über mich wissen. Sie haben nicht die geringste Ahnung, wie es ist, jeden Tag Ihres Lebens dieses Ding im Gesicht zu tragen. Die Leute starren Sie an, als wären Sie ein Freak oder irgendein Ungeheuer, das man nicht in die Öffentlichkeit lassen dürfte. Wenn jemand sich mit Ihnen unterhält, dann versucht er, ja nur nicht in Ihr Gesicht zu schauen, und Sie können sehen, daß er sich entweder ekelt oder Mitleid für Sie empfindet. Es ist ein Unglückszeichen. Mein eigener Vater hat mir das gesagt, als ich sechs Jahre alt war. Dann hat er das Haus verlassen, um Zigaretten zu holen, und ist nie zurückgekommen, und meine Mama hat zur Flasche gegriffen und sie nicht wieder aus den Händen gelassen, bis es sie umgebracht hat. Von da an war ich bei einer Pflegefamilie nach der anderen, und ich kann Ihnen sagen, keine von ihnen war das Paradies.« Sie hörte auf zu sprechen. Nach einer langen Pause, während der sie ihren Mund zu einer grimmigen schmalen Linie zusammengekniffen hatte, fuhr sie fort: »Als ich fünfzehn war, habe ich ein Auto gestohlen. Ich bin erwischt und auf eine Ranch für ›verhaltensgestörte Jugendliche‹ außerhalb von San Antonio geschickt worden. Mr. Richards war der Leiter. Jupiter hat im Stall gearbeitet, und seine Frau war Köchin. Das Leben dort war hart, und wenn man aus der Reihe getanzt ist, hat man sich damit einen Aufenthalt im Schwitzkasten verdient. Aber ich habe meinen High-School-Abschluß gemacht und es dort rausgeschafft. Wenn ich es nicht geschafft hätte, wäre ich jetzt vermutlich tot oder im Knast. Ich habe Jupiter immer bei den Pferden geholfen, und er hat mir Geschichten vom Leuchtenden Mädchen erzählt. Daß sie mein Feuermal berühren und es verschwinden lassen würde. Er hat mir erzählt, wo er aufgewachsen ist und daß jedermann dort unten das Leuchtende Mädchen kennt.« Abermals hielt sie inne, und ihre Augen wurden zu schmalen Schlitzen, während sie irgendeine entfernte Szene in ihrem Kopf betrachtete. »Diese Geschichten ... sie klangen so wahr. So voller Licht und Hoffnung. Genau das brauche ich jetzt. Sehen Sie, mein Leben ist nicht sonderlich gut verlaufen. Ich hab meinen Job in der Goodyear-Fabrik verloren, sie haben fast die ganze Schicht entlassen, und mußte meinen Wagen verkaufen. Meine Kreditkarten haben mich in Schwierigkeiten gebracht, also habe ich sie mit der Schere bearbeitet. Ich bin zu einem Burger-Imbiß gegangen, um mich um einen Job zu bewerben, und der Typ dort hat nur einen Blick auf mein Gesicht geworfen und gesagt, die Stelle sei schon besetzt und es werde in nächster Zukunft auch keine frei. Und dasselbe ist mir mit ein paar anderen Jobs passiert, um die ich mich beworben hab. Ich bin zwei Monate mit meiner Miete im Rückstand, und der Gerichtsvollzieher sitzt mir im Nacken. Sehen Sie ... was ich brauche, ist ein neuer Anfang. Ich muß endlich meine Pechsträhne beenden, ein für allemal. Wenn ich nur das Leuchtende Mädchen finden und dieses Ding in meinem Gesicht loswerden könnte ... dann könnte ich noch einmal ganz von vorn anfangen. Genau das brauche ich, und deshalb habe ich jeden Cent, den ich besitze, von der Bank abgehoben, um diese Reise zu machen. Verstehen Sie das?«

»Ja, das tue ich«, sagte Dan. »Ich weiß, daß das Leben hart ist, aber nach diesem Leuchtenden Mädchen zu suchen, wird auch nichts helfen. Wenn es je eine solche Frau *gegeben* hat, dann ist sie längst tot.« Er blickte in Ardens ausdruckslose Augen. »Jupiter hat erzählt, das Leuchtende Mädchen habe schon im Sumpf gelebt, lange bevor sein Daddy ein kleiner Junge war. Stimmt's? Und Jupiter hat gesagt, sie sei nach LaPierre gekommen, als *er* ein kleiner Junge war. Er hat gesagt, sie sei ein junges und hübsches weißes Mädchen. *Jung* hat er gesagt. Dann erklären Sie mir doch mal, wie das gehen soll.«

»Weil«, erwiderte Arden und faltete die Straßenkarte zusammen, »das Leuchtende Mädchen nie älter wird.«

»Oh, ich verstehe.« Er nickte. »Sie ist nicht nur eine Heilerin, sie hat auch den Jungbrunnen gefunden.«

»Ich habe nichts von einem Jungbrunnen gesagt!« Zorn blitzte in Ardens Augen und ließ das Feuermal noch eine Schattierung dunkler werden. »Ich berichte Ihnen nur, was Jupiter mir erzählt hat! Das Leuchtende Mädchen wird niemals älter, sie bleibt immer jung und hübsch!«

»Und das glauben Sie?«

»Ja! Das glaube ich! Ich ... ich glaube es einfach, das ist alles!«

Dan kam nicht umhin, Mitleid für sie zu empfinden. »Arden«, sagte er leise, »haben Sie denn noch nie was von *Volkssagen* gehört? Von Geschichten wie die über Johnny Appleseed und Paul Bunyan oder ... Sie wissen schon, Leute, die überlebensgroß sind. Vielleicht gab es vor langer, langer Zeit einmal eine Wunderheilerin, die im Sumpf lebte, und nachdem sie gestorben ist, wurde auch sie überlebensgroß, weil die Leute einfach nicht von ihr ablassen konnten. Also haben sie sich diese ganzen Geschichten über sie ausgedacht, und sie haben sie ihren Kindern weitererzählt. Auf diese Weise würde sie niemals sterben, und sie wäre immer jung und hübsch. Verstehen Sie, was ich sagen will?«

»Sie wissen überhaupt nichts!« fauchte sie. »Als nächstes

behaupten Sie noch, Jesus sei auch nur eine ausgedachte Geschichte!«

»Nun, es ist Ihre Sache, wenn Sie durch einen Sumpf waten und nach einer toten Wunderheilerin suchen wollen. Ich werde Sie nicht aufhalten.«

»Verdammt richtig, daß Sie mich nicht aufhalten werden!« Arden erhob sich und griff nach der Straßenkarte. »Wenn ich so krank wäre wie Sie, würde ich hoffen, das Leuchtende Mädchen zu finden, und nicht einfach dasitzen und sie verleugnen!«

»Eine Sache, die einen Menschen sehr schnell umbringt«, entgegnete Dan, während sie zur Tür ging, »ist falsche Hoffnung. Wenn Sie etwas älter sind, werden Sie es verstehen.«

»Ich hoffe, daß ich niemals so alt werde.«

»He«, sagte Dan, als sie ihm Begriff war, das Zimmer zu verlassen. »Überlegen Sie es sich, ob Sie bis zum Busbahnhof mitfahren wollen. Ich mache mich nach Einbruch der Dunkelheit auf den Weg.«

Arden zögerte, die Hand am Türknauf. »Wieso wollen Sie nicht im Hellen fahren?« Und sie mußte noch eine Frage stellen, die ihr ebenfalls unter den Nägeln brannte. »Und wieso haben Sie keine Kleidung zum Wechseln bei sich?«

Er überlegte eilig. »Im Dunkeln ist es kühler. Das ist besser für den Wagen. Und ich habe Freunde dort, wo ich hinfahre, ich hatte nicht vor, unterwegs zu übernachten.«

»Hm.«

Er wich ihrem Blick aus, weil er befürchtete, daß sie ihn durchschauen würde. »Ich werde jetzt duschen und was essen. *Kein* gegrilltes Fleisch. Sie sollten den Busbahnhof anrufen und herausfinden, wo er ist.«

»Selbst wenn ich mit dem Bus nach Houma fahre, muß ich

immer noch irgendwie runter nach LaPierre kommen. Hören Sie«, sagte sie, entschlossen, es noch einmal zu versuchen, »ich gebe Ihnen dreißig Dollar, wenn Sie mich hinfahren. Wie wär's?«

»Nein.«

»Wie weit kann der Umweg denn schon für Sie sein?« Verzweiflung ließ ihre Stimme angespannt klingen. »Ich kann Sie beim Fahren ablösen. Außerdem habe ich so was noch nie gemacht ... Sie wissen schon ... ein Mädchen, das allein reist, könnte in Schwierigkeiten geraten. Deshalb habe ich ja Joey bezahlt, damit er mich fährt.«

»Ja, und er hat wirklich gut auf Sie achtgegeben. Ich hoffe, Sie kommen dort hin, wo Sie hinwollen, aber es tut mir leid, ich kann Sie nicht mitnehmen.«

Sie starrte ihn unverwandt an. Hier geht etwas sehr Sonderbares vor sich, dachte sie. Es lagen Glassplitter auf dem Rücksitz des Kombis. Dann war da die Tatsache, daß er auf seiner Reise noch nicht einmal eine Zahnbürste bei sich hatte. Und war es ein Zufall, daß er erst aufgewacht war, als eine heulende Sirene am Motel vorbeigefahren war? »Ich könnte jemand sein, mit dem Sie nicht in einem Wagen sitzen wollen würden«, hatte er gesagt. Was meinte er damit? Sie machte ihn nervös. Er stand auf und zog sein T-Shirt aus. Sie konnte den Umriß jeder einzelnen Rippe unter seinem bleichen Fleisch sehen. »Wenn Sie mir zuschauen wollen, wie ich mich ausziehe und dusche, dann tun Sie es ruhig«, sagte Dan. Er machte sich daran, die Gürtelschnalle seiner Jeans zu öffnen.

»Schon gut, ich gehe«, entschied sie, als er den Reißverschluß seines Hosenschlitzes herunterzog. »Mein Zimmer ist gleich nebenan. Klopfen Sie, wenn Sie sich auf den Weg machen.« Sie zog sich zurück, und Dan schloß die Tür und legte den Riegel vor.

Er stieß einen erleichterten Seufzer aus. Sie fing an, sich über ihn zu wundern, soviel war klar. Er wußte, daß er sie nie hätte mitnehmen dürfen; sie war eine Komplikation, die er nicht gebrauchen konnte. Nun, er würde jetzt erst einmal duschen und versuchen, sich zu entspannen, und etwas essen, dann würde er sich um einiges besser fühlen. Er setzte sich in Richtung Badezimmer in Bewegung, doch bevor er dort ankam, übermannte ihn die Neugier, und er machte den Fernseher an und schaltete auf der Suche nach einer Örtlichen Nachrichtensendung die Kanäle durch. Er fand CNN, doch da lief eine Wirtschaftssendung. Dan machte den Fernseher aus, und dann, nach einer kurzen inneren Debatte, schaltete er ihn wieder ein. In den nationalen Nachrichten würden sie sicher nichts über ihn bringen, doch vielleicht gab es um fünf eine lokale Sendung, so daß er herausfinden konnte, ob Lafayette die Story aufgegriffen hatte. Er fühlte sich so dreckig wie der Schmutzfänger an einem Vierzigtonner, und er ging ins Badezimmer und drehte die Wasserhähne der Dusche voll auf.

Arden war zur Rezeption gegangen, um den Ersatzschlüssel zurückzugeben. Die zierliche, großmütterliche Frau hinter der Anmeldung schaute über den Rand ihrer Brille von ihrem Kreuzworträtsel in der Lafayetter Zeitung hoch. »Ist mit Ihrem Freund alles in Ordnung?«

»Ja, ihm geht's gut. Er war nur etwas übermüdet und hat mein Klopfen nicht gehört.« Sie legte den Schlüssel auf den Tresen. »Können Sie mir sagen, wie ich von hier zum Busbahnhof komme?«

»Ich hab 'n Telefonbuch. Ich suche Ihnen die Adresse raus.« Die Frau griff mit einer von blauen Adern überzogenen Hand in eine Schublade und holte das Telefonbuch heraus. »Wo wollen Sie denn hin?«

»Erst mal nach Houma. Dann weiter nach Süden.«

»Südlich von Houma gibt's nicht viel außer dem Bayou. Haben Sie Verwandte dort unten?«
»Nein, ich bin ganz allein.«
»Ganz *allein*? Was ist mit Ihrem Freund?«
»Er … fährt woandershin.«
»Ich würde nicht allein in dieses Sumpfland fahren, das schwöre ich!« Die Frau hatte ihren Finger auf der Adresse des Busbahnhofs, doch zuerst einmal sah sie sich genötigt, eine Warnung auszusprechen. »Da unten leben jede Menge Ledernacken und Heiden, die gehorchen keinem Gesetz, außer ihrem eigenen. Schauen Sie nur mal hier.« Sie hob die erste Seite der Zeitung hoch und hielt sie Arden unter die Nase. »Die Schlagzeile oben, über den Ranger. Sehen Sie?«
Arden sah es. Da hieß es *Terrebonne Ranger noch immer vermißt*, und darunter stand in kleineren Buchstaben die Zeile *Sohn von Lafayetter Stadtrat Giradoux*. Ein Foto zeigte einen vierschrötigen jungen Mann mit stählernem Blick, der eine Polizeiuniform und einen breitkrempigen Hut trug.
»Wird seit Dienstag vermißt«, erklärte die Frau Arden. »Die ganze Woche haben die Zeitungen über nichts anderes geschrieben. Er ist einmal zu oft runter in diesen Sumpf gegangen, das hat er gemacht. Der Sumpf hat ihn verschluckt, darauf können Sie wetten.«
»Das tut mir leid«, erwiderte Arden, »aber es wird mich nicht davon …« Und dann hielt sie inne, denn ihr Blick war zu einem Artikel am unteren Rand der Zeitung gewandert, und zu einer Schlagzeile, die lautete: *Shreveport-Mörder beging zweite Bluttat*. Zu dem Artikel gab es ebenfalls ein Foto, und das bärtige Gesicht darauf ließ Arden das Herz stehenbleiben.
Das Foto hatte nicht gerade beste Qualität, doch er war zu erkennen. Es sah aus wie ein Verbrecherfoto oder ein

schlecht ausgeleuchteter Schnappschuß für einen Führerschein. Er trug keine Mütze und blickte ernst drein, und er hatte wohl fünfzehn Kilo verloren, seit das Bild gemacht worden war. Und darunter stand sein Name: Daniel Lewis Lambert.

»Sie haben sein Boot gefunden«, sagte die Frau.

»Hä?« Arden blickte auf. In ihrem Innern zitterte sie wie Espenlaub.

»Jack Giradoux' Boot. Sie haben es gefunden, aber von ihm nicht die geringste Spur. Ich kenne seine Familie, sie frühstücken immer am Samstagmorgen bei Shoney's, ein Stück die Straße runter. Für sie war der Junge das Größte, und sie werden vollkommen fertig sein.«

Arden wandte sich wieder dem Artikel zu. »Ich wäre in dem Sumpfland sehr vorsichtig«, beharrte die Frau. »Das sind böse Menschen, die einen Ranger verschwinden lassen können.« Sie machte sich daran, die Adresse des Busbahnhofs auf ein Stück Papier zu schreiben.

Arden hatte das Gefühl, gleich die Besinnung zu verlieren, als ihr bewußt wurde, was für ein Mann Dan Farrow – nein, Dan *Lambert* – wirklich war. Vietnam-Veteran, und er hatte diese Tätowierung auf seinem rechten Unterarm. Hatte den Leiter der Kreditabteilung einer Bank in Shreveport erschossen. Hatte in einem Motel außerhalb von Alexandria einen Mann angeschossen und zu Tode geprügelt und dann einfach dessen Kombi gestohlen. »O mein Gott«, flüsterte sie.

»Wie bitte?« Die Frau zog ihre silbergrauen Augenbrauen hoch.

»Dieser Mann«, stammelte Arden. »Er ist ...«

»... der Mann, den Gott Miss Arden geschickt hat ...«

Jupiter hatte das gesagt. »Sie sind der Mann, den Gott geschickt hat, um Miss Arden zum Leuchtenden Mädchen zu bringen. Sie sind Seine Hände, Sie müssen sie in die richtige Richtung lenken.«

Nein, Dan Lambert war ein Mörder. Die Zeitung sagte das. Er hatte zwei Menschen getötet, also was sollte ihn davon abhalten, auch sie zu töten, wenn es ihm in den Sinn kam? Aber er war krank, das konnte jeder sehen, der ihn anschaute. Wenn er sie umbringen wollte, warum war er dann nicht einfach vom Highway abgebogen, bevor sie Lafayette erreichten?

»Haben Sie etwas gesagt?« fragte die Frau.

»Ich ... ja ... Ich meine ... ich bin nicht sicher.«

»Nicht sicher? Worüber?«

Arden starrte auf das Foto. »Der Mann, den Gott geschickt hat.« Sie wollte daran glauben, von ganzem Herzen. Sie wollte glauben, daß es irgendeine kosmische Ordnung der Dinge gab, irgendeine tätige Unterströmung, die sie zu diesem Zeitpunkt an diesen Ort gebracht hatte. Doch wenn Jupiter sich geirrt hatte, was sagte das dann über seinen Glauben an das Leuchtende Mädchen aus?

Sie fühlte, wie etwas in ihr zu beben begann, und sie fürchtete, daß, wenn es vollständig in sich zusammenstürzte, nichts mehr übrig war, was sie zusammenhielt.

»Wollen Sie die Adresse noch?«

»Bitte?«

»Der Busbahnhof. Sie wollten, daß ich Ihnen sage, wie man da hinkommt? Es ist nicht weit.«

Die Wände um Arden rückten immer näher. Sie mußte hier raus, mußte einen Ort finden, an dem sie nachdenken konnte. »Darf ich die haben?« Sie hielt die Zeitungsseite so, daß die Frau Dans Bild nicht sehen konnte.

»Sicher, ich bin damit durch. Wollen Sie die ...«

Doch Arden verschwand schon aus der Tür.

»Offenbar nicht«, sagte die Frau, als sich die Tür schloß. Sie

hatte zuerst beabsichtigt, das Mädchen zu fragen, ob das Mal auf seinem Gesicht weh tat, doch dann war sie zu dem Schluß gekommen, daß eine solche Frage ungehörig sei. Es war eine Schande; das Mädchen wäre so hübsch, wenn sie nicht so entstellt wäre. Aber so war das Leben, nicht wahr? Man mußte das Schlechte wie das Gute hinnehmen und das Beste daraus machen. Trotzdem, es war eine Schande.
Sie wandte ihre Aufmerksamkeit wieder dem Kreuzworträtsel zu. Das nächste Wort waagerecht hatte drei Buchstaben, und der Lösungshinweis lautete »Schicksal«.

15 Die Wahrheit

Dan war aus der Dusche gekommen und trocknete sich gerade ab, als er jemanden seinen Namen sagen hörte.
Er schaute auf den Fernseher. Sein Gesicht – sein Führerscheinfoto – blickte ihn vom Bildschirm aus an. Dan hatte gedacht, er wäre gegen den Schock gewappnet, doch er hatte sich geirrt; in jenem Moment fühlte er sich, als hätte er gleichzeitig einen Schlag in die Magengrube und Eiswasser den Rücken hinuntergekippt bekommen. Der Nachrichtensprecher redete über die Erschießung von Emory Blanchard, und die Kamera zeigte Szenen von Polizisten in der First Commercial Bank. Und dann nahm das Bild tatsächlich alptraumhafte Züge an, denn plötzlich sprach ein schmerzverzerrtes, von wirren roten Locken eingerahmtes Gesicht in das Mikrofon eines Reporters.
»Er hat durchgedreht, als er herausfand, daß wir wußten, wer er war«, sagte Hannah DeCayne. »Harmon und ich haben versucht ihn aufzuhalten, aber er war wie ein Wahnsinniger. Hat Harmon die Schrotflinte aus den Händen gerissen und ihn vor meinen Augen über den Haufen geschossen, und dann hat er … o lieber Gott, es war so schrecklich … dann hat er angefangen, mit der Flinte auf Harmons Kopf zu schlagen. Ich habe noch nie in meinem Leben einen Menschen so außer sich gesehen, und ich konnte nichts tun!«
Die Kamera zeigte das schäbige Hideaway Motel bei Tages-

licht, dann schwenkte sie auf den lahmgelegten Pickup. Auf dem sandigen Boden waren Blutspuren zu erkennen. »DeCaynes Tod wurde heute in den frühen Morgenstunden in einem Krankenhaus in Alexandria festgestellt«, sagte der Nachrichtensprecher.

Dans Knie gaben unter ihm nach. Er sackte auf die Bettkante, und seine Kinnlade klappte nach unten.

»Die Polizei glaubt, daß Lambert auf dem Weg nach Naples, Florida, sein könnte, wo seine nächste Verwandte lebt ...«

Himmel! schoß es Dan durch den Kopf. Jetzt hatten sie auch noch seine Mutter in die Sache hineingezogen!

»... doch es gibt Berichte, die besagen, daß Lambert sowohl in New Orleans als auch in Baton Rouge gesehen wurde. Nach Angaben der Polizei könnte Lambert möglicherweise unter dem Namen Farrow reisen, und er sollte als sehr gefährlich betrachtet werden. Noch einmal, die First Commercial Bank von Shreveport hat eine Belohnung von fünfzehntausend Dollar für die Ergreifung Lamberts ausgesetzt; für Hinweise wählen Sie bitte die Nummer 5559045.« Erneut erschien Dans Foto auf dem Bildschirm. »Lambert ist zweiundvierzig Jahre alt, hat braunes Haar und braune Augen und ist ...«

Dan stand auf und schaltete den Fernseher aus. Dann mußte er sich abermals hinsetzen, denn seine Knochen fühlten sich an, als wären sie aus Gummi, und in seinem Kopf drehte sich alles. In seinem Innern begann Wut zu brodeln. Was für eine verdammte Scheiße versuchte diese Frau da aufzutischen? Nein, nicht *versuchte*, sie machte es sehr gut, mit Krokodilstränen und dem ganzen Drum und Dran. Dan wurde klar, was geschehen war. Das Miststück hatte ihren Mann umgebracht, und wer würde sie eine Lügnerin schimpfen? Er spürte, wie sich das Netz um ihn herum zusammenzuziehen begann. Wer würde ihm glauben, daß er DeCayne nicht ermordet hatte? Schon bald würden die Nachrichtensendungen einen blutrünstigen Teufel aus ihm machen, der jeden umbringt, der sich ihm in den Weg stellt. Mit seinem Bild im Fernsehen, der Belohnung und der Polizei auf der Suche nach einem Kombi ... welche Chance hatte Dan da noch, nach Vermilion zu kommen, ganz zu schweigen davon, es außer Landes zu schaffen?

Er vergrub sein Gesicht in seinen Händen. Sein Herz hämmerte, und der Puls pochte in seinen Schläfen. Selbst wenn er im Schutz der Dunkelheit fuhr, wußte er doch, daß es nur eine Frage der Zeit war, bevor die Polizei ihn fand. Und seine Zeit lief schnell ab, wie es schien. Sollte er weiterhin versuchen zu fliehen oder einfach aufgeben und selbst die Polizei rufen? Es gab kein Entkommen vor dem Gefängnis; es gab kein Entkommen vor der Krankheit, die Stück für Stück sein Leben verschlang. Nach Süden abgegangen, nach Süden abgegangen, dachte er. Wohin konnte man fliehen, wenn alle Auswege blockiert waren?

Er wußte nicht, wie lange er so dagesessen hatte, die Augen fest geschlossen und den Kopf gesenkt, während seine Gedanken ziellos umherirrten wie Mäuse in einem Labyrinth. Ein zaghaftes Klopfen drang von der Tür herüber. Dan rührte sich nicht. Das Klopfen wiederholte sich, diesmal ein wenig lauter.

»Verschwinden Sie!« rief er. Es mußte das Mädchen sein. Oder die Polizei. Er würde es schon früh genug erfahren.

Ein langes Schweigen folgte, dann ihre Stimme: »Ich ... wollte mich mal einen Moment mit Ihnen unterhalten.«

»Gehen Sie doch weg, lassen Sie mich in Ruhe. Bitte.«

Sie schwieg, und Dan dachte, sie wäre fort. Aber dann hörte er ein Rascheln vor der Tür, und etwas wurde unter ihr hindurch ins Zimmer geschoben. Es war eine Zeitungsseite.

Dan hatte das Gefühl, daß die schlechten Nachrichten im Begriff standen, noch schlechter zu werden. Er knotete sich ein Handtuch um die Taille, ging zur Tür und hob die Zeitung auf. In der unteren rechten Ecke war sein Foto, dasselbe Foto, das er im Fernsehen gesehen hatte. *Shreveport-Mörder beging zweite Bluttat,* lautete die Schlagzeile. Er streckte die Hand aus, entriegelte die Tür und zog sie auf.

Arden wich einen Schritt zurück, ihr halbes Gesicht bleich vor Angst, und sie hob einen Wagenheber über ihren Kopf, den sie aus dem Kofferraum des Kombis geholt hatte. »Rühren Sie mich nicht an«, sagte sie. »Ich schlage Ihnen den Schädel ein!«

Sie starrten einander einige Augenblicke lang wie zwei argwöhnische, verängstigte Tiere an. Schließlich sagte Dan: »Nun, Sie haben meine ungeteilte Aufmerksamkeit. Worüber wollen Sie reden?«

»Das sind Sie, nicht wahr? Sie haben zwei Menschen umgebracht?«

»Das bin ich«, erwiderte er. »Aber ich habe nicht zwei Menschen umgebracht. Nur den Mann in Shreveport.«

»Oh, soll ich mich jetzt besser fühlen?«

»Im Moment kümmert es mich einen feuchten Dreck, wie Sie sich fühlen. Sie müssen schließlich nicht ins Gefängnis. Ich vermute, Sie haben schon die Polizei angerufen?«

»Vielleicht habe ich das«, entgegnete sie, »vielleicht auch nicht.«

»Sie haben doch gesehen, daß eine Belohnung von fünfzehntausend Dollar auf mich ausgesetzt ist, oder? Das sollte reichen, um Ihr Feuermal loszuwerden. Heute muß Ihr Glückstag sein.«

»Versuchen Sie nicht, mich zu überrumpeln«, warnte sie »Ich schwöre, ich werde Ihnen den Schädel einschlagen.«

»Ich überrumple niemanden. Wohin soll ich denn weglaufen, nur mit einem Handtuch bekleidet? Macht es Ihnen etwas aus, wenn ich mich anziehe, bevor die Polizei hier eintrifft?«

»Ich habe sie nicht gerufen. Noch nicht, meine ich.«

»Nun, tun Sie, was Sie tun müssen. Ich vermute, meine Flucht ist zu Ende.« Er kehrte ihr den Rücken zu und ging zu seinen Kleidungsstücken, die auf einem Sessel neben der Badezimmertür lagen.

Arden kam nicht ins Zimmer. Sie beobachtete ihn, während er das Handtuch fallen ließ und seine Unterwäsche und seine Socken anzog. Sein Körper war schlank und sehnig, und die Wirbel seines Rückgrats waren zu sehen. Seine Muskeln wirkten schlaff und ausgezehrt, und er hatte absolut nichts körperlich Bedrohliches an sich. Arden senkte den Wagenheber, doch sie trat nicht über die Schwelle. Dan schlüpfte erst in sein T-Shirt und dann in seine Jeans. Anschließend setzte er sich in den Sessel, um seine Schuhe anzuziehen. »Ich habe den Mann in Alexandria nicht getötet«, erklärte er ihr. »Auch wenn's wohl kaum noch eine Rolle spielt, seine Frau hat es getan, und sie schiebt mir die Schuld dafür in die Schuhe. Ja, ich habe ihren Kombi gestohlen, aber nur, weil diese verdammte Frau den Reifen meines Pickups zerschossen hat. Sie hat ihrem Mann eine Ladung mit der Schrotflinte verpaßt, als sie auf mich zielte, aber als ich da abgehauen bin, hat er noch gelebt. Sie hat ihn zu Tode geprügelt und erzählt der Polizei, ich wär's gewesen. Das ist die Wahrheit.«

Arden schluckte schwer, denn die Angst saß ihr noch immer in der Kehle. »In der Zeitung steht, Sie hätten in einer Bank durchgedreht. Sie sollen einen Mann erschossen haben. Sie sollen bewaffnet und gefährlich sein.«

»Das mit dem Durchdrehen stimmt. Die Bank hat meinen Pickup gepfändet. Er war das letzte, was mir noch geblieben war. Ich hatte einen Kampf mit einem Wachmann, und dieser Kreditmensch hat plötzlich mit einer Waffe auf mich gezielt, und dann ... ist es einfach passiert. Aber ich bin nicht bewaffnet, und ich habe keine Waffe bei mir getragen. Ich vermute, ich sollte mich geschmeichelt fühlen, daß sie mich für gefährlich halten, aber sie irren sich.« Er war aufgestanden und setzte sich jetzt wieder in den Sessel und legte seine Arme auf die Armlehnen. »Ich habe das mit der Belohnung ernst gemeint. Sie hätten es verdient, das Geld zu bekommen. Wenn Sie wollen, rufen Sie die Polizei, ich werde mich nicht von der Stelle rühren.«

Ihr gesunder Menschenverstand befahl ihr, in ihr Zimmer hinüberzugehen und die Polizei anzurufen, doch sie zögerte. »Wieso haben Sie sich nicht gestellt, nachdem Sie diesen Mann erschossen haben?«

»Ich bin in Panik geraten, war nicht mehr in der Lage, klar zu denken. Aber ich habe Ihnen die Wahrheit über die Leukämie gesagt. Die Ärzte geben mir nicht mehr lange, und ich habe nicht vor, die wenige Zeit im Gefängnis zu verbringen.«

»Wieso sitzen Sie dann hier und lassen zu, daß ich Sie an die Polizei verrate?«

»Früher oder später wird es sowieso jemand tun. Ich dachte, ich würde es außer Landes schaffen, aber ... es hat keinen Zweck, davonzulaufen, wenn dein Name und dein Gesicht in jedem Fernseher und in jeder Zeitung zu sehen sind. Es bereitet nur meiner Familie Kummer.«

»Ihrer *Familie*? Sie sind verheiratet?«

»Exfrau. Ein Sohn. Ich habe in Alexandria angehalten, um sie zu sehen. Deshalb habe ich in diesem verdammten Motel übernachtet. Ich war auf dem Weg zu einem Kaff namens Vermilion. Da gibt es eine Hütte, wo ich mich 'ne Weile verstecken wollte, bis ich entschieden hätte, wie es weitergehen sollte.« Er schüttelte den Kopf. »Es hat doch keinen Zweck.«

Arden wußte nicht, was genau sie erwartet hatte, aber das hier ganz bestimmt nicht. Nachdem sie den Zeitungsartikel verdaut hatte, war sie zum Kombi gegangen, um ihn nach Waffen zu durchsuchen. Im Kofferraum hatte sie den Wagenheber gefunden und im Handschuhfach zwei alte Quittungen – für Froschschenkel, wenn man das glauben konnte –, ausgestellt auf Hannah DeCayne vom Blue Gulf Restaurant. Das Gemeine an der Sache war, daß die fünfzehntausend Dollar ihr aus ihren finanziellen Problemen heraushelfen würden und sie sich einen Wagen kaufen könnte. Doch wenn alle Rechnungen bezahlt waren, würde noch immer nicht genug für die Gesichtsoperation übrig sein. Die Ärzte hatten ihr gesagt, daß es zwei oder sogar mehr Operationen sein müßten, und sie konnten nicht versprechen, wie das Ergebnis aussehen würde. Doch hier saßen fünfzehntausend Dollar vor ihr, wenn sie sie wollte.

»Machen Sie schon«, sagte Dan. »Rufen Sie die Polizei, mir ist es egal.«

»Das werde ich tun. Gleich.« Sie runzelte die Stirn. »Wenn Sie so krank sind, warum sind Sie dann nicht in einem Krankenhaus?«

»Waren Sie jemals in einem Veteranenhospital? Ich hab 'ne Weile in einem gelegen. Die Leute warten darauf zu sterben, und sie schreien und weinen im Schlaf. Ich wollte nicht auch dort vor mich hin vegetieren, bis ich sterbe. Außerdem konnte ich an den meisten Tagen immer noch arbeiten. Ich bin Schreiner. Ich war es, meine ich. Hören Sie, wollen Sie nun die Polizei rufen, oder wollen Sie meine Lebensgeschichte schreiben?«

Arden antwortete nicht. Sie dachte daran, wie es gewesen war, als sie die Spritztour mit dem gestohlenen Wagen gemacht hatte – mit Vollgas von Nirgendwo nach Nirgendwo, immer versuchend, schneller zu sein als die Wirklichkeit – und plötzlich der Streifenwagen der State Trooper an ihrer Stoßstange klebte, mit heulendem Martinshorn und blinkendem Blaulicht. Sie erinnerte sich an das Zuschnappen der Handschellen um ihre Handgelenke und an den stechenden dunklen Schrecken, der ihre kaltschnäuzige Leck-mich-doch-Einstellung durchdrungen hatte. In jenen Tagen hatte sie noch viel zu lernen gehabt. Wenn es da nicht Menschen wie Mr. Richards und Jupiter und seine Frau gegeben hätte, wären die Lektionen wie Samenkörner auf steinigen Boden gefallen. Einen Wagen zu stehlen, das war natürlich etwas ganz anderes als einen Mord zu begehen, und vielleicht gehörte Dan Lambert ins Gefängnis, aber Arden war sich nicht sicher, ob sie diejenige war, die ihn dort hineinbringen würde.

»Eins möchte ich aber noch für mich tun«, sagte Dan, während Arden über die Situation nachgrübelte. Er erhob sich, was Ardens Herz abermals rasen ließ, und ging zum Telefon, das auf dem Tisch neben seinem Bett stand. Er wählte die Nummer der Vermittlung und bat um Durchstellung nach Alexandria.

»Wen rufen Sie an?« Ardens Fingerknöchel schmerzten, so fest hielt sie den Wagenheber umklammert.

»Ich möchte mit der Polizei sprechen«, sagte Dan zu der Vermittlung, als die Leitung nach Alexandria klickend hergestellt worden war. »Das zentrale Revier im Rathaus.«

»Was tun Sie denn da?« fragte Arden ungläubig. »Stellen Sie sich selbst?«

»Still«, befahl er ihr. Er wartete, bis eine Stimme antwortete: »Alexandria-Police, Sergeant Gil Parradine am Apparat.«

»Sergeant, mein Name ist Dan Lambert. Ich glaube, Ihre Leute suchen nach mir.«

Es kam keine Antwort, nur erschüttertes – nur argwöhnisches – Schweigen. Dann: »Soll das ein Witz sein?«

»Nein, kein Witz. Hören Sie mir nur zu. Ich habe Harmon DeCayne nicht umgebracht. Ich habe zwar gesehen, wie seine Frau ihn mit der Schrotflinte angeschossen hat, aber als ich dort abgehauen bin, lebte er noch. Sie muß sich entschlossen haben, ihn totzuprügeln und es dann mir in die Schuhe zu schieben. Haben Sie verstanden, was ich sage?«

»Äh ... ich ... bleiben Sie einen Moment dran, ich stelle Sie durch zu ...«

»*Nein*!« fauchte Dan. »Wenn Sie den Hörer weiterreichen, lege ich auf! Ich sage Ihnen, diese Frau hat ihren Mann umgebracht. Untersuchen Sie die Flinte nach Fingerabdrücken, Sie werden keine von mir finden. Würden Sie das für mich tun?«

»Ich ... das müssen Sie mit Captain ...«

»Ich habe genug gesagt.« Dan legte auf.

»Ich kann einfach nicht glauben, daß Sie das getan haben! Wissen Sie denn nicht, daß die den Anruf zurückverfolgen werden?«

»Ich will nur, daß sich bei denen im Kopf ein paar Räder in Bewegung setzen. Vielleicht überprüfen sie das mit den Fingerabdrücken und stellen dieser verdammten Frau noch ein paar Fragen. Jedenfalls wissen sie nicht, daß es kein Ortsgespräch war. Sie haben noch genug Zeit, mich auszuliefern.«

»*Wollen* Sie denn ins Gefängnis? Ist es das?«

»Nein, ich will nicht ins Gefängnis«, antwortete Dan. »Aber mir bleibt nicht gerade die große Wahl, oder?«

Arden mußte das nächste tun, um sowohl sich selbst als auch ihn auf die Probe zu stellen. Sie holte tief Luft, überschritt die Schwelle seines Zimmers und schloß die Tür hinter sich.

Sie blieb mit dem Rücken zur Tür stehen, den Wagenheber bereit, sollte er sich auf sie stürzen.
Er zog die Augenbrauen hoch. »Sie gehen ein ganz schönes Risiko ein, so allein mit mir in einem Zimmer, oder?«
»Ich bin mir noch nicht sicher. Ist es ein Risiko?«
Er streckte ihr seine Handflächen entgegen und ließ sich langsam auf die Bettkante sinken. »Was immer Sie auf dem Herzen haben«, sagte er zu ihr, »jetzt ist die Zeit, damit rauszurücken.«
»Also gut.« Sie machte zwei Schritte auf ihn zu und blieb abermals stehen, noch immer ihre Nervenstärke und seine Absichten testend. »Ich will Sie nicht ausliefern. Das hilft mir auch nicht.«
»Fünfzehntausend Dollar sind eine Menge Geld«, sagte er. »Sie könnten sich ...«
»Ich will das Leuchtende Mädchen finden«, fuhr Arden fort. »Deshalb bin ich hier. Das Leuchtende Mädchen zu finden und dieses Ding in meinem Gesicht loszuwerden ist das einzige, was mich interessiert. Nicht das Geld, nicht der Grund, warum Sie irgendeinen Mann in Shreveport getötet haben.«
Ihr durchdringender blauer Blick ließ ihn nicht los. »Ich habe sie in meinen Träumen gesehen, nur konnte ich nie erkennen, wie sie aussah. Aber ich bin überzeugt, daß ich jetzt ganz nah an ihr dran bin, näher, als ich es je zuvor gewesen bin. Ich kann das nicht aufgeben. Nicht einmal für fünfzehntausend Dollar.«
»Es würde für die Operation reichen, oder?«
»Die Ärzte vermögen nicht mit Sicherheit zu sagen, ob sie es wegbekommen können. Sie meinen, der Versuch, es zu entfernen, könnte eine Narbe hinterlassen, die genauso schlimm ist wie das Feuermal. Und was hätte ich dann erreicht? Vielleicht wäre ich noch schlimmer dran, wenn das

überhaupt möglich ist. Nein, ich werde es nicht auf die Art machen, nicht, wenn ich so nah dran bin.«

»Hören Sie«, sagte Dan, »die Ärzte sind Ihre beste Chance. Das Leuchtende Mädchen ... nun, ich weiß nicht, was ich von der Geschichte halten soll.«

»Ich weiß es. Und ich möchte, daß Sie mich nach LaPierre fahren.«

»Jetzt bin ich überzeugt davon, daß Sie den Verstand verloren haben. Sehen Sie doch nur mal, wen Sie hier vor sich haben. Gestern habe ich einen Mann getötet. Dort draußen auf dem Parkplatz steht ein Wagen, den ich gestohlen habe. Sie wissen doch gar nicht, ob ich nicht versuchen würde, auch Sie umzubringen, wenn sich die Gelegenheit bietet, und Sie wollen mit mir zusammen noch neunzig Meilen runter ins Sumpfland fahren. Würden Sie nicht auch sagen, daß Sie Ihr Glück auf eine recht harte Probe stellen?«

»Wenn Sie mir weh tun wollten, hätten Sie es schon während der Fahrt von der Raststätte hierher tun können. Ich glaube Ihnen, daß das in dem Motel so passiert ist, wie Sie sagen. Im Wagen ist keine Waffe, und Sie tragen keine bei sich. Ich habe einen Wagenheber, und ich bin noch immer überzeugt, daß ich Ihnen davonlaufen könnte.«

»Vielleicht, aber Sie können nicht der Polizei davonlaufen. Haben Sie je davon gehört, daß Unterstützung eines flüchtigen Kriminellen eine Straftat ist?«

»Wenn die Polizei uns anhält«, entgegnete Arden, »dann erkläre ich denen, daß ich nicht gewußt habe, wer Sie sind. Und Sie kostet es ein müdes Lächeln, wenn Sie dasselbe sagen.«

Dan betrachtete sie lange und durchdringend. Er vermutete, daß sie ein hartes Leben hinter sich hatte und daß diese Besessenheit mit dem Leuchtenden Mädchen immer stärker geworden war, je mehr alles aus den Fugen geraten war.

Er sah nur bittere Enttäuschung vor ihr liegen, doch er war nicht in der Position, mit ihr zu streiten. Sie hatte recht, ihn kostete es nichts. »Sind Sie sich ganz sicher?«

»Ja, das bin ich.« Die Wahrheit war, daß sie nicht entschieden hatte, daß er ihres Vertrauens wert war, bis er in Alexandria angerufen hatte. Trotzdem würde sie noch eine Weile den Wagenheber nicht aus der Hand geben.

Er stand auf und ging zu ihr hinüber. Es schoß ihr kurz durch den Kopf, zur Tür zurückzuweichen, doch sie blieb, wo sie war. Sie wußte aus Erfahrung, daß ein Pferd, dem gegenüber man einmal Angst gezeigt hatte, einen nie wieder respektierte, und sie wußte, daß dies auch für Menschen galt. Dan streckte die Hand nach ihr aus, und sie hob den Wagenheber, um ihn abzuwehren.

»Meine Mütze«, sagte Dan. »Sie liegt auf dem Sessel hinter Ihnen.«

»Oh.« Sie trat zur Seite, damit er sie sich nehmen konnte.

Dan setzte seine Mütze auf und warf einen Blick auf seine Armbanduhr. Siebzehn Uhr vierunddreißig. Draußen vor dem Fenster wurden die Schatten länger, doch es würde erst nach sieben wirklich dunkel sein. »Ich möchte über Nebenstraßen fahren«, erklärte er. »Auf die Art ist es ein wenig sicherer, wenn auch langsamer, weniger Gefahr, einem State Trooper zu begegnen. Hoffe ich zumindest. Und ich werde mich auch nicht auf Sie stürzen, also können Sie das Ding runternehmen.« Er deutete mit einem Nicken auf das Werkzeug in ihrer Hand. Als sie es nicht senkte, kniff er die Augen zu schmalen Schlitzen zusammen und sagte: »Wenn Sie mir jetzt nicht trauen, dann überlegen Sie sich nur mal, wie Sie sich in ein paar Stunden fühlen werden, wenn wir durch die Dunkelheit fahren und meilenweit niemand sonst da ist.«

Arden ließ ganz langsam ihren Arm sinken.

»In Ordnung, gut. Es würde mir auch nicht gefallen zu niesen und dafür eins über den Schädel zu bekommen. Haben Sie ein Deo?«

»Wie bitte?«

»Deo«, wiederholte er. »Ich brauche welches. Und auch Zahnpasta oder Mundwasser, wenn Sie eins von beidem haben. Aspirin wäre auch gut.«

»In meinem Koffer. Ich bringe es rüber.«

»Ist schon in Ordnung, ich komme mit«, sagte Dan, und er sah, daß sich ihr Körper wieder anspannte. »Mein Zimmer, Ihr Zimmer oder der Wagen, was spielt das schon für eine Rolle?« fragte er. »Sie sollten sich besser sicher sein, daß Sie das auch tun wollen, bevor wir uns auf den Weg machen.«

Es wurde ihr bewußt, daß sie ihm früher oder später den Rücken zukehren mußte. Sie sagte: »Also, kommen Sie«, und sie ging vor ihm aus der Tür, während ihr Magen Purzelbäume schlug.

In Ardens Badezimmer benutzte Dan einen Deoroller – er hätte nie gedacht, daß einmal der Tag kommen würde, an dem er Secret verwenden würde –, und dann machte er einen Waschlappen naß, drückte ein Häufchen Crest drauf und schrubbte sich die Zähne. Arden brachte ihm ein kleines Erste-Hilfe-Kästchen, das ein Röhrchen Tylenol, eine Tube Hautsalbe, einige selbsthaftende Verbände und eine Flasche Augentropfen enthielt. »Sie müssen mal bei den Pfadfindern gewesen sein«, sagte Dan, während er zwei Kopfschmerztabletten auf seine Handfläche schüttelte.

»Joey hat immer gesagt, ich habe meinen Beruf verfehlt, daß ich Krankenschwester hätte werden sollen. Nur weil ich mich um die Band gekümmert habe, wenn sie verkatert oder zu nervös zum Auftreten war. Jemand mußte die Verantwortung übernehmen.«

Dan spülte die Tabletten mit einem Glas Wasser hinunter

und gab ihr das Erste-Hilfe-Kästchen zurück. »Ich muß mir irgendwo was zu essen und einen Kaffee besorgen. Wir sollten hier besser nicht mehr lange herumhängen.«

»Ich bin fertig.«

Es war sechs Uhr, als schließlich die Rechnung bezahlt war und sie vom Motel losfuhren. Arden behielt den Wagenheber auf dem Sitz neben ihrer rechten Hand, doch Dan entschied, sie nicht darauf anzusprechen. Nicht weit vom Motel fuhr Dan bei einem McDonald's vor und kaufte an der Drive-in-Kasse drei Hamburger, eine große Portion Pommes frites und einen Becher Kaffee. Sie stellten sich auf den Parkplatz, während sie aßen, und Dan entfaltete die Straßenkarte und sah, daß sie dem Highway 182 durch die Ortschaften New Iberia, Jeanerette, Baldwin und von dort nach Morgan City folgen mußten, von wo aus der Highway 90 sie nach Houma bringen würde.

»Wohin wollen Sie?« fragte Arden, als er den zweiten Burger aufgegessen hatte. »Nachdem Sie mich nach LaPierre gebracht haben, meine ich. Wollen Sie immer noch versuchen, außer Landes zu kommen?«

»Ich weiß nicht. Vielleicht.«

»Haben Sie keine Verwandten, zu denen Sie gehen könnten? Leben Ihre Eltern noch?«

»Mein Vater ist tot. Meine Mutter lebt noch, aber sie ist alt, und ich will sie nicht in diese Sache hineinziehen. Es wird schon schwer genug für sie, so wie es ist.«

»Weiß sie über Ihre Leukämie Bescheid?«

»Nein. Das ist mein Problem.« Er durchbohrte sie mit einem Blick. »Was kümmert Sie das denn überhaupt? Sie kennen mich doch kaum.«

Sie zuckte mit den Schultern. »Reines Interesse, vermute ich. Sie sind der erste Mörder, dem ich je begegnet bin.«

Dan konnte sich ein grimmiges Lächeln nicht verkneifen.

»Nun, ich hoffe, ich bin auch der letzte, dem Sie begegnen.«
Er bot ihr die Tüte mit den Pommes frites an. »Nehmen Sie welche.«
Sie griff hinein. »Sie wissen wirklich nicht, wohin Sie sollen, stimmt's?«
»Ich finde schon einen Platz.«
Arden nickte geistesabwesend und schaute auf die untergehende Sonne. Das Leuchtende Mädchen – ein Traum ohne Gesicht – ging ihr im Kopf herum, und wenn sie mit einem gesuchten Verbrecher fahren mußte, um diesen Traum zu erreichen, dann mußte es eben so sein. Sie hatte keine Angst. Nun, vielleicht ein klein wenig. Doch ihr Leben war nie leicht gewesen, und niemand hatte ihr je was geschenkt. Sie wußte nicht, wohin sie sonst sollte, außer zum Leuchtenden Mädchen, das für sie die Hoffnung auf Heilung und einen Neuanfang darstellte.
»Ich weiß, wer Sie sind.« Das waren Jupiters Worte an den Mörder neben ihr, erinnerte sie sich.
»Sie sind der Mann, den Gott Miss Arden geschickt hat.«
Sie hoffte, daß das wahr war. Sie wollte von ganzem Herzen glauben, daß es wahr war.
Denn wenn Jupiter sich so bei Dan Lambert irren konnte, dann könnte er sich auch bei dem Leuchtenden Mädchen irren.
Dan beendete sein Essen, und sie machten sich wieder auf den Weg. Vier Meilen südlich von Lafayette kamen sie an einem State Trooper vorbei, der gerade einen Teenager auf einem Motorrad an den Straßenrand winkte. Der State Trooper war mit dem Ausstellen eines Strafzettels beschäftigt, und sie fuhren unbemerkt vorbei, doch es dauerte einige Minuten, bevor Arden aufhörte, nervös nach hinten zu schauen.
Das Tageslicht wurde schwächer. Purpurne Schatten ström-

ten über die Straße, und zu beiden Seiten waren Wälder und Teiche mit Brackwasser, aus denen Baumstümpfe wie abgebrochene Zähne ragten. Die Straße wurde schmaler und der Verkehr weniger, bis nur noch gelegentlich ein Personenwagen oder ein Pickup vorbeikam. Ein an Pfosten montiertes Schild verkündete BEHALTEN SIE IHR HERZ IN ACADIANA, ODER SCHAFFEN SIE IHREN – hier war eine ungeschlachte Zeichnung eines Mauleselhinterteils zu sehen – HIER RAUS. Spanisches Moos hing an den Bäumen wie altmodische Spitze, und die gemischten Gerüche von wildem Geißblatt und dem Salz des Golfs von Mexiko trieben durch die feuchte Luft. Als die ersten Sterne am dunkler werdenden Himmel erschienen, begannen Blitze über den südlichen Horizont zu zucken.

Dan schaltete die Scheinwerfer ein und behielt den Rückspiegel im Auge. Das Aufflammen der Blitze erinnerte ihn an das Kampfgebiet, wo in der Ferne Artilleriegranaten einschlugen. Er hatte das unheimliche Gefühl, eine Straße entlangzufahren, die ihn in der Zeit zurückführte, zurück in die nasse Wildnis eines fremden Landes, in dem die Reptilien allgegenwärtig und der Tod ein schweigender Schatten war. Er fürchtete sich vor dem, was er dort finden mochte – oder was ihn finden mochte –, doch es war der einzige Weg, der ihm noch offenstand. Und ob es ihm nun gefiel oder nicht, er würde ihn bis zum Ende gehen müssen.

16 Schwarz auf Gelb

Es war kurz nach neun Uhr abends, als die Scheinwerfer des Kombis ein verrostetes Schild mit der Aufschrift VERMILION 5 MEILEN, CHANDALAC 12 MEILEN, LAPIERRE 15 MEILEN streiften. »Wir sind fast da«, sagte Dan, und Erleichterung blühte in ihm auf wie eine liebliche Blume. Arden erwiderte nichts. Sie hatte zwei Meilen zuvor ihre Handtasche geöffnet und den rosafarbenen Beutel herausgeholt, der nun auf ihrem Schoß lag. Ihre Finger kneteten den Inhalt des Beutels, doch Arden starrte geradeaus über die Lichtkegel.

»Was ist denn da drin?« fragte Dan.

»Hä?«

»Dieser Beutel. Was ist da drin?«

»Nichts Besonderes«, antwortete sie.

»Aber Sie reiben ihn, als ob da etwas Besonderes drin wäre.«

»Es ist ... nur etwas, das ich als Glücksbringer mit mir herumtrage.«

»Oh, das hätte ich mir natürlich auch denken können.« Er nickte. »Jeder, der an eine Wunderheilerin glaubt, muß auch irgendwo ein oder zwei Glücksbringer herumliegen haben.«

»Wenn ich Sie wäre, würde ich mich nicht darüber lustig machen. Man sollte denken, daß Sie das Leuchtende Mädchen ebenso dringend finden müßten wie ich.«

»Gute Idee. Nachdem sie mich geheilt hat, bringe ich sie nach Shreveport, damit sie dort Emory Blanchard wieder zum Leben erweckt. Dann kann ich da weitermachen, wo ich war, und um Arbeit betteln.«

»Lachen Sie nur. Ich sage ja bloß, daß es Ihnen doch nicht weh tun würde, mit mir zu kommen, oder?«

»Es würde mir weh tun«, entgegnete er. »Ich habe Ihnen doch gesagt, was ich von falschen Hoffnungen halte. Wenn es wirklich ein Leuchtendes Mädchen gegeben hat – was ich nicht glaube –, dann kann es mir nur helfen, wenn es die Zeit zurückdreht und den Mann, den ich getötet habe, wieder zum Leben erweckt. Aber egal, ich habe gesagt, ich würde Sie nach LaPierre bringen, und das werde ich auch tun. Doch das ist *alles.*«

»Was wollen Sie denn machen – mich auf die Straße setzen, sobald wir dort angekommen sind?«

»Nein, ich werde Ihnen helfen, einen Platz für die Nacht zu finden.« Zumindest hoffte er das. Das letzte Motel, an dem sie vorbeigekommen waren, lag zehn Meilen hinter ihnen in dem kleinen Kaff Houma. Seit sich die Wälder zu beiden Seiten der Straße geschlossen hatten, hatten sie nur die vereinzelten Lichter einiger weniger Häuser gesehen. Wie es schien, hatten sie die Zivilisation hinter sich gelassen, und der bittersüße Geruch des Sumpfes machte die Luft schwer. Wenn es zum Schlimmsten kam und sie kein Motel und keine Pension in der Gegend um LaPierre finden konnten, dann hatte Dan beschlossen, Arden Unterkunft in der Hütte anzubieten, und dann würde er sie am nächsten Morgen in den Ort bringen. Aber wirklich *nur,* wenn sich nichts anderes finden ließ. Es gefiel ihm nicht, jemanden bei sich zu haben, der von ihm abhängig war, und je früher sie ihrer Wege ging, desto besser war es für ihn.

Sie überquerten eine lange Betonbrücke, und plötzlich fuhren sie durch das Dorf Vermilion. Es machte nicht viel her, nur ein paar Schindelhäuser und verschlossene Geschäfte. Der einzige beleuchtete Schuppen, in dem Aktivität herrschte, war eine kleine Kaschemme namens Cootie's Bar, und Dan bemerkte, daß in den vier Pickups, die davor geparkt waren, Schrotflinten oder Gewehre in Halterungen am Rückfenster hingen. Das ließ Dans Hoffnungen, ein anständiges Motelzimmer für Arden zu finden, nicht gerade steigen. Er hatte das Gefühl, daß eine Frau allein in dieser Gegend sehr schnell mit gespreizten Beinen auf dem Billardtisch landen konnte, und ein Mann, auf dessen Kopf fünfzehntausend Dollar Belohnung ausgesetzt waren, einfach in Stücke gerissen werden würde. Er fuhr durch Vermilion, wobei er glücklicherweise nur die Aufmerksamkeit zweier Hunde erregte, die in ihrem Streit um einen Knochen innehielten, um von der Straße zu springen.

Als sie aus dem Dorf rausfuhren, behielt Dan den Meilenzähler im Auge. Susan hatte gesagt, die Abzweigung zu Garys Hütte sei drei Meilen hinter der Brücke auf der linken Seite. Also mußte sie nun jeden Moment kommen. Dan hatte nicht vor, jetzt schon dort anzuhalten, doch er wollte sichergehen, daß er sie fand. Und dann, ja, da war es, ein Sandweg, der zur Linken in den Wald führte. Gut. Nun wußte Dan wenigstens, wo er heute nacht seinen eigenen Kopf betten würde. Er fuhr an der Abzweigung vorbei, und weder er noch Arden bemerkten den schwarzen Cadillac, der ganz in der Nähe versteckt war.

Pelvis schlief und schnarchte, mit Mama ausgestreckt über seiner Brust, als Flint Scheinwerfer kommen sah. Bei Einbruch der Dunkelheit hatte Flint den Cadillac auf dem Sandweg näher an den Highway herangefahren, und er hatte eisern Wache gehalten, während Pelvis erst döste, dann aufwachte, um über Elvis' pinkfarbenen Cadillac und seine Vorliebe für die Kokosnußkuchen seiner Mutter zu plappern, und schließlich wieder einnickte. Flint hätte an einer Hand abzählen können, wie viele Wagen vorbeigekommen waren, und keiner von ihnen hatte an der Abzweigung zur Hütte auch nur abgebremst. Dieser jedoch bremste ab, wenn auch kaum wahrnehmbar. Aber er bog nicht ein, und jetzt kam er die Straße Richtung Süden entlang. Dennoch hatte Flints Herz schneller zu schlagen begonnen, und Clint spürte die Veränderung und reagierte mit einem fragenden Zucken unter dem schweißnassen Hemd seines Bruders. Flint drehte den Zündschlüssel um eine Einstellung und schaltete den einzelnen Scheinwerfer ein, als der Wagen an ihrem Versteck vorbeifuhr.

Der Lichtstrahl durchschnitt die Dunkelheit und traf einen rostigen Kombi. Flint sah eine blonde Frau auf dem Beifahrersitz, die mit zusammengekniffenen Augen in Richtung Licht schaute, und Flint konnte erkennen, daß die gesamte rechte Hälfte ihres Gesichts von einer häßlichen violetten Prellung bedeckt zu sein schien. Das Gesicht des Fahrers vermochte Flint nicht zu sehen, doch er erspähte einen Kopf mit einer dunkelblauen Baseballmütze. Dann war der Kombi aus dem Lichtkegel verschwunden. Flints Atem zischte zwischen seinen Zähnen; es war derselbe Wagen, mit dem Lambert aus Basile Park davongefahren war.

Flint ließ den Motor an. Pelvis setzte sich mit vom Schlaf verquollenen Augen auf und krächzte: »Was is denn?«

»Er ist hier. Ist gerade an uns vorbeigefahren, nach Süden runter.« Flints Stimme war ruhig und leise; sein Herz pumpte heißes Blut, doch seine Nerven waren wie Eis. »Er ist nicht eingebogen, aber er ist es. Halten Sie den Köter fest.« Er legte einen Gang ein und ließ den Wagen langsam zur Straße rollen, auf die er rechts einbog, um Lambert zu folgen. Die Scheinwerfer des Kombis verschwanden gerade hinter einer Kurve. »Da ist eine Frau bei ihm«, sagte Flint.

als sie Geschwindigkeit aufnahmen. »Könnte eine Geisel sein. Sieht aus, als hätte er sie verprügelt.«
»Eine *Geisel*?« rief Pelvis entsetzt. Seine Arme waren fest um Mama geschlungen. »Mein Gott, was sollen wir *tun*?«
»Das, weswegen wir hergekommen sind.« Sie fuhren um die Kurve, und der Kombi war etwa vierzig Meter vor ihnen.
»Halten Sie sich fest«, sagte Flint. Sein Fuß drückte das Gaspedal runter, während ein kaltes triumphierendes Lächeln seinen Mund verzerrte. »Ich werde diesen Mistkerl von der Straße drängen.«

Der Lichtkegel, der sie so unvermittelt getroffen hatte, hatte Arden ebenso erschreckt wie Dan. »Denken Sie, es war ein State Trooper?« fragte sie mit bebender Stimme, als sie in die Kurve einfuhren.
»Könnte sein. Wir werden es gleich herausfinden.«
»Ich sehe ihn!« Sie hatte ihren Kopf aus dem Fenster gestreckt. »Er folgt uns!«
Dan blickte in den Rückspiegel. Noch kein Martinshorn, keine blinkenden Lichter. Er hielt seine Geschwindigkeit gleichmäßig auf fünfzig Meilen. Es bestand noch kein Grund, in Panik zu geraten. Es konnte jemand sein, der in einer Seitenstraße geparkt hatte, um sich vollaufen zu lassen. Kein Grund zur Panik.
»Er kommt!« schrie Arden. »Er wird schneller!«
Dan sah, wie der Wagen um die Kurve schoß und der Abstand zwischen ihnen schmolz. Der Wagen hatte nur einen Scheinwerfer.
Ein Scheinwerfer.
Ein Kloß von der Größe einer Zitrone schien sich in Dans Kehle zu verkeilen.
Der schwarze Cadillac des Kopfgeldjägers hatte nur einen Scheinwerfer.

Aber nein, das konnte nicht sein! Wie, zum Teufel, hätten Flint Murtaugh und der Elvis-Klon wissen sollen, wo er hinwollte? Nein, das waren sie nicht. Natürlich waren sie das nicht.

Er hörte das Brüllen eines Motors.

Arden zog den Kopf wieder ins Wageninnere. Ihre Augen waren weit aufgerissen. »Ich glaube, er will ...«

Uns rammen, wollte sie sagen. Doch dann erfüllte das Scheinwerferlicht den gesamten Rückspiegel, und der Cadillac klebte an ihrer Stoßstange, und Dan versuchte den Kombi zur Seite zu reißen, doch er war ein Muskelzucken zu langsam. Der Cadillac krachte bedrohlich hinten in den Kombi und ließ sich dann abrupt wieder zurückfallen. Das Chassis des Kombis zitterte, doch Dan behielt die Kontrolle über den Wagen. Eine weitere Kurve tauchte auf, und er mußte auf die Straße achten. Begleitet von einem wütenden Schnauben, machte der Cadillac abermals einen Satz nach vorn, krachte wieder gegen ihre hintere Stoßstange und zog sich dann zurück. »Er will, daß ich anhalte!« rief Dan über das Rauschen des Fahrtwindes hinweg. Er blickte auf den Tacho und sah, daß die Nadel auf dem Sechzig-Meilen-Strich stand.

»Wer ist das? Die Polizei?«

»Nein. Mir sind zwei Kopfgeldjäger auf den Fersen! Ich will verdammt sein, wenn ich weiß, wie sie mich gefunden haben, aber ...«

»Sie werden wieder schneller!« rief Arden und klammerte sich an der Rücklehne des Sitzes fest.

Diesmal meinte der Fahrer des Cadillacs es ernst. Der Aufprall erschütterte ihre Knochen und hätte beinahe Dans Hände vom vibrierenden Lenkrad gerissen. Der Cadillac ließ sich nicht wieder zurückfallen, sondern begann stattdessen den Kombi von der Straße zu schieben. Dan stellte seinen Fuß auf das Bremspedal, und die Reifen kreischten protestierend, doch der Cadillac war zu stark. Der Kombi wurde unausweichlich zum Straßenrand hin geschoben, und jetzt klapperte und schepperte etwas unter der Vorderachse. Das Bremspedal verlor seinen Zug und sackte aufs Bodenblech, und Dan erkannte, daß die Bremsen gerade ihren Geist aufgegeben hatten.

Wer immer am Lenkrad saß – Murtaugh oder die Elvis-Imitation –, er kannte keine Gnade. Dan wollte verdammt sein, wenn er kampflos aufgab. Er hob den Fuß von dem toten Pedal und trat das Gaspedal durch, während er gleichzeitig das Lenkrad mit einem scharfen Ruck nach links riß. Der schwarze Qualm einer Ölwolke schoß aus dem Auspuff, und der Kombi machte einen wilden Satz nach vorn, so daß plötzlich wieder zwei Meter Abstand zwischen seiner eingedrückten hinteren Stoßstange und den Zähnen des Cadillacs lagen.

Dan schwenkte hin und her über die Fahrbahn, in dem Versuch, so ihre Geschwindigkeit zu drosseln und gleichzeitig den Cadillac davon abzuhalten, sie abermals zu rammen. Zu ihrer Rechten tauchte kurz etwas auf, das wie ein kleiner Hafen aussah, und dann schloß sich wieder der Wald zu beiden Seiten der Fahrbahn. Ein von Einschußlöchern durchsiebtes HÖCHSTGESCHWINDIGKEIT 45MPH-Schild zischte vorbei. Der Cadillac schoß wieder an sie heran und rammte ihren linken hinteren Kotflügel, bevor Dan den Kombi zur Seite reißen konnte. Die Straße hatte nun eine Reihe enger Windungen und Haarnadelkurven, und Dan mußte seine ganze Aufmerksamkeit darauf verwenden, nicht von der Fahrbahn abzukommen. Er wagte es, einen Blick auf den Tacho zu werfen, und sah, daß auch dieser völlig außer Rand und Band war und die Nadel wild hin und her sprang.

»Fahren Sie doch langsamer!« schrie Arden. »Sie bringen uns noch um!«
Er probierte es mit der Handbremse, doch auch sie hatte keinen Zug mehr. Was immer unten durchgebrannt war, der Wagen hatte dadurch seine Bremsanlage verloren, die höchstwahrscheinlich sowieso nur mit Spucke und Draht zusammengehalten worden war. »Keine Bremsen!« schrie er zurück, und dann manövrierte er mit zusammengebissenen Zähnen und rasendem Herzen den Wagen um die nächste scharfe Kurve, während der Cadillac noch immer an ihnen klebte. WILLKOMMEN IN CHANDALAC verkündete ein Schild, und sie brausten in einer Explosion von Motorenröhren und einem Wirbelwind aus Sand durch eine Ein-Block-Zeile unbeleuchteter Läden. Auf der anderen Seite von Chandalac wurde die Straße wieder gerader, und über ihnen verschränkten riesige Eichen ihre Äste. Der Cadillac schwenkte unvermittelt auf die linke Fahrspur und kam auf gleiche Höhe mit dem Kombi, und Dan blickte in das aufgedunsene Gesicht von einem alt gewordenen Elvis, der mit einem Arm seine Bulldogge festhielt und ihm mit dem anderen zuwinkte, er solle anhalten.
Dan schüttelte den Kopf. Der Elvis-Imitator sagte etwas zu Murtaugh. Vermutlich teilte er ihm Dans Reaktion mit. Murtaugh gab dann seine nächste Erwiderung, indem er den Cadillac mit der Breitseite gegen den Kombi krachen ließ. Arden hatte bisher einen Schrei zurückgehalten, doch der Zusammenprall von Metall setzte ihn frei. Dan spürte, wie die Reifen auf der rechten Wagenseite vom Beton ins Gestrüpp rutschten. Ihm blieb keine andere Wahl, als das Gaspedal durchzutreten und zu versuchen, den Kombi vor den Cadillac zu bringen, doch Murtaugh ließ sich nicht abhängen. Dan vermutete, daß sie wohl siebzig Meilen pro Stunde draufhaben mußten. Der Wald sauste verschwom-

men an ihnen vorbei, und der Motor des Kombis stöhnte und ächzte in totaler Erschöpfung. Die Straße machte eine Biegung nach rechts, und plötzlich kamen ihnen Scheinwerfer auf der linken Fahrbahn entgegen. Murtaugh drosselte augenblicklich seine Geschwindigkeit und ließ sich wieder hinter Dan zurückfallen, der die Kurve mit qualmenden Reifen nahm. Sie schossen an einem alten Ford vorbei, der in nördlicher Richtung kroch, und sobald sie aus der Kurve heraus waren, hämmerte der Cadillac auch schon wieder gegen Dans Hecktür.

Dan warf einen hastigen Blick auf Arden und sah, daß sie sich vorgebeugt hatte und den rosafarbenen Beutel fest mit beiden Händen umklammert hielt. »Ich habe Ihnen doch gesagt, daß Sie nicht mit mir fahren sollen, oder?« brüllte Dan. Murtaugh versuchte erneut, auf eine Höhe mit dem Kombi zu kommen. Dan riß das Lenkrad nach links und schnitt dem Kopfgeldjäger den Weg ab. Murtaugh schwenkte den Cadillac nach rechts, und abermals schnitt Dan ihm den Weg ab.

»Er läßt Sie nicht neben sich!« brüllte Pelvis über den Fahrwind hinweg. Sein Haar war ein modelliertes ebenholzschwarzes Stilleben. Er sah den Tacho und erbleichte. »Gott im Himmel, Mr. Murtaugh! Wir fahren siebzig …«

»Ich weiß, wie schnell wir fahren!« brüllte Flint zurück. Der eingedrückte hintere Kotflügel des Kombis war weniger als drei Meter entfernt. Lambert hatte aufgehört, seine Bremsen zu benutzen. Entweder war der Mann verrückt oder höllisch verzweifelt. Flint trat das Gaspedal durch, und der verbeulte vordere Kotflügel des Cadillacs krachte erneut in Lamberts Wagen. Diesmal wurde ernsthafter Schaden angerichtet. Weiße Funken stoben unter dem Kombi heraus, und ein Stück Metall löste sich und scharrte über den

Beton. Während Flint den Cadillac wieder zurückfallen ließ, sah er, wie Lamberts linker Hinterreifen aufriß. »Den haben wir erwischt!« krähte Flint. »Jetzt muß er anhalten!«
Innerhalb von Sekunden hatte sich der Reifen in umherfliegende Fetzen verwandelt, und die Achsnabe zog einen Funkenschweif hinter sich her. Doch Lambert machte keine Anstalten, anzuhalten, und die dumme Sturheit des Mannes ließ Flint wütend werden. Während Clints Arm blind nach der Luft griff, riß Flint mit weißen Fingerknöcheln das Lenkrad herum, schwenkte auf die linke Fahrbahn und brachte den Cadillac mit aufheulendem Motor neben Lambert, um ihm den Todesstoß zu versetzen.

Dan sah Murtaugh kommen. Der große schwarze Wagen wollte sie bis in die nächste Gemeinde rammen. Eine kalte Faust umschloß Dans Herz, als er spürte, wie der Hinterreifen in Fetzen ging, doch der Widerstand drosselte ihre Geschwindigkeit. Murtaugh kam neben sie, und was der Cadillac mit ihnen machen würde, würde nicht schön sein.
Er schwenkte den Wagen nach links und rammte den Cadillac so hart, daß die Chassis beider Wagen in jaulender Harmonie aufstöhnten. Murtaugh erwiderte diese Freundlichkeit mit einer rammenden Breitseite, und plötzlich riß Dans Tür aus ihren verrosteten Scharnieren und fiel ab. Beide Autos verkeilten sich auf der Fahrbahnmitte ineinander, wobei sich die Überreste der linken Seite des Kombis nach innen falteten wie bei einer zertretenen Bierdose.
Dans Geschwindigkeit sank unter sechzig, und der Motor gab ein durchdringendes scharrendes Geräusch von sich. Dan roch verbrannten Gummi und heißes Metall, und vor ihnen auf der Straße sprangen ein halbes Dutzend Raben von einem überfahrenen Tier auf, an dem sie herumgepickt

hatten, und flatterten unter wütendem Krächzen davon. Dan blickte auf das Armaturenbrett und sah, daß die Nadel des Wassertemperaturanzeigers am äußersten Limit der roten Linie vibrierte. Murtaugh rammte ihn abermals, wobei sein eigener Wagen in eine fahrende Ruine verwandelt wurde und Dampf unter der Motorhaube des Cadillacs hervorquoll, und die Wucht des Aufpralls ließ den Kombi über die rechte Fahrspur auf den Seitenstreifen schleudern. Dan hörte, wie Arden erschrocken nach Luft rang.

Sie krachten gegen ein Verkehrsschild, Schwarz auf Gelb, und Dan blieb nur ein Augenblick, um die Aufschrift zu lesen, bevor sie es unter ihren Reifen platt walzten.

GEFÄHRLICHE BRÜCKE, 10MPH.

Mit einem *Wuumm* und einer Explosion von kochendheißem Dampf aus dem zum Vulkan gewordenen Kühler flog die Motorhaube hoch. Dan riß das Lenkrad herum, um wieder auf die Fahrbahn zu kommen, doch das hintere Wagenende schlingerte unkontrolliert. Drei Sekunden später trafen sie auf etwas, das wie ein Pistolenschuß knallte, und plötzlich spürte Dan, wie sich sein Hintern vom Sitz abhob, und er wußte mit grausamer Sicherheit, daß der Kombi die Straße verlassen hatte. Äste und Ranken peitschten auf das Wagendach. Dan hörte Arden wieder schreien, und sein eigener Mund öffnete sich gerade für einen Schrei, als der Kombi auf Wasser aufschlug wie ein fetter Mann bei einem ungelenken Bauchklatscher. Dan hatte das Gefühl, daß sein Körper von der Wucht des Aufpralls erst zusammengepreßt und dann gestreckt wurde, während sein Schädel gegen das Wagendach knallte und vor seinen Augen leuchtende Kometen mit roten Lichtschweifen tanzten. Er hörte etwas, das klang, als würde ein Kaventsmann gegen die Motorhaube und die Windschutzscheibe schlagen, und der Motor zischte und stöhnte, bevor er zu einem kehligen

Gurgeln ansetzte. Benommen von dem, was gerade geschehen war, den Kopf voller Schmerz und mit schwindendem Bewußtsein, saß Dan im Dunkeln, die Hände noch immer am Lenkrad.

Seine Füße standen im Nassen. Wasser war durch das Bodenblech hereingedrungen und strömte über das eingedrückte Trittbrett, wo einst die Fahrertür gewesen war. Dan dachte, der Wagen würde untergehen, und die nackte Angst, die durch seinen Körper schoß, nahm ihm etwas von seiner Benommenheit. Er wandte den Kopf um – seine Nackenmuskeln fühlten sich gestaucht an – und sah Arden auf dem Beifahrersitz liegen, die Knie im Wasser. Er konnte sie nicht zurücklassen, und obgleich er glaubte, sich so schnell zu bewegen, wie es ihm möglich war, schien doch alles wie in einem Zeitlupen-Alptraum. Er legte seine Arme um Arden und zog sie mit sich aus dem Wagen hinaus in das knietiefe Wasser mit dem schlammigen Grund. Das Mädchen war schwer und unhandlich. Dan verlor den Halt und klatschte mit ihr ins Wasser. Ihr Gesicht verschwand unter der Oberfläche, und er drehte sich auf den Rücken, um sie hochzuhalten, so daß ihr Kopf wieder über der Oberfläche war. Sie wehrte sich nicht, und sie spuckte auch kein Wasser, doch sie atmete. Dan schmeckte Blut in seinem Mund. Erneut schloß sich die Dunkelheit um ihn, doch er spürte die sanfte Strömung. Es kam ihm in den Sinn, daß die Strömung, so schwach sie auch war, nach Süden zum Golf hin fließen mußte, egal, wie weit der entfernt sein mochte. Ihm war klar, daß sie beide ertrinken würden, wenn er das Bewußtsein verlor. Die Kopfgeldjäger. Wo waren sie? Irgendwo in der Nähe, soviel stand fest. Er durfte nicht zögern. Dan begann sich und Arden durch das schlammige Wasser zu schieben, dann überließ er sie beide der Strömung.

17 Gänge und Wände

Sie sind abgestürzt!« hatte Pelvis gebrüllt. »Glatt von der Brücke runter!«
Flint hatte den Cadillac mit Mühe fünfzig Meter hinter der Holzbrücke zum Stehen gebracht. Zischender Dampf quoll unter der Motorhaube hervor, und der Kühler stand kurz vor dem Explodieren. Mama kläffte sich die Seele aus dem Hals, Clint zuckte unkontrolliert, und Pelvis brüllte in Flints Ohr.
»Halten Sie den Mund! Halten Sie einfach den Mund!« schrie Flint. Er legte den Rückwärtsgang ein und setzte zur Brücke zurück. Die gesamte Konstruktion, mit Ausnahme der zerbrochenen Brüstung, durch die der Kombi gerast war, war mit orangefarbenen Katzenaugen bestückt. Sie waren noch immer zwanzig Meter von der Brücke entfernt, als der Motor stotterte und absoff, und Flint mußte den Wagen auf den Grasstreifen auf der rechten Straßenseite rollen lassen. »Steigen Sie aus!« befahl er Pelvis, und dann klappte er das Handschuhfach auf, holte seine Handschellen und den dazugehörigen Schlüssel heraus und steckte sie in die Innentasche seines Jacketts. Er stieg aus, während Clints Arm unter seinem Hemd um sich schlug, dann zog er sein Jackett an und schloß den Kofferraum auf.
»Er hat nicht mal abgebremst, oder?« plapperte Pelvis. »Hat nicht abgebremst, sondern ist einfach von der Brücke geflogen, so als ob er Flügel hätte!«

»Nehmen Sie sich einen davon!« Flint hatte ein Paar Startkabel und einen Werkzeugkasten beiseite geschoben und zwei rote Zylinder hervorgekramt, von denen jeder etwa dreißig Zentimeter lang war.

Pelvis schreckte zurück. »Was ist das? Dynamit?«

Flint machte den Kofferraum wieder zu, stellte einen der Zylinder auf die Haube und riß mit einem Ruck an einer Schnur, die am Ende des Zylinders befestigt war. Funken sprühten, und dann begann der Zylinder in einem gleißend roten Licht zu erstrahlen, welches die Nacht in einem Fünf-Meter-Radius verdrängte und Pelvis blinzeln ließ. »Signalleuchten«, erklärte Flint. »Schauen Sie nicht direkt ins Licht. Nehmen Sie die andere, und ziehen Sie den Zünder.«

Pelvis tat es, während er Mama in der Armbeuge festhielt. Seine Signalleuchte erstrahlte in einem gleißend grünen Licht.

»Dann lassen Sie uns mal sehen, was wir da haben.« Flint marschierte zu der zerbrochenen Brüstung hinüber, und Pelvis folgte ihm.

Die Brücke war nur einen halben Meter über dem Wasser. Und da war auch der Kombi, bis zur Oberkante der Reifen eingesunken und mit glänzendem Schlamm bedeckt. Flint konnte den Fahrersitz sehen. Lambert saß nicht darauf. Flint griff mit der linken Hand unter sein Hemd, zog den Derringer aus dem Halfter und wechselte die Waffe dann in die rechte Hand, um die Signalleuchte in die linke zu nehmen. Er hob die Signalleuchte höher und hielt nach irgendeinem Anzeichen von Bewegung Ausschau. Die Brücke überspannte einen Wasserarm von etwa drei, dreieinhalb Metern Breite, und zu beiden Seiten ragten Dickichte aus spitzblättrigen Zwergpalmen und anderen dornigen Sumpfgewächsen aus dem Wasser. Er sah dort draußen keinen trockenen Boden, und ebensowenig sah er Lambert oder die Frau mit dem blauen Fleck im Gesicht. Flint beugte sich vor und erhellte den Morast unter der Brücke. Dann hob er die zischende Signalleuchte über seinen Kopf und begann zum Wagen zu waten, doch nach wenigen Schritten blieb er stehen und drehte sich zu Pelvis um, als dieser ihm nicht folgte. »Warten Sie auf eine schriftliche Einladung?«

»Nun ... nein, Sir, aber ... meine Schuhe. Ich meine, es ist echtes blaues Wildleder. Ich habe über hundert Dollar dafür bezahlt.«

»Pech. Kommen Sie hier runter, und geben Sie mir Rückendeckung!«

Pelvis zögerte mit gerunzelter Stirn. Er blickte auf seine Schuhe hinab und seufzte, und dann umfaßte er Mama fester und stieg in den Sumpf. Er zuckte zusammen, als er fühlte, wie sich der Schlamm über seinen Schuhen schloß. Flint hielt den Derringer schußbereit und schien mit der Signalleuchte in den Wagen. Noch immer stand Wasser im Innenraum. Flint sah etwas darin treiben – Lamberts Baseballmütze. Auf dem Rücksitz lag ein Koffer, und der rote Schein der Signalleuchte enthüllte eine Handtasche auf dem Beifahrersitz. Flint sagte: »Clint, nimm!« und schob den Derringer in die Hand seines Bruders. Dann beugte er sich in den Wagen, nahm die Handtasche heraus und öffnete sie. Er fand darin eine Brieftasche und einen texanischen Führerschein, ausgestellt auf Arden Halliday, mit einer Adresse in Fort Worth. Das Foto zeigte das Gesicht einer jungen Frau mit welligem blondem Haar. Ihr Gesicht hätte in einer Monstrositätenschau etwas einbringen mögen. Die linke Seite war durchaus hübsch, doch die rechte Seite war von einer dunklen Entstellung bedeckt, offenkundig ein schreckliches Feuermal. In der Brieftasche waren keine Kreditkarten, dafür aber etwas über hundert Dollar und Kleingeld.

»Ich schwöre, das ist ein irrer Trick!« sagte Pelvis und starrte auf Clints Hand mit dem Derringer darin. »Kann er mit dem Ding auch schießen?«
»Wenn ich es ihm befehle.« Flint steckte den Führerschein und das Geld in sein Jackett, dann legte er die Brieftasche wieder in die Handtasche und die Handtasche in den Wagen.
»Er kann Sie verstehen?«
»Ich habe ihm Schlüsselworte beigebracht, so wie man einen Hund trainiert. Clint, loslassen!« Flint nahm den Derringer aus den sich öffnenden Fingern seines Bruders. Seine Augen suchten den Sumpf ab, während er die Signalleuchte umherschwenkte, so daß die Schatten tanzten.
»Ich wette, manchmal wünschen Sie sich, daß er reden könnte.«
»Er würde sagen, daß er mich genauso satt hat wie ich ihn. Und jetzt kümmern Sie sich wieder um Ihren Job. Lambert kann nicht weit sein, und er hat die Frau bei sich.«
»Denken Sie, wir sollten ...«
»Still!« fauchte Flint. »Horchen Sie nur!«
Pelvis zwang sich zu schweigen, so sehr er es auch eigentlich liebte, die Stimme seines Idols aus seiner eigenen Kehle kommen zu hören. Mama begann zu knurren, doch Flint warf Pelvis einen Höllenfeuer-und-Verdammnis-Blick zu, und Pelvis kraulte sie zärtlich unter dem Kinn, um sie zum Schweigen zu bringen. Sie lauschten. Sie konnten den Sumpf sprechen hören – das Summen von Insekten, pulsierend wie klagende Gitarren, in der Ferne der Ruf einer Stimme, die wie eine Bandsäge klang, kurze gedämpfte Grunzer, Triller und Gezwitscher, die durch die drückende Hitze herantrieben.
Und dann plötzlich ein Platschen.
Flint flüsterte: »Da ist er.« Er watete durch das knietiefe

Wasser am Wagen vorbei und blieb erneut stehen. Er leuchtete in die Dunkelheit, und Scherben aus scharlachrotem Licht glitzerten auf der bewegten Oberfläche des Kanals. Er konnte eine leichte Strömung um seine Beine spüren. Lambert war erschöpft und vermutlich verletzt, und er ging den Weg des geringsten Widerstands.

»He, Lambert!« rief Flint. Er mochte es sich einbilden, doch der Sumpf schien zu verstummen. »Hören Sie zu!« Er hielt inne und spitzte seine Ohren, doch Lambert rührte sich nicht mehr. »Es ist vorbei! Sie graben sich nur ein immer tieferes Loch! Hören Sie mich?« Es kam keine Antwort, aber Flint hatte auch noch keine erwartet. »Zwingen Sie uns nicht, Sie da rauszuholen!«

Dan kauerte vierzig Meter von den Signalleuchten der beiden Kopfgeldjäger entfernt im Wasser. Ardens Kopf lehnte an seiner Schulter. Sie war noch nicht ganz wieder bei Bewußtsein, doch sie wachte offensichtlich langsam auf, denn ihr Körper zuckte unkontrolliert, und ihre rechte Hand, zu einer Faust geballt, war hochgeschnellt und dann mit einem Platschen wieder hinuntergesaust. Dan konnte sich nicht daran erinnern, sich das Gesicht am Lenkrad gestoßen zu haben, doch seine Nase fühlte sich zerquetscht an, und aus beiden Nasenlöchern rann Blut. Vermutlich gebrochen, dachte Dan, doch das war nicht weiter tragisch, er hatte schlimmere Schläge überlebt. Sein Kopf schmerzte, sein Blickfeld war unscharf, und vor ein paar Minuten wäre er beinahe ohnmächtig geworden, doch er glaubte, daß er nun darüber hinweg war. Er war so weit, wie es ihm möglich war, gegen die rechte Kanalseite zurückgewichen, wo knorrige Pflanzen aus dem Schlamm wuchsen. Etwas mit Dornen stach seine Schulter. Er wartete schwer atmend, während er die beiden Gestalten in ihren sich überlappenden roten und grünen Lichtkreisen beobachtete.

»Kommen Sie raus, Lambert!« rief der Mann namens Murtaugh. »Sie wollen doch nicht der Frau weh tun, oder?«
Dan erwog, sie zurückzulassen, doch ihr Kopf könnte unter Wasser rutschen, und sie würde ertrinken, bevor die beiden sie erreichten. Und er dachte auch daran, aufzugeben, aber dann fiel sein Blick auf die Wildnis hinter ihm, in der ein Mann spurlos verschwinden konnte. In seinem Kopf brannte wie ein leuchtender Fixstern der Gedanke, sich von der Strömung nach Süden treiben zu lassen und anschließend immer weiter Richtung Süden zu gehen, und früher oder später mußte er den Golf erreichen.
»Warum geben Sie nicht auf?« rief Murtaugh. »Sie können nirgendwohin!«
Die kalte Arroganz in der Stimme des Mannes besiegelte Dans Entscheidung. Er wollte verdammt sein, wenn er sich diesen beiden geldgierigen Mistkerlen ergab. Er begann mit Arden im Arm durch den an seinen Beinen saugenden Schlamm von ihnen wegzuwaten. Arden stieß ein leises Stöhnen aus, und dann mußte ihr Wasser in die Nase gelaufen sein, denn ihr Körper zuckte wieder, sie ruderte mit den Armen, so daß zum zweitenmal Wasser platschte, und gleich darauf fing sie an zu prusten und zu würgen.
Murtaugh watete zwei Schritte nach vorn und warf die Signalleuchte in Richtung der Geräusche. Dan beobachtete, wie das Licht in einem hohen Bogen durch die Luft segelte und knorrige, mit Spanischem Moos behangene Äste beleuchtete, bevor es herunterfiel. Es gab kein Verstecken vor dem Licht; als es das Wasser um ihn herum rot erblühen ließ, stand Dan auf und hob sich mit der Kraft der Verzweiflung Ardens Körper über die Schulter, so wie Feuerwehrmänner es taten. Er hörte den Elvis-Imitator brüllen: »Ich sehe ihn!« Dan kämpfte sich durch den Schlamm, als die Signalleuchte die Wasseroberfläche hinter ihm traf. Sie

brannte noch vier Sekunden, ehe das chemische Feuer erlosch. Dan schaffte nur wenige Schritte, bevor seine Knie nachgaben und er abermals hinfiel. Sie gingen beide momentan unter, und Arden tauchte prustend und spuckend auf.

In ihren Gedanken war sie wieder sechzehn, wie damals, als sie auf der Ranch gelebt hatte. Sie war auf einem von Jupiters Pferden in vollem Galopp geritten, und plötzlich war das Tier in ein Erdhörnchenloch getreten und gestrauchelt, und sie war über seinen Kopf geflogen, und die heimtückische Erde war so schnell auf sie zugesaust gekommen wie eine Ohrfeige Gottes. Doch nun hatte sie Wasser und nicht texanischen Staub in ihren Augen und in ihrem Mund; sie wußte nicht, wo sie war, obgleich der Schmerz in ihrem Kopf und dem übrigen Körper ihr sagte, daß sie von einem Pferderücken gefallen sein mußte. Ein flackerndes grünes Licht trieb in der Dunkelheit. Sie hörte eine Männerstimme flüstern: »Ganz ruhig! Ich habe Sie!« und spürte, wie sich ein Arm unter ihr Kinn legte. Sie wurde durch das Wasser gezogen, und sie hatte nicht die Kraft, sich zu wehren. Sie griff nach oben, um den Arm zu packen, doch da bemerkte sie, daß sie etwas in ihrer rechten Faust festhielt und daß es lebensnotwendig für sie war, es nicht loszulassen. Dann besann sie sich, was es war, und als ihr dies klar wurde, kehrte auch die Erinnerung an ein schwarz-gelbes-Verkehrsschild zurück, auf dem stand: GEFÄHRLICHE BRÜCKE, 10MPH.

Flint nahm Pelvis die Signalleuchte ab und steckte seinen Derringer zurück ins Halfter. »Er kommt nicht weit. Folgen Sie mir.« Er watete hinter ihrer Beute her, die Schuhe schwer vom Schlamm.

»Mr. Murtaugh … wir gehen doch nicht *da* hinein, oder?«

Flint wandte ihm sein Gesicht zu. Seine Augen waren tief eingesunken, und seine Haut war bleich wie der Tod.

»Doch, Eisley, das tun wir. Und wir werden ihm die ganze Nacht auf den Fersen bleiben, wenn es sein muß. Das ist unser Job.«

»Ja, Sir, aber ... es ist ein *Sumpf*, Mr. Murtaugh. Ich meine ... Sie haben doch heute diese Alligatoren gesehen, und dieses Riesenvieh von einer Schlange auf der Straße. Was sollen wir denn tun, wenn die Signalleuchte ausgebrannt ist?«

»Die hält eine halbe Stunde. Ich gebe Lambert höchstens zwanzig Minuten.« Er überlegte kurz, Lambert in einem Sturmangriff zu überwältigen, doch er entschied, daß es sicherer war, ihn zu zermürben. Außerdem würde in diesem Schlamm sowieso keiner einen ordentlichen Sturmangriff zustande bringen. »Ich glaube nicht, daß er eine Pistole hat, aber er muß irgendeine Art Waffe bei sich tragen. Ein Messer vielleicht. Wenn wir ihm zu dicht auf den Pelz rücken, könnte er durchdrehen und das Mädchen verletzen.«

Pelvis' von Schweiß glänzendes Gesicht war eine Studie in Tupelo-Qual. »Ich will nicht, daß irgend jemand verletzt wird. Vielleicht sollten wir uns auf die Suche nach der Polizei machen, damit die sich der Sache annimmt.«

»Eisley«, sagte Flint in ernstem Tonfall, »kein Kopfgeldjäger, der auch nur einen Pfifferling wert ist, winselt bei der Polizei um Hilfe. Die hassen *uns*, und wir brauchen *die* nicht. Aber wie auch immer, sehen Sie hier vielleicht irgendwo ein Polizeirevier? Wenn wir Lambert davonkommen lassen, dann können wir die fünfzehntausend Dollar und höchstwahrscheinlich auch das Leben des Mädchens in den Wind schreiben. Und jetzt folgen Sie mir.«

Er setzte sich wieder in Bewegung, blieb jedoch nach einigen Schritten erneut stehen, als Pelvis sich nicht rührte. Flint nickte. »Nun«, sagte er, »so habe ich mir das vorgestellt. Ich wußte, daß Sie nur ein aufgeblasener Ballon voll heißer Luft sind. Sie dachten, es wäre ein Kinderspiel, stimmt's?«

»Ich ... wußte nicht, daß ich durch einen Sumpf voller Alligatoren und Schlangen würde waten müssen. Und außerdem ist da noch Mama, auf die ich aufpassen muß.«

Flints Lunte hatte Funken gesprüht; nun genau wie bei der Signalleuchte, zündete sie seine Ladung. »Gottverdammt noch mal!« donnerte er, und er watete platschend zurück, bis er Pelvis von Angesicht zu Schwabbelkinn gegenüberstand. »Sie haben uns diesen Schlamassel eingebrockt! Sie haben das Mace verloren! Sie haben meinen Rhythmus – mein Leben – durcheinandergebracht, seit Smoates Sie mir wie einen Mühlstein um den Hals gehängt hat! Sie sind eine Beleidigung für mich, haben Sie das verstanden? Ich bin ein *Profi*, ich bin kein Freak oder ein Clown wie Sie! Ich gebe nicht einfach auf und gehe! Haben Sie verstanden?« Seine Tirade endete auf einer schrillen, stechenden Note.

Pelvis erwiderte nichts. Er hatte den Kopf gesenkt. Ein Schweißtropfen fiel von seinem Kinn auf den Matsch, der schon begonnen hatte, die blaue Farbe aus seinem Bestellkatalog-Sonderangebot herauszusaugen. In seinen Armen starrte Mama mit hervorquellenden Augen auf Flint, und ein tiefes Knurren drang aus ihrer Kehle.

Flints Zorn loderte nunmehr wie ein glühendes Feuer. Er streckte die Hand aus, packte Mama am Nackenfell und entriß sie Pelvis. Mamas Knurren war lauter geworden, doch ihre Bösartigkeit war nur ein Bluff; sie begann zu winseln, als Flint den Arm nach hinten schwenkte, um sie so hart und so weit von sich zu schleudern, wie er konnte.

Pelvis packte Flints Handgelenk und versuchte Mama zu sich zu zerren. »Bitte, Mr. Murtaugh!« flehte er. »Bitte, tun Sie ihr nicht weh!«

Flint war nur einen Herzschlag davon entfernt, sie von sich

zu schleudern, doch er blickte in Pelvis' Augen und sah darin ein Entsetzen, das alles übertraf, was er je gesehen hatte. Etwas in Eisleys Gesicht war in sich zusammengefallen. Es war, als würde man eine Elvis-Maske zerfallen sehen und dahinter das Gesicht eines verängstigten, einfältigen Kindes entdecken.
»Sie hat es doch nicht böse gemeint.« Die Stimme klang nun anders, hatte etwas von ihrer Memphis-Rauhheit verloren. »Sie ist doch alles, was ich habe. Bitte, tun Sie's nicht.«
Flint zögerte, den Arm immer noch hinten. Dann verflog sein Zorn ebenso schnell, wie er gekommen war, und es wurde ihm bewußt, was für eine gemeine, niedrige Tat er da beinahe begangen hätte. Er drückte den zitternden Hund in Pelvis' Arme und wich zurück. An seinem Kiefer zuckte ein Muskel. Pelvis preßte den Hund an sich. »Ist schon gut, ist schon gut«, beruhigte er das Tier. »Er tut dir nicht weh, ist alles gut.«
Flint wandte sich ab und machte sich daran, den Wasserarm entlangzuwaten. Ihm war übel vom Ekel vor sich selbst und auch vor Pelvis. Es bestand nun kein Zweifel mehr daran, daß dieser Mann ihn in den Wahnsinn trieb. Dann hörte er ein Platschen hinter sich, und er schaute über seine Schulter und sah, daß Eisley ihm folgte. Es wäre besser gewesen, dachte Flint, wenn Eisley zum Wagen zurückgegangen wäre und dort gewartet hätte. Es wäre besser für Eisley gewesen, diese häßliche, elende Arbeit jemandem zu überlassen, der besser dafür geeignet war.
Clints Hand hob sich, und seine kleinen Finger streichelten einen Stoppelbart am gewöhnlich glattrasierten Kinn seines Bruders. Flint schlug Clints Hand fort, doch sie kam trotzig wieder hoch, um die Haare zu betasten. Flint hielt die Hand mit seinem rechten Arm gegen seine Brust gedrückt fest, und Clint wehrte sich. Es war stummer, innerlicher Krieg,

ein Anspannen sehniger Muskeln, und Flint spürte, wie Clints Kopf zuckte, so als wollte er sich und den deformierten Klumpen aus Gewebe und Bändern, an dem er befestigt war, losreißen, um endlich und endgültig frei zu sein. Flint taumelte nach vorn, sein Mund eine schmale, verkniffene Linie und seine Augen auf die Dunkelheit gerichtet, die es noch zu durchdringen galt. Panik stieg in ihm auf, wie Clints klamme Hand, und packte ihn an der Kehle. Er würde nie das saubere weiße Herrenhaus seiner Geburt finden. Niemals. Er konnte Zeitschriften über prächtige Anwesen studieren und in einer Stadt nach der anderen durch die makellosen Straßen fahren, doch er würde nie sein Zuhause finden. Niemals. Er war verloren, ein Gentleman von Geburt, hinausgeschleudert in die dreckige Strömung, vom Schicksal dazu bestimmt, mit den Pelvis Eisleys dieser Welt durch den Schlamm zu waten, während sie Buttermilchatem in seinen Nacken hauchten.

Im Zauberbann dieser Panik erschien es Flint nun so, als wäre er schon immer auf der Suche nach einem Ausweg aus dem einen oder anderen Sumpf gewesen – aus der erbärmlichen, demütigenden Schinderei der Monstrositätenschauen, seinen erdrückenden Spielschulden, dieser seelentötenden Arbeit und dem von Freaks besessenen Irren, der an seinen Fäden zog. Sein ganzes Leben war eine lange Reihe von Sümpfen gewesen, bevölkert vom Abschaum der Erde. Grinsende Analphabeten hatten ihn verhöhnt, Prostituierte mit kalten Augen waren schreiend davongelaufen, wenn sie sein Geheimnis entdeckten, Kinder hatten sich in ängstliche Tränen aufgelöst, und später hatte er sich vermutlich in ihre Alpträume geschlichen. Für ein paar dreckige Dollar hatte er einige von Smoates' Kreditschuldnern mit seinem Schlagring bearbeitet, und er konnte nicht sagen, daß es nicht von Zeit zu Zeit sogar Spaß gemacht hatte, jenen eitrigen Zorn in seinem Innern zu benutzen, um Zahlungsmoral in glückloses Fleisch zu prügeln. Er hatte Rippen und Nasen gebrochen und innerlich gegrinst über das Betteln und Flehen. Was bedeutete schon ein weiterer Sumpf, den es zu durchwaten galt, bei all dem Schlamm, der schon an seinen Schuhen klebte?

Er hatte irgendwo eine falsche Abzweigung genommen. Er hatte viele falsche Abzweigungen genommen. Gab es denn nirgendwo einen Weg aus diesem Dreck zurück zu der Straße, die ihn zu dem sauberen weißen Herrenhaus führen würde? Lieber Gott der Entstellungen und des Elends, gab es denn nirgendwo einen Ausweg?

Er kannte die Antwort, und sie machte ihm angst.

Die Karten sind ausgeteilt worden. Spiel, oder steig aus, es ist deine Entscheidung. Das Spiel ist schon weit fortgeschritten, sehr, sehr weit, und es scheint, als würden dir die Chips ausgehen.

Spiel, oder steig aus. Es ist deine Entscheidung.

Flint blieb stehen. Er fühlte das Blut heiß in seinem Gesicht brennen. Sein Mund öffnete sich, und hervor quoll ein Schrei, der nur aus bitterem Zorn und Schmerz, verletztem Stolz und fiebriger Entschlossenheit, untrennbar miteinander verwoben und verschmolzen, zu bestehen schien. Zuerst hatte er einen gepeinigten, unmenschlichen Klang, der Pelvis fürchten ließ, ein wildes Tier würde gleich über sie herfallen, doch dann explodierten Worte aus dem Schrei: *»Lambert! Ich werde Sie verfolgen, bis Sie umfallen! Haben Sie das gehört? Bis Sie umfallen!«*

Erneut verstummte der Sumpf. Flints Stimme zog dröhnend über die Wildnis, wie gedämpfter Donner. Pelvis stand ein Stück hinter Flint in dem grünen Licht der Signalleuchte, beide Arme fest um Mama geschlungen. Langsam verwoben sich das Summen der Insekten und die seltsamen zwitschernden Vogelrufe und wurden wieder lauter – die mitleidlose Stimme des Sumpfes, die Flint sagte, wer der Herr dieses Reichs war. Als Flint tief und gequält Luft holte und wieder mit der trägen Strömung Richtung Süden watete, setzte auch Pelvis seine Beine in Bewegung.

Flint hielt die Signalleuchte hoch, und seine Augen huschten von einer Seite zur anderen. Schweiß rann über sein Gesicht, und seine Kleider waren durchnäßt davon. Vor sich hörte er ein Platschen, doch wie weit entfernt, war schwer zu sagen. Der Kanal machte eine Biegung nach rechts, und plötzlich bemerkte Flint, daß das Wasser gut sieben, acht Zentimeter über sein Knie gestiegen war. »Es wird tiefer«, sagte Pelvis etwa zur gleichen Zeit.

»Für ihn wird es auch tiefer«, erwiderte Flint.

Der Schlamm saugte sich an ihren Schuhen fest. Pelvis suchte die Oberfläche nach gleitenden Schatten ab. Die Luft stank nach nassen, verrottenden Pflanzen, und sie einzuatmen ließ ein Gefühl zurück, als würde sich Schleim in der Kehle sammeln.

Hinter ihnen verschränkten die beiden Ränder aufgebrochener Dunkelheit zuerst ihre Tentakel, bildeten dann Glieder und verschmolzen schließlich wieder.

Vor ihnen, kaum zwanzig Meter jenseits der Reichweite des Lichts, kauerte Dan mit Arden im Wasser. Sie war nun wieder ganz bei Bewußtsein, obgleich noch immer alles verschwamm, und sie konnte sich an die Geschehnisse bis zu dem Moment erinnern, indem sie das Warnschild überfahren hatten. Sie hatte einen mächtigen Schlag bekommen, eine blutige, über zwei Zentimeter lange Platzwunde zog sich direkt hinter ihrem Haaransatz entlang. Außerdem hatte sie einen Riß im Mund und ein geprelltes Kinn, das auf das Konto eines hochfliegenden Knies ging.

Dan konnte den Fleck dunkler Nässe in ihrem Haar sehen. Er vermutete, daß sie eine Gehirnerschütterung und eine

Menge Glück gehabt hatte, sich nicht den Schädel eingeschlagen zu haben. »Ich möchte, daß Sie sich hier nicht von der Stelle rühren«, flüsterte er. »Die beiden werden Sie mit zurücknehmen.«

»Nein!« Sie hatte zu laut gesprochen, und er legte ihr einen Finger auf den Mund.

»Jetzt sind Sie dran, Lambert!« rief Murtaugh. »Sie können nicht mehr weglaufen!«

»*Nein*!« flüsterte Arden. »Ich bin in Ordnung! Ich bin in der Lage, weiterzugehen!«

»Hören Sie mir zu!« Sein Gesicht war direkt vor dem ihren. »Ich laufe so tief in den Sumpf rein, wie ich kann! Sie sind weit genug mit mir gegangen!« Er sah, wie die von der Signalleuchte beschienenen Gestalten langsam, aber stetig näher kamen. Noch eine Minute, und das Licht würde sie finden.

»Ich bleibe nicht hier«, erklärte Arden. »Ich bin zu nah dran, um umzukehren.«

Sie hat den Verstand verloren, dachte Dan. Ihre Augen hatten den Glanz religiösen Eifers angenommen, wie jener der umherwandelnden Kranken, die, verzweifelt auf ein heilendes Wunder hoffend, zu den Fernsehpredigern strömten. Sie hatte das Ende ihres Seils erreicht und hing nun in der Luft und wußte nichts anderes zu tun, als sich an ihm festzuklammern. »Bleiben Sie hier«, befahl Dan ihr. »Bleiben Sie einfach hier, die bringen Sie schon hier heraus.« Er stand auf und setzte sich Richtung Süden in Bewegung. Das Wasser reichte nun schon bis zur Hälfte seiner Oberschenkel hinauf.

Arden sah, wie sich der Kegel aus grünem Licht näherte, mit den beiden Gestalten in seiner Mitte. Ihr verschwommener Blick ließ sie wie Ungeheuer erscheinen. Sie versuchte aufzustehen, rutschte aus und fiel hin. Dan schaute kurz zu ihr zurück und ging dann weiter. Arden stellte ihre Füße fest in den Schlamm und erhob sich wieder, dann machte sie sich daran, mit allen ihr verbliebenen Kräften Dan einzuholen, während das Licht auf dem aufgewühlten Wasser direkt hinter ihr glitzerte.

»Er wird müde«, sagte Flint zu Pelvis. »Hören Sie, wie er kämpft?« Das Platschen drang von rechts herüber, und Flint richtete sich darauf aus.

Plötzlich schreckte Pelvis auf und brüllte: »O Gott!«

Flint riß die Signalleuchte herum. »Was, zum Teufel, ist denn?«

»Etwas ist an mir vorbeigeschwommen!« In seinem Schreck hätte Pelvis beinahe Mama fallen lassen. »Ich glaube, es war eine Schlange!«

Flints Blick suchte das Wasser ab, während ihm selbst eine Gänsehaut über den Rücken lief. Im Licht zeigte sich etwas Dunkles, etwa einen Meter Langes, das sich schlängelnd mit der Strömung bewegte. Er beobachtete es, bis es aus dem Lichtkegel herausgeglitten war. »Los, weiter«, sagte er ebenso zu sich selbst wie zu Pelvis und setzte seinen Weg fort. Das Platschen war verstummt, doch Lambert konnte nicht mehr lange durchhalten.

Dan schaute sich nach hinten um. Arden strengte sich noch immer an, ihn einzuholen. Sie hatte jetzt ihr Gleichgewicht gefunden, und ihre Schritte waren sorgfältig und entschlossen gesetzt. Das Wasser reichte ihr fast bis zur Taille. Dan wollte sich wieder umdrehen und weitergehen, doch der Augenblick schleuderte ihn wie ein Blitz des Schocks in der Zeit zurück.

Er erinnerte sich an eine Nachtpatrouille und an einen breiten schlammigen Strom, der den Dschungel durchschnitt. Er erinnerte sich an die Überquerung und daran, wie fast alle, bis auf die Männer, die die Rückendeckung übernommen hatten – zu denen auch Dan gehörte –, das glitschige Ufer erklommen hatten, als die erste weiße Leuchtgranate über ihren Köpfen explodiert war. Der Feind hatte sie von hinten eingekreist oder war aus versteckten Schlangenlöchern gekrochen. »Los, los, los!« fing jemand an zu brüllen, als die zweite Leuchtgranate aufflammte. Das Gewehrfeuer setzte ein, und Dan stand knietief im Schlamm, während Leuchtspurgeschosse aus dem Dschungel an ihm vorbeizischten. Andere Männer rannten und fielen hin und versuchten das Ufer hinaufzukrabbeln. Innerhalb eines Augenblicks war die Lage so, wie sie es bei allen Nachtgefechten in jenem Dschungel war – eine verwirrte, surreale Montage aus Schatten, die vor dem Lichtschein der Leuchtgranaten flüchteten, verschwommenen Bewegungen und Schreien, wenn Kugeln in Fleisch eindrangen. Dan konnte sich nicht bewegen, seine Beine waren wie gelähmt. Überall um ihn herum fielen Männer um – einige kämpften sich wieder hoch, andere strampelten hilflos im Schlamm. Es schien sinnlos, sich zu bewegen, denn die anderen wurden niedergemäht, als sie versuchten, das Ufer zu erklimmen, und wenn er still stehenblieb, wenn er ganz, ganz still stehenblieb, während die Leuchtspurgeschosse zu beiden Seiten von ihm vorbeizischten, dann konnte er sich vielleicht vom Angesicht dieser höllischen Erde verschwinden lassen.

Jemand packte sein Hemd und zerrte an ihm.

»*Los*«, drängte eine Stimme; es war kein Schrei, doch es war mächtiger als ein Schrei.

Dan blickte den Mann an. Er hatte das ausgezehrte, eingesunkene Gesicht eines hartgesottenen Veterans, ein Mann, der den Tod gesehen und gerochen hatte, der nach Stunden des lautlosen Pirschens getötet hatte und um eine Haaresbreite wundersamer Gnade dem eigenen Tod entronnen war. Er hatte einen blonden Bart und kornblumenblaue Augen, nur daß seine Augen nun uralt schienen und leblos waren. Sie waren leblos gewesen seit jenem Tag vor Monaten in dem Dorf.

»Los«, wiederholte Farrow. Farrow, der sich seit jenem Tag in sich selbst zurückgezogen hatte wie eine steinerne Sphinx, der schweigend gelitten hatte, der sich immer mit einem Nicken freiwillig für Einsätze gemeldet hatte, die kein anderer Soldat zu übernehmen wagte.

Und nun, in dieser kleinen Zeitblase, sah Dan etwas in Farrows Augen aufblitzen und an die Oberfläche treten, das er kaum wiedererkannte.

Es mochte Freude gewesen sein.

Farrow schupste ihn hart auf das Ufer zu, und der Stoß setzte Dan in Bewegung. Dan erreichte das Ufer und machte sich daran, es zu erklimmen, wobei er sich an den Rankengewächsen und den Körpern von sterbenden Männern festklammerte. Er wagte einen Blick über seine Schulter, und was er sah, würde ihn bis zu seinem Lebensende nicht mehr loslassen.

Farrow ging in die andere Richtung, und er schwenkte sein M16 im Dauerfeuer von rechts nach links über den Dschungel. Dan sah, wie die Leuchtspurgeschosse des Feindes sich auf Farrow einzuschießen begannen. Der junge Mann blieb weder stehen, noch zuckte er zusammen. Eine Kugel traf ihn, dann eine zweite. Farrow marschierte und feuerte weiter. Eine dritte Kugel ließ ihn auf die Knie fallen. Er stand auf. Jemand rief ihm zu, er solle zurückkommen, er solle um Gottes willen zurückkommen. Farrow taumelte weiter, während sein M16 Laub von den Bäumen fetzte und schwarz gekleidete Gestalten in alle Richtungen auseinanderrennen ließ. Entweder hatte die Waffe eine Ladehemmung, oder das Magazin war leer, denn sie hörte auf zu feuern. Es folgte eine kurze Stille, unterbrochen nur von den Schreien der Verwundeten. Die Vietcong hatten ebenfalls aufgehört zu schießen. Dan sah, wie Farrow das Magazin herausriß und ein neues einschob. Er machte zwei weitere Schritte nach vorn, und sein M16 feuerte wieder, und dann kamen vielleicht vier oder fünf Leuchtspurgeschosse aus dem Dschungel und trafen ihn gleichzeitig, und er wurde nach hinten geschleudert und landete klatschend in dem schlammigen Wasser, das über ihn hinwegschwappte wie ein braunes Leichentuch.

All das hatte nur Sekunden gedauert, doch Dan hatte Jahre gebraucht, um zu verdauen, was er dort gesehen hatte. Und dennoch kehrte es immer wieder zurück und saß wie ein Kloß in seinem Hals.

Er beobachtete, wie Arden sich auf ihn zuschleppte, so resolut in ihrer Entscheidung, wie Farrow es in seiner gewesen war. Oder ebenso verrückt, dachte Dan. Es hatte für ihn kein Zweifel daran bestanden, daß Farrow nach jenem Tag in dem Dorf ganz still und leise wahnsinnig geworden war und – ob er sich dessen nun bewußt war oder nicht – nach einem Weg gesucht hatte, Selbstmord zu begehen. Es war unmöglich zu sagen, wie schwer der Tod jener Kinder auf Farrow gelastet hatte, doch es mußte eine schreckliche Bürde gewesen sein, die ihn schließlich dazu brachte, mit offenen Augen in ein Dutzend Vietcong-Gewehre zu laufen. Wenn Farrow das nicht getan hätte, wären Dan und mindestens drei andere Männer wohl in Stücke geschossen worden. Dans Leben war gerettet worden, doch zu welchem Zweck? Damit er von Agent Orange verseucht wurde und später den Abzug drückte, der einen unschuldigen Mann tötete? Damit er nun in diesem Sumpf stand und zuschaute, wie ein Mädchen mit einem verunstalteten Gesicht sich abmühte, ihn einzuholen? Das Leben ergab keinen Sinn für ihn; es war ein Labyrinth, erbaut von willkürlich operierenden Händen, und er, Arden, die Kopfgeldjäger, die ganze Menschheit, alle rannten sie suchend und blind durch seine Gänge und schlugen mit den Köpfen gegen die Wände.

Arden hatte ihn fast erreicht. Das grüne Licht der Signalleuchte jagte sie.

»Geben Sie auf, Lambert!« rief Murtaugh. »Es hat doch keinen Zweck!«

Vielleicht hatte es das nicht. Doch das Mädchen glaubte, daß es einen Zweck hatte, glaubte fest genug daran, um einem Mörder zu vertrauen. Fest genug, um sich in das Unbekannte zu schleppen. Fest genug, um Dan ebenfalls glauben zu lassen, daß er vielleicht einen Weg durch diese Wildnis in die Freiheit finden konnte, wenn er nur die Hälfte ihres Verlangens in sich hätte.

Er watete ihr entgegen und ergriff ihre linke Hand. Sie blickte ihn mit einem Ausdruck der Verwunderung und der Erleichterung an. Dann begann Dan sie mit sich zu ziehen, immer auf der Flucht vor dem näher kommenden Licht.

18 Der gefährlichste Ort

Obgleich Flint bis jetzt weder Lambert noch das Mädchen zu sehen vermochte, wußte er doch, daß sie nicht mehr als fünfzehn oder zwanzig Meter jenseits des Rands des Lichtkegels sein konnten. Er bewegte sich so schnell es ging, doch der Kanal machte das Vorankommen schwer. Das Wasser war mittlerweile bis zu seiner Taille gestiegen, und Flint war der Gedanke durch den Kopf geschossen, daß Clint ertrinken würde, sollte es bis zu seiner Brust steigen. Der Schweiß lief nur so von ihm herunter in der heißen, schwülen Luft. Einen Augenblick später hörte er Pelvis' Lunge pfeifen wie eine alte Kirchenorgel.

»Mr. Murtaugh!« keuchte Pelvis. »Ich muß ... ich muß mich einen Moment ausruhen. Zum Luftholen.«

»Gehen Sie weiter!« befahl Flint ihm, ohne langsamer zu werden.

Das Pfeifen wurde schlimmer. »Bitte ... Mr. Murtaugh ... ich muß anhalten.«

»Tun Sie doch, was Sie wollen! Ich bleibe nicht stehen!«

Pelvis fiel zurück. Seine Brust hob und senkte sich schwer Fettige Schweißtropfen liefen über sein puterrotes Gesicht und sein Herz hämmerte. Flint schaute zurück und watete dann Schritt um Schritt vorsichtig weiter. Pelvis versuchte ihm zu folgen, doch nach ein paar Metern sah er schwarze Punkte vor seinen Augen tanzen. Er blieb wieder stehen. Mama hatte seine Pein gespürt und leckte ihm aufgeregt das

Kinn. »Mr. Murtaugh!« rief Pelvis, doch Flint bewegte sich von ihm weg und nahm das Licht mit sich. Angst vor der Dunkelheit und den Dingen, die sich in ihr schlängelten, ließ Pelvis abermals mühsam weiterwaten, auch wenn das Blut in seinen Schläfen pochte. Er konnte nicht atmen, es war, als ob die Luft selbst vollgesogen von Wasser wäre. Er zerrte einen Fuß aus dem Schlamm und setzte ihn wieder auf, und er hob gerade den anderen Fuß, als sich seine Kehle zuzuschnüren schien, ihm schwarz vor Augen wurde und er ins Wasser fiel.

Flint hörte das Platschen und schaute zurück. Er sah, wie der Köter mit den Pfoten paddelte, um den Kopf über Wasser zu behalten.

Pelvis war verschwunden.

Flint rutschte das Herz in die Hosen. »Himmel!« entfuhr es ihm, und er kämpfte sich durch das aufgewühlte Wasser zurück zu der Stelle, wo Pelvis untergegangen war. Die Hündin versuchte ihn zu erreichen, die Augen weit aufgerissen und voller Panik. Zu Flints Linken stiegen Luftblasen nach oben, gefolgt von einem wild rudernden Arm, und dann durchbrach Pelvis' Hintern die Oberfläche wie ein schwabbliger Wal. Flint packte den Arm, doch er entglitt ihm wieder. »Stehen Sie auf, stehen Sie auf!« rief er. Eine dunkle, triefende Masse kam aus dem Wasser, und Flint erkannte, daß es Pelvis' Haar war. Flint packte es, doch da mußte er feststellen, daß er einen Haarschopf ohne einen Kopf darunter in der Hand hielt.

Eine Perücke. Das war es. Eine billige, durchgeweichte und triefende Perücke.

Und dann kam etwas Weißes und verletzlich Aussehendes nach oben, etwas, an dem vereinzelte Strähnen dunklen Haars klebten, und Flint ließ die Perücke fallen und legte seinen Arm unter das Kinn des Mannes. Pelvis war ein

Gewicht, das nicht zu verachten war. Er hustete einen Mundvoll Wasser aus und gab ein gequältes Stöhnen von sich, das wie ein mitternächtlicher Güterzug klang. »Stellen Sie sich wieder auf die Füße«, befahl Flint ihm. »Kommen Sie, stellen Sie sich hin!«

Noch immer prustend, setzte der kahlköpfige Pelvis seine schlammigen Wildlederschuhe fest auf den Kanalgrund. »Mama!« rief er. »Wo ist sie?«

Sie paddelte nicht weit entfernt gegen die Strömung. Pelvis stolperte zu ihr hinüber und nahm sie in die Arme, und dann wäre er beinahe erneut umgefallen, und er mußte sich gegen Flint lehnen. »Ich komme schon wieder in Ordnung«, erklärte Pelvis zwischen einzelnen Hustenanfällen. »Muß mich nur ausruhen. Ein paar Minuten. O Gott, ich dachte ... ich dachte, meine Pumpe würde jeden Augenblick stehenbleiben.«

Er hob eine Hand an den Kopf, und als seine Finger nichts weiter als teigiges Fleisch fanden, blickte er Flint an, und sein Gesicht war von blankem Entsetzen verzerrt, so als würde er tatsächlich gleich einen Herzanfall bekommen. »Mein Haar! Wo ist mein Haar?« Er begann wild mit den Armen herumzufuchteln, während er im aufgewühlten Wasser danach suchte.

»Es ist weg, vergessen Sie's!« Flint bemerkte, daß Pelvis' kahler Kopf obenrum wie eine Patronenspitze geformt und beileibe kein schöner Anblick war. An den Seiten und hinten wuchs ein Kranz kurzer, strähniger Haare. Flint erspähte die Perücke, die wie ein Klumpen Spanisches Moos davontrieb, und er ging die paar Meter zu ihr hinüber und nahm sie hoch. »Hier«, sagte er und hielt sie Pelvis hin. Dieser riß sie ihm aus der Hand und machte sich daran, die Perücke auszuwringen, während er Mama in der Armbeuge festhielt. Flint hätte laut loslachen mögen, wenn er nicht gerade

daran gedacht hätte, wie groß Lamberts Vorsprung in diesen Momenten wurde. »Sind Sie in Ordnung?«
Pelvis schniefte und spuckte aus. Er wischte sich zitternd die Nase mit dem Unterarm ab und setzte sich dann vorsichtig und ehrfürchtig die nasse Perücke wieder auf den Schädel. Sie saß schief, und einige ihrer welligen Spitzen waren platt gedrückt, doch Flint sah, wie Erleichterung Pelvis durchflutete wie ein Beruhigungsmittel und sich das gepeinigte Gesicht des Mannes entspannte. »Können Sie weitergehen oder nicht?« fragte Flint.
»Geben Sie mir eine Minute. Mein Herz rast. Sehen Sie, ich leide unter Schwächeanfällen. Deshalb mußte ich mit meiner Bühnenshow aufhören. Sitzt sie richtig?«
»Sie hängt rechts.«
Pelvis rückte die Perücke gerade. »Letztes Jahr bin ich auf der Bühne ohnmächtig geworden. Im Oldie Goldie's Club in Little Rock. Sie haben mich sogar ins Krankenhaus gebracht, weil sie dachten, ich würde den Löffel abgeben.« Er hielt inne, um einige langsame, tiefe Atemzüge zu machen. »War nicht das erstemal. Hat sich rumgesprochen, und ich konnte schließlich keine Auftritte mehr bekommen. Geben Sie mir noch 'ne Minute, dann bin ich wieder ganz in Ordnung. Können Sie atmen? Ich kann in dieser Luft kaum atmen.«
»Sie wiegen zuviel, das ist Ihr Problem. Sie sollten aufhören, all diesen Mist in sich hineinzustopfen.« Flint blickte den Kanal entlang und schätzte den Vorsprung ab, den Lambert mittlerweile hatte. Das Vorankommen mußte auch Lambert schwerfallen, doch er würde vermutlich sich und das Mädchen antreiben, bis sie umfielen. Als Flint wieder zu Pelvis sah, fand er, daß die Perücke einem großen schwammartigen Brillo-Topfreiniger ähnelte, der auf dem Kopf des Mannes klebte. »Ich gebe Ihnen drei Minuten, dann gehe ich.

Sie können entweder hierbleiben oder zum Wagen zurückkehren.«
Pelvis war nicht darauf erpicht, den Schutz des Lichts von Flints Signalleuchte zu verlieren. »Ich kann es schaffen, wenn Sie nur einen Schritt oder zwei langsamer gingen.«
»Ich habe Ihnen doch gesagt, daß es nicht leicht werden würde, oder? Jetzt fallen Sie mir ja nicht um und ertrinken, verstanden?«
»Ja, Sir.« Seine deformierte Perücke ließ Wasser über sein Gesicht rinnen. »Ich vermute, damit hat sich die Sache erledigt, was? Ich meine, mit Mr. Smoates und dem Job und dem allen?«
»Das würde ich auch so sehen. Sie hätten es ihm sagen sollen, das hätte allen eine Menge Ärger erspart.« Flint kniff seine Augen zusammen und blickte kurz auf die Signalleuchte. Sie hatten noch für vielleicht fünfzehn Minuten Licht. »Sie sind nicht für diese Art Arbeit geschaffen, Eisley. Genauso, wie ich nicht dafür geschaffen bin, mich ... mich wie Elvis Presley zu verkleiden und zu versuchen, ihn zu imitieren.«
»Nicht imitieren«, verbesserte Pelvis nachdrücklich. »Ich bin ein Interpret, kein Imitator.«
»Was auch immer. Sie sollten diese Kalorienbomben aufgeben und wieder auftreten.«
»Genau das hat mir der Arzt auch gesagt. Ich hab's versucht, aber Gott weiß, es ist nicht leicht, auf die Erdnußbutterkekse zu verzichten, wenn man morgens um drei nicht schlafen kann.«
»Doch, das ist es. Sie kaufen die verdammten Dinger gar nicht erst. Haben Sie noch nie was von Selbstdisziplin gehört?«
»Ja, Sir. Das ist etwas, was andere Leute besitzen.«
»Nun, genau die brauchen Sie. Und zwar eine ganze Men-

ge davon.« Er warf einen ungeduldigen Blick auf seine Armbanduhr, begierig darauf, wieder Lamberts Verfolgung aufzunehmen. Doch Pelvis' Gesicht war noch immer puterrot, und vielleicht brauchte er eine weitere Minute. Wenn Pelvis jetzt einen Herzanfall bekam, würde es die Hölle sein, diesen massigen Körper aus dem Sumpf zu schleppen.

Flint bemerkte, daß die Signalleuchte zischend dem Erlöschen entgegenstrebte. Er beobachtete, wie Mama Pelvis' Kinn leckte und dabei mit ihrem kleinen Stummelschwanz wedelte. Etwas, das Neid sehr nahekam, durchzuckte ihn mit einem Mal. »Wieso schleppen Sie eigentlich immer diesen Köter mit sich herum? Er ist Ihnen doch nur im Weg.«

»Oh, ich würde Mama nie verlassen, nein, Sir!« Pelvis hielt inne und streichelte Mamas nassen Rücken, bevor er mit leiserer Stimme fortfuhr: »Ich hatte einen anderen Hund, ähnlich wie Mama. Hatte Priss fast sechs Jahre lang. Hab sie ein Wochenende bei einem Tierarzt gelassen, als ich auf Tournee ging. Als ich zurückkam … stand das Haus nicht mehr. Nur noch Mauersteine und Asche und verbrannte Käfige. Ein elektrischer Brand, haben sie gesagt. Ist spät in der Nacht ausgebrochen. Es war niemand da, um ihn zu löschen. Sie hätten eine Sprinkleranlage oder so was haben sollen, aber das hatten sie nicht.« Er schwieg einen Moment lang, während seine Hand weiter die Hündin streichelte. »Noch lange Zeit hinterher … hatte ich Alpträume. Ich konnte Priss in ihrem Käfig verbrennen sehen, während sie versuchte, sich zu befreien, aber es gab keinen Weg heraus. Und vielleicht dachte sie, sie hätte etwas ganz Schlimmes getan, weil ich nicht gekommen bin, um sie zu retten. Es muß eine schreckliche Art zu sterben sein, wenn man glaubt, daß es niemanden gibt, der auch nur ein Fünkchen Zuneigung für einen hegt.« Er blickte zu Flint auf, und der grüne

Lichtschein ließ seine Augen eingesunken aussehen. »Deshalb lasse ich Mama nie allein. Nein, Sir.«
Flint wandte seine Aufmerksamkeit wieder seiner Armbanduhr zu. »Können Sie jetzt weitergehen?«
»Ich denke schon.«
Flint setzte sich in Bewegung, diesmal in einem etwas langsameren Tempo. Pelvis holte noch einmal tief Luft, ließ sie zischend wieder aus seiner Lunge entweichen und machte sich auf, hinter Flint durchs Wasser zu waten.
Vor ihnen hielt Dan noch immer Ardens Hand fest, während sie dem Kanal um eine Biegung folgten. Er warf einen Blick zurück; das Licht der Signalleuchte war nicht mehr zu sehen, und er vermutete, daß die Kopfgeldjäger wohl aus irgendeinem Grund stehengeblieben waren. Seine Augen gewöhnten sich langsam an die völlige Dunkelheit. Über sich, durch die Baumkronen hindurch, konnte er Teile des Himmels voller blinkender Sterne sehen. Das Wasser wurde beständig tiefer, und der Schlammgrund ließ Sprudel gasiger Blasen unter ihren Füßen aufsteigen. Dans Gesicht war schweißnaß, sein Atem ging keuchend, und er konnte hören, wie auch Ardens Lunge mit der feuchtschwülen Hitze kämpfe. Etwas platschte im Wasser zu ihrer Linken; es klang schwer, und Dan betete, daß es nur ein großer Katzenwels war, der aus dem Wasser gesprungen war, und kein Alligator, der mit seinen zahnbewehrten Kiefern auf sie zusteuerte. Er wappnete sich gegen das Unbekannte, doch was immer es gewesen war, es ließ sie für den Augenblick in Frieden.
Als er abermals zurückschaute, konnte er das grüne Licht durch das Unterholz flackern sehen. Sie verfolgten ihn immer noch. Arden blickte ebenfalls über ihre Schulter, dann konzentrierte sie sich erneut darauf, durch das Wasser vor ihr zu waten. Sie konnte mittlerweile wieder klar sehen,

doch die Stelle, wo sie mit dem Schädel gegen das Armaturenbrett geschlagen war, schmerzte noch immer. Jeder Schritt erschöpfte sie. Sie spürte, wie ihre Kräfte nachließen, und schon bald würde sie stehenbleiben müssen, um Luft zu schöpfen. Sie war nicht auf der Flucht, die Kopfgeldjäger waren hinter Dan her, doch wenn sie ihn ihr wegnahmen, dann nahmen sie ihr den Mann, von dem sie nunmehr glaubte, daß er ihre größte Hoffnung war, das Leuchtende Mädchen zu finden. Tief aus ihrem Innern sprach die Stimme der Vernunft zu ihr und versuchte ihr zu sagen, daß es sinnlos war, noch weiter in den Sumpf zu gehen, daß ein gesuchter Mörder ihre Hand festhielt und sie immer mehr von jeglicher Zivilisation wegführte, daß sie höchstwahrscheinlich eine Gehirnerschütterung hatte und dringend einen Arzt brauchte, daß ihr Gehirn ganz durcheinander war und sie nicht mehr klar denken konnte und daß sie an dem gefährlichsten Ort war, an dem sie sich in ihrem ganzen Leben je befunden hatte. Arden vernahm diese Stimme, doch sie weigerte sich, auf sie zu hören. Mit ihrer rechten Hand hielt sie noch immer den kleinen rosafarbenen Beutel umklammert, in dem sie das aufbewahrte, was über die Jahre zu ihrem Talisman geworden war, und sie konzentrierte ihre Gedanken auf Jupiters Stimme, die sagte, daß dies der Mann war, den Gott ihr geschickt hatte, um sie zum Leuchtenden Mädchen zu bringen. Sie mußte es glauben. Sie mußte es, denn sonst würde alle Hoffnung um sie herum zerbrechen, und das fürchtete Arden mehr als den Tod.

»Ich sehe ein Licht«, sagte Dan plötzlich.

Sie konnte es ebenfalls sehen. Ein schwacher Schimmer zu ihrer Rechten. Keine Elektrizität, eher der Lichtschein einer Kerze oder Öllampe. Sie wateten weiter durch das Wasser, das Dan bis an die Taille und Arden noch über die Taille hinweg reichte.

Formen traten aus der Dunkelheit. Zu beiden Seiten des Kanals standen zwei oder drei Hütten aus Teerpappe, die auf hölzernen Plattformen über dem Wasser erbaut worden waren. Das Licht kam aus einem Fenster, das aussah, als wäre es mit Wachspapier abgedichtet. Die anderen Hütten waren dunkel – entweder waren sie verlassen, oder ihre Bewohner schliefen. Dan hatte kein Verlangen danach, die Art von Menschen kennenzulernen, die es vorzogen, in solch primitiven Behausungen zu leben, denn er vermutete, daß sie Eindringlinge erschießen würden, ohne erst lange zu fakkeln. Doch er konnte noch etwas anderes ausmachen, außer den Hütten. Einige von ihnen, darunter auch die erleuchtete, hatten kleine Boote – Fischerskiffs –, die an den Stützstelzen der Plattformen festgemacht waren.
Sie brauchten dringend ein Boot, entschied Dan. Er legte einen Finger auf seine Lippen, als Zeichen für Arden, still zu sein, und sie nickte. Dann führte er sie an der Hütte vorbei, in der das Licht brannte, und durch den Kanal zur nächsten Behausung. Das Skiff dort war mit einer Kette und einem Vorhängeschloß gesichert, doch es lag auch ein einzelnes Paddel mit einem zerbrochenen Griff darin. Dan nahm ganz vorsichtig das Paddel heraus und ging weiter zur dritten Hütte. Im Rumpf des Boots dort standen etwa fünfzehn Zentimeter Wasser, in dem Abfälle herumschwammen. Es waren keine weiteren Paddel zu entdecken, doch das lecke Gefährt war nur mit einer Plastikleine an einem Pfosten festgemacht. Dan und Arden waren nicht in der Position, wählerisch zu sein. Dan verbrachte einen Moment damit, den schleimigen Knoten der Leine zu lösen, dann zog er sich so lautlos wie möglich in das Boot, wobei er jedoch mit dem Fuß gegen die Seite schlug. Er wartete mit angehaltenem Atem, doch es kam niemand aus der Hütte. Dann half er Arden ins Boot. Sie setzte sich auf die Bank am

Bug, während Dan sich zum Heck begab und das Skiff von der Plattform abstieß. Sie trieben zur Kanalmitte, wo die Strömung am stärksten war, und als sie in sicherer Entfernung von der Hütte waren, ließ Dan das abgebrochene Paddel ins Wasser gleiten und setzte den ersten Schlag an.

»Grabräuber!« kreischte eine Frauenstimme, und Dan zuckte zusammen, während sich Ardens nasse Arme mit Gänsehaut überzogen. »Na dann klaut es doch, ihr Mauleselschwanzlutscher!«

Dan blickte nach hinten. Eine Gestalt stand bei der ersten Hütte, in der das Licht brannte.

»Der Herr wird euch schon den Arsch dafür aufreißen, ihr werdet schon sehen!« donnerte die Frau. »Ich werd auf euren Särgen tanzen, ihr Madenfresser!« Sie brüllte Flüche, die Dan seit seinen Tagen im Ausbildungslager nicht mehr gehört hatte, und bei einigen davon hätten sich sogar die Fußnägel eines Spießes aufgerollt. Eine zweite Stimme knurrte: »Halt's Maul, Rona!« Diese Stimme gehörte zu einem Mann, der sturzbetrunken klang. »Halt die Klappe, ich schlafe hier drüben.«

»Ich würde euch nich ins Gesicht pissen, wenn es brennen würde!« grölte Rona über den Kanal. »Ich werd einen Zauberfluch zusammenbrauen, damit eure Eier verschrumpeln wie winzig kleine schwarze Rosinen!«

»Aaaaah, halt dein Maul, bevor ich rüberkomme und dir den Schädel aus dem Arsch rausprügle!« Eine Tür knallte zu.

Dan paddelte schneller. Die Frau wütete und fluchte weiter, und ihre Stimme hob und senkte sich in einer wahnsinnigen Kadenz. Dann ging sie in die Hütte zurück und schlug ihre eigene Tür so laut zu, daß es Dan überraschte, daß nicht die ganze Hütte einstürzte. Er sah, wie sich das Licht vom Fenster wegbewegte, und er stellte sich vor seinem inneren

Auge eine ergraute, vor sich hin murmelnde Hexe vor, die sich über einen dampfenden Topf mit einem Ziegenkopf darin beugte. Nun, wenigstens hatten sie ein Boot, auch wenn sie in fauligem Wasser saßen. Der Spruch: *Bis zum Hals in der Scheiße sitzen* kam ihm in den Sinn, aber so weit hoch reichte es noch nicht. Als er erneut nach hinten blickte, konnte er den grünen Lichtschein der Signalleuchte nicht mehr sehen. Vielleicht hatten die Kopfgeldjäger aufgegeben und waren umgekehrt. Wenn dem so war, dann weinte Dan ihnen ganz sicher keine Träne nach. Nun konnte er nur noch das Boot durch den Bayou steuern und hoffen, daß er sie schließlich hinaus zum Golf führen würde. Von dort würde er schon einen sicheren Platz finden, wo er das Mädchen zurücklassen und seinen Weg wieder auf eigene Faust fortsetzen konnte.

Es gefiel ihm nicht, verantwortlich für sie zu sein und sich Sorgen zu machen wegen des Schlags auf den Kopf, den sie erlitten hatte, und es gefiel ihm auch nicht zu fühlen, wie ihre Hand die seine so fest umklammerte, daß seine Fingerknöchel knackten. Er war von Natur aus ein einsamer Wolf, so war es nun einmal, also würde er sie so schnell wie möglich loswerden. Außerdem war sie verrückt. Ihre Besessenheit mit dem Leuchtenden Mädchen erinnerte Dan an etwas, was er mal in den Nachrichten gesehen hatte: Hunderte von Leuten aus dem ganzen Land hatten Tag für Tag auf einem Kornfeld in Oklahoma kampiert, wo nach Aussage einer Farmersfrau die Jungfrau Maria erschienen war. Dan erinnerte sich daran, daß er gedacht hatte, wie verzweifelt diese Leute doch an die Weisheit einer höheren Macht glauben wollten und daß sie tatsächlich glaubten, daß die Jungfrau Maria abermals am selben Ort mit einer Botschaft für die Menschheit erscheinen würde. Nur war sie nie erschienen, und das wirklich Erstaunliche an der Sache war, daß keiner dieser Hunderte von Menschen bereut hatte, zu dem Feld gekommen zu sein, oder sich betrogen fühlte oder verbittert war. Sie glaubten einfach, daß der richtige Zeitpunkt für ein abermaliges Erscheinen der Jungfrau Maria noch nicht da war, doch sie waren sicher, daß sie es irgendwann irgendwo tun würde. Dan konnte solchen blinden Glauben nicht verstehen; er stand in krassestem Gegensatz zu dem willkürlichen Tod und der willkürlichen Zerstörung, die er in 'Nam gesehen hatte. Er fragte sich, ob irgendeiner aus dieser Menschenmenge je einem sechzehnjährigen Jungen eine Kugel zwischen seine orientalischen Augen geschossen und die überwältigende Freude darüber gespürt hatte, daß das AK-47 des Jungen eine Ladehemmung hatte. Er fragte sich, ob irgendeiner von denen je das verbrennende Fleisch von Kindern gerochen oder Flammen aus kleinen Schädeln züngeln gesehen hatte. Wenn irgendeiner von denen in seinen Stiefeln marschiert wäre, in dem verseuchten silbernen Regen gestanden und die Anblicke gesehen hätte, die sich in seinen Verstand eingebrannt hatten, so würde er, dachte Dan, nicht mehr sehr viel Vertrauen in das Warten auf die Rückkehr der Jungfrau Maria, Jesu oder des Heiligen Geistes investieren.

Dan paddelte einige Schläge und ließ das Boot dann treiben. Ardens Gesicht war nach Süden gewandt, und die warme Fahrtbrise strich über sie hinweg. Das Wasser gab am Bug leise glucksende Laute von sich, und der bittersüße Sumpf war lebendig vom Summen und Klicken und Klacken der Insekten, dem gelegentlichen durchdringenden Schrei eines Nachtvogels, dem Quaken der Frösche und anderen, leiseren Geräuschen, die nicht zu identifizieren waren. Das einzige Licht kam von den Sternen, die durch Löcher in dem dichten Baldachin der Äste über ihnen leuchteten.

Dan war im Begriff, nach hinten zu schauen, doch er entschied sich dagegen. Er wußte, wo er gewesen war, jetzt war für ihn nur noch wichtig, wohin er ging. Der Augenblick von Emory Blanchards Tod war noch immer eine blutende Wunde in seinem Verstand, und vielleicht würde er Dan für den Rest seines Lebens quälen, doch die seidige Dunkelheit des Sumpfes spendete ihm Trost. Er fühlte sich weit entfernt von der Polizei und den Gefängnismauern. Wenn er Nahrung, frisches Wasser und ein schützendes Dach über seinem Kopf finden konnte, und sei es nur das durchhängende Dach einer Hütte aus Teerpappe, dann, so glaubte er, würde es sich hier leben und sterben lassen, unter diesen Sternen. Es war ein großer Sumpf, und vielleicht würde er einen Mann aufnehmen, der verschwinden wollte. Von neuem erwachte ein glimmender Funke der Hoffnung in ihm und begann dort zu brennen. Vielleicht war es eine Illusion, dachte Dan, aber es war etwas, das man nähren und an dem man sich festhalten konnte, so wie Arden sich am Leuchtenden Mädchen festhielt. Doch seine allererste Aufgabe war es, Arden hier herauszubringen. Dann konnte er über sein eigenes Ziel entscheiden.

Das Boot trieb langsam voran, umgeben von Wasser, das zum Meer floß.

Pelvis hielt Mama mit einem Arm fest, während sich die Hand seines anderen Armes in den Rücken von Flints triefnassem Jackett gekrallt hatte. Das grüne Licht der Signalleuchte war einige Minuten zuvor erloschen, und die Nacht hatte sich um sie herum geschlossen. Pelvis hatte Flint gebeten – angefleht wäre der bessere Ausdruck –, umzukehren, als sie vor sich eine Frauenstimme grölen und fluchen hörten. Während sie durch das bauchtiefe Wasser weiterwateten, schob sich Flints Hand unter sein Hemd und stützte Clints Kopf. Ihre Augen hatten begonnen, sich an die Dunkelheit zu gewöhnen. Einen Moment später konnten sie die Umrisse der Hütten aus Teerpappe ausmachen. In der vordersten auf der rechten Seite bewegte sich ein Licht. Flint entdeckte ein Boot, das an der Plattform, auf der die Hütte stand, festgemacht war, und als sie näher kamen, konnte er erkennen, daß es einen etwas dubiosen Außenbordmotor besaß. Er überlegte, ob Lambert sich vielleicht in einer der unbeleuchteten Hütten versteckte und dort darauf wartete, daß er und Pelvis weitergingen. Er führte Pelvis zu dem flackernden Licht hin, das sie durch ein Wachspapierfenster schimmern sehen konnten, und am Rand der Plattform angekommen, sagte Flint: »Bleiben Sie hier!« und zog sich auf die Planken hinauf. Er blieb kurz stehen, um seinen Derringer herauszuholen, dann schob er Clints Arm unter sein Hemd und knöpfte sein tropfendes Jackett zu. Er hielt den Derringer hinter seinen Rücken und klopfte an die zerbrechlich aussehende Tür der Hütte.

Er hörte jemanden im Innern herumschlurfen, doch auf das Klopfen wurde nicht reagiert. »He, Sie da drinnen!« rief er. »Würden Sie wohl mal aufmachen?« Er streckte die Hand aus, ballte sie zur Faust und klopfte ein zweites Mal.

Ein Riegel wurde mit einem Ruck zurückgezogen. Die Tür schwang in knarrenden Angeln auf, und augenblicklich schob sich der Lauf einer abgesägten Schrotflinte aus der Tür und preßte sich hart gegen Flints Stirn.

»Ich werd *Sie* aufmachen, Sie hundearschleckender Hurensohn!« knurrte die Frau hinter der Schrotflinte, und ihr gichtiger Finger zog den Abzug zurück.

Flint rührte sich nicht; es schoß ihm durch den Kopf, daß die Schrotflinte auf diese Distanz sein Gehirn in die Bäume auf der anderen Seite des Bayous blasen würde. Im rauchigen Licht aus dem Innern der Hütte sah Flint, daß die Frau mindestens einsachtzig groß und so massig wie ein Laster gebaut war. Sie trug eine schmutzige Latzhose, ein graues, von Schweißflecken bedecktes T-Shirt, und auf ihrem Kopf saß ein verbeulter dunkelgrüner Footballhelm. Hinter dem Gesichtsschutz des Helms lugte eine furchteinflößende Visage mit stechenden, rot geränderten Augen und Fleisch hervor, das so verwittert aussah, daß es die Farbe und Beschaffenheit von Sattelleder angenommen zu haben schien.

»Immer mit der Ruhe«, brachte Flint heraus. »Ganz ruhig, ich will nur fragen ...«

»Ich weiß, was Sie wollen, Sie Schweinefratze!« brüllte sie. »Sie bringen mich nich in dieses verdammte Dreckloch zurück! Sie stecken mich nich wieder in 'ne Gummizelle und pieksen mir Nadeln in den Kopf!«

Die ist ja verrückt wie ein dreibeiniger Grashüpfer, dachte Flint. Sein Herz raste, und im Vergleich zum Innern seines Mundes wäre die Sahara tropisch erschienen. Er starrte auf den von einem schmutzigen Fingernagel gezierten Finger der Frau auf dem Abzug vor seinem Gesicht. »Hören Sie«, krächzte er, »ich bin nicht gekommen, um Sie irgendwo hinzubringen. Ich will doch nur ...«

»Satan hat 'ne geschmeidige Zunge!« donnerte sie. »Und jetzt schicke ich Sie wieder in die Hölle zurück, wo Sie hingehören!«

Flint sah ihren Finger am Abzug zucken. Sein Atem gefror.

»*Ma'am*?« Flint hörte das Geräusch von schlammigen Schuhen, die auf den Planken knarrten. »Dürfte ich eine Minute mit Ihnen reden, Ma'am?«

Die irren Augen der Frau blinzelten. »Wer hat das gesagt?«

»Ich war das, Ma'am.« Pelvis trat in den Lichtkegel. In seinen Armen hielt er Mama. »Dürfte ich bitte kurz ein Wort mit Ihnen sprechen?«

Flint sah, wie die Frau an ihm vorbei auf Eisley starrte. Ihr Finger war noch immer am Abzug, und die Mündung drückte einen Kreis in seine Stirn. Flint wagte nicht, sich auch nur einen Zentimeter zu bewegen.

Pelvis schenkte ihr das schönste Lächeln, das er zustande brachte. »Es wird Ihnen niemand weh tun, Ma'am. Ehrlich nicht.«

Flint hörte, wie die Frau tief und erschüttert nach Luft schnappte. Ihre Augen waren weit aufgerissen, und ihr schmallippiger Mund begann zu beben.

»Sie können das Gewehr runternehmen, wenn Sie wollen«, sagte Pelvis. »Ist vielleicht besser, bevor noch jemand verletzt wird.«

»*Oh*«, flüsterte die Frau. »O Jesus!« Flint sah Tränen in ihren Augen schimmern. »Sie ... sie haben mir gesagt ... du wärst gestorben.«

»Hä?« Pelvis runzelte die Stirn.

»Sie haben ihr gesagt, Sie seien gestorben!« mischte Flint sich ein, denn ihm war klar, was die Verrückte gemeint hatte. »Sagen Sie ihr, daß Sie nicht gestorben sind, Elvis!«

»Halten Sie den Mund, Sie Satansarschloch!« keifte ihn die Frau an. »Mit Ihnen rede ich nich!« Abermals zuckte ihr Finger am Abzug.

»Ich würde mir wünschen, daß Sie das Gewehr wenigstens sichern würden, Ma'am«, sagte Pelvis. »Es wäre doch wirklich schlimm, wenn es losginge.«

Sie starrte ihn an, und ihre Zunge schnellte hervor, um ihre Lippen zu befeuchten. »Sie haben mir gesagt, du wärst gestorben!« Ihre Stimme war nun sanfter, und es schwang etwas zutiefst Verletztes darin. »Ich war da oben in Baton Rouge, als ich mit Billy und seiner Schlampe von einer Frau zusammenlebte. Er hat gesagt, du seist gestorben, daß du Drogen genommen hättest und auf dem Klo ausgerutscht und dort auf der Stelle gestorben seist. Niemand konnte dir mehr helfen, aber ich hab für dich gebetet, ich hab geweint und in meinem Zimmer Kerzen angezündet, und diese Schlampe hat gesagt, ich wollte das Haus niederbrennen, aber Billy, Billy war ein guter Bruder, er hat gesagt, ich bin schon in Ordnung, ich tu niemandem weh.«

»Oh.« Pelvis verstand nun, wovon sie sprach. »Oh ... Ma'am, ich bin nicht wirklich ...«

»Doch, das sind Sie!« jaulte Flint. »Helfen Sie mir doch mal, Elvis!«

»Sie dreckiger Mistkerl, Sie!« brüllte ihm die Frau ins Gesicht. »Für Sie heißt er *Mr. Presley*!«

Flint biß die Zähne zusammen. Schweiß stand in glänzenden fettigen Tropfen auf seinem Gesicht. »Mr. Presley, erklären Sie dieser Frau, daß ich Ihr Freund bin, und wenn Sie mich verletzt, ist es so, als würde sie Sie verletzen. Würden Sie ihr das bitte sagen?«

»Nun, das wäre eine Lüge, oder nicht? Ich meine, Sie haben klar und deutlich zum Ausdruck gebracht, daß ich auf einer noch niedrigeren Stufe als eine gemeine Ameise stehe.«

»Das war vorhin. Jetzt ist jetzt. Ich finde, Sie sind der feinste Mensch, der je geatmet hat. Würden Sie ihr das bitte sagen?«

Pelvis kraulte Mamas Kinn und neigte den Kopf zur Seite. Einige Sekunden krochen dahin, während derer ein Schweißtropfen Flints Nasenspitze hinunterlief und dort baumelte. Dann sagte Pelvis endlich: »Ja, Ma'am, Mr. Murtaugh ist mein Freund.«

Die Frau nahm die Waffe von Flints Stirn, und Flint entließ rasselnd den Atem aus seiner Lunge und stolperte einige Schritte zurück. »Dann is das was andres«, sagte sie und sicherte sie. »Is was andres, wenn er dein Freund is. Ich bin Rona, erinnerst du dich?«

»Äh ...« Pelvis blickte kurz zu Flint und dann wieder zu der Verrückten. »Ich ... glaube, ich ...«

»Ich hab dich in Biloxi gesehen.« Ihre Stimme bebte vor

Erregung. »Das war ...« Sie machte eine Pause. »Ich kann mich nich besinnen, wann das war, mein Kopf is manchmal ganz verdreht. Ich hab in der dritten Reihe gesessen. Ich hab dir 'nen Brief geschrieben. Erinnerst du dich an mich?«
»Äh?« Er sah Flint nicken. »Ja, ich denke schon.«
»Ich hab meinen Namen an diese Zeitschrift geschickt. Dieses *Tiger Beat*-Magazin hatte einen Wettbewerb für eine Verabredung mit dir, weißt du noch? Ich hab meinen Namen hingeschickt, und mein Daddy hat gesagt, ich sei die größte Närrin auf der Welt, aber ich hab's trotzdem getan, und ich bin in die Kirche gegangen und hab gebetet, daß ich gewinne. Meine Mama is in den Himmel gegangen, um dort zu leben, und das hab ich in meinem Brief geschrieben.« Sie schaute hinunter auf ihre dreckige Latzhose. »Oh, ich ... ich muß ja schrecklich aussehen!«
»Nein, Ma'am«, entgegnete Pelvis sanft. »Rona, meine ich. Sie sehen toll aus.«
»Du bist fett geworden«, sagte Rona zu ihm. »Sie haben dir in der Armee die Eier abgeschnitten, stimmt's? Dann haben sie dich gezwungen, nicht mehr die guten Lieder zu singen. Auf deren Konto geht es, daß die Welt so beschissen is. Die haben Satelliten ins Weltall geschossen, damit sie die Gedanken der Menschen abhören können. Diese Affenschwanzlutscher! Nun, mich erwischen die nich mehr!« Sie tippte gegen ihren Helm. »Schütze dich, solang du noch kannst!« Sie ließ die Hand sinken und schaute benommen zwischen Flint und Pelvis hin und her. »Träume ich?« fragte sie.
»Rona?« sagte Flint. »Darf ich Sie Rona nennen?« Sie starrte ihn nur mit leerem Blick an. »Wir suchen nach jemandem. Ein Mann und eine Frau. Haben Sie hier jemanden vorbeikommen sehen?«
Rona wandte ihre Aufmerksamkeit wieder Pelvis zu. »War-

um erzählen die solche Lügen über dich? Daß du Drogen nimmst und so was? Warum haben die gesagt, du seist gestorben?«

»Ich ... bin nur müde geworden, vermute ich«, erwiderte Pelvis. Flint bemerkte, daß er sich ein wenig gerader aufrichtete, daß er seinen Bauch so gut es ging einzog und daß er seine Stimme noch mehr nach Elvis klingen ließ, mit diesem Rockabilly-Memphis-Knurren darin. »Ich wollte mich irgendwo verstecken.«

»Ja, ich auch.« Sie nickte. »Ich wollte das Haus nich niederbrennen, aber das Licht sah so hübsch aus. Weißt du, wie schön ein Licht sein kann, wenn's die ganze Zeit dunkel is? Dann haben sie mich in diesen weißen Wagen gesteckt, in diesen weißen Wagen mit den Riemen, und sie haben mich zu diesem Haus gebracht und Nadeln in meinen Kopf gepiekst. Aber sie haben mich wieder rausgelassen, und ich wollte mich auch verstecken. Willst du 'ne Portion Gumbo? Ich hab drinnen 'nen Topf Gumbo. Hab ich gestern gekocht.«

»Rona?« beharrte Flint. »Ein Mann und eine Frau. Haben Sie die gesehen?«

»Ich hab die Grabräuber gesehen, die sein Boot geklaut haben.« Sie deutete über den Kanal. »John LeDuc hat da gelebt, aber er is gestorben. Is in ein Schlangennest getreten, hat der Ranger gesagt. Diese Grabräuber haben sein Boot geklaut. Ich hab ihnen hinterhergeschrien, aber sie haben sich nich drum geschert.«

»Wohin kommt man, wenn man diesem Bayou folgt?«

»In den Sumpf«, sagte sie, als sei er der größte Dummkopf der Welt. »Da gibt's nur Sumpf und noch mehr Sumpf. Abgesehen von Saint Nasty.«

»Saint Nasty? Was ist das?«

»Wo sie die Bohrinseln haben.« Ronas Augen waren starr

auf Pelvis gerichtet. »Ich träume, stimmt's? Meine Mama besucht mich manchmal, dann weiß ich, daß ich mit offenen Augen träume. Das tu ich jetzt auch, stimmt's?«

»Wie weit ist es von hier bis Saint Nasty?« fragte Flint.

»Vier, fünf Meilen.«

»Gibt es von dort eine Straße?«

»Keine Straße. Nur den Bayou, geht bis zum Golf runter.«

»Wir brauchen ein Boot«, sagte er. »Wieviel wollen Sie für Ihr Boot haben?«

»Was?«

»Wieviel Geld?« Er nutzte die Gelegenheit, um den Derringer in seine Tasche zu stecken und die nassen Geldscheine hervorzuholen, die er aus der Brieftasche des Mädchens genommen hatte. »Fünfzig Dollar, reicht das für das Boot und den Motor?«

»Is kein Benzin in dem Motor«, sagte sie. »Wenn der Ranger vorbeikommt und mich besucht, bringt er mir Benzin mit. Sein Name is Jack, er is'n netter Kerl. Nur diese Woche is er nich gekommen.«

»Wie wär's dann mit Paddeln? Haben Sie welche?«

»Ja, ich hab 'n Paddel.« Sie musterte Flint mit zusammengekniffenen Augen. »Mir gefällt Ihr Gesicht nich. Is mir egal, ob Sie sein Freund sind und er 'n Traum is, den ich gerade hab. Sie haben was Fieses an sich.«

»Sechzig Dollar«, sagte Flint. »Hier habe ich das Geld, bar.«

Rona stieß ein kehliges Lachen aus. »Sie haben ja nich mehr alle. Sie sollten besser aufpassen, sonst pieksen die Ihnen auch bald Nadeln in den Kopf.«

»Früher als Sie denken, Lady.« Er warf Pelvis einen bösen Blick zu. »Mr. Presley, wie wär's, wenn Sie Ihre goldenen Lippen öffneten und mir ein bißchen beistünden?«

Pelvis dachte noch immer an ein Wort, das die Verrückte gesagt hatte: *Schlangennest.* »Wir brauchen das Boot wirklich dringend, Rona«, sagte er mit ehrlicher Überzeugung. »Sie würden uns einen großen Gefallen tun, wenn Sie es uns verkaufen würden. Sie können sogar den Motor behalten, wir nehmen nur das Boot und das Paddel.«

Rona schwieg einen Moment lang, doch Flint konnte sehen, wie sie an ihrer Unterlippe kaute, während sie über das Angebot nachdachte. »Zum Teufel damit«, sagte sie schließlich, »euch beide gibt's ja sowieso nich wirklich, oder?« Sie zuckte mit den Schultern. »Sie können das Boot kaufen, is mir egal.«

»Gut. Hier.« Flint hielt ihr sechzig Dollar hin, und die Frau nahm das Bargeld mit einer von Altersflecken übersäten Hand und schnaubte dann verächtlich beim Anblick der nassen Scheine. »Wir brauchen auch das Paddel«, erklärte er, und sie lachte laut, so als ob dies alles eine große Illusion wäre, und ging in ihre Hütte, deren Inneres, wie Flint sehen konnte, mit Zeitungsseiten tapeziert war und einen gußeisernen Bollerofen besaß. Flint wies Pelvis an, ihm zu helfen, den Motor vom Bootsheck abzumontieren, und sie legten ihn gerade auf die Plattform, als Rona – ohne ihre Schrotflinte – zurückkehrte und ihnen ein Paddel brachte.

»Vielen Dank, Ma'am«, sagte Pelvis. »Wir wissen es zu schätzen.«

»Ich hab da mal 'ne Frage«, sagte Rona, als sie in das Boot stiegen. »Wer hat dich hergeschickt? War es Satan, damit ich denke, daß ich den Verstand verliere, oder Gott, um mir mal was Gutes zukommen zu lassen?«

Pelvis starrte in ihr ledriges Gesicht. Hinter dem Gesichtsschutz des Footballhelms blitzten ihre tief eingesunkenen Augen von etwas, das ganz sicher Wahnsinn war, doch das auch – wenigstens für einen flüchtigen Moment – die Erinnerung eines jungen Mädchens in seinem besten Kleid gewesen sein mochte, das in der dritten Reihe eines Konzertsaals in Biloxi saß. Er zog sich mühsam einen der funkelnden Ringe mit den falschen Brillanten vom Finger und drückte ihn ihr in die Hand. »Schätzchen«, sagte er, »das entscheidest ganz allein du.«

Flint setzte sich, löste das Tau, mit dem das Boot an der Plattform festgemacht war, und stieß sie dann mit dem Paddel ab. Pelvis hockte sich ebenfalls hin, während sich Mama warm und schläfrig an seine Brust kuschelte. Flint begann das Boot mit regelmäßigen Paddelschlägen zur Kanalmitte zu steuern, wo er sie dann Richtung Süden drehte. Er spürte, wie die Strömung den Rumpf ergriff, und einen Augenblick später trieben sie in schnellem Schrittempo dahin. Als Pelvis zu der Frau zurückschaute, die noch immer vor ihrer windschiefen Hütte stand, sagte Flint in beißendem Tonfall: »Da haben Sie aber einen neuen Fan gewonnen, stimmt's, Mr. Presley?«

Pelvis starrte geradeaus nach vorn in die Dunkelheit. Er holte tief Luft und entließ sie wieder langsam aus seiner Lunge, dann erwiderte er scharf: »Sie können Ihren Mund spitzen und mich mal am Hintern lecken.«

19 Home Sweet Hell

In der von Sternen erhellten Dunkelheit trieben Dan und Arden an schmaleren Bayous vorbei, die vom Hauptwasserlauf abzweigten. Sie sahen keine weiteren Lichter oder Hütten, und es war klar, daß, durch ihren Umweg von der Brücke herunter, LaPierre nun meilenweit hinter ihnen lag. Als die Moskitos sie fanden, blieb ihnen nichts weiter übrig, als sich von ihnen stechen zu lassen. Etwas schlug hart gegen das Boot, bevor es davonschwamm, und nachdem sein Herz wieder aus seinen Hosen heraufgekrochen war, vermutete Dan, daß es ein liebeshungriger Alligator auf der Suche nach einer schuppigen Braut war. Dan verfiel in den Rhythmus, drei oder vier Minuten lang zu paddeln und sich dann auszuruhen, und er und Arden schöpften mit den Händen das Wasser aus dem Boot, das durch den Rumpf sickerte. Er sagte nichts davon zu Arden, doch er war überzeugt, daß das Boot nur noch von einem rostigen Nagel vor dem endgültigen Auseinanderfallen bewahrt wurde.

Ardens Kopfschmerzen hatten deutlich nachgelassen. Ihr wurde nicht mehr schwarz vor Augen, doch ihre Knochen schmerzten noch, und ihre Finger fanden verkrustetes Blut in ihrem Haar und eine so empfindliche Beule, daß Arden schon beim leichtesten Druck darauf beinahe übel wurde. Ihre Handtasche und ihr Koffer waren weg und auch ihr Geld, ihre Besitztümer, ihr Ausweis. Alles war verloren, ihr Leben und der Beutel in ihrer rechten Hand ausgenommen. Doch das war schon in Ordnung, dachte sie. Vielleicht sollte es so sein. Sie streifte ihre alte Haut ab, in Vorbereitung auf die Berührung des Leuchtenden Mädchens. Sie ließ die Vergangenheit hinter sich zurück und bereitete sich auf die neue Arden Halliday vor, die bald geboren werden würde. Wie sie das Leuchtende Mädchen in dieser Wildnis finden sollte, wußte sie nicht genau, doch sie mußte daran glauben, daß sie ihrem Ziel nah, ganz nah war. Als Arden das Licht in der Hütte dort hinten gesehen hatte, hatte sie für einen Moment gedacht, daß sie vielleicht das Leuchtende Mädchen gefunden hatten, doch sie glaubte nicht – oder wollte nicht glauben –, daß das Leuchtende Mädchen in einer Hütte aus Teerpappe lebte. Arden hatte noch nie darüber nachgedacht, in welcher Art von Behausung das Leuchtende Mädchen wohnen mochte, doch nun stellte sie sich etwas wie ein grünes Herrenhaus vor, versteckt inmitten von Zypressen, wo das Sonnenlicht wie flüssiges Gold durch die Äste strömte. Oder ein Hausboot vor Anker in einem klaren, stillen See irgendwo in diesen Bayous. Aber keine dreckige Hütte aus Teerpappe. Nein, das paßte nicht zu ihrem Bild vom Leuchtenden Mädchen, und sie weigerte sich, es zu glauben.

Sie spähte angestrengt in die Dunkelheit und dachte – oder wünschte –, daß direkt vor ihr der Schein einer anderen Laterne und eine Ansammlung von Hütten auftauchen sollte, irgend jemand, der ihr den richtigen Weg weisen würde. Sie warf einen Blick über ihre Schulter zu Dan, während er abermals das Paddel ins Wasser gleiten ließ. »Der Mann, den Gott geschickt hat«, hatte Jupiter gesagt. Sie hätte niemals das Motel mit Dan verlassen, wenn sie nicht auf Jupiters Instinkt in bezug auf ihn vertraut hätte. Jupiter war immer so etwas wie ein Hellseher gewesen; er besaß den sechsten Sinn, was Pferde betraf, er kannte ihre

Temperamente und ihre geheimen Namen. Wenn er sagte, daß ein lammfromm aussehendes Tier gleich schnauben und austreten würde, war es klug, so schnell wie möglich aus der Reichweite seiner Hinterhufe zu verschwinden. Und er wußte auch um andere Dinge; wenn er inmitten einer texanischen Dürre Regen roch, war es Zeit, die Eimer bereitzustellen. Er las den Himmel und den Wind und den Schmerz in Ardens Seele; sie hatte über die Jahre auf der Ranch erkannt, daß Jupiter Krenshaw auf eine Weise mit den fließenden Strömungen des Lebens verbunden war, die sie nicht auszuloten vermochte. Sie hatte ihm vertraut und geglaubt, und nun mußte sie darauf vertrauen und glauben, daß er ihr die Wahrheit über das Leuchtende Mädchen erzählt und daß er etwas in Dan Lambert gesehen hatte, das niemand sonst in ihm erkannte.

Sie mußte daran glauben, denn es gab keinen Weg zurück. Sie trieben weiter in der trägen, doch steten Strömung. Und sie kamen an Beweisen dafür vorbei, daß schon andere diesen Weg genommen hatten: ein paar verlassene und eingefallene Hütten, eine Mole, die auf verrotteten Pfosten über das Wasser hinausragte, das von wildem Wein überwucherte Wrack eines Shrimpkutters, dessen Bug zwischen den Stämmen zweier riesiger bemooster Bäume eingeklemmt war. Dan spürte, daß Erschöpfung ihn übermannte, und er ertappte sich immer wieder dabei, in seinen Ruhepausen einzunicken. Auch Arden hatte begonnen, die Augen zu schließen und zu dösen, während sie gegen ihren Durst ankämpfte, denn sie war noch nicht bereit, etwas von dem Wasser zu trinken, auf dem sie dahinfuhren.

Dan erlaubte sich immer nur wenige Minuten am Stück zu schlafen, dann schrillte sein innerer Wecker und weckte ihn, damit er das Boot davon abhielt, in die aus dem Wasser ragenden Bäume zu beiden Seiten zu treiben. Die Wassertiefe betrug mittlerweile zweieinhalb oder drei Meter, vermutete Dan. Ihr Boot war noch immer im langsamen Prozeß des Sinkens begriffen, doch er machte sich mit seinen Händen daran, es leerzuschöpfen, und Arden half ihm dabei, bis ihr Gefährt wieder leichter geworden war.

Dan bemerkte, daß die Äste über ihnen sich voneinander zu lösen und zurückzuweichen begannen. Eine Viertelstunde später – etwas mehr als eine Stunde, seit sie in das Boot gestiegen waren –, verband sich der Bayou mit einem breiteren Kanal, der eine langgezogene Biegung nach Südwesten machte. Blitze zuckten über den Himmel, und gelegentlich sprang ein Fisch durch die ebenholzschwarze Oberfläche des Kanals und tauchte platschend wieder ein. Dan betrachtete das Wasser im Boot und entschied, daß es nicht klug war, allzuviel darüber nachzudenken, was dort unten in der Tiefe lauerte und jene Fische dazu brachte, sich Flügel zu wünschen. Er paddelte einige Schläge und ruhte sich dann wieder aus, während sich seine Rückenmuskeln zu verkrampfen begannen.

»Soll ich mal eine Weile paddeln?« fragte Arden.

»Nein. Ich bin in Ordnung.« Er legte das Paddel quer über seine Knie und überließ der Strömung die Arbeit. Er kratzte die Schwellungen an seiner Stirn, wo zwei Moskitos gespeist hatten, und er vermißte von ganzem Herzen seine Baseballmütze. »Wie steht's mit Ihnen? Halten Sie durch?«

»Ja.«

»Gut.« Er lauschte auf die leisen Geräusche des Bootsrumpfs, der durch das Wasser glitt. »Ich könnte einen kalten Sechserpack gebrauchen. Und ich würde auch eine Pizza nicht von der Bettkante schupsen.«

»Ich nehme einen Krug Eistee mit einem Schuß Zitrone drin«, sagte Arden nach kurzer Überlegung. »Und einen Becher Erdbeereis.«

Dan nickte und schaute von links nach rechts auf die dichten Wälle aus Laub, die den Bayou säumten. Ja, dachte er wieder, ein Mann könnte darin einfach verlorengehen und nie mehr gefunden werden. »Dieser Bayou sollte uns früher oder später zum Golf bringen«, meinte er. »Aber es könnte schon Tag sein, bevor wir dort ankommen.« Die leuchtenden Zeiger seiner Uhr zeigten zweiundzwanzig Uhr vierundvierzig an. »Wenn wir erst mal aus dem Sumpf raus sind, finden wir vielleicht ein Anglercamp oder so was entlang der Küste. Vielleicht finden wir sogar eine Straße, wo wir ein Auto anhalten können, damit es Sie hier herausbringt.«

»Damit es *mich* hier herausbringt? Was ist denn mit Ihnen?«

»Kümmern Sie sich nicht um mich. Sie haben einen ganz schön harten Schlag auf den Kopf bekommen, Sie müssen zu einem Arzt.«

»Ich brauche keinen Arzt. Sie wissen, wen ich finden muß.«

»Fangen Sie nicht wieder damit an!« warnte er. »Haben Sie gehört? Wo immer LaPierre liegt, wir sind längst daran vorbei. Ich bringe Sie hier raus, dann können Sie tun und lassen, was Sie wollen. Aber Sie sollten nach Fort Worth zurückkehren und sich glücklich schätzen, daß Sie noch am Leben sind.«

»Und wie soll ich das tun? Ich habe meine Handtasche und mein ganzes Geld verloren. Selbst wenn ich einen Busbahnhof finden würde, könnte ich keine Fahrkarte kaufen.«

»Ich habe etwas Geld«, sagte Dan. »Genug für eine Busfahrkarte, wenn Sie jemand mit zurück nach Houma nimmt.«

»Ja, ich habe ja auch so viel, zu dem ich zurückkehren kann«, erwiderte sie schroff. »Keine Arbeit, kein Geld, nichts. Schon bald werde ich auf der Straße sitzen. Wie würde ich mich Ihrer Meinung nach in einem Nachtasyl für Penner und Wohnungslose machen?«

»Sie werden schon Arbeit finden und wieder auf die Füße kommen.«

»Hm, ich wünschte, es wäre so leicht. Wissen Sie denn nicht, wie es dort draußen zugeht?«

»Doch«, knurrte Dan. »Ich denke schon.«

Sie schnaubte und erlaubte sich ein leises, grimmiges Lächeln. »Vermutlich. Tut mir leid. Ich muß wie eine winselnde Närrin klingen.«

»Die Zeiten sind für jeden hart. Außer für die Reichen, die uns diesen Schlamassel eingebrockt haben.« Er lauschte auf den entfernten Ruf eines Nachtvogels zu seiner Linken, ein einsamer Laut, der ihn bis ins Herz traf. »Ich wollte niemals reich sein«, sagte er. »Ich denke, damit handelt man sich nur noch mehr Probleme ein. Aber ich wollte immer selbst für mich aufkommen können. Meine Rechnungen bezahlen und stolz auf meine Arbeit sein. Das war das Wichtigste für mich. Nachdem ich aus 'Nam zurückgekehrt war, mußte ich einige schwere Schläge einstecken, aber es wurde besser. Dann ... ich weiß auch nicht.« Er hielt sich zurück und sprach nicht weiter davon. »Nun, Sie haben Ihren eigenen Weg vor sich, Sie müssen nicht meinen gehen.«

»Ich denke, wir gehen beide in dieselbe Richtung.«

»Nein, das tun wir nicht«, widersprach er. »Wie alt sind Sie?«

»Siebenundzwanzig.«

»Der Unterschied zwischen uns ist, daß Sie noch Ihr ganzes Leben vor sich haben und ich langsam dem Ende entgegengehe. Niemand hat je gesagt, daß das Leben leicht oder gerecht wäre, soviel steht mal fest. Ich bin das beste Beispiel dafür, daß es das nicht ist. Aber Sie dürfen nicht aufgeben. Man wird zu Boden geworfen und geschlagen und getreten, aber man gibt nicht auf. Man kann es nicht.«

»Vielleicht kann man es doch«, erwiderte Arden leise. »Ich bin es leid, geschlagen und getreten zu werden. Ich stehe immer wieder auf, und dann kommt erneut etwas, was mich zu Boden wirft. Ich bin es leid. Ich wünschte bei Gott, es gäbe einen Weg, um ... um etwas Frieden zu finden.«

»Gehen Sie zurück nach Fort Worth.« Er ließ das Paddel wieder ins Wasser gleiten und begann das Boot vorwärts zu treiben. »Sie gehören ganz sicher nicht mitten in einen Sumpf, um dort nach einer Wunderheilerin zu suchen.«

»Im Moment weiß ich nicht, wohin ich gehöre. Ich glaube nicht, daß ich das je gewußt habe.« Sie schwieg einen Augenblick lang, und ihre Hände umklammerten den rosa Beutel. »Was war Ihre schönste Zeit?« fragte sie. »Ich meine, die Zeit, in der Sie glaubten, alles wäre in Ordnung und Sie wären dort, wo Sie hingehörten. Wissen Sie es?«

Er dachte darüber nach, und je länger er darüber nachdachte, desto schwerer war die Frage zu beantworten. »Ich denke ... vielleicht damals, als ich zu den Marines gegangen bin. Im Ausbildungslager, auf Parris Island. Ich hatte eine Aufgabe – eine Mission –, und ich bereitete mich darauf vor. Alles war nur schwarz und weiß. Ich dachte, mein Land würde mich brauchen, und ich dachte, daß ich etwas bewirken könnte.«

»Sie klingen, als wären Sie ganz begierig darauf gewesen zu kämpfen.«

»Ja, das war ich.« Dan paddelte einen weiteren Schlag und hielt dann inne. »Es hat mir dort drüben gefallen, die ersten paar Monate. Zunächst schien es, als ... als würde ich etwas Wichtiges tun. Das Töten gefiel mir nicht – keinem Mann, der bei klarem Verstand ist, gefällt das –, aber ich habe es ohne Zögern getan, weil ich für mein Land gekämpft habe. Das dachte ich zumindest. Dann, später, ist alles anders geworden. Ich habe so viele Jungs gesehen, die es erwischt hat, und ich wußte einfach nicht, wofür sie starben. Ich meine, was taten wir da? Die Vietcong hatten kein Interesse an meinem Land. Sie wollten nicht bei uns einmarschieren. Sie hatten nichts, das wir brauchen konnten. Worum ging es überhaupt?« Er schüttelte den Kopf. »Das ist nun schon zwanzig Jahre her, und ich weiß es immer noch nicht. Es waren verteufelt viele vergeudete Leben, das steht mal fest. Leben, die einfach weggeworfen wurden.«

»Es muß sehr schlimm gewesen sein«, sagte Arden. »Ich habe ein paar Filme über Vietnam gesehen, und es war ganz sicher nicht so wie die Operation Wüstensturm, oder?«

»Nein, das war es ganz sicher nicht.« Filme über Vietnam, dachte er und senkte den Kopf, um das leise Lächeln zu verbergen, das seine Lippen verzog. Er hatte vergessen, daß Arden erst vier Jahre alt war, als er nach 'Nam ging.

»Meine schönste Zeit war, als ich auf der Ranch lebte«, sagte sie. »Es war hart dort, und man hat seine Arbeit getan und sich an die Regeln gehalten, aber es war in Ordnung. Die anderen dort waren wie ich. Jeder von uns hatte ein halbes Dutzend Pflegefamilien hinter sich, und wir hatten Mist gebaut und Ärger mit dem Gesetz bekommen. Es war unsere letzte Chance, auf den rechten Pfad zurückzukehren, vermute ich. Zuerst habe ich es gehaßt. Hab ein paarmal versucht, wegzulaufen, aber ich bin nicht weit gekommen. Mr. Richards hat mich die Ställe ausmisten lassen. Da waren fünf Pferde, alle alt und klapprig, aber sie haben sich ihr Futter verdient. Jupiter hatte die Aufsicht über die Ställe. Dort habe ich ihn kennengelernt.«

»Sie halten große Stücke auf ihn, stimmt's?«

»Er war immer nett zu mir. Einige der Pflegefamilien, bei denen ich lebte … nun, ich denke, Einzelhaft im Gefängnis wäre besser gewesen. Ich hatte auch Probleme wegen … nun, Sie wissen schon … wegen meines Feuermals. Wenn mich jemand zu lange anstarrte, habe ich Wut gekriegt und mit Tellern und Gläsern geschmissen, weshalb ich nicht gerade beliebt bei meinen Pflegeeltern war. Ich war nicht daran gewöhnt, behandelt zu werden, als ob ich ein menschliches Wesen wäre.« Sie zuckte mit den Schultern. »Ich vermute, ich hatte viel zu beweisen. Doch Jupiter hat sich für mich interessiert. Er hat mir die Pferde anvertraut, hat sie mich füttern und striegeln lassen. Nach einer Weile konnte ich sie schon nach mir rufen hören, wenn ich frühmorgens aufwachte, weil sie wollten, daß ich mich beeile. Wissen Sie, jedes Pferd hat seine eigene Persönlichkeit und seine eigene Stimme, keins gleicht dem anderen. Einige kommen sofort aus der Box, um einen zu begrüßen, andere sind scheu und warten lieber ab. Und wenn sie einen anschauen, dann kümmert es sie nicht, ob man häßlich oder entstellt ist. Sie beurteilen einen nicht nach dem Feuermal in deinem Gesicht, so wie die Menschen es tun.«

»Nicht alle Menschen«, sagte Dan.

»Genug, daß es weh tut«, gab sie zurück. Sie blickte einen Moment zu den Sternen auf, und Dan machte sich abermals mit dem Paddel an die Arbeit. »Es war schön, aufzuwachen und die Pferde nach mir rufen zu hören«, fuhr sie fort. »Es war das erstemal, daß ich das Gefühl hatte, gebraucht zu werden oder etwas wert zu sein. Nachdem die Arbeit getan war, haben Jupiter und ich uns immer lange unterhalten. Über das Leben und Gott und Sachen, über die ich mir bis dahin keine Gedanken gemacht habe. Er hat nie mein Feuermal erwähnt. Er ließ mich selbst davon anfangen, als ich bereit dazu war. Ich brauchte eine Weile, bis ich darüber sprechen konnte, und auch darüber, daß ich mir nichts auf der Welt mehr wünschte, als es loszuwerden. Da hat er mir vom Leuchtenden Mädchen erzählt.«

Dan sagte nichts; er hörte zu, doch bei diesem Thema war es schwer, die Ohren nicht auf Durchzug zu stellen.

»Ich hätte nie wirklich erwartet, mich auf die Suche nach

ihr zu machen«, sagte Arden. »Aber die Art, wie Jupiter von ihr sprach ... sie schien wie jemand, den ich auf den ersten Blick erkennen würde, wenn ich sie je fand. Sie schien so real und so lebendig. Ich meine, ich weiß, daß es sich verrückt anhört, daß jemand so lange lebt und nie älter wird. Ich weiß, daß die Wunderheiler im Fernsehen Scharlatane sind, die einem nur das Geld aus der Tasche ziehen wollen. Aber Jupiter hätte mich nie angelogen.« Sie schaute in Dans Augen und hielt seinen Blick fest. »Wenn er sagt, daß es ein Leuchtendes Mädchen gibt, dann gibt es eins. Und wenn er sagt, sie kann mein Feuermal berühren und verschwinden lassen, dann kann sie das. Er hätte mich nie angelogen. Und er hatte auch mit *Ihnen* recht. Wenn er sagt, Sie sind der Mann, den Gott mir geschickt hat, um mir bei der Suche nach ihr zu helfen, dann werde ich ...«

»Hören Sie auf!« fiel Dan ihr ins Wort. »Ich habe Ihnen doch erklärt, daß ich nichts hören will von diesem ...« *Mist* hätte er beinahe gesagt, doch er entschied sich für »... Unsinn.«

Sie wollte ihm eine hitzige Erwiderung ins Gesicht schleudern, doch sie schloß den Mund. Sie blickte ihn nur an, die Augen starr auf die seinen gerichtet.

»Sie jagen einem Märchen nach«, sagte Dan. »Und wohin hat Sie das gebracht? Denken Sie, Sie sind jetzt besser dran als zu der Zeit, bevor Sie Fort Worth verlassen haben? Nein, Sie sind schlechter dran. Zumindest hatten Sie noch etwas Geld auf der Bank. Ich will nichts mehr vom Leuchtenden Mädchen hören oder darüber, was Jupiter Ihnen erzählt hat oder sonst etwas davon. Haben Sie verstanden?«

»Ich wünschte, *Sie* würden endlich verstehen.« Ihre Stimme war ruhig und kontrolliert. »Falls – *wenn* – wir sie finden, dann kann sie auch Sie heilen.«

»O Himmel!« Aufgebracht schloß er einen Moment lang die

Augen. Als er sie wieder aufschlug, blitzte Arden ihn noch immer wütend an. »Sie könnten einem Widder die Hörner abschwatzen, wissen Sie das? Es gibt *kein* Leuchtendes Mädchen, und es hat auch nie eins gegeben! Es ist eine erfundene Geschichte!«

»Das sagen *Sie*.«

Er sah keinen Sinn darin, sich mit ihr im Kreis zu drehen. »Stimmt, das sage ich«, murmelte er, und dann konzentrierte er sich darauf, sich beim Paddeln etwas mehr ins Zeug zu legen. Die Strömung schien ein wenig schneller geworden zu sein, was er für ein gutes Zeichen hielt. Er war hungrig und durstig, und seine Kopfschmerzen waren zurückgekehrt und pochten mit seinem Herzschlag. Getrocknetes Blut verklebte seine Nasenlöcher, er hatte seine geliebte Baseballmütze verloren, und seine Muskeln – das heißt, was von ihnen noch übrig war – erlahmten zunehmend. Das Wasser am Bootsboden stieg wieder, und Dan legte das Paddel eine Weile zur Seite, während er und Arden schöpften. Dann schüttelte er den Schlaf ab, der ihn umschlang, und paddelte mit langsamen, ruhigen Schlägen die Mitte des Bayous hinunter. Er sah, wie Ardens Kopf nach unten sackte, als sie im Sitzen einschlief, und dann war er allein mit den Geräuschen des Sumpfes. Nach einer Weile wurden seine Lider bleischwer, und er konnte sie nicht länger offenhalten. Die Hitze erdrückte ihn und lullte ihn in den Schlaf. Er kämpfte mit aller Kraft dagegen an, doch schließlich gewann seine Müdigkeit die Schlacht, und sein Kinn sackte auf seine Brust.

Er riß den Kopf hoch und schlug die Augen auf.

Sie waren auf die linke Seite des Kanals getrieben und hingen schon beinahe in den Ästen fest. Dan steuerte sie wieder zur Mitte zurück, und dann hörte er das Geräusch das ihn geweckt hatte – ein gedämpftes Hämmern, wie der

Herzschlag eines Riesen. Rechts vor ihnen schimmerte elektrisches Licht durch die dicht stehenden Bäume. Dan schaute auf seine Armbanduhr und sah, daß eine weitere Stunde verstrichen war, seit sie in den breiteren Kanal übergegangen waren.
»Was ist das für ein Geräusch?« fragte Arden, die fast ebenso schnell aufwachte wie Dan.
»Maschinen«, antwortete er. »Ich glaube, wir kommen zu irgendeinem Ort.«
Hinter der nächsten Biegung des Bayous waren die Bäume abgeholzt worden, um Platz für ein Sammelsurium an verwitterten, auf Plattformen stehenden Schindelgebäuden zu schaffen. Elektrische Lampen warfen ihre gleißenden Lichtkegel auf ein Dock, an dem verschiedene Motorskiffs und zwei Hausboote festgemacht waren. Auf dem Dock standen Benzinpumpen und ein kleines Wärterhäuschen, ebenfalls von der Elektrizität beleuchtet, die ein lärmender Generator lieferte. Plankenstege verbanden die Gebäude miteinander, und Dan und Arden sahen zwei Männer, die sich neben den Benzinpumpen unterhielten, sowie zwei weitere Männer auf den Stegen. Ein rostiger Lastkahn, beladen mit Metallrohrstücken, Drahtrollen und anderen industriellen Gerätschaften, lag jenseits des Docks an einem Betonpier vor Anker, an dem auch ein langes Gebäude mit Wänden aus Wellblech errichtet war, über dessen Tor in Rot LAGERHAUS NR. 1 stand. Hinter dem Lagerhaus ragten Öltanks und etwa fünfzehn spinnengleiche Bohrtürme aus dem Sumpf. Der hämmernde Riesenherzschlag – das Geräusch der arbeitenden Pumpen – kam aus dieser Richtung.
Die gesamte Szene – eine große automatisierte Ölpumpstation, wie Dan erkannte – mutete beinahe surreal an, wie sie so unvermittelt aus der Wildnis auftauchte. Während Dan sie zum Dock steuerte, entdeckte er einen Fahnenmast, an

dem eine müde aussehende amerikanische Flagge hing, und daneben stand auf Pfosten ein Schild, das verkündete: ST. NASTASE, LA. HOME SWEET HELL. An den Stützpfosten waren eine Anzahl Richtungspfeile angebracht, auf die Angaben wie NEW ORLEANS 52 MEILEN, BATON ROUGE 76 MEILEN und GALVESTON 208 MEILEN aufgemalt waren. Einer der Männer auf dem Dock nahm eine Leine hoch und warf sie Arden zu, als ihr Boot sich näherte, dann zog er sie heran. »Hallo, wie geht's denn so?« fragte der Mann in breitestem Cajun-Patois. Er war ein stämmiger, rotgesichtiger Kerl mit einem roten Bart und einem fleckigen Tuch, das er sich um den Schädel geknotet hatte.

»Wir sind müde und hungrig«, sagte Dan, während er vorsichtig aufstand und Arden auf das Dock half. »Wo sind wir hier?«

»Der Bursche will wissen, wo er is«, sagte der Cajun zu dem anderen Mann, und beide lachten. »Sie geben ja einen traurigen Anblick ab.«

Dan trat auf die Planken, und sein Rückgrat richtete sich knackend auf. »Ich meine, wie weit ist es von hier zum Golf?«

»Oh, das blaue Wasser is so drei Meilen weg.« Er deutete mit einem dreckigen Daumen nach Süden. Sein Blick blieb einige Sekunden an Ardens Feuermal hängen, dann wandte er seine Aufmerksamkeit klugerweise dem vollgelaufenen Skiff zu. »Ich hab hier ja schon 'ne Menge abgetakelte Boote gesehen, aber das verdient den ersten Preis! Wo kommen Sie her?«

»Aus dem Norden«, sagte Dan. »Gibt's hier irgendwo einen Laden, wo man was zu essen kriegt?«

»Ja, da drüben is'ne Kneipe.« Der zweite Mann, der mit einem tonlosen Mittelwesten-Akzent sprach, nickte in die Richtung eines Schindelgebäudes. Er war schlanker als sein Gefährte, trug eine braune Mütze mit einem roten GSP über dem Schirm – ein Firmenlogo, vermutete Dan –, und seine beiden Arme waren mit Tätowierungen überzogen. »Die haben heute Gumbo und Hamburger. Is nicht schlecht, wenn Sie's mit genügend Bier runterspülen.«

Eine Tür in einem der Hausboote ging auf, und ein weiterer Mann trat heraus und schnallte sich den Gürtel seiner Blue jeans zu. Er trug eine nach hinten gedrehte Firmenmütze auf dem Kopf. Hinter ihm dröhnte Rockmusik von einer Kassette durch die Tür, und dann spähte eine Frau mit gebleichtem Haar und einem harten, sonnenverbrannten Gesicht heraus. »Also gut!« verkündete sie mit gezwungener Fröhlichkeit. »Die Party geht die ganze Nacht durch, Jungs! Wer ist der nächste?«

»Ich denke, ich bin dran.« Der Mann mit den tätowierten Armen schlenderte auf das Hausboot zu.

»Non, mon ami.« Der Cajun trat vor, packte Hemdrücken und Hosenboden seines Gefährten, hob ihn in einer Drehung in die Luft und warf ihn vom Dock. Der glücklose Flieger landete mit einem Fluch und einem Schrei im Wasser und rutschte wie ein Schnellboot über die Oberfläche, bevor er unterging. »Ich glaube, das *warst* du!« grölte der Cajun, als sein Freund prustend wieder auftauchte. »He, Lorraine!« begrüßte er die gebleichte Blondine. »Hast du was Süßes für mich?«

»Das weißt du doch, Tully. Schieb deinen großen alten Hintern hier rein.« Sie kniff die Augen zusammen und musterte Arden. »Ein neues Häschen, was?« Sie stieß ein kehliges Lachen aus. »Du brauchst ein bißchen Make-up, Schätzchen. Nun, viel Glück.« Tully schlurfte in das Hausboot, und Lorraine schloß die Tür hinter ihnen.

Es war an der Zeit, sich wieder in Bewegung zu setzen. Dan ging einen der Stege entlang, die zu den Gebäuden führten, und Arden folgte dicht hinter ihm. Das Ganze hier erinnerte

Dan an eine Wildweststadt, nur daß sie aus Schlamm gebaut und nicht aus der Wüste gehauen worden war. Es war der Alptraum jedes Schreiners. Die Gebäude waren aus gepreßten Kiefernbohlen zusammengeschustert und mit rostigen Blechdächern abgedeckt. Elektrische Leitungen schlängelten sich von einem Gebäude zum nächsten und verteilten den Strom der Generatoren. Die Stege waren so niedrig über dem Wasser, daß an einigen Stellen Schilf durch die Planken wuchs. Da war ein Laden, dessen Schild ihn als R. J.'s LEBENSMITTEL auswies, und daneben stand ein kleiner schmaler Schuppen mit der Aufschrift ST. NASTASE POST. Ein Waschsalon mit drei Waschmaschinen und Trocknern und zwei Billardtischen war hell erleuchtet und noch besucht. Dan bemerkte, daß die Männer, die sie sahen, gierig auf Ardens Körper starrten, doch wenn sie in ihr Gesicht blickten, wandten sie ebenso schnell die Augen ab, wie Tully es getan hatte.

St. Nastase kannte, wie Dan mittlerweile bemerkt hatte, offensichtlich keine Öffnungszeiten, um dem Schichtdienst der Crews Rechnung zu tragen. Dan vermutete, daß die Männer hier immer gleich Verträge für drei oder vier Monate am Stück mit der Firma abgeschlossen hatten. Und das bedeutete, daß die Prostituierten in den Hausbooten mit ihrem Gewerbe gutes Geld machen konnten. Lorraine hatte Arden für ein »neues Häschen« gehalten, dachte er, weil die einzigen Frauen, die sich hierher wagten, Sex feilboten, und auch wenn er sich dessen nicht bewußt war, hatte Arden etwa zehn Sekunden zuvor dieselbe Schlußfolgerung gezogen.

Einen Augenblick später hörten sie die miteinander verwobenen Töne einer Fidel und eines Akkordeons. Der Geruch von Essen stieg ihnen in die Nase. Vor ihnen lag ein Gebäude, auf dessen Schild schlicht CAFÉ stand. Die Kneipe hatte eine Flügeltür, wie ein Westernsaloon. Die Musik kam aus dem Innern, begleitet von anfeuerndem Rufen und Grölen. Dan dachte, daß es in diesem Schuppen ganz schön rauh zugehen könnte, und abermals wünschte er, daß Arden nicht bei ihm wäre, denn er war für ihre Sicherheit verantwortlich. Er sagte: »Bleiben Sie dicht bei mir«, und dann folgte ihm Arden durch die Tür, in der rechten Hand noch immer den rosafarbenen Beutel.

Die Kneipe war schummrig beleuchtet, dunstig vom Zigarettenrauch, und an der Decke drehte sich müde ein Ventilator, in dem erfolglosen Versuch, die feuchte, nach Schweiß riechende Luft zu verteilen. Ebenso hingen an der Decke wohl dreihundert alte braune Mützen mit roten GSP-Aufnähern. An den grob zusammengezimmerten Holztischen saßen gut zwanzig Männer, von denen einige im Takt mit der schrillen Musik klatschten, während vier mit Damen des horizontalen Gewerbes tanzten. Der Fidler und der Akkordeonspieler trugen beide Firmenmützen, und nun stand ein breitschultriger Schwarzer von seinem Tisch auf, setzte sich an das zerschundene alte Klavier und begann einen Rhythmus in die Tasten zu hauen, der den fröhlichen Lärmpegel noch steigerte. Einige der Männer blickten begierig auf Arden, doch sie schauten wieder weg, als Dan seinen Arm um ihre Schulter legte.

Er führte sie zur Theke, wo metallene Bierfässer, Limonadendosen und Wasserflaschen aufgebaut waren. Hinter der Theke zapfte ein ausgemergelt aussehender Mann mit Brille, einem Bart und feucht glänzendem, nach hinten gekämmtem Haar Bier in Krüge. Sein rotkariertes Hemd hatte Schweißflecken, und zwischen seinen Zähnen klemmte ein Zigarrenstummel. »Können wir was zu essen haben?« fragte Dan über den Lärm hinweg, und der Barkeeper antwortete: »Burger kosten 'n Dollar pro Stück, Gumbo zwei Dollar die

Schüssel. Nehmen Sie das Gumbo, die Burger schmecken wie Hundefutter.«

Dan und Arden entschieden sich beide für das Gumbo, das der Barkeeper aus einem fettigen Topf in Plastikschüsseln schöpfte. Arden bat um eine Flasche Wasser, und Dan bestellte ein Bier, und als der Barkeeper die Tabletts mit den in Zellophan eingepackten Plastiklöffeln vor sie stellte, sagte Dan: »Ich versuche dieses Mädchen hier herauszubringen. Gibt es irgendwo in der Nähe eine Straße?«

»Eine *Straße*?« Er schnaubte verächtlich, und die Spitze seiner Zigarre glühte rot auf. »Gibt keine Straße aus St. Nasty raus. Nur Wasser und Schlamm. Is sie eins von den Pferdchen?«

»Nein. Wir sind auf der Durchreise.«

Der Barkeeper starrte Dan an, wobei seine Augen durch seine Brillengläser leicht vergrößert wurden, dann nahm er die Zigarre aus seinem Mund. »Auf der Durchreise«, wiederholte er ungläubig. »Jetzt hab ich wirklich alles gehört. Hier kommt kein Mann her, wenn er nich von Gulf States Petro Geld dafür kriegt, und keine Frau, wenn sie nicht einem Mann wieder was von dem Geld abnehmen will. Aus welcher Klapsmühle hat man Sie denn rausgelassen?«

»Wir hatten einen Unfall. Sind nördlich von LaPierre von einer Brücke gestürzt. Wir haben uns ein Boot besorgt, und ...« Dan hielt inne, denn die Augen des Barkeepers waren größer geworden. »Hören Sie, wir wollen hier nur wieder weg. Können Sie uns helfen?«

»Das Versorgungsboot von Grand Isle sollte morgen nachmittag vorbeikommen. Ich denke, Sie könnten sich von den Damen mitnehmen lassen, aber die bleiben das ganze Wochenende. Wissen Sie, heute ist Zahltag. Freitags und samstags wollen diese Hurensöhne nur saufen und vögeln, wenn ihre Schicht vorbei ist.« Er schob sich wieder die Zigarre in

den Mund. »Sie sind den ganzen Weg von *LaPierre* hergekommen? Himmel, was für 'ne Reise!«
»He, Burt!« brüllte ein Mann. »Bring uns mal zwei Bier rüber!«
»Du hast doch keine gebrochenen Beine!« grölte Burt zurück. »Krieg deinen Arsch hoch und hol sie dir, ich bin doch nicht dein Sklave!« Er wandte seine Aufmerksamkeit wieder Dan zu. »Ein Unfall, ja? Wollen Sie jemanden anrufen? Ich hab hinten ein Funktelefon.«
»Ich suche nach einer Frau«, sagte Arden unvermittelt. »Das Leuchtende Mädchen. Haben Sie je von ihr gehört?«
»Nee«, antwortete Burt. Ein Mann mit einer Nutte im Schlepptau kam an den Tresen, um seine Biere abzuholen. »Sollte ich das?«
»Das Leuchtende Mädchen ist eine Heilerin. Sie lebt irgendwo im Sumpf, und ich versuche ...«
»Arden?« Dan packte sie am Ellbogen. »Ich habe Ihnen doch deutlich gesagt, Sie sollen damit aufhören, oder etwa nicht?«
Sie befreite ihren Arm. »Ich bin einen weiten Weg gekommen, um sie zu finden«, fuhr sie zu Burt gewandt fort, und sie hörte den schrillen, lauter werdenden Tonfall der Verzweiflung in ihrer Stimme. Burts Augen waren ausdruckslos. Er hatte nicht die geringste Ahnung, wovon sie eigentlich redete. Arden spürte, wie Panik in ihr aufstieg. »Das Leuchtende Mädchen *ist* hier irgendwo. Ich werde sie finden. Ich gehe hier nicht weg, bis ich sie gefunden habe.«
Burt betrachtete das Feuermal und schaute dann zu Dan. »Wie ich schon vorhin gefragt habe – aus welcher Klapsmühle seid ihr denn entsprungen?«
»Ich bin nicht verrückt«, sagte Arden. »Das Leuchtende Mädchen gibt es wirklich. Ich weiß, daß es sie gibt. Irgend jemand hier muß doch von ihr gehört haben.«

»Tut mir leid«, erwiderte Burt. »Ich weiß nicht, wovon Sie re ...«

»Ich kenne den Namen.«

Arden wandte ihren Kopf nach links. Die Prostituierte, die mit dem Typ, der das Bier holte, an die Theke gekommen war, hatte mit nasaler Stimme gesprochen. Sie war ein mageres, knochiges Mädchen in Jeansshorts und einer ausgeblichenen orangefarbenen Bluse und mochte Anfang Zwanzig sein, doch ihr Gesicht mit seinen hohen Wangenknochen und dem Pferdegebiß war durch die sengende Sonne und den scharfen Salzwind vorzeitig gealtert. Um ihren Mund herum und in den Winkeln ihrer toten schokoladebraunen Augen zeigten sich die ersten Falten, ihr blondiertes Haar fiel ihr in einem Pony in die Stirn und hing über ihre knochigen Schultern. Sie schaute mit echtem Interesse auf Ardens Feuermal, während ihr Begleiter die beiden Biere bezahlte. »Mann«, sagte sie, »dich hat's aber beschissen erwischt, was?«

»Ja.« Ardens Herz raste, und einige Sekunden lang glaubte sie, gleich in Ohnmacht zu fallen.

»'ne Frau, die Leute geheilt hat. Hab von ihr gehört, als ich noch klein war.«

»Wissen Sie, wo sie ist?«

»Ja«, kam die Antwort, »das weiß ich.«

Während Dan und Arden in die Kneipe gegangen waren, saß der Mann, der gerade ein unfreiwilliges Bad genommen hatte, in einer Wasserlache auf dem Dock und sah ein weiteres Boot herankommen. Es saßen zwei Männer darin. Er wollte seinen Augen nicht trauen. Der Mann mit dem Paddel trug einen dunklen Anzug und ein weißes Hemd, was nicht gerade die alltägliche Kleidung hier in St. Nasty war. Der zweite Mann – nun, vielleicht war es an der Zeit, dem Bier abzuschwören, denn dieser Mistkerl Burt mußte Giftmüll unter sein Gebräu mischen.

Als das Boot am Dock anschlug, stand Flint auf und stieg aus. Sein vom Schlamm verdrecktes Jackett war über seinem schmutzigen Hemd zugeknöpft, das bleiche Fleisch seines Gesichts war von roten Moskitostichen übersät, und seine Augen lagen tief eingesunken in müden purpurnen Höhlen. Er blickte zu dem arg in Mitleidenschaft gezogenen, mit Wasser vollgelaufenen Skiff, das direkt neben ihnen festgemacht war. Ein einzelnes zerbrochenes Paddel lag darin. Niemand wäre in dem verdammten Ding gepaddelt, wenn er nicht dazu gezwungen gewesen wäre, überlegte er. »Wie lange sitzen Sie schon hier?« fragte er den triefnassen Mann, der gebannt auf Pelvis starrte, während dieser mit Mama aus dem Boot kletterte.

»Das kann doch nicht Ihr *Ernst* sein!« sagte der Mann, außerstande, seinen Blick von Pelvis abzuwenden. »Was ist das hier – *Versteckte Kamera*?«

»He, hören Sie mal zu!« knurrte Flint barsch, denn seine Geduld war langsam am Ende. Clint, der ebenso müde und gereizt war, zuckte unter seinem Hemd, und Flint legte einen Arm über seine Brust, um seinen Bruder ruhig zu halten. »Ich suche nach einem Mann und einer Frau. Die sollten vor nicht allzu langer Zeit hier angekommen sein.« Er deutete mit einem Nicken auf das sinkende Boot. »Haben Sie gesehen, wer da drin saß?«

»Ja, die sind hier. Hab sie rüber in die Kneipe geschickt.« Er vermochte seinen Blick nicht von Pelvis zu lösen. »Ich weiß, daß wir hier nich viel Unterhaltung haben, aber sagen Sie mir bitte nicht, daß die Firma Sie geschickt hat.«

»Wo ist die Kneipe? Welche Richtung?«

»Hier gibt's nur eine Richtung, es sei denn, Sie können übers Wasser laufen. Vergessen Sie das wieder«, entschied

er, und er deutete mit dem Daumen auf Pelvis. »Vielleicht kann *er* ja übers Wasser laufen.«
Flint setzte sich in Richtung Schindelgebäude in Bewegung, und Pelvis folgte ihm, während der Mann auf dem Dock mit dem Kopf schüttelte und sich fragte, was wohl das nächste Boot bringen würde. Andere, an denen sie vorbeikamen, blieben ebenfalls stehen, um Pelvis anzugaffen, und er begann grölende Rufe und Gelächter zu ernten. »Hei!« rief Flint zwei Männern zu, die im Schatten neben dem kombinierten Wasch- und Billardsalon standen. »Ist die Kneipe hier in der Nähe?«
Einer der beiden zeigte ihnen den Weg, und Flint und Pelvis gingen weiter. Flint griff in seine Tasche und legte seine Hand um den Knauf des Derringers.
»Wer, zum Teufel, sind *die*?« fragte der Mann, der ihnen die Richtung gewiesen hatte, seinen Freund.
Der zweite Mann, der ein längliches, verschlagenes Gesicht und kurzgeschorene braune Haare hatte, fuhr sich mit der Zunge über die Unterlippe. Er trug ausgeblichene Jeans und ein schmutziges gelbes Hemd, das aus der Hose hing, und der Schweiß auf seinem Gesicht roch noch immer nach Sumpfschlamm und Alligatoren. »Freunde von Doc«, sagte er leise. »Ich glaube, daß er sie gern wiedersehen würde. Hier …« er schob ein kleines Päckchen mit weißem Pulver in die Hand des anderen Mannes »… behalt dein Geld. Tu mir nur den Gefallen und laß die beiden nicht aus den Augen. In Ordnung?«
»Klar doch, Mitch.«
»Guter Junge.« Mitch, der noch immer die Pistole, mit der er auf Flint geschossen hatte, in seinem Hosenbund trug, wandte sich ab und eilte zu seinem Motorboot, während sich sein Mund zu einem bösartigen Grinsen verzog.

20 Das Blut des Kings ist rot

Ja«, kam die Antwort der Prostituierten, »das weiß ich.« Sie bohrte weiter mit einem Zahnstocher zwischen ihren Zähnen herum, während Ardens Nerven blank lagen. »Is tot. Muß mittlerweile tot sein. Sie war alt, hat in 'ner Kirche auf Goat Island gelebt.«

»Das is Unsinn!« sagte Burt. »Es hat noch nie jemand auf Goat Island gelebt!«

»Es *hat* da eine Kirche gegeben!« beharrte die Prostituierte. »Is in einem Wirbelsturm eingestürzt, vor fünfzehn oder zwanzig Jahren! Das Leuchtende Mädchen war 'ne Nonne, die sich in 'nen Priester verliebt hat, also haben sie sie aus dem Kloster geworfen, und sie is hier hergekommen und hat als Buße 'ne Kirche gebaut! Das hat mir meine Momma erzählt!«

»Angie, du hattest gar keine Momma!« Burt zwinkerte dem Kunden des Mädchens zu. »Sie is aus 'nem Ei geschlüpft, stimmt's Cal?«

»Aus 'nem Geierei«, pflichtete Cal bei, und seine Stimme lallte von mindestens einem Bier zuviel.

Angie stieß Cal ihren Ellbogen in die Rippen. »Du hast doch keine Ahnung, du Idiot!«

Arden versuchte zu sprechen, aber ihre Kehle war wie zugeschnürt. Das Wort *tot* läutete noch immer in ihrem Kopf wie eine Totenglocke. »Goat Island«, brachte sie schließlich heraus. »Wo ist das?«

»Tun Sie das nicht«, warnte Dan, doch er wußte, daß er sie nicht aufhalten konnte.
»Weit draußen in Terrebonne Bay«, antwortete Burt. »Gute zehn Meilen von hier. Da laufen überall wilde Ziegen rum, aber 'ne Kirche gibt es da nicht.«
»Meine Momma war keine Lügnerin!« fauchte Angie. »Du bist ja nich mal hier geboren worden, woher willst du es dann wissen?«
»Ich hab schon auf Goat Island gejagt! Bin jeden Zentimeter davon abgelaufen! Wenn es da eine Kirche gegeben hätte, dann hätte ich ja wohl die Ruinen gesehen!«
»Miss?« wandte sich Dan an die Prostituierte. »Sie sagen, das Leuchtende Mädchen war eine alte Frau?«
»Ja. Meine Momma hat erzählt, daß sie sie gesehen hat, als sie ein kleines Mädchen war. Sie is nach Fort Fourchon gekommen, um den Cousin meiner Momma zu besuchen. Sein Name war Pearly. Er war sieben Jahre alt, als er bei einem Feuer verbrannt wurde. Momma hat gesagt, das Leuchtende Mädchen war verkrüppelt und is an 'nem weißen Stock gegangen. Ich denke, das ist …« sie hielt inne und rechnete nach »… wohl an die dreißig Jahre her.«
»Hm.« Dan konnte spüren, wie Ardens Körper neben ihm steif wurde. Doch er entschied, daß er auch den nächsten Schritt tun mußte. »Was war mit Pearly? Hat Ihre Momma denn erzählt, daß das Leuchtende Mädchen ihn geheilt habe?«
»Nein, ich erinnere mich, daß sie erzählte, daß das Leuchtende Mädchen ihn in ihrem Boot mitgenommen hat.«
»Wohin?«
»Nach Goat Island, vermute ich. Aber sie hat Pearly nie wieder gesehen. Momma hat gesagt, daß er wahrscheinlich so schlimm dran war, daß selbst das Leuchtende Mädchen ihn nicht heilen konnte. Aber das war schon in Ordnung,

weil das Leuchtende Mädchen sichergestellt hat, daß er keine Angst hatte, als er in den Himmel kam.«

»Komm schon, Baby!« Cal packte Angies dünnen Arm und zerrte an ihr. »Laß uns tanzen!«

»Warten Sie! Bitte!« Ardens gequälte Stimme traf Dan bis ins Herz. »Ist sie dort begraben? Haben Sie Ihr Grab gesehen?«

Die Prostituierte blickte Arden einen Moment lang an und befreite sich dann aus Cals Griff. »Nein, das habe ich nicht. Aber sie ist tot, da bin ich mir ganz sicher«, sagte sie. »Oh!« Sie nickte, als ihr ein Licht aufging. »Oh, ich verstehe. Sie haben nach dem Leuchtenden Mädchen gesucht, damit sie Ihr Gesicht heilt. Stimmt's?«

»Ja.«

»Dann tut es mir leid. Sie ist bestimmt tot, und ich weiß nich, wo sie begraben is. Ich kann die anderen Mädchen fragen. Die meisten wurden hier in der Gegend geboren. Vielleicht wissen die was.«

»Laß uns tanzen!« bellte Cal. »Vergiß diese Scheiße!«

Beide Frauen ignorierten ihn. »Ich würde gern die Kirche sehen«, sagte Arden. »Können Sie mich hinbringen?«

»Nein, kann ich nich. Ich würde ja, aber ich hab kein eigenes Boot. Das Boot gehört Lorraine, und sie fährt nirgends damit hin, außer hierher und nach Grand Isle.«

»He, hör mal, Narbenfresse!« sagte Cal lallend zu Arden, und seine Stimme nahm einen gemeinen Unterton an. »Ich bezahl diese verdammte Schlampe pro *Stunde*, verstanden? Ich kann keine Zeit vergeuden …«

»Kommen Sie mal 'ne Minute her.« Dan streckte die Hand aus, packte Cals Handgelenk und zog ihn näher heran, wobei Bier aus dem Krug des Mannes auf den Boden schwappte. Dans Gesicht war wutverzerrt, und seine Augen funkelten kalt. »Die Ladys unterhalten sich.«

»Mister, lassen Sie mich los, oder ich muß Ihnen die Scheiße aus den Ohren rausprügeln!«

»Hier drin wird sich nicht geprügelt!« warnte Burt. »Wenn ihr euch prügeln wollt, dann macht das hinten vor dem Haus!«

»Sie sind ja betrunken!« Dan behielt sein Gesicht dicht vor Cals, und sein Arm lag vor dem Körper des Mannes, damit nicht plötzlich der Bierkrug hochschnellte und ihm die Zähne einschlug. »Nehmen Sie den Mund nicht zu voll.«

»Ist schon in Ordnung«, beschwichtigte ihn Arden. Sie hatte diesen Ausdruck nicht zum erstenmal gehört. »Das ist es wirklich.«

Plötzlich stieg ihr der beißende Gestank von Schweiß, Körpergeruch und Sumpfschlamm in die Nase. Jemand in einem dunklen Anzug trat zwischen sie und Dan. Es erinnerte sie an Geierflügel, die sich auf einen sterbenden Hasen stürzten.

»Lambert?« Eine leise Stimme sprach in Dans Ohr. Im selben Moment spürte Dan, wie sich der kleine Lauf einer Schußwaffe in seine Rippen bohrte. »Das Spiel ist aus.«

Dan riß den Kopf herum und blickte in das bleiche Gesicht, das er im Taschenlampenschein in Basile Park gesehen hatte, nur daß es nun von Moskitostichen übersät war. Sein Herz setzte einen Schlag aus und flatterte dann wie ein gefangener Vogel.

»Immer mit der Ruhe«, sagte Flint. »Es muß niemand verletzt werden. In Ordnung?«

Hinter Murtaugh sah Dan den Elvis Presley-Imitator stehen, der in den Armen seine strampelnde Bulldogge hielt. Die Musik hatte plötzlich aufgehört. Der Presley-Klon stand jetzt im Mittelpunkt der Aufmerksamkeit und zog höhendes Pfeifen und Gelächter auf sich.

Flint blickte kurz auf das Mädchen und bemerkte, daß das,

was er für einen großen blauen Fleck gehalten hatte, in Wirklichkeit ein riesiges dunkelviolettes Feuermal war.
»Sind Sie in Ordnung, Miss Halliday?«
»Mir geht es gut. Wer sind ...« In diesem Moment wurde ihr klar, wer er sein mußte und daß er wohl ihre Handtasche durchsucht hatte, nachdem sie von der Brücke gestürzt waren.
»Mein Name ist Flint Murtaugh. Kumpel«, sagte er zu Cal, »warum nehmen Sie nicht Ihr Bier und verschwinden?«
»Ich wollte dem Mistkerl gerade die Fresse polieren«, erwiderte Cal, ein bißchen wacklig auf den Beinen.
»Ich werde mich von jetzt an um ihn kümmern.«
»Ich bin bereit, wann immer du willst!« knurrte Cal Dan ins Gesicht, dann packte er erneut Angie am Arm und riß sie mit sich auf die Tanzfläche. »Nun, dann also Schluß mit der Scheiße!« grölte er den Musikern zu. »Wie wär's, wenn ihr mal was *spielen* würdet?«
Die Musik setzte wieder ein, und noch immer lachten Männer und gafften Pelvis an, der sein Bestes tat, mit einer Miene dazustehen, als würde er den Spott gar nicht bemerken. Seine Perücke war ein Stück heruntergerutscht, da der Klebstoff vom Sumpfwasser aufgeweicht worden war,und er griff mit einer schnellen Handbewegung nach oben und rückte sie wieder zurecht.
»Was, zum Teufel, ist *das*?« Burts Mund verzog sich grinsend um seinen Zigarrenstummel herum. Er hatte den Derringer nicht gesehen, den Flint Dan in die Rippen preßte, was auch ganz in Flints Sinn war. »Tier, Pflanze oder Mineral?« Er prustete Rauch aus und blickte Flint an. »Ich schwöre bei Gott, das wird hier langsam zum Zirkus! Wo kommen Sie denn bloß alle her?«
»Wir sind mit diesem Mann hier gekommen«, erwiderte Flint. »Haben nur sozusagen die Nachhut gebildet.«

»Ihr Freund hat sich ein bißchen früh für Halloween kostümiert, was?«
»Er ist ein großer Elvis-Fan. Kümmern Sie sich nicht um ihn, er ist harmlos.«
»Mag sein, aber diese Hurensöhne hier haben Blut gewittert. Hören Sie nur, wie sie heulen!« Er bewegte sich ein Stück die Theke hinunter, um einem anderen Kunden ein Bier zu zapfen.
»He, Elvis!« rief jemand. »Geh da rauf, und schüttel deinen fetten Arsch, Mann!«
»Sing uns ein Lied, Elvis!« brüllte ein anderer.
Flint hatte keine Zeit, sich um Eisleys Lage zu kümmern. Er wußte, daß so etwas früher oder später passieren mußte. Doch das wichtigste war, daß hier vor ihm Daniel Lewis Lambert stand und daß der Derringer geladen und entsichert war. »Hat er Ihnen weh getan, Miss Halliday?«
»Nein.»
»Dann hatten Sie Glück. Sie wissen doch, daß er zwei Menschen umgebracht hat, oder?«
»Ich weiß, daß er einen Mann in einer Bank in Shreveport erschossen hat. Er hat es mir erzählt. Aber er hat gesagt, daß er den Mann in Alexandria nicht getötet habe, und ich glaube ihm.«
»Sie *glauben* ihm?« Er warf ihr wieder einen Blick zu. »Ich dachte, er hätte Sie als Geisel genommen.«
»Nein«, sagte Arden, »so war es ganz und gar nicht. Ich bin aus freien Stücken mit ihm mitgekommen.«
Entweder war sie verrückt, dachte Flint, oder Lambert hatte sie irgendwie einer Gehirnwäsche unterzogen. Doch sie ging ihn auch nichts an. Er behielt den Lauf des Derringers weiter gegen Lamberts Rippen gepreßt. »Nun, Sie haben mir eine ganz schöne Verfolgungsjagd geliefert, das muß ich Ihnen lassen.«

Dan erwiderte nichts. Sein Herz hatte zu rasen aufgehört, und nun war Eis in seinen Adern. Er schaute auf eine geschlossene Tür, etwa fünf Meter entfernt. Vielleicht lag dahinter eine Toilette mit einem Fenster, und wenn er dort hineinkommen würde und die Tür verriegeln und sich so ein paar Augenblicke Zeit verschaffen konnte, bestünde vielleicht immer noch die Möglichkeit zu fliehen.

»Mit dem Gesicht zur Theke, und legen Sie Ihre Hände drauf.«

Dan gehorchte, doch seine Aufmerksamkeit galt weiter der Tür. Wenn es ihm gelang, durch ein Fenster in den Sumpf zu entkommen, dann könnte er ...

Könnte er *was*? fragte er sich selbst. Er war todmüde, hungrig und durstig. Er bezweifelte, daß er noch die Kraft gehabt hätte, ein oder zwei Schläge mit Cal auszutauschen, ganz zu schweigen davon, durch von Alligatoren verseuchtes Wasser zu schwimmen. Während Flint ihn hastig abtastete, wobei er sowenig Aufmerksamkeit wie möglich erregen wollte und dabei Hilfe durch den lautstarken Tumult bekam, der sich mittlerweile um Pelvis herum erhoben hatte, wurde Dan bewußt, daß ihm gerade die kalte Realität eine Ohrfeige versetzt hatte. Er war zu Sinnen gekommen, so als wäre er aus einem Fiebertraum erwacht.

Er konnte nirgendwo mehr hin. Seine Flucht war zu Ende.

»Hast du deinen pinkfarbenen Cadillac mitgebracht, Elvis?«

»Zum Teufel, geh endlich da rauf, und sing was!«

»Ja, und es sollte besser gut sein!«

Pelvis war schon in einigen miesen Schuppen aufgetreten, wo die Betrunkenen mit glühenden Augen von ihren Sitzen aufstanden, um ihm entweder das Mikrofon wegzunehmen oder um ihren Freundinnen zu beweisen, daß das Blut des Kings auch nur scharlachrot war. Dieser Laden rangierte ganz unten bei den schlimmsten jener Kaschemmen, und

Pelvis versuchte das Gegröle zu ignorieren, doch die Rufe begannen seinen Stolz zu verletzen.
»Du bist kein Elvis, du fetter Scheißer!«
»Was hast du denn da in deinen Armen, Elvis? Deine Freundin?« Dies wurde von einer Salve schallendem Gelächter begleitet, das sogar die unermüdlichen Musiker übertönte.
Flint bemerkte, daß die Situation langsam außer Kontrolle geriet, doch jeder Mann, der wie ein toter Hillbilly aussehen und reden wollte, mußte so was einstecken können. Er behielt seine Augen auf Lambert gerichtet, der, wie er zu seiner Überraschung feststellte, keine Waffen bei sich trug, nicht einmal ein Messer. »Leeren Sie Ihre Taschen aus.«
»Was wollen Sie tun?» fragte Arden. »Ihn ausrauben?«
»Nein. Lambert, Sie scheinen bei Frauen ja einen mächtigen Schlag zu haben. Erst tritt Ihre Exfrau für Sie ein, und jetzt die hier. Sie kennt Ihr wahres Ich wohl nicht, oder?«
Dan legte seine Brieftasche auf die Theke, dann ein paar durchnäßte Dollarnoten, etwas Kleingeld und das Jahrbuchfoto, das Chad ihm gegeben hatte. »Wie haben Sie mich gefunden?«
Flint klappte die Brieftasche auf und tastete sie nach versteckten Rasierklingen ab. »Ich habe gehört, wie Ihnen Ihre Exfrau von der Hütte erzählt hat, und habe den ganzen Tag auf Sie gewartet.« Er nahm das feuchte Bild und schaute es an. »Ihr Sohn?«
»Ja.«
»Sehen Sie, das war Ihr großer Fehler. Sie hätten nicht in diesen Park kommen sollen. Wenn Sie nicht nach Alexandria gefahren wären, hätten Sie jetzt keine Anklage wegen Doppelmords am Hals.« Er steckte Dans Brieftasche und das Geld in sein Jackett, das noch immer zugeknöpft war, um

Clints gelegentliches Muskelzucken unter dem Hemd zu verbergen. »Das Bild können Sie behalten.«

Dan tat es in seine Tasche zurück. »Der Mann war noch am Leben, als ich das Motel verließ. Seine Frau hat ihn umgebracht, und sie schiebt mir die Schuld in die Schuhe.«

»Netter Versuch. Erzählen Sie das der Polizei, und sehen Sie, was die davon hält.«

»Das hat er schon«, mischte Arden sich ein. »Er hat die Alexandria-Police angerufen, als wir in Lafayette waren, und ihnen gesagt, sie sollen die Schrotflinte auf Fingerabdrücke untersuchen.«

»Aha. Hat er Ihnen erzählt, er habe das getan?«

»Ich bin dabeigewesen.«

»Und er hat vermutlich mit dem Wählton gesprochen oder mit einer Stimme vom Band, oder er hatte seinen Finger auf der Gabel. Lambert, die Hände vor den Körper, und verschränken Sie die Finger.«

»Sie müssen mir keine Handschellen anlegen«, sagte Dan tonlos. »Ich laufe nicht weg.«

»Halten Sie den Mund, und tun Sie's.«

»Ich würde gern mein Gumbo essen und mein Bier trinken. Wollen Sie mich füttern?» Er drehte sich um und blickte in die eiskalten blauen Augen des Kopfgeldjägers. Murtaugh sah so ausgelaugt aus, wie Dan sich fühlte. Sein Gesicht war eingefallen, und sein dunkles Haar mit der weißen Strähne war fettig und ungekämmt. Ein Dutzend Moskitostiche übersäten seine stoppligen Wangen und sein Kinn, und er mußte sich an zweien von ihnen kratzen, während er Dan den Derringer in die Seite drückte.

»Ich laufe nicht weg«, wiederholte Dan. »Ich bin zu müde, und es hat sowieso keinen Zweck.« Er sah das Mißtrauen, das sich an dem verkniffenen Zug um Murtaughs schmallip-

pigen Mund erkennen ließ. »Ich gebe Ihnen mein Wort. Ich will nur etwas essen und mich ausruhen.«
»Ja, ich weiß, was Ihr Wort wert ist.« Flint machte Anstalten, in seine Tasche zu greifen, um die Handschellen hervorzuholen, doch dann zögerte er. Lambert hatte keine Waffe, und er sah tatsächlich erschöpft aus. Und diesmal stand auch keine Frau zwischen ihnen, die sich mit Teakwando auskannte. »Ich schwöre bei Gott, wenn Sie versuchen, wegzulaufen, schieße ich Ihnen eine Kugel ins Knie oder in den Ellbogen und überlasse es den Anwälten, sich die Köpfe darüber zu zerbrechen. Haben Sie verstanden?«
Dan nickte, überzeugt davon, daß Flints Worte keine leere Drohung waren.
»Also gut. Essen Sie.«
Ein hagerer Mann mit einer GSP-Mütze und einem schmierigen Overall zupfte an Pelvis' Arm. »He, du«, sagte er. Pelvis sah, daß dem Mann fast alle Vorderzähne fehlten. Seine Augen waren rot unter ihren schweren Lidern, und der Gestank von Bier und Gumbo in seinem Atem reichte aus, um Mama winseln zu lassen. »Ich kannte Elvis«, erklärte der Mann mit asthmatischer Stimme. »Elvis war mein Freund. Und du alter Furz, du bist ganz und gar nicht Elvis!«
Jetzt reichte es, entschied Pelvis. Er spürte, wie heißes Blut in seine Schwabbelbacken stieg. Spott und Gelächter trafen ihn wie spitze Speere. Er ging zu der blonden Frau mit dem Feuermal im Gesicht hinüber und sagte mit wütend knurrender Stimme: »Entschuldigen Sie, würden Sie wohl Mama kurz halten?«
»Was?«
»Meinen Hund«, erwiderte er. »Würden Sie sie für zwei, drei Minuten halten?« Er drückte ihr Mama in die Arme.
»Eisley!« fauchte Flint. »Was machen Sie da?«

»Ich habe meinen Stolz. Sie verlangen nach einem Lied, also kriegen sie ein Lied.«
»Nein, das tun Sie nicht!« Doch Pelvis ging schon zu den Musikern hinüber, ein Spießrutenlauf durch vom Bier angeheizte Hohnrufe und Beleidigungen. »Eisley!« schrie Flint. »Kommen Sie zurück!«
Die Musiker hielten in ihrem Cajun-Stampfrhythmus inne, als Pelvis herankam, und da gab es für das Gejohle und Geschrei kein Halten mehr. Burt war von den Zapfhähnen zurückgekehrt, und er brüllte Flint zu: »Ihr Freund wird kein Grab brauchen! Da wird nichts mehr zu begraben übrig sein!«
»Er ist nichts weiter als ein Idiot!« wütete Flint, der noch immer seinen Derringer gegen Dans unteren Rippenbogen drückte, doch in dem schummrigen, verrauchten Licht konnte Burt das nicht sehen. Während Arden die Bulldogge festhielt und ihr die Gedanken über das, was Angie ihr erzählt hatte, im Kopf umherrasten, aß Dan den ersten Bissen von seinem Gumbo, und die scharfen Gewürze und die Wurst hätten beinahe seine Zunge in Brand gesteckt.
»Kennt ihr Jungs ›Hound Dog‹?« fragte Pelvis die Band. Drei Köpfe wurden geschüttelt. »Wie steht's mit ›I Got a Women‹? ›Heartbreak Hotel‹? ›A Big Hunk o'Love‹?« All diese Titel ernteten nur negative Reaktionen. Pelvis spürte, wie sich Schweiß unter seinem Kragen sammelte. »Kennt ihr *irgendwelche* Elvis-Lieder?«
»Wir spielen nur Zydeco«, sagte der Mann mit dem Akkordeon. »Sie wissen schon. Wie ›My Toot-Toot‹ und ›Diggy Liggy Lo‹.«
»O Gott«, hauchte Pelvis.
»Steh da nich dumm rum, Elvis!« erhob sich ein Ruf unter den anderen. »Du bist doch nich tot, oder?«

Pelvis wandte sich zum Publikum um. Schweiß lief aus seinen Achselhöhlen, und sein Herz hatte zu rasen begonnen. Er hob die Hände, um das Gejohle zum Schweigen zu bringen, und etwa die Hälfte verstummte. »Ich muß euch Jungs sagen, daß ich mich meistens selbst auf der Gitarre begleite. Hat hier jemand eine Gitarre, die ich benutzen kann?«

»Wir sind hier nich in *Nashville*, du Arschloch!« kam die Antwort. »Entweder du fängst an zu singen, oder du gehst schwimmen!«

Pelvis sah zu Flint hinüber, der nur mitleidig den Kopf schüttelte und seinem Blick auswich. Dann starrte Pelvis auf die Ledernacken, und Schmetterlinge der Angst flatterten in seinem Bauch. »Fang an zu Quaken, du großer fetter Frosch!« grölte jemand. Ein Schweißtropfen lief in Pelvis' linkes Auge und brannte dort so sehr, daß er es einige Sekunden lang zukneifen mußte. Plötzlich flog eine Schüssel Gumbo von einem der Tische herüber und verteilte sich spritzend über die gesamte Vorderseite von Pelvis' verdreckten Hosen. Eine Welle von Gelächter folgte, dann begann jemand wie ein Esel zu schreien. Pelvis starrte auf seine schlammverkrusteten Wildlederschuhe, und es kam ihm in den Sinn, daß diese Männer hier gar nicht wußten, wie viele Stunden er damit zugebracht hatte, sich Elvis-Filme anzusehen und zu lernen, wie der King zu gehen und zu reden. Sie wußten nicht, wie viele Nächte er dagesessen und sich in einem heruntergekommenen kleinen Zimmer Elvis-Platten angehört und jeden Satz, jede Nuance jener vollen, wunderbaren Stimme, jener Stimme der amerikanischen Seele aufgesogen hatte. Sie wußten nicht, wie sehr er Elvis liebte, daß er vor dem Schrein von Graceland betete und daß seine Frau ihn einen dummen fetten Versager genannt hatte und mit seinem ganzen Geld und einem Lastfahrer namens Boomer

durchgebrannt war. Sie wußten nicht, wie er für seine Kunst hatte leiden müssen.
Sein Publikum verlangte nach ihm, schrie nach ihm, daß er die Wahrheit sagen möge. Pelvis straffte die Schultern, zog sein Doppelkinn ein und kehrte dem Publikum den Rücken zu. Er fragte den Klavierspieler: »Macht es Ihnen was aus, wenn ich mich mal dort hinsetze?« und rutschte auf den Stuhl, als dieser geräumt worden war. Pelvis ließ seine Fingerknöchel knacken, blickte auf die schmutzigen, armseligen und abgesplitterten weißen Tasten, dann setzte er seine Finger auf und begann zu spielen.
Einige Takte klassischer Musik kamen aus dem altersschwachen Klavier. Die Männer verfielen in schockiertes Schweigen, doch keiner war tiefer schockiert als Flint, denn nur Flint erkannte die Musik. Es waren die gemessenen Eingangsakkorde von Chopins Prélude Nummer Neun in E-Dur, einem der seelenberuhigenden Stücke, denen er täglich in seinem Wagen gelauscht hatte.
Sie ließen Pelvis etwa zehn Sekunden spielen, bevor sie wieder zu Bewußtsein kamen. Dann traf eine zweite Schüssel Gumbo das Klavier, und ein halber Hamburger flog an Pelvis' Kopf vorbei, und ein Gebrüll der Unzufriedenheit explodierte wie eine Bombe. »Diese verdammte Scheiße woll'n wir nicht!« grölte ein Mann mit einem Gesicht, so gemein wie eine vernarbte Faust. »Spiel uns was mit 'ner *Melodie*!«
»Nicht so schnell mit den jungen Pferden!« rief Pelvis zurück. »Ich lockere nur meine Finger!« Er war so bereit, wie er es je sein würde. »Also gut, dieses Stück heißt ›A Big Hunk o' Love‹!« Und dann stießen seine Finger auf die Tasten hinunter, und das Klavier gab ein Geräusch von sich wie eine Lokomotive, die heulend durch einen Tunnel im glühendheißen, dämonenverseuchten, sextriefenden und gottver-

gessenen Hades donnerte. Seine Finger sausten so schnell über die Tasten, daß sie in der Bewegung verschwommen schienen, und die Macht der Musik schmiß den Spott und das Gejohle geradewegs zur Schwingtür hinaus. Pelvis warf den Kopf in den Nacken. Auf seinem Gesicht glänzte Schweiß, sein Mund öffnete sich, und er begann seinem Baby die Bitte entgegenzubrüllen, ihm jede Menge Liebe zu geben.

Flints Mund öffnete sich ebenfalls; sein Unterkiefer war verblüfft runtergeklappt. Eisleys Sprechstimme mochte Elvis nachahmen, doch seine Singstimme war etwas gänzlich anderes; obwohl noch die Baßtöne des Kings durchklangen, schwang doch gleichzeitig auch das kehlige Stöhnen einer rostigen Kettensäge mit, die sich plötzlich in erstaunliche, aufstrebende, überirdische Höhen aufschwang – *big hunk o' hunk o' looovvve* –, die eher an das opernhafte Jaulen Roy Orbisons erinnerte. Während er zuschaute, wie Eisley das Klavier wie ein durchgedrehter Jerry Lee Lewis in Stücke schlug, und hörte, wie seine Stimme erst die Decke erschütterte und dann wieder die Bodendielen zum Beben brachte, erkannte Flint die Wahrheit: Auf der Bühne war Eisley ein lausiger Elvis, doch das war so, als würde man sagen, ein Rubin sei ein lausiger Diamant. Obgleich Flint diese Art von Ledernackenradau verabscheute, obgleich sich ihm dabei die Nackenhaare sträubten und er sich nichts mehr wünschte, als ein Paar Ohrenstöpsel, wurde ihm doch in diesem Moment deutlich, daß Pelvis kein Imitator eines toten Stars war. Der Mann war, ob er es nun wußte oder nicht, ein wahrhaftiger originaler Feuerball.

Dan spülte einen Löffelvoll des scharfen Gumbos mit einem Schluck Bier hinunter und schaute zu, wie der Presley-Klon ins Klavier hämmerte und *hunk o' hunk o' big ol' love* brüllte. Murtaughs Waffe hatte sich ein paar Zentimeter von Dans

Rippen zurückgezogen. Der Kopfgeldjäger starrte gebannt auf seinen Gefährten. Es schoß Dan durch den Sinn, daß er Murtaugh den Bierkrug über den Schädel schlagen und zur Hintertür fliehen konnte, wenn er nur schnell genug war. Tu es, befahl er sich selbst. Zieh dem Mistkerl eine über und lauf weg, solange noch Zeit ist.

Er trank einen weiteren Schluck von dem bitteren Gebräu und hielt den Krug zum Schlag bereit. Die sehnigen Muskeln an seinem Unterarm spannten sich an, so daß sich die tätowierte Schlange zu bewegen begann.

21 Schweigender Schatten

Eine Sekunde verstrich. Dann noch eine.

Tu es! dachte er, und er starrte auf die Stelle an Murtaughs Schädel, die der Krug treffen würde.

Eine dritte und vierte Sekunde verstrichen.

Nein.

Es war eine mächtige Stimme. Die Stimme der Vernunft.

Nein, entschied Dan. Ich habe mein Wort gegeben, und ich habe schon genug Kummer und Leid verursacht. Es reicht jetzt.

Murtaughs Kopf drehte sich plötzlich herum, und die blaßblauen Augen fixierten ihn.

Dan hob den Krug an seine Lippen und trank den letzten Schluck Bier aus. »Ihr Freund ist gar nicht mal schlecht.«

Flint sah auf den Krug, dann kehrte sein Blick wieder zu Dans Augen zurück. Er hatte das Gefühl, als wäre gerade eine Gefahr an ihm vorbeigeglitten wie ein schweigender Schatten. »Sie überlegen doch nicht, etwas Dummes zu tun, oder?«

»Nein.«

»Das sollten Sie auch besser nicht, wenn Sie keine Armbänder tragen wollen. Ich möchte das hier so ruhig und sauber halten, wie ich kann.«

Dan hatte sich gefragt, warum Murtaugh sich solche Mühe gab, daß seine Waffe nicht gesehen wurde, und warum er dem Barkeeper nicht gesagt hatte, wer er war. »Haben Sie

Angst, jemand anders könnte mich Ihnen wegnehmen, sobald die das mit der Belohnung rausfinden?«

»Wenn die Leute erfahren, womit ich meinen Lebensunterhalt verdiene, heißen sie mich zumeist nicht gerade mit offenen Armen und Blumen willkommen.«

»Hören Sie, ich wollte Blanchard nicht töten«, sagte Dan. »Er hat mit der Waffe auf mich gezielt. Ich hatte die Pistole des Wachmanns in der Hand, und ich ...«

»Tun Sie uns beiden einen Gefallen«, unterbrach ihn Flint. »Heben Sie sich das für den Richter auf.«

Pelvis beendete das Lied mit einem Schrei und einer Reihe von Akkorden, die drohten, das Klavier vollends zu zerstören. Als die letzten Noten erstarben, erhob sich ein anderes donnerndes Geräusch: das Jubeln und Klatschen des Publikums. Pelvis schaute es blinzelnd an, wie betäubt von der Reaktion. Obgleich er früher in einer Bluesband Klavier gespielt hatte, als er noch ein schlaksiger Junge mit vollem lockigen Haar und großen Rosinen im Kopf war, war er doch nun daran gewöhnt, hinter einer E-Gitarre zu stehen, die er zwar nicht sonderlich gut spielen konnte, aber sie war nun mal das Instrument des Kings. Er war daran gewöhnt, daß die Geschäftsführer von Clubs ihm sagten, er müsse seine Stimme besser im Zaum und tiefer halten, denn diese hohen Tenortöne klangen nicht im geringsten nach Elvis, und dafür bezahlten die Gäste nun mal, und wenn er ein brauchbarer Elvis-Imitator sein wolle, dann sei dieses Piepsen fehl am Platz.

Hier jedoch war es offenkundig, daß die Leute ausgehungert nach Unterhaltung waren, und es kümmerte sie nicht, daß er nicht die Saiten einer E-Gitarre anschlug oder daß seine Stimme nicht so erdig klang wie die des Kings. Sie verlangten schreiend nach einer Zugabe, und einige trommelten sogar mit ihren Fäusten und Bierkrügen auf die

Tische. »Danke, vielen Dank!« sagte Pelvis. »Nun, dann werde Ihnen noch ein Lied singen. Dieses heißt ›It's Your Baby, You Rock It‹!« Er ließ ein weiteres Feuerwerk explodieren, und obgleich seine Finger steif waren und er wußte, daß er oft danebenhaute, kehrte seine alte Kunstfertigkeit doch langsam zu ihm zurück. Der Fidler griff die Akkorde auf und begann sie zu verbinden, und dann fügte der Akkordeonspieler ein nicht sehr rhythmisches Quäken und Quaken hinzu.

»He!« schrie Burt Flint über die Musik hinweg zu. »Hat der je Platten aufgenommen?«

»Nicht, daß ich wüßte.«

»Nun, das sollte er tun! Er hört sich zwar nicht wie Elvis an, aber ein Kerl, der so Klavier spielen und singen kann, der sollte Platten aufnehmen! Sollte sich damit 'ne goldene Nase verdienen!«

»Wie kommt man denn von hier weg?« fragte Flint. »Zurück zur Straße, meine ich?«

»So, wie ich ihm schon gesagt hab.« Burt deutete mit einem Kopfnicken auf Dan. »Das Versorgungsboot von Grand Isle trifft morgen nachmittag ein. Das is der einzige Weg hier raus.«

»*Morgen nachmittag*? Ich muß diesen Mann nach ...« Er hielt kurz inne und begann dann von neuem. »Wir müssen so schnell wie möglich nach Shreveport.«

»Sie werden auf das Versorgungsboot warten müssen. Das bringt Sie nach Grand Isle, aber von da is es immer noch ein verdammt langer Weg nach Shreveport. Sehen Sie, es gibt hier im Umkreis von vielen Meilen keine Straße.«

»Ich kann nicht die ganze Nacht hierbleiben! Herrgott noch mal, wir müssen zurück ...« In die *Zivilisation*, hätte er beinahe gesagt, doch das hielt er für unklug. »... nach Shreveport«, beendete er den Satz.

»Tut mir leid. Ich hab hinten ein Funktelefon dabei, wenn Sie irgend jemanden wissen lassen wollen, wo Sie jetzt sind.«

Smoates mußte es erfahren, dachte Flint. Smoates mußte hören, daß die Haut eingefangen und auf dem Rückweg war. Smoates würde jetzt schlafen, doch es würde ihm nichts ausmachen, geweckt zu werden, um zu hören ...

Einen Moment mal, befahl Flint sich selbst. Nur nicht so schnell. Warum solche Eile, diesen Freak-liebenden Mistkerl anzurufen? Im Augenblick saß er, Flint, am längeren Hebel. Er mußte nicht losrennen und Smoates anrufen, wie ein Teenager, der Angst vor der Hand seines Vaters hatte. Und außerdem, wenn Smoates ihm nicht Eisley ans Bein gebunden hätte, wäre die Sache schon gestern erledigt gewesen. Also, zur Hölle mit ihm.

»Nein, ich muß niemanden anrufen«, sagte Flint. »Aber was sollen wir tun? Hierbleiben, bis das Versorgungsboot kommt?« Er wußte nicht, ob er es ertragen könnte, so lange seinen eigenen Körpergeruch zu riechen, und Lambert duftete auch nicht gerade wie ein Pfirsich. »Gibt es denn hier nichts, wo ich duschen und ein wenig schlafen kann?«

»Nun, das hier is nich gerade ein tropischer Ferienort.« Burts Zigarrenstummel war erloschen, doch er hielt ihn noch immer zwischen seinen Zähnen eingeklemmt. Jetzt nahm er ihn heraus, betrachtete ihn und überlegte, ob sich noch ein weiteres Streichholz lohnte. »Sie meinen ein Zimmer für Sie alle? Oder wollen Sie was Separates für die Lady?«

»Ich schlafe nicht in einem Raum mit denen!« Arden war noch immer benommen und bekümmert von dem, was sie über das Leuchtende Mädchen gehört hatte. Die kleine Bulldogge in ihren Armen schaute sehnsüchtig zu Pelvis. »Lieber bleibe ich die ganze Nacht hier sitzen!«

»Wieviel Geld haben Sie?« fragte Burt Flint und zog dabei die Augenbrauen hoch.
»Nicht viel.«
»Haben Sie hundert Dollar?«
»Vielleicht.«
»Also gut.« sagte Burt. »Die großen Tiere, die Bosse, haben zwei Hütten, in denen sie wohnen, wenn sie hier mal auf Besuch reinschneien. Die wollen sich nicht schmutzig machen und in den Baracken mit den Arbeitern schlafen, verstehen Sie. Ich kenne jemanden, der die Schlösser knacken kann. Für fünfzig Dollar pro Hütte können Sie sie für die Nacht haben. Sind keine Paläste, aber sie haben saubere Pritschen, und sie sind abgeschieden.«
»In meiner Brieftasche sind fünfzig Dollar«, bot Dan an. Auf einer Pritsche zu schlafen – ob sauber oder dreckig, war ihm egal –, hörte sich wunderbar an. Es schoß ihm durch den Kopf, daß dies die letzte Nacht sein würde, in der er ohne Gitterstäbe schlafen würde. »Ich bezahle für die Hütte.«
»Ja, wir sind im Geschäft.« Flint holte Dans und seine eigene Brieftasche hervor und gab Burt das Geld.
»Gut. Warten Sie 'ne Minute, damit ich noch das Lied zu Ende hören kann.« Pelvis hatte ein langsames Country-Western-Rührstück mit dem Titel ›Anything That's Part of You‹ angestimmt. Sein Publikum saß in gebanntem, respektvollem Schweigen da, während melancholische Töne aus dem Klavier drangen und Pelvis' Stimme sich zu einer seelenvollen Klage erhob, die schmerzlich genug war, um die Augen der hartgesottenen Ledernacken und Bayou-Nutten feucht werden zu lassen. »Ich schwöre«, sagte Burt, »dieser Kerl muß nich versuchen, Elvis nachzumachen. Sind Sie sein Manager?« Er schaute Flint an.
»Nein.«
»Zum Teufel, dann werd *ich* sein Manager. Ich hau ab aus

diesem verdammten Sumpf und werd reich, und ich werd es nich bereuen.«

»Arden?« Dan hatte bemerkt, daß ihre Mundwinkel bebten und ihre Augen glasig vom Schock waren. Es war ein schwerer Schlag für sie, das wußte er. Sie hatte so viel blindes Vertrauen darin investiert, das Leuchtende Mädchen zu finden. Sie hatte alles geopfert, und nun war es vorbei. »Sind Sie in Ordnung?«

Sie antwortete nicht. Sie konnte nicht.

»Macht es Ihnen was aus, mal kurz zur Seite zu gehen?« fragte er Flint, und der Kopfgeldjäger sah Ardens offenkundige Seelenqual und entfernte sich ein Stück. Dan trat ganz dicht an sie heran. Er fühlte mit ihr, doch er wußte nicht, wie er sie trösten sollte. »Es tut mir leid«, sagte er. »Ich wünschte, Sie hätten finden können, wonach Sie suchen.«

»Ich … ich kann nicht glauben, daß sie tot ist. Ich kann das einfach nicht.« Unvermittelt glitzerten Tränen in ihren Augen, doch sie blinzelte sie ebenso schnell wieder fort. Die Bulldogge leckte ihr Kinn. »Ich kann es nicht glauben. Jupiter hätte mir doch nie was Falsches erzählt.«

»Hören Sie mir mal zu«, sagte Dan mit fester Stimme. »Von dieser Minute an, jetzt und auf der Stelle, werden Sie in die Wirklichkeit zurückkehren müssen. Das bedeutet, daß Sie nach Fort Worth gehen und Ihr Leben wiederaufnehmen. Wie schlimm alles auch aussehen mag, es kann nur besser werden.«

»Das glaube ich nicht.«

»Sie können nicht wissen, was der nächste Tag bringt. Oder die nächste Woche, oder der nächste Monat. Sie müssen einen Tag nach dem anderen angehen, und so kommen Sie durch die schweren Zeiten. Glauben Sie mir, ich habe es erlebt.«

Arden nickte, doch das Leuchtende Mädchen war eine

Kerze, die sie nicht auslöschen konnte. Es wurde ihr bewußt, wie selbstsüchtig sie gewesen war, ganz in Anspruch genommen von ihren eigenen Wünschen. Seit dem Moment, in dem der Mann in dem dunklen Anzug seinen Fuß in diese Kneipe gesetzt hatte, war Dan auf dem Weg ins Gefängnis.

»Sind *Sie* in Ordnung?« fragte sie.

»Ich denke schon.« Er schenkte ihr ein schwaches, tapferes Lächeln, während er sich im Innern fühlte, als wäre er von einem Vierzigtonner überrollt worden. »Ja, ich bin in Ordnung. Es mußte ja früher oder später so kommen.« Sein Lächeln erlosch. »Ich habe meinen Sohn gesehen, ich habe gesagt, was ich sagen mußte, ohne Gitterstäbe zwischen uns. Das ist das Wichtigste.« Er zuckte mit den Schultern. »Zumindest habe ich dort, wo ich hingehe, ein Dach über dem Kopf und drei Mahlzeiten pro Tag. Kann nicht viel schlimmer als das Veteranenhospital sein, denke ich. Außerdem ...« Seine Stimme brach, und er mußte einen Moment innehalten, um die Kraft aufzubringen, weiterzusprechen. »Wie ich schon sagte, man geht es Tag für Tag an. So kommt man durch die schweren Zeiten.«

»Miss?« Burt stützte seine Ellbogen auf die Theke und beugte sich zu ihr vor. Pelvis hatte die langsame, traurige Nummer beendet und stand vom Klavier auf, um sich zu verbeugen, während Schweiß von seinem Doppelkinn tropfte. »Ich weiß, wer Ihnen sagen könnte, ob da jemand auf Goat Island lebt oder nicht. So'n Cajun, den sie Little Train nennen. Der stammt hier aus der Gegend, und manchmal geht er mit den Bossen auf die Jagd oder zum Fischen. Verkauft uns auch Fisch und Wild für unsern Laden hier. Er kommt im ganzen Sumpf herum. Wenn es irgend jemand weiß, dann er.«

»Arden?« Dans Stimme war leise. »Geben Sie es auf. Bitte.« Sie wollte es. Sie wollte es wirklich. Doch sie war verzweifelt und voller Furcht. Dies würde ihre letzte Chance sein, und sie würde nie wieder hierherkommen. Selbst nur das Grab des Leuchtenden Mädchens zu finden, wäre schon eine Antwort, wenn auch nicht die, auf die sie gehofft hatte. »Wo kann ich ihn finden?« fragte sie.

»Er lebt auf 'nem Hausboot, das etwa 'ne Meile südlich von hier vor Anker liegt. Gibt sich nich viel mit anderen Menschen ab.« Er blickte auf das Feuermal, und seine Augen folgten den gezackten Rändern. »Ich habe ein Motorboot, und meine Schicht is um sechs Uhr morgens zu Ende. Ich muß sowieso zu ihm rüber, um 'ne Bestellung für Welse und Schildkrötenfleisch abzugeben. Sie können gern mitfahren, wenn Sie wollen. Und ich kann zwei Leute mitnehmen, wenn *Sie* auch mitkommen wollen.« Er sagte das zu Dan.

Dan bemerkte das verzweifelte Bedürfnis in Ardens Augen; es war schmerzlich, dies zu sehen, denn er wußte, daß sie am Abgrund des Wahnsinns stand. Er mußte sich von ihr abwenden, und als er sie sagen hörte: »Ich gehe allein«, war es ihm klar, daß sie gerade einen Fuß weiter gesetzt hatte.

»Also gut. Ganz wie Sie wollen. He, Kumpel!« Er grinste Pelvis an, der sich gerade durch eine Traube von Rückenklopfern seinen Weg zur Theke bahnte. »Sie haben dem alten Klavier aber ganz schön eingeheizt!«

Pelvis sagte: »Vielen Dank, Ma'am«, während er Mama wieder in seine Arme nahm, und Mama zitterte vor Liebe und stürzte sich mit ihrer Zunge auf sein Gesicht. Pelvis atmete schwer, und ihm war ein bißchen schwindlig, doch ansonsten ging es ihm gut. Schweiß lief in Strömen an ihm herunter. »Kann ich bitte etwas Wasser haben?«

»Kommt sofort!«

»Mr. Murtaugh?« Pelvis lächelte breit. »Ich glaube, die mögen mich.«

»Sie waren ganz gut. Wenn man diese Art Musik mag. Hier,

wischen Sie sich das Gesicht ab.« Er zog eine Handvoll Papierservietten aus einem Spender und reichte sie ihm. »Sie werden mir doch jetzt nicht ohnmächtig, oder?«

»Nein, Sir. Ich bin nur ein wenig außer Atem.« Pelvis nahm die Flasche Wasser, die Burt ihm reichte, und trank in gierigen Zügen, dann kippte er sich etwas davon in seine Hand und ließ es Mama auflecken. »Haben Sie gehört, wie die geklatscht haben?«

»Hm. Ja. Aber steigen Sie jetzt wieder von Ihrem Podest herunter, und hören Sie mir mal zu. Wir können hier nicht vor morgen nachmittag weg. Wir müssen auf ein Versorgungsboot von Grand Isle warten. Wie, zum Teufel, wir wieder zurück zum Wagen kommen sollen, weiß ich nicht, aber so liegen die Dinge nun mal.«

»Wenigstens haben wir ihn, oder?« Pelvis deutete mit einem Kopfnicken auf Dan, der sich erneut über sein Gumbo hermachte.

Ach ja, »wir«, wollte Flint sagen, doch Burt reckte abermals sein bärtiges Gesicht über die Theke. »Sie spielen besser, als Sie aussehen, wenn ich das bemerken darf.«

»Sir?«

»Sie wissen schon. Dieser Elvis-Mist, mit den Judo-Bewegungen und dem ganzen Dreck. Das hatte ich erwartet.«

»Nun, all die Lieder, die ich gesungen habe, hat auch Elvis gesungen«, erklärte Pelvis. »Und in meiner Show mache ich diese Bewegungen, aber hier konnte ich das nicht, weil ich am Klavier gesessen habe. Wie ich schon sagte, für gewöhnlich spiele ich Gitarre.«

»Wollen Sie mal meinen Rat hören? Verstecken Sie sich nicht hinter Elvis. Das haben Sie nicht nötig, ein Kerl, der so in die Tasten zu hauen und so zu singen vermag wie Sie. Zum Teufel, Sie sollten nach Nashville gehen und denen zeigen, was Sie können.«

»Ich bin dort gewesen. Die haben mir gesagt, ich würde nicht genug wie Elvis klingen. Und die Gitarre könnte ich auch nicht so gut wie er spielen.«

»Nun, zum Teufel damit! *Versuchen* Sie doch gar nich erst, wie er zu klingen! Versuchen Sie nich, wie er auszusehen oder zu reden oder sonst was! Ich denke, es gab nur einen Elvis, und der is tot. Kann keinen zweiten geben. Wenn ich Sie wäre, würde ich, solange ich lebe, keine Gitarre mehr anrühren. Ich würde auch mein Haar nicht so tragen, und Sie sollten zwanzig oder dreißig Kilo abspecken. Werden Sie schlank und scharf, und dann gehen Sie zu diesen Typen in Nashville und spielen so für die, wie Sie hier gespielt haben, und Sie werden sich eine goldene Nase verdienen! He, tun Sie mir einen Gefallen!« Burt griff nach einer Serviette und nach einem Kugelschreiber neben der Kasse. »Hier. Geben Sie mir ein Autogramm, nur damit ich sagen kann, daß ich Sie als erster entdeckt habe. Schreiben Sie: Für meinen Freund Burt Dunbro.«

»Sie ... wollen ein Autogramm?« fragte Pelvis, und Schamesröte trat auf seine Wangen.

»Ja. Hier drauf. Für meinen Freund Burt Dunbro.«

Pelvis setzte den Kugelschreiber auf die Serviette auf und schrieb, worum Burt gebeten hatte. Dann begann er *Pelv* ... Er hielt inne.

»Was ist denn los? Will der Kugelschreiber nicht mehr?«

»Es gab nur einen Elvis«, hatte dieser Mann gesagt, »und der ist tot. Kann keinen zweiten geben.«

Vielleicht sollte es das auch nicht, dachte Pelvis.

Es war fünfzehn Jahre her, seit er vor einem Publikum Klavier gespielt hatte. Und das war, bevor er sich als der King verkleidet und die Platten und die Hüftschwünge und die Filme studiert und die Perücke und die blauen Wildlederschuhe, die königlichen Insignien, gekauft hatte. Das war, bevor er sich mit Twinkies und Erdnußbutterkeksen und in Buttermilch getunktes Maisbrot gemästet hatte. Das war, bevor er entschieden hatte, daß er so, wie er war, nicht gut genug war und daß er etwas viel Größeres brauchte, um sich daran festzuhalten und dahinter zu verstecken.

Doch was wäre, wenn ... was wäre, wenn ...

Was wäre, wenn er sein eigenes Talent zu früh abgeschrieben hätte? Was wäre, wenn er es zugunsten dieser Elvis-Verkleidung aufgegeben hatte, weil er sich nicht sicher war, daß er etwas wert war? Was wäre, wenn ... was wäre, wenn ...?

O Gott, es würde so schwer sein, das alles jetzt aufzugeben und zu versuchen, wieder zu den Ursprüngen zurückzukehren. Es wäre ihm unmöglich, es aus eigenen Stücken zu schaffen, ohne die Hilfe des Kings. Oder nicht?

Doch Elvis war tot. Es würde keinen zweiten geben.

»Warten Sie, ich hol Ihnen 'nen Schreiber, der funktioniert«, bot Burt an.

»Nein«, sagte Pelvis. »Dieser ist in Ordnung.«

Er hatte eine Heidenangst.

Doch er setzte den Kugelschreiber in Bewegung, und mit rasendem Herzen und ausgetrockneter Kehle strich er das *Pelv* aus und schrieb darunter *Cecil Eisley*.

Es war eins der schwersten Dinge, die er in seinem ganzen Leben getan hatte, doch als er damit fertig war, fühlte er sich, als ob sich etwas in seinem Innern zu öffnen begonnen hätte, wenn auch vorerst nur einen winzig kleinen Spalt weit. Vielleicht würde er es in einer Stunde bereuen, mit seinem eigenen Namen unterschrieben zu haben. Vielleicht würde er morgen leugnen, es getan zu haben. Doch im Moment – in diesem seltsamen und wunderbaren Moment – fühlte er sich, als wäre er drei Meter groß.

»Griff, komm mal rüber!« rief Burt. Der Mann mit dem fiesen Gesicht, der keine klassische Musik mochte, kam an die Theke. Burt gab ihm zwanzig Dollar und erklärte ihm leise, was er tun wollte. »Gehn Sie mit Griff mit, er wird sich um Sie kümmern«, sagte Burt zu Flint, und an Arden gewandt, fügte er hinzu. »Sechs Uhr früh. Ich treff Sie dann hier.«

»Auf geht's, Lambert.« Flint drückte wieder den Derringer in Dans Seite. »Immer mit der Ruhe.«

Die beiden Hütten, zu denen Griff sie führte, standen etwa hundert Meter entfernt von den anderen Bauten von St. Nasty auf einer Plattform, von er aus man über eine Bucht mit stillem schwarzem Wasser blickte. Griff holte ein Taschenmesser hervor und wählte eine schmale Klinge, um sie in das Schloß der ersten Hütte zu schieben. Er brauchte etwa vier Sekunden, um die Tür zu öffnen. »Ich sehe mich besser mal nach Schlangen um«, sagte er, bevor er in der Dunkelheit im Innern verschwand. Zwei Minuten später erwachte rumpelnd ein Generator hinter dem Haus zum Leben, und die elektrischen Lampen gingen flackernd an. »Keine Schlangen«, verkündete er, als er zur Tür zurückkehrte. »Nur eine Haut.« Er hielt ein langes hauchdünnes Ding hoch, um es ihnen zu zeigen. »Wer schläft hier drin?«

Als keiner der beiden Kopfgeldjäger antwortete, nahm Arden allen Mut zusammen und sagte: »Vermutlich ich.« Sie trat über die Schwelle. Das kieferngetäfelte Innere war heiß und feucht und roch nach Schimmel. Es gab ein kaputtes Sofa, ein Paar Stehlampen, die irgendwann 1967 auf einem Flohmarkt erworben worden waren, und eine Kochnische mit einem rostigen Herd und einer rostigen Spüle. Ein Flur führte in den hinteren Teil der Hütte, wo sich der Schlafraum und – hoffentlich – ein Bad befinden mußten. Für die paar Stunden bis sechs Uhr würde es reichen.

»Duschen und Klos sind zwischen den Hütten«, sagte Griff. »Die Rohre hängen an 'ner Zisterne, aber ich würd das

Wasser nich trinken. Und Sie sollten besser die Vorder- und Hintertüren verriegeln, 'ner Menge Typen hier kann man nich über den Weg trauen.«

Arden schloß die Tür und verriegelte sie, dann zog sie noch das Sofa davor. Sie fand einen Schalter, der den Deckenventilator betätigte, und nach dem Einschalten wurde es im Raum etwas kühler.

Als die Lichter in der zweiten Hütte angegangen waren, kam Griff grinsend heraus. »Na sieh mal da.«

Er hob den rechten Arm, um Dan, Flint und Pelvis die dicke braune Schlange zu zeigen, die er in der Hand gepackt hielt – den Kopf eingequetscht zwischen seinen Fingern, und den Schwanz um sein Handgelenk gewickelt. »'n großer alter Bastard von 'ner Mokassin. Hab sie schlafend unter einer Pritsche gefunden. Würden Sie mal zur Seite treten.« Er holte mit dem Arm nach hinten aus und schleuderte das Reptil an ihnen vorbei ins Wasser. Es landete mit einem mächtigen Platschen. »In Ordnung, Sie können jetzt reingehn.«

Flint schob Dan als ersten durch die Tür. Das Innere glich mehr oder weniger der anderen Hütte, eine schimmlige Ansammlung billiger Möbel, kieferngetäfelte Wände und ein unbehandelter Dielenboden. Pelvis trat als letzter ein, während seine Augen angestrengt nach allem, was kroch oder sich schlängelte, Ausschau hielten. »Die Sache mit Mokassins is die«, erklärte Griff, »daß es für jede, die man sieht, drei oder vier gibt, die man nich sieht. Sie tun einem nichts, solange man nich auf sie tritt, aber ich würde diesen Hund hier nich rumschnüffeln lassen, verstanden?«

»Ich habe verstanden«, erwiderte Pelvis.

»Was für'n Pech für das Mädel, was? Ich meine, das mit ihrem Gesicht. Schwer, hinzuschauen, aber auch schwer, *nich* hinzuschauen.«

»Danke, daß Sie uns hier reingelassen haben«, sagte Flint. »Gute Nacht.«

»Schon in Ordnung. Lassen Sie sich nich von den Bettwanzen beißen. Oder von was anderem.« Griff kicherte leise vor sich hin, schob die Hände in die Taschen seiner Blue jeans und machte sich wieder in die Richtung davon, aus der sie gekommen waren.

Flint schloß die Tür und verriegelte sie. »Hier, halten Sie ihn damit in Schach.« Er gab Pelvis den Derringer, dann holte er die Handschellen und den dazugehörigen Schlüssel aus seiner Tasche und schloß sie auf. »Hände hinter den Rücken.«

»Ich muß gleich mal pinkeln«, sagte Dan.

»Hände vor den Körper«, korrigierte Flint. »Verschränken Sie die Finger.«

»Ich habe Ihnen mein Wort gegeben, daß ich nicht weglaufen werde. Sie müssen nicht ...«

»Ihr Wort ist keine fünfzehntausend Dollar wert, also halten Sie den Mund.« Flint ließ die Handschellen um Dans Handgelenke zuschnappen und steckte den Schlüssel in die Innentasche seines Jacketts. Da sah Dan etwas Seltsames. Die Vorderseite von Murtaughs Hemd zuckte plötzlich, so als hätte dieser unvermittelt Schluckauf bekommen. Dan erinnerte sich, daß er dasselbe schon mal gesehen hatte, als Murtaugh in Basile Park auf dem Boden lag, kurz bevor der Elvis-Klon zu schreien begonnen hatte. Er hatte den bizarren Eindruck, daß an Murtaugh mehr war, als man auf den ersten Blick erkennen konnte.

»Behalten Sie ihn mal eine Minute im Auge«, wies Flint Pelvis an und ging durch den Flur nach hinten, um sich anzuschauen, was die Hütte sonst noch zu bieten hatte.

»Versuchen Sie jetzt nur nichts Dummes«, sagte Pelvis nervös, während er mit der schläfrigen Mama auf dem Arm

dastand und mit dem Derringer auf Dans Bauch zielte. »Ich werde Sie erschießen, wenn es sein muß.«
»Ach ja?«
»Sie sollten es besser glauben.«
»Wie heißen Sie?«
»Ce …« Nein, vielleicht würde er eines Tages dazu fähig sein, doch jetzt noch nicht. »Pelvis Eisley.«
»Pelvis, ja?« Dan nickte; so sah er auch aus. »Nun, Pelvis, haben Sie schon mal einen Mann erschossen?«
»Nein. Aber *Sie* sind ein Experte darin, stimmt's?«
»Hm. Entschuldigen Sie, daß ich das sage, doch Sie und Murtaugh passen nicht zueinander. Sind Sie schon lange Partner?«
»Zwei Tage. Er lernt mich an.«
Ein Amateur, dachte Dan. Er hatte das Gefühl, er könnte Pelvis sagen, daß hinter ihm eine Schlange auf dem Boden wäre, und der Mann würde vor Schreck glatt aus seinen Schuhen springen. »Ich finde, Sie sollten besser in Nashville Klavier spielen, als solche Arbeit hier zu machen. Sie haben sich wirklich gut angehört.«
»Eisley, reden Sie nicht mit ihm.« Flint kam in das Zimmer zurück. Er hatte zwei ungemütliche Räume mit zwei Eisengestellpritschen mit nackten Matratzen gefunden, und es war ihm auch nicht entgangen, daß die Beine der Pritschen in wassergefüllten Kaffeedosen standen, damit die Küchenschaben nicht an ihnen hochklettern konnten. Wenn das hier die Unterkünfte für die Bosse waren, dann mochte er die Quartiere der Arbeiter lieber gar nicht erst sehen. Allerdings schaute es auch nicht so aus, als hätte hier in letzter Zeit jemand genächtigt. Doch Flint wollte nur ein paar Stunden Schlaf, und dafür brauchte er kein Kissen aus einem Hilton Hotel. Er nahm Eisley den Derringer wieder ab. »Kommen Sie, Lambert. Sie wollen Ihr Geschäft ma-

chen, also dann mal los.« Durch eins der Fenster nach hinten raus hatte er einen Schuppen mit Blechdach gesehen, in dem sich wohl die Dusche und die Toilette befinden mußten. Der Generator hatte Strom zu einer Glühbirne geleitet, die über der Tür des Schuppens hing, doch dort hineinzugehen würde entweder ein Akt kühnen Muts oder nackter Verzweiflung sein.

Arden hatte sich schon – aus Verzweiflung – gezwungen, den Schuppen zu betreten. Glücklicherweise gab es nicht nur draußen, sondern auch drinnen eine Glühbirne, doch Arden hatte sich der Toilette trotzdem nur mit großem Zaudern genähert. Es lag keine aufgerollte Wassermokassin in der Kloschüssel, wie sie befürchtet hatte, aber es war auch nicht gerade die sauberste Toilette der Welt. Sie tat, was sie tun mußte, benutzte das Klopapier, mit dem man Farbe von Metall hätte abschleifen können, und verließ den Schuppen so schnell wie möglich wieder.

In dem Raum, den sie sich zum Schlafen ausgesucht hatte, hatte sie den rosafarbenen Beutel auf eine abgestoßene alte Kiefernkommode gelegt. Nun, im Schein der einzelnen schmutzigen Glühbirne, die an der Decke brannte, öffnete sie den Beutel und holte heraus, was sich darin befand.

Eins nach dem anderen reihten sich fünf kleine Pferdchen nebeneinander auf.

Sie waren in einem Kramladen in Fort Worth gekauft worden. Sie waren nicht wertvoll, aber für Arden waren sie alles. Fünf Pferde: zwei braune, zwei schwarze, ein graues. Die Farbe war von ihnen abgeblättert, so daß darunter das rote Plastik zu sehen war, aus dem sie gegossen waren. Arden kannte ihre geheimen Namen, und sie wachten über sie. Die Pferdchen erinnerten sie an eine Zeit, in der sie glücklich gewesen war, in der sie noch glauben konnte, daß die Zukunft alles für sie bereithielt, trotz des texanischen Staubs und Sands und der harten Arbeit. Die Pferdchen erinnerten sie daran, daß sie, vor sehr langer Zeit, einmal gebraucht worden war.

Arden setzte sich auf die Kante der Pritsche und starrte mit glasigen, müden Augen auf die kleinen Plastikfiguren. Sie war am Ende, und sie wußte es. Doch ihre Gedanken drehten sich weiter um jene Flamme, immer und immer wieder. Das Leuchtende Mädchen. Eine Berührung des Leuchtenden Mädchens, und alles wäre geheilt. Das hatte Jupiter gesagt. Jupiter hätte sie niemals angelogen. Nein. Eine Berührung des Leuchtenden Mädchens, und das Mal – das häßliche Unglücksmal, welches sie ihr ganzes Leben lang gequält hatte und die Schuld daran trug, daß ihr Vater weggegangen und nie zurückgekehrt und ihre Mutter unter der Last des Alkohols zusammengebrochen war – würde von ihr fortgenommen werden. Das Leuchtende Mädchen war nicht tot. Das Leuchtende Mädchen war auf ewig jung und hübsch, und es trug die Lampe Gottes. Jupiter hatte nicht gelogen. Das hatte er nicht.

Aber was war mit Dan? Er konnte sie nicht weiter begleiten. Wenn er der Mann war, den Gott geschickt hatte, um sie zum Leuchtenden Mädchen zu bringen, warum wurde er ihr dann wieder entrissen? Sie überlegte, ihn irgendwie aus der Gewalt der Kopfgeldjäger zu befreien, doch was konnte sie schon ausrichten? Und sie hatte es in seinem Gesicht gesehen, dort in der Kneipe: Er war krank und des Weglaufens müde, und er konnte nicht weiter. »Sie sind Seine Hände«, erinnerte sie sich an Jupiters Worte.

Doch was wäre, wenn Jupiter sich geirrt hätte?

Sechs Uhr, ging es ihr durch den Sinn. Sechs Uhr. Sie mußte sich diese Zahl in ihren Kopf einbrennen, damit sie drei oder vier Stunden schlafen und dann rechtzeitig aufwachen würde. Sie mußte Dan vergessen, mußte ihn gehen lassen.

So sehr sie es auch wollte, sie konnte ihm nicht helfen. Nun mußte sie sich selbst helfen, und es schien ihr so, als wäre dieser Morgen ihre letzte Chance. Wohin sie gehen und was sie tun würde, wenn sie das Grab des Leuchtenden Mädchens fand, wußte sie nicht. Sie konnte nicht darüber nachdenken, denn das würde sie nur in schwärzeste Verzweiflung stürzen.

Sie legte sich hin und starrte an die Decke. Die fünf Pferdchen, ihr Talisman, würden in der Nacht auf sie aufpassen. Sie mochte davon träumen, aufzuwachen und sie in ihrem Stall scharren und schnauben zu hören, um ihr zu sagen: *Beeil dich komm zu uns beeil dich wir werden dir niemals weh tun wir werden dir niemals weh tun.*

Endlich schlossen sich ihre Augen. Sie lauschte auf das Rumpeln des Generators, das Quaken der Frösche und das Zirpen und Zwitschern der Insekten und Nachtvögel und den schweren donnernden Herzschlag der Ölpumpmaschinerie in der Ferne. Sie fürchtete sich vor dem, was das Tageslicht bringen würde, sie fürchtete sich ebenso vor dem Wissen wie vor dem Nicht-Wissen.

Eine einzelne Träne rann ihre Wange auf der dunkelvioletten, von dem Feuermal gezeichneten Seite ihres Gesichts hinab. Schlaf kam über sie und trug sie davon.

Pelvis war nach draußen gegangen, um Mama dem Ruf der Natur gehorchen zu lassen. Während er dort draußen war, öffnete er seinen Hosenschlitz und wässerte seinerseits den Hain. Nachdem Mama fertig war, hob er sie hoch und wollte wieder zur Hütte zurückgehen, doch genau in diesem Moment sah er ein Streichholz auf dem Plankensteg aufflammen, der zurück über das Sumpfgras und von dort ins Herz von St. Nasty führte. Als das Streichholz die Spitze einer Zigarette berührte, wurde das Gesicht eines Mannes in orangefarbenes Licht getaucht, dann wurde das

Streichholz wie ein kleiner Komet aufs Wasser hinausgeworfen.

Er beobachtete, wie die Zigarettenspitze glühte, als der Mann inhalierte. Kurz darauf verschwand der Leuchtpunkt. Entweder hielt der Mann schützend die Hand vor die Zigarette, oder er war weggegangen. Im Dunkeln ließ sich das schwer sagen. Pelvis stand einen Moment lang da und streichelte Mama, doch als sie einige erschöpfte Japser ausstieß, weil etwas im Schilf unter der Plattform geraschelt hatte, entschied er, daß es an der Zeit war, wieder hineinzugehen. Er fragte sich, wie viele Schlangen, die er nicht sehen konnte, ihn wohl beobachten mochten, und der Gedanke ließ ihn erschaudern, als wäre gerade jemand über sein Grab gelaufen.

22 Das Geräusch von Schuppen

Ich werde jetzt duschen«, sagte Flint zu Pelvis, als dieser zur Tür hereinkam. »Ich möchte, daß Sie sich hier hinsetzen und ihn im Auge behalten, verstanden? Nehmen Sie die Waffe, und setzen Sie sich hier hin. Ich bin in ein paar Minuten zurück.« Er hatte Dan in den Schuppen gebracht und einen dreckigen Seifenriegel in der winzigen Duschkabine gefunden. Obgleich er kein Handtuch hatte, konnte er seinen eigenen Geruch einfach nicht länger ertragen. Er wollte sich schon umdrehen, doch er mußte noch eine Frage stellen, die ihm auf den Nägeln brannte. »Eisley, wo haben Sie das Chopin-Stück gelernt?«

»Sir?«

»Das Chopin-Stück. Die klassische Musik, die Sie gespielt haben. Wo haben Sie das gelernt?«

»Oh, das hat mir meine Klavierlehrerin beigebracht. Mrs. Fitch war ihr Name. Sie sagte immer, es sei eine gute Übung, um die Finger zu lockern, und weil man sich darauf konzentrieren müsse, was man tue, beruhige es einen auch. Ich vermute, bei meinen Nerven hat es gewirkt.«

»Ich hätte nie gedacht, daß Sie klassische Musik spielen können.«

Pelvis zuckte mit den Schultern. »Kein großes Ding. Die Kerle haben sich genauso in die Windeln geschissen wie alle anderen. Und jetzt gehen Sie duschen, und machen Sie sich keine Sorgen wegen Lambert.«

Flint verließ die Hütte, nicht ganz sicher, ob er sich je wieder seine Chopin-Kassette mit derselben Ehrfurcht anhören würde.
Pelvis ging zurück in das Schlafzimmer, das Flint für sich und Dan ausgesucht hatte, und fand den Mörder auf einer der Pritschen liegend. Die linke Handschelle war von seinem Handgelenk gelöst und am Eisengestell festgemacht worden. Pelvis setzte sich auf die andere Pritsche, legte Mama neben sich auf die Matratze und hielt den Derringer auf Dan gerichtet.
»Ich wünschte, Sie würden das lassen«, sagte Dan zwanzig Sekunden später, als klar wurde, daß Eisley vorhatte, mit der Waffe auf ihn zu zielen, bis Murtaugh zurückkehrte. »Ich möchte nicht, daß das Ding losgeht.«
»Mr. Murtaugh hat mir befohlen, auf Sie aufzupassen.«
»Können Sie nicht auf mich aufpassen und mit der Waffe woanders hinzielen?«
»Kann ich nicht. Ich will auch nicht.«
Dan erlaubte sich ein Lächeln. »Sie halten mich wohl für einen ganz miesen Schweinehund, was?«
»Sie haben zwei Männer umgebracht. In meinen Augen läßt Sie das nicht gerade als einen Engel erscheinen.«
»He, ich möchte eins klarstellen.« Dan wollte sich aufsetzen, entschied sich aber dann doch dagegen. »Ich habe den Mann in diesem verdammten Motel nicht umgebracht. Seine Frau hat es getan.«
»Seine *Frau*? Ha, der Witz ist nicht schlecht!«
»Er war noch am Leben, als ich da weg bin. Sie hatte ihm mit einer Schrotflinte in den Bauch geschossen, als sie auf mich zielte. Und nachdem ich abgehauen bin, hat sie ihn totgeprügelt. Vielleicht war sie wütend auf ihn, weil ich ihnen durch die Lappen gegangen bin.«
»Hm. Ich vermute, es ist auch plötzlich jemand hereinge-

schneit und hat diesen Typ in der Bank abgeknallt. Und Sie haben nur zufällig dabeigestanden.«

»Nein«, erwiderte Dan. »Dafür trage ich die Schuld.«

»Überrascht mich, das zu hören.«

»Nun, es ist nichts, worauf ich stolz bin, das kann ich Ihnen sagen.« Dan legte seine linke Hand unter seinen Kopf und starrte zur Decke hinauf. Eine Motte zog dort oben unablässig ihre Kreise, auf der Suche nach einem Ausweg. »Blanchard hatte Familie. Es war nicht seine Schuld, daß die Dinge so lagen, wie sie nun mal lagen. Sie haben vorhin gesagt, ich sei wohl ein Experte im Töten. Ich *habe* viele Männer getötet.« Pelvis hatte die Waffe ein wenig heruntergenommen, doch als er das hörte, richtete er sie wieder direkt auf Dan. »In Vietnam«, fuhr Dan fort. »Ich tat, was ich tun mußte, und wenn mich das zu einem Experten macht, dann bin ich wohl einer. Ich habe versucht, Vietnam in die Vergangenheit zu verbannen, wo es hingehört. Aber was ich Blanchard – und seiner Frau und seinen Kindern – angetan habe, werde ich niemals vergessen. Und es gibt auf der ganzen Welt keinen Weg, wie ich damit leben kann, also kann ich ebensogut im Gefängnis sterben.«

Pelvis schwieg eine Weile. Der Derringer war wieder nach unten gewandert. »Warum haben Sie ihn umgebracht?« fragte er schließlich leise.

Dan erzählte es ihm. Erzählte ihm davon, wie er seine Arbeit verloren hatte, erzählte ihm von Death Valley, von dem Brief, in dem stand, daß man seinen Pickup pfänden wollte. Er erzählte ihm von seinem Wutanfall in Blanchards Büro, von dem Wachmann, der ihn von hinten gepackt hatte, und was danach geschehen war. »Als ich in meinen Pickup gestiegen bin, hatte ich überall sein Blut an mir«, sagte Dan, »und ich bin davongelaufen.« Er beobachtete die Motte, die immer wieder gegen die nackte Glühbirne schlug. »Zuerst mußte ich nach Alexandria, um meinen Sohn zu sehen. Da sind Sie dann ins Spiel gekommen.«

»Was ist mit dem Mädchen? Wir dachten, sie sei Ihre Geisel. Ist sie ... ein bißchen verwirrt im Kopf?«

»Nein, sie hat nur Angst.« Dan erzählte, wie er Arden getroffen hatte und auch von ihrem Glauben an das Leuchtende Mädchen. »Morgen früh will sie nach irgend so einem Cajun-Fischer namens Little Train suchen. Er soll auf einem Hausboot etwa eine Meile südlich von hier leben. Der Typ, dem die Kneipe gehört, bringt sie hin. Ich kann sie nicht aufhalten. Ich habe nicht das Recht, ihr zu verbieten, dorthin zu gehen, und außerdem glaube ich auch nicht, daß sie auf mich hören würde.« Ihm war plötzlich ein Gedanke gekommen, und er wandte sein Gesicht zu Eisley um. »*Sie* könnten mit ihr fahren.«

»*Ich*?«

»Ja. Sie brechen um sechs auf.« Es gelang ihm, sein Handgelenk so zu verdrehen, daß er seine Armbanduhr sehen konnte. »Es ist gleich halb drei. Sie könnten sie begleiten und sicherstellen, daß ihr nichts passiert. Wenn das Versorgungsboot erst am Nachmittag kommt, sind Sie rechtzeitig wieder zurück.«

»Zurück von *wo*?« Flint schaute zur Tür herein, seine Haare noch immer naß. Er hatte sich mit gesenktem Kopf unter einen Strahl lauwarmen Wassers gesetzt und sorgfältig und methodisch den Schmutz von seinem eigenen Fleisch und dem seines Bruders geschrubbt. Es war eine Qual gewesen, das vom Schweiß steife Miniaturhalfter wieder auf seine Haut zu schnallen und dann abermals seine vom Sumpf verdreckten Kleider anzuziehen. Der Schlamm mußte aus seinen Socken gespült werden, seine Schuhe waren verschrumpelt und aufgeplatzt, und sein Kammgarnanzug konnte nur noch verbrannt werden. Clint schlief unter seinem schmutzigen, ehemals weißen Hemd, doch Flint konnte immer wieder spüren, wie sich die weichen Knochen in seinem beengten Innern bewegten.

»Er hat mich gebeten, das Mädchen zu begleiten«, erklärte Pelvis. »Burt – Sie wissen schon, der aus der Kneipe – bringt sie um sechs Uhr zu so einem Cajun, der eine Meile südlich lebt. Sie sucht nach …«

»Vergessen Sie's.« Flint nahm ihm den Derringer ab. »Wir sind schließlich keine Kindermädchen. Ich weiß nicht, was sie vorhat, aber wir nehmen jedenfalls das Versorgungsboot, und sie kann mitkommen oder nicht, das liegt ganz bei ihr.«

»Ja, Sir, aber wenn es doch nur eine Meile weit ist, würde ich zurück sein, bevor …«

»Eisley?« schnitt ihm Flint das Wort ab. »Das Mädchen ist verrückt, haben Sie das noch nicht gemerkt? Sie muß verrückt sein, wenn Sie hierher mitgekommen ist, obwohl sie wußte, wer Lambert ist. Stehen Sie auf, ich muß mich hinlegen, bevor ich umfalle.«

Pelvis nahm Mama in seine Arme und erhob sich. Mama wachte auf und stieß ein gereiztes Knurren aus, dann schlossen sich ihre vorstehenden Augen wieder. Flint legte sich auf die Pritsche. Federn bohrten sich durch die dünne Matratze in seinen Rücken, doch er war so müde, daß er auf einem Nagelbett hätte schlafen können.

»Arden sollte nicht mit jemandem in den Sumpf fahren, den sie nicht kennt«, beharrte Dan. »Es spielt keine Rolle, was Sie von ihr halten. Sie könnte trotzdem in große Schwierigkeiten geraten.«

»Das Mädchen geht uns nichts an. Sie allein gehen uns was an.«

»Vielleicht haben Sie recht, aber sie braucht Hilfe.«

»Nicht von uns.«

»Nicht von *Ihnen*, nehme ich an.« Dan blickte zu Pelvis. »Wie steht's damit? Würden Sie ...«
»He!« Flint setzte sich wieder auf. Seine tief eingesunkenen Augen blitzten wütend. »Der hat in dieser Sache gar nichts zu sagen! Ich bestimme hier, wo's langgeht! Also, warum halten Sie nicht den Mund und schlafen etwas? Eisley, das gilt auch für Sie!«
Pelvis zögerte noch. Die Glühbirnen mit ihrem schwachen Licht beruhigten ihn nur wenig. Im Geiste hatte er sich schon einige Male eingebildet, er hätte aus dem Augenwinkel heraus ein langsames Dahinschlängeln bemerkt. »Warum müssen Mama und ich allein in einem Zimmer schlafen?«
»Weil hier nur zwei Pritschen stehen, darum. Und jetzt verschwinden Sie!«
»Das war eine furchtbar große Schlange, die der Mann da gefunden hat. Ich frage mich, unter welcher Pritsche sie wohl gelegen hat.«
»Nun«, sagte Flint, »meinetwegen können Sie und der Köter hier drin schlafen. Rollen Sie sich einfach auf dem Boden zwischen uns zusammen, vielleicht fühlen Sie sich dann sicherer.«
»Nein, das denke ich nicht.«
»Das Licht brennt. Es wird nichts herausgekrochen kommen und Sie holen, wenn das Licht brennt.«
Pelvis war schon auf dem Weg in das andere Zimmer. Es schien unendlich weit vom Schutz von Flints Derringer entfernt zu sein. Er hielt abermals inne, seine Stirn in Falten gezogen. »Mr. Murtaugh, finden Sie nicht, daß es falsch wäre, wenn wir wüßten, daß dem Mädchen etwas zustoßen könnte, und wir ihm nicht helfen würden?«
»Sie kann auf sich selbst aufpassen.«
»Das wissen wir nicht mit Sicherheit. Lambert sagt, sie kom-

me aus Fort Worth und habe keine Möglichkeit, nach Hause zurückzukehren.«

»Das ist nicht unser Problem, Eisley.«

»Ja, das weiß ich schon, aber ... ich finde doch, wir sollten etwas Mitgefühl für ihre Lage haben.«

Flint bedachte Pelvis mit einem so zornigen Blick, daß die Luft zwischen ihnen zu versengen schien. »Sie haben überhaupt nichts von mir gelernt, stimmt's?«

»Sir?«

»Kopfgeldjäger haben keine *Gefühle*. Wenn Sie anfangen, Gefühle zu haben, dann fangen Sie auch an, Interesse zu entwickeln. Wenn Sie anfangen, Interesse zu entwickeln, dann fangen Sie an, unachtsam zu werden. Und dann enden Sie mit einem Messer in Ihrem Rücken. Wenn das Mädchen irgendeine Sumpfratte aufsuchen will, dann ist das ihre Sache. Sie weiß, daß das Versorgungsboot nachmittags abfährt. Wenn sie mitkommen will, dann soll sie mitkommen.« Er hielt Pelvis' Blick noch einen Moment länger fest, dann ließ er sich wieder zurücksinken, den Derringer noch immer in seiner rechten Hand. »Ich habe genügend Sumpfratten getroffen, daß es mir bis an mein Lebensende reicht, falls Sie die Sache im Hafen vergessen haben.«

»Nein, die habe ich nicht vergessen.«

»Ich denke, wir hatten Glück, daß wir da lebend rausgekommen sind. Solange Sie bei mir sind, bin ich verantwortlich für Sie – so sehr mir das auch verhaßt ist –, also werden Sie nicht mit irgendeinem verrückten Mädchen in den Sumpf fahren, damit Ihnen am Ende noch die Kehle durchgeschnitten wird. Und jetzt gehen Sie schlafen.«

Pelvis hatte an Flints Logik zu kauen, und seine Stirn war unter seiner schief sitzenden Perücke weiterhin gerunzelt. »Sie ist nicht verrückt«, sagte Dan. »Sie ist ein anständiger Mensch. Ich wünschte, Sie würden ihr helfen.«

»Lambert? Noch ein Wort von Ihnen, und Sie verbringen die Nacht mit Ihren beiden Armen zwischen Ihren Beinen und einer Socke in Ihrem verdammten Mundwerk!«

»Tut mir leid«, sagte Pelvis zu Dan. »Ich kann nicht.« Er nahm all seinen Mut zusammen und ging in das andere Zimmer hinüber, wo er es sich mit Mama auf der Pritsche bequem machte. Er lag ganz reglos da und lauschte voller Furcht auf das Geräusch von Schuppen, die über den Dielenboden glitten.

Dans Kopf schmerzte schon seit zwei Stunden, ein träges, beharrliches Pochen. Nun legte der Schmerz einige Gänge zu und drängte sich zwischen Dan und den Schlaf. Dan hätte sein rechtes Ei – was immer das dieser Tage auch wert sein mochte – für eine Flasche Tylenol gegeben. Seltsamerweise war es jedoch eine Erleichterung, daß seine Flucht zu Ende war. Er brauchte keine Angst mehr zu haben, was sich ihm von hinten näherte. Er erkannte bloß, daß die Idee, außer Landes zu fliehen, immer nur eine Illusion gewesen war. Früher oder später hätte er in Handschellen geendet. Er würde lernen müssen, mit dem Gefängnis fertig zu werden, in der Zeit, die ihm noch blieb. Es tat ihm nur leid, daß Arden in die ganze Sache verwickelt worden war.

Er dachte, Murtaugh würde schlafen, doch plötzlich drehte sich der Kopfgeldjäger auf seiner Pritsche herum und sagte: »Warum, zum Teufel, ist dieses Mädchen mit Ihnen hierhergekommen?«

»Sie glaubt, hier in der Gegend würde irgendwo eine Wunderheilerin leben. Wird das Leuchtende Mädchen genannt. Und sie glaubt, daß das Leuchtende Mädchen, wenn sie es findet, das Feuermal in ihrem Gesicht verschwinden läßt.«

»Eine Wunderheilerin? Wie Oral Roberts?«

»Ein bißchen weniger schrill, vermute ich. Und auch ärmer. Ich selbst glaube nicht an solche Sachen.«

»Ich auch nicht. Ist nur 'ne Geldfalle für die Bauern.« Jahrmarktsjargon, erkannte er, sobald er es ausgesprochen hatte.

»Arden ist verzweifelt«, sagte Dan. »Sie hat herausgefunden, wer ich bin, aber sie wollte trotzdem, daß ich sie hierherbringe. Sie hat kein Geld, kein Auto, nichts. Hat ihre Arbeit verloren. Wenn sie das Leuchtende Mädchen findet und dieses Feuermal loswird, dann wird auch ihre Pechsträhne zu Ende sein, und ihr ganzes Leben wird sich verändern, davon ist sie überzeugt.«

»Sie nennen das verzweifelt«, erwiderte Flint, »ich nenne das verrückt.«

»Ich denke, Menschen haben schon an seltsamere Dinge geglaubt.«

Flint schwieg. Er und Dan hörten plötzlich ein Geräusch, so als würde eine Kettensäge angelassen werden, gefolgt von einem Schwarm wütender Bienen, die in einem Blecheimer gefangen waren. Pelvis schnarchte.

»Ja, ich wußte, daß das kommen würde«, seufzte Flint. Er drehte sich abermals ein Stück herum und versuchte es sich etwas bequemer zu machen. Die Hitze preßte Schweiß aus seinen Poren, und sein Körper war erschöpft, doch sein Verstand war noch nicht bereit, sich zur Ruhe zu begeben und ihn schlafen zu lassen. »Lambert, wohin wollten Sie eigentlich fliehen?«

»Ich weiß es nicht. Irgendwohin, ganz egal, nur nicht ins Gefängnis.«

»Ich bin überrascht, daß Sie überhaupt so weit gekommen sind. Ihr Gesicht war ja überall im Fernsehen und in den Zeitungen. Haben Sie deshalb den Mann in dem Motel umgebracht? Wollte er Sie der Polizei ausliefern?«

»Ich habe Ihnen schon erzählt, daß ich das nicht gewesen bin, sondern seine Frau es getan hat.«

»Ach, kommen Sie. Mir können Sie doch die Wahrheit sagen.«

»Ich habe ihn wirklich nicht umgebracht, das schwöre ich bei Gott.«

»Hm«, machte Flint mit einem vielsagenden Lächeln. »Ich habe diesen Schwur etliche Male von schuldigen Mistkerlen gehört.« Er erinnerte sich daran, was Lamberts Taekwando-Exfrau im Park gesagt hatte. »Es war Notwehr, er ist kein kaltblütiger Mörder.« Eine weitere Frage, die er unbedingt stellen mußte, kam ihm in den Sinn. »Warum haben Sie mich nicht erschossen, als Sie meine Waffe hatten und ich am Boden war. Warum haben Sie mir nicht das Gehirn aus dem Kopf gepustet? Sie wollten mich nicht vor den Augen Ihrer Familie umlegen, stimmt's?«

»Falsch. Ich wollte Sie nicht umlegen, Punkt.«

»Sie hätten es tun sollen. Wenn ich die Waffe gehabt hätte, und Sie wären der Kopfgeldjäger gewesen, der mir auf den Fersen war, dann hätte ich Sie erschossen. Wenigstens hätte ich Ihnen die Kniescheiben weggeblasen. Ist Ihnen das nicht eingefallen?«

»Nein.«

Flint wandte seinen Kopf um, um Dan anzuschauen, der seine Augen geschlossen hatte. Von den wohl zwanzig Verbrechern – zumeist Kautionsflüchtige und Kleinkriminelle, mit ein, zwei echten schweren Jungs in dem Haufen –, die Flint über die sieben Jahre in Eddie Smoates' Diensten verfolgt hatte, war dieser hier doch anders. Es war etwas an Lambert, das er nicht entschlüsseln konnte, und diese Tatsache regte ihn auf. Wenn Lambert den Mann in dem Motel getötet hatte, bevor er nach Basile Park kam – wenn er ein »tollwütiger Hund« war, wie Smoates sagte –, dann hätte er nichts dabei zu verlieren gehabt, zwei Kugeln in Flints Kniescheiben zu schießen, was der schnellste Weg war, den Flint kannte, um jemanden daran zu hindern, einen weiter zu verfolgen. Und warum hatte Lambert die Pistole nicht behalten? Warum hatte er überhaupt keine Waffen bei sich getragen? Warum hatte er das Mädchen mitgenommen, wenn er doch nicht vorhatte, es als Geisel zu benutzen? Es ergab einfach keinen Sinn.

»Es war Notwehr, er ist kein kaltblütiger Mörder.«

Kaltblütig oder nicht, dachte Flint, Lambert *war* ein Mörder. Vielleicht hatte Lambert nur durchgedreht oder so was, vielleicht war er nicht in die Bank gegangen, um jemanden umzubringen, aber die Tatsache blieb, daß Lambert fünfzehntausend Dollar wert war, und Flint wollte seinen Anteil davon haben. Schluß.

Er lauschte auf Lamberts tiefe und regelmäßige Atemzüge. Er nahm an, daß der Mann schlief, doch er würde trotzdem die ganze Nacht über die Waffe in der Hand behalten. Obwohl Lambert sich nicht aus den Handschellen befreien konnte, konnte er doch durchdrehen und versuchen, die Pritsche das kurze Stück mit sich zu schleifen und Flint anzugreifen. So was war schon vorgekommen. Man wußte nie, was bei einem Mörder den Funken zündete, und die stillen waren die gefährlichsten.

Flint schloß die Augen. Im Nebenzimmer hatte Pelvis' Schnarchen den klanglichen Charme eines Zementmischers angenommen, und nun stieß Mama im Schlaf auch noch ein leises *Jiep* aus.

Es würde das reinste Vergnügen sein, diesen beiden endgültig Lebewohl sagen zu können. Er brauchte einen fetten Hillbilly und einen flohverseuchten Köder ungefähr so dringend wie einen vierten Arm.

Er dachte an Pelvis' Auftritt, der ganz in Ordnung gewesen war, wenn man diese Art Katzenmusik mochte. Er dachte daran, wie der Barkeeper gesagt hatte: »Zum Teufel, dann werd ich sein Manager. Ich hau ab aus diesem verdammten Sumpf und werd reich, und ich werd es nich bereuen.«

Und dann wußte er, daß er eingeschlafen sein mußte, denn er blickte auf das saubere weiße Herrenhaus seiner Träume. Da war es, der wunderschöne, weitläufige grüne Rasen, das riesige Buntglasfenster, die vielen Schornsteine. Der Anblick erweckte in seiner Seele ein Gefühl majestätischen Staunens. Es war das Herrenhaus seiner Geburt, das saubere weiße Herrenhaus, das irgendwo in diesem Land existierte, weit weg von dem erbärmlichen Schmutz seines eigenen Lebens. Er ging über den Rasen darauf zu, doch wie immer in diesem Traum kam er ihm nicht näher, da es ständig vor ihm zurückwich, egal, wie schnell oder lange er ging. Er konnte seine Schuhe hören – seine glänzenden, polierten schwarzen Halbschuhe –, die die samtenen Grashalme unter sich zerdrückten. Er konnte die sommerliche Brise auf seinem Gesicht spüren und seinen Schatten vor sich gehen sehen. Er würde schneller laufen müssen. Doch wieder wich das Herrenhaus nur schneller zurück – wunderschön, unerreichbar und höhnend. Im Innern des Herrenhauses lebten seine Mutter und sein Vater, und wenn er nur dorthin kommen könnte, könnte er sie bitten, ihn aufzunehmen, er könnte ihnen sagen, daß er ihnen vergab, daß sie ihn weggegeben hatten, als er ein kleines dreiarmiges Baby mit einer fleischigen Wucherung an einer Seite war, in der sich ein zusätzlicher Mund und zwei weitere Nasenlöcher auftaten. Er könnte ihnen zeigen, daß er zu einem Mann mit Geschmack, guten Manieren und Anstand herangewachsen war, und er könnte ihnen sagen, daß er sie liebte, und wenn sie ihn aufnahmen, würde er versprechen – würde er bei Gott schwören –, daß er ihnen niemals einen Grund zur Schande geben würde …

Bumm!

Die Explosion riß Flint aus seinem Traum. Während das Herrenhaus binnen eines Herzschlags verschwand, schoß er auf der Pritsche in die Höhe. Seine Augen waren verquollen vom Schlaf, und die Fingerknöchel um den Derringer waren weiß. Sein erster Gedanke war, daß Lambert durchgedreht hatte und versuchte, seine Pritsche herüberzuschleifen, um ihm mit seiner freien Hand eins über den Schädel zu ziehen. Dan saß ebenfalls aufrecht auf seiner Pritsche, sein Verstand noch immer unter Schock von dem Geräusch, das ihn aus seinem tiefen, traumlosen Schlaf gerissen hatte. Die Handschelle schnitt in sein rechtes Handgelenk. Er und Flint blickten einander an, beide benommen. Mama hatte zu bellen begonnen, und Pelvis gab einen spuckenden Laut von sich, während er versuchte, in das Land der Lebenden zurückzukehren.

Plötzlich kam jemand anders ins Zimmer.

»Sie sind hier drin! Die haben 'ne Waffe!« rief ein Mann.

Eine Gestalt stürzte sich auf Flint. Er hatte keine Zeit, ans Abdrücken zu denken. Sein Arm wurde gepackt, ein harter Schlag traf seine Schulter, und er schrie auf, während Schmerz bis in seine Fingerspitzen hineinschoß. Der Derringer wurde ihm aus der Hand gerissen, und ein sehniger Arm legte sich um seinen Hals. Er schlug um sich, doch der Arm quetschte seinen Kehlkopf und raubte ihm die Kraft zum Kämpfen. Ein weiterer Mann kam ins Zimmer – ein Mann in einem gelben, flatternden Hemd und dreckigen Jeans –, und er sagte: »Das is der Mistkerl, der auf Virgil geschossen hat. He, Doc! Er is hier drin.«

Als er diese Namen hörte, packte kalte Angst Flints Herz.

Er kam herein. Schlenderte herein, um genau zu sein. Er trug noch immer sein Harvard-T-Shirt, doch nun hatte er dazu Lederjeans mit geflickten Knien an. Seine runde Sonnenbrille hatte er gegen eine Brille mit klaren Gläsern getauscht. Doc grinste und zeigte dabei seine grünlichen Zähne. Sein langes graublondes Haar war mit einem Gummi zu einem Pferdeschwanz gebunden. »Gomer sagt hallo. Du süßer Hurensohn, du.« Er griff nach vorn und packte Flints Kinn mit einer Hand. »Du hast doch nicht gedacht, wir würden dich davonkommen lassen, oder?«

Flint antwortete nicht. Er konnte nicht, denn seine Lippen wurden zusammengepreßt.

Doc schwenkte seinen Kopf herum. Noch immer mit einem feisten Grinsen auf dem Gesicht, schaute er Dan an, und sein Blick fiel auf die Handschelle. »Nun, was geht denn hier vor? Wer bist *du* denn, mein Freund?«

»Dan Lambert.« Der Nebel der Schläfrigkeit hatte sich noch nicht ganz gelichtet, und alles war noch immer wie in einem Traum.

»Ich bin Doc. Freut mich, dich kennenzulernen. Monty, bringt den alten Elvis zu uns rüber!«

Wenige Augenblicke später wurde Pelvis durch die Tür geschupst und landete auf seinen Händen und Knien auf dem Boden. Hinter ihm kam ein vierschrötiger Kerl mit schmalen Augen, kurzgeschorenem Haar und borstigem braunem Voll- und Schnurrbart herein. Der Mann hielt die knurrende und strampelnde Mama am Nackenfell hoch. »Seht mal, was ich hier habe!« rief er.

»Bitte ...« Pelvis' Gesicht war angstverzerrt, seine Augen noch verquollen vom Schlaf. »Bitte nicht, das ist mein Hund.«

»Nee, is es nich«, sagte Monty trotzig. »Das ist *meiner.*«

»Er hat seit letzte Woche keinen Hund mehr, da is er mal nach Mitternacht hungrig geworden.« Doc setzte einen in Kampfstiefeln steckenden Fuß auf Pelvis' Schulter. »Runter, Junge!« befahl er und stieß Pelvis flach auf den Boden.

»Meine ... Kehle«, sagte Flint keuchend zu dem Mann,

dessen Arm ihm den Adamsapfel eindrückte. »Sie ... zerquetschen mir die Kehle.«

»Aaaaah, unser Mann Flint kann kaum noch sprechen! Is das nich traurig?« Doc schüttelte in gespieltem Mitleid den Kopf. »Du solltest mal etwas nachlassen.«

Der Arm lockerte sich.

»Wir wollen doch keinem von euch beiden feinen Jungs weh tun«, fuhr Doc fort. »Nicht, bis wir Gelegenheit haben, auf euren Eiern einen Steptanz zu vollführen, meine ich. Dann werden wir damit anfangen, weh zu tun.«

»Was geht hier vor?« fragte Dan. »Wer sind Sie?«

»Ich bin ich. Wer bist *du*?«

»Das habe ich Ihnen schon gesagt. Mein Name ist ...«

»Nein.« Doc legte einen Finger auf Dans Mund. »Wer bist du? heißt soviel wie: Warum trägst du Handschellen?«

»Hören Sie«, sagte Flint, und er bemerkte, wie seine Stimme zitterte. »Hören Sie mir mal zu, ja?«

Doc beugte sich zu ihm hinunter und legte sich lauschend die Hände hinter seine Ohren.

»Das ist alles ein Mißverständnis«, meinte Flint.

»Ein Mißverständnis sagt er«, gab Doc an die anderen weiter.

»Verdammt fatales Mißverständnis!« erklärte der Mann in dem gelben Hemd. »Du hast einen unserer Freunde angeschossen.«

»Ssschhhh«, flüsterte Doc. »Laß den Mann doch ausreden, Mitch.«

Wenn es je eine Zeit für die Wahrheit gegeben hatte, dann war sie nun gekommen. Kleine Schweißtropfen schimmerten auf Flints Gesicht. Er sagte: »Ich bin Kopfgeldjäger. Arbeite von Shreveport aus. Wir beide tun das.« Er deutete mit einem Nicken auf Pelvis. »Der Mann mit den Handschellen wird wegen Mordes gesucht. Auf seinen Kopf sind fünfzehntausend Dollar Belohnung ausgesetzt. Wir sind ihm hierher gefolgt, und wir bringen ihn zurück.«

»Oh, zuerst bist du ein Astronaut, und jetzt bist du Mr. Gesucht-Tot-oder-Lebendig.« Doc blickte zu Dan. »Is das die Wahrheit?«

Dan nickte.

»Ich kann dich niiicchht hööööörren!«

»Es stimmt.« Dan erkannte, daß der Mann nicht alle Tassen im Schrank hatte, doch was seine Alarmglocken wirklich zum Klingeln gebracht hatte, war die Tatsache, daß er die .45er Automatik entdeckt hatte, die er hinten im Hosenbund der Lederjeans stecken hatte. Der große bärtige Mistkerl namens Monty trug an der Hüfte ein Halfter mit einer .38er mit Perlmuttgriff darin, und der Mann, der Flint an der Kehle gepackt hielt, hatte doch tatsächlich eine Ingram-Maschinenpistole an einem Riemen über seiner linken Schulter hängen, und in seiner rechten Hand hielt er nun den Derringer, den er Flint zuvor abgenommen hatte.

»Du hast jemanden umgebracht?« Doc zog die Augenbrauen hoch.

»Zwei Männer«, erwiderte Flint. »Als wir unten am Hafen waren ... Ich habe den Mann angerufen, für den ich arbeite. In Shreveport. Hab ihm gesagt, wo wir sind.«

»Ihr wart«, gab Doc leise zurück, »in unserem Territorium.«

Pelvis hatte sich wieder auf seine Hände und Knie erhoben, und seine Augen richteten sich tränennaß auf den Mann, der Mama festhielt. »*Runter* hab ich gesagt!« Docs eingefallene Wangen glühten rot, und er stieß Pelvis abermals mit seinem Stiefel auf den Boden. »Du bleibst unten, bis ich dir erlaube, dich zu bewegen! Wo ist das verdammte Spray, das du mir in die Augen gesprüht hast? Ich werde dir meine Faust in deinen fetten Arsch rammen und dir die Gedärme rausreißen, hast du mich verstanden? *Hast du mich verstanden?*«

»J ...ja, Sir.« Pelvis' Körper begann zu zittern.

»Ihr wart«, wiederholte Doc, wobei er zu Flint mit einer Stimme sprach, die nach seinem Ausbruch beängstigend ruhig klang, »zur falschen Zeit am falschen Ort. Okay, ich gebe es zu! Ich hab Mist gebaut! Okay? Ich hab euch für jemand anders gehalten. Aber als der Mistbock hier unten mir weg getan hat und du einen meiner Freunde zum Krüppel gemacht hast, da habt ihr euch mit mir angelegt. Das kann ich nicht durchgehen lassen.« Er zuckte mit den Schultern. »Das is so 'ne Hormonsache.«

»Ich dachte, Sie wollen mich umbringen«, sagte Flint. »Was sollte ich denn da tun?«

»Du hättest annehmen sollen, was ich dir geben wollte, Flinty. Und wenn du uns erzählt hättest, wer du wirklich bist, statt den Klugscheißer zu spielen, dann würdest du jetzt nich bis zum Bauch in der Hölle stecken, oder?« Er streckte Flint seine Hand hin und wackelte mit den Fingern. »Den Schlüssel.«

»Welchen Schlüssel?«

»Für die Handschellen. Komm schon, gib ihn her.«

Flint zögerte. Doc zog mit einer geschmeidigen Bewegung die Automatik aus seinem Hosenbund, legte mit einem Klicken den Sicherungshebel um und drückte die Mündung gegen Flints Stirn. Auf dem Boden gab Pelvis ein gedämpftes Stöhnen von sich. »Rück ihn freiwillig raus«, sagte Doc, und die Augen hinter seinen Brillengläsern waren wie Eis, »oder ich nehm ihn mir auf die harte Tour. Du hast die Wahl.«

Flint griff in seine Tasche und legte den Schlüssel auf die Handfläche des Mannes. Doc trat zwei Schritte zurück, wandte sich zu Dan um und steckte den Schlüssel in das Handschellenschloß. Er drehte ihn herum, und Dan hörte, wie sich der Mechanismus mit einem Klicken öffnete. »Flieg davon, Bruder«, sagte Doc.

Dan nahm die Handschelle von seinem Handgelenk. Flints Gesicht hatte sich in eine kreidebleiche Studie der Qual verwandelt. »Hören Sie ... bitte ... er ist fünfzehntausend Dollar wert.«

»Für mich nich. Für keinen von uns.« Doc öffnete die andere Handschelle und reichte sie zusammen mit dem Schlüssel Mitch. »Sieh mal, Mann, das hatten wir doch alle schon. Wir sind alle schon mal diesen Weg gegangen. Wir scheißen auf Polizisten und auf Gefängnisse. Und am meisten scheißen wir auf Kopfgeldjäger. Auf Ihre Füße.«

Der Mann hinter Flint zerrte ihn von der Pritsche hoch. Wieder drückte Doc ihm die Mündung der Automatik an die Stirn. »Mitch, durchsuch ihn.«

»Er trägt 'n leeres Halfter unter dem rechten Arm«, sagte Mitch, während er Flint abtastete. »Und er hat was ... *Heilige Mutter Gottes*!« Mitch sprang beiseite, als hätte er sich die Hände verbrannt. Seine Augen waren weit aufgerissen. »Es hat sich bewegt!« Er griff unter sein Hemd und zog einen stahlblau schimmernden Revolver hervor.

»Es hat sich bewegt? *Was* hat sich bewegt?« Doc riß mit einem Ruck Flints Jackett auf.

Und sie alle sahen es – eine schlangenähnliche Gestalt, die sich unter Flints Hemd wand und zuckte.

Doc streckte die Hand nach ihm aus, um ihm das Hemd aufzureißen, doch bevor er es noch konnte, befreite sich Clint – zuerst die kleinen Finger und die Hand, gefolgt von einem schlanken haarlosen weißen Arm.

Doc stand wie gelähmt da. Flint wußte, was als nächstes geschehen würde. Ihm würde das Hemd vom Rücken gerissen werden. Um diese Würdelosigkeit zu verhindern, machte er die restlichen Knöpfe auf und öffnete sein Hemd, damit sie es sich alle gut anschauen konnten, während sich sein Gesicht im Zorn verzerrte, weil ihre Augen jenes alte, vertraute Funkeln gebannter Faszination angenommen hatten, das er schon so oft hatte ertragen müssen.

»*Gottverdammt*!« flüsterte Doc. »Er is ein beschissener Freak!«

»Mein Bruder Clint.« Flints Stimme war tonlos, tot. »Schon so geboren. Hier ist sein Kopf. Sehen Sie?« Er zog das Hemd weiter auf, um ihnen den faustgroßen Klumpen von Clints augenlosem Gesicht an seiner Seite zu zeigen. »Ich bin früher auf Jahrmärkten aufgetreten. Lebendig, lebendig, lebendig«, sagte Flint, und ein finsteres, schreckliches Grinsen teilte seine Lippen.

»So was hab ich mein Lebtag noch nich gesehen«, bemerkte Monty. Er hielt noch immer Mama, die inzwischen zwar nicht mehr knurrte, aber noch strampelte, um sich zu befreien, am Nackenfell fest. »Hab mal 'n Mädchen mit drei Titten gesehen, aber so was noch nich.«

»Das is nich echt!« Der Mann, der Flint an der Kehle gepackt und ihm den Derringer abgenommen hatte, war fast bis an die gegenüberliegende Wand zurückgewichen. »Das is'n Trick!«

»Faß es doch an, und find es selbst raus!« knurrte Mitch.

Doc stieß Clints Hand mit dem Lauf der Automatik an, während Flints Gedärme flatterten. Plötzlich schlossen sich Clints Finger um den Lauf, und Doc stieß ein leises Lachen aus. »Echt irrrre!« Vorsichtig löste er den Lauf der Pistole wieder aus den Fingern. »Das würd er gern mal sehen, was? Es würd ihm glatt kommen dabei.«

»Aber ganz sicher doch«, meinte auch Monty. »Der würd sich glatt totlachen.«

Doc tastete die letzten möglichen verborgenen Verstecke an Flints Körper ab, dann überzeugt davon, daß der Kopfgeldjäger keine weiteren Waffen bei sich trug, ließ er seine .45er um seinen Finger kreiseln und steckte sie wieder in den Hosenbund. »Steh auf, Elvis. Wir werden 'ne kleine Fahrt mit dem Boot machen. Mitch, leg ihnen die Handschellen an.«

»Nicht ich! Ich fasse diesen Mistkerl nich an!«

»Du Hosenscheißer.« Doc nahm die Handschellen und fesselte Pelvis' linkes Handgelenk an Flints rechtes. Der Schlüssel verschwand in der Tasche seiner Lederjeans.

»Wohin bringen Sie sie?« fragte Dan und stand von seiner Pritsche auf.

»Bruder Dan, glaub mir, das möchtest du nicht wissen. Betrachte es einfach als Geschenk, und laß es gut sein. Nun, wenn ich in deinen Schuhen stecken würde ...« er blickte auf sie hinunter, »... würd ich mir 'n Paar neue klauen. Die geben bald den Löffel ab, *kemo sabe.* Aber wenn ich du wäre, würd ich nich lang hier in der Gegend bleiben. Wär nich klug.«

»Kann ich bitte meinen Hund haben?« Pelvis klang, als würde er gleich zu heulen anfangen. »Kann ich sie bitte wiederhaben?«

»Ich hab dir doch gesagt, das is jetzt *mein* Hund!« knurrte Monty. Er hielt Mama hoch und schüttelte sie. »Werd sie mir morgen früh mit etwas Speck und Eiern genehmigen.«

Gerade war Pelvis noch ein flehender, schlaffer Fleischkloß, im nächsten Augenblick war er ein alles niederwalzender Gigant, der nach vorn stürzte und mit wütend zusammengebissenen Zähnen seine freie Hand nach Montys Kehle ausstreckte.

Monty riß Mama aus Pelvis' Reichweite und versetzte ihm mit einer vernarbten Faust einen blitzschnellen harten Schlag direkt auf den Mund. Pelvis' Kopf wurde nach hinten geschleudert, seine Knie gaben nach, und als er fiel, hätte er beinahe Flint mit sich gerissen. Mitch gab ein schrilles Lachen von sich, Mama knurrte wieder, und Doc sagte: »Steh auf, Elvis!« Er packte eine Handvoll seines Haarschopfs, zog und hielt plötzlich eine baumelnde Perücke in seinen Fingern. »Scheiße!« rief er lachend. »Das Arschloch zerfällt in seine Einzelteile!«

Pelvis kauerte auf seinen Knien, den Kopf nach vorn gebeugt, und Blutstropfen klatschten auf die Dielenbretter. Sein Rücken hob und senkte sich, und nun war es an Dan, von Wut gepackt zu werden. Er wußte nicht, was er tun sollte, er wußte nicht, ob es überhaupt etwas gab, was er tun *konnte.* Flint warf Dan einen Blick zu, der ausdrückte: Sehen Sie nur, was Sie uns da eingebrockt haben. Und dann beugte er sich zu Pelvis hinunter und sagte: »Halten Sie durch. Halten Sie durch.«

»Heb ihn auf, Kopfgeldjäger.« Doc klatschte die Perücke verkehrt herum auf Pelvis' kahle Platte. »Los jetzt!«

»Warum lassen Sie ihn nicht in Frieden? Er hat nicht alle Tassen im Schrank, können Sie das denn nicht sehen?«

»Der hat nicht mehr alle Zähne im Mund, meinst du wohl«, meinte Monty lachend.

Flint konnte sich nur mit Mühe zurückhalten, nicht aufzuspringen und sich selbst auf diesen Schweinehund zu stürzen, doch er wußte, daß das wenig nützen würde. »Kommen Sie, stehen Sie auf«, sagte er. »Ich helfe Ihnen.« Er mußte mit Pelvis' Gewicht kämpfen, doch dann stand Pelvis aus eigenen Kräften auf. Flint wollte nicht in das Gesicht des Mannes blicken. Einige der Blutstropfen waren auf Clints Finger und Flints Hemd gefallen.

»Raus«, befahl Doc ihnen, und Monty schupste sie zur Hintertür, die er eingetreten hatte. Dan stand da und schaute ihnen hinterher, während die Gedanken in seinem Kopf rasten. Doc blieb etwas hinter den anderen zurück. »War

einer der Männer, die du umgelegt hast, 'n Bulle?« fragte er.
In dieser gespannten Situation hätte es keinen Sinn gehabt, Doc zu erklären, daß er nur einen Mann getötet hatte, und daß auch das ein Unglück war. »Nein.«
»Nächstesmal solltest du 'n Bullen ausprobieren.« Ein fröhliches Liedchen pfeifend, ging Doc aus der Hütte hinaus in die Dunkelheit.
Und Dan blieb allein zurück.

23 Gekreuzte Knochen

Ein Hämmern ließ Arden aus dem trägen Strom des Schlafs auftauchen. Sie schaute aus dem Fenster. Es war noch immer dunkel. Was war das für ein Lärm, lauter und beharrlicher als die Maschinen? Sie brauchte noch einige Sekunden, bis ihr durch ihre Benommenheit hindurch bewußt wurde, daß jemand an der Vordertür war.

»Arden! Machen Sie auf! Ich bin's!«

Dans Stimme. Sie stand auf, langsam, ein Kampf gegen die steifen Muskeln. Als sie auf den Füßen stand, mußte sie kurz innehalten, während sie ein Schwindelgefühl überkam und sich der Raum um sie herum drehte. »Einen Moment!« rief sie. Es gelang ihr, zur Tür zu humpeln, dann mußte sie dieselben steifen Muskeln einsetzen, um das Sofa von der Tür wegzuschieben. Schließlich war auch der Riegel zurückgezogen, und Dan trat ein.

Sein Gesicht war schweißüberströmt, und in seinen Augen blitzte Panik. »Was ist denn los?« fragte sie. »Ich dachte, die Kopfgeldjäger hätten Sie ...«

»Die sind weg. Männer kamen und haben sie mitgenommen.«

»*Mitgenommen*? Wohin?«

»Ich weiß es nicht. Sie bringen sie irgendwo mit einem Boot hin. Vier Männer. Ich habe seit 'Nam nicht mehr solche Bewaffnung gesehen.«

»Was?«

»Die vier Männer. Ich dachte, sie würden sie gleich hier erschießen, aber dann haben sie Murtaughs Arm gesehen ... ich meine, den Arm seines Bruders.«

»Wovon *reden* Sie?«

Er wußte, daß er sich so verrückt wie ein kaputter Fensterladen in einem Sturm anhörte. Er mußte sich beruhigen und erst einmal tief Luft holen. Er preßte seine Fingerspitzen gegen seine Schläfen. »Vier Männer sind in unsere Hütte eingebrochen und haben die beiden mitgenommen. Wohin, weiß ich nicht, aber derjenige, der der Boß war, hat etwas von einer Fahrt mit einem Boot gesagt. Sie waren bis an die Zähne bewaffnet.« Er war gerade im Begriff, ihr von Murtaughs kleinem Geheimnis zu erzählen, tat es dann aber doch nicht, da sie seiner Meinung nach noch nicht dafür bereit war. »Mich wollten sie nicht, aber sie haben sich Murtaugh und Eisley gegriffen.« Er schaute auf seine Armbanduhr. Viertel nach fünf. »Kommen Sie, wir müssen es jemandem sagen!«

»Warten Sie eine Minute«, bat Arden. »Nur eine Minute.« Sie kniff die Augen fest zusammen und öffnete sie dann wieder, um den Nebel, der ihren Blick trübte, zu vertreiben. Dan sah, daß der Schlaf ihre Augen heller gemacht und ihr Feuermal erneut die Farbe gewechselt hatte, wie die rauhe Haut eines Chamäleons, nun zu einem dunklen, bläulichen Purpur. »Die Kopfgeldjäger sind weg, richtig?«

»Richtig.«

»Dann ... das bedeutet, daß Sie *frei* sind, oder?« Sie fuhr sich mit einer Hand durch ihr Haar. Ihre Finger fanden die schmerzende, blutverkrustete Beule, wo ihr Kopf im Wagen aufgeschlagen war. »Sie haben versucht, Ihnen das Genick zu brechen, und mir auch. Was gehen die Sie an?«

Das war eine gute Frage. Vielleicht sollte er sich wirklich nicht weiter darum kümmern, was mit ihnen geschah. Viel-

leicht sollte er so tun, als ob es Murtaugh und Eisley nie gegeben hätte. Er wußte nicht, was er tun konnte. Nichts höchstwahrscheinlich. Aber zumindest konnte er jemandem sagen, was geschehen war. Burt hatte in der Kneipe ein Funktelefon. Dahin mußten sie gehen.
»Sie haben nur ihren Job gemacht, so wie sie es am besten verstanden«, sagte Dan. »Ich habe schon zwei Morde auf dem Gewissen, ich kann nicht einfach stillhalten, wenn ich weiß, daß es zwei weitere geben wird.« Er wandte sich zur Tür um. »Ich gehe zur Kneipe.«
»Warten Sie«, sagte Arden. Er hatte recht, und sie schämte sich für ihre kleinlichen Rachegelüste. Die Kopfgeldjäger mochten vorgehabt haben, ihr Dan wegzunehmen, bevor sie das Leuchtende Mädchen gefunden hatte, aber es war an der Zeit, klar zu denken. »Geben Sie mir eine Minute.«
Sie ging in das Zimmer, in dem sie geschlafen hatte, und steckte die fünf kleinen Plastikpferdchen zurück in den rosa Beutel. Nachdem sie das getan hatte, drehte sie sich um, und da stand Dan in der Tür. Er hatte gesehen, was sie in dem Beutel verwahrte, und er erinnerte sich daran, was sie über die Pferde auf der Ranch und im Rest Well Motel über ihren Job bei der Band, in der Joey der Rüpel spielte – den Hanoi Janes –, erzählt hatte. *Jemand mußte die Verantwortung tragen.* Er glaubte, daß er sie in diesem Moment etwas besser verstand. Es war der Kern ihres Wesens, Verantwortung zu übernehmen, alte klapprige und kranke Pferde zu füttern und zu striegeln, auf eine Band aus versoffenen Radaubrüdern aufzupassen, einem Mann Erste Hilfe anzubieten, von dem sie wußte, daß er ein gesuchter Mörder war. »Joey hat immer gesagt, ich hätte meinen Beruf verfehlt, daß ich Krankenschwester hätte werden sollen.«
Er erkannte, daß die Pferde sie an jene Zeit in ihrem Leben erinnerten, in der sie geliebt hatte und geliebt worden war.

Sein Herz schmerzte ihn, denn es wurde ihm klar, wie einsam sie sein mußte und wie verzweifelt sie nach einem Ort suchte, wo sie hingehörte. Er wandte sein Gesicht ab.

»Lachen Sie nicht«, sagte Arden, während sie die Kordel zuzog.

»Ich lache nicht. Sind Sie fertig?«

Sie bejahte es, und sie verließen die Hütte. Draußen, in der erstickenden feuchten Hitze, funkelten über ihnen die letzten Sterne, während sich im Osten schon ein zarter violetter Streifen zeigte. Dan und Arden brauchten sechs oder sieben Minuten, um ihren Weg zurück über die Stege und durch die Ansammlung von Schindelgebäuden zur Kneipe zu finden. Abgesehen vom Lärm der Generatoren und dem unablässigen Herzschlag-Dröhnen der Maschinen, das von den Bohrtürmen herüberdrang, war es in St. Nasty deutlich stiller geworden. Im Billardsalon standen noch immer einige Männer herum, doch die Stege waren verlassen. Die schummrigen Lichter der Kneipe waren noch erleuchtet, und als Dan durch die Schwingtür ging, sah er Burt, der mit einem neuen Zigarrenstummel im Mund den Dielenboden fegte. Die Tische waren an die Wände geschoben worden. Hinter der Theke wusch ein weiterer Mann Bierkrüge in einer Metallspüle voll seifigem, dampfendem Wasser.

»Morgen«, grüßte Burt, doch er fegte weiter. »Wenn Sie Frühstück wollen, müssen Sie rüber in die Kantine in Baracke zwei gehen. Die haben ab halb sechs offen.«

»Ja, wenn Sie deren falsche Eier und Truthahnscheißewürstchen mögen«, meldete sich der Mann hinter der Theke zu Wort.

»Die beiden gehören zu Cecil«, erklärte Burt seinem Kumpanen. »Du hättest hören sollen, wie der …«

»Vier Männer sind in unsere Hütte eingebrochen«, fiel Dan ihm ins Wort. »Vor etwa zwanzig Minuten. Alle hatten Pistolen und Gewehre, und sie haben Murtaugh und Eisley mitgenommen.«

Burt hörte auf zu fegen, und der andere Mann starrte sie durch den Dampf hindurch an.

»Der Boß der Truppe hat sich selbst Doc genannt. Hat einen Pferdeschwanz gehabt. Ich weiß nicht, worum es überhaupt ging, aber ich denke, jemand sollte davon erfahren.«

Burt kaute nachdenklich an seiner Zigarre. »Darf ich Sie mal was fragen, Mister? Was für'n Ding haben Sie da eigentlich laufen, zum Teufel noch mal?« Er hielt seine Hände hoch, so als wollte er die Antwort abwehren. »Nein, vergessen Sie's. Vielleicht mag ich es gar nicht hören.«

»Ich dachte, Sie könnten jemanden über Ihr Funktelefon anrufen. Die Polizei, meine ich.«

»Ha!« Burt warf dem anderen Mann einen Blick zu. »Die *Polizei*, sagt er, Jess! Der kommt nich hier aus der Gegend, was?«

»Muß aus New York sein«, erwiderte Jess und wandte sich erneut dem Spülen zu.

»Früher is von Zeit zu Zeit der Parish Ranger vorbeigekommen.« Burt lehnte sich auf seinen Besen. »Sie haben sein Boot drüben auf'm Lake Tambour entdeckt. Von ihm keine Spur. Den werden sie nie finden.«

»Ja, der is nach Süden abgegangen«, sagte Jess.

Dan blickte ihn scharf an. »*Was*?«

»Nach Süden abgegangen. So heißt das auf Cajun, wenn jemand tot is.«

»Sehen Sie ...« Burt nahm die Zigarre aus dem Mund. »Wie war noch mal Ihr Name?«

»Dan.«

»Sehen Sie, Dan, die Sache is die: Sie betrachten sich 'ne Karte vom ganzen Land, und Sie sehen diesen Sumpf hier unten, und der schaut aus, als gehörte er noch zu den

Vereinigten Staaten, stimmt's? Nun, die Karte lügt. Das hier unten is 'ne ganz eigene Welt. Hat ihre eigene Sprache, ihre eigene Industrie, ihre eigenen ... nun, man kann es nicht wirklich Gesetze nennen. Regeln trifft's eher. Ja, Regeln. Die erste Regel is: Du rückst mir nich auf den Pelz, ich rücke dir nich auf den Pelz. Das Leben und Arbeiten hier unten is nich leicht ...«

»Was du nich sagst«, knurrte Jess.

»... und deshalb tust du, was getan werden muß, um mal eben so durchzukommen. Du bringst keine Unruhe ins Wasser, damit nich der ganze Schlamm hochkommt. Du kippst niemandes Boot um oder spuckst deinen Tabak nicht einem anderen in seinen Gumbo. Leben und leben lassen. Wissen Sie, was ich meine, Dan?«

»Ich denke schon. Sie sagen damit, daß Sie nicht die Polizei rufen wollen.«

»Das is die eine Hälfte. Die andere Hälfte is, daß die beiden, wenn die Polizei endlich mit dem Boot von Grand Isle hier ankommt, längst tot sind. Und das is 'ne verdammte Schande, weil dieser Cecil echt Talent hatte.« Er steckte sich die Zigarre in den Mund, zog daran und machte sich wieder ans Fegen.

»Gibt es hier irgend jemanden, der helfen könnte? Haben Sie denn keine Polizei?«

»Wir haben die Friedensstifter, wie wir sie nennen«, erklärte ihm Jess. »Die Firma zahlt ihnen was extra. Fünf miese Scheißkerle, die dich hinter ein Lagerhaus zerren und dir den Arsch aufreißen, bis nur noch 'n Fettfleck übrig is.«

»Ja.« Burt nickte. »Die Friedensstifter passen auf, daß sich niemand prügelt oder jemand anderen beklaut oder so'n Zeug. Aber ich sage Ihnen, Dan, nich einmal die Friedensstifter würden sich mit den Kerlen anlegen, denen Sie gerade begegnet sind.«

»Sie wissen also, wer die waren?«
»Hm.« Er warf einen Blick auf Arden, die hinter Dan stand. »Woll'n Sie immer noch zu Little Train?«
»Ja, das will ich.«
»Dann bin ich in eine paar Minuten fertig.« Er fegte Zigarettenstummel und anderen Abfall auf eine Schaufel und kippte alles in einen Müllsack. »Woll'n Sie auch mitkommen?« Die Frage war an Dan gerichtet.
Dan spürte, wie Arden ihn anstarrte. »Ja«, antwortete er. »Ich komme auch mit.«
»Woll'n Sie erst noch frühstücken?«
»Ich würde gern sobald wie möglich aufbrechen«, sagte Arden knapp. Burt ging hinter die Theke. »Da is noch Kaffee in der Maschine, aber ich vermute, der brennt Ihnen die Geschmacksknospen von der Zunge. Oh, da haben wir ja was. Wie wär's denn damit?« Er brachte zwei Moonpies in ihren Verpackungen und zwei kleine Tüten Kartoffelchips zum Vorschein. »Woll'n Sie was trinken? Sie haben für die Hütten bezahlt, dafür gibt's das hier umsonst dazu.«
»Ich werde den Kaffee versuchen«, sagte Dan, und Arden bat um eine Dose Seven-Up. Burt brachte ihnen die Moonpies und die Chips, dann ging er zurück, um die Getränke zu holen. Dan war noch immer benommen von dem, was er erlebt hatte, und er konnte es nicht auf sich beruhen lassen. »Diese Männer, wissen Sie, wer die sind?«
»Ich hab von ihnen gehört. Hab sie selbst nie gesehen. Wollte es auch nich.« Burt zog an einem Hahn und füllte schwarzen, ölig aussehenden Kaffee aus einer kalten Kaffeemaschine in einen braunen Keramikbecher.
»Und wer sind sie?«
»Das sind Kerle, über die man besser nich spricht.« Burt brachte den Kaffee und die Dose Seven-Up.

»Stimmt genau.« Jess hatte damit begonnen, die Bierkrüge abzutrocknen. »Die Wände hier haben 'ne Menge Ohren.«

Dan trank einen Schluck von dem Kaffee und fragte sich, ob auf dem Boden der Kaffeemaschine nicht vielleicht eine Schicht Sumpfschlamm lag. Dieses Gebräu war sogar noch stärker als Donna Lees Kaffee, doch es versetzte seinem Gehirn den nötigen Tritt. Er erinnerte sich an das Fleisch-gegen-Fleisch-Klatschen, als die Faust des vierschrötigen Mannes Eisleys Mund getroffen hatte. Ein ekelerregendes Geräusch. Er erinnerte sich an die Blutstropfen auf den Dielenbrettern. »Es wird nichts herausgekrochen kommen und Sie holen, wenn das Licht brennt«, hatte Murtaugh zu Eisley gesagt.

Doch Murtaugh hatte sich geirrt.

Dan fragte sich, was ein zusätzlicher Arm an seiner Brust und ein Kopf so groß wie der eines Babys an seiner Seite wohl für Auswirkungen auf einen Mann hatten. Es würde ihn sicher ganz schön verdrehen. Vielleicht würde es ihn gemein und verbittert machen. Was für ein Leben hatte Murtaugh geführt? Der Anblick allein hatte genügt, um Dan fast die Augen aus dem Kopf fallen zu lassen. »Das würd er gern mal sehen, was?« hatte Doc zu Monty gesagt. »Es würd ihm glatt kommen dabei.«

Wen hatte Doc damit gemeint?

Dan trank seinen Kaffee und aß zuerst die Kartoffelchips, dann verschlang er einen Moonpie. Sein Magen war völlig verkrampft. Eisley schien ganz in Ordnung zu sein. Ein wenig seltsam, ja, aber in Ordnung. Murtaugh war ein Profi, der seinen Job erledigte. Es war nichts Persönliches. Fünfzehntausend Dollar waren eine Menge Geld. Zum Teufel, wenn Dan Kopfgeldjäger wäre, hätte er sich das Geld auch holen wollen.

Er hatte schon den Tod zweier unschuldiger Menschen auf

dem Gewissen. Nun würden seinetwegen zwei weitere sterben. Die Qual, Emory Blanchard verbluten zu sehen in dem Bewußtsein, daß er es war, der den Abzug gedrückt hatte, überwältigte ihn abermals mit ganzer Kraft. Er konnte den Gedanken nicht ertragen, daß Murtaugh und Eisley irgendwo dort draußen in der Dunkelheit waren, wo sie vielleicht dem Schicksal entgegensahen, schon bald entweder zu Tode geprügelt oder erschossen zu werden.

Was konnte er dagegen tun?

Sie einfach vergessen? Es einfach geschehen lassen?

Wenn er das tat, wie, um Gottes willen, sollte er sich dann je wieder einen Mann nennen können?

»Ich bin fertig«, sagte Burt. »Mein Boot liegt am Dock.«

In dem Motorskiff aus Aluminium war Platz für drei Leute. »Machen Sie die Leinen los!« wies Burt Dan an, als er den Motor angeworfen hatte. Dann steuerte Burt sie vom Dock weg, gab Gas und folgte dem Bayou nach Süden, vorbei an einem weiteren Lagerhaus und einem Bereich, in dem mehrere schwimmende Schaufelbagger und Kräne vertäut waren. Die Luft roch nach Petroleum und Rost, und das Licht wurde lavendelgrau, als die Sonne langsam aufging. Arden saß vorn im Boot, ihr Körper leicht vorgebeugt, wie in Erwartungshaltung, und der warme Wind strich ihr durch das Haar. Dan beobachtete, wie ihre Hand den Beutel knetete. Nach ein paar Minuten schaute er zurück und sah die Bohrtürme von St. Nasty gegen den mit lila Streifen bedeckten Himmel zurückweichen. Dann schaute er wieder nach vorn, auf was immer vor ihnen lag.

Das Boot röhrte durch das dunkelbraune, gischtige Wasser. Zu beiden Seiten des Bayous schossen halb im Wasser stehende Bäume und Pflanzen auf, ein wildes Durcheinander von grünen Palmwedeln, spitzenartigem Moos, spindeldürren Gräsern, goldgeäderten Fächern und rasiermesserscharfen Schilfhalmen. Hier und dort hatten leuchtend rote, gelbe oder purpurne Blumen inmitten eines Gewirrs aus Dornen oder steifen Zwergpalmenspitzen ihre Blütenkelche geöffnet. Burt tippte Dan auf die Schulter und deutete nach rechts, und Dan sah einen über einen Meter langen Alligator auf dem verrotteten Stamm eines umgestürzten Baums liegen. In seinem Maul hielt er einen zerquetschten weißen Reiher.

Während sie dem Bayou immer weiter von St. Nasty weg folgten, ließen sie auch den Gestank von unraffiniertem Öl und den Maschinen hinter sich. Die Sonne hatte begonnen, goldene Lichtstrahlen auf das Wasser und durch das dichte Geäst zu werfen, und der wolkenlose Himmel veränderte seine Farbe von grau zu blaßblau. Dan konnte spüren, wie die feuchte Hitze stärker wurde und sich frische Schweißflecken auf seinem schmutzigen T-Shirt bildeten. Gelegentlich kamen sie an den Mündungen anderer, schmalerer Kanäle vorbei, die meisten von Sumpfgras und Entengrütze überwuchert. Der Duft von wildem Geißblatt stieg Dan in die Nase, vermischt mit dem erdigeren Aroma verrottender Pflanzen. Sie umrundeten eine Biegung und sahen gerade noch, wie ein Dutzend weiße Reiher ganz niedrig über das Wasser hinwegflogen, dann verschwanden die Vögel zwischen den Bäumen. Das Sonnenlicht wurde stärker und glitzerte auf der teefarbenen Wasseroberfläche, und die frühe Hitze kündete an, daß es spätestens um neun unerträglich drückend und heiß sein würde.

Burt bog in einen Bayou, der schlängelnd nach links vom Hauptwasserarm abzweigte. Sie waren vielleicht fünfzig Meter darauf gefahren, als Arden angenagelt an einem Baumstamm ein Brett sah, auf dem ungelenk mit weißer Farbe ein Schädel mit gekreuzten Knochen aufgemalt war. Sie wandte sich zu Burt um und deutete auf das Schild, doch er nickte nur. Ein Stück weiter den Bayou hinauf war ein zweites Schild mit einem Schädel und gekreuzten Knochen an einen Baum genagelt, diesmal in roter Farbe gemalt.

»Little Train is nich besonders scharf auf Besucher!« erklärte Burt Dan über das Brummen des Motors hinweg. »Aber das geht schon in Ordnung! Er vertraut mir. Wir kommen gut miteinander aus!«

Die grünen Wände des Bayous schlossen sich. Fünfzehn Meter über ihren Köpfen verschmolzen die Äste der Bäume und zerbrachen das Licht in gelbe Scherben. Burt drosselte den Motor auf halbe Geschwindigkeit und steuerte um eine weitere Biegung, wo die moosigen Baumstämme so dick wie Lasterreifen waren. Und dort, vor ihnen in einer ruhigen, stillen Bucht, stand Little Trains Haus.

Genaugenommen war es ein Haus*boot*, ja, aber nach den Ranken und dem Moos zu urteilen, die seine grünen Seiten überwucherten wie Finger, die es in Wildnis einschlossen, war es seit Jahren nicht mehr bewegt worden. Es besaß eine durch Fliegengitter geschützte Veranda, die über das Wasser hinausragte, und auf dem Dach konnte man den von einem Deckel verschlossenen Schornstein eines Bollerofenabzugs ausmachen. Neben dem Hausboot war ein kurzer, von einem Blechdach geschützter Pier, auf dem ein halbes Dutzend Ölfässer, eine alte Badewanne, eine Wäschemangel und verschiedene andere Teile unidentifizierbarer Maschinerie standen. Auf der anderen Seite des Piers lag eine schwimmende Konstruktion von etwa fünfzehn Metern Länge und knapp fünf Metern Höhe, ebenfalls grün gestrichen und die Seiten und das Dach mit wildem Wein überwuchert. Dan konnte die Ritze zwischen zwei Türflügeln am Ende des schwimmenden Gebäudes sehen, und er vermutete, daß im Innern irgendein anderes Boot verwahrt wurde.

»Ich laß uns gegen den Pier treiben, wenn Sie rausspringen

und uns festtäuen«, sagte Burt, während er den Motor abschaltete, und Dan nickte. Als sie dem Ende des Piers nahe genug waren, stand Dan auf, fand sein Gleichgewicht und stieg aus dem Boot. Burt warf ihm ein Tau zu, das am Heck des Skiffs festgemacht war, und Dan vertäute es um einen der Holzpfosten, die das Dach stützten. Als er Ardens Handgelenk umfaßte, um ihr aus dem Boot zu helfen, fühlte er, wie ihr Puls raste. In ihren Augen lag wieder dieser fiebrige Glanz, und ihr Feuermal war beinahe blutrot.

»He, Little Train!« rief Burt zum Hausboot hinüber. »Du hast Besuch!«

Es kam keine Antwort. Oben in den Bäumen zwitscherten die Vögel, und ein Fisch sprang plötzlich aus dem Wasser der Bucht – ein silberner Blitz – und tauchte platschend wieder ein.

»He, Train!« versuchte Burt es noch einmal. Er stand auf dem Pier, denn er wagte es nicht, uneingeladen auch nur einen Fuß auf den Astroturf-Steg zu setzen, der ihn mit Little Trains Haus verband. »Ich bin's, Burt Dunbro! Ich bin gekommen, um mich mit dir zu unterhalten!«

»Ich seh doch, wer du bist, *fou*«, donnerte eine säuerliche Stimme mit starkem Akzent aus einem mit Fliegengitter verhängten Fenster. »Wer sind *die*?«

»Sagen Sie's ihm«, forderte Burt sie leise auf.

»Mein Name ist Dan Lambert.« Dan konnte eine Gestalt hinter dem Fliegengitter ausmachen, ein verschwommenes Gesicht, doch nicht mehr. »Das hier ist Arden Halliday.«

Stille. Dan hatte das Gefühl, daß der Mann Ardens Feuermal musterte.

Arden hatte dasselbe Gefühl. Ihre rechte Hand schloß sich fest um den Beutel, und ihr Herz hämmerte. »Ich brauche Ihre Hilfe«, sagte sie.

»Hilfe?« wiederholte der Mann. »Was für Hilfe?«

»Ich ... suche nach jemandem.« Ihr Mund war so trocken, daß sie kaum sprechen konnte. »Eine Frau namens Leuchtendes Mädchen.«

Es folgte eine weitere längere Stille für Dan und Burt, doch Arden war fast taub von ihrem eigenen Herzschlag.

Burt räusperte sich. »Eine Frau hat ihr in der Kneipe erzählt, das Leuchtende Mädchen habe früher auf Goat Island gelebt. Hat gesagt, sie liege dort draußen in einem Grab. Ich hab gesagt, ich hätte schon auf Goat Island gejagt, und soweit ich weiß, hat da noch nie jemand gelebt.«

Little Train erwiderte nichts.

»Was sagst du dazu?« fragte Burt. »Hat jemand auf Goat Island gelebt?«

»*Non*«, kam die Antwort.

Arden zuckte zusammen, als hätte man ihr eine Ohrfeige versetzt.

»Das hab ich ihr auch gesagt. Hab ihr gesagt, wenn es überhaupt jemand weiß, dann du. He, hör mal, ich brauch fünfzig Kilo Wels und zwanzig Kilo Schildkröte. Was kannst du bis Dienstag liefern?«

»Das Leuchtende Mädchen«, sagte der Mann, und es aus seinem Mund zu hören, ließ einen kalten Schauder über Ardens Rücken laufen. »Du suchst nach ihr, ay?«

»Ja, richtig. Ich muß sie finden, weil ...«

»Ich hab ja nich beide Augäpfel verloren. Woher?«

»Was?«

»Er will wissen, woher Sie kommen«, übersetzte Burt.

»Texas. Fort Worth komme ich her«, sagte sie in unbewußter Nachahmung von Little Trains Cajun-Patois.

»Mannomannomann!« erwiderte er. »Die Entfernung, da mußt du mächtig glauben. Ay?«

»Ich glaube.«

»Was du glaubst«, sagte er, »is falsch.«

Arden zuckte abermals zusammen. Die Knöchel ihrer Finger, die sich um den Beutel schlossen, waren weiß.
»Leuchtendes Mädchen auf Goat Island, *non*«, fuhr Little Train fort. »'ne Kirche dort, niemals. Wer du denkst, sie is, is sie nich.«
»Warten Sie«, mischte Dan sich ein. »Wollen Sie damit sagen ... daß es wirklich ein Leuchtendes Mädchen *gibt*?«
»Sag *oui*, sag auch *non*. Nich wenn das Mädchen ganz aus Texas gekommen is, um sie zu finden.«
»Wo ist sie?« Ardens Kehle war wie zugeschnürt. »Bitte, können Sie mich zu ihr bringen?«
Es kam keine Antwort. Sowohl sie als auch Dan sahen, daß das verschwommene Gesicht hinter dem Fenster verschwunden war.
Eine Tür auf der von einem Fliegengitter geschützten Veranda öffnete sich knarrend, und Little Train stand vor ihnen.

24 Elefanten und Tiger

Seine tiefe Stimme durch das Fliegengitter hindurch hatte ihn klingen lassen, als wäre er ein zwei Meter großer Goliath. Statt dessen war Little Train kaum mehr als einsfünfundsechzig groß. Doch vielleicht besaß er die Kraft eines Riesen, denn Dan vermutete, daß dieser stämmige, muskulöse Mann mindestens siebzig Kilo mit sich herumschleppte. Little Train trug ein ausgeblichenes khakifarbenes T-Shirt über einer breiten Brust und braune Hosen, deren Aufschläge mit der Schere ein gutes Stück über einem Paar ausgetretener, schnürsenkelloser dunkelblauer Turnschuhe abschnitten waren. Seine Unterarme schienen kräftig genug, daß man damit Nägel hätte einschlagen können. Die Bayou-Sonne hatte Little Trains Haut zu der Farbe alter Mauersteine verbrannt, und sie sah auch ebenso rauh aus. Sein Kiefer und seine Wangen wurden von einem Drei-Tage-Bart versilbert, und sein Haar lag wie blasser Sandpapierstaub auf seinem braunen Schädel. Unter seiner mit tiefen Falten überzogenen Stirn waren seine klaren grauen Augen mit solcher Kraft auf Arden gerichtet, daß sie beinahe einen Schritt nach hinten geworfen wurde.

»Ihr kommt rein«, bot er an.

Dan überquerte den Astroturf-Steg als erster, dann Arden und Burt. Little Train ging ihnen voran ins Boot, und sie folgten ihm über die Veranda in einem Raum mit Wänden aus Eichenholz und Eichenbalken, die sich die ganze Länge der Decke dahinzogen. Auf dem Fußboden lag ein fadenscheiniger roter Teppich, der augenblicklich Erinnerungen in Dan wachrief. Es war ein Motiv von kämpfenden Elefanten und Tigern darauf zu sehen, und er schaute wie einer von tausend aus, die fliegende Händler an den Straßenekken Saigons feilgeboten hatten. Die Möbel zeigten ebenfalls orientalischen – vietnamesischen? fragte sich Dan – Einfluß: zwei fein geschnitzte Eschenholzstühle, ein Bambustisch mit einem schwarzen Metalltablett darauf, eine Öllampe mit einem Reispapierschirm und ein gewebter Tatami, der sorgfältig aufgerollt in einer Ecke lag. Ein Kurzwellenfunkgerät mit Mikrofon stand auf einem zweiten Bambustisch, neben einem Regal mit gebundenen Büchern und Taschenbuchausgaben. Durch eine weitere Tür konnte man eine kleine Kombüse sehen, in der Töpfe und Pfannen an Deckenhaken baumelten.

»Mein Heim«, sagte Little Train. »Willkommen darin.«

Dan fiel die Sauberkeit und Ordnung auf. Da war der immer präsente Geruch des Sumpfes, ja, aber kein Schimmelgestank. Auf dem Metalltablett auf dem ersten Bambustisch lagen drei glatte weiße Steine, etwas getrocknetes Schilf und ein paar zerbrechlich aussehende Knochen, die von Fischen, Geflügel oder Reptilien stammen mochten. An einer Wand hingen eine Anzahl anderer Fundsachen: ein riesiges Hornissennest, vom Wind bearbeitete Stücke ausgebleichten Treibholzes, eine bernsteinfarbene Schlangenhaut und das vollständige Skelett eines Vogels mit ausgebreiteten Flügeln. Dann wußte er mit Sicherheit, was er zuvor nur vermutet hatte, denn er sah einige gerahmte Fotografien an der Wand über dem Funkgerät hängen. Er ging über den Saigon-Souvenir-Teppich, um sie näher zu betrachten. Es waren Schnappschüsse einer Bootsbesatzung, junge Männer mit nackten Oberkörpern und Stahlhelmen auf den

Köpfen, die von ihren Posten hinter Kaliber-50-Maschinengewehren und anscheinend einem 81-Millimeter-Granatwerfer aus in die Kamera grinsten oder ihren erhobenen Mittelfinger zeigten. Da waren Bilder von einem schlammigen braunen Fluß, von den grellen nächtlichen Lichtern von Saigon, von einem hübschen vietnamesischen Mädchen, etwa sechzehn oder siebzehn Jahre alt, das lächelnd zwei Finger zum v eines Friedenszeichens hochhielt.

»Ich war ein Ledernacken«, sagte Dan. »Dritte Marines. Wo hat es Sie erwischt?«

»Braunwasser-Navy«, erwiderte Little Train ohne Zögern. »Radarmaat erster Klasse, Swift PCF.«

»Sind das Bilder von Ihrem Boot?« Dan wußte, daß die Besatzungen der Swift PCF-Patrouillenboote auf den schmalen Wasserwegen von Vietnam und Kambodscha durch die Hölle gegangen waren.

»Ja.«

»Ist Ihre Mannschaft rausgekommen?«

»Nur ich und der Kerl am Mörser. 16. Mai 1970, in der Nacht, da sind wir in 'ne Kette gelaufen, die über den Fluß gespannt war. Die schwarzen Pyjamas haben schon am Ufer gewartet, ay? Haben uns mit Raketen beschossen. Ich bin baden gegangen, den Rücken voller Schrapnelle.«

»Du hast mir nie erzählt, daß du in Vietnam warst, Little Train!« sagte Burt.

Little Train durchbohrte Burt mit seinem Blick. »Hast nie gefragt. Und, *bon ami*, ich hab dir's immer wieder gesagt, nenn mich *Train*«.

»Oh, in Ordnung. Klar doch, Train.« Burt zuckte mit den Schultern und grinste nervös zu Arden hinüber.

»Bitte«, sagte Arden aufgeregt. »Das Leuchtende Mädchen. Wissen Sie, wo sie ist?«

Train nickte. »Tu ich.«

»Sagen Sie mir nicht, daß Sie wissen, wo ihr Grab ist. Bitte sagen Sie mir, daß sie noch am Leben ist.«

»Für dich also: *Oui,* am Leben sie ist.«

»O Gott.« Tränen schossen in Ardens Augen. »O Gott. Sie wissen nicht, wie ... Sie wissen nicht, wie sehr ich mir gewünscht habe, das zu hören.«

»Von wem redest du, Train?« Burt runzelte die Stirn. »Ich hab noch nie was von einem Leuchtenden Mädchen gehört.«

»Hast sie nie gebraucht«, erwiderte Train.

»Können Sie mich zu ihr bringen?« fragte Arden. »Ich habe einen so weiten Weg hinter mir. Ich habe kein Geld, aber ... ich unterschreibe einen Schuldschein. Ich besorge das Geld. Wieviel Sie auch immer verlangen, ich schwöre, ich werde es bezahlen. In Ordnung?«

»Dein Geld, ich will es nicht. Hab alles, was ich brauch, ich bin ein reicher Mann.«

»Sie meinen ... Sie wollen nicht ...«

»Will kein Geld, non. Warum hat man dir so weit weg in Fort Worth Texas vom Leuchtenden Mädchen erzählt?«

»Ein Freund von mir wurde in LaPierre geboren. Er hat sie gesehen, als er ein kleiner Junge war, und er hat mir alles über sie erzählt.«

»Oh, diese Geschichten. Daß sie ein junges hübsches Mädchen is und daß sie niemals alt wird oder stirbt. Daß sie dich bloß berühren und dann jede Krankheit heilen kann, auch Krebs ... oder Narben. Dein Freund hat dir das alles erzählt?«

»Ja.«

Train streckte die Hand nach ihrem Gesicht aus. Ardens erster Impuls war es, den Kopf zurückzuziehen, doch sein Blick war mächtig genug, um sie festzuhalten. Seine rauhen braunen Finger strichen ganz sanft über das Feuermal und zogen sich dann wieder zurück. »Du hast ein starkes Herz?« fragte er.

»Ich denke schon.«

»Entweder ja oder nein.«

»Ja«, erwiderte sie.

Train nickte. »Dann bringe ich dich, kein Problem.«

Dan konnte nicht länger schweigen. »Lügen Sie sie nicht an! Es gibt kein Leuchtendes Mädchen! Es *kann* sie nicht geben! Ist mir egal, daß sie irgendeine großartige Wunderheilerin sein soll, keine Frau kann hundert Jahre leben und noch immer wie ein junges Mädchen aussehen!«

»Ich sage, ich bringe sie zum Leuchtenden Mädchen.« Trains Stimme war ruhig. »Ich sage auch, das Leuchtende Mädchen is nich die, wegen der sie hergekommen is.«

»Was?« Arden schüttelte den Kopf. »Ich verstehe nicht.«

»Wenn wir dort sind, wirst du die Dinge klar sehen. Dann werden wir feststellen, wie stark dein Herz is.«

Dan wußte nicht, was er sagen sollte oder was für eine Schau dieser Mann abziehen wollte. Nichts von alldem ergab einen Sinn für ihn. Außerdem hatte das Schicksal von Murtaugh und Eisley wieder an ihm zu nagen begonnen. Er konnte den Gedanken einfach nicht ertragen, daß sein Abdrücken in Shreveport zum Tod von Harmon DeCayne und nun höchstwahrscheinlich auch zum Tod der beiden Kopfgeldjäger geführt hatte. Es würden vier Morde auf seinem Gewissen lasten, und wie sollte er damit leben können, ohne verrückt zu werden? Er erinnerte sich daran, was Burt über Train in der Kneipe gesagt hatte. »Er kommt im ganzen Sumpf herum. Wenn es irgend jemand weiß, dann er.«

Dan mußte ihn fragen. »Es waren noch zwei Männer bei uns. In St. Nasty. Gegen fünf Uhr früh sind vier Männer mit Schußwaffen in unsere Hütte eingebrochen und haben sie mitgenommen. Der Boß der Bande hieß Doc. Wissen Sie ...«

»O Scheiße!« Burt legte sich die Hände fest über die Ohren. »Das will ich nicht hören! Ich will nichts davon wissen!«

»Sei still!« Trains Stimme ließ die Fliegengitter erbeben. »Laß ihn reden!«

»Ich bleibe nicht hier und höre mir das an! Auf keinen Fall! Habt noch Spaß, Leute, ich mach mich wieder den Bayou rauf!« Burt setzte sich in Bewegung, doch an der Tür hielt er inne. »Train, mach keine Dummheiten! Hast du mich gehört? Ich erwarte den Wels und die Schildkröten am Dienstag. Verstanden?«

»Geh nach Hause, *bon ami*«, erwiderte Train. »Und dir eine sichere Fahrt.«

»Viel Glück«, sagte Burt zu Dan, und er ging hinaus und überquerte den Plankensteg. Train trat zu einem Fenster und schaute zu, wie Burt sein Boot losmachte, einstieg und den Motor anließ. »Er is in Ordnung«, erklärte Train, während Burt das Motorskiff durch den engen Bayou den Weg zurücksteuerte, den sie gekommen waren. »Hart arbeitender Kerl.«

»Er weiß, wer Doc ist, stimmt's?«

»Oh, *oui.* Und ich auch.« Er wandte sich vom Fenster ab. Seine Gesichtshaut schien sich straffer über seine Knochen gespannt zu haben, und sein Blick war eisig. »Erzähl mir die Geschichte, ay?«

Dan erzählte es ihm, wobei er die Tatsache ausließ, daß er wegen Mordes gesucht wurde und daß Murtaugh und Eisley Kopfgeldjäger waren. Ebenso ließ er aus, daß Murtaugh früher in Monstrositätenschauen aufgetreten war. »Doc hat gesagt, sie würden irgendwo mit dem Boot mit ihnen hinfahren. Er hatte noch eine Rechnung mit ihnen offen, aber ich weiß nicht, worum es ging.«

Train musterte Dan mit jenem harten, durchdringenden Blick. »Freunde von dir, sie sind?«
»Freunde wäre etwas übertrieben.«
»Was sind sie dann für dich?«
»Eher ... Reisegefährten.«
»Wohin wollten sie reisen?«
Dan schaute auf die Elefanten und Tiger auf dem Teppich. Er konnte Trains Blick auf sich spüren, und er wußte, daß es keinen Zweck hatte zu lügen. Train war kein Narr. Er seufzte tief; der einzige Weg war der gerade Weg.
»Sie heißen Flint Murtaugh und Pelvis Eisley und sind Kopfgeldjäger. Sie sind mir hierher gefolgt. Ich habe Arden auf einer Raststätte nördlich von Lafayette getroffen und mitgenommen.«
»Ich bin mitgekommen, weil ich es wollte«, sagte Arden. »Er hat mich nicht gezwungen.«
»Kopfgeldjäger«, wiederholte Train. »Was für'n Verbrechen hast du begangen?«
»Ich habe einen Mann getötet.«
Train bewegte sich nicht und sagte auch kein Wort.
»Er hat in einer Bank in Shreveport gearbeitet. Es hat einen Kampf gegeben. Ich habe den Kopf verloren und ihn erschossen. Die Bank hat fünfzehntausend Dollar Belohnung auf mich ausgesetzt. Murtaugh und Eisley wollten sie sich holen.«
»Mannomannomann«, sagte Train leise.
»Sie können die Belohnung haben, ich werde Ihnen keine Schwierigkeiten machen. Aber könnten Sie mit dem Funkgerät die Polizei oder sonst irgend jemanden rufen?«
»Ich sagte schon, ich brauch kein Geld. Ich bin reich, so wie ich lebe. Ich liebe diesen Sumpf, ich bin drin aufgewachsen. Ich fische und jage gern. Was ich nich esse, verkauf ich. Ich bin mein Boß. Ich bekomme fünfzehntausend Dollar in die

Finger – *puff!* –, weg is mein Reichtum. Dann will ich noch mal fünfzehntausend Dollar, aber es gibt keine mehr. Nein, ich brauch nur, was ich hab.« Er runzelte die Stirn, so daß sich die Falten um seine Augen herum vertieften, und rieb sich sein silbernes Kinn. »Wenn diese Kopfgeldjäger hinter dir her sind, wieso willst du ihnen dann helfen? Warum erzählst du mir das alles überhaupt?«
»Weil sie es nicht verdienen, ermordet zu werden, darum! Sie haben sich nichts zuschulden kommen lassen!«
»He, he! Ganz ruhig. Sich so aufzuregen, hilft niemandem was.« Er deutete auf die Veranda. »Ihr geht raus, setzt euch hin, und genießt die Brise. Ich komme gleich.«
»Was ist mit dem Funkgerät?«
»Ja, ich könnte die Polizei drüben in Grand Isle rufen. Die Sache is nur, die werden die nich finden, deine ... Reisegefährten«, entschied er sich zu sagen. »Wahrscheinlich sind sie schon tot. Jetzt geht raus, und setzt euch hin.«
Auf der Veranda gab es auch keine nennenswerte Brise, doch es war ein wenig kühler als im Innern des Boots. Dan war zu nervös, um sich hinzusetzen, doch Arden machte es sich in einem Korbsessel bequem, von dem aus man über die Bucht blicken konnte. »Sie begleiten mich doch, oder?« fragte sie ihn. »Wir sind so nah. Sie müssen einfach mitkommen, bitte.«
»Ja, ich komme mit. Ich glaube noch immer nicht daran, aber ich komme mit.« Er stand am Fliegengitter und schaute hinaus über die reglose Wasseroberfläche. »Verdammt«, entfuhr es ihm schließlich, »es muß doch etwas geben, was man tun kann!«
»*Oui*, du kannst 'nen Schluck von dem hier nehmen.« Train kam auf die Veranda heraus. Er hatte den Verschluß eines kleinen Metallflachmanns abgeschraubt und bot die Flasche nun Dan an. »Is kein Selbstgebrannter«, sagte er, als

Dan zögerte. »Is französischer Brandy. Kauf ich in Grand Isle. Mach schon, ay?«

Dan nahm den Flachmann und trank von dem Brandy. Die Flüssigkeit lief wie ein brennender Feuerball seine Kehle hinunter. Train bot Arden den Flachmann an, und als sie ihren Kopf schüttelte, trank er selbst davon, schwenkte den Brandy aber zunächst in seinem Mund herum.

»Jetzt werd ich euch von diesen Männern erzählen, also hört gut zu. Sie haben 'n Versteck etwa fünf Meilen südwestlich von hier. Kann man echt kaum finden. Ich hab kein Auge drauf geworfen, aber ich bin drüber gestolpert, als ich am Lake Calliou Wildschwein gejagt hab. Sind da vielleicht seit drei Monaten. Haben sich fein eingerichtet, haben ein Fertighaus hingebracht, haben ein Dock gebaut, 'n Swimmingpool und was immer man will. Haben 'n Shrimpkutter und zwei von diesen teuren Zigaretten. Ihr wißt schon, diese schnellen Flitzerboote. Dann haben sie Stacheldraht um alles gezogen.« Er trank noch einen Schluck aus dem Flachmann und hielt ihn erneut Dan hin. »Hab von 'nem Cajun-Jungen drüben in der Calliou-Bucht gehört, die wildern Alligatoren. Die Saison fängt erst September an, wißt ihr. Is keine große Sache, kommt vor. Aber ich hab's mir so durch den Kopf gehen lassen, warum die wohl Alligatoren wildern. Jemand, der zwei von diesen Zigaretten hat, der muß Alligatoren wildern? Warum wohl, ay?« Er nahm den Flachmann wieder von Dan, nachdem dieser einen Schluck getrunken hatte. »Der Cajun-Junge sagt, er hat nachts Lichter gesehen, und immer kommen Boote, egal wie spät. Also bin ich mal rüber, hab mein Boot versteckt und sie durch mein Nachtsichtfernglas beobachtet, weil mich die Neugier auffrißt. Hab zwei Nächte gebraucht, dann hab ich gesehen, was die im Schilde führen.«

»Und was ist das?« fragte Arden, während sie ihre Gedanken einen Moment lang vom Leuchtenden Mädchen abwandte.

»'n Frachter in der Bucht, der lädt was, was wie Säcke mit Korn aussieht, auf den Shrimpkutter aus. Die ganze Zeit über kreisen die beiden Zigaretten mit ihren Scheinwerfern um sie herum. Und – mannomannomann! – die Männer in den Booten haben Waffen, wie man sie noch nich gesehen hat! Der Shrimpkutter hat die Kornsäcke reingebracht, der Frachter hat den Anker eingeholt und is weg.« Er genehmigte sich einen weiteren Schluck von Napoleons ganzem Stolz. »Nun, was für 'ne Fracht wird nachts entladen und is solchen Aufwand wert, um sie zu schützen?«

»Drogen«, sagte Dan.

»Genau das denk ich mir auch. Entweder Heroin oder Kokain. Vielleicht beides. Die Meilen und Abermeilen von Sumpfküste – die Polizei patrouilliert kaum was davon, zumal deren Boote doch auch in so 'nem erbärmlichen Zustand sind. Also bringen diese Kerle das Dope rein und verschiffen es nach Norden, wahrscheinlich über den Bayou du Large oder Bayou Grand Calliou, und laden es in dem kleinen Hafen aus. Verkaufen auch was davon in St. Nasty. Burt hat spitzgekriegt, daß ein Kerl namens Doc Nyland im Billardsalon rumhängt und den Männern was umsonst gibt, um ihr Interesse zu wecken. Die Friedensstifter wollten was dagegen unternehmen, da hat er sich aus dem Staub gemacht. Die Sache is nur, ich komm einfach nich dahinter, warum die Alligatoren wildern. Dann – bumm! – trifft's mich wie'n Schlag auf'n Kopf.« Train schraubte den Flachmann wieder zu. »Die haben Angst, daß jemand ihnen die Drogen unter dem Hintern wegklaut. Also, was machen sie, ay? Sie packen die Drogen dahin, wo sie nich so leicht geklaut werden.« Sein Mund verzog sich zu einem tückischen Grinsen. »Wie zum Beispiel in 'nem lebenden Alligator.«

»In ihnen drin?«

»*Sans doute*! Du wickelst das Kokain ganz fest in Alufolie ein, und dann stopfst du's ihnen mit 'nem Stock in den Bauch! Wie kriegt man's wieder raus, ohne ein großes Messer und 'ne Menge Zeit zum Schneiden? Das wird die gottverdammt größte Scheiße, die du je gesehen hast!«

»Das wette ich«, pflichtete Dan bei. »Also, was machen sie? Verschiffen sie die Alligatoren nach Norden, um sie da aufzuschneiden?«

»*Oui*, stecken sie in 'nen Laster und bringen sie an 'nen sicheren Ort. Selbst wenn die Alligatoren dabei draufgehen, weil sie Darmverschlingungen kriegen, bevor sie da ankommen, is das Kokain immer noch sicher in ihnen drin.«

»Vielleicht ist das alles so, aber ich kann nicht verstehen, was Murtaugh und Eisley mit einer Bande von Drogenhändlern zu tun haben. Ist Doc Nyland ihr Boß?«

Train schüttelte den Kopf. »Ich hab da drüben noch jemanden gesehen, schaute aus, als wäre er der Boß. Der Kerl hat kein Hemd an, zeigt sich wie'n stolzer Pfau. Hat am Pool gestanden, und überall waren Hanteln und Gewichte. Seine Freundin, die hat nur da rumgelegen und sich die Sonne auf den Pelz brennen lassen. Ich denke, der is der Obermacker.«

Dan blickte durch das Fliegengitter hinaus auf das Wasser. Die Sonne stand nun sengend und heiß am Himmel, und goldenes Licht strömte durch die Bäume. Eine Bewegung erregte seine Aufmerksamkeit, und er sah eine Wassermokassin, die sich träge über die Wasseroberfläche schlängelte. Er beobachtete sie, bis sie in den Schatten verschwand. Es kam Dan so vor, als ob es in diesem Sumpf die menschlichen Reptilien waren, vor denen man sich am meisten in acht nehmen mußte. Er hob seinen Unterarm und blickte auf seine Schlangentätowierung. Einst, vor langer Zeit, war er ein tapferer Mann gewesen. Er hatte ohne zu zögern getan, was er für das richtige hielt. Er war wie ein Riese auf der Welt einhergegangen, bevor die Zeit und das Schicksal ihn in die Knie gezwungen hatten. Nun starb er, und er war ein Mörder, krank bis in Mark und Herz hinein.

Er hatte das Gefühl, in ein Schlangenloch zu schauen, und wenn er hineingriff und das Ding herauszog, dann könnte ihn der Biß töten. Doch wenn er ihm wie ein Feigling den Rücken zukehrte, dann war er schon tot.

Ungebeten trat ein Bild vor sein geistiges Auge – das Gesicht und die Stimme von Farrow, damals in jener schrecklichen Nacht, als die Kugeln der Scharfschützen aus dem Dschungel gezischt kamen.

»Los«, hatte er gesagt. Es war kein Schrei gewesen, doch es war mächtiger als ein Schrei.

Los.

Dan erinnerte sich an jenes Funkeln in Farrows Augen, das Freude gewesen sein könnte, als der Mann – ein Bürger der Hölle, einer der umherwandelnden Verdammten – sich umgedreht hatte und durch den Schlamm wieder auf den Dschungel zugewatet war, während er sein M16 feuerte, um Dan und den anderen kostbare Sekunden zu erkaufen, in denen sie ihr eigenes Leben retten konnten.

Farrow war nicht mehr in der Lage, mit sich selbst zu leben, weil er nach Süden abgegangen war. Dort in dem Dorf Cho Yat hatte sein unbedachter Fehler mit dem in Alufolie eingewickelten Schokoriegel zum Tod von Unschuldigen geführt, und Farrow hatte entschieden – in jenem schlammigen Strom, in der Krise des Augenblicks –, daß er einen Ausweg gefunden hatte.

Dan war einst ein Schlangenbeschwörer gewesen, ein guter Soldat, ein anständiger Mann. Doch er war nach Süden abgegangen, dort in der Bank in Shreveport, und nun war *er* ein Bürger der Hölle, einer der umherwandelnden Verdammten.

Doch er wußte, was zu tun war.

Es war Zeit, sich aufzumachen.

»Deine Gehirnwindungen laufen sich heiß«, sagte Train mit leiser Stimme.

»Sie haben Waffen.« Es war eine Feststellung, keine Frage.

»Zwei Gewehre. Pistole.«

»Wie viele Männer?«

Train wußte, was Dan meinte. »Ich hab acht gezählt. Vielleicht hab ich nur nich mehr gesehen.«

Dan wandte sich zu ihm um. »Werden Sie mich hinbringen?«

»Nein!« Arden sprang mit weit aufgerissenen Augen auf. »Dan, nein! Sie sind den beiden nichts schuldig.«

»Ich schulde es mir selbst«, erklärte er.

»Hören Sie mir mal zu!« Sie trat dicht an ihn heran und packte seinen Arm. »Sie können immer noch fliehen! Sie können ...«

»Nein«, unterbrach er sie sanft. »Ich kann nicht. Train, wie steht's?«

»Die werden Sie umbringen!« sagte Arden voller Angst um ihn.

»*Oui*«, fügte Train hinzu. »Sie werden's versuchen.«

»Vielleicht sind Murtaugh und Eisley schon tot.« Dan blickte tief in Ardens Augen. Es war seltsam, doch nun konnte er ihr Gesicht anschauen, ohne das Feuermal zu sehen. »Vielleicht sind sie auch noch am Leben, aber sie werden es nicht mehr lange bleiben. Wenn ich nicht dort hingehe, wenn ich nicht wenigstens versuche, sie da rauszuholen, was bin ich dann noch wert? Ich will nicht im Gefängnis sterben, aber ich kann auch nicht in einem Gefängnis leben. Und wenn ich nicht *irgend etwas* tue, dann werde ich jede Stunde jedes einzelnen Tages, der mir noch bleibt, mein eigenes Gefängnis mit mir herumschleppen. Ich muß es tun. Train?« Er richtete seinen Blick auf den Cajun. »Ich bitte Sie nicht, mir zu helfen, nur daß Sie mich nah genug heranbringen. Ich muß eins der Gewehre, die Pistole und Munition mitnehmen. Haben Sie ein Halfter für die Pistole?«

»Hab ich.«

»Dann bringen Sie mich also hin?«

Train überlegte einen Moment lang. Er schraubte abermals den Flachmann auf und nahm eine tiefen Zug. »Du bist 'n verdammt seltsamer Mörder, daß du dich für Leute umbringen lassen willst, die dich in den Knast zu stecken beabsichtigten.« Er leckte sich über die Lippen. »Mannomannomann! Ich wußte nich, daß ich heute dem Tod ins Auge schauen würde.«

»Ich kann allein gehen.«

»Nun«, sagte Train, »die Sache sieht so aus: Ich kenne 'nen Typ, der heißt Jack Giradoux. War 'n Parish Ranger. Er kommt vorbei, und wir plaudern 'ne Runde und essen Wels. Ich sag ihm nichts von den Männern, weil ich weiß, was er dann tun muß. Ich denk mir, man soll keine schlafenden Hunde wecken, ay?« Er lächelte; es war ein schmerzlicher Anblick. Das Lächeln erlosch schnell. »Wenn er sie nich findet, denk ich mir, dann kommt er auch nich um. Er war ein guter Kerl. Vor 'n paar Tagen hat 'n Fischer Jacks Boot auf dem Lake Tambour entdeckt. Das is weit weg von da, wo die Männer sind, aber ich weiß, sie müssen ihn erwischt und dann sein Boot dorthin gezogen haben. Seine Leiche, die findet niemand nich, nie. Nun muß ich mich fragen, hab ich was falsch gemacht? Wenn sie rausfinden, daß ich über sie Bescheid weiß, und sie kommen, um mich zu holen, irgendwann in der Nacht?« Er schraubte den Flachmann wieder zu. »Hab fünfundvierzig gute Jahre gelebt. In meinem Bett sterben, *non.* Kann sein, wir schaffen's und kommen wieder raus. Kann sein, du bist mein Todesengel, und vielleicht weiß ich früher oder später, daß du mich holen kommen wolltest. Is so, als würde man seine Hand in ein Schlangennest stecken. Bist du bereit, dich beißen zu lassen?«

»Ich bin bereit zu beißen«, erwiderte Dan.

»Also gut, Ledernacken. Also gut. Ich bin dabei, denk ich. Überrede Baby, uns hinzubringen, vielleicht haben wir Glück.«

»Baby?«

»Sie is mein Mädchen. Du lernst sie gleich kennen.«

»Eins noch«, sagte Dan. »Erst will ich Arden dorthin bringen, wo sie hin möchte.«

»*Non*, unmöglich. Die Männer sind fünf Meilen südwestlich, das Leuchtende Mädchen is neun, zehn Meilen südöstlich, unten in den Casse-Tete Islands. Bringen wir sie erst hin, verlieren wir zuviel Zeit.«

Dan blickte zu Arden, die gebannt auf die Tür starrte. »Ich überlasse es Ihnen. Ich weiß, wieviel es Ihnen bedeutet. Ich habe nie daran geglaubt … aber vielleicht hätte ich das tun sollen. Vielleicht habe ich mich geirrt, ich weiß nicht.« Ihr Kinn reckte sich hoch, und ihre Augen fanden die seinen. »Was sagen Sie?«

»Ich sage …« Sie hielt inne und holte tief Luft, um ihre Gedanken zu klären. So viele Dinge hatten sich in ihrem Innern verwoben: Furcht und Freude, Schmerz und Hoffnung. Sie war so weit gekommen, und es stand so viel auf dem Spiel. Doch nun sah sie, was das wichtigste war. Sie sagte: »Helfen Sie ihnen.«

Er schenkte ihr ein Lächeln; er hatte gewußt, wie sie sich entscheiden würde. »Sie müssen hierbleiben. Wir kommen zurück, sobald …«

»Nein.« Etwas Unumstößliches schwang in ihrer Stimme mit. »Wenn Sie gehen, gehe ich auch.«

»Arden, es könnte die Hölle da draußen werden. Sie könnten getötet werden.«

»Ich gehe mit. Versuchen Sie nicht, es mir auszureden, denn das schaffen Sie nicht.«

»Die Uhr tickt«, sagte Train.

»Also gut.« Dan spürte, wie ihn die Eile antrieb. »Ich bin bereit.«

Train begab sich in ein Hinterzimmer und holte die Waffen: ein Browning-Automatikgewehr mit einem Vier-Kugel-Magazin, ein Ruger-Gewehr mit einem Jagdzielrohr und einem Fünf-Patronen-Magazin und eine Smith & Wesson-9mm-Automatik mit einem Acht-Kugel-Magazin in einem Hüfthalfter. Er fand Ersatzmagazine für die Gewehre und die Automatik und steckte sie in einen ausgeblichenen alten Rucksack, den er in Ardens Obhut gab. Dan nahm das Browning und die Pistole. Train holte eine Plastikflasche mit gefiltertem Wasser aus der Kombüse, schlang sich den Riemen des Rugers über die Schulter und sagte: »Auf geht's.«

Sie verließen das Hausboot, und Train führte sie zu der efeufarbenen Konstruktion neben dem Pier. Er schob ein Tor auf. »Da is sie.«

»Himmel«, entfuhr es Dan, der ganz benommen war von dem, was er sah.

Im Innern lag Trains zweites Boot. Es war grau, der Anstrich noch relativ frisch, einmal abgesehen von einigen Rostflecken an der Wasserlinie. Es ähnelte einer kleineren Ausgabe eines kommerziellen Schleppdampfers, doch es war schlanker und mächtiger mit seinem dicht am Bug stehenden flachen Ruderhaus. Das Gefährt war etwa fünfzehn Meter lang und am höchsten Punkt knapp vier Meter hoch, so daß es in dem nach Öl riechenden, modrigen Bootshaus wie eingezwängt anmutete. Es besaß nicht den sanften Charme eines Säuglings, sondern die mit Stahlplatten gepanzerte Bedrohlichkeit eines wüsten Schlägers.

Obwohl die Maschinengewehrstände und der Granatwerfer entfernt und am Radarmast andere zivile Veränderungen vorgenommen worden waren, erkannte Dan es augenblicklich als ein Swift-Flußpatrouillenboot, dieselbe Art von Gefährt, auf dem Train auf den tödlichen Wasserwegen Vietnams seinen Dienst getan hatte.

»Mein Baby«, sagte Train mit einem verschlagenen Grinsen. *»Let the good times roll.«*

25 Reptilien

Die Sonne war über einem kleinen Ruderboot aus Aluminium auf einem schlammigen Teich aufgegangen. In diesem Ruderboot saßen Flint und Pelvis einander gegenüber, verbunden durch die kurze Kette zwischen ihren mit Handschellen gefesselten Handgelenken.

Um sieben Uhr früh näherte sich die Temperatur neunundzwanzig Grad, und die Luft dampfte von der Feuchtigkeit. Flint waren das Hemd und sein Jackett vom Leib gerissen worden, und Clints Arm hing lethargisch von seiner blassen, schweißnassen Brust. Schweißtropfen glänzten auf Flints eingefallenem Gesicht, und er hielt den Kopf gesenkt. Ihm gegenüber trug Pelvis seine Perücke noch immer verkehrt herum auf dem Kopf. Seine Kleider waren von Schweiß durchnäßt und um seine verzweifelten, verquollenen Augen rote Ränder. Getrocknetes Blut bedeckte seine aufgeplatzte Unterlippe. Einer seiner unteren Zähne war ausgeschlagen, ein anderer stand schief, und verkrustetes Blut klebte ebenfalls auf seinem Kinn. Er atmete langsam und angestrengt während Schweiß von seiner Nasenspitze in eine Lache zwischen seinen von Schlamm gebleichten Wildlederschuhen tropfte.

Etwas streifte den Rumpf des Ruderboots, und das Gefährt drehte sich träge um seine Ankerkette. Flint hob den Kopf und sah einen ein Meter fünfzig langen Alligator vorbeitreiben, dessen Schnauze sich wie ein Bug durch das faulige braune Wasser schob. Ein zweiter Alligator, dieser vielleicht ein Meter lang, schwamm am ersten vorbei. Die katzengrünen Augen und der wulstige Schädel eines dritten waren weniger als zwei Meter vom Ruderboot aufgetaucht. Zwei weitere, jeder etwas über einen Meter lang, lagen direkt hinter dem stummen Beobachter reglos Seite an Seite. Flint hatte immer wieder neun Alligatoren gezählt, doch es mochten noch andere am Grund schlafen. Er konnte sie nicht auseinanderhalten, einmal abgesehen von ihren offensichtlichen Größenunterschieden, also vermochte er nicht zu sagen, wie viele in dem schlammigen Teich lauerten. Doch es waren stille Ungeheuer. Gelegentlich stießen zwei oder drei von ihnen bei ihrem baumstammähnlichen Hin- und Hertreiben zusammen, und es konnte einen kurzzeitigen, Wasser aufwirbelnden Wutausbruch geben, doch dann beruhigte sich alles wieder, bis auf das Schaukeln des Boots und das Herzrasen der Männer darin. Flint dachte, daß die Alligatoren ebenso Gefangene wie er und Pelvis waren.

Der Teich schien knapp zwanzig Meter Durchmesser zu haben, von einem halb unter Wasser liegenden, verrosteten Stacheldrahtzaun zum anderen. Jenseits des verriegelten Tors des Alligatorengeheges befand sich ein Pier, an dem zwei zigarettenförmige Rennboote – beide mit dunkler, nicht reflektierender grüner Farbe angestrichen – vertäut waren wie auch das größere Arbeitsboot, aus dem die Reptilien im Fischereihafen von Vermilion ausgeladen worden waren. Zweieinhalb Meter des Piers ragten über das Gehege hinaus, und an seinem Ende stand eine mit Bolzen verankerte elektrische Winde, mit der die Alligatoren auf das Deck des Arbeitsboots gehievt wurden, wie Flint vermutete. Auf der vierzigminütigen Fahrt in einem der Rennboote zu diesem Ort hatte Monty Flint das Jackett und das Hemd vom Leib gerissen und ihm den Halfter des Derringers abgenommen. Dann, als sie an ihrem Ziel angelangt waren, hatten Doc und die anderen einige Minuten lang darüber gestritten, was sie mit ihnen machen sollten, bis »er« – wer immer »er« auch sein mochte – aufwachte. Ihre momentane Lage hatte Doc sich ausgedacht, der Mitch überredete, sie in dem Aluminiumschiff durch das Tor des Geheges zu rudern, während Monty ihm in einem zweiten Boot gefolgt war. Eine Gruppe von Männern auf dem Pier hatte belustigt zugeschaut, als Mitch einen Betonstein-Anker über die Bordwand warf, und dann war er zu Monty ins Boot gestiegen und hatte Flint und Pelvis am Ende ihrer Kette zurückgelassen.

Die Party war noch eine Weile lang weitergegangen – »He, Freak! Warum kletterst du nicht mit Elvis aus dem Boot, damit ihr euch ein bißchen abkühlen könnt?« –, doch die Männer hatten sich zerstreut, als die Sonne höher stieg. Flint konnte es nur zu gut verstehen; der Reiz des Neuen war verloren, und sie hatten gewußt, wie heiß es hier draußen bald werden würde. Immer wieder kamen Mitch, Monty oder einer der anderen Mistkerle zum Ende des Piers geschlendert, um sie anzugaffen und ihnen eine höhnische Bemerkung zuzurufen, in der die Worte »Freak« oder »Schweinepriester« enthalten waren, dann gingen sie wieder davon. Seit Pelvis den Schlag auf den Mund bekommen hatte, hatte er kein einziges Wort mehr gesprochen. Flint wurde bewußt, daß er unter Schock stand. Monty hatte Mama mit sich fortgenommen, und das letztemal, als der Hurensohn herausgekommen war, um nach ihnen zu sehen, hielt er die kleine Bulldogge nicht mehr in seinen Armen.

Flint konnte Fleisch braten riechen.

»Verbrennen« würde es eher treffen.

Der Pier endete jenseits der Boote in einem bizarren Anblick: ein großes Ranchhaus mit cremefarbenen Wänden, das auf hölzernen Stelzen über dem Wasser stand. Das Haus sah aus, als wäre es von dem gemähten grünen Rasen der perfekten amerikanischen Kleinstadt hochgehoben, mit dem Hubschrauber eingeflogen und hier abgesetzt worden, um die gesamte Nachbarschaft vor Neid erblassen zu lassen. Da war ein runder Swimmingpool mit seinem eigenen Redwooddeck, einer jener Pools über dem Boden, die als Fertigsatz geliefert wurden; hier jedoch war der Pool nicht über dem Boden, sondern auf einer Plattform über dem Sumpf. Auf dem Pooldeck befanden sich ein Ständer mit Gewichten, eine Gewichtheberbank und ein Trimmrad. Nebenan war ein weiteres breites Deck, das von einem großen blauweiß gestreiften Baldachin vor der Sonne geschützt wurde, und auf der anderen Seite des Hauses stand eine Satellitenschüssel auf der Plattform.

Andere Stege führten von der Hauptplattform weg und verbanden das Haus mit drei weiteren kleineren Holzgebäuden. Kabel schlängelten sich aus einem der Häuschen zu der Satellitenschüssel, was Flint annehmen ließ, daß sich dort drin der Stromgenerator befand. Während das Alligatorengehege, der Pier und der Swimmingpool in der prallen Sonne lagen, wurde der größte Teil des Hauses von hohen, mit Spanischem Moos überwucherten Bäumen beschattet. Um das Haus und das Gehege und alles andere herum hielt der Sumpf noch immer seine grüne Herrschaft aufrecht. Flint konnte einen Bayou sehen, der sich jenseits des äußersten der drei kleineren Gebäude in den Sumpf schlängelte, und es dümpelten rote Bojen darin, um die tiefere Fahrrinne für den Rumpf des Transportboots zu markieren.

Flints die Umgebung absuchender Blick hatte auch einen hölzernen, etwa zwölf Meter hohen Wachturm entdeckt, der zwischen den Bäumen und der Mündung des Bayous kaum zu sehen war. Ganz oben, unter einer grün gestrichenen Kuppel, saß ein Mann in einem grünen Gartensessel und las eine Zeitschrift. Neben ihm am Geländer lehnte ein Gewehr. Alle paar Minuten stand er auf und hielt durch einen Feldstecher in alle Richtungen Ausschau, dann setzte er sich wieder hin und las weiter.

»Wir sitzen ganz schön in der Scheiße«, sagte Flint heiser.

Pelvis erwiderte nichts; er hockte einfach nur mit glasigen Augen da und schwitzte.

»Eisley? Wachen Sie endlich auf, haben Sie verstanden?«

Es kam keine Antwort. Ein dünner Speichelfaden rann über seine verletzte Lippe.

»Warum sagen Sie nicht mal was?« fragte Flint.

Pelvis senkte den Kopf und starrte auf den Boden des Boots. Flint schnüffelte, und der Gestank von verbranntem Fleisch stieg ihm in die Nase. Es kam ihm in den Sinn, daß dieser Mistkerl vielleicht schon wieder Hunger hatte, und es wurde ihm bewußt, daß Pelvis vermutlich dasselbe dachte wie er: Mama lag auf dem Frühstücksgrill.

»He, wir kommen hier schon raus«, versuchte es Flint noch einmal. Es schoß ihm durch den Kopf, daß dies vielleicht das Dümmste war, was er je in seinem Leben gesagt hatte. »Sie können jetzt nicht einfach abdrehen und mich im Stich lassen, verstanden?«

Pelvis schüttelte den Kopf und schluckte mit einem leisen, trockenen, klickenden Laut.

Flint sah einen weiteren Alligator vorbeigleiten, so nah, daß er seine Hand ausstrecken und ihm ins Auge hätte pieksen können, wenn er seine Hand hätte verlieren wollen. Nun, das ginge schon in Ordnung; er hätte dann immer noch zwei. Halt durch, befahl er sich selbst. Halt durch. Verlier nicht die Kontrolle. Es ist noch nicht vorbei, sie haben noch keine Erde auf dich geschaufelt. Halt durch. »Ich wette, das

hier ist alles nur ein großes Mißverständnis«, sagte er. »Ich wette, wenn dieser Kerl aufwacht, wird er zu uns kommen, und wir erzählen ihm dann die ganze Geschichte, und er wird uns hier herausschießen.« Seine Kehle schnürte sich zusammen. »Ich meine, er wird uns hier heraus*schmeißen.*«
Eisleys Schweigen versetzte ihm eine Heidenangst, so daß er langsam begann, auch die Kontrolle über sich selbst zu verlieren. Er hatte sich so an das endlose Geplapper des Mannes gewöhnt, daß das Schweigen ihn wahnsinnig machte. »Eisley, hören Sie mir zu. Wir geben nicht auf. Pelvis? Kommen Sie schon, sprechen Sie mit mir.«
Keine Antwort.
Flint beugte sich vor. Die Sonne begann seinen Rücken zu verbrennen, und an seinen Augenbrauen hingen Schweißtropfen. »Cecil«, sagte er, »ich prügle Ihnen die Scheiße aus dem Leib, wenn Sie mir jetzt nicht gleich ins Gesicht sehen und etwas sagen.«
Doch es hatte keinen Sinn. Flint schloß die Augen und preßte seine freie Hand gegen seine Stirn. Auf seiner Brust zuckte plötzlich Clints Arm und die Hand flatterte, dann sackte sie wieder schlaff herunter.
»Wie haben Sie mich genannt?«
Flint öffnete die Augen und schaute Pelvis ins Gesicht.
»Haben Sie mich Cecil genannt?« Pelvis hatte seinen Kopf gehoben. Seine geplatzte Lippe war wieder aufgesprungen und blutete erneut.
»Ja, ich denke schon.« Unbeschreibliche Erleichterung durchflutete ihn. »Nun, Gott sei's gedankt, daß Sie wieder aufgewacht sind! Wir dürfen jetzt nicht aufgeben! Wir müssen stark bleiben! Wie ich schon sagte, wenn dieser Kerl aufwacht, dann erzählen wir ihm, daß das alles hier ein Mißverständnis ist ...«
»Cecil», flüsterte Pelvis, und ein flüchtiges Lächeln spielte

um seinen verkrusteten Mund. Seine Augen waren sehr dunkel. »Ich glaube ... sie braten Mama«, sagte er.

»Nein, das tun sie nicht!« Halt ihn fest! dachte Flint voller Verzweiflung. Laß ihn nicht wieder abtauchen! »Dieser Kerl wollte Sie nur ärgern. Hören Sie, denken Sie nicht mehr daran. Wir haben andere Dinge, über die wir uns den Kopf zerbrechen müssen.«

»Worüber zum Beispiel? Wen von uns beiden die zuerst umbringen werden?« Er blinzelte in die Sonne. »Mir ist das egal. Wir kommen hier sowieso nicht mehr raus.«

»Sehen Sie? Deshalb wäre nie ein guter Kopfgeldjäger aus Ihnen geworden. *Niemals.* Weil Sie zu schnell aufgeben. Bei Gott, *ich* gebe nie auf!« Flint spürte, wie das Blut in seinem Gesicht pulsierte. Er mußte sich beruhigen, bevor er einen Schlaganfall bekam. »Ich habe gesagt, ich würde mir Lambert schnappen, und ich habe ihn geschnappt, oder etwa nicht?«

»Ja, Sir, das haben Sie. Aber ich denke nicht, daß auch nur einer von uns beiden viel von der Belohnung wird ausgeben können.«

»Warten Sie's nur ab«, entgegnete Flint. »Sie werden es schon sehen.« Er war sich bewußt, daß auch sein eigener Verstand langsam begann, aus den Fugen zu geraten. Verlier ja nicht die Kontrolle! befahl er sich. Kontrolle war das wichtigste. Er umfaßte Clints klamme Hand mit seiner eigenen, und er konnte ihren gemeinsamen Puls fühlen. »Ein Kopfgeldjäger braucht Selbstdisziplin. Ich hatte sie immer. Seit ich ein kleiner Junge war. Ich mußte sie haben, damit Clint nicht herumzuckte, wenn ich es nicht wollte. Damit er nicht herumzuckte und mich dann jeder anstarrte, als ob ich ein Freak wäre. Sie brauchen auch Selbstdisziplin, und zwar eine ganze Menge.«

»Mr. Murtaugh?« sagte Pelvis mit leiser, gequälter Stimme,

die kaum noch nach Elvis klang. »Wir werden heute sterben. Würden Sie bitte den Mund halten?«

Flints Gehirn rauchte. Er verbrannte. Seine blasse Haut versengte im gleißenden Sonnenlicht, und da war Wasser, überall Wasser, aber nicht genug, daß er sich darin hätte abkühlen können. Er leckte sich über die Lippen und schmeckte Schweiß. Ein Alligator streifte die Bootswand, ein langgezogenes Scharren, das Flint eine Gänsehaut über den Rücken jagte. Er mußte seine Gedanken auf etwas anderes konzentrieren – irgend etwas –, nur nicht auf die Realität des Augenblicks. »Sie könnten sich eine goldene Nase verdienen«, sagte er, »wenn Sie einen Manager hätten.«

Pelvis sah ihn an und blinzelte langsam. *»Was?«*

»Einen Manager. Wie dieser Typ richtig erkannt hat. Sie brauchen einen Manager. Jemand, der Ihnen Selbstdisziplin beibringt und Ihnen abgewöhnt, sich mit diesen Kalorienbomben vollzustopfen. Der Sie dazu bringt, daß Sie endlich aufhören zu versuchen, Elvis zu sein, und Cecil sind. Ich habe seinen Kommentar gehört, ich habe ja direkt daneben gestanden.«

»Wollen Sie ... damit sagen, was ich *denke*, daß Sie sagen wollen?«

»Vielleicht ja. Vielleicht auch nicht.« Flint griff mit zitternden Fingern nach oben und wischte sich die Schweißtropfen von seiner Augenbraue. »Ich sage nur, daß Sie ein Talent fürs Klavierspielen haben, und ein guter Manager könnte Ihnen helfen. Ein guter *Geschäftsmann.* Jemand, der sicherstellt, daß man Sie auch richtig bezahlt. Sie müßten kein Star sein, Sie könnten jemand anderen begleiten oder Backgroundmusiker bei Plattenaufnahmen sein oder so was. In dem Bereich kann man ganz schön verdienen, stimmt's?«

»Sind Sie verrückt, Mr. Murtaugh?« fragte Pelvis. »Oder bin ich es?«

»Zum Teufel, wir *beide* sind es!« Flint hatte es beinahe hinausgeschrien. Kontrolle, dachte er. Kontrolle. Gott, die Sonne brannte immer stärker. Ein durchdringender, beißender Gestank – der Geruch von Sumpfschlamm und Alligatorendung – stieg dampfend vom Wasser auf. »Wenn wir hier rauskommen – und das *werden* wir, nachdem wir mit dem Boß gesprochen haben –, dann müssen wir an das Morgen denken. Sie haben nicht das Zeug zum Kopfgeldjäger ... und ich suche schon seit langer Zeit nach einem Weg, damit aufzuhören. Ich bin die Schändlichkeit dieses Jobs leid, und ich bin niemals irgendwo angekommen. Ich bin immer nur im Kreis herumgelaufen, wie ... wie ein dreiarmiger Affe in einem Käfig«, sagte er. »Vielleicht klappt es nicht. Wahrscheinlich nicht. Aber es wäre ein Anfang, oder ...«

»Es wird hier mächtig heiß, was?«

Die Stimme ließ sie beide zusammenfahren. Monty kam den Pier entlang. Auf seinem Hemd hatten sich Schweißflecken ausgebreitet. Er hielt einen Teller mit Essen in der Hand und kaute an irgendeinem sehnigen Fleisch, das an einem kleinen Knochen hing. »Ihr seid noch nich schwimmen gegangen?«

Weder Flint noch Pelvis erwiderten etwas. Sie beobachteten den großen, bärtigen Mann, während er an dem Knochen in seinen fettigen Fingern nagte.

»Habt keine Lust zum Reden, was?« Monty blickte kurz zur Sonne hoch. Dann warf er den Knochen ins Wasser neben ihrem Boot. Das Platschen erregte die Aufmerksamkeit der Alligatoren, und drei oder vier von ihnen schwammen augenblicklich zu der Stelle, blitzschnell wie schuppige Torpedos. Wasser wirbelte auf, ein Schwanz erhob sich und klatschte auf die Wasseroberfläche, und plötzlich brach unter Wasser ein Streit aus, und zwei Reptilienleiber wälzten

sich, und das Ruderboot schaukelte in der schlammigen Gischt des Kampfes hin und her.
»Die Jungs haben heut morgen mächtig Hunger.« Monty machte sich daran, das Fleisch von einem zweiten Knochen zu nagen. »Die fressen absolut alles, wißt ihr. Haben einen eisernen Magen. Ich wette, die würden liebend gern ihre Zähne in dich schlagen, Freak. Ich wette, du wärst 'ne echte Geschmackssensation.«
Die Alligatoren hörten auf zu streiten, nachdem sie kein Essen auf ihrem Tisch vorfanden. Doch sie durchkreuzten noch immer den Teich zu beiden Seiten des Boots. »Finden Sie nicht, daß das Ganze hier weit genug gegangen ist?« fragte Flint. »Wir haben unsere Lektion gelernt, wir kommen nie wieder in diese Gegend zurück.«
Monty kaute und lachte. »Nun, das stimmt. Weil ihr hier auch nich wieder weggehen werdet.« Er warf den zweiten Knochen ins Wasser, und abermals stürzten sich die Reptilien darauf. »He, Elvis! Willst du Frühstück haben?«
Pelvis antwortete nicht, und Flint sah, daß seine Augen wieder glasig wurden.
»Ist echt gut. Viel Fleisch an den Knochen, hat mich richtig überrascht. Willst auch mal 'nen Happen versuchen?« Er hielt ihm einen Brocken weißen Fleisches hin und grinste durch seinen Bart. »Wau! Wau!« höhnte er.
Pelvis erschauderte. Die Adern an seinen Schläfen pulsierten.
»Halten Sie durch.« Flint packte Pelvis' Arm. »Ganz ruhig.«
»Ich glaube, er will den Rest haben, Mr. Freak. Da hast du's Elvis, Jahuuuuuuu!« Und während er wie ein Hund heulte, schleuderte Monty die Reste des Fleisches und der Knochen auf dem Teller in die Luft über dem Gehege.
Bevor das erste Stück Fleisch oder Knochen auf die Oberfläche klatschte, drehte Pelvis durch.

Er stürzte sich über die Bordwand des Ruderboots. Die Kette der Handschellen, die ihre Handgelenke verbanden, spannte sich straff, und mit einem entsetzten Schrei wurde Flint von Pelvis mit ins Wasser gerissen.

Für die letzten anderthalb Meilen hatte Train die röhrenden Doppeldieselmotoren des Swifts auf Viertelgeschwindigkeit – etwa sieben Knoten – gedrosselt, um nicht soviel Lärm zu machen. Jetzt schaltete er die Motoren ab und ließ das Swift den schmalen Bayou entlangtreiben. »Sind nah dran«, sagte er, hinter dem Steuerrad im Ruderhaus stehend. Dan befand sich neben ihm, und Arden hatte für sich eine Sitzbank nahe des Hecks gefunden. »Wir laufen in 'ner Minute oder zwei auf Grund, dann waten wir.«

Dan nickte. Die Gewehre, die Pistole und die Munition im Rucksack waren in einem Spint im hinteren Teil des Ruderhauses verstaut. Nachdem sie die Bucht verlassen hatten, hatte Train sie mit Geschwindigkeiten bis zu achtundzwanzig Knoten durch eine Reihe von Kanälen gesteuert. Vögel hatten sich flatternd und Alligatoren tauchend vor ihnen in Sicherheit gebracht. Train hatte Dan erzählt, daß sein richtiger Name Alain Chappelle war, daß er in einem Zug zwischen Mobile und New Orleans geboren worden, doch in Grand Isle aufgewachsen war, wo sein Vater als Charter-Fischer arbeitete. Während seiner Dienstzeit in Vietnam waren seine Eltern nach New Orleans umgezogen, und sein Vater hatte einen Beraterposten bei einer Firma angenommen, die Fischerboote baute. Train hatte den Sumpf im Blut, hatte er gesagt. Er mußte dort leben, inmitten all der wunderschönen Wildnis, oder er würde eingehen. Er hatte gewußt, daß die Swift-Boote – angelehnt an die Konstruktionspläne zäher kleiner Nutzgefährte, mit denen man Nachschub zu den Bohrtürmen im Golf von Mexiko brachte

– von einer Firma in Berwick gebaut wurden, durch das Dan und Arden vierzig Meilen nördlich von Houma gekommen waren. 1976 hatte er sich den mit Stahlplatten gepanzerten Rumpf eines ausgemusterten Swifts gekauft und sich an die drei Jahre dauernde Arbeit gemacht, es wieder in einen betriebsfähigen Zustand zu versetzen. Baby konnte an einem Tag süß wie Zucker sein und am nächsten eine wütende, übellaunige Hexe, hatte er Dan erzählt, doch sie war schnell, und ihr niedriger Tiefgang war ideal für die Bayous. Und außerdem liebte er sie einfach.

»Uns da reinbringen«, sagte Train und deutete mit hochgerecktem Kinn auf einen weiteren Wasserarm, der sich gewunden nach links abzweigte, »wird eng werden, also erklär der Lady, daß wir schon nicht untergehen werden, wenn sie hier und da ein Rumpeln hört.«

Dan begab sich nach unten, um es ihr zu sagen. Train steuerte Baby mit ruhiger Hand und scharfem Auge in den Kanal. Äste scharrten an den Bordwänden entlang, und halb im Wasser verborgene Schilf- und Sumpfgräser teilten sich vor dem Bug. Über ihnen wurden die Bäume dichter und verwandelten den Sonnenschein in ein schummriges grünes Licht. Das Swift ging nun auf Schrittgeschwindigkeit runter, und Train kam aus dem Ruderhaus und nahm ein Tau hoch, das mit einem Ende am Steuerborddeck festgemacht war und am Wurfende einen Greifhaken besaß.

Das Boot erbebte, als etwas gegen den Kiel schlug. Train warf den Haken weit ins Unterholz und zog fest am Tau, bis es sich straff spannte. Einige Augenblicke später kam Baby zum Stehen.

Sie machten sich bereit. Dan schwitzte in der feuchten Hitze wie ein Stier, doch er hatte keine Angst. Nun, vielleicht ein klein wenig. Jedenfalls mußte die Sache erledigt werden.

»Laß die Pistole hier«, sagte Train, als Dan sie aus dem Spint holte. »Sie könnte sie brauchen.«

»Ich?« Arden stand auf. »Ich habe in meinem ganzen Leben noch keine Waffe abgefeuert!«

»Für alles gibt's 'n erstes Mal.« Train schob ein Magazin in die Automatik. »Ich erklär dir jetzt das mit dem Sicherungshebel hier, also hör genau zu. Wenn du Besuch bekommst, während wir weg sind, können nur zwei Typen deinen Hals retten, nämlich Mr. Smith und Mr. Wesson. Ay?«

Arden entschied, daß es klug war, gut aufzupassen.

»Nimm drei Ersatzladungen mit. Wenn wir mehr brauchen, dann machen wir uns aus dem Staub«, sagte Train zu Dan, nachdem er Arden alles gezeigt hatte. Dan nahm drei Magazine für das Browning aus dem Rucksack und steckte eins in jede Tasche vorn und das dritte in die hintere. Train tat dasselbe mit der Ruger-Munition, dann setzte er sich eine grau-grüne Mütze mit Tarnmuster auf. »Etwa 'ne Viertelmeile von hier sind die Kerle«, sagte er, während er sich das Ruger mit dem Lauf nach unten über die rechte Schulter hängte, damit das Wasser nicht in den Abfeuermechanismus lief. »Die haben genug Gewehre, um Satan die Hörner wegzupusten: Gewehre, Schrotflinten, Maschinengewehre, jede verdammte Art von Schußwaffe. Also sind wir von hier an mächtig vorsichtig oder mächtig tot.«

Während Dan das Browning schulterte, ebenfalls mit dem Lauf nach unten, öffnete Train einen Glastopf mit etwas, das wie schwarze Schuhcreme aussah, und schmierte sich ein wenig davon unter die Augen. »Woll'n doch nich, daß dich ein Licht blendet, wenn's Zeit wird zu schießen. Du schießt daneben – *puff!* Ende der Geschichte.« Er reichte das Schmierfett an Dan weiter, der es in gleicher Weise bei sich auftrug. Schließlich kam Train mit seinem Gesicht ganz nahe an Dans, und sein Blick durchbohrte ihn. »Wir geraten in ein echtes Feuergefecht, kann ich dann auf dich zählen? Du wirst es ihnen zeigen, ohne zweimal zu überlegen? Wenn du zweimal überlegst, bist du zweimal tot. Ay?«

»Ich tue, was getan werden muß«, erwiderte Dan.

»Sie haben einen Mann in einem Turm, der für sie Wache hält, hoch oben, wo er den Golf und den Bayou in einer einzigen Umdrehung sehen kann. Sie haben ein großes Metalltor, das den Bayou absperrt, und 'nen Stacheldrahtzaun um das ganze Gelände.« Er deutete mit einem Nicken auf die abweisende Wildnis, scheinbar undurchdringlich mit ihren dornigen Zwergpalmen, den herabhängenden Weinranken und den Zypressen. »Wir gehen da durch. Hab kein Erste-Hilfe-Köfferchen gegen Schlangenbisse, also halt beide Augäpfel offen.«

»Das werde ich.«

»Wenn wir zwei tote Körper rumliegen sehen, kommen wir geradewegs zurück, so still wie Sünder am Sonntag. Dann rufe ich über Funk Grand Isle. In Ordnung?«

»Ja.«

Train stieg über das Heckwerk und ließ sich ins Wasser hinunter. Der Sumpf verschlang ihn bis auf halbe Brusthöhe.

»Dan?« sagte Arden, als er im Begriff war, Train zu folgen. Wieder raubten ihr ihre verwirrten Gefühle die Stimme. »Seien Sie vorsichtig«, brachte sie schließlich heraus.

Dan stieg ins Wasser hinab, wobei seine Schuhe fast zehn Zentimeter tief in den Schlamm einsackten.

»Du hörst vielleicht Schüsse«, sagte Train zu Arden. »Kommen wir 'ne halbe Stunde nach den Schüssen nich zurück, dann kommen wir gar nich mehr. Das Funkgerät is auf dem Bord über dem Steuer. Hat 'ne frische Batterie, du siehst den Anschaltknopf. Kommen wir nich zurück, dann rufst du über das Mikrofon Hilfe. Dreh die ganze Skala rauf und runter und rede immer weiter. Wenn keiner auftaucht, dann hast du die Wasserflasche, die Pistole und zwei Beine. Ay?«

»Ja.«

»Nur damit du weißt.« Train wandte sich ab und setzte sich in Bewegung.

Dan blieb stehen und blickte in Ardens Gesicht auf. Das purpurne Feuermal ist nicht mehr häßlich, dachte er. Es ist wie das einzigartige Muster eines Schmetterlingsflügels oder die Farbe und Zeichnung einer Muschel, die sich in tausend Jahren nicht einmal genau wiederholte.

»Ich komme zurück«, sagte er und folgte Train durch den Morast.

Als sie außerhalb Ardens Hörweite waren, meinte Train leise: »Wenn die Kerle uns töten, dann finden sie sie auch irgendwann. Was sie mit ihr machen, das will ich mir lieber nich vorstellen.«

Dan erwiderte nichts. Er hatte auch schon daran gedacht.

»Nur damit du's weißt«, sagte Train.

Sie wateten weiter, und im nächsten Augenblick schloß sich die Wildnis zwischen ihnen und Baby.

Ekliges braunes Wasser war in Flints Augen und Mund geströmt und hatte seinen Entsetzensschrei erstickt. Pelvis ruderte neben ihm wild mit den Armen, in dem irren Versuch, durch das Alligatorengehege zu dem Mann zu gelangen, der an Mamas Knochen genagt hatte. Flint spürte, wie Clints Arm um sich schlug, und sein Bruder bewegte sich wütend in seinem Körper. Der Gedanke, wie sich Clints säuglingsgroße Lunge mit Wasser füllte und er ertrank, öffnete eine Alptraumtür für eine Unzahl grausiger Möglichkeiten. Er fing an zu kämpfen, sein Gleichgewicht zu finden, wie er noch nie in seinem Leben gekämpft hatte. Er bekam seine Beine unter seinen Körper, und seine Füße gelangten auf den Grund aus Schlamm und Dung, der nur als glitschig zu beschreiben war.

Er stellte sich hin. Sein Kopf und seine Schultern ragten aus dem Wasser, doch Clint war noch immer unter Wasser gefangen. Pelvis richtete sich ebenfalls auf. Seine schlammige Perücke hing an ihrem letzten fleischfarbenen Klebestreifen an seinem Schädel, und ein wütender Schrei kam aus seiner Kehle. Mit einer Kraftanstrengung, die Flint nie bei einem Menschen für möglich gehalten hätte, fing Pelvis an, ihn durch das Wasser zu zerren, um den Pier zu erreichen. Monty lachte, daß es schien, als würde er gleich platzen. »Showtime, Jungs!« brüllte er zum Haus hinüber.

Flint trat auf etwas, das unter seinen Füßen zum Leben erwachte und ihn so erschreckte, daß er sich in die Hosen pinkelte. Eine schuppige Gestalt schoß an ihnen vorbei und peitschte mit ihrem Schwanz. Der Schwanz eines zweiten Alligators schlug gegen Pelvis' Schulter, und er schrie auf vor Schmerz, doch er stürmte weiter. Um sie herum war der ganze Teich ein Strudel aus Reptilien, die um das Fleisch und die Knochen kämpften, die Monty gerade hineingeworfen hatte. Flint sah einen der Alligatoren von links herankommen – seine Schnauze pflügte durch die Gischt, und seine Katzenaugen waren starr auf Flint gerichtet. Noch während Pelvis ihn weiterzerrte, schlug Flint mit seinem freien linken Arm nach dem Vieh, das groß genug aussah, daß man zwei Koffer und eine Handtasche aus ihm machen konnte.

Flint traf nur die Wasseroberfläche vor seiner Schnauze, doch das Aufklatschen genügte, daß der Alligator eine Kehrtwendung machte und mit seinem Schwanz schlammiges Wasser aufspritzen ließ. Dann wurde Pelvis von einem Unterwasserungetüm an den Knien getroffen und umgeworfen, während die baumrindengleiche Haut des Alligators für einen Augenblick auftauchte, lang genug, daß der durchgedrehte Pelvis einen Schrei ausstieß und mit seiner freien Faust darauf einschlug. Das erschrockene Reptil eilte schnaubend davon, wobei es eine kleine Welle vor sich herschob. Pelvis fand wieder Halt mit den Füßen und zerrte Flint weiter.

Zwei der Ungetüme hatten sich über einen Fleischbrocken ineinander verbissen, und ihr lautstarker Kampf erregte die Aufmerksamkeit von vier oder fünf anderen. Eine wahre Schlacht entbrannte, bei der die Ungeheuer zu allen Seiten um Pelvis und Flint herum kämpften. Doch immer mehr Alligatoren tauchten vom Grund auf, und andere schoßen heran, um an ihnen vorbeizudrängen, so als wollten sie ausprobieren, wie gefährlich diese spezielle Nahrung war, bevor sie mit ihren Kiefern zuschnappten. Pelvis zerrte Flint blind auf den Pier zu, während Flint sein Bestes gab, die Alligatoren von ihnen fernzuhalten. Er trat um sich, schlug mit der flachen Hand auf das Wasser und schrie verängstigte, unverständliche Drohungen.

Doch nun wurden die Alligatoren mutiger. Flint gelang es, sich den Schuh von seinem rechten Fuß zu reißen, und er benutzte ihn, um damit auf die Wasseroberfläche zu schlagen. Plötzlich brach neben ihm ein dicker, von grauen Mollusken übersäter Leib aus dem Wasser, und zwei Kiefer öffneten sich weit und zischten. Flint ließ den Schuh auf den Schädel des Alligators herabsausen, wobei er auf das Auge zielte, und die Kiefer schnappten zu. Der Kopf schoß zur Seite, und seine rauhen Schuppen rissen vom Handgelenk bis zum Ellbogen die Haut von Flints linkem Arm auf. Eine Molluskenschale oder eine Wucherung mit einer scharfen Kante tat ebenfalls ihre Arbeit, und plötzlich war Blut im Wasser.

»Holt sie raus! Holt sie raus, verdammt noch mal!« schrie jemand.
Sie hatten das Ende des Piers erreicht, der einen Meter über dem See lag. Pelvis, ohne seine Perücke und mit verzerrtem schlammverschmiertem Gesicht, versuchte die Pfosten zu packen und sich hochzuziehen, doch nicht einmal mit seinen Wahnsinnskräften konnte er es schaffen, solange Flint in der anderen Handschelle hing. Blut breitete sich im Wasser um Flints Arm herum aus, und er sah mindestens vier Alligatoren, die durch das Gehege auf sie zukamen, während ihre Schwänze in freudiger Gier hin und her peitschten.

26 An den Rand

Der Lärm eines Elektromotors und das Rasseln einer Kette ertönte. »Greift sie euch! Greift sie euch!«

Der Haken und die Kette der Winde waren heruntergelassen worden. Pelvis und Flint packten die übergroßen Glieder, wie ein Bettler eine Hundertdollarnote packen mochte. Der Motor jaulte, und die Kette begann, sie nach oben zu ziehen.

Hände griffen nach ihnen und halfen ihnen auf den Pier. Unter Flints Füßen stießen drei Alligatoren mit ihren Schnauzen zusammen. Sie begannen in der rosa Gischt zu kämpfen, und wenn ihre Leiber gegen die hölzernen Pfosten rammten, erbebte und knarrte der ganze Pier.

Doch nun standen Flint und Pelvis auf festem hölzernen Boden. Flint konnte sein eigenes Blut riechen. Es kam aus einem Riß an seinem linken Unterarm und tropfte von seiner Hand auf die Planken. Er taumelte, kurz davor, das Bewußtsein zu verlieren, und klammerte sich an Pelvis. Er blickte benommen durch einen Nebel auf den aufgewühlten Teich und sah zwei Alligatoren, die um etwas zwischen ihren Kiefern kämpften, das wie ein schlammverschmierter, zerzauster Vogel aussah. Flint brauchte einige Augenblicke, bevor ihm klar wurde, daß es Pelvis' Perücke war. Er schaute mit einer Art bizarrer Faszination zu, während die beiden Ungeheuer die Perücke zerrissen und dann jeder von ihnen mit einem Souvenir aus Memphis untertauchte. Schwer atmend und mit erschlafften Zügen blickte Pelvis in die Gesichter von Doc, Monty, Mitch und zwei anderen Männern, die er nicht kannte. Doc trug wieder seine Sonnenbrille.

»Völlig verrückt, Mann!« donnerte Doc in Richtung Monty. »Ich will sie nich tot haben, bevor er sie nicht gesehen hat!«

»Ach, Scheiße auch!« brüllte Monty zurück. »Woher sollte ich wissen, daß die so blöd sind, aus dem Boot zu spri ...«

Flint hatte gespürt, wie sich Pelvis' Körper anspannte. Es erinnerte ihn an einen Wirbelsturm, der gleich Tod und Verwüstung bringen würde.

Pelvis warf seine rechte Faust nach hinten und ließ sie dann in Montys Nase schnellen. Mit einem pistolenschußähnlichem *Dumm* von brechenden Knochen schoß Blut aus Montys Nasenlöchern und ergoß sich über Docs Harvard-T-Shirt. Monty taumelte nach hinten, die Augen weit aufgerissen und verblüfft, während das Blut wie aus einem Wasserhahn in seinen Bart lief. Ein Schritt. Zwei Schritte.

Und in das Gehege, direkt auf die Reptilien, die unter dem Ende des Piers kämpften.

»O Gott!« entfuhr es Doc. Blutspritzer klebten auf seinen Brillengläsern und übersäten sein Gesicht wie Sommersprossen.

»Monty!« brüllte Mitch, und lief davon, um den Haken und die Kette hinunterzulassen.

Doch der Schlag hatte jeglichen klaren Gedanken aus Montys Gehirn vertrieben, und vielleicht war das auch besser so, denn möglicherweise erkannte er so nicht genau, in was für einer ausweglosen Lage er sich eigentlich befand. Einer der anderen Männer, die Pelvis noch nie gesehen hatte, zog eine Pistole und begann auf die Alligatoren zu schießen, doch sie hatten Monty schon gepackt, einer mit seinen tief in Montys linke Schulter gebohrten Kiefern, der andere mit seinen scharfen Zähnen in Montys rechtem Bein. Die Winde senkte sich langsam herab, doch Monty griff nicht danach. Die Alligatoren schüttelten ihn auf dieselbe Art, wie Pelvis Mama einen ihrer Teddybären hatte schütteln sehen. Er erinnerte sich verschwommen in einem momentan schwer zugänglichen Winkel seines Verstands, daß die Füllung überall aus den Nähten geplatzt war.

Und so war es auch mit Monty.

Nun hatte Mitch ebenfalls seine Pistole gezogen und feuerte, doch der Geschmack von Blut und lebendem Fleisch hatte die Reptilien wahnsinnig gemacht. Immer mehr eilten heran, um sich ihren Anteil zu schnappen. Während des Schießens, inmitten der sich umherwälzenden Leiber und des Aufspritzens blutigen Wassers, trafen mindestens zwei Kugeln auch Monty. Vielleicht war er tot, bevor seine Knochen begannen, aus ihren Gelenken zu reißen. Vielleicht.

Doc wollte nicht länger zuschauen. Er hatte gewußt, daß Montys Schicksal besiegelt war, als er blutend in den Teich gefallen war, während die Alligatoren schon wild waren. Er hatte bereits gesehen, wie sie sich auf den Ranger gestürzt hatten. Doc drehte sich um, nahm seine dunkle Brille ab und begann langsam und methodisch mit einer sauberen Ecke seines T-Shirts das Blut von den Gläsern zu wischen. Seine Finger zitterten. Hinter ihm übergab sich Mitch in das Gehege.

»Ein echter Hammer«, sagte Doc mehr oder weniger zu sich selbst.

Er holte den Handschellenschlüssel aus seiner Tasche, schloß die Handschellen auf und ließ sie fallen. Pelvis blinzelte ihn an, noch immer benommen, doch seine Wut war verraucht. Flint umfaßte seinen verletzten Arm und sackte dann mit hängendem Kopf auf die Knie.

Doc griff nach hinten, zog die 45er aus seinem Hosenbund,

entsicherte sie und setzte die Mündung zwischen Pelvis' Augen. »Du bist der nächste«, sagte er. »Geh an den Rand.«
Pelvis stand schon völlig unter Schock. Mitanzusehen, wie dieser Mann Mama zum Frühstück verspeiste, hatte dazu gereicht. Er wußte, was ihn erwartete, doch ohne Mama – seine geliebte Gefährtin – war das Leben nicht mehr lebenswert. Er ging zum Rand.
Unter ihm war irgend etwas, an dem die Alligatoren noch immer zerrten. Es wurde zunehmend kleiner und kleiner. Es war ein Bart.
Doc stellte sich hinter ihn und drückte die Mündung der Automatik an Pelvis' kahlen Hinterkopf.
»Tu es!« drängte Mitch. »Leg ihn um!«
Flint versuchte aufzustehen, doch er schaffte es nicht. Er war kurz davor, das Bewußtsein zu verlieren. Der Gestank von Blut und Schlamm und Alligatorendung erfüllte ihn mit Übelkeit, und die sengende Sonne hatte ihn ausgelaugt. Er sagte: »Eisley?« doch das war auch alles, was er von sich geben konnte. Er hatte keine Bewegung mehr von Clint gespürt, seit sie aus dem Wasser gekommen waren, doch nun zuckte der Arm schwach, und Clints Lunge hob sich verkrampft wie ein Schluckauf tief in den Falten und Windungen von Flints Gedärmen.
Doc nahm seine andere Hand hoch, um sein Gesicht vor den umherfliegenden Brocken von Knochen und Gehirnmasse zu schützen. Sein Finger legte sich fester um den Abzug.
Er hörte ein Gurgeln.
Sich umschauend, sah er braunes Wasser aus dem Mund des bizarren Babykopfs rinnen, der aus der Seite des Freaks herauswuchs.
Flint hörte Stiefel den Pier entlangstampfen. Und da war auch das Geräusch von nackten Füßen auf den Planken.

Doc sah, wer da kam. Er sagte: »Ich regle die Sache gerade, Gault. Shondra muß das nich sehen.«
»Was ist hier los?« hörte Flint eine verärgerte Frauenstimme fragen. Eine junge Frau, dem Klang nach zu urteilen. Höchstens Anfang Zwanzig. »Der Scheißlärm hat uns aufgeweckt. Wer hat hier so rumgebrüllt?«
»Shondra, du solltest besser nicht näher kommen. Monty ist da reingefallen.«
Das Tappen der nackten Füße stoppte, doch die Stiefel marschierten weiter.
»Der Mistkerl hat ihn umgebracht!« sagte Mitch. »Doc wollte ihm gerade sein Gehirn rauspusten!«
»Das sind die beiden vom Hafen.« Doc sprach mit dem Stiefelträger. »Dieser hier hat mir das Zeug in die Augen gesprüht, und der da drüben hat auf Virgil geschossen.«
Die Stiefel näherten sich Flint. Sie blieben neben ihm stehen, und Flint sah, daß sie aus gebleichtem beigefarbenem Schlangenleder gearbeitet waren.
»Schau dir nur mal seinen dritten Arm an, Mann. Hat auch noch 'nen kleinen Babykopf, der ihm aus den Rippen wächst. Ein echter Freak, direkt aus Freak-City. Ich hab so was wie ihn nich mehr gesehen, seit ich in Yuma einen Beutel voll magischer Pilze gegessen hab, damals im Frühling '68. Verdammt, das waren schöne Zeiten!«
Shondra stieß ein Schnauben aus. »Damals war ich noch nich mal geboren.«
Doc mochte zwischen seinen zusammengebissenen Zähnen hindurch gelacht haben.
Mit einer Kraftanstrengung blickte Flint zu dem Mann in den Schlangenlederstiefeln hoch.
Der Kerl war ein Bodybuilding-Junkie. Oder ein Anabolika-Freak. Oder vielleicht war er auch nur sehr verliebt in sich Denn die Muskeln an seiner entblößten Brust, seinen Schul-

tern und seinen Armen waren massive, angeschwollene Klumpen, die nur mühsam von der braungebrannten Haut im Zaum gehalten wurden. Die verbindenden Adern standen in einem blutgefüllten Relief heraus, und die sichtbaren Sehnen waren straff wie Klaviersaiten. Der Mann trug Jeans mit herausgerissenen Knien, um seine schmale Taille war als Gürtel ein Stück Seil geschlungen, und um seinen Hals hatte er sich lose ein rotes Tuch geknotet. Sein Gesicht war aus einem braunen Felsblock gemeißelt worden, mit einem Kinn, scharf wie ein Dolch, und eingesunkenen Wangen, und die Gesichtshaut war in Hunderte tiefer Falten aufgesprungen, die wohl von Jahren ernst betriebener Sonnenanbetung herrührten. Das Ebenholzschwarz seiner gebieterischen Augen, seine buschigen schwarzen Brauen und sein lockeres schwarzes Haar, dessen Seiten von Grau durchzogen waren, verliehen ihm ein deutlich südamerikanisches Aussehen. Flint vermutete, daß er Ende Dreißig oder Anfang Vierzig war, doch es war schwer, das mit Sicherheit zu sagen, denn sein Körper war jung, doch sein Gesicht war von der Sonne so verrunzelt.

Einige Meter hinter ihm stand ein blondes Mädchen, das nicht älter als zwanzig sein konnte. Sie war barfuß und trug nur abgeschnittene Jeansshorts und einen schwarzen BH. Auch sie schien eine Sklavin der Sonne zu sein, denn sie war noch dunkler braun gebrannt als der Mann. Ihr goldenes Haar fiel in einer Kaskade über ihre Schultern, und sie hatte blaue Augen, so kalt wie Eis. Flint dachte, daß sie beinahe schön war, so schön wie ein Hollywood-Sternchen, doch es lag ein häßlicher schiefer Zug um ihre mit Kollagen aufgepolsterten Lippen, und ihre Augen konnten Löcher durch Metall brennen.

Und im Moment fühlte er sich wie ein kleines, zerdrücktes Stück Blech.

Der Muskelmann blickte mit kaum mehr als einer Andeutung von Interesse auf Flint herunter, so als würde er ein besonders widerwärtiges Insekt betrachten, aber auch nicht mehr. Shondra sprach als erste: »Verdammt, Gault! Sieh nur, wie *weiß* er is!«

Gault gab Doc mit einem sich drehenden Zeigefinger ein Zeichen. Doc verstand den Befehl und senkte die Automatik, dann sagte er zu Pelvis: »Dreh dich um!«

Pelvis gehorchte. Seine Augen waren tief eingesunken, und sein Gesicht und sein kahler Kopf waren noch immer mit widerlichem Schlamm bedeckt.

»Das is das Arschloch, das sich für Elvis Presley hält«, sagte Doc.

Gaults Gesicht zeigte keine Regung.

»Weißt du, wer die sind? Kopfgeldjäger. Kann man das glauben? Aus Shreveport. Die hatten in St. Nasty einen Typ in Handschellen. Haben gesagt, im Hafen hätten sie den Mann angerufen, für den sie arbeiten. Na, jedenfalls wollten sie ihren Gefangenen mitnehmen, um sich 'ne Belohnung zu holen. Ich hab den Mann laufen lassen. Dachte mir, das wäre meine gute Tat für den Monat.«

Gaults Augen wanderten zu Flint und kehrten dann zu Pelvis zurück.

»Ich dachte, du würdest sie sehen wollen, besonders den Freak. Soll ich sie jetzt umlegen, oder was?«

Gaults Kiefer spannten sich an; Muskeln, die so groß wie Zitronen schienen, traten in seinem Gesicht heraus und zogen sich dann wieder zurück. Schließlich öffnete sich sein Mund. Seine Zähne waren unnatürlich weiß. »Wieviel«, fragte er mit einer Stimme, die keinen erkennbaren Akzent aufwies, »wollten sie an der Belohnung verdienen?«

»Fünfzehntausend.«

Gaults Gesicht wurde wieder zu Stein. Dann, ganz plötzlich,

lachte er, ohne zu lächeln. Wenn er lächelte, war es ein beängstigender Anblick. Er lachte ein wenig lauter. »Fünfzehntausend!« sagte er. Offenkundig empfand er diese Zahl als äußerst erheiternd. »Fünfzehntausend Dollar, ist das alles?« Er lachte weiter, nur jetzt verwandelte es sich in einen tiefen, gefährlichen Laut, so als würde man ein Messer schärfen. Er schaute zu Shondra hinüber und lachte, und sie begann ebenfalls zu lachen, dann blickte er zu Doc und lachte, und Doc fing an zu lachen. Schon bald hatte sich daraus ein allgemeines schallendes Gelächter entwickelt.

Flint, der seinen noch immer blutenden Arm umfaßt hielt, fragte: »Könnten Sie uns wohl sagen, was daran so verdammt komisch ist?«

Gault lachte noch einen Moment weiter, dann verfinsterte sich sein Gesicht unvermittelt. »Die erbärmlich kleine Geldsumme, für deren Erlangung ein menschliches Wesen sein Leben wegwirft«, antwortete er und griff mit der rechten Hand in eine Tasche seiner Jeans. Flint hörte etwas klicken, so als würde ein Abzug gespannt werden, und er wappnete sich gegen das Schlimmste. Dann kam Gaults Hand wieder zum Vorschein, und sie hielt einen jener Handmuskeltrainer mit Springfedern, den Gault nun immer und immer wieder zusammendrückte. »Wenn ein Mann sterben muß, dann sollte er für Reichtümer sterben und nicht für Trinkgelder. Oder für verbotenes Wissen. Dafür mag es wert sein zu sterben. Aber fünfzehntausend Dollar? Haha.« Das Lachen war sehr leise. *Klick … klick … klick* machten die Federn.

»Ich weiß nicht, was hier vor sich geht. Es ist mir auch *egal*«, sagte Flint. »Niemand wäre verletzt worden, wenn dieser Schläger nicht versucht hätte, mich in einer Kloschüssel zu ersäufen.«

Gault nickte nachdenklich. »Sagen Sie, Sie wurden schon so

geboren, ja? Sie hatten keine Kontrolle darüber, wie sich Ihre Chromosomen zusammensetzten oder Ihre Zellen wuchsen. Sie hatten keine Kontrolle über Ihre Genetik oder welcher Zufall in Ihrem Familienstammbaum Ihre Lage verursachte.« Er machte eine Pause, um seinen Worten mehr Nachdruck zu verleihen. »Keine Kontrolle«, wiederholte er, so als würde er bis ins Herz von Flints Schmerz blicken. »Sie müssen besser als jeder andere wissen, daß Gott die Fluten und Winde geschaffen hat, und manchmal treiben sie einen Menschen in die eine Richtung, und dann blasen sie ihn in die andere, und man hat keine Kontrolle darüber. Ich denke, die Flut hat Sie zu jenem Hafen getrieben, und ein Wind hat Sie hierher geblasen. Wie war noch mal Ihr Name?«

»Sein Name is Murtaugh«, sagte Doc. »Der andere heißt Eisley.«

»Dich habe ich nicht gefragt.« Gault blickte den Harvard-Mann durchdringend an. »Ich habe ihn gefragt. Oder etwa nicht?«

Doc sagte nichts, doch er sah aus, als hätte er eine Ohrfeige erhalten. Mit dem Gebahren eines schmollenden Kindes steckte er die 45er zurück in seinen Hosenbund. »Meine Sendungen laufen. Wenn du mich brauchst, ich gucke meine Sendungen an.« Er ging den Pier hinunter zu dem Bereich, der im Schatten des blau-weiß gestreiften Baldachins lag. Als Doc an ihr vorbeikam, rümpfte Shondra die Nase, als würde sie etwas Ekelhaftes riechen.

Gault ging zur Kante des Piers, wo Pelvis stand. Er blickte hinunter auf das, was die Alligatoren mit ihren Zähnen auf die Größe einer Brieftasche hatten schrumpfen lassen. Seine Hand arbeitete – *klick … klick … klick.* Sehnen traten an seinem Handgelenk vor. »Alle Mysterien haben sich offenbart«, sagte er. Seine andere Hand drückte gegen Pelvis'

Brust. Pelvis zuckte zusammen; die Finger des Mannes schienen kalt. »Monty war immer ein Vielfraß. Aber sehen Sie nur, wie schlank er jetzt ist. Wissen Sie, Sie könnten es auch vertragen, etwas Gewicht zu verlieren.«

»Nun, jetzt reicht's.« Flint biß die Zähne zusammen und versuchte aufzustehen. Dunkle Punkte tanzten vor seinen Augen, und er schaffte es nicht beim erstenmal. Er sah, wie Gault ihn angrinste. Mitch trat vor und zielte mit seiner Pistole auf Flints Kopf, doch Gault sagte: »Nein, nein! Laß ihn in Ruhe!«

Flint stand auf, taumelte und wäre beinahe wieder hingefallen. Dann fand er sein Gleichgewicht. Es war an der Zeit, sich der häßlichen Wirklichkeit zu stellen. »Wenn Sie uns umbringen wollen – was ich vermute –, warum tun Sie es dann nicht auf humane Art?«

Das Klicken der Federn war verstummt. »Betteln Sie etwa, Mr. Murtaugh?«

»Nein, ich stelle eine Bitte.« Er blickte angewidert auf das Gehege. »Wie wär's mit einer Kugel in den Kopf, für uns beide?«

»Sie meinen, Sie wollen nicht nur Zeit herausschinden? Sie versuchen nicht, sich an falsche Hoffnungen zu klammern? Oder mir zu sagen, daß Sie nie, nie, nie auch nur ein Sterbenswörtchen zu irgend jemanden über all das hier verlieren werden, wenn ich Sie gehen lasse?«

»Es ist heiß«, erwiderte Flint. »Ich bin müde, und ich falle gleich um. Ich werde keine Spielchen mit Ihnen spielen.«

»Wollen Sie nicht herausfinden, ob ich heute in nachgiebiger Stimmung bin?« Gault zog die Augenbrauen hoch.

Flint antwortete nicht. Beiß nicht an! befahl er sich selbst. Er will, daß du anbeißt, damit er dir die Zähne eintreten kann.

»Vielleicht sind Sie ein New Age-Anhänger?« fragte Gault.

»Glauben Sie an die Wiedergeburt, so daß Ihr heutiger Tod nur eine weitere Sprosse auf der kosmischen Leiter ist?«

»Ich glaub an Wiedergeburt«, mischte Shondra sich ein. »Gault und ich waren ein Liebespaar in … wissen Sie, dieser alten Stadt, die im Meer untergegangen is.«

»Atlantis«, half Gault ihr. Er zwinkerte Flint zu. »Es klappt jedesmal.«

Flint leckte sich über seine ausgetrockneten Lippen. »Wie wär's mit ein bißchen Wasser für uns?«

»Oh, wo habe ich nur meine Manieren? Ich bin sonst besser erzogen. Also, kommen Sie. Es ist sowieso Zeit für mein Training. Shondra, geh in die Küche und hol einen Krug Eiswasser. Bring mir einen Proteinshake mit. Husch, husch.« Sie eilte gehorsam davon, und dann machte Gault ihnen ein Zeichen, ihm zu folgen, und er ging über den Pier zu dem im Schatten liegenden Deck unter dem Baldachin. Flint war geschwächt von seiner Wunde und der Hitze, doch er ergriff Pelvis' Ellbogen. »Halten Sie durch, ja?« Pelvis, noch immer unter Schock stehend, erlaubte Flint, ihn hinter den stampfenden Schlangenlederstiefeln herzuführen, und die anderen Männer folgten ihnen mit gezogenen Pistolen.

»Non«, flüsterte Train, während er das Ruger senkte. »Krieg kein freies Schußfeld. Würde ihnen nich helfen, wenn ich könnte. Wir müssen näher ran.«

Dans Herz hämmerte, doch ansonsten war er ganz ruhig. Er und Train standen in brusthohem Wasser etwa siebzig Meter von dem eingezäunten Alligatorengehege entfernt, am Rand des Areals, wo die Vegetation gerodet worden war. Sie waren dreißig Meter weiter hinten über einen sich im Wasser befindenden Stacheldrahtzaun gestiegen, und ihre Hände waren aufgerissen, doch das würde bald wieder verheilen.

Es war ein anstrengender Marsch vom Swift-Boot bis hierher gewesen. Dan spürte, wie seine Kräfte allmählich schwanden, doch er mußte sich weiter vorantreiben. Sein Vater, der Drückeberger, hatte schließlich keinen Drückeberger großgezogen.
Sie waren gerade rechtzeitig aus dem Unterholz gekommen, um Flint und Eisley auf dem Pier stehen zu sehen, umringt von Männern mit Pistolen und dem muskulösen, hemdlosen »Boß«, der Train schon bei seinem letzten Besuch hier aufgefallen war. Dan hatte gesehen, daß beide Kopfgeldjäger mit Schlamm verschmiert waren, daß Eisley seine Perücke verloren hatte und daß ein Ruderboot in der Mitte des Alligatorengeheges umhertrieb. Es war unmöglich zu sagen, was sie durchgemacht hatten, doch zumindest waren sie noch am Leben. Wie lange das so bleiben würde, war unsicher. Flint und Eisley waren dem Muskelmann gerade zum Haus gefolgt, begleitet von den anderen Typen – den pistolenschwingenden »Soldaten«.
»Der Kerl auf dem Wachturm, der lümmelt sich in seinem Sessel und liest ein ... ohohohoh, was für ein unartiges Bürschchen!« Train richtete das Ruger auf ihn und spähte durch das Zielfernrohr. »Hat ein Gewehr neben sich. Ein Walk-talk auf dem Boden. 'n Feldstecher.« Er zog den Kopf wieder vom Fernrohr zurück. »Wir müssen über freies Gelände, um den Alligatorenteich rum.«
»Gut.«
»Könnten versuchen, das Haus zu umrunden. Hinten rauf auf die Plattform. Machst du mit?«
»Ja.«
»Also gut. Los geht's, ganz langsam und ruhig.«

»He, Gault!« rief Doc von seinem Polstersessel vor einem riesigen Farbfernseher auf einem Metallgestell. »Guck mal, was die Leute bei Oprah haben! Die quatschen über Crack in den Grundschulen!«

»Chicago?« Gault schaute nicht auf den Bildschirm. Er war damit beschäftigt, Gewichte zu stemmen. Er stand mit einer Dreizehn-Kilo-Hantel in jeder Hand da, seine Bizepse schwollen an, und die Adern bewegten sich unter seiner Haut. Ein leichter Schweißfilm schimmerte auf seiner Brust und auf seinem Gesicht.

»Nein, diese Woche is sie in Atlanta.«

»Die Samchuk-Brüder werden sich diesen Markt binnen drei Jahren unter den Nagel gerissen haben.« Gault hob und senkte die Hanteln mit der Präzision einer Maschine. »Wenn die Jamaikaner sie nicht zuerst umlegen.«

Ein Stück weiter, neben einem schmiedeeisernen Tisch mit einer blauen Glasplatte, saß Flint und preßte sich ein Handtuch gegen seinen aufgerissenen Unterarm. Plötzlich traf es ihn wie ein Blitz. »Ist es das, worum es hier geht? Drogen?«

»Mein Geschäft«, sagte Gault. »Ich befriedige eine Nachfrage. Es ist keine große Sache.«

Sie befanden sich auf der Plattform unter dem gestreiften Baldachin. Pelvis saß Flint gegenüber am Tisch, das Gesicht in den Händen vergraben. Auf weiteren Stühlen um Flint und Pelvis herum saßen Mitch und die anderen Männer mit den Gewehren. Ein Walkie-talkie und ein Ingram-Maschinengewehr lagen auf einem weißen Couchtisch vor einem sandfarbenen Sofa, inmitten von *House Beautiful*-, *Vogue*- und *Soldiers of Fortune*-Ausgaben. Flint hatte bemerkt, daß Gaults eigenes Haus bei näherem Hinsehen gar nicht so schön war. Es war ein Fertigbausatz, und durch die feuchte Hitze des Sumpfes hatten sich die Wände wie nasse Pappe gewellt. Einige der Nahtstellen waren aufgeplatzt und wurden nun mit dickem Klebeband verstärkt. *Klick … klick … klick* – das Geräusch kam diesmal nicht von Gaults Fingerpresse, sondern von der Fernbedienung in Docs Hand. In den fünf Minuten, die sie nun schon hier saßen, hatte Flint beobachtet, wie Doc beinahe unablässig durch die wohl hundert Kanäle geschaltet hatte, die die Satellitenschüssel lieferte. Doc hielt inne, um kurze Bruchstücke von Sendungen wie mexikanische Spielshows, *F-Troop*, *Twilight Zone*, Catchen, Werbesendungen mit einem überdrehten Engländer, der durch ein Studio lief und Reinigungsprodukte feilbot, *Familie Feuerstein*, MTV-Videos, geifernde Prediger mit irren Augen und Seifenopern anzuschauen, dann klickte die Fernbedienung wieder in schneller Folge, ein Geräusch wie von einer fressenden Heuschrecke. Wenn es hoch kam, besaß Doc eine Konzentrationsspanne von sieben Sekunden.

Flint nahm vorsichtig das Handtuch von seiner Wunde und zuckte bei ihrem Anblick zusammen. Der Riß war gut zehn Zentimeter lang, und die schartigen blauen Ränder brauchten mindestens fünfzig oder sechzig Stiche. Zwei, drei Zentimeter tiefer, und es wäre eine Arterie verletzt worden. Noch immer strömte zähes Blut aus der Wunde, und er preßte das Handtuch, das Gault ihm aus einem Wäschekorb neben einem Gestell mit Gewichten gegeben hatte, wieder gegen seinen Arm.

»He!« rief Doc. »Das is unser Mann, Flinty! Gault, das is der Killer, den ich laufen gelassen hab!«

Flint schaute auf den Fernseher. Doc hatte auf CNN haltgemacht, um sich anzuschauen, wie Gasbomben einen Gefängnisaufstand zerstreuten, und auf dem Bildschirm war nun ein Polizei- oder Führerscheinfoto von Dan Lambert zu sehen. »Das is er, stimmt's?« Er stellte mit der Fernbedienung die Lautstärke höher.

»... bizarre Wendung im Fall von Daniel Lewis Lambert, nach dem wegen der Ermordung des Leiters der Kreditabteilung einer Bank in Shreveport, Louisiana, und auch im

Zusammenhang mit dem Tod eines Motelbesitzers in Alexandria gefahndet wird. Beim Verhör durch die Polizei von Alexandria hat die Ehefrau des Ermordeten letzte Nacht gestanden, daß *sie* es war, die ihren Mann erschlagen hat.« Ein Polizeifoto von einer mürrisch aussehenden Frau mit zerzaustem roten Haar erschien auf dem Bildschirm. »Hannah DeCayne erzählte der Polizei ...«

»Wie langweilig!« Doc drückte wieder auf die Fernbedienung.

»Warten Sie!« rief Flint. »Schalten Sie noch mal um!«

»Leck mich.« *Raumschiff Enterprise* lief jetzt, und Kirk und Spock sprachen mit spanischen Synchronstimmen. »Beam mich rauf, Scccccottie!« rief Doc aufgeregt dem Fernseher zu.

Flint vermutete, daß die Fernbedienung in Docs Kopf auch niemals aufhörte zu klicken. Er starrte auf die blaue Glasplatte des Couchtisches, während sich die Nachricht wie ein weiterer kleiner Eispickel von Gott in seinen Nacken bohrte. Wenn Lambert die Wahrheit über den Motelbesitzer gesagt hatte, konnte das in der Bank tatsächlich ein Unfall oder Notwehr gewesen sein? Wenn Lambert so ein tollwütiger Mörder war, warum hatte er dann in Basile Park nicht die Pistole genommen und abgedrückt? Trotz seiner momentanen Lage, trotz der Tatsache, daß Flint wußte, daß er und Pelvis auf schreckliche Weise sterben würden, sobald Gault sein Training beendet hatte, mußte Flint lachen. Er würde sterben, weil er nach Süden gegangen war, um eine Haut zu jagen, die im Grunde ein anständiger Mann war.

»Ist irgend etwas komisch?« fragte Gault und hielt für einen Moment in seinen Übungen inne.

»Ja, das ist es.« Flint lachte wieder. Er war den Tränen nahe, doch er lachte trotzdem. »Und ich denke, der Witz geht auf meine Kosten.«

»Wer, zum Teufel, hat in der Küche rumgesaut?« Shondra kam mit einem Tablett mit einem Plastikkrug, zwei Pappbechern und einer schaumigen braunen Flüssigkeit in einem Milchshakeglas darauf durch eine offenstehende Schiebetür. Sie sah wütend aus, schien aber auch kurz davor, sich zu übergeben. Sie stellte das Tablett zwischen Flint und Pelvis ab. »Da sind jede Menge Gedärme und Haare in der Mülltonne, ich hätte fast gekotzt! Über die ganze Arbeitsfläche is Blut verschmiert, und jemand hat die Bratpfanne nich abgewaschen! Wer, zum Teufel, war das?«
»Monty«, sagte Mitch. Offenbar galt es, sich vor Shondras Zorn in acht zu nehmen.
»Nun, was hat er denn gebraten? Vielleicht 'n beschissenes Stinktier, oder was?«
»Den Hund von dem Typ da.« Mitch deutete auf Pelvis.
»*Schon wieder* einen?« Shondra verzog angeekelt das Gesicht. »Was is denn bloß los mit dem Kerl, daß er ständig Hunde und Waschbären und Stinktiere frißt?«
»Warum fragst du ihn nich selbst?« Doc hatte seinen Blick vom Fernseher losgerissen. »Ich versuche hier, mir *Polizeibericht* anzugucken, also sei bitte 'n bißchen leiser.«
»Du guckst dir überhaupt nichts an, du machst nur die Batterie von dem Klickding alle! Gault, warum schmeißt du ihn nich endlich raus? Er macht mich so nervös, daß ich vor Schreck immer zusammenfahre, wenn er seinen blöden Mund aufmacht!«
»Ach ja?« sagte Doc hämisch. »Nun, ich kenne das einzige, was man dir in den Mund stopfen kann, damit du endlich deine blöde Klappe hältst! Ich war schon mit Gault zusammen, lange bevor du hier aufgekreuzt bist, und wenn er dich rausschmeißt, werde ich dir einen Tritt in den Arsch geben, daß du bis zurück zu deinem Asozialen-Wohnwagen fliegst!«
»Du ... du ... du *alter Mann*!« wütete Shondra, und sie griff

sich das Milchshakeglas und riß ihren Arm nach hinten, so daß Schaum durch die Luft flog.

»Nein«, sagte Gault ruhig. Er stemmte wieder seine Gewichte. »Das nicht.«

Sie knallte das Glas wütend auf das Tablett und griff sich mit einem Gesicht, das ein pures Abbild der Hölle war, den Plastikkrug und warf ihn nach Doc, so daß Wasser in alle Richtungen spritzte.

»Sieh dir an, was sie gemacht hat!« jammerte Doc. »Sie hat versucht, den Fernseher zu zerschlagen, Gault!«

»Und ich mache den verdammten Dreck auch nich sauber!« brüllte sie allen Anwesenden zu. »Ich schleppe nich den verdammten stinkenden Müll raus und schmier mich mit dem Zeug auch noch voll!« Tränen des Zorns und der Frustration schossen in ihre Augen. »Habt ihr gehört? Ich werd's nich machen!« Sie drehte sich um und floh schluchzend in den hinteren Teil des Hauses.

»Dein Oscar is in der Post, Baby!« rief Doc ihr hinterher.

Gault hörte auf, seine Hanteln zu stemmen, und legte sie auf dem Boden ab. Er schaute Flint an, lächelte schief und sagte mit einem Zucken seiner breiten Schultern: »Ärger im Paradies.« Dann trank er die Hälfte seines Proteinshakes, tupfte sich mit dem roten Taschentuch den Schweiß vom Gesicht und befahl Brian: »Bring den Müll raus, Brian, und mach die Küche sauber.«

»Warum muß ich?« Brian hatte sorgfältig geschnittenes hellbraunes Haar, trug eine Brille mit Metallrahmen und hatte einen verchromten Revolver in seinem Halfter stekken. Er sah etwa so alt wie ein Collegestudent im Abschlußjahr aus, mit seinem von der Sonne gebleichten Madras-Hemd und Khakishorts und den schwarzen Nikes an seinen Füßen.

»Weil du neu bist, und weil ich es sage.«

»Hä, hä, hä«, kicherte der Latino neben ihm; er trug ein Yosemite Sam-T-Shirt und dreckige Jeans und hatte einen stahlblauen Colt-Automatik in seinem schwarzen Schulterhalfter.

»Wenn du lachen willst, Carlos, dann lach, während du den Küchenboden aufwischst«, sagte Gault. Carlos wollte protestieren, doch Gault warf ihm einen tödlichen Blick zu. *»Bewegung.«*

Die beiden Männer gingen ohne ein weiteres Wort ins Haus.

»Ich würde mich von der Schlampe nich so unter den Pantoffel stellen lassen«, sagte Doc.

Gault trank seinen Shake aus. »Ich wünschte, ihr beide würdet das Kriegsbeil begraben.«

»Ja, sie wird das Kriegsbeil mit mir begraben, wenn ich sie nich zuerst damit erwische.«

»Kinder, Kinder.« Gault schüttelte den Kopf, dann verschränkte er seine muskulösen Arme und blickte auf die beiden Kopfgeldjäger. »Nun«, sagte er, »ich denke, wir sollten uns jetzt ums Geschäftliche kümmern. Was würdet ihr davon halten, wenn ich euch die Zungen herausschneide und die Hände abhacke? Würdet ihr lieber tot sein oder nicht?« Er blickte auf Clints Arm. »In deinem Fall, wäre es eine dreifache Amputation. Wie klingt das?«

»Ich glaube, ich falle gleich vor Aufregung in Ohnmacht«, gab Flint zurück. Pelvis war stumm. Seine Augen schauten glasig ins Leere.

»Es ist das beste Angebot, das ich machen kann. Seht mal, ich habe euch gesagt, ich bin in einer nachgiebigen Stimmung. Es war Doc, der Mist gebaut hat.«

»Ich würde mit Freuden seine Zunge herausschneiden und seine Hände abhacken«, sagte Flint.

Gault lächelte nicht. »Zeit für etwas verbotenes Wissen: Wir hatten Ärger mit einem Konkurrenten. Sein Name ist Victor

Medina. Als wir unsere Basis hierher verlegten, haben wir unsere Waren in Kisten verschickt. Er hat unsere Route herausgefunden und sie uns weggenommen. Also mußten wir uns eine andere Verpackungsmethode überlegen. Die Mägen von lebenden Alligatoren wären da sehr geeignet.«

»Das war meine Idee!« verkündete Doc.

»Als Doc sah, daß ihr telefoniert habt«, fuhr Gault fort, »hat er – leider – die Fassung verloren. Er dachte, ihr könntet für Medina arbeiten und einen weiteren Überfall arrangieren. Doc überlegt nicht immer alles genau. Er war dumm, er hat sich geirrt, und ich entschuldige mich dafür. Aber du hast einen wertvollen Mann aus dem Verkehr gezogen. Eine Knieverletzung wie diese … nun, in unserer Branche gibt es keine Krankenversicherung. Ein Arzt würde argwöhnisch werden, und wir müßten ihn mit Geld zum Schweigen bringen. Also wurde Virgil wie ein gutes Pferd von seinen Leiden erlöst, und das ist deine Schuld. Jetzt ist auch Monty von uns gegangen. Ich muß neue Leute einstellen, sie vom Sicherheitsdienst überprüfen lassen, sie ausbilden … es ist eine unnötige Mühe. Also«, er ging zum Couchtisch und nahm das Ingram-Maschinengewehr, »ich werde es schnell erledigen. Steht auf.«

»Zwingen Sie uns doch dazu«, entgegnete Flint.

»Kein Problem. Doc! Mitch!«

»Scheiße!« schimpfte Doc. »*Die fliegende Nonne* hat gerade angefangen!« Doch er erhob sich aus seinem Sessel, zog seine Automatik, und Mitch stand ebenfalls mit einer Pistole in der Hand auf. Doc zerrte Flint auf die Füße, doch Mitch hatte mit Pelvis zu kämpfen, so daß Gault ihm helfen mußte. Frische Schweißtropfen glänzten auf Gaults Gesicht. »Zum Ende des Piers«, befahl er.

27 Viel zu heiß

»Da klettern wir rauf«, sagte Train, während er durch das brusthohe Wasser zu einem Steg auf der Rückfront des Fertighauses watete. Dan folgte, nicht ganz so tief eingesunken wegen ihrer unterschiedlichen Größe, doch er war erschöpft und beneidete Train um seine Kraft. Train legte sein Gewehr auf den Steg, dann packte er die Bohlen und zog sich aus dem Wasser. Er nahm Dans Browning und reichte ihm die Hand, um ihm hinaufzuhelfen.

»Du bist in Ordnung?« Train hatte die dunklen Ringe unter Dans Augen bemerkt, und er wußte, daß es ein anstrengender Marsch gewesen war.

»Ich werd's schon schaffen.«

»Du krank.«

»Leukämie. Ich kann nicht mehr so wie früher.«

»Zum Teufel, wer kann das schon?« Sie waren etwa drei Meter vom Hintereingang entfernt, der aus einer massiven Holztür bestand. Die Rückfront des Hauses war mit Ausnahme einiger Fenster eine glatte Fassade. Hier hinten war die Plattform schmal, doch sie verbreiterte sich, wo sie sich ums Haus herum fortsetzte. Train blickte den Steg entlang, auf dem sie standen. Hinter ihnen war mehr Sumpf und ein großer grüner metallener Verbrennungsofen. »Gut«, sagte Train. »Sieht aus, als würden wir diesen Weg neh ...«

Er brach abrupt ab. Sie hörten Stimmen hinter den Türen, und die Stimmen näherten sich. Jemand kam. Train preßte seinen Körper gegen die Wand drei Meter rechts der Tür, und Dan stellte sich in gleichem Abstand auf die linke Seite. Beide hielten ihre Gewehre im Anschlag. Dans Herz hämmerte, und sein Mund war ganz trocken.

Die innere Tür öffnete sich. »Ja, aber ich bleib nich lange in diesem Geschäft.« Ein junger Mann mit einer Brille mit Metallgestell, einem Madras-Hemd und Khakishorts kam heraus, beide Arme um eine Rubbermaid-Mülltonne geschlungen. Auf der Seite der Tonne waren Streifen, die wie Blut aussahen. »Ich mach 'n bißchen Knete, und dann schau ich, daß ich wegkomme, solange ich noch kann.« Er ließ die äußere Fliegengittertür hinter sich zuknallen und ging auf den Verbrennungsofen zu. Im Halfter an seiner Hüfte steckte eine Pistole.

Train überlegte, ob er sich auf ihn stürzen und ihm den Gewehrknauf über den Schädel ziehen oder sich durch die Fliegengittertür ins Haus schleichen sollte, doch genau in diesem Moment blieb der junge Mann plötzlich stehen.

Er schaute den Steg hinunter auf das Wasser und den Schlamm auf den Planken, dort, wo Train und Dan hinaufgeklettert waren. Dann sah er die Fußabdrücke.

Und das, wie Train gesagt hätte, war das Ende der Geschichte.

Der junge Mann wirbelte herum. Sonnenlicht flammte für einen Augenblick auf seinen Brillengläsern auf. Sein Mund öffnete sich, und er ließ die Mülltonne fallen, um nach seiner Waffe zu greifen. »Carlos!« brüllte er. »Da ist jemand hier drau ...«

Train erschoß ihn, bevor die Pistole das Lederhalfter verlassen hatte. Die Kugel traf ihn mitten in der Brust, und er zuckte wie eine Marionette und kippte vom Steg ins Wasser. Ein aufgeschrecktes Latinogesicht erschien am Fliegengitter. Die innere Tür knallte zu. Dann ertönte eine Pistole im

Haus, und drei Kugeln bohrten Löcher durch das Holz und das Fliegengitter. Train feuerte seinerseits vier Geschosse durch die Tür. Während Train das Magazin herausriß und ein neues einschob, gab Dan zwei weitere Schüsse durch die durchlöcherten Türen ab, und dann stürmte Train vor und trat beide mit einem einzigen Tritt aus ihren Angeln.
»Gault! Gault!« brüllte der Mann namens Carlos. Er hatte den Küchentisch umgeworfen, und dann fetzte eine Kugel Holz aus dem Türrahmen neben seinem Kopf, und er riß seinen Körper herum und warf sich wieder gegen die Außenwand. Ein weiterer Schuß knallte, und die Kugel zischte durch die Luft, wo Train noch einen Augenblick zuvor gestanden hatte. »Gault!« schrie Carlos nun. »Sie brechen ein!«

Als der erste Schuß knallte, blieb Gault wie erstarrt stehen. Er wußte, was das gewesen war. Es bestand kein Zweifel daran.
»Gewehr!« sagte Doc. Sie standen alle ungefähr auf halbem Weg zwischen dem vom Baldachin beschatteten Deck und dem Alligatorengehege.
Bumm, bumm, bumm! ertönte eine Pistole.
»Das ist Medina!« brüllte Mitch. »Der Schweinehund hat uns aufgespürt!«
»Halt's Maul!« Gault hörte weitere Gewehrschüsse. Carlos rief vom Haus aus seinen Namen. Mit einem Gesicht, das wie ein dunkler, runzliger Schädel anmutete, drehte Gault sich um und drückte die Mündung des Ingram-Maschinengewehrs an Flints Kehle.
»Gault!« schrie Carlos. »Sie brechen ein!«
Zwei Sekunden verstrichen. Gault blinzelte, und Flint sah, wie er entschied, seine Munition für die großen Jungs zu sparen. »Mitch, du bleibst hier bei den beiden! Doc, auf

geht's!« Sie drehten sich um und rannten über den Pier zum Haus. Mitch richtete seine Pistole auf Flints Brust, direkt über Clints Arm.

Eine weitere Pistolenkugel grub sich in den Türrahmen. Train stand Schweiß im Gesicht. Dan schob seine Waffe durch die Türöffnung und feuerte, ohne zu zielen. Das Geschoß ließ Glas zersplittern. Carlos gab in schneller Folge noch zwei Schüsse ab, und dann verlor er die Nerven. Er sprang auf und verließ, heulend vor Angst, die relative Sicherheit seiner behelfsmäßigen Deckung, um zur Küchentür zu laufen. Er hatte sie schon beinahe erreicht, als er auf einer verschmierten Lache Hundeblut auf den Linoleumfliesen ausrutschte, und im selben Moment schoß Train auf ihn. Die Kugel bohrte sich in die Wand, während Carlos zu Boden ging. Carlos drehte sich herum und zog seine Waffe hoch. Dan drückte den Abzug des Browning. Blut spritzte wie eine Fontäne aus Carlos' Seite, und er klappte zusammen und wälzte sich auf dem Boden. Während Train in die Küche lief und Carlos' Pistole wegtrat, zog Dan das leere Magazin aus seinem Gewehr und schob ein neues ein.

Im angrenzenden Raum befanden sich ein Eßtisch und Stühle, ein Jaguarfell als Wanddekoration und ein kleiner Kronleuchter, der über der Tischmitte von der Decke hing. Nach links ging ein Flur ab, und zur Rechten lag ein weiterer Raum mit einem Billardtisch und drei Flippern. Train und Dan wollten gerade das Eßzimmer durchqueren, als Dan plötzlich aus den Augenwinkeln heraus eine Bewegung bemerkte, und ein dunkelbraun gebranntes blondes Mädchen mit abgeschnittenen Jeansshorts und einem schwarzen BH trat aus dem Flur ins Zimmer. Ihre kalten blauen Augen waren verquollen und funkelten wütend. Sie hob die rechte

Hand, und darin hielt sie eine Automatik-Pistole. Sie stieß einen markerschütternden Schrei aus, und Train schwenkte sein Gewehr in ihre Richtung, als ihre Automatik zweimal feuerte. Der zwischen den Wänden gefangene Knall war so laut wie eine Explosion. Die erste Kugel zerschmetterte Glas an einem der Flipper, doch die zweite zwang einen Schrei über Trains Lippen.

Trains Gewehr ging los, und die Kugel durchschlug ein Fenster neben dem blonden Mädchen. Dan hatte seinen Finger am Abzug und das Gewehr auf sie gerichtet, doch der Gedanke, eine Frau zu töten, lähmte ihn den Bruchteil einer Sekunde. Dann rannte das Mädchen mit fliegendem Haar zurück in den Flur.

Alles bewegte sich verschwommen, während die Zeit ruckte und sich dehnte. Der Geruch von abgefeuerten Schüssen und Angst hing wie Bittermandel in der Luft. Trains Mütze war auf den Boden gefallen, und er taumelte gegen die Wand. Er hatte die linke Hand gegen seine rechte Seite gepreßt, und Blut rann zwischen seinen Fingern hindurch. Und dann rief jemand: »Himmel, es is dieser verdammte Kerl!«

Dan sah zwei Männer durch eine weitere Tür in das Spielzimmer stürmen. Einen erkannte er als den langhaarigen Mann namens Doc, der andere war ein braungebrannter Bodybuilder, der in der einen Hand ein Walkie-talkie und in der anderen ein Ingram-Maschinengewehr hielt. Bevor der Muskelmann zielen und schießen konnte, feuerte Dan zwei Kugeln in ihre Richtung, doch Doc hatte sich schon flach auf den Boden geworfen, und beim Anblick des Gewehrs sprang auch der zweite Mann – der »Boß«, wie Dan sich nun an Trains Worte erinnerte – hinter den Billardtisch.

Es wurde allmählich viel zu heiß hier.

»Zurück!« brüllte Dan Train zu, doch Train hatte das Ingram-Gewehr gesehen und räumte schon das Feld. Sie hasteten beide durch den Kücheneingang, zwei Herzschläge bevor das Ingram-Maschinengewehr ratterte und das Holz um die Tür herum in umherfliegenden Stücken und Splittern explodierte.

Mitch schreckte zusammen, als er die unverkennbaren Geräusche von Gaults Gewehr hörte. Er hatte Flint und Pelvis so postiert, daß sie zwischen ihm und dem Haus standen, er selbst mit dem Rücken zum Sumpf und die Kopfgeldjäger mit dem Gesicht zu ihm. Flint hatte gesehen, wie Gault sich das Walkie-talkie vom Couchtisch gegriffen und etwas hineingebrüllt hatte, und dann hatte der Mann auf dem Wachturm – derselbe, wie Flint nun erkannte, der ihn in St. Nasty fast erwürgt und ihm den Derringer abgenommen hatte – sein Gewehr geschultert und sich daran gemacht, eine Leiter herunterzuklettern. Nun erreichte der Mann gerade den Steg zwischen dem Turm und dem Haus.

Mitch hatte Todesangst. Schweißtropfen liefen über sein Gesicht, und seine Hand mit dem Revolver darin zitterte. Sein Blick huschte immer wieder zwischen den Kopfgeldjägern und dem Haus hin und her, und er fuhr bei jedem einzelnen Schuß zusammen.

Plötzlich röchelte Pelvis und preßte sich eine Hand gegen die Brust. Mitchs Revolver richtete sich auf ihn.

O mein Gott! dachte Flint. Er hat wieder einen Herzanfall!

Doch Pelvis blickte auf etwas hinter Mitchs Schulter, und seine Augen wurden immer größer. Er stieß einen schrillen Schrei aus und rief: *»Erschießen Sie uns nicht!«*

Im selben Moment, in dem Flint erkannte, daß dies der älteste Trick der Welt war und er nicht in einer Million Jahren funktionieren würde, wirbelte der völlig verängstigte

Mitch herum und feuerte einen Schuß auf braunes Wasser und bemooste Bäume ab.
Pelvis ließ seine Faust gegen die Seite von Mitchs Kopf sausen und stürzte sich plötzlich auf ihn wie ein hungriger Löwe. Benommen stand Flint einfach nur da und schaute zu, wie Pelvis mit einer Faust immer wieder auf den Mann einschlug, während seine andere Hand Mitchs Waffe festhielt. Dann ging der Revolver, dessen Lauf nach unten zeigte, erneut los, und Flint setzte seine Beine und seine Fäuste in Bewegung. Er stürzte sich mit ungezügelter Wut auf Mitch. Mitch ging in die Knie. Sein Gesicht war verzerrt. Pelvis bearbeitete den Mann in einem fort mit Schlägen, so wie jemand Feuerholz hacken würde. Mitchs Finger öffneten sich, und Flint entriß ihm den Revolver.
Schritte ertönten auf den Planken. Jemand kam auf sie zugelaufen.
Mit rasendem Puls blickte Flint auf, und da war der Mann vom Wachturm und nahm gerade sein Gewehr von der Schulter. Der Mann, ein sehniger kleiner Mistkerl in einem Overall, blieb zehn Meter entfernt stehen und feuerte sein Gewehr von der Hüfte aus ab. Flint hörte ein Geräusch wie von einer wütenden Hornisse an sich vorbeizischen. Dann war Flint an der Reihe.
Die erste Kugel verfehlte ihr Ziel. Die zweite traf den Mann an der linken Schulter, und die dritte drang wenige Zentimeter unterhalb des Herzens in sein Fleisch ein. Das Gewehr des Mannes hatte sich in seinen Armen verfangen, und nun verkrampften sich seine Finger am Abzug, und eine Kugel zerschmetterte die Windschutzscheibe eines der zigarettenförmigen Rennboote. Dann kippte der Mann rückwärts auf die Planken, während sich seine Beine weiter bewegten, so als wollten sie dem Tod davonlaufen. Flint feuerte die letzte Kugel in seiner Waffe nicht ab. In seinem

Mund lag der scharfe, ätzende Geruch von Verwesung; er hatte nie zuvor einen Mann getötet, und es war etwas Schreckliches.
Nun jedoch war nicht die Zeit, auf die Knie zu fallen und um Vergebung zu flehen. Er sah, daß Pelvis' Fäuste Mitchs Mund in rohes Hackfleisch verwandelt hatten, und Flint packte seinen Arm und sagte: »Das reicht!«
Pelvis blickte ihn an, und seine Oberlippe hatte sich zu einem gemeinen Grinsen verzogen, doch er trat von Mitch zurück, und der halbtote Mann fiel bäuchlings auf den Pier.
Sie mußten hier verschwinden, und zwar schnell. Doch eine Flucht durch den Sumpf würde mit Sicherheit bedeuten, daß Clint ertrinken würde. Flint wollte seinen Derringer zurück haben. Er rannte zu dem Toten hinüber, kniete sich neben ihn und machte sich daran, seine Taschen zu durchsuchen. Seine Finger fanden den Derringer und noch etwas anderes.
Einen kleinen Ring mit zwei Schlüsseln daran.
Schlüssel? überlegte Flint. Wofür?
Er erinnerte sich, daß der Mann am Steuer des Rennboots war, das sie hierhergebracht hatte. Welches der beiden Boote war es gewesen? Das rechts, nicht das mit der zerschossenen Windschutzscheibe. Flint hatte nicht die geringste Ahnung, wie man ein Boot steuerte, aber er würde es in aller Eile lernen müssen. Er steckte den Derringer in seine Tasche und stand auf. »Cecil!« brüllte er. »Kommen Sie schon!«

In der Küche mit der zersplitterten Tür und dem Blut, das zwischen Trains Fingern hindurchrann, wußte Dan, was zu tun war.
»Raus hier!« befahl er. »Ich halte sie auf, solange ich kann!«
»Zum Teufel damit! Weglaufen, das mach ich nich!«

»Du bist tot, wenn du's nicht tust. Ich bin sowieso schon tot. Verschwinde hier, bevor sie von hinten kommen.«
Eine Automatik feuerte, und die Kugel riß ein weiteres Stück aus dem Türrahmen. Das Mädchen war wieder da.
»Laß sie nicht Arden erwischen«, sagte Dan, und seine Augen flehten Train an.
Train blickte auf seine blutende Seite hinunter. Eine Rippe war zerschmettert, aber er glaubte, daß seine Innereien noch durchhielten. Es hätte viel schlimmer sein können.
Das Ingram-Maschinengewehr ratterte abermals, und Geschosse durchlöcherten die Wände und zwangen Dan und Train, sich auf den Boden zu kauern. Dan beugte sich vor, feuerte die anderen beiden Schüsse im Magazin ab und schob seine letzten vier Kugeln in das Browning.
»In Ordnung«, sagte Train. Er legte seine blutige Hand auf Dans Schulter und drückte sie. »Wir zwei Dinosaurier, wir haben einen guten Kampf hingelegt, ay?«
»Ja. Und jetzt verschwinde.«
»Tu ich. *Bonne chance*!« Train lief zur Hintertür, und Dan hörte ihn mit einem Platschen ins Wasser springen.
Er hatte noch einen langen Weg vor sich. Als die Automatik erneut feuerte, zerschmetterte die Kugel Geschirr, das in einem Schrank aufgestapelt war. Dan hörte Schüsse von der Vorderseite, aber Train hatte sicher noch nicht genug Zeit gehabt, um das Haus zu umrunden. Wo, zum Teufel, waren Murtaugh und Eisley?
»Komm raus, Mann!« rief Doc. »Wir reißen die Wand ein, um dich zu kriegen!«
Dan vermutete, daß die Stimme die Geräusche von jemandem – wahrscheinlich dem Muskelmann – übertönen sollte, der nachlud oder über den Boden kroch. Dan gab Train sechs oder sieben weitere Sekunden, dann gab er einen ziellosen Schuß durch die Türöffnung ab und machte sich

aus dem Staub. Er sprang von der Plattform ins Wasser, das noch von Trains Rückzug aufgewühlt war. Sie würden das Platschen hören und wie die Furien hinter ihm herstürzen. Er watete geradewegs auf den Sumpf zu, durch ein Gewirr aus Ranken und umhertreibenden Abfällen aus der Mülltonne, die der junge Mann fallen gelassen hatte. Drei Schritte, und beim vierten trat er auf die Kante einer Wurzel oder eines Baumstamms, sein Knöchel verdrehte sich, und brennender Schmerz schoß seine Wade hinauf.
Gault hatte das zweite Platschen gehört und war vom Boden neben dem Billardtisch aufgesprungen, bereit, in die Küche zu stürmen, doch im selben Moment ertönte ein anderes Geräusch von der Vorderseite des Hauses. Das kurze Feuergefecht dort draußen hatte ihm schon genug Sorgen bereitet, doch nun hörte er die röhrenden Baßtöne, mit denen die Motoren eines der Rennboote ansprangen. »Ihnen nach!« brüllte er Doc zu. »Versuch, einen von ihnen lebend zu erwischen!« Dann sprintete er ins Wohnzimmer und durch die Glasschiebetür hinaus auf die Plattform.

»Kannst du es denn nicht endlich in Bewegung setzen?« Pelvis hockte auf dem weißen Vinylsitz neben Flint, der das Gefühl hatte, er könnte noch zwei Arme gebrauchen, um das komplizierte Armaturenbrett zu bedienen.
»Immer mit der Ruhe, und sei still!« Der Schlüssel war im Zündschloß herumgedreht, rote Lämpchen blinkten an einigen Anzeigen, und die Motoren jaulten auf, als würden sie gleich anspringen, doch dann stotterten sie und erstarben. Sie hatten die Taue des Boots losgemacht und trieben vom Pier weg.
Pelvis hielt den Revolver in Händen, den er Mitch abgenommen hatte. Er hatte gesehen, daß noch eine Kugel im Zylinder war. Seine Fingerknöchel waren aufgeschabt und

bluteten. Er war schon einige Minuten, bevor er sich auf Mitch gestürzt hatte, aus seiner Lähmung erwacht, und die Dringlichkeit ihrer Lage hatte seine Verzweiflung über Mama aus seinem Kopf vertrieben, zumindest für den Moment. Während Flint sich bemühte, die richtige Reihenfolge der Schalter und Hebel zu entschlüsseln, blickte Pelvis über seine Schulter zurück, und Angst zog seinen Magen zusammen. Gault kam heran.

Der Muskelmann war gerade aus dem Haus getreten. Er blieb stehen, und ein Teil seiner Sonnenbräune verblaßte beim Anblick seiner beiden zu Boden gegangenen Kumpane und den Kopfgeldjägern, die versuchten, in einem der Rennboote zu fliehen. Auf dem Fernsehbildschirm lief immer noch *Die fliegende Nonne*. Gault taumelte, als würde er langsam erkennen, daß sein Sumpfreich zerfiel; dann rannte er mit wutverzerrtem Gesicht und seinem Finger am Abzug des Ingrams den Pier hinunter. »Es gibt Ärger!« rief Pelvis und feuerte die letzte Kugel des Revolvers ab, doch es war ein zielloser Schuß, und Gault verlangsamte seine Schritte nicht. Dann feuerte Gault im Laufen eine kurze Salve ab, und die Geschosse sausten über den Pier und schlugen eine Reihe von Löchern in die Seite des Rennboots. »Runter!« brüllte Flint, während er hektisch versuchte, den Motor anzuwerfen. »Den Kopf runter!«

Bumm, bumm! ertönte eine andere Waffe, und plötzlich faßte Gault sich an sein rechtes Bein, und er stolperte und fiel auf die Planken.

Ein Mann, den weder Flint noch Pelvis je zuvor in ihrem Leben gesehen hatten, tauchte unter dem Pier neben dem Bug des Rennboots auf und stand in dem brusthohen Wasser, in den Händen ein Gewehr mit einem Zielfernrohr. Er feuerte ein drittes Mal, doch Gault war schon auf die andere Seite des Piers gekrochen, und die Kugel bohrte sich in

Holz, nicht in Fleisch. Dann rief der Mann zu Flint hinüber: »Ich fahre!«, warf das Gewehr ins Boot und zog sich über die Bordwand, die Augen fest zusammengekniffen vor Schmerz und Anstrengung.

Flint hatte keine Ahnung, wer, zum Teufel, der Mann war, doch wenn er dieses verdammte Boot bedienen konnte, sollte er ihnen willkommen sein. Er hob das Gewehr auf, während der Mann sich hinter das Steuer stellte. »Gib uns Deckung!« brüllte der Mann. Er zog an einem Chromhebel, drückte auf einen Kippschalter und drehte den Schlüssel herum. Das Boot hustete öligen blauen Rauch aus den Auspuffrohren, denn der Motor war von den Kugeln des Ingrams beschädigt worden. Flint sah, wie Gault sich auf einem Knie aufrichtete und seine Waffe zum Schuß hob. Es blieb keine Zeit, durch das Zielfernrohr zu sehen. Flint begann zu schießen und schoß immer weiter, und Gault warf sich wieder flach auf den Pier.

Der Motor röhrte und ließ das Boot erbeben. Das Gewehr in Flints Händen war leer. Gault hob den Kopf. Der Mann hinter dem Steuer packte einen Hebel und riß ihn nach oben, und plötzlich heulte der Motor auf und das Gefährt sprang mit solcher Kraft nach vorn, daß Flint über das Heck und beinahe aus dem Boot geschleudert wurde, bevor er sich an einer Rückenlehne festklammern konnte. Der Mann riß das Steuer herum, und ein Schweif schäumenden braunen Wassers spritzte hinter ihnen auf. Eine Salve des Ingrams bohrte sich in die aufgewühlte Oberfläche hinter ihnen. Das Boot schoß auf den Bayou zu, vorbei an dem nunmehr leerstehenden Wachturm, während Flint und Pelvis sich festklammerten, um nicht über Bord geschleudert zu werden. Hinter einer Biegung blockierte ein halb im Wasser stehendes Tor aus metallenen Gitterstäben und mit heimtückischem ganz feinem Draht als Abschluß den Kanal.

Train zog den Gashebel zurück. »Einer von euch raus auf den Bug!«
Pelvis ging, wobei er über die Windschutzscheibe stieg, während das Boot immer langsamer wurde. »Siehst du 'ne Möglichkeit, das Tor aufzukriegen?« fragte Train. »Sollte 'n Riegel an der Seite sein!«
»Ich sehe ihn!« Der Motor des Boots stotterte und hustete, als Train am Gashebel und der Gangschaltung arbeitete und abwechselnd die Kraftzufuhr drosselte und verstärkte, bis der Bug das Tor rammte. Der Riegel, geschützt von einem Überzug schwarzer Schmiere, war beinahe unten an der Wasserlinie. Pelvis legte sich auf den Bootsschnabel und beugte sich weit hinaus. Er mußte einen Moment lang mit dem Riegel kämpfen, doch dann glitt er aus seiner Öse.
Train gab Gas, und während Pelvis wieder zurück über die Windschutzscheibe kletterte, schob der Bug die Torflügel durch den Schlamm am Grund auseinander. Train roch ausgelaufenes Benzin. Das Ölthermometer zeigte eine gefährliche Überhitzung an, und rote Lämpchen blinkten auf dem Armaturenbrett. »Haltet euch fest!« rief Train und drückte den Gashebel bis zum Anschlag hoch.

Dan hörte einen Pistolenschuß. Einen Meter neben seiner rechten Schulter spritzte Wasser auf.
»Laß das Gewehr fallen! Laß es fallen, oder ich leg dich um!«
Dan zögerte. Der nächste Schuß streifte beinahe sein Ohr. Er ließ das Gewehr ins Wasser fallen.
»Nimm die Hände hoch, und leg sie hinter den Kopf! Los! Dreh dich um!«
Dan gehorchte. Auf dem Steg, der zwischen dem Hintereingang des Hauses und dem Verbrennungsofen entlangführte, standen Doc und das Mädchen. Beide zielten mit Waffen auf ihn.

»Ich hab dich im Fernsehen gesehen!« sagte Doc. Schweiß glänzte auf seinem Gesicht und hing in seinen Haaren. Eins der Gläser seiner Sonnenbrille hatte einen Sprung. »Mann, wieso machst du so ’ne Scheiße mit uns? Hä? Nachdem ich dich freigelassen hab? Is das die Art, wie du dich für eine gute Tat revanchierst?«

»Komm hierher!« fauchte das Mädchen und winkte Dan mit der Automatik heran. »Komm schon, du Hurenbock!«

Dan watete langsam durch die Ranken zurück, wobei ihn der Schmerz in seinem verletzten Knöchel immer wieder zusammenzucken ließ. Von der anderen Seite des Hauses drangen weitere Schüsse und das Röhren eines Rennbootmotors herüber. »Wo sind Murtaugh und Eisley?«

»Schaff deinen Arsch hier rüber, hab ich gesagt!« Das Mädchen blickte zu Doc. »Du hast ihn freigelassen?«

»Diese beiden Kopfgeldjäger hatten ihn mit Handschellen gefesselt, oben in St. Nasty. Wollten ihn nach Shreveport bringen. Ich hab ihn laufen lassen.«

»Du meinst ... das alles hier is *deinetwegen* passiert?«

»He, geh mir nich auf den Sack, verstanden? Komm schon, Lambert! Kletter rauf!«

Dan versuchte es. Er war erschöpft, und er schaffte es nicht.

»Ich sag es dir noch einmal«, warnte das Mädchen. »Komm hier rauf, oder du bist tot.«

»Ich bin sowieso tot«, entgegnete Dan.

»Das stimmt«, sagte Doc, »aber du kannst noch ’ne Menge Körperteile verlieren, bevor du dieses Jammertal verläßt. Ich würde versuchen, es mir leicht zu machen, wenn ich du wäre.«

Um Zeit zu schinden, klammerte sich Dan an die Planken und versuchte es dann noch einmal. Mit einem Sieg von Willenskraft über Muskelkraft zog er seinen Oberkörper aus dem Wasser und lag keuchend auf dem Steg.

»Scheiße!« sagte das Mädchen wütend. »Du bist der größte Idiot auf der ganzen Welt! Warum hast du ihn nich umgebracht und die Sache vergessen? Du wirst langsam senil, was?«

»Du solltest besser die Klappe halten.« Docs Stimme war sehr leise.

»Warte nur, bis Gault das rauskriegt. Warte, bis er rauskriegt, daß es deine Schuld is, daß das alles hier passiert is. Dann werden wir ja sehen, wer einen Tritt in den Arsch bekommt.«

Doc seufzte leise und blickte durch die Bäume zur Sonne hinauf. »Ich wußte immer, daß dieser Moment einmal kommen würde«, sagte er. »Hab's gewußt, seit du dich hier eingenistet hast. Bin eigentlich froh, daß es jetzt soweit is.« Er richtete die Pistole genau auf Shondras Kopf und schoß ihr mit einem kurzen Zucken des Fingers am Abzug eine Kugel in die Schläfe. Sie stieß einen leisen Laut aus, ihr blondes Haar färbte sich rot, und als ihre Knie nachgaben, kippte sie seitlich vom Steg in den Sumpf.

»Ich hab nur den Abfall entsorgt«, erklärte er Dan. »Steh auf.«

Dan erhob sich mit letzter Kraft. Schweiß lief in Strömen über seinen Körper, und sein Kopf schien vor Schmerz fast zu zerplatzen. »Beweg dich«, befahl Doc und deutete mit seiner Waffe aufs Haus. »Gault!« brüllte er. »Ich hab einen von ihnen lebend erwischt!«

Sie gingen durch die verwüstete Küche, das zerschossene Eßzimmer und das von Kugeln durchsiebte Spielzimmer. Angetrieben von Docs Waffe, humpelte Dan durch einen Flur und betrat dann ein Wohnzimmer, in dem einige Korbmöbel standen, ein Zebrafell auf dem Boden lag und sich ein Ventilator an der Decke drehte. Eine Glasschiebetür führte hinaus auf eine von einem Baldachin beschattete

Plattform, wo ein riesiger Fernseher auf Rädern stand, über dessen Bildschirm ein Pizza Hut-Werbespot flimmerte.

»O Gott!« entfuhr es Doc.

Gault war auf der Plattform. Er lag auf seinen Ellbogen gestützt auf der Seite, und eine Blutspur führte von ihm zu der Stelle auf dem Pier, von der er bis hierher gekrochen war. Das rechte Bein seiner Jeans war von Blut durchtränkt, und er hielt die Hand auf eine Wunde direkt über dem Knie gepreßt. Neben ihm lag sein Ingram-Maschinengewehr. Schweiß hatte sich in Lachen auf den Planken um seinen Körper herum gesammelt. Sein Gesicht war verzerrt, und seine Augen waren vom Schmerz und vom Schock tief in ihre Höhlen eingesunken.

»Rühr mich nicht an«, zischte er, als Doc die Hand nach ihm ausstreckte. »Wo ist Shondra?«

»Er hatte 'ne Pistole versteckt! Hat sie gezogen und hat Shondra 'ne Kugel in den Kopf gejagt! Ich wußte, daß du ihn lebend haben wolltest, deshalb hab ich ihn nich umgelegt! Komm, Gault, ich helf dir, aufzustehen!«

»Laß mich in Ruhe!« schrie Gault. »Ich brauche weder dich noch sonst jemanden!«

»Schon gut«, sagte Doc. »Schon gut, geht in Ordnung. Ich bin hier.«

Gault biß die Zähne zusammen und beugte sich zu Dan. Der Schlangenlederstiefel an seinem rechten Fuß war dunkelrot verschmiert. »Ja«, sagte er, während sein Blick Dan voller Haß durchbohrte. »Du bist es.«

»Woher sollte ich wissen, daß er hierherkommen würde?« jammerte Doc. »Er soll 'n Killer sein, hat zwei beschissene Männer umgelegt! Ich dachte, er würde dankbar sein!« Er fuhr sich mit einer zitternden Hand über den Mund. »Wir können von vorn anfangen, Gault. Du weißt, daß wir das können. Wird wie in alten Zeiten, nur wir zwei gegen den

Rest der Welt. Wir können alles wieder aufbauen. Du weißt, daß wir das können.«

Gault schwieg und starrte nur weiter auf Dan.

Dan hatte Männer auf dem Pier liegen sehen. Der weiter weg zuckte noch, der vordere schaute kalt und steif aus. Dan hatte bemerkt, daß eins der Rennboote weg war. »Was ist mit Murtaugh und Eisley?«

»Du bist hierhergekommen«, sagte Gault ganz langsam, so als versuchte er etwas zu verstehen, was jenseits seines Fassungsvermögens lag, »um die beiden Männer zu befreien, die dich ins Gefängnis bringen wollten?«

»Er muß verrückt sein!« sagte Doc. »Sie hatten wahrscheinlich vor, ihn in 'ne Gefängnisklapsmühle zu bringen!«

»Du hast mein Geschäft zerstört ... nein, nein.« Gault hielt inne. Seine Zunge schnellte heraus und benetzte seine Lippen. »Du hast mein Geschäft geschädigt, und das nur aus diesem einzigen Grund?«

»Denke schon«, antwortete Dan.

»Ohhhhh, du wirst leiden.« Gault grinste, und seine Augen waren tot. »Ohhhhh, du wirst durch die Hölle gehen. Wer hat dich hergebracht?«

Dan schwieg.

»Doc«, sagte Gault, und Doc ballte seine Faust und schlug Dan in den Magen, so daß er auf die Knie sackte.

Dan keuchte und hustete. Seine Sinne schwanden und kehrten wieder zurück. Als er erneut bei sich war, hatte eine blutige Hand seinen Kiefer gepackt, und Gaults Gesicht war direkt vor seinem. »Wer hat dich hergebracht?«

Dan antwortete nicht.

»Doc«, sagte Gault, und Doc trat Dan mit seinem Stiefel in den Rücken. »Halt ihn gut fest«, befahl Gault. Doc setzte sich auf Dans Schultern, so daß er flach auf dem Boden lag. Gault drückte seine Daumen kräftig in Dans Augenhöhlen, und die Muskeln an seinen Unterarmen schwollen an und zuckten unter der Haut. »Ich frage dich jetzt nur noch einmal. Dann werde ich dir die Augen aus dem Kopf reißen und dich zwingen, sie zu essen. Wer hat dich hergebracht?«

Dan war zu erschöpft und zu sehr von Schmerzen gepeinigt, um sich eine Lüge auszudenken. Vielleicht war es Train, der mit dem Rennboot entkommen war, dachte er. Vielleicht hatte Train mittlerweile genügend Zeit gehabt, um dem Motor des Swifts Zunder zu geben und Arden aus dieser Hölle herauszuschaffen. Er schwieg.

»Du armer, blinder Narr«, sagte Gault beinahe zärtlich. Und dann begannen sich seine Daumen brutal in Dans Augenhöhlen zu bohren, und Dan schrie und trat um sich, während Doc ihn am Boden festhielt.

Unvermittelt ließ der Druck nach. Dan hatte noch immer seine Augen. »Hört mal!« sagte Gault. »Was ist das?«

Ein Geräusch wie Gewitterdonner ertönte.

Dan öffnete die Augen, und Tränen strömten aus ihnen, während er versuchte, etwas von dem Nebel fortzublinzeln.

Doc stand auf. Das Geräusch wurde stetig lauter. »'n Motor«, sagte Doc, mit der Pistole neben seinem Körper. »Kommt den Bayou rauf, und zwar schnell!«

»Gib mir ein neues Magazin!« Nackte Angst schwang in Gaults Stimme mit. »Doc, hilf mir, aufzustehen!«

Doch Doc wich in Richtung auf den Fernseher zurück und starrte mit gleichem Gesicht auf die Mündung des Bayous Hinter ihm erhob sich die *fliegende Nonne* in die Lüfte.

Gault versuchte mit aller Mühe, aufzustehen, doch sein verletztes Bein, dessen Oberschenkelknochen zerschmettert war, erlaubte es ihm nicht.

Begleitet von einem markerschütternden Röhren und mit pumpenden Kolben schoß Trains mit Stahlplatten gepan-

zertes Baby am Wachturm vorbei, schwenkte herum und kam direkt auf die Plattform zu.
Doc begann zu schießen. Gault stieß einen erstickten fluchenden Laut aus. Dan grinste und erhob sich mühsam auf die Knie.
Das Swift-Boot drosselte seine Geschwindigkeit nicht um einen einzigen Knoten, selbst als Kugeln vom Bugpanzer abprallten. Es hielt geradewegs auf die Plattform zu, wobei es hinter seinem Heck einen Schweif aus schlammigem Wasser herzog.
Dan erkannte, was gleich geschehen würde, und warf sich so schnell er konnte zur Seite, um sich vor dem Swift in Sicherheit zu bringen.
Im nächsten Augenblick rammte Baby die Plattform, und die Planken zersplitterten mit dem Getöse von hundert Pistolen, die gleichzeitig abgefeuert wurden. Die hölzernen Stelzen erbebten und brachen aus ihren Verankerungen, und das ganze Haus zitterte vom Aufprall. Doch Train hielt seine Faust fest um den Gashebel geklammert, und Baby pflügte unnachgiebig weiter, schob sich durch die Plattform, durch die in tausend Scherben zerspringende Glasschiebetür, durch das Wohnzimmer, durch die Fertigbauwände von Gaults Traumhaus und dann in einer Explosion von Trümmern zur anderen Seite wieder heraus. Train riß den Schaltknüppel in den Rückwärtsgang und setzte das Swift zwischen den beiden Hälften des Hauses zurück, und als er die zertrümmerten Wände verlassen hatte, stürzte das Innere in sich zusammen: eine Hämorrhagie von Möbelstücken, Messinglampen, nachgemachten Marmortischen, Flippern, Trainingsgeräten, Stühlen und einer Küchenspüle.
Dan klammerte sich an eine Hälfte der Plattform, während sie knarrte und bebte und die Wände des Hauses ins Wasser

zu stürzen begannen. Auf der anderen Hälfte sah Doc, wie der Fernseher davonrollte, sein Stecker noch immer in der Steckdose und auf dem Bildschirm noch die flimmernden Bilder, nach denen er süchtig war. Verzweifelt schlang er beide Arme um den Fernseher, doch die Planken unter seinen Füßen kippten ab, als die Stützpfosten nachgaben. Der Fernseher zog Doc geradewegs ins Wasser, und es ertönte ein kurzes *Brrz*, *Knister* und *Bumm*, und sein Körper verkrampfte sich, und Rauch umschloß seinen Kopf wie ein dunkler Heiligenschein, bevor er unterging.

»Dan! Dan! Nimm meine Hand!«

Es war Ardens Stimme. Sie stand an der vorderen Reling und streckte die Hand nach ihm aus, während das Boot von der eingestürzten Ruine zurücksetzte. Dan biß die Zähne aufeinander und nahm seine letzten Kraftreserven zusammen. Er sprang von der Plattform, verfehlte Ardens Hand, bekam jedoch die Reling zu fassen und klammerte sich daran fest, während seine Beine im Wasser baumelten.

»Zieh ihn hoch! Zieh ihn hoch!« rief Train, der hinter der von Einschußlöchern durchsiebten Scheibe des Ruderhauses stand.

Etwas packte Dans Bein und zerrte an ihm.

Die Finger einer seiner Hände wurden von der Reling gezogen. Dan hielt sich mit den fünf verbleibenden Fingern fest, und sein Arm wäre beinahe aus seinem Gelenk gerissen. Er blickte nach unten, und da war Gault. Teile der Haut und das Gesicht des Mannes waren von dem elektrischen Schlag zu schuppigen grauen Fetzen verbrannt, und gelähmte Nerven zogen seine Lippen zu einem Totenschädelgrinsen auseinander. Ein Auge rollte in seiner Höhle umher.

Gault stieß ein Zischen aus, und die Muskeln in seinen Armen zitterten und zuckten.

Ein weiterer Arm schob sich an Dans Gesicht vorbei.

In seiner Hand war ein Derringer.
Die kleine Pistole ging los.
Ein Loch öffnete sich in Gaults Kehle. Leuchtend rotes Blut spritzte in einer Fontäne aus einer durchtrennten Schlagader.
Andere Arme packten Dan und hielten ihn fest, damit er nicht fiel. Gaults Kopf hob sich. Sein Mund stand offen. Seine Hände lockerten ihren Griff und rutschten an Dans Bein hinunter. Das schlammige, aufgewühlte Wasser strömte in seinen Mund und seine Augen, und schließlich versank er unter dem Gewicht des Wassers.
Dan wurde über die Reling gezogen. Er sah die Gesichter von Murtaugh und Eisley, und dann war Arden neben ihm, und es schimmerten Tränen in ihren wunderschönen Augen, und ihr Feuermal hatte die Farbe einer Sommerdämmerung. Sie schlang ihre Arme um ihn, und er konnte ihren Herzschlag an seiner Brust fühlen.
Er legte ebenfalls seine Arme um sie und hielt sie fest.
Kurz darauf hüllte ihn Dunkelheit ein. Er hatte das Gefühl zu fallen, doch das machte nichts, denn er wußte, daß jemand da war, um ihn aufzufangen.

28 Avrietta's Island

Dan öffnete die Augen. Er lag auf dem Deck im Schatten des Ruderhauses. Unter ihm vibrierte rund und kraftvoll der Motor, über ihm war der blaue Himmel, und er hörte, wie der Bootsrumpf durch tiefes Wasser pflügte.

Ein nasses Tuch wurde auf seine Stirn gelegt. Arden blickte zu ihm hinab.

»Wo sind wir?« flüsterte er, und er hörte seine eigene Stimme wie aus weiter Ferne.

»Train sagt, wir sind in Timbalier Bay. Wir fahren zu einem Ort namens Avrietta's Island. Hier.« Sie goß etwas gefiltertes Wasser in ihre gewölbte Handfläche und stützte dann seinen Kopf, während er trank.

Jemand anders – ein Mann ohne Hemd – kniete neben ihm. »He, du alter Dinosaurier. Wie geht's?«

»Ganz gut. Und dir?«

Trains Gesicht war bleich, und unter seinen Augen lagen purpurn schimmernde Ringe. »Is schon besser gegangen. Tut 'n bißchen weh. Siehst du, ich wußte, daß es sich noch mal auszahlen würde, daß ich häßlich wie die Nacht bin. Die alte Kugel, die hat sich gesagt, da geh ich rein und ganz schnell wieder raus, der Kerl is mir zu häßlich.«

»Du mußt ins Krankenhaus.«

»Dahin sind wir unterwegs.« Train beugte sich ein wenig näher zu ihm. »Hör mal, du solltest dich von jetzt an mit normaleren Typen einlassen, wenn du weißt, was ich meine.

Ich hab einen Blick auf diese winzig kleine Hand und den Arm geworfen, die da an der Brust dieses Kerls hängen, und mir is der Unterkiefer bis auf den Boden runtergeklappt. Dann hab ich den winzig kleinen Kopf gesehen, der daneben hängt, und ich hätt mir fast die Zähne zertreten, als ich auf meinen Kiefer gestiegen bin. Und dieser andere Kerl – der stille –, der schaut im Gesicht aus wie jemand, den ich schon mal gesehen hab, aber ich komm nich drauf, wo.«

»Es wird dir wahrscheinlich wieder einfallen«, entgegnete Dan. Er spürte, wie sein Bewußtsein – ein sehr empfindliches Ding – erneut dahinschwand. »Wie hast du sie da rausgeholt? Mit dem Rennboot?«

»Oui. Bin da rausgeflitzt, hab Baby Zunder gegeben und *huuuiiiiiii!* sie fliegt wie 'n Vogel übers Wasser.«

»Du mußtest nicht zurückkommen.«

»Sicher doch. Du ruhst dich jetzt aus. Wir sind in zwanzig, dreißig Minuten dort, wo wir hinwollen.«

Er klopfte Dan auf die Schulter und ging dann weg. Arden blieb an Dans Seite und hielt seine Hände. Seine Augen schlossen sich wieder, seine Sinne eingelullt von dem steten Pumpen des Motors, der trägen Hitze und dem Duft und dem Streicheln der Salzwasserbrise, die über das Deck strich.

Sie kamen an Wolken aus schimmerndem Dunst vorbei. Möwen kreisten träge über dem Boot, dann flogen sie weiter.

»Da is sie!« rief Train, und Arden blickte über den Bug nach vorn.

Sie waren an mehreren anderen kleinen Inseln vorbeigekommen, alle sandig und flach und gespickt mit dornigem Gestrüpp. Diese war anders. Sie war grün und sanft gedünt und beschattet von hoch aufragenden Wassereichen und bemoosten Bäumen. Einige Gebäude befanden sich darauf.

Während sich das Boot näherte, stand Flint an der Steuerbordreling und schaute zu, wie die Insel wuchs. Er trug Trains T-Shirt, zum einen, weil er sich wohler fühlte, wenn Clint verhüllt war, zum anderen, weil die Sonne seinen Rücken und seine Schultern verbrannt hatte. Train hatte einen Erste-Hilfe-Kasten aus irgendeinem Lagerspint geholt, und nun war Flints Armwunde mit Mullbinden abgedeckt. Er hatte seinen verbliebenen Schuh und seine verschlammten Socken ausgezogen und sie wie eine Opfergabe an den Sumpf über Bord geworfen. Neben ihm stand Pelvis, seine kahle Platte und sein Gesicht rosa vom Sonnenbrand. Pelvis hatte nur wenige Worte gesprochen, seit sie an Bord gekommen waren. Flint sah genau, daß die Gedanken in Pelvis' Kopf nur so durcheinanderpurzelten.

Train drehte das Steuerrad und manövrierte sie auf die Ostseite der Insel. Sie kamen an weitläufigen grünen Wiesen vorbei. Eine Ziegenherde lief frei herum und tat ihren Dienst als lebender Rasenmäher. Da war ein Obstgarten und einige kleine weißgetünchte Schindelgebäude, die wie Geräteschuppen aussahen. Und dann kamen sie an einen natürlichen Hafen mit einem Pier, und da war es.

Flint hörte sich selbst einen erstaunten Laut ausstoßen.

Es stand auf dem grünen, weitläufigen Rasen, dort auf einem Hügel, der der höchste Punkt der Insel sein mußte. Es war ein großes sauberes weißes Herrenhaus mit vielen Schornsteinen und einem mit Feldsteinen gepflasterten Weg, der sich zwischen Bäumen voll Spanischem Moos und Trauerweiden vom Hafen zum Haus schlängelte. Flints Herz raste. Er umklammerte die Reling, und Tränen brannten in seinen Augen.

Es war ... es war ... o Gott, o Himmel, es war ... *nicht.*

Er erkannte es im nächsten Augenblick, als sie sich dem Pier näherten. Es war kein Buntglasfenster an der Vorderfront.

Das Haus seiner Geburt hatte vier Schornsteine, dies hatte nur drei. Und es war auch nicht aus weißem Stein, es war aus Schindeln gebaut, und an einigen Stellen blätterte die Farbe ab. Es war ein altes Vorkriegsherrenhaus, ein riesiges zweistöckiges Ding mit Säulen und einer Veranda und einem Balkon, die ums ganze Haus gingen. Der sanft gedünte smaragdgrüne Rasen war derselbe wie in seinen Träumen, ja. Einige Ziegen fraßen die Grashalme kurz. Aber das Haus … nein.

Er hatte noch immer einen Stern, dem er folgen mußte.

»Mr. Murtaugh?« sagte Pelvis mit einer Stimme, die mehr nach Cecil denn nach Elvis klang. »Warum weinen Sie?«

»Ich weine nicht. Meine Augen sind von der Sonne geschädigt, das ist alles. Ihre nicht auch?«

»Nein.«

»Nun«, meinte Flint, und rieb sich die Tränen fort, »meine sind's.«

Train hatte die Geschwindigkeit gedrosselt. Der Motor röhrte leise, während sie näher heranfuhren. Bis jetzt hatten sie noch niemanden gesehen. Arden hatte Dan verlassen und sich an die Reling gestellt. Die Brise wehte durch ihr Haar, und in ihren Augen leuchtete Hoffnung. In ihrer rechten Hand hielt sie den rosa Beutel mit den kleinen Plastikpferden darin umklammert.

»Ich hab' nachgedacht«, sagte Pelvis. »Über das, was Sie mir angeboten haben.«

»Und was war das?« Flint wußte es ganz genau, doch er war vor der Erinnerung zurückgeschreckt.

»Nun, daß Sie mein Manager sein wollen, und das alles. Ich würde schon jemanden brauchen, der mir hilft. Ich meine, ich habe keine Ahnung, wie erfolgreich ich sein könnte, aber …«

»Sie sind kein Chopin«, bemerkte Flint.

»Er ist tot, oder nicht? Genau wie Elvis. Mausetot.« Er seufzte schwer. »Und Mama ist auch tot. Ich werde eine Weile brauchen, um darüber hinwegzukommen. Möglich, daß ich's nie schaffe, aber … ich denke, vielleicht ist es an der Zeit, auch Pelvis zur letzten Ruhe zu betten.«

Flint blickte in Eisleys Gesicht. Es verblüffte ihn, um wieviel intelligenter er ohne diese lächerliche Perücke aussah. Steck ihn in einen hübschen Anzug, bring ihm bei zu reden, ohne die Sprache zu verhunzen, lehre ihn etwas Manieren, und vielleicht kommt dann ein menschliches Wesen von Wert dabei heraus. Allerdings wäre das eine beinahe unvorstellbar mühevolle Aufgabe, und Flint hatte schon seinen Job als Kopfgeldjäger. »Ich weiß nicht, Cecil«, erwiderte Flint. »Ich weiß es wirklich nicht.«

»Nun, ich habe ja nur mal gefragt.« Cecil beobachtete, wie der Pier näher kam. »Bringen Sie Lambert zurück nach Shreveport?«

»Er ist immer noch ein Mörder. Und er ist immer noch fünfzehntausend Dollar wert.«

»Ja, Sir, das mag schon sein. Nur, wenn Sie sich entschließen würden, schon sehr bald … mal auszuprobieren, mein Manager zu sein, mir zu helfen, 'ne Diät zu machen und Arbeit zu kriegen und so was, dann wären Sie kein Kopfgeldjäger mehr, oder?«

»Nein«, erwiderte Flint leise. »Vermutlich nicht.« Ein Gedanke kam ihm in den Sinn, etwas, was der Mann in der Kneipe in St. Nasty gesagt hatte, als er über Cecil sprach »Zum Teufel, dann werd ich sein Manager. Ich hau ab aus diesem verdammten Sumpf und werd reich, und ich werd es nich bereuen.«

Vielleicht konnte er alles hinter sich zurücklassen, dachte er. Einfach so hinter sich zurücklassen. Smoates und all die Schäbigkeit und all die Erniedrigung. Er hatte noch immer seine Spielschulden und seine Spielleidenschaft, die ihn über die Jahre so tief in Schwierigkeiten gebracht hatte. Diese Dinge – diese Fehler – konnte er nicht so einfach hinter sich zurücklassen, doch wenn er eine Aufgabe und einen Plan hatte, könnte er über kurz oder lang auch damit fertig werden, oder nicht?

Vielleicht. Es wäre das größte Wagnis seines Lebens.

Er bemerkte, daß er den Arm seines Bruders unter dem T-Shirt streichelte. Clint war so ausgehungert wie er selbst, und auch ebenso müde. Er würde eine Woche lang schlafen.

Ich hau ab aus diesem verdammten Sumpf und werd reich, und ich werd es nich bereuen.

Er erkannte nun, daß er es nie geschafft hatte, aus irgend etwas herauszukommen, weil er nie gewußt hatte, wo er hingehen sollte. Was wäre, wenn …? fragte er sich.

Was wäre, wenn?

Vielleicht waren diese drei Worte die ersten Schritte aus jedem Sumpf.

»Sind nah da!« rief Train. »Springt rüber, und macht uns fest, Jungs!«

Während Flint und Cecil die Taue an Klampen festmachten, trat Train auf den Pier und ging zu einer alten Bronzeglokke, die an einem etwa drei Meter hohen Pfosten hing. Er packte das Tauende der Glocke und begann sie zu läuten, und die Töne schwebten über den grünen Rasen und durch die Bäume hindurch zu dem weißen Haus auf dem Hügel hinüber.

Binnen weniger Augenblicke kamen drei Gestalten aus dem Haus und eilten den Weg hinunter.

Es waren Nonnen in weißen Trachten.

»Schwester Caroline, ich hab 'n paar Leute mitgebracht, die's ganz schön erwischt hat!« sagte Train zur Führerin der kleinen Gruppe, als sie den Pier erreichten. »Hab 'nen Typ mit 'nem kaputten Bein und einen mit 'nem Arm, den man sich mal angucken muß. Und ich *meine* angucken. Und ich denke, ich könnt auch ein oder zwei Pflaster gebrauchen, ay?«

»Oh, Train!« Sie war eine kräftige Frau mit hellbraunen Augen. »Was ist denn mit Ihnen passiert?«

»Erzähl ich Ihnen später. Können Sie uns aufnehmen?«

»Wir haben immer Platz. Schwester Brenda, würden Sie Train zum Haus helfen?«

»Nein, nein, meine Beine sind noch ganz!« wandte Train ein. »Kümmern Sie sich um den Mann, der da liegt!«

Zwei der Nonnen halfen Arden, Dan auf die Füße zu stellen. Schwester Caroline läutete ein paarmal die Glocke, und zwei weitere Nonnen folgten dem Ruf.

»Wo sind wir hier?« fragte Arden Schwester Caroline, während Dan vom Boot gebracht wurde.

Die Frau hielt inne und starrte auf das Feuermal. Arden wandte sich so um, daß sich ihre Blicke trafen. »Diese Insel ist das Kloster des Ordens des Strahlenden Lichts«, antwortete Schwester Caroline. »Und das«, sie deutete mit einem Kopfnicken auf das weiße Herrenhaus, »ist das Avrietta Colbert-Hospiz. Darf ich nach Ihrem Namen fragen?«

»Ich heiße Arden Halliday.«

»Aus?«

»Fort Worth, Texas.« Arden wandte sich zu Train um. »Ich dachte, Sie hätten gesagt, das Leuchtende Mädchen würde hier leben!«

»Das Leuchtende ... oh, ich verstehe.« Schwester Caroline blickte nickend von Arden zu Train und wieder zurück. »Nun, ich ziehe es vor, uns alle als leuchtende ... äh ... Frauen zu betrachten.« Sie bedachte Train mit einem durchdringenden Blick. »Weiß sie Bescheid?«

»*Non.*«

»Worüber soll ich Bescheid wissen?« fragte Arden. »Was geht hier vor?«
»Wir werden sehen«, antwortete Schwester Caroline tonlos und wandte sich ab, um den anderen den Weg zu weisen. Dan wurde von zwei Nonnen gestützt, eine ein junges Mädchen von vielleicht dreiundzwanzig Jahren, die andere eine Frau in den Fünfzigern. Die Schatten der bemoosten Eichen waren wunderbar kühl, und ein Quartett von Ziegen stand da und schaute der Pilgergruppe zu, als sie an ihnen vorbeizog.
»Einen Moment mal«, sagte jemand neben Dan.
Die Nonnen blieben stehen. Dan wandte den Kopf um und sah vor sich das Gesicht von Flint Murtaugh.
Flint räusperte sich. Er hatte seine Arme über seiner Brust verschränkt, für den Fall, daß Clint sich regte. Diese feinen Damen würden schon noch früh genug ihren Schock bekommen. »Ich möchte Ihnen danken«, sagte Flint. »Sie haben uns das Leben gerettet.«
»Sie haben für mich dasselbe getan.«
»Ich habe getan, was getan werden mußte.«
»Genauso wie ich«, entgegnete Dan.
Sie sahen einander an, dann kniff Flint die Augen zusammen und schaute weg, doch kurz darauf kehrte sein kühler blauer Blick zu Dan zurück. »Wissen Sie, was ich jetzt eigentlich tun müßte.«
»Ja.« Dan nickte. Alles war noch etwas verschwommen. All dies – die Geschehnisse des Morgens, Gaults Festung, das Feuergefecht, das Swift, das das Haus in zwei Teile schnitt, diese grüne, wunderschöne Insel – schien wie Bruchstücke eines seltsamen Traums. »Sagen Sie mir, was Sie tun *werden.*«
»Ich denke ...« Flint hielt inne. Er hatte sorgsame Überlegungen zu treffen. Die Zukunft eines Mannes stand auf dem Spiel – seine eigene. »Ich denke ... ich werde aus diesem

verdammten Sumpf verschwinden«, erwiderte er. »Entschuldigen Sie bitte, Schwestern.« Er blickte den Weg hinauf, zu dem Mann, der für sich allein ging. »Cecil, kann ich mit Ihnen reden?« Er ließ Dan stehen, und Dan sah, wie Murtaugh seine Hand auf Eisleys Schulter legte, während sie gemeinsam weitergingen.

Je näher sie zum Haus kamen, desto mehr erkannte Dan, wie dringend es einiger Reparaturen bedurfte. Er zählte mindestens ein halbes Dutzend Stellen, wo Regenwasser durch die losen Bretter tropfen mußte. Ein Abschnitt des Balkongeländers im ersten Stock war verrottet und abgeknickt, und mehrere der Säulen zeigten tiefe Risse. Außerdem mußte das ganze Gebäude dringend neu gestrichen werden, sonst würden die Salzbrise und die feuchte Hitze schon bald das Holz angreifen. Er wettete, daß es in dem alten Haus bestimmt Termiten gab, die an den Fundamenten nagten.

Sie brauchten hier dringend einen Schreiner, das konnte man deutlich sehen.

Dan versuchte sein Gewicht auf seinen verletzten Knöchel zu verlagern, und augenblicklich stieg Übelkeit in ihm hoch. Ihm wurde auch wieder schwindelig, und in seinem Kopf hämmerte es. Die fransigen Ränder der Dinge verschwammen noch mehr. Er stand kurz davor, das Bewußtsein zu verlieren, und obwohl er dagegen ankämpfte, wußte er, daß die Krankheit am Ende gewinnen würde.

»Schwestern«, sagte er, »es tut mir leid … aber ich verliere gleich das Bewußtsein.«

»Train!« rief die ältere Nonne. »Helfen Sie uns!«

Während Dans Knie nachgaben und die Dunkelheit ihn abermals umfing, hörte er Train sagen: »Hab ihn, Ladys.« Bevor ihm die Sinne schwanden, spürte Dan, wie er auf Trains Schulter gehoben wurde, und Train – selbst geschwächt, doch nicht bereit, Dan zu Boden fallen zu lassen – trug ihn die letzten dreißig Meter zum Haus.

Es war später Nachmittag.

Arden war frisch geduscht und hatte fünf Stunden in dem altmodischen Bett in dem Zimmer geschlafen, in das Schwester Caroline sie gebracht hatte, im ersten Stock des Herrenhauses. Bevor sie geduscht hatte, hatte eine andere Nonne etwa in Ardens Alter ihr ein Mittagessen aus Selleriesuppe, einem Schinkensalatsandwich und Eistee gebracht. Als Arden die junge Frau gefragt hatte, ob das Leuchtende Mädchen hier lebe, hatte die Nonne ihr ein zaghaftes Lächeln geschenkt und war ohne ein Wort wieder gegangen.

Auf dem Weg zu diesem Zimmer waren sie durch einen langen Schlafsaal gekommen. Nicht alle Betten wurden benutzt, doch die meisten schon. Unter den Deckenventilatoren und den sauberen weißen Laken lagen einige der Patienten des Avrietta Colbert-Hospizes – eine Mischung aus Männern, Frauen und Kinder, weiß, schwarz und lateinamerikanisch. Arden hatte das rasselnde Husten von Tuberkulose, das Röcheln von Lungenkrebs und das langsame, mühsame Atmen von Sterbenden gehört. Die Nonnen gingen umher und spendeten nach besten Kräften Trost. Einige Patienten waren auf dem Weg der Genesung und saßen aufrecht in ihren Betten und unterhielten sich, für andere jedoch schien es, als wären ihre Tage gezählt. Arden hörte vereinzelte Cajun-Akzente, obgleich zweifellos nicht alle Patienten dieser Abstammung waren. Sie gewann den Eindruck, daß dies ein Wohlfahrtshospiz für die Armen, vermutlich aus der Golf-Delta-Region, war und daß die Patienten hier waren, weil keins der regulären Krankenhäuser sie aufnehmen oder – im Fall der älteren, die im Sterben lagen – Zeit mit ihnen vergeuden wollte.

Auch Kleider zum Wechseln waren ihr von derselben jungen Nonne gebracht worden – ein grünes Krankenhaushemd und Baumwollpantoffeln. Nicht lange nachdem sie aufgewacht war, hatte es an der Tür geklopft, und als sie öffnete, stand da ein hochgewachsener, schlanker Mann etwa Mitte Sechzig in Leinenhosen und einem zerknitterten kurzärmligen weißen Hemd mit einem dunkelblauen Schlips. Er hatte sich mit einem sanften Cajun-Akzent als Dr. Felicien vorgestellt, dann hatte er in einem Sessel Platz genommen und sich erkundigt, ob sie es bequem habe, ob sie irgendwelche Beschwerden oder Schmerzen habe, alles solche Dinge. Arden hatte geantwortet, daß sie noch immer müde sei, daß es ihr ansonsten jedoch gutgehe, und sie hatte gesagt, daß sie hierhergekommen sei, um das Leuchtende Mädchen zu finden. Ob er vielleicht wisse, wen sie damit meine?

»Ich denke schon«, hatte Dr. Felicien erwidert. »Doch ich muß mich nun entschuldigen und diese Angelegenheit auf später verschieben. Und jetzt versuchen Sie, noch etwas zu schlafen, ja?« Er war gegangen, ohne weitere Fragen zu beantworten.

Ein Ventilator drehte sich über ihrem Bett. Schatten lagen auf dem Rasen. Sie vermutete, daß dieses Zimmer einem Arzt oder jemand anderem vom Personal gehörte. Als sie in das kleine, doch makellos saubere Badezimmer ging, um Wasser aus dem Hahn in einen Becher zu füllen, warf sie im Spiegel einen Blick auf ihr Gesicht und betrachtete das Feuermal, wie sie es schon so oft zuvor getan hatte.

Sie hatte sehr große Angst.

Was, wenn das alles eine Lüge gewesen war? Die ganze Zeit bloß eine Lüge? Vielleicht hatte Jupiter nicht gelogen, sondern sich einfach nur geirrt. Vielleicht hatte er in LaPierre ein hübsches blondes Mädchen gesehen, als er ein kleiner

Junge war, und vielleicht hatte er später die Legenden über ein Leuchtendes Mädchen gehört – eine Wunderheilerin, die selbst die Zeit überlisten konnte –, und er hatte das eine mit dem anderen vermengt? Doch wenn es ein Leuchtendes Mädchen *gab*, wer war sie dann *wirklich*? Warum hatte Train sie hierhergebracht, und was ging hier vor?

Sie hob ihre Hand und fuhr mit ihren Fingern an den Rändern des Feuermals entlang. Was würde sie tun, fragte sie sich, wenn dieses Mal – dieses Unglückszeichen, das ihr Leben zerstört hatte – für immer in ihrem Gesicht bleiben mußte? Was, wenn es keine magisch heilende Berührung gab, kein altersloses Leuchtendes Mädchen, das die Lampe Gottes in sich trug?

Arden schloß die Augen und lehnte ihr Gesicht gegen den Spiegel. Sie hatte sich ihrem Ziel so nah gefühlt, so unendlich nah. Es war ein grausamer Streich, das war es. Nichts weiter als ein grausamer, grausamer Streich.

Jemand klopfte an der Tür. Arden ging hin, um sie aufzumachen, wobei sie dachte, daß es wahrscheinlich Dr. Felicien mit weiteren Fragen oder die junge Nonne war.

Sie öffnete die Tür, und das Gesicht, in das sie blickte, erschreckte und verängstigte sie zugleich.

Es gehörte einem Mann. Er hatte ordentlich gekämmtes sandbraunes Haar auf der rechten Kopfseite, doch auf der linken Seite waren nur spärliche Büschel. Eine schreckliche Verbrennung und der darauf folgende Heilungsprozeß hatten die Haut auf der linken Seite zu schimmerndem Pergament hochgezogen. Sein Mund hing schief, und sein linkes Auge war tief in Falten aus Narbengewebe eingesunken. Das linke Ohr war ein geschmolzener Klumpen, und der Hals des Mannes war von Brandwunden überzogen. Seine Nase, wenn auch vernarbt, war größeren Entstellungen entgangen, und die rechte Seite seines Gesichts war beinahe unberührt. Arden wich zurück, und ihr eigenes Gesicht spiegelte den Schock wider, den sie empfand, doch augenblicklich verwandelte sich dieses Gefühl in Scham. Wenn irgendeiner verstand, was es bedeutete, jemanden vor dir zurückschrekken zu sehen, dann war sie es.

Wenn sich der Mann von ihrer Reaktion beleidigt fühlte, so zeigte er es nicht. Er lächelte. Er trug dunkelblaue Hosen, ein blau gestreiftes Hemd und eine Fliege. »Miss Halliday?«

Arden erinnerte sich, daß sie Dr. Felicien erzählt hatte, daß sie unverheiratet war.

»Sie will sie sehen«, sagte der von Brandnarben entstellte Mann.

»Sie? *Wer*?«

»Oh, es tut mir leid. Ich vergesse immer wieder, daß nicht jeder hier ihren Namen kennt. Miss Kathleen McKay. Ich glaube, sie ist es, deretwegen Sie herkamen.«

»Sie ist ...« Ardens Herz setzte einen Schlag aus. »Sie ist das Leuchtende Mädchen?«

»Einige würden sie so nennen, nehme ich an. Wenn Sie mir nun bitte folgen.«

»Ja! Natürlich! Nur einen Moment!« Sie durchquerte das Zimmer und nahm den kleinen rosafarbenen Beutel von der Kommode.

Auf dem Weg nach draußen kamen sie durch einen weiteren Krankensaal im hinteren Teil des Hauses, und der Mann redete im Vorbeigehen mit den Patienten, nannte sie beim Namen, sprach ihnen Mut zu, streute hier und da eine scherzhafte Bemerkung ein. Arden wurde gewahr, wie die Patienten – selbst die sehr, sehr kranken – in der Gegenwart dieses Mannes aufblühten. Sie sah ihre Gesichter, und sie sah, daß keiner von ihnen zusammenzuckte oder irgendwelchen Ekel zeigte. Es dämmerte ihr, daß sie seine Narben nicht wahrnahmen.

Arden folgte ihm vom Haus weg und einen mit Feldsteinen gepflasterten Weg entlang, der zu einem Hain aus Pecanbäumen führte. »Ich habe gehört, Sie hatten es schwer, uns zu finden«, sagte der Mann, während sie den Weg hinuntergingen.

»Ja, das hatte ich.« Sie vermutete, daß Dr. Felicien oder jemand anders die ganze Geschichte von Dan oder Train erfahren hatte.

»Das ist ein gutes Zeichen, denke ich.«

»Ist es das?«

»Sicher«, erwiderte er und lächelte abermals. »Es ist nicht weit, nur noch da durch.« Sie gingen unter einem Dach aus ineinander verschränkten Ästen und am Ende war ein kleines, doch makellos gepflegtes weißes Schindelhaus mit einer von einem Fliegengitter geschützten Veranda. Auf der einen Seite befanden sich ein Blumengarten und ein Gemüsebeet. Arden schwanden die Sinne, als der Mann die kleine Vordertreppe hinaufstieg und die Fliegengittertür zur Veranda öffnete.

Er mußte ihren Zustand bemerkt haben, denn er fragte: »Geht es Ihnen gut?«

»Mir geht es gut. Mir ist nur ein wenig schwindlig.«

»Atmen Sie ein paarmal tief durch, das sollte helfen.«

Sie tat es, während sie auf der Schwelle stand. »Wie ... wie heißen Sie?« fragte sie.

»Pearly Reese.«

Sie hatte es gewußt, und dennoch hatte sie ein Gefühl, als würde sich der Boden unter ihren Füßen auftun. Sie erinnerte sich an die Prostituierte in der Kneipe in St. Nasty, die gesagt hatte, das Leuchtende Mädchen sei eine alte Frau. »Sie is nach Fort Fourchon gekommen, um den Cousin meiner Momma zu besuchen. Sein Name war Pearly. Er war sieben Jahre alt, als er bei einem Feuer verbrannt wurde ...

das ist wohl an die dreißig Jahre her … ich erinnere mich, daß das Leuchtende Mädchen ihn in ihrem Boot mitgenommen hat.«

»Kennen Sie mich?« fragte Pearly.

»Ja, das tue ich«, antwortete sie. »Ihre Cousine hat mir geholfen, hierherzukommen.«

»Oh.« Er nickte, auch wenn er es nicht ganz verstand. »Ich denke, das muß ebenfalls ein gutes Zeichen sein. Sind Sie bereit, ihr gegenüberzutreten?«

»Ja«, sagte Arden.

Er führte sie hinein.

29 Das Leuchtende Mädchen

Als sie im Haus waren, rief Pearly: »Miss McKay? Ich hab sie hergebracht!«

»Dann komm nach hinten! Ich weiß, daß ich schrecklich aussehe, aber komm trotzdem nach hinten!«

Es war die krächzende Stimme einer alten Frau gewesen, ja. Dan hatte recht gehabt, erkannte Arden, als der erste harte Schlag der Realität sie traf. Es gab keine Frau, die ewig jung bleiben konnte. Doch selbst wenn Jupiter sich bei dieser Einzelheit über sie geirrt hatte, mochte das Leuchtende Mädchen immer noch heilende Kräfte in ihren Händen haben. Voller Furcht folgte Arden Pearly durch ein Wohnzimmer, einen kurzen Flur entlang und dann in ein Schlafzimmer.

Und da war das Leuchtende Mädchen, gestützt von pfirsichfarbenen Kissen auf einem altmodischen Bett mit vier Pfosten. Sonnenlicht strömte durch die Spitzengardinen vor dem Fenster auf den goldenen Kieferndielenboden, und über dem Bett murmelte ganz leise ein Deckenventilator.

»Oh«, flüsterte Arden. Tränen schossen in ihre Augen, und ihre Hand flog hoch, um sich auf ihren Mund zu legen, damit sie nichts Dummes sagen konnte.

Das Leuchtende Mädchen war tatsächlich eine alte Frau. Sie mochte fünfundachtzig, wahrscheinlich sogar noch älter sein. Wenn ihr Haar jemals blond gewesen war, jetzt war es schneeweiß. Ihr Gesicht war von tiefen Falten überzogen und von Altersflecken übersät, doch trotzdem konnte Arden erkennen, daß diese Frau in ihrer lange zurückliegenden Jugend wunderschön gewesen war. Sie trug ein weißes Gewand, und nun griff sie auf einen Nachttisch nach einer Brille mit dünnem Drahtgestell. Die Bewegung war langsam, und ihr Mund verzerrte sich vor Schmerzen. Die Finger ihrer Hand waren gichtig und verwachsen, und es machte ihr Mühe, die Brille hochzunehmen. Augenblicklich war Pearly an ihrer Seite, doch er hielt nur ihre Hand, damit ihre gichtigen Finger die Arbeit tun konnten. Dann hatte sie die Brille aufgesetzt, und Arden sah, daß hinter den Gläsern noch immer Feuer in den blassen bernsteinfarbenen Augen des Leuchtenden Mädchens loderte. Wie Lampen, dachte Arden, wie leuchtende Lampen.

»Setz dich.« Das Leuchtende Mädchen hob ihre andere Hand, deren Finger genauso gichtig waren, und deutete auf einen geblümten Ohrensessel, der so aufgestellt war, daß man zum Bett hin schaute. Die Stimme der alten Frau zitterte, ob von Schüttellähmung oder von Nervosität, vermochte Arden nicht zu sagen. Arden nahm Platz. Ihre Hände umklammerten den rosafarbenen Beutel in ihrem Schoß, und ihr Herz raste.

»Limonade«, sagte das Leuchtende Mädchen. Auch das Atmen schien schmerzhaft. »Möchtest du ein Glas?«

»Ich ... denke schon.«

»Ich kann dir einen Schuß Wodka hineingeben.« Verblüffenderweise hatte das Leuchtende Mädchen einen Mittelwesten-Akzent.

»Äh ... nein. Nur Limonade.«

»Pearly, wärst du so lieb? Und *ich* nehme einen Schuß Wodka in meine Limonade.«

Die beiden Frauen schwiegen. Das Leuchtende Mädchen sah Arden an, doch Arden wußte nicht, wohin sie ihren Blick richten sollte. Sie war so glücklich, diese Frau gefunden zu haben, so glücklich, endlich hier zu sein, doch sie fühlte auch bittere Enttäuschung. Das Leuchtende Mädchen war nicht, wie Jupiter sie beschrieben hatte. Das Leuchtende Mädchen konnte die Zeit nicht überlisten, und sie war keine Wunderheilerin. Wenn sie heilende Kräfte besaß, warum war sie dann nicht in der Lage gewesen, die Narben auf Pearlys Gesicht zu glätten? Abermals brannten Tränen in Ardens Augen; es waren die bitteren Tränen der Erkenntnis, daß sie sich geirrt hatte.

Das Leuchtende Mädchen – zumindest der alterslose, die Zeit überlistende, wundertätige Teil von ihr – war eine Legende. Die Wahrheit war, daß das Leuchtende Mädchen eine eher zarte, gebrechliche, weißhaarige, fünfundachtzigjährige alte Frau mit gichtigen Fingern und Asthma war.

»Weine nicht«, sagte das Leuchtende Mädchen.

»Mir geht es gut. Wirklich.« Arden wischte sich mit dem Handrücken über die Augen. »Ich bin ...« Sie hielt inne. Die Dämme standen kurz davor zu brechen. Es war alles falsch gewesen. Es war ein grausamer, grausamer Streich gewesen.

»Weine nur, wenn dir danach ist. Ich habe mir auch die Augen ausgeweint, an jenem ersten Tag.«

Die Tränen hatten über Ardens Wangen zu rinnen begonnen. Sie schniefte. »Was meinen Sie damit ... *Sie* haben auch geweint?«

»Als ich hierherkam und es herausfand.« Sie hielt inne und rang mühevoll nach Luft. »Als ich herausfand, daß das Leuchtende Mädchen mir nicht einfach die Hände auflegen und alles von mir fortnehmen konnte.«

Arden schüttelte den Kopf. »Ich bin nicht ... ich verstehe nicht. Was sollte sie fortnehmen?«

Die alte Frau lächelte. »Die Schmerzen. Das Leuchtende

Mädchen konnte mich nicht von meinen Schmerzen heilen. Das mußte ich selbst tun.«
»Aber ... *Sie* sind das Leuchtende Mädchen, oder nicht?«
»Ich bin *ein* Leuchtendes Mädchen.«
»Sind Sie ... sind Sie eine Nonne?«
»*Ich*, eine Nonne? Nein! Ich war als junges Mädchen ein viel zu flotter Feger, um jetzt eine Nonne zu sein! Nun, die Sache ist die, es hat mir Spaß gemacht, über die Strenge zu schlagen, meinen Vater zu sehen ...« erneut hielt sie inne, um ihre Atmung zu kontrollieren, »... wie er sich gewunden hat, wenn die Polizei mich nach Hause brachte. Wir haben uns nicht sehr gut verstanden.«
Pearly kam herein, in den Händen ein Tablett mit einem schlichten Plastikkrug und zwei Marmeladengläsern mit Limonade darauf. »Nehmen Sie dies hier«, sagte er und reichte Arden ein Glas, »es sei denn, Sie wollen sich einen Schwips holen. Miss McKay liebt gelegentlich einen kleinen Drink.«
»Ich wünschte, du würdest damit aufhören! Über dreißig verdammte Jahre lang«, sagte sie, an Arden gewandt, »und er nennt mich immer noch *Miss* McKay! So als wäre ich eine kleine alte Blume, die verwelkt in der ...« ein Atemzug, noch ein Atemzug, »... in der Mittagssonne! Mein Name ist *Kathleen*!«
»Sie wissen, daß ich erzogen wurde, Älteren gegenüber respektvoll zu sein. Trinken Sie das nicht zu schnell aus.«
»Ich trinke es ex, wenn mir danach ist!« fauchte sie, doch sie tat es nicht. »Laß uns jetzt allein, Pearly. Wir müssen uns unterhalten.«
»Ja, Ma'am.«
»Schon wieder dieser Südstaatenmist! Geh raus, und pinkel auf die Blumen oder was immer du willst!«
Pearly verließ das Zimmer. Das Leuchtende Mädchen um-

klammerte das Glas mit beiden Händen, zog es an ihren runzligen Mund und trank einen Schluck. »Ahhh«, sagte sie. »Das ist besser.« Sie blickte hinauf zum Deckenventilator, der sich über ihnen drehte. »Ich hab mich nie an die Hitze hier unten gewöhnen können. Eine Zeitlang dachte ich, ich würde es nicht ertragen und müßte zurückgehen ...« ein Atemzug, dann ein zweiter »... nach Indiana. Da stamme ich her. Evansville, Indiana. Du sagtest, du stammst aus Fort Worth?«

»Ja.«

»Nun, das ist gut. In Texas ist es auch heiß.« Sie nippte abermals an ihrer mit Wodka versetzten Limonade. »Du hast da aber ein schönes Feuermal.«

Arden nickte, denn sie wußte nicht, wie sie reagieren sollte.

»Du bist hierhergekommen, um geheilt zu werden, stimmt's?«

»Ja.«

»Und nun sitzt du da und denkst, du wärst die größte Närrin, die jemals in Strumpfhosen rumgelaufen ist. Du bist hierhergekommen, um geheilt zu werden von einem hübschen jungen Mädchen, das nie älter wird. Von dem die Leute sagen, daß es ewig lebt. Du bist nicht hergekommen, um ...« abermals Atmen, wobei ihre Lunge ein leises Pfeifen von sich gab »... einer alten Frau zuzuhören, wie sie spuckt und schnaubt, oder?«

»Nein«, mußte Arden gestehen. »Das bin ich nicht.«

»Ich bin auch hergekommen, um geheilt zu werden. Mein ›Zustand‹, wie mein Vater es nannte.« Sie deutete mit einem Kopfnicken auf das Gehgestell neben dem Bett. »Früher konnte ich an einem Stock umherlaufen, aber ... jetzt vermag ich mich kaum noch in dem Gehgestell aufrecht zu halten. Ich habe schwere Arthritis, seit ich ein junges Mädchen war. Etwa in deinem Alter, vielleicht etwas jünger.

Mein Vater gehörte zum alten Geldadel. Seine Familie ist im Bankgeschäft. Alles ganz etepetete und High-Society. Und als die liebliche Tochter nicht tanzen konnte auf ihren verkrüppelten ...« eine Pause »... verkrüppelten Beinen, auf den Festen und Bällen, und als die weißen Handschuhe sich nicht über ihre Krallenfinger ziehen ließen, da, nun, da hat man die Spezialisten gerufen, doch als die Spezialisten nicht viel ausrichten konnten, da hat die liebliche Tochter mehr und mehr Zeit allein zugebracht und wurde verbittert. Und hat getrunken. Und hat sich von jedem Jungen vögeln lassen, der sie haben wollte. Die liebliche Tochter hatte einige häßliche Auftritte in der Öffentlichkeit. Dann erklärte man der lieblichen Tochter eines Tages, daß sie einen Begleiter bekommen wird, um auf sie aufzupassen und sie aus Schwierigkeiten herauszuhalten. Da wir aufgeklärte Bastarde sind, haben wir eine stämmige, harmlose Farbige eingestellt, die nicht wußte, wieviel sie als Lohn verlangen kann.« Kathleen McKay trank einen weiteren Schluck aus ihrem Glas, ihre gichtigen Finger ineinander verschränkt. »Jene Farbige ... stammte aus Thibodoux. Das liegt etwas fünfzig Meilen von Grand Isle den Highway 1 rauf. Wir haben dagesessen und uns eine Flasche Canadian Club eingeteilt, und sie hat mir wunderbare Geschichten erzählt.«

»Ich verstehe immer noch ...«

»O doch, das tust du!« fiel Kathleen Arden ins Wort. »Du verstehst alles! Du willst nur nicht von der Illusion ablassen. Ich hab genau da gesessen, wo du jetzt sitzt, und hab mit einer alten, verbrauchten, sterbenden Frau geredet. In eben diesem Bett. Ihr Name war Juliet Garrick, und sie stammte aus Mobile, Alabama. Eins ihrer Beine war acht Zentimeter kürzer als das andere. Die vor ihr ... nun, willst du bestimmt keinen Schuß Wodka?«

»Wirklich nicht«, antwortete Arden. Ihr Herz hatte aufgehört zu hämmern, doch ihre Nerven lagen weiterhin blank. »Wie viele ... wie viele Leuchtende Mädchen hat es gegeben?«

»Der Friedhof ist ganz in der Nähe. Du kannst es selbst nachzählen. Aber ich glaube, die ersten beiden wurden auf See bestattet.«

Arden war noch immer nach Weinen zumute. Ihr war nach einem Weinen zumute, welches das Herz der Welt brechen würde. Vielleicht würde sie es später tun. Doch nicht jetzt. »Wer war die erste?«

»Die Frau, die das Hospiz gegründet hat. Avrietta Colbert. Ihre Tagebücher und Besitztümer sind in einem Museum zwischen der Kapelle und den Wohnräumen der Schwestern. Eine interessante, mutige Lady. Mit starkem Willen. Vor dem Bürgerkrieg ist sie mit ihrem Mann auf einem Schiff von Südamerika nach New Orleans gesegelt. Er war Rancher. Wohlhabende Leute. Jedenfalls, nicht weit von hier ist ein Sturm aufgekommen und hat das Schiff zerstört, hat ihr Schiff an diesen Küsteninseln zerschellen lassen. Sie ist hier angespült worden. Die Legende besagt, sie habe Gott gelobt, auf der ersten Insel, die sie aufnehmen würde, eine Kirche und ein Hospiz für die Armen zu errichten. Diese tat es, und so erfüllte auch sie ihr Gelübde. Da drüben ist eine Fotografie von ihr. Sie war eine wunderschöne junge blonde Frau. Aber ihre Augen ... man kann sehen, daß ein Feuer in ihr loderte.«

Arden seufzte. Sie senkte den Kopf und vergrub ihr Gesicht in einer Hand.

»Die Schwestern sind irgendwann in den Vierzigern hierhergekommen«, fuhr Kathleen fort. »Sie leiten das alles hier, bezahlen das Personal, stellen sicher, daß die ganze Arbeit erledigt wird.« Sie trank ihre Limonade aus und stellte ganz vorsichtig das Glas auf dem Nachttisch ab. »Wir alle – die Leuchtenden Mädchen, meine ich – kamen aus unterschiedlichen Orten und aus unterschiedlichen Gründen. Aber wir alle hatten etwas sehr, sehr Wichtiges gemeinsam.«

Arden hob den Kopf. Ihre Augen waren verquollen und rot. »Und was ist das?«

»Wir glaubten«, sagte Kathleen. »Wir glaubten an Wunder.«

»Aber es war eine Lüge. Es war immer eine Lüge.«

»Nein.« Kathleen schüttelte ihren weißhaarigen Kopf. »Es war eine Illusion, und das ist ein Unterschied. Was das Leuchtende Mädchen tun konnte – was es war –, wurde zu dem, was die Menschen glauben wollten. Wenn es keine Hoffnung mehr gibt, welchen Grund gibt es dann noch zum Leben? Eine Welt ohne Wunder ... nun, das wäre eine Welt, in der ich nicht leben möchte.«

»*Welche* Wunder?« fragte Arden, und leiser Zorn stahl sich in ihre Stimme. »Ich sehe hier keine Wunder!«

Kathleen beugte sich vor, wobei die Anstrengung sie aufstöhnen ließ. Ihre Wangen und ihre Stirn liefen ebenfalls vor Zorn rot an; sie war eine Kämpferin. Sie sagte in vier knappen, scharfen Worten: »Mach-deine-Augen-auf.«

Arden blinzelte, überrascht von der Kraft in der Stimme der alten Frau.

»Nein, du kannst hier nicht von deinem Feuermal geheilt werden! Genausowenig, wie ich von meiner Arthritis geheilt werden konnte oder Juliet Garrick ihr kurzes Bein verlängert bekam! Das ist alles Mist! Aber kein Mist ist ...« Atemzug, Atemzug, noch ein Atemzug »... kein Mist ist die Tatsache, daß ich durch diese Krankensäle gehen kann, durch diese Krankensäle, humpelnd an meinem Gehgestell. Ich kann durch sie gehen, und Menschen, die sterben, setzen sich auf, sie setzen sich in ihren Betten auf, und sie lächeln mich an, und für ...« ein Röcheln »...für einige Augenblicke sind sie entflohen. Sie lächeln und lachen, als ob sie die Sonne berührt hätten. Für ein paar kostbare, kostbare Augenblicke. Und Kinder mit Krebs und Tuberkulose und AIDS, sie kommen aus ihrer Dunkelheit heraus, um nach meiner Hand zu greifen, und sie halten sich an mir fest. Halten sich an mir fest, als ob ich jemand *wäre*, und sie scheren sich nicht um meine häßlichen Finger. Sie sehen nicht, daß Kathleen McKay aus Evansville, Indiana, alt und verkrüppelt ist!« Ihre Augen blitzten hinter den Brillengläsern. »Nein, sie klammern sich an das Leuchtende Mädchen.«

Sie hielt inne, um nach Luft zu ringen. »Ich lüge sie nicht an«, sagte sie nach einer Weile. »Ich sage ihnen nicht, sie könnten ihre Krankheit besiegen, wenn Dr. Felicien oder Dr. Walcott es nicht zuerst sagen. Aber ich habe versucht – ich habe *versucht* –, sie das Wunder verstehen zu lassen, so wie ich und Schwester Caroline es sehen. Daß Fleisch sterben wird, ja. Es wird diese Welt verlassen, und so ist das Leben nun mal. Doch ich glaube an das Wunder, daß die Seele, wenn das Fleisch auch stirbt, doch weiterlebt. Sie lebt weiter, so wie das Leuchtende Mädchen immer weiterlebt. Auch wenn die Frauen, die diesen Titel tragen, welken und dahinscheiden, das Leuchtende Mädchen lebt weiter. Sie lebt weiter und weiter und kümmert sich um ihre Patienten und ihr Hospiz. Geht durch die Krankensäle. Hält Hände. Sie lebt weiter. Also *wag* ja nicht mit geschlossenen Augen dazusitzen und nicht anzuschauen, was Gott *dir* anbietet!«

Ardens Mund öffnete sich ganz langsam. »Mir?«

»Ja, dir! Das Hospiz würde ohne ein Leuchtendes Mädchen überleben – ich denke es zumindest, wissen kann ich's nicht –, doch es wäre schrecklich verändert. Alle Leuchtenden Mädchen haben über all diese vielen Jahre diesen Ort zusammengehalten. Und es ist nicht leicht gewesen, das kann ich dir sagen! Stürme haben das Hospiz halb in Stücke gerissen, es hat Geldprobleme gegeben, Probleme mit den Geräten, Schwierigkeiten, die alten Gebäude davon abzuhalten, einfach einzustürzen. Es ist weit davon entfernt, perfekt zu sein. Wo kämen wir denn hin, wenn es kein Leuchtendes Mädchen gäbe, um den Leuten Spenden aus den Taschen zu locken oder gegen die Ölgesellschaften zu kämpfen, die anfangen wollen mit Bohrungen, Bohrungen hier vor der Küste und damit unsere Insel zerstören? Wo kämen wir denn hin, wenn die unsere Patienten die ganze Nacht wach halten würden?«

Sie schloß die Augen und lehnte ihren Kopf zurück gegen das Kissen. »Ich weiß es nicht. Aber ich *weiß* ... ich will nicht die letzte sein. Nein. Ich werde nicht die sein, die die Kette abreißen läßt.« Sie seufzte und schwieg, in ihren eigenen Gedanken verloren. Als sie wieder zu sprechen begann, war ihre Stimme tief und leise. »Das Leuchtende Mädchen darf kein verdammter Weichling sein. Sie muß ein Kämpfer sein, und sie muß die harte Arbeit so gut machen, wie sie kann. Am wichtigsten ist jedoch«, Kathleens Augen öffneten sich, »daß sie keine Angst haben darf, Verantwortung zu übernehmen.«

Arden saß ganz still da, den Beutel in ihren Händen.

»Vielleicht bist du nicht die Richtige. Ich weiß es nicht. Verdammt, ich bin müde. Diese Schwestern da drüben, die beten und beten in der Kapelle. Ich hab's ihnen gesagt. Ich sagte, wenn sie kommt, dann ist sie hier. Aber vielleicht bist du es nicht.«

Arden hatte keine Ahnung, was sie erwidern sollte. Sie stand von ihrem Sessel auf, doch sie wußte auch nicht, wohin sie gehen sollte.

»Wenn du bleiben würdest«, fuhr Kathleen fort, »wenn du

tun würdest, was getan werden muß ... dann könnte ich dir versprechen, daß niemand hier je jenes Feuermal sehen würde. Es wäre verschwunden. Sie würden nur das Gesicht dahinter wahrnehmen.«

Arden stand in einem Sonnenstrahl, gefangen zwischen dem, was war, und dem, was sein konnte.

»Also, mach schon.« Kathleens Stimme war erschöpft. »Im Hospiz gibt es ein Funkgerät. Die Fähre von Grand Isle kann in einer halben Stunde hier sein. Ich kenne den Mann, dem der Hafen gehört. Er kann eine Mitfahrgelegenheit für dich finden, kann dich den Highway 1 rauf nach Golden Meadow bringen. Von dort kannst du den Bus nehmen. Hast du Geld?«

»Nein.«

»Pearly!« rief Kathleen. *»Pearly!«* Es kam keine Antwort. »Wenn er nicht draußen ist, ist er wahrscheinlich drüben im Stall. Geh ihm nach, und sag ihm von mir, er soll dir fünfzig Dollar geben und für dich im Hafen anrufen.«

»Im Stall?« Ardens Herz fing wieder an zu pochen. »Was ist ... im Stall?«

»Pferde natürlich! Diese Viecher haben mir immer eine Heidenangst gemacht, aber Pearly liebt sie. Ich hab ihm gesagt, wenn ihm eines schönen Tages eins gegen den Kopf tritt, dann wird er nicht mehr soviel Zeit dort drüben verbringen.«

»Pferde«, flüsterte Arden, und endlich lächelte sie.

»Ja, Pferde. Avrietta Colberts Mann war Rancher. Sie haben auf ihrem Schiff Pferde aus Südamerika mitgebracht. Einige der Tiere schwammen hierher. Die haben die Herde gegründet. Wir ziehen sie auf und verkaufen sie, um Geld für das Hospiz zu beschaffen.« Kathleen runzelte die Stirn. »Was ist los?«

Ardens Augen hatten sich mit Tränen gefüllt. Sie konnte

nicht sprechen, denn ihre Kehle war wie zugeschnürt. Dann brachte sie endlich heraus: »Nichts ist los. Ich denke ... ich denke, alles ist in Ordnung.«
Sie weinte nun, und sie war halb blind. Doch in diesem Moment erkannte sie, daß sie noch nie zuvor so viel oder so klar gesehen hatte.

Er saß auf einem Stuhl auf dem Balkon, während sich die blauen Schatten der Dämmerung auf dem smaragdgrünen Rasen versammelten. Eine Krücke lehnte neben ihm am Geländer. Er schaute zu, wie die Sonne zum Golf hinabsank, und er dachte über das nach, was vor einer Stunde geschehen war.
Die Fähre war von Grand Isle herübergekommen. Er hatte an dieser selben Stelle gesessen und es beobachtet. Zwei Männer und Schwester Caroline hatten das Hospiz verlassen und waren dann den Weg entlang zum Pier gegangen. Einer der Männer war kahl und fett und mußte wirklich dringend eine Diät machen, doch er ging aufrecht, mit den Schultern nach hinten, so als hätte er etwas gefunden, das ihn stolz auf sich selbst sein ließ. Der andere Mann, hochgewachsen und schlank und in einem dunklen Anzug und einem neuen Paar schwarzer Halbschuhe, die ihm jemand erst gestern vom Festland mitgebracht hatte, war vor dem Betreten der Fähre kurz stehengeblieben und hatte zurückgeschaut.
Dan hatte ihn über die Entfernung hinweg angestarrt.
Dann hatte der Mann sich wieder umgewandt und war in das Fährboot gestiegen. Schwester Caroline hatte ihnen nachgewunken, während das Boot ablegte. Dan hatte zugeschaut, wie das Boot immer kleiner und kleiner wurde, während es jene beiden Männer fort zum Rest ihres Lebens trug.

»He, du alter Dinosaurier. Darf ich mich neben dich hokken?«

»Aber gern doch.«

Train war auf den Balkon gekommen. Er zog sich einen Korbsessel zu Dan heran und nahm darin Platz. Sehr zu seinem Mißfallen trug er noch immer ein grünes Krankenhausnachthemd. Sie waren nun seit drei Tagen hier, und Trains Schußwunde – ein Streifschuß und eine gebrochene Rippe – heilten, doch Dr. Walcott hatte darauf bestanden, daß er noch eine Weile hierblieb. Es war zwei Tage her, daß Dan Arden das letztemal gesehen hatte, ein flüchtiger Blick aus dem Fenster neben seinem Bett, während sie mit Schwester Caroline einen Spaziergang über den Rasen machte. Arden war auch nicht beim Mittagessen in der kleinen Kantine des Hospizes gewesen. Also ging zweifellos etwas vor, und er wußte nicht, ob sie nun das Leuchtende Mädchen gefunden hatte oder nicht. Eins war sicher, sie trug noch immer ihr Feuermal.

»Wie geht's dem Bein?«

»Es geht so. Dr. Felicien sagt, ich hätte mir beinahe den Knöchel gebrochen.«

»Zum Teufel, hätt schlimmer kommen können, ay?«

»Das stimmt.« Dan mußte lachen, obgleich er Gaults verbranntes Gesicht noch lange in seinen Alpträumen sehen würde.

»Ja. Hast deine Sache gut gemacht, Ledernacken. Ich werd nie wieder was Schlechtes über die Marines sagen.«

»Ich wußte nicht, daß du je was Schlechtes über die Marines gesagt hast.«

»Nun«, erwiderte Train, »das Thema hätt ich schon noch angeschnitten.«

Dan verschränkte die Hände vor seiner Brust und schaute den Wellen zu, wie sie hereinkamen und sich wieder zurückzogen. Die Brise strich vorbei, und Dan sah, wie etwas Farbe vom Geländer abblätterte. »Wie lange weißt du schon, daß es diesen Ort hier gibt?«

»Jahre und Jahre. Ich bring ihnen Welse und Schildkröten. Wer, glaubst du, hat die Ziegen von Goat Island hier rübergeschafft?«

»Hast du ihnen von mir erzählt?« mußte er fragen.

»Sicher doch!« antwortete Train. »Hab ihnen erzählt, was für'n mächtig feiner Kerl du bist.«

Dan wandte den Kopf in seine Richtung und blickte direkt in Trains Gesicht.

»Stimmt das nich?« fragte Train.

»Ich bin noch immer ein gesuchter Mörder. Sie werden weiter nach mir fahnden.«

»Ich kenn zwei Männer, die's nich mehr tun. Die sind gerade aufs Boot und weg.«

Dan beugte sich vor und stützte sein Kinn auf seine Hände.

»Ich weiß nicht, was ich tun soll, Train. Ich weiß nicht, wohin ich soll.«

»Könn'st 'ne Weile bei mir wohnen.«

»In dem Hausboot? Du brauchst genauso deinen Freiraum wie ich. Das würde nicht gutgehen.«

»Vielleicht nicht.« Beide beobachteten einen Frachter in der verschwimmenden Ferne. Er fuhr nach Süden. Train sagte: »Die Dampfer und Transportkähne, die kommen rein, entladen und laden wieder in Port Sulphur. Is gar nich mal so weit weg von hier. Manche der Boote suchen nach Mannschaft. Kannst du arbeiten?«

»Ich denke, mit einigen Jobs würde ich schon fertig, wenn sie nicht zu schwer sind.«

»Das schätze ich auch. Vielleicht läßt du's dir mal durch den Kopf gehen und entscheidest dich dann. In zwei, drei Tagen fahr ich wieder nach Hause. Vielleicht bleibst du 'ne Woche oder zwei hier, dann können wir fischen gehen und ein bißchen unter Dinosauriern plaudern, ay?«

»Ja«, antwortete Dan und lächelte wieder. »Das wäre schön.«

»Ich nehm dich mit zu 'nem See, voll von Welsen – Mannomannomann! –, groß, wie du sie noch nie nich gesehen hast.«

»Dan?«

Sie blickten nach links, in die Richtung, aus der die Stimme kam. Arden war auf den Balkon herausgetreten. Ihr welliges blondes Haar schimmerte im spätnachmittäglichen Sonnenschein, und sie trug saubere Khakihosen und eine grün gestreifte Bluse. »Kann ich ein paar Minuten mit dir reden? Allein?«

»Nun, ich muß mir sowieso mal die Beine vertreten.« Train stand auf. »Ich seh dich nachher noch, *bon ami.*«

»Bis dann, Train«, erwiderte Dan, und der Cajun ging zurück ins Hospiz. Arden nahm seinen Sessel. »Was hast du denn so gemacht?« fragte Dan sie. Er bemerkte, daß sie nicht mehr ihren rosafarbenen Beutel mit sich herumtrug. »Ich habe dich eine ganze Weile nicht gesehen.«

»Ich war beschäftigt«, erklärte sie. »Geht es dir gut?«

»Ich denke schon.«

Sie nickte. »Es ist ein wunderschöner Ort, findest du nicht auch? Eine wunderschöne Insel. Natürlich ... das bedeutet nicht, daß es hier nichts zu tun gäbe.« Sie streckte die Hand nach dem Geländer aus und nahm einige der abgeplatzten Farbsplitter vom Holz. »Schau es dir an. Das Holz darunter sieht auch nicht mehr gut aus, oder?«

»Nein. Das ganze Geländer sollte ausgetauscht werden. Ich weiß nicht, wer hier für die Instandsetzung zuständig ist, aber sie lassen die Sache schleifen. Nun«, er zuckte mit den Schultern, »es sind alles alte Gebäude. Ich vermute, sie tun ihr Bestes.«

»Sie könnten es besser machen«, sagte Arden und blickte in seine Augen.
Er mußte es zur Sprache bringen. Vielleicht würde er es bereuen, doch er mußte es tun. »Sag mal«, begann er, »hast du herausgefunden, wer das Leuchtende Mädchen ist?«
»Ja«, antwortete sie, »das habe ich.«
Und dann erzählte ihm Arden die ganze Geschichte. Dan hörte zu, und während er zuhörte, kam er nicht umhin, an seine Begegnung mit Reverend Gwinn zurückzudenken und daran, wie ihm der Mann Zeit geschenkt und gesagt hatte: »Gott kann einen Mann über viele Straßen und durch viele Häuser führen. Es ist nicht wichtig, wo Sie sind – es zählt nur, wohin Sie gehen. Verstehen Sie, was ich meine?«
Dan glaubte, daß er es tat. Endlich.
Er streckte den Arm aus und ergriff Ardens Hand.
In der Ferne, auf dem schimmernden blauen Golf, bewegte sich ein Segelboot in Richtung Horizont. Seine weißen Segel waren mit dem Wind der Freiheit gefüllt, und es steuerte auf einen unbekannten Hafen zu.